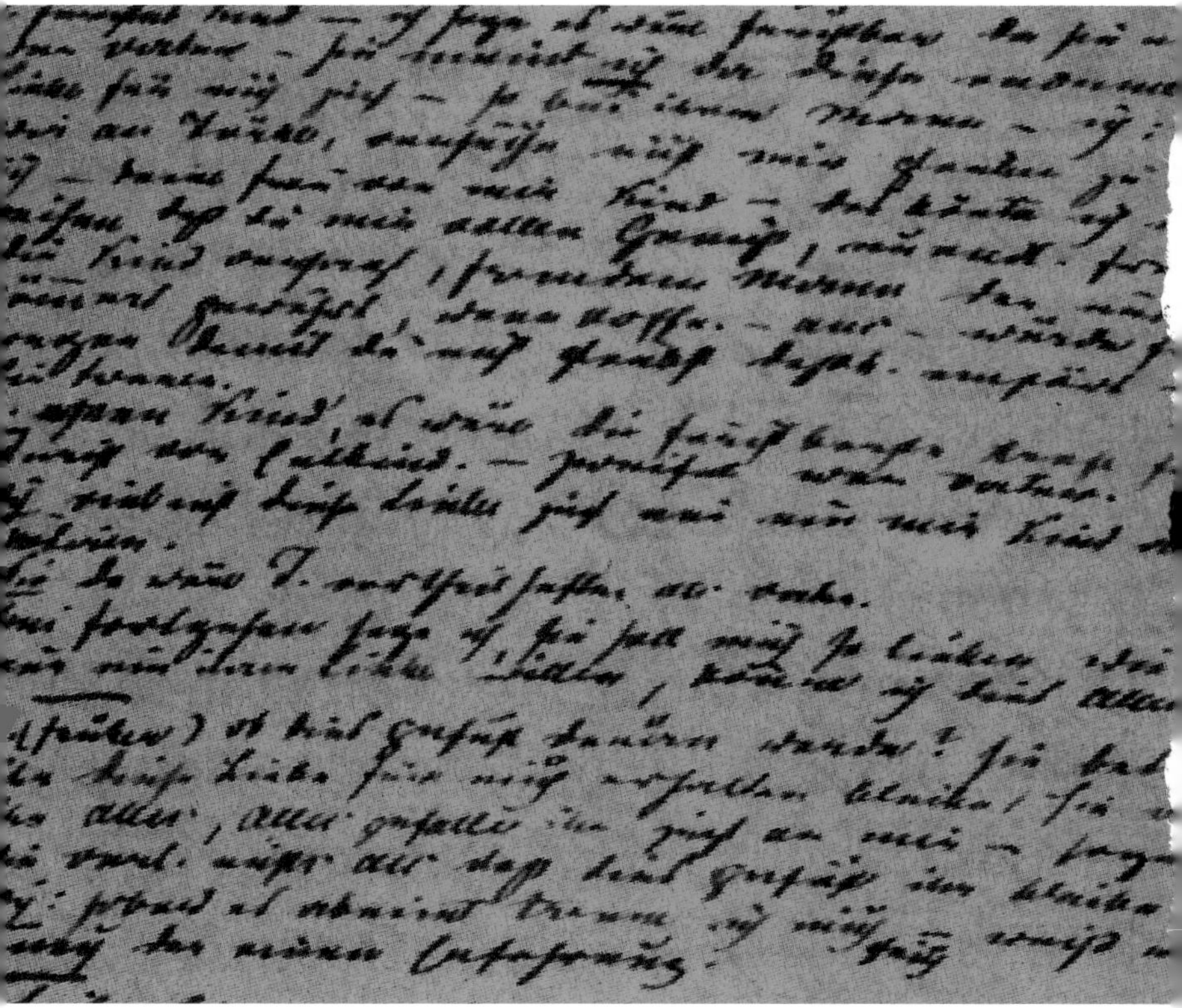

ザッハー=マゾッホ集成

I エロス Venus im Pelz

Leopold Ritter von Sacher-Masoch

ザッハー=マゾッホ

平野嘉彦/中澤英雄/西成彦=訳　西成彦=解説

人文書院

目次

凡　例

一、底本について

「コロメアのドンジュアン」Don Juan von Kolomea、「再役兵」Der Kapitulant、「月夜」Mondnacht の三篇については、Leopold von Sacher-Masoch: *Das Vermächtniß Kains. Erster Theil. Die Liebe* 2. Aufl. Stuttgart: J. G. Cotta. 1870.

ただし、「コロメアのドンジュアン」については、一九八〇年代に書誌学的な意味でのザッハー＝マゾッホ研究を大きく前進させたミヒャエル・ファリーンが編み、序文も寄せている Leopold Sacher-Masoch, *Don Juan von Kolomea, Galizische Geschichten* (Bonn: Bouvier Verlag Herbert Grundmann, 1985) を適宜参照した。同書には、「コロメアのドンジュアン」の手稿の冒頭一枚がファクシミリ版で掲載されており (S. 160)、それを見ると、題辞となるカラムジン作だとされる詩が、手書きのロシア語で書かれているのが分かり、訳注に活かすことができた。

「毛皮のヴィーナス」Venus im Pelz については、マゾッホ自身が、大幅に改定増補した以下の一八七八年の第三版を使用した。Leopold von Sacher-Masoch: *Das Vermächtniß Kains. Erster Theil. Die Liebe.* 3. Aufl. Stuttgart: J. G. Cotta. 1878.

一、固有名詞の表記に関して

東ガリツィアは、マゾッホがドイツ語綴りで表記しているかぎりはドイツ語読みで、ポーランド語綴り（特殊文字なし）で表記を行っている場合は音引きなしのポーランド語読み（Ł はL音）とした。

西ガリツィアは、すべて標準的なポーランド語読みとした。

ガリツィアを除くウクライナは、ロシア語読みに従った。

ただし「ワルシャワ」「モスクワ」などは「ウィーン」と同じく慣例に従う。

人名の「～ヴィッチ」は、現在は主流になっている「ヴィチ」とする。

一、注について

本文中に1、2、3と注番号を付し巻末にまとめた。原注ほか、訳者による訳注、スラヴ関連の項目は西による補注とした。

またこの補注の執筆にあたっては富山大学名誉教授の中澤敦夫氏から貴重な助言を多数頂戴した。この場を借りて心より感謝の意を表したい。

ザッハー＝マゾッホ集成Ⅰ

エロス

装幀　間村俊一

コロメアのドンジュアン

人生まるごと費やして　ようやく知ったことがある
愛はなんともはかないもの　永遠にと請うてもそれはむなしい
誠を尽くせど笑いとばされ　栄枯盛衰、モードのごとく
心変わればしっぺがえし　嫉妬の虫がつきまとう
されば結婚の女神は退けよ　つれそう妻にも期待するな
よしや裏切りおそれるならば　みずから愛して裏切るべし

――カラムジン[1]

私たちが郡都コロメア[2]を出て田舎へと向かったのは、日も暮れかかる、金曜日の夕刻だった。ポーランド人によると金曜日は幸先がよい[3]はずなのだが、マリアヒルフ村[4]から来たわがドイツ人の馭者は、金曜日はキリスト教徒にとって厄日だと言って譲らない。なにしろキリストが十字架に架けられた金曜日、キリスト教の興りが金曜日なのだ。

このたびはドイツ人に軍配が上がった。コロメアから半時間ばかり行ったあたりで、私たちは農民自警団[5]に呼び止められた。

「止まれ！　通行証だ！」

馬車を停めはしたが、通行証とは！　私に書類上の問題はなかったが、シュヴァーベン人[6]の馭者にまでは気がまわらなかった。ご当人は馭者台に腰を下ろしたまま、そんなもの糞くらえと言わんばかり。鞭をふるって風をきり、小型のパイプにキザミ煙草をつめはじめる始末。これではいかにも謀反人だ。ふてぶてしく悠然としたその面構えが、わがルーシ人[7]農民どもの癪にさわったらしい。通行証がないのもしかたないが、農民どもが肩をすくめるのもしかたのないことだった。

「謀反人！」との声。

「そう言わずにこれが謀反人の顔かどうか、よく見たまえ！」だが、無駄な抵抗だった。

「謀反人！」

　わがシュヴァーベン人は腰を下ろしたまま、もぞもぞ体を動かし、へたくそなルーシ語をくりだしたが話にならない。農民自警団の面々は職掌を弁えていた。こんな連中に銀行券を握らせる愚か者がどこにいるだろう？　私にもそんな気はなかった。というわけで、二人まとめてお縄となり、眼と鼻の先にある居酒屋まで連行されることに。

　遠目に、ときおりきらりと光るものが見えた。尖端が鉤状になった草刈鎌を農夫が一人肩にかついで歩哨に立っているのだった。おりしも月が煙突に懸かるところで、農夫と大鎌を見下ろしていた。小さな窓を通して居酒屋は店内まで照らし出され、月は銀貨のような光線を店内に注ぎ入れるのだった。玄関先の水溜まりは一面の銀。守銭奴のユダヤ人に嫌がらせをしたいらしい。しかし、当の亭主は私たちを出迎え、上客を迎える歓びをあらわそうと気の抜けたような悲鳴をあげるのだった。

亭主が体を揺らすとまるでアヒル。右の袖に唇をつけ、ついでに念を入れて左の袖の同じ場所に。そして、農民たちに向かって毒づくのだった。「こんな……　こんな御方……」――なかなか私を評するにぴったりな形容がみつからないらしい。「こんな旦那さまに縄をかけるだなんて、おまえたちどうかしている。骨の髄まで黒と黄色[8]で染めぬかれた御方。お顔も心も黒と黄！」亭主は、トーラーに誓って言い、まるで自分が不当をこうむったかのような口ぶりだった。

私はシュヴァーベン人を馬といっしょに残して農民たちに見張らせ、自分は居酒屋で一服させてもらうことにした。大きな暖炉をかこむ木製のベンチに腰を下ろすと、黒と黄の心をくつろがせることができた。

たちまち無聊の苦しみがおそってきた。なにしろ親愛なるモーセ君[9]は、ヴォトカや最新ニュースをふるまうのに大いそがしで、カウンターの上を蚤のように跳ねては、ちょこんとやってきて、べったりと貼り付いてひとくさり、小難しい政治談義、文学談義に及ぶのだ。

それしきで慰められる無聊ではなかった。暇に任せて私は居酒屋をひとわたり見渡した。

なにもかもが緑青《ろくしょう》じみていた。

かぼそい石油ランプの灯火は酒場全体を緑がかった光で満たしていた。壁にも緑の黴がはえ、四角い暖炉は緑青を塗ったようで、イスラエルの石を切り取った床石のすきまから緑の苔が蒸していた。火酒のグラスには緑の滓。農夫たちがカウンターで銅貨をぶちまけて注いでもらうブリキの杯にも本物の緑青が滲む。モーセ君が運んできたチーズはびっしりと緑の黴におおわれ、細君は大きな緑青の花を咲かせた黄色い部屋着姿で暖炉の向こう側に腰を降ろし、血の気の薄いみどり児を寝かしつけていた。やつれたユダヤ人の顔にも緑青。落ち着きのない小さな目や、薄っぺらでひくひく動く鼻翼や、ひとを嘲笑うようにひん曲がった辛辣な口元にも緑青がひそんでいた。

年齢とともに緑青がわいてくる顔、そういう顔がある。わがユダヤ人がまさしくその手合だった。

私と他の客のあいだに一本のテーブルがあって、客はみんな横長のカウンターにへばりついていた。おおかたは近在の農夫たちで、ひそひそ話に打ち興じて、もじゃ毛の気難しそうな緑の頭を寄せあっていた。村の教会の先唱者《ディヤック》[10]と見える親分肌の男が大口を叩き、やたら大きな煙草入れを持っていて、嗅ぎ煙草を嗅いでは格好をつけるのだった。半分やぶれかかった緑色をしたルーシの新聞を読み聞かせてやっているのが彼だった。

何もかもがひっそりと神妙で、かつ荘厳。外では農民自警団がメランコリックな歌声を響かせていた。まるで遠くから流れついたような声だった。幽霊のように酒場を包囲して、何かを訴えようとするのだが、声をひそめて言葉をかわす生ける人々の前にしゃしゃりでるほど厚かましくない。そんなふうだった。メランコリーは黴臭い湿気や月光や歌の姿を借りて、すき間からしのびよる。

おかげさまで、無聊はメランコリーへと転じた。私たち小ロシア人に特有のメランコリー。運命の必然にはやたらと抵抗はせず、男らしく屈服する。わが無聊と倦怠もまた睡眠や死と同じく、いくらあがいても逃げおおせない宿命なのだった。

教会の先唱者は、緑色の新聞の死亡欄、来訪者欄、株式欄ときて、鉄道時刻表へとさしかかろうとしていた。いきなり戸外で鞭が唸り、馬蹄《ひづめ》の音がして、もみあう人間の声が聞こえてきた。

そしてふたたび静けさが戻る。

そこへ、農民自警団の声に混じって、ひとりだけ耳慣れない話しぶりの男の声があった。男らしい声で豪快に笑う。そこには音楽的な抑揚が宿っていた。それも豪放磊落、笑いのめすような調べで、酒場の雑踏など意に介さない。声はずんずん近づき、見なれない男が戸口に姿をあらわした。私はいずまいを正したが、背の高いすらっとしたシルエットが拝めただけだった。男はこちらに背中を向けてカウンターを取り囲む農夫たちと愉快そうに話しはじめたからだ。

「これくらい、大目に見ろよ。見てわからないか？　このあたしが密使だなんて？　どこに目がついている？　四頭立ての馬車をくりだして帝国の街道を通行証もなしにほっつき歩く臨時政府の一味がどこにいる？　臨時政府の奴らがあたしみたいにパイプを咥えたりするかね？　兄弟！　すこし頭を使えば分かることだろう！」

そこへ二、三人農夫の首領らしい男が戸口にあらわれ、そろって顎に手をやって渋ってみせた。

「あんたたち、兄弟、正気かい？　見逃すわけにはいかない」

「悪いけど、兄弟、見逃すわけにはいかない」

「あんたたち、正気かい？ 勘弁してくれ。頭を冷やせ……」

「そうは行かない！」

「ほんとに、あたしをポーランド人だと思うのか？　チェルネリツァ[11]のルーシ人墓地に安らってる両親をいまさら七転八倒させようっていうのか？　ボグダン・フミェルニツキ[12]やコサックらとともにポーランド人と勇敢に戦ったわが先祖の勲《いさお》しを無にするつもりか？　どれだけの戦闘を戦い抜いたと思う？　ピラフツェ[13]に、コルスン、バトフ、黄河の戦い。ズバラシュを包囲したこともある。そこには、転がっているポーランド人、立ってるポーランド人、座しているポーランド人、それこそ選《よ》り取りみどりだった。後生だから見逃しておくれ」

「だめだ！」

「あたしのご先祖が頭領ドロシェンコ[14]とともにレンベルク包囲戦を戦ったとしてもか？　あのころはポーランド貴族の首が梨よりも安く買えたもんだ。しかし、その突慳貪《つっけんどん》なのはやめてほしいな。見逃してくれよ」

「だめだ！」

「だめ、だめって、あんたたち、本気か？」

「あたりまえだ！」

「しかたがない。だったら、せめて突慳貪にするのだけはやめろ」見なれない男は、下手に出るのを止めて男らしくなりゆきに任せた。あらためて居酒屋に入ってきたが、私からはそっぽを向き、ふたたび家鴨跳びをはじめたユダヤ人に向かって頷きながら、こちらには背中を向けたままカウンター席に腰を下ろした。

　この間、ユダヤ人の細君は聞き耳を立てながら、男を見やっていた。そして、赤ん坊を暖炉の側に寝かせると、カウンターの方へやってきた。むかしはさぞ美しい女だったにちがいない。モーセ君のところへ嫁いできたころはかなりのものだったと賭けていい。だが、今となっては、愛敬のかけらもなく、棘々しい。受難と辱めと足蹴と笞刑がユダヤ民族の顔を彫り進んだはてが、この燃え尽きたような、悲しげに嘲笑し、卑屈を装って復讐を果たすその表情だった。彼女はすらっとのびた肩をこごめ、ほっそりとした綺麗な指をグラスに絡ませながら、目は見知らぬ男に釘づけだった。

燃え盛る欲望の塊のようなたましいが黒い大きな好色の目から立ち上がるさまは、墓場の腐りかけた人間の遺体から這い出した吸血鬼がごとくで、見知らぬ男の端正なかんばせに食いついて離れようともしない。

なるほど男は、惚れぼれするような顔立ちをしていた。カウンター越しに女の方へと傾いた顔は、さながら傾く月のようであったが、男がテーブルに投げつけたのは本物の銀貨だった。ワインをひと瓶、ご所望だそうだ。

「おまえは下がっていろ！」ユダヤ人の亭主は細君に言った。

彼女はいっそう背を丸め、目を閉じたまま夢遊病者のようにふらふらと遠ざかった。するとテーブル越しにモーセ君がささやくのだった。「あの方は危険な方でございましてね」そして、くわばらくわばらとでも言うように額の小さな巻毛を揺すり、首をふった。

見なれない男は殺気を感じたらしい。背中越しに私を見ると、すくっと立ち上がって、丸いムートンの帽子を毟りとり、最上の愛想をふりまいて自分の非礼を詫びた。私たちは挨拶を交した。ルーシの友愛は言葉ばかりでなく、身体のすみずみに染み付いていて、心のこもった笑みとともに口にする美辞麗句は、ひとり個人のこころがけで身につくものではない。しかし、それにしてもそのとき私たちがお互いに交した挨拶は、桁外れだった。

私たちは数えきれないほど幾度となく卑しい奴隷としてみずからを名乗っては足下に両膝を突いて[15]へりくだり、それが終わってようやくその危険人物とやらは私の正面に腰を下ろし、パイプに煙草の葉を詰めていいかと申し出た。農夫たちも煙草は吸っていたし、教会の先唱者《ディヤク》もだし、暖炉にいたってはのべつまくなしに煙を吐いていた。それなのに許しを請わては、「憐れみをもって」許さずしてどうしよう。かくして男は長いトルコ式の煙管《キセル》に煙草を詰めた。

「あの百姓どもときたら！」屈託のない声で男は言った。「あなた、よろしかったら百歩下がって、あたしがポーランド人[16]に見えるかどうか、その目で確かめてもらえませんか。どうです？」

「とてもそうは見えませんね」

「ほらね。見る人が見ればわかるんです！」と、歯の浮くような謝辞を述べ立てた。「あの連中に聞かせてやっていただきたいものです」そこで男は袋から火打石を取り出し、茸をほぐした火口《ほぐち》を上にのせて、発止《はっし》とナイフを打ち付けた。

「しかし、あのユダヤ人によればあなたは危険なお方なんだそうですね」

「それはね。」男は視線をテーブルの上にさまよわせ、くすっと笑った。「モーセ君が言っているのは女性関係です。あなたもご覧になったでしょう。女房を奥に退かせたあの男のザマを。なにごとも火をつけるにはコツがありましてね」

ちゃっかり火口には火が点いていた。男はこれを煙管に移して、ぷかーっと紫煙を吐き出した。そして、いかにも恐縮そうに目を伏せて、にっこり笑うのだった。

私はじっくりと男を観察させてもらった。

見るからに荘園主らしい。なにせ小奇麗に身を固めていたし、煙草入れに豪華な刺繍が施してあり、物腰にも品があった。近在、もしくはコロメア郡の男だということは、ユダヤ人の亭主に面の割れているあたりからわかる。ルーシ人だということは彼が自分で明かした通りだし、ポーランド人ほどおしゃべりではない。そして、いかにも女が黙ってはおかないタイプだった。ともかく他の民族のあいだではもてはやされる力任せのごつごつした男らしさや、鈍重でもたもたした男臭さはかけらもない。それこそ頭の天辺から爪先まで高貴にして、スマートで、優美。しかも、しなやかな生命力と粘っこいしたたかさが身のこなしに滲んでいた。クセがなくさらっとした褐色の髪と、軽くウェーブがかかっているが短く刈り込んだ顎鬚が、よく日焼けしてはいるが端正な面立ちに深い陰影を落としていた。

もはや若いとはいえない年齢だが、溌剌とした青い目は少年のようだった。人生をくぐりぬけるなかで刻み込まれた薄暗い陰翳にみちた面立ちのなかに、それでも拭いがたい善良な人間愛が宿っている。そんな顔だ。

男が立ちあがってカウンターのところを何往復かするのを見ると、幅広のズボンを皺だらけの黄色いブーツのなかにたくしこみ、大きく広げた上着の下からは柄物の腰帯を体に巻き付け、あたまには毛皮の帽子、これはさながらヴラジーミル公やヤロスラフ公とともに談判し、イーゴリ公やロマーン公[17]とともに戦場へと赴いた、いにしえの聡明で勇猛果敢な郷士《ボヤーリン》たち[18]を彷彿とさせた。

ご婦人どもにとって危険とは、さもありなんといった風情だった。行きつ戻りつしながら微笑む彼を見ていると、それだけで心が和んだ。そこへ、ユダヤ女がワインの瓶をかかえてあらわれ、テーブルにそれを置くと、暖炉の後ろに丸くなって腰を下ろした。男から一瞬たりと目を逸らさない。わがルーシの郷士は近づくと瓶をちらりとみて、何かを心待ちにしている素振りを見せた。

「トカイ酒[19]はなにものにも優る。女の熱き血に代わる代用品として」

男は掌で胸のところをさすりながら、心臓のあたりが燃えあがらんばかりであるかのような仕種を見せた。私にはそう見えた。

「あなたのような方ならさぞかし」こんな話を仕向けるのは失礼かと思ったが、彼はいやな顔ひとつしない。

「逢引《ランデヴー》きなら任せてください！」なかば目を閉じ、パイプをくゆらせながら、頷くのだった。

「情事といいましてもね、あなた、千差万別です。たしかに、あたしは女運はいいんです。あなた、やたら女には恵まれているんです。もしもあたしを天上の女官や乙女のところへ送ろうものなら、天国は天国じゃなくて、あたしの庭となるでしょう。神よ、わが罪を赦したまえ！　どうかあたしの話を法螺話とは思わずにお聞き下さい」

「法螺話だなんて」

「よろしい。親友にも女房にも聞かせることのないとびきりの秘密は、えてして通りすがりの他人に打ち明けてしまうものだと言いますが、言い得て妙。――おおい、栓を抜いてくれよ、モーセ君。グラスを二つ。――どうかあたしを可哀相な奴とお思いになって、トカイ酒をご相伴いただき、わが恋の武勇伝を聞いてやってください。とっておきの話、ペリシテ人のゴリアト[20]の署名があったとして、それにも優る、世にも稀なる冒険です。だって、銀貨に目が眩《くら》んでわれらが主を敵に売ることになったイスカリオテのユダ[21]の話なんて、どこにだって転がっている。嘘じゃありません。ガリツィアやロシアの教会で何度もこの目で見させてもらいました。ユダの取引なんて、多寡が知れたことです。――おい、どうしたモーセ君……」

遠くから跳ねながらやってきた酒場の亭主は、二三度、足を後ろに跳ね上げながら、ポケットから栓抜きを取り出し、コルク栓をこつこつ叩いて、息を吹きかけてから、ひょろひょろした両足に瓶をはさみ、顔を思いっきりひんまげながらコルクを抜いた。そしてあらためて息を吹きかけると、それこそイスラエルでも太鼓判を捺してもらえそうなほどとびきりぴかぴかの清浄なグラスに黄色いトカイ酒を二杯注いだ。見知らぬ男はグラスを私の方へ掲げ、「健康を祝して、乾杯！」

通り一遍の乾杯ではなく、男は大きなグラスを一息に空けた。あまり大酒呑みではなさそうだった。ワインをしっかり味わうというのではなく、舌の上にワインを乗せ、上顎でおし潰すようにして飲みこむのだ。

ユダヤ人は彼を見ながら、ひっそりとした声で言った。「やんごとなき旦那さまにはまたしても声をお掛けいただき、なんともかたじけないことでございます。快調のようでいらっしゃいますね。ますますお盛んなご様子」モーセ君は、こんな台詞を口に載せるのにも獅子のポーズを必要とするらしく、ポンペイの壺の壊れた把手のように脆そうな腕を左右に広げ、水車のペダルを踏むみたいに両足を交互に持ち上げ、四股を踏んでみせるのだった。

「やんごとなき奥方さまや、お子たちはいかがお過ごしでいらっしゃいますか？」

「すこぶる快調！」殿下は二杯目をグラスに注いで飲み干した。しかし、バツが悪いのか、やや伏し目がちにしていた。そしてユダヤ人が向こうへ行ってしまってからしばらく間を置いて、おずおずと目を上げて私を見たのだが、顔を真っ赤に紅潮させていた。長いあいだ、彼は押し黙り、煙草の煙を吐いたり、私にワインを注いだりして、ようやく口を開いたと思ったら弱々しい声で「お笑い種でしょう。この老いぼれロバの野郎、女房も子どももほっちらかしで、恋物語をひけらかし、逢引きだの恋文だのの話を得々として聞かせようとしている。あなたはきっとそうお思いです。後生です、何も口をはさまないでください。あたしだってわかっちゃいるんです。初対面の男の打明け話を聞かされるなんて、けっこう愉快な役まわりだと思いませんか。何度もしつこく申し上げて恐縮ですが、こいつは興味を誘う話であること請け合いです。一期一会、話したさきに何が待っているか、妙な話を聞かせて変に思われやしないか、気にかける人もいるかもしれない。しかし、あたしは何とも思やしませんよ。もちろん、話を飾り立てるつもりはないし、女蕩《たら》しなんて、なかば情欲、なかば虚勢心からそうなってしまうだけです。せっかくの冒険が誰にも知られずじまいに終わったんでは、あまりにみじめでございましょう。ですからあたしは誰彼かまわずお話ししますし、みんなそれを羨ましがります。しかし、今日ばかりはお笑い種とあいなりました」

私としては、そんなのは思い過ごしだと打ち消すしかなかった。

「まあ、気を使わないでください。お笑い種なのはどのみち同じこと。だってあなたはまだあたしの話を聞いてもおられない。あたしの身にふりかかったことは、コロメア郡の誰もが知るところです。ご存知ないのはあなただけ。女にもてすぎてしまうと、ひとは滑稽なくらい自惚れが強くなる。誰もが自分のことばかり考えていると思いたがる。道端の乞食に金をくれてやったり、酒場で知り合った行きずりの方に話を聞かせたがったり、ああ、ほんとにお笑いですよ。しかし、乗りかかった船、あなたには洗いざらいお話ししないわけには参りますまい。どうかこんなあたしに免じて聞いてやってください。なんだかね、あなたなら心置きなく話していいような気がするんです」

私としては面目ないと頭を下げるしかなかった。

「よろしい。それでは、どこから始めましょうか？　カードの手の内を見せるってほどのものではないんです。ええ、行儀のよい鳥はじぶんの巣を汚さないと、このあたりの百姓どもは言います。しかし、あたしはお行儀の方はさっぱりでね、おどけた鳥、軽薄な鳥です。——おおい、モーセ君よ、トカイ酒をもう一本たのむ！——それでは行きましょう」

彼は両手で頬杖をつき、物思いにふけるのだった。押し黙ったままだ。またしても民警たちのぞっとするような歌声が聞こえてきた。それは思えば遠くから聞こえる死者の歎き節のようであり、またふとすると見知らぬ男のたましいが絶望的で痛ましいメロディーとなって揺らいでいるかのように近場から低く聞こえてくる。

「奥さまがいらっしゃるんですか？」気にはやった私が痺れを切らして口火を切った。

「ええ」

「しあわせでいらっしゃる？」

男は笑った。まるで子どもが笑うような屈託のない笑いだった。ところが、なぜだか自分でも分からなかったが、背筋が凍った。

「しあわせかって？　何といえばいいのでしょう？　失礼ながら、幸運とはなんぞや！　あなたは荘園の経営者でいらっしゃいますか？」

「いいえ」

「しかし、荘園経営の何たるか、多少はご存知ですよね。幸運ってものは、村や財産のように誰かが所有できるようなものではなく、いわば借地なんです。ええ、おわかりいただけますでしょうか。借地です。そこに未来永劫腰を落ち着けようと考える人間は、定期的に畑を休ませたり、肥しをやったり、森の刈込をしたり、若木を育てたり、道普請をしたり、こまやかにふるまうものです」ここで感極まって男は頭を抱えこんだ。「ところがどっこい、なんてことでしょう！　子育てにかまけるかのようなことになってしまうんです。つまりです、なにごとも先は見ずに、早いうちに仕込めってことです。土地から絞り取れるだけ絞り取り、森は荒れるがまま、牧草地はほったらかし、道端や納屋のまわりには雑草を生やし放題、そして何もかもが水の沫と化して、厩舎はみるみる崩れおちる。これでよし。穀物倉庫が毀れればもっとよし！　母屋の倒壊、これで申し分なし！　楽しむだけ楽しんで快哉をさけぶ。これが幸運というものです！　いやはや愉快！　愉快！」

新しいトカイ酒の栓が抜かれ、男はわきめもふらずグラスに注いだ。

「幸運とはなんぞや？」彼は大きな声を出した。「それは、ほら、この息なんですよ」彼は空気をいっぱいに吐き出した。「ほらほら！　見えるでしょ！」その方向を指差し、「おや、さっきの息はどこへ行ってしまったんでしょう？　要するに、幸運なんて一刹那のものなんです。時計で言えば一秒。針がチクリと動いて、終り！　それは歌であっても同じことです。歩哨たちが歌う歌！　あのサビのところをお聴きになればいい。最高潮に来て、どこかへ飛んでいってしまう。空を漂うだけです。歌に終りはないと言うべきかもしれない。歌に誘われてあたしたちは遠くへ遠くへ運ばれて、最後には夜に呑み込まれてしまう。永遠に。幸運なんてそんなものです」

しばし沈黙が流れた。

そして、晴れがましい声で沈黙を破ってきたのは向こうだった。「失礼ですが、ひとつご意見を伺って宜しいですか？　何故にすべての結婚は不幸に終わるのでしょうか？　たいていそうなんです！　いかがです？」

「どうもこうもありません。仰せの通りです」

「ならばこれは真理なのです！　にもかかわらず、この真理をよく見極めず、抵抗もしないで真に受ける人間がいる。なんとも不甲斐ないへなちょこではないでしょうか。あたしは思うんです。不可避なこと、運命によって定められたこと、あるいは自然に備わったもの、たとえば冬とか夜とか死とか、こういった不可避のなりゆきは耐え忍ぶしかありません。しかし、はたして結婚生活が不幸に終わるのもやっぱりなりゆきなんでしょうか？　ほんとにそこにはなりゆきの法則性、敢えて言わせてもらえば自然法則のありやなしや？」

いかにも探求心の強い学者然とした話しぶりだった。この問題に関しては揺るぎない持論を温めていて、私を見る眼差しも真剣というよりは、お茶目な好奇心に満ちたものだった。

「多くの結婚生活を不幸たらしめているものはなんぞや？」彼はくりかえした。「いかがです、兄弟？」

私は通り一遍の返答でお茶を濁した。

すると話をさえぎって申し訳ないと無礼を詫びつつも彼は言葉を継いだ。

「申し訳ありませんが、あなたの説はドイツの本の請け売りですね。ええ、あなたはかなりの読書家でいらっしゃる。あたしだって似たり寄ったりですがね。読んだ本から着想や言いまわしをつい拾ってきてしまう。おわかりですね。あたしだって、講釈を垂れるだけなら、そんなもの朝飯前です。「妻が物足りなかった」とか、「妻が私を理解してくれなかった」とか。人に理解してもらえないほど恐ろしいことはない、自分ほど独創的な人間はおらず、自分こそかけがえのない一人であって、思想も感情も独創的だ。しかし、夢はやぶれ、理解してくれる女性がみつからない。それでも理想の女性を求め続ける。そんなたぐいの言い訳なら、あなたもご存知でしょう。ところがどっこい、みんなでたらめです。すべてがでたらめ！　もうお気づきと思いますが、人間なんてどいつもこいつも根っからの嘘つきなのではありますまいか。人間には二種類のタイプしかいないのです。他人を欺く、本の中でもよく取り上げられる物質的な人間。もうひとつが、ドイツ人の曰く、理想主義者。自分で自分を欺く人間のことです」

本当をいうと、このあたりから私はがぜんこの男に興味をおぼえるようになった。

男はワインをさらに呷り、すべてが澱みなくなっていた。目は宙を泳ぎ、舌も滑らかで、とぎれるまもなく言葉が溢れだす。

「ねえ、あなた。結婚を不幸に陥らせる元凶は何でしょう？」こう言うと彼は両手を私の肩にかけ、まるで自分の鼓動を感じさせようとするかのようだった。「それはね、子どもですよ！」

まさか。

「しかし、親愛なる友！　あのユダヤ人とそのおかみさんがいかに惨めな暮らしをしているかをご覧なさい。もしも二人に子どもがなく、子どもへの愛がなければ、犬じゃあるまいし、二人しててんでばらばらな方向に走り出すことはなかったはずじゃないですか？」

男は祈るようにうなずき、祝福を与えようとするかのように掌を私に向けて両手を挙げた。

「そうなんですよ、兄弟！　それに尽きるんですよ、それに！　まあ、あたしの話を聞いてやってくださいな。

あたしにも未熟な時代がありました。ウブと申しますか。女という生き物が恐ろしくてたまらなかった。馬に乗せれば大人顔負けでしたし、銃をかつげば、野へ森へ山へどこなりと渡り歩くことができた。手柄話ってほどではないんですが、たとえばクマに遭遇したとします。そんなとき、あたしは野郎には寄ってくるだけ寄ってこさせて、さあ来い、兄弟！ってなもんです。するとクマの野郎は仁王立ちになって、その息が頭にかかるほど。そこでおもむろに狙いを定めて胸の白い所をめがけてズドンとやる。だというのに、いざ女を前にするとしっぽをまいて、声をかけられただけで赤面して、呂律がまわらない、なんとも情けない青二才でした。女なんてあたしたちよりも髪の毛が長く、服をぞろぞろひきずっているだけだと、その程度にしか思っていなかったんです。ウブそのものでしょう！　あたしたちの世界がどんなか、あなたならご存知ですね。召使いたちでさえその手の話は口にしません。成長するにつれて一人前に髭が生え揃ってきますが、それでも女を見て胸が高鳴るわけについて、誰が教えてくれるわけでもない。青二才の一丁上がり！ってなもんです。

それから、あたしは思いこんだんです。アメリカか、はたまた新しい惑星のひとつを発見したのだと。だって、人間の子どもはザリガニみたいにさっさと独り立ちして陸を歩き出すわけではない。

ええ、そう、あたしはいきなり恋に落ちました。何が起こったのか自分でも判りません。すみません。こんな話はきっとお退屈でしょう?」

「とんでもありません。どうぞどうぞ」

「ええ、あたしは恋に落ちたんです。小柄なフランス人がバイオリンを持ってやって来て、近在の領主たちは令息令嬢を連れて集まりました。にぎやかな近所づきあいというやつでね。みんな顔見知りだし、打ち解けていました。ところがあたし一人がわなわなと震えておりました。ところが、小柄のフランス人ときたら、思いつくままにカップルをこしらえようとするんです。いきなり袖をつかむと、隣地の娘にひきあわせる。相手もほんの娘っ子です。ドレスの裾に足をひっかけるし、ブロンドの三つ編みをお下げに垂らしている。

二人は立ちあがり、彼女がぼくの手をとります。あたしはもう生きた気がしなくてね。踊るには踊りましたが、彼女をまっすぐに見据える勇気がなくて。二人とも手ばかり火照って。そこへ、さあ、「殿方の皆さん《メッシュー》」の声がかかります。パートナーの女性の前に歩み出て、靴の踵を揃えて鳴らし、深々と首を垂れるんです。まるで首を刎ねられる前のようです。そして、腕を鉤のように折り曲げて女性の指先に触れ、手の甲に接吻する。血があたまに充満しましてね。彼女もちょこんとお辞儀をしてみせるんですが、顔を上げると、向こうも真っ赤でした。何ともいえない眼をしていました!」

男は目を閉じて、椅子の上で反り返った。

「ブラボー、メッシュー！　これでやっと解放されました。彼女と一緒に踊るのはそれっきりで。彼女は隣りの領地のお嬢さんで、きれいなお嬢さんでした！　何というか、絶世の美女というより、ノーブルな美人と言うんでしょうか！　ダンスの講習は毎週でした。あたしは彼女とは一度も言葉を交わしませんでしたが、彼女がコサック・ダンス[22]を踊って、腕をかわいらしく腰にあてがったりすると、目は釘付け。彼女の視線を感じると、口笛を鳴らして、踵でくるりと一回転。他の若い紳士たちも彼女の指を飴玉のようにしゃぶったり、彼女のハンケチを手にしようと手足でポーズを取ったり、涙ぐましい努力を払うのですが、彼女はお下げを背中に垂らし、じっとあたしをみつめていました。

彼女が帰宅する段になると、足下を照らしたり、階下でお迎えしたり。いつのまにか、あたしが主役でした。彼女は温かく身を包み、ベールで顔を被って、会釈して誰彼かまわず愛想をふりまくのですが、あたしはもう妬けて妬けて、むかむかしました。馬車の鈴の音が遠ざかって、それでもあたしは突っ立って、カンテラを持ったまま、項垂れ、蠟が滴るがままにしているのでした。ね、青二才そのものでしょう！

ダンスの講習会が終わると、そうそう彼女には逢えなくなって。

あたしは夜中に目を醒まし、わけもなく涙が流れて困ったことがありました。お気に入りの詩を手当たり次第に暗誦したりしました。気分が乗ってくると即興でギターを爪弾きながら、歌ったり。すると、老犬が暖炉の下からはいでてきて、鼻面を空に向けながら遠吠えするのでした。

それから春が来て、あたしは狩猟に出ようと考えました。山を歩き、谷間に身を横たえていると、枝をへし折り、下生えを踏みながらクマが一頭、ゆっくり、ゆっくりあらわれました。あたしは息をひそめ、森の中は物音ひとつしない。カラスが上から一羽カアと啼くだけです。あたしは身も世もなく、十字を切って、ふたたび息をこらし、クマが通り過ぎてから、一目散に駆けるのでした。

それから、年に一度の市の立つ日が来ました。そうでした。話が前後して申し訳ありません。市に出かけると、彼女もそこに居合わせました。絶好のチャンスの到来です。忘れていましたが、彼女はニコラヤ・センコフという名前で。彼女の歩くさまはすっかり領主夫人といったおもむき。そのころになるとお下げはやめて、黄金の冠よろしく結いあげているのでした。足取りは自然で、体を揺らすと衣擦れの音も優美にさわぎ、その音を聞いているだけで俘虜《とりこ》になるほどでした。まわりは売ったり買ったりで活況を呈し、百姓どもは重たい靴を履いてのし歩き、雑踏を縫うようにしてユダヤ人がちょこまかと駆け回り、叫んだり、泣き言を言ったり、笑ったりです。餓鬼どもは小さな木製の笛を買って吹き鳴らしていました。それでも彼女はすぐにあたしに気づいてくれました。

これで気が大きくなりましてね。周囲を見渡しながら考えました。「よおし、彼女には太陽を差し出そう！　彼女はきっと喜ぶはず！　それが最高のプレゼントになる！」もちろん、太陽とはいっても丸くて甘いお天道さまのクッキーです。あの黄金色に焼けた蜂蜜ケーキはあなたもご存知ですね。彼女の姿は遠巻きにもせりあがってくるようで、思わずあんぐりと口が開いてしまいます。無報酬で葬式を挙げなければならなくなった僧侶みたいにね。この機会を逃してはならない。あたしは悪魔さながら気分を盛り上げて、なけなしの小銭をはたき、おひさまクッキーを買ったのでした。そしてすたすたと歩み寄り、愛する令嬢の裾の襞を鷲づかみにしたのです。なんたる不躾！と思われるかもしれませんが、恋に落ちた人間にとっては躾も不躾もありません。彼女をつかまえて、おひさまクッキーをプレゼントする。そうしたら、あなた、わがニコラヤはどんな態度に出たと思いますか？」

「そりゃ、まずはお礼でしょう」

「お礼ですって？　とんでもない。彼女は面と向かってせせら笑うんです。お父さんもお母さんも姉妹や従兄弟たちも、センコフの家族全員が笑うんですよ！　あたしは春にあの谷間でクマが近づいてくるのを経験したときと同じ気分でした。逃げ出したいのはやまやまでしたが、ひっこみがつかない。センコフ家の面々はなんだか大笑いしている。彼らはたしかに金持ちでしたが、あたしたちだって生活に困るほどではなかったのです。そこであたしは両手をポケットに突っ込みながら言いました。「そんなにお笑いになるとは心外です。ニコラヤお嬢様。せっかくの市なのに父はコイン一枚しか小遣いをくれませんでした。それをあなたのためにすべてなげうったのです。領主が村を二十ばかし手に入れても、それを全部捧げるようにです。ですからご容赦ください……」そこまで話すともう涙がぼろぼろあふれだして、先を続けることができませんでした。じつに間抜けですよね。しかしニコラヤ嬢はあたしのおひさまを胸に受け止め、じっとあたしの方を見るのです。その目は大きく広々としていて、全世界だってそんなには広くはないと思わせるほどでした。しかも奥が深くて、ほんとうに！　ひとを引きずりこむような目でした。こうやって彼女は詫びたのでした。目がそれを物語っていました。唇はぴくりとふるえただけでしたがね。

あたしは大声を張り上げました。なんたる青二才！　ニコラヤお嬢様！　できることなら空にある、あの神様の輝けるお天道さまをもぎとって、お嬢様の足下に差し出したいくらいです。どうぞあたしのことを好きなだけ笑いのめしてくださいとね。ところが、そこへポーランドの伯爵とやらが突っ込んできましてね。六頭立ての馬車で、みずから鞭を手に御者台に鎮座ましまして、なんとあなた、市場の中央に四輪馬車《ブリチュカ》[23]ごと乗り付けてきたのです。無茶ですよね。猛スピードです。悲鳴が上がり、ユダヤ人の一人は地面に突っ伏し、センコフ家の面々は大慌てです。ただニコラヤは一歩も退かず、手で馬を制していたのでした。あたしはここぞとばかり彼女の腰に手をまわし、抱き上げました。するとニコラヤはあたしの首にすがりついて。誰もが叫びを上げているときに、あたし一人は彼女を抱いたまま踊りだしたい気分でした。ところが伯爵氏が市場を駆け抜けていったものですから、しっぽりできたのは束の間でした。もったいない話ですよね！　ポーランド人の野郎！　あんなスピードで飛ばしてくるんですから！

だらだらと私事を並べてしまっていけませんね。手短に話さないと」

「いや、われらルーシの人間は話をするのも聞くのも大好きですから、遠慮なく続けてください」そう言って、私は腰掛けの上で伸びをし、彼は彼で煙管に新しい煙草を詰めた。

「まあ、いいことにしましょうか。囚われたる者同士、乗りかかった船ということで、最後まで聴いていただくことにいたしましょう」

ともかく、そのポーランド人貴族のおかげで、あたしたちは向こうの家族とはぐれてしまいました。肝っ玉の据わったセンコフ家の面々は思い思いに逃げおおせていました。さて、あたしはどうやって彼女の家族を探し当てたと思います？　ニコラヤ嬢は腕にしがみついてあたしに甘えっぱなし。あたしはその彼女を一家の皆さんのところまでエスコート申し上げたんです。つまりね。あたしはきょろきょろしているフリをして、向こうの家族に近づかないようにしました。時間稼ぎですよ。ふらっと横丁にしけこんだり。あたしはコサックさながらふんぞりかえった姿で、彼女と言葉を交わしました。どんな話かですって？　たとえば、そこに女が一人いて桶を売っているとしますよ。するとニコラヤ嬢の言い分はこうです。水を汲む桶なら陶器がいい。すると、あたしは木製をすすめました。話をとぎらせないための言いがかりです。ですから彼女がフランスの本がいいといえば、あたしはドイツだと言い、彼女が犬といえば、あたしは猫。彼女の愛らしい声を聞きたい一心から、あたしはあまのじゃくに徹しました。彼女が憤慨した声ときたら！　まるで音楽でしたよ。しかし、そうこうするうちに、あたしたちはセンコフ家の皆に取り囲まれ、完全に、追いつめられた獲物同然でした。逃げようにも逃げられない。あたしたちは親父さんの腕の中に飛び込むのが精一杯でした。センコフ氏はこんなところは出ようといいます。よし。あたしは勇気をふりしぼって、馭者を呼び止め、行き先を指示しました。センコフ夫人をまず馬車に乗せ、センコフの旦那をこんなふうに、後ろから押してよじ昇らせて、それから片膝をついて、もう一方の足を足場にしながら、ニコラヤが乗りやすいように支えてやります。それから姉妹や従姉妹たちが来て、それこそ半ダースばかりの手の甲にキスをして、馭者が馬に鞭をくれると、馬は一気に駆け出しました。

いやはや、申し訳ない。こんなふうにしか話せないなんて、ほんとうに話下手なんです。しかし、先へ話を進めましょう。さもないと話が前に進みませんからね。どうせあたしたちは囚われの身なんですし。

年の市ではこんなふうでした。

あたしは身を売り渡してしまって。ええ、あたし自身をです。まるで飼主を失った家畜がごとく、あたしはおろおろするだけでした。

翌日、あたしはセンコフたちの村へ馬を走らせ、歓迎を受けました。ニコラヤはいつもよりしおらしく、俯き加減でいました。あたしもなんだか悲しい気持ちになって、彼女を眺めながら考えました。あなたの気持ちはどうなんですか？　ぼくはあなたのもの、あなたのおもちゃ。どうなりと好きなようにもて遊んでほしい。ぼくはあなたのもの。笑いたいなら笑うがいい。あたしは彼女がそれ以上のことを望むなんて、考えてもいませんでした。

それからたびたびあたしはセンコフのところへと馬を走らせました。

あるとき、あたしはニコラヤに言いました。「ぼくはもう嘘《うそ》やまやかしはごめんだ」すると彼女は、「あなたが嘘《うそ》を？」――そう、ぼくはあなたの従僕、奴隷だ。ぼくは心まであなたのもの。ぼくはあなたの前にひれ伏して、足下に接吻する。そう口ではいいつつ、ぼくはあなたにとってなにものでもないし、何ができるというわけでもない。もう気持ちをいつわりたくない。これは嘘ではありませんでね。あたしはもう気持ちを偽るのはやめにしたんです。

それからしばらくして、わが家の老コサックが使用人たちに言うようになりました。「うちの若旦那は最近信心深くなられたようだ。脛を汚してばかりいなさる」とね。そうそう、一頭の愛犬のことを話しておきましょう。

センコフ一家はわが家よりも山裾に近い村の所有者でした。ですからたくさんの羊を深い森に近い牧草地に放し飼いにしていたのです。放牧地の囲いも頑丈なものでした。そのなかで羊飼たちは夜になると焚き火をしていましたし、連中は先端に鉄を打った棍棒や、カモ撃ち用の古い銃を一丁、さらに番犬用に牧羊犬をつがいで飼っていました。前にも言ったように、山が近かったものですから、オオカミやクマが放し飼いのニワトリなみに走りまわっていて、ともかく数が多く、殖えに殖え続けるさまはユダヤ人顔負けでした。

その犬は真っ黒な猟犬で。名前は黒炭《くろずみ》と呼ばれていました。

炭みたいに黒いこともありましたが、なんといっても光る目が黒炭という名の由来でした。

じつはこの犬はあたしの……なんといえばいいのでしょうか？　ごめんなさい。ええ、彼女の親友なのでした。

男は顔を赤らめ、目を伏せた。

そう、黒炭は若かったニコラヤの幼友達でした。彼女がまだひよこだったころ、温かい砂の中に寝転がっていると、仔犬だった黒炭がやってきて、彼女を、それこそ顔じゅうなめまわしたのでした。すると子どもだった彼女も指を子犬の牙の間に差し込んで笑い、犬もまた笑ったのです。

そして二人はともに育って、黒炭は大きく逞しく、まるでクマか何かのようになりました。ニコラヤの場合はそういうわけには行きませんでしたが、仲良しなのは相変わらずでした。黒炭は羊の番を買って出ました。べつに仕向けたわけではないのですが、なんというか、お人好しのところがあって、誰かを守っていないと気がすまないたちなのです。こういう生き物はこの一帯ではあいつだけでした。

あいつがイヌを引き裂くときは、それが他のイヌを引き裂いたときに限られました。オオカミだってやつを避けましたし、クマでさえもがやつが番をしていると鳴りをひそめていました。

というわけで黒炭には羊の用心棒役がぴったりだったのです。羊というのはじつに柔和で、臆病な生き物ですから、黒炭との相性はぴったりでした。こうして黒炭は羊に奪われ、お屋敷にはたまにしか顔を見せなくなりました。そしてそんな訪問の後、放牧地に戻りますと、小羊がみんなで黒炭を出迎えるのです。黒炭のほうも真っ赤な舌で右に左にと小羊をなめまわすのでした。それはまるで、いいとも、わかっているともと言っているかのようでした。一方、ニコラヤの方が羊たちを訪ねることもありました。すると羊たちは彼女と黒炭のまわりを取り囲んで、大歓迎です。彼女が来ないと、荒れに荒れた犬は、屋敷を訪れる代わりに、森へ出かけて、雄オオカミから雌を奪うなどという情事をしでかしたりしました。

王者の風格のある動物でした。ニコラヤが来ると、小羊を集めて出迎えます。彼女は黒炭にまたがり、そいつはニコラヤをいとも軽々、いや軽々というよりは高々とかつぎあげて、歩くのでした。そいつには自分が誰を背負っているか、わかっていたのです。

あたしがお近づきになったころ、黒炭は老犬でした。歯も弱く、脚も萎え、眠ってばかりで、羊が消えるというようなことがあちこちで起こりました。

その頃、一帯ではクマのとんでもない奴のことが話題になっていて、それがあなた、センコフのところにも出没するようになったのです。

あたしはかつて谷間で遭遇したクマを思い、わが身を恥じました。

そんなころ、あたしがセンコフのところに出かけようとしていると、農民がも目の前を走りすぎ、放牧地のほうへと急いでいました。たいへんな数で、あたしは馬に拍車をくれて後ろを追いました。遠くから、クマだ、クマだ！という声が聞こえます。不安になったあたしは馬を走らせて、そこから跳びおりると、人だかりができていて、なんとニコラヤが犬を抱きながら、地面に横たわり、涙にむせんでいるのでした。ひとびとはそれを囲んで、ひそひそ話しているだけです。

クマが出現したのでした。それはそれは大きなやつで、そいつに小羊をさらわれたんです。羊飼や犬は身動きもとれず、声をかぎりに吠えるだけで、若いニコラヤも叫ぶきりですが、黒炭だけはそんなことでは名が廃るとでも言わんばかりに萎えた脚を思いっきりのばして、柵を越え、クマに襲い掛かっていったのです。

黒炭の歯にもう往年の鋭さはありません。黒炭はクマともみ合う格好になり、そこへ羊飼たちが猟銃をもってあらわれ、クマは逃げ去り、仔羊は無事でした。しかし黒炭はよろよろ歩いたきり、つっぷして、その姿はさながら英雄でした。ニコラヤはその上におおいかぶさり、胸にしっかりと抱きしめ、涙は牧羊犬の頭を濡らしました。黒炭は彼女の方を見て、深く息を吸い込むと、そこで事切れたのです。

あたしは自分が人殺しをはたらいたような気分です。ニコラヤお嬢様、そいつを放してやりなさい。そう口にしてはみましたが、彼女は目に涙を浮かべて、こう言うだけでした。あなたは血も涙もない方ね、ドミトリイ。ええ、あたしはドミトリイという名前です。ぼくには血も涙もないだなんて、それはないでしょう！

あたしは自分の馬を羊飼に手渡し、それから長い刀を手にとって、刃を研ぎ、さらに旧式の猟銃から弾薬を抜いた上で、確かめながらつめ直します。それから火薬と銃弾を山盛り袋に詰め、いざ山へ出陣です。

クマの野郎があの谷間を通るだろうということは察しがついていました」

「以前と同じクマですか?」

「ええ。同じ奴を待ち伏せしたんです。あたしは谷間のところに場所を構え、そこならもう逃げも隠れもできない。崖は切り立ち、岩肌がむきだしになっています。上のほうに木が生えていないではありませんが、つかまって登れるほど、しっかり根を下ろしてはいません。

あいつだけは避けては通れない。あいつもあたしも一歩も引くわけにはいかないわけです。

あたしは立ったまま、彼奴を待ちました」

「さぞかし心細かったでしょう?」

「人を待つ身の心細さはあなたもご存知ですよね。待ち伏せてまでひとの命を奪うというのは心の痛むことです。しかしあたしはただでさえ心細い森の中で、しかもクマを待ち伏せしていたのですから。

しかも、用心に用心を重ねたつもりだったのに、あさはかでした。あたしは銃身にもう一度弾薬をつめ、弾を固定します。

あたしはどれだけの時間待っていたものか?

ほんとうに心細い時間でした。

そのとき斜面の上のほうから草を踏み分ける音が聞こえてきました。百姓が履くような重たい靴が踏みしめるような音です。

そこへ轟くような声が響きました。

彼奴です。

奴はあたしを見て、歩みを止めました。

あたしは一歩踏み込んで、起こそうとします。おや？　起こすものがない。撃鉄を起こそうとするのですが、みつからないのです。撃鉄が落ちていたのです。あたしは十字を切りましたよ。それから上着を脱いで左手に巻き付けましたが、クマはそこまで来ています。

さあ来い、兄弟！――いくら叫んでも相手は耳を貸そうとする気配もなく、こちらを見ようともしないのです。

控えろ、兄弟！　おまえにこんどルーシの言葉を教えてやる！

あたしは銃身の方を握って、やつの鼻をめがけて思いきり叩き下ろす。やつは吠えたり、仁王立ちになったりしますが、あたしは左手をやつの歯に噛ませ、心臓めがけて刀を刺します。やつは前足をあたしの体にまわします。

そこへ泉のように血が吹き出し、あたしは咽そうになりながら、意識を失いました……」

男はしばし頭を抱えながら、押し黙っていました。

それから手のひらでテーブルを軽く叩きながら、男はにこやかに言うのだった。「たいへんな自慢話になってしまいましたが、彼奴の前肢がどんなだったか、ご覧になってみてください。ちょっとだけ失礼してシャツを脱がせてもらいましょう」男がシャツをはだけると、両胸にひとつずつ、まるで巨人の手形といったような瘢痕があらわになった。

「思いっきり鷲づかみにしやがったんです」

グラスはからっぽだった。私はユダヤ男に合図をして新しい瓶を持ってこさせた。

「それから農夫たちに発見されましてね」郷士《ボヤーリン》は話を継いだ。「そこは端折りましょう。ともかくあたしは長い間センコフ家で熱にうなされていました。昼間のあいだ意識が戻るとみんな集まってきて、そこにはあたしの一家も混じっていました。まるで臨終の床を囲んでいるみたいで。しかしセンコフ氏はすぐによくなると言い、ニコラヤも笑みをもらしました。一度、夜中に目を醒ましたことがあるのですが、見まわすとランプがひとつ点っていて、ニコラヤが跪いて祈りを捧げているではありませんか。

まあ、この話はいいとしましょう。遠い昔の話です。いまでも時々夢枕に出てきますが、ともかく、ご覧の通り、あたしは命拾いしたってわけです。

そのうちセンコフの親父さんが馬車に乗って頻繁にわが家を訪れてくるようになり、親父もよく向こうに出かけました。女性陣はめったに行き来しませんでしたが、大人たちはひそひそ何やら話し合っているのでした。あたしが近づくとセンコフ氏はにんまり笑って、ウィンクし、煙草をすすめるのでした。

ニコラヤは、恋に落ちていました。正真正銘の恋です。嘘いつわりではありません。少なくともあたしはそう信じていましたし、双方の親も同じでした。

こうして彼女はあたしの妻になりました。

あたしは親父から財産を譲りうけ、彼女もセンコフ氏から村をまるまるひとつ授かって嫁いできたのです。

結婚式はチェルネリツァで挙げました。みんなへべれけになって、うちの親父がセンコフ夫人とコサック・ダンスを踊ったほどです。

次の晩が来ましたが、一同、まるで審判の日の死者さながら、体がいうことをきかず、へばっていましたので、あたしは鳩のように真っ白な馬を六頭、馬車につなぎました。座席にはあたしが射止めた光沢のある毛脚の長いクマの毛皮を広げてあり、金箔をほどこした前脚は両側の踏み段のところから垂れ下がるほどでした。そして大きな頭には生きたクマさながらに目がらんらんと輝き、それをわれわれが足下に組み敷くというわけです。あたしの家族や、百姓どもにコサックどもは馬にまたがり、松明か何か火を手に持っていました。そこをあたしは赤いオコジョの毛皮に身を包んだ妻を担ぎ上げ馬車の中まで運び、みんなは拍手喝采、女房はいかにも領主夫人といわんばかりに、大きなクマの頭を小さな脚でふみしだき、その毛皮の上に腰を下ろすのです。

騎乗の男たちはあたしたち二人をとりかこみ、そんななかをあたしは女房をエスコートするんです。

ドイツの本を読んでいますと天上の愛というようなことがよく書かれてありますが、ばかげていますね。処女を追っかけまわすなんて偶像崇拝そのものでしょう」

「そういえばシラーにも……」

「お願いですからシラーを引いてきたりなんかしないでくださいね」

「まあ、いいじゃないですか」

帯とともに、ベールとともに
引き裂かれし、美しき幻想[24]

あたしは相手が嫌がるのもおかまいなく暗誦しました。

「たしかにシラーにも一理あります」土地の郷士は言いました。「美しき幻想。仮に乙女が神様がお作り下さった至上のものであったとするならば、そうでしょう。人が少女に対して感情を抱く、その美しくも愚かな感情をもし愛と呼ぶならば。しかし、だったらあたしの幻想もまた失せたことになります。

彼女を妻とすることで、あたしははじめて愛の何たるかを知りました。彼女の場合も同じでした。行儀も作法もかなぐり捨てて、彼女はコルセットからガーターから床の上に脱ぎ散らかしました。あたしの愛は彼女の愛に応えて高まりました。二人の愛は双子のようにして手を携えて膨れ上がったのです。

若いニコラヤの両手に接吻し、足にも口をつけて、ちょっと歯を立てたりなどすると、彼女は金切り声を上げて、あたしの顔面を踏みつけるんです。

ここでようやくあたしは人が何故に母子像の前で跪き、祈りを捧げるのかを理解しました。ところが、神に仕える家畜どもときたら、母子像の女性のことを処女だといって聞かないんですからね。ご存知とは思いますが、少女なんて召使の女と何ら変わるところがありません。父親の中には娘を財産のひとつに数えるものだっているほどです。ところが女房となると、いつこっちをうっちゃってこないともかぎらないんです。ですよね？　女だってわれわれが選ぶように選ぶんです。だから女を祭壇に捧げるだなんて、勘違いもはなはだしい。しかも、かわいい子！　だなんて。黄色いひよっこごときと比べられたんじゃ、立つ瀬がありません。何とか言ってやってほしいものです！　男女の愛と言えば結婚生活じゃないですか。あたしは結婚とは自然によって結ばれたものだと思うんです。

ほかに何と言えますか？

人生って何なのでしょう？　よかったら考えてみてください。意味深長な歌詞ですね……」

男はしばし田園警備兵の歌に耳を傾けた。

「あのメロディーにしても！

ドイツ人には『ファウスト』がある。英国人にだって文学の古典があるでしょう。ところが、あたしたちのところでは農民一人一人がそれを胸にたたみこんでいるんです。人生なんて、ふとやってくる予感みたいなものです。

わが民をかくも人恋しくメランコリックにさせるものは何なのでしょう？

それは平原なんです。

海のように広がり、風に吹かれて海のように波立つ。空もまたそこに沈み行き、人は無限に包まれるように平原に包まれるのです。自然がそうであるように、人と平原とはうちとけることがない。人間は語り掛けたいと思う。答えを受け取りたいと思う。そして悲痛な叫びのようにして歌が胸からほとばしり出るのです。しかし答えは得られず、歌はただの溜息のようにそこで途切れるんです。

平原は人間にとって不可解なものです。人間は平原に帰属するのか否か？　ヒトは平原によって創造されたのか？　人間は平原によって屈服を強いられたのではないか？　人間は平原を棄てたのか？　それとも平原が人間を追放したのか？

平原はまったく答えを与えてくれません。

人間の墓から一本の木が育ち、枝でスズメがさえずる。それが答えなのでしょうか？

アリの群れが隊列を組んで卵を抱えながら熱い砂の上を行ったり来たりしている。それが人間にとっての世界です。狭い世界に犇《ひし》めき合い、不眠不休ではたらいて、それだけ。人間はひとり取り残された気分になって、自分が生きていることさえしばし忘れてしまいそうになる。

自然は女に形を変えてこう語り掛けてきます。あたしの子。あなたはあたしのことを死を恐れるように恐れるけど、あたしはあなたと何ら変りはないのよ。キスをして！　好きよ、だから来て、あなたを悩ませる生命の神秘に二人で挑戦しましょう。さあ。愛してるわ！　てなわけです」

少し押し黙ったあと、男はさらに続けた。

「あたしとニコラヤは幸福でした。両親が来たり、隣人が来たりすると、彼女が陣頭指揮をふるって、家中が彼女に従いました。使用人たちは彼女に少しでも目を掛けられるとお辞儀をして、まるで水辺のアヒルのようでした。一度、若いコサックが十枚ばかりの皿を割ったことがありました。顎まで届くほどの皿を重ねて運んでいて落としたのです。妻は架かっていた鞭をとります。奥さまが鞭を下さるのなら毎日お皿を十枚割りたいと、やつは言います。おわかりですよね。あたしたちは思わず笑ってしまいましてね。

隣人たちもお楽しみめあてに押しかけてきました。

昔は、お祭りの、たとえば復活祭のお裾分け[25]をふるまう日などにやってくる習いでしたが、いまではもっと楽しいことが目当てでした。ほんとに誰も彼もが来たのです。

退役軍人のマックという男がいたのですが、シラーをそらで暗誦できる男で、なかなかいかした男でした。ただ困ったことにたいへんな酒乱でね。とはいってもへべれけになってしまうようなタイプではなくてね。その小太りの真っ赤になった男が部屋のど真ん中に立って、いつなんどき『ドラゴンとの戦い』の暗唱を始めないともかぎらない。もしも酒が入ってなければ、もうたいへんなことになって、ナポレオンとの戦いを全編聞かせてくれたことでしょう。あなただったらどうします？

それから客の中にはシェビツキ男爵も混じっていました。ご存知ですか？　昔はシュロモ・シェビクを名乗るユダヤ人で、荷かつぎの仲買人から始めたんですが、いつのまにか国庫に貢いで、領地を手に入れるにいたりました。そのうち、シェビクシュタインを名乗るようになり、リヒテンシュタインがいるなら、どうしてシェビクシュタインじゃいけないのかというのが奴の言い分でした。そして、今度は跡取り息子が爵位を得て、ラファエル・シェビツキを名乗ることになりました。笑いの止まらない話でしょ。あの男に、わが家までご足労いただければまことに光栄、などとひとことでも言ってごらんなさい。もう、うはうはですよ。どうぞ、こちらが玄関でございます、進め《パショール》！　そうなると笑いが止まらないんです。しかも、美しい女性を見かけようものなら、ブロディ[26]からドレス、パリからショールを取り寄せてくるお調子者で、水しか飲まない。毎日欠かさず蒸風呂に通い、赤いビロードのベストに大きな金の鎖をぶら下げて、スープに手をつける前とテーブルが片付いた後にはかならず十字を切る。

それから、名門貴族のドンブロフスキ[27]。赤い目をした長身の男で、陰気なちょび髭を生やかして、貧乏暇なし。亡命者救済の募金活動に忙しくてね。二度目に会うと、強く抱きしめて、やさしい接吻をよこす。少しでもお酒を過ごすと、とめどなく泣きくれて、ポーランド未だ滅びず[28]を歌い、手当たり次第、ひとの肩に手をまわし、ポーランド人蜂起の策略をばらしてまわるんです。そして、気分がよくなると、こんどは、いざ愛し合わん[29]ってなことになって、乾杯の音頭を取ると、女性の汚れた靴から酒を飲むんです。

マチェク氏はいかにも村の教区司祭といったタイプで、人の誕生、人の死、人の結婚、すべてが生きがいだという男でした。しかし、彼が褒めそやすのは主の下で安らっているものたちがほとんどでね。教会がお金をかけてシンボリックに称え上げているのは死者ばかりなんです。何か大袈裟に言おうとすると、ふつうなら、神かけてとか、神に誓ってというところ、彼はなんでもかでもを引き合いに出す男でね。

それから十一年も博士論文の執筆にはげんでいる学者のタデウシュ・クテルノガがいて、ただの学者じゃなく哲学者です。地主である親友のレオン・ボドシュカンや愉快な郷士仲間も集まりました。

愉快や愉快。蜂の巣をつついたような賑やかさです。しかし、この連中も彼女には一目置いていたんですね。

ご婦人方も彼女の周りに集まりました。ぺちゃくちゃやっては、にっこり笑い、二言めには神に誓ってね。女同士の友だちづきあいです。お分かりですね。かくしてあたしたちは近所づきあいを満喫しておりまして、それこそ客が妻の靴から酒を飲んだり、妻を褒めそやしたりすると、あたしだって鼻が高かった。しかし、女房はあなたたち何を無駄に人生を生きてるのとでもいうような醒めた目で見ていました。あたしたちは二人が何よりだったんです。

こんな羽振りのいい生活をしていますと、お分かりでしょうが、面倒もあれば楽しいこともありました。妻がすべてきりもりしていたんです。わたしたち、自分たちの生活は自分で治めたいものよね、大臣さんたちに任せるんじゃなくて、そんなことを言っていました。

そういえばクラドリンスキっていう老ポーランド人で、弁護士をやっているお大尽さんがいました。はっきりいいまして、やたら筋を通す男でね。髪の毛が一本もないかと思うと、帳簿も数字が合ったことがない男でした。

それから森番のクライデル。名前からも分かるようにドイツ人です。小柄で目も小さく、大きな透き通る耳をしていまして、連れているグレイハウンドも透き通るようでした。

女房はこうした男たちの手綱をしっかり握っていました。もしも思うがままに馬が走らなかったら、鞭をくれてやったことでしょう。

　また、百姓どもは百姓どもでね。あたしたちが畑の真ん中を歩いていたときのことです。イエス・キリストに祝福を！だの、とこしえに、アーメン！だの、ほんとに楽しそうなんです。収穫祭のときには、刈り手がみんなうちの庭に集まりまして、妻は壇上に立ち、収穫祭の花輪を彼女の足元に差し出すのです。歓喜の声を上げ、歌って踊って、そして妻はウォトカのグラスを手にとって、「これからも無病息災、祈っているわ」そして一滴残らず杯をあけるんです。

　連中はその足にひたすら唇をおしあてる。

　あたしたちは二人でよく騎馬旅行にもでかけました。あたしは手を差し出して、彼女の足を支え、そうやって妻は鞍に跨りました。馬に乗るときにはコサック帽をかぶってね。金の房飾りがうなじに踊って、彼女が馬の首をたたくと、馬は嘶いて、鼻の穴を大きく膨らませるのでした。

　それからあたしは猟銃を持っての散策も教えました。家に小型の銃がありました。子どものころ、よくスズメを撃ったときのものです。女房はそれを肩にかけ、牧草地を歩きながらウズラを撃ちました。見事なものでしたよ。ほんとうに。そのころ、森からハゲタカが飛来して、あたしの雄鶏どもや、白い鶏冠のあるニコラヤの雌鶏が盗まれたことがありました。よし、待ち伏せするしかないぞ。おまえ、待ってろよ。

　それはちょうどジャガイモの収穫から戻って、若枝を手にしていたときです。そいつがあらわれたところでした。ギイギイいいながら、庭のところを歩いているではありませんか。あたしはただ悪態を突くだけでしたが、そこへ銃声がしました。ハゲタカの野郎はもんどりをうって、まっさかさまに地面に落ちました。

いったい誰が？

妻でした。もうこれで盗まれたりしないわ。そう言って納屋の扉に奴を打ち付けましてね。そんな女だったんですよ。

ユダヤ人の番頭[30]がやってきて、物がいいよ、新流行だよ、安くしとくよと大声を張り上げるとします。そんなときでも、妻はしっかり値切るコツを弁《わきま》えていました。

ユダヤ人はため息をつくだけです。手強い方ですなとかいって、妻の肘に接吻して。

たとえば、町へ出かけるとするでしょう。

すると、知事《スタロスタ》[31]の奥さまあたりが白襟の青いドレスで颯爽とお歩きになっている。最新流行ですよ。そこで白襟の青いドレスを買って帰ったとすると、ニコラヤは頬を真っ赤に染めましてね。

一度なんて、ブロディに足を伸ばして、いろんな色のビロードやシルクや毛皮を買ってきてやりました。すると妻は、なんという毛皮でしょう！　すべて密輸品だなんて！　彼女は胸をドキドキさせましてね。

それがまた妻にはよく似合うんです。もうこちとらは跪くしかない！

それから、彼女は毛皮のカツァバイカ[32]を一着持っていました。淡い緑色のコートで、その緑が見事でした。それも青みがかったシベリアリスなんです。ロシア皇帝のお妃さまだって、これ以上の品をお召しではありますまい。手の平ほどもあるシベリアリスです。しかも銀鼠の毛皮で裏打ちがされていて、ふわふわなんです。ほんと。

秋の夜長には寝椅子にこうやって横たわって、両腕を頭の下に組んで、そんな彼女にあたしは本を読んでやるんです。

火がぱちぱちと爆ぜ、湯沸かし《サモワール》は歌い、カマドウマが鳴き、木喰虫がかちかち音を立て、鼠は何かを齧っている。だって、白猫は壁の張り出しのところで長くなって、ごろごろ糸巻きのような音を立てて役に立たない。

あたしは小説を何だって読んでやります。町に行けば貸本屋がありましたし、ご近所の方々もそれぞれにお気に入りをそろえておいでてでしたからね。

妻は目を閉じて横たわり、あたしは肘掛けに腰掛けて、二人はひたすら読書三昧にふけるのです。夜一睡もしないこともしばしばで、その男はその女を手に入れるだろうかどうだろうか、語り合うのでした。高潔な心を描いた物語になると、彼女は怒りに震え、小さな耳をいつ真っ赤にしないともかぎらない。からだを起こして、肘をつき、まるで小説を書くのはあたしだと言わんばかりに、あなた、彼女にそんなことさせないで、お願い。それこそ涙を流さんばかりに訴えるんです。

女って、とくに小説に出てくるような女は何かにつけて高潔ぶる。恋人が危ないとなると、すぐにでも自分を犠牲にしたがる。そういうもんじゃありませんか。食えたもんじゃありませんね。一度、子どもを助けたいばかりに女が夫を犠牲にするという場面が出てきました。ばかばかしい話でしょ。たしか『母性愛の力』という本でした。ばかな話なのに、ニコラヤときたら、これにはまってしまって、何週間も読書を中断したほどです。

いきなり跳び上がって、あたしの顔面に本を投げつけるというようなこともしばしばでした。それがいつしか追いかけっこになって、まるで子どもでした。あたしは扉の陰に隠れて、彼女をびっくりさせるんです。

あるいは、いっしょに御伽話を演じたり。

彼女が自分の部屋に戻っていくとします。こんどあたしが出てきたら、あなたはあたしの奴隷よ！ってなわけです。彼女ったらスルタンの妃きどりで、腰にショールを巻き付け、もう一枚は頭に巻いてターバンのつもりらしい。あたしが持ってるチェルケス[33]の短剣を脇に差し、白いベールで身を包んで、いざお出ましです。これぞ女！　まさしく女神でした！

彼女が寝入っているときは、何時間でも寝息をたてている妻を眺めていることができました。それで彼女がため息をつくと、あたしは胸がきゅっと痛くなって、何か彼女に酷いことをしでかしたかのような気分になり、彼女が自分のものではなくなるような、彼女が死んでしまうのではないかというような不安に苛まれるのでした。あたしは居ても立ってもたまらず彼女の名前を連呼しまして。彼女は起き上がって、真ん丸な目をして、にっこり笑うんです。

しかしスルタンの妃を彼女はみごとに演じきりました。彼女は表情をぴくりとも変えません。あたしが、ねえニコラヤとおどけてみせても、彼女は眉をきりりとさせて、にらみつけてくるんですから、あたしはただ立ちすくむだけです。あんた、気はたしかかい？　奴隷のクセに！　こうなったらもう手も足も出ない。あたしは彼女の奴隷。彼女はスルタンの妃さながら、もっぱら命令を下す側でした。

というわけで、あたしたちはさながらツバメの番《つが》いのごとく、枝の上で囀りあっていたのでした。

甘い希望を抱けば抱いたただけ、夫婦の歓びは一入《ひとしお》でした。しかし、こうなったらこうなったで、かえって女房のことが気が気でならない。あたしは女房の額にかかる髪の毛を払ってやるだけで、すぐに涙がちょちょぎれて。すると以心伝心。女房のやつも首にしがみついてきて、さめざめと泣くのでした。

そこへ幸運がそうであるように、それは思いがけず舞いこんできました。コロメアの医師のところへかけつけましたら、扉を開けたとたん、子どもを差し出す彼女がいました。

両親たちはそれはそれは大喜び。使用人たちはどっと歓喜の声を上げました。たいへんな浮かれようです。納屋の上ではコウノトリが一本足で、しんみり感慨にふけっているかのようでした。

これで、悩みが殖えました。多忙さはかえって絆を強めます。あたしたちの場合がそうでした。ところが、それが長くは続かなかったんです」

男の声はかぎりなくたよりなく柔和で、それこそくゆらせる煙草の煙のように空中をたゆたった。

「ずっと続くだなんて、どだい無理というものでした。そんなものなんです。おわかりですね。こいつは一個の法則です。自然のなせるわざだってことです。ずいぶん惑わされましたよ。どうです、あなたのお考えは？

あたしには、レオン・ボドシュカンといって、友人がおりました。とびきりの読書家で、おかげで体はボロボロなんですが、この男に相談すれば答えはいつもこうでした――

ばかばかしい。きみにはこれしかない……

そう言いながら、男は胸ポケットから黄色くなった紙切れを何枚か引っ張り出してきて。

その男は読書家なだけじゃなく、筆の立つ男でした。無名ではあるんですが、とにもかくにも博覧強記。なにごとも原点に遡っておおもとから把握する。人間だって奴にかかっては時計同然、ばらばらにされて、不具合がないかどうか精密検査を受けるハメになる。そして、どこが悪いかピタリ言い当ててくるんです。その的確さといったら、たとえば猫がにゃごにゃごいってみせるだけで、やつはえへらえへら笑いながら、猫の望むところを言い当てるんです。花を一輪、渡してごらんなさい。ばらばらにして、植物が育つ仕組みをぜんぶ説明してくれます。ましてや、女の話であればこれ幸いと。

女と哲学。厄介なとりあわせです。その男は、なんとそれがために身を滅ぼしたんです。やつは暇さえあれば何か書き付けていましてね。そして森を歩きながら、せっかくの書きものを風に飛ばしてしまうんです。きっと煩わしくなるんでしょう。

こんなこと、あたしもすっかり忘れていたんですが。

じぶんの恋について紙にあれこれ文章を書くような男は、ほんとうの恋を経験していない。これがやつの持論でした。

豚革の分厚い本であれ、ネストルの年代記[34]であれ、またたくまに読み上げるクセに、恋文となるとケツをまくって逃げ出すんですから。

たとえば、これがそれです」

そういって男は薄汚れた書きつけの束を机上に置いた。

「おっと待った！　これは領収書」あらためてポケットをさぐり、「これだ、これ」咳払いをして、男はそれを読み上げた。

「われらが生とは何ぞや？　それは苦、疑い、懼れ、そして絶望なり。汝はいずこより来るか？　汝は何者であるか？　汝はいずこへ行かんとするか？　自然に逆らうこと、あるべからず。この絶望的な問いに対する答えなどなし。いかに知恵を逞しくしようと、最後には自殺あるのみ。

然れども、自然はわれらに苦を与え給うた。生よりもまして恐るべき苦。その名は愛。人はこれを歓びと名づけ、欲望と名づく。

わが友人は、こんな言葉を発するときにさえ気のきいた頓智を忘れません。奴の口癖でしたが、交尾相手をさがしているオオカミを見てみろ。林の中を漁り歩きながら、口からは涎が流れ出している。そんなとき、オオカミは吼えることもできず、くすんくすん鼻を鳴らすだけだ。こんな愛が娯しみごとは思えない。それこそ闘争、生存競争だ。項からだらだらと血が流れるんだ。

哀れなものだ！　男が女に挑みかかっていく姿は、敵に挑みかかる猛獣の姿そのものではなかろうか？　それは容赦なき敵にくみしかれる感覚に他ならないのではないだろうか？

男は気高き頭を垂れ、女の足下に平伏して、ひたすら女に冀うのではないだろうか。踏んでおくれ！　その足でぼくを踏みつけにしておくれ！　ぼくはきみの奴隷だ。下僕だ。さあ、お願いだ。ぼくを救い給え！

そう、恋愛とは責め苦にほかならず、歓びとはそこからの救済なんです。しかし、それは一方が他方に対して行使する暴力でもある。相手を屈服させる一か八かの勝負というのでしょうか。恋とは奴隷制だ。男は恋をしたとたん、奴隷になる。女から乱暴に扱われていると感じながら、その暴政と残酷に惑溺する。じぶんを踏みつける足に男は唇をおしつける。

女を愛すると、不安で不安で堪らなくなる。彼女がいきなり部屋を横切って、衣擦れの音を立てるたびに、びりびりくる。彼女のいちいちに度肝をぬかれ、戦々恐々となる。

男は永遠の結婚を夢見る。現世ばかりか来世にいたるまで。二人でひとつに融け合えたらどんなにすばらしいか。見知らぬ魂のなかに自分の魂を浸したい。見知らぬ敵の自然の底へと下り、ざぶんと洗礼を受けてみたいと、そう思う。永遠によりそうのが当たり前。そうでないのは可笑しい、笑止千万だと考える。迷子になるのが恐くて縮み上がる。相手が目を伏せたり、声色を変えたりあうるだけで失禁しそうになる。二人で完全に一個の存在を形造りたいと思う。自分の存在からあらゆる特性、観念、生の神聖さを引き剝がして、他人の存在と自分を合体させたい。自分をひとつの物、ひとつの素材のようにして、相手に捧げてしまう。さあ、あたしをこねまわして、きみを造り給え！

他者の自然の中に自分を投げ入れる。それはもはや自殺行為だ。そして、その瞬間になって、抵抗心がめざめる。

自分を見失ってはならないと、身の毛もよだつような恐怖心がくる。他者の及ぼす病力に対する憎悪というべきか。完全に死んでいるみたいだと感じるとき、ひとは見知らぬ人間の専制に手足をふんばって抵抗する。自分を取り戻したいと。

自然の復活とはこのことだ」

ここで男は二枚目をひっぱりだした。

「男には労働があり、夢があり、事業があり、理念がある。それらがハトのように翼をはためかせて男のまわりをふわふわ漂っている。そしてそれはいつのまにかワシの翼となって男を高く高く持ち上げる。翼があるかぎり、男は下方へと落ちていくことはない。

ところが、女はどうか？

女は何かにつけて助けを求め、金きり声を上げる。女の自我は死ぬことを好まない。絶対に死にたくないのだ！　そして誰も助けにには来ない！

そこで女は心の裏側に自分の似姿を抱え込んで、その重み、その動きを感じては、そうやって生きている！　女はいつまでも子どもを胸に抱きながら、高い高いをしてやる。

女はそんな時、どんな気分なのだろう？

夢を見る思いなのだろうか？　子どもは彼女に向かって話しかける。ぼくがママだよ。ママは僕の中に生きている。だから見て。ママのことは僕が救ってあげる。

だから女は子どもを胸に抱きしめて、救われる。

自分が手を焼いてきた自分自身を子どもの中に見出して、やたらちやほやする。そして膝の上の子どもが成長するのをみて、ひたすら相手に仕え、子どもに依存する」

男はその友人とやらの書き付けを折り畳み、胸ポケットに戻し、そしてもういちど掌でその感触を確かめてから、上着の釦をかけた。

「あたしの場合もそっくりそのままでした。もちろん、レオン・ボドシュカンのように気の聞いた表現はできません。でも、あたしにはあたしなりの話がある。いかがですか、あたしの話は？」

「ぜひ、喜んで。兄弟」

「あたしの場合もこれと寸分たがいませんでした。ほんとうに一から十まで、まったくそのまんま……」

私は初対面の友人に話の接ぎ穂を与えようと、白々しくこんなことを言ってみた。「巷では子は愛の身代《みのしろ》と言いますね」

わが郷士は一瞬たじろぎ、不意を討たれて致命的な打撃を負ったかに見えた。「よくぞ言ったものです。

あたしが家に戻ったとします。家庭って場所は、なんと雑用だらけの場所なんでしょう。猟犬のようにくたびれはてて帰ってさえ、女を抱きしめて、キスをしてやらなくてはならない。彼女の手が触れたとたん、頭のもやもやが消え去ります。女房に体をこすりつけるさまときたら、まるで猫ですね。彼女はくすくす笑って。すると、いきなりあなたのおっしゃる身代《みのしろ》とやらが横っちょから喚き出すんです。はやばやと幕引きですよ。お望みとあらば、機を改めて最初からどうぞ、ってな感じで幕が引かれる。

午前中は議員さんや管財人や森番と打ち合わせに奔走し、昼食の席につくとするでしょう。するとまたです。ナプキンをまあるく結びつけるか結び付けないかのうちに――というのも、あたしは由緒正しい結び方にこだわりがありましてね。ところが、またしても餓とやらがぐずぐず言い出して。乳母のおちちでは我慢ならないんです。結局、女房が根負けして乳をやることになる。ところが人肌恋しい餓鬼は泣き叫び、別室へ連行ですよ。おかげであたしはひとりで食事ができる。口笛を吹き鳴らすたって平気です。たとえばね――

にゃんこが　垣根の上から目をパチクリ
かわいい歌だよ　長くない[35]

どのみち、そのあとシギ撃ちに行くだけのことなんですがね。日がな一日、膝まで水に浸かりながら。床に入るのが楽しみでならない。いったい何が目当てなんでしょうか、たとえばふかふかのベッドですか？ふかふかのマットレス、違いますか？　そして枕に、温かい布団。そして、ゴージャスな女性と相場は決まってます」

男は顔を真っ赤にして、口を縺れさせるのだった。

「よろしい。それで女房のほっぺたの赤いところに接吻して、それから首に胸。そして、腰まで両手をはわせて。するとです。鎹《かすがい》とやらが、ひいひい金切り声を上げるんです。女房はベッドから跳びすざり、スリッパをつっかけながら子どもを抱きあげます。よしよしよし。いい子ね、いい子。夜中過ぎまでこれを聞かされて。けっきょく、ひとりでおねんねですよ。いい子、いい子だなんて！

そうこうするうちに、忘れもしないあの年[36]がやってきました。

何ともふしぎなことなんですが、何かどこかを徘徊している剣呑な気配があって、みんな勘づいてはいても、気配としか名づける言葉がない。

見なれない顔があたりに出没して、ポーランド人の領主たちがそわそわと街道を行き交う。馬を買ったり火薬を買ったり。夜になると帯状の火が空を染めて。居酒屋の百姓どもは、戦争だとか、コレラだとか、革命だとか、あることないこと噂していました。

なんともやりきれない話です。いきなりどいつもこいつもが祖国を意識しはじめて、スラヴの地やドイツの地のあちこちに国境の杭が打ち込まれていることに目覚めた。ポラ公[37]のやつらはいったい何を企んでいるのか？　それを考えると郡役所の鷲の紋章も万全とはいいきれない。自分の家の納屋だって、安穏とはしていられない。それこそ放火されやしないかと夜回りをするハメになりました。

こんなときには、とくにいろいろ話したいもんじゃないですか。

誰とですって？　そりゃ、女房に決まっています。ところがね。ハッハッハ。鼻に蝿がとまっただけで餓鬼は泣き出すんです。

やむなく外に出てみますとね。

向こうの地平線が真っ赤に燃えています。百姓がひとり馬で駆け抜けながら、革命だ！　と一声かけて、痩馬に拍車を打ち付けて走り去って行きます。

村では半鐘が鳴り続けている。

ひとりの農夫が大鎌に釘を打ち付けている。それから殻竿を肩に担いだのが二人。他にもぞろぞろと中庭に結集しましてね。

旦那さま、先手を打った方がよろしゅうございますよ。ポーランド人がやってきますぜ。――あたしは拳銃に弾を充塡し、サーベルの刃を砥いでおきます。

女房には、帽子につけるリボンを用意してくれと頼みます。ボロぎれがいい。黒と黄であれば安全だからね、とか言って。ところが傑作ですよ！　信じられますか？　早くして、この子が怖がってる。このままじゃあ死んでしまう。すぐに村へ行って半鐘を鳴らすのをやめさせて。さあ、早く。だそうです。そんなことを言ってる場合じゃないだろう。村という村で半鐘を鳴らさせてやるさ。いいじゃないか、アカンボくらいいくらでも泣かせておくさ。国難の危機だ！

もう勝手にしやがれってなもんです。

でもようやく彼女があたしのところへ来ました。あたしは長椅子に腰掛けて、女房の肩に手を回し。でも女房は子どもがむずがりゃしないかと、この期に及んで聞き耳を立てていまして。だいぶたってから、えっと、なんのお話だったっけ？　いやなにも。あたしとしたらそう言うしかありません。でも心の中は涙涙です。ほんとうに。

ニコラヤ、きみのカツァバイカはどこ？　そう尋ねても、彼女はしばらく考えてから、そりゃ家にあるわ。子ども部屋だそうです。可笑しいですよね。髪の毛をまとめて綺麗にしているときくらい、一張羅を着てみたらどうなんだろう？　家の中で着飾る人がどこにいるの？　子どもがいるっていうのに、だそうです。着飾ったら、私がママだって分からなくなるってこと、あなたにはわからないの？　そりゃ、あたしだってわからなくはない。大人だから、何だって分かりますよ。ところが、うちにお客が来ると、子どもがいつ泣き出さないともかぎらないのは同じなんですが、彼女はササッとお茶の用意に走って、笑顔をふりまきながら、リップサービスに余念がない。お客さんがきたら当然じゃない？　ですって。

ひゅう！　あきれた話です。おかげでシベリアリスの裏皮のついた淡い緑のコートを拝ませてもらいました。お客さまの前ではおシャレしなくてはね、ってわけです。お分かりでしょう。久しぶりのクマ狩りに出ようというときのことです。女房は子どもを寝かしつけているところで、あたしが接吻すると、子どもが起きるから早く行って。こうのたまうんです。どうしろっていうんですか？　行くならさっさと行けってことのようです。

そのときは、うちの猟番がクマを発見したんです。得意話は話し出せば尽きないので端折りますが、ともかく危機一髪でした。猟番もあたしも二人ともです。一人の農夫がこれを目撃して知らせに走りました。

戻ってみると家は大騒ぎ。あたしを見るなり女房は首っ玉にかじりついてきました。そしてお次は子どもとのご対面です。

ところがです。あたしは頭から血を流しておりまして。おかげで子どもは金切り声を上げて、あっち行け！　だそうですよ」

男は肩を竦《すく》めてみせた。

「たかが血くらいで、あれじゃあ話にもなにもなりません。あわれな乳飲み子の涙なんて犬も食わない。しかしですよ。あたしが生きるか死ぬかの危険から生還したばかりだというのに、女たちときたら目先のことしか頭にない実務家です。目も当てられません。あたしは血を洗い流し、むかし兵役についたことのある猟番が包帯で手当てをしてくれました。ところが、信じられますか？ 愛の身代《みのしろ》とやらは、白い包帯を見たら見たで、きいきい喚くんです。あっちへ行け！とね。餓鬼には勝てっこありません。あっちへ行けというなら、そうするまでです。ベットにひとり転がって、さびしく眠るだけのこと。まだ女を知らなかったウブなあたしに逆戻りです。

まったくもって、愛の身代《みのしろ》なんて糞くらえです！ 罰あたりな言い草かもしれませんがね」

男は十字を切り、ぺっと唾を吐いて、話を先へと進めた。

「そのとき仕留めたクマの毛皮を女房のベットにまえに広げてやったら、あなた信じられますか？ 彼女までが金切り声を上げて、こんなもの片づけて！ 坊やが怖がるじゃないの！ 考えても見てください。血はいいとして、あたしが味わった危機一髪のことを！ ああ！ 女ってものは目先のことだけで精一杯！ いまいましいくらい実務的です」

「ところで、奥さんには何かおっしゃったんでしょうか？」

「失礼」男はそう言って言葉を遮り、鳥がはばたくように鼻をひくひくさせた。

「もちろんやりこめてやりましたよ。ところが、女房ときたらね。いったい何と言い返してきたと思いますか？——じゃあ、何のための子ども？ 妻は平然としていました。女を前にした日には、奴隷身分に甘んじるしかないってことです。妻に不実をはたらくなんてありえないし、修道院に行くったって、できない相談でしょ。踏まれても蹴られても文句を言わない。これしか方法がないんです。そうそう、いちど、子ども相手に、たとえば修羅場を演じたことがありました。

あたしは朝、長煙管で煙草を喫むのですが、先端の部分が折れ曲がったトルコ風の煙管です。こういうものを見るとあいつは必ずきいきい声を上げて手を伸ばしてきます。いちいちかまってなどおれません。女房はこれを見ると居ても立っても堪らないらしくてね。触らせてあげなさいよ。どうせ琥珀のパイプだろうと思ったようです。あたしは、それならどうぞって感じで、真っ赤に燃えたそいつを手渡してやりました。餓鬼はそれを鷲つかみにして、金切り声を上げ、火がついたように泣き始めました。

イエス、マリア、子どもなんて哀れなもんです。女房とやりあうのはごめんでしたから、あたしは猟銃をかついで野に出ました。そこでなら心おきなく笑いころげられますからね。火傷した子どもの機嫌を取っている妻を思って、誰が笑わずにおれるもんですか。

あのころはもう心は冷え切っていました。なるようになるさ、っていう感じです。どう思われますか？　たとえばです。あなたの時計が突然止まってしまったとします。柱時計？　ええ、柱時計でかまいません。いらいらきますよね」

「しょっちゅうです」

「ですよね。いらいらきます。しかし、時計をまた動かすだけなら簡単なことです。振り子を少し押してやればいいんです。すると、動き出します。しかし、いつまでも持ちはしません。それはまたいつか止まってしまう。何回も何回も。またかよ、って感じです。しだいにいらいらがつのります。振り子をひと押しとはいってもね。そして、とうとう、それはぴくりともしなくなるんです。

人間の心だって、まともに心臓を動かしていたいなら同じです。人が妻を愛するときは、ベッド以上の何かを相手に求めます。女を求めているときほど、苦しいことはありません。しかし、いまやすべてがおじゃんです。

そうかいそうかい、君には救いがある。それに尽きてしまう。

それだけです。それ以外の何かがありそうで、人間の男と女は、オオカミの雄雌以上の何かでありそうだけれど。そんなものは空しい思いこみなんです。

あたしの妻は要するに本みたいなもんだとしてください。それを声に出して読むのは愉快なことだ。しかし、どこまでいっても最初からページをめくっていくしかない。あたしの場合は、とうとう、ぱたんと本を閉じることになって。その気にさえなれば、最後まで読み通すことぐらい難しいことではないはずなのにねえ……

はじめのうちはね、兄弟。あたしだって憂さ晴らしを考えました。

近くに騎兵隊の駐屯地がありまして。

その将校たちと懇意にさせていただきました。あなたのお仲間です。たとえばバナーイさん。ご存知ありません？」

「存じ上げません」

「だったらパル男爵はどうです。ご存知ない？　ならば、ヤギ髭をはやしたネメティさんならご存知でしょう？

この方々のところにちょくちょくお邪魔させていただきました。

我が家にもほとんど一日と空けずお越しでした。煙草を嗜んで、紅茶《チャイ》をふるまい、誰かの手柄話に耳を傾ける。最後はカルタで締めました。

みんなで狩猟に繰り出したこともありました。シギ撃ちを覚えたのはそのころでした。

こんな調子ですから、妻もかちんときたらしくて。あたしのところに来ると、腰をかけて、押し黙り、最後は愚痴たらたらです。あたしとしては言い訳のしようもない。――ねえ、おまえ。家でぼくはどんなふうにしてればいいというんだね。きみの子どもは泣いてばかりじゃないか。すると、次の日です。ニコラヤは淡い緑色のシベリアリスでできたカツァバイカを羽織り、髪の毛も派手に結いたてて姿をあらわしました。そして将校たちの真ん中に腰を下ろして。

お笑いですよ。彼女はあたしに焼餅をやかせたいんです。腰をひねったり、くだらない話をしたり、猫なで声を出したり。それでもって、あたしには目もくれないんです。しかし、あなたもよくご存知の通り、騎兵さんたちは名誉を重んじになる。だいいち、これは言うまでもないことですね。それに誘惑に乗ったりはならなかったようです。いったいぜんたいそんなことをして何になるんでしょう？　死にたいのならいざしらず。それとも命懸けで戦って、使い物にならない体になるか。なんの得にもなりゃしない。真底惚れたら別ですが、でなければ、どれもこれも同じことです。

もちろん、あたしは皆さんからコケにされました。――あなたは、奥さんが言い寄られるがままになって、何ともおっしゃらないんですか？――やれるものなら口説いてごらんなさい――ほんとうによろしいんですか？――てなわけです。そのころ、ひとり新顔があらわれましてね。この男のことはご存知ではないかな。

鼻持ちならない男でね。ブロンドというのでしょうか。ですから肌も白くて、どこぞの領主ということでした。毎日欠かさず召使いに命じて髪の毛にこてをあてさせ、イーゴリ軍記[38]を朗読したり、プーシキンを読んで聞かせたり、それも身ぶりまじりで。まるで喜劇役者でした。傑作ですよ。あたしの趣味ではありませんでしたが、妻ったらこいつにぞっこんで」

男の声はかすれて来た。力が入ると声を抑えるのが彼だったが、それだけ胸の奥から絞り出すような声なのだった。

「とはいいましても、これはもうすこし後のことです。

この時期のあたしは人生を謳歌したものです。

冬になれば一円の領主たちが夫婦同伴でお越しになり、踊ったり、仮装したり、橇遊びをしたり、なんでもござれです。

女房もご満悦でしたよ。

夏には二人目ができて、息子でした。うちは二人とも息子なんです。

これで夫婦仲も少しは落ち着きました。

そんなあるとき、あたしは妻に言ったのです。女房のベッドに腰掛け、女房がくるりと向きを変えたところで、おおいかぶさるようにしてね。

ねえ、お願いだから、ぼくのことも考えてほしい。子どもは乳母に任せればいい。――女房は首を小さく振るだけでした。どうすりゃいいんですか？　あたしは涙をちょちょぎらせ、部屋を出ました。万策尽きたって感じです。

ニコラヤはまたまる一年、子どもにかかりきりで、あたしたちはほとんど口も利きませんでした。となると、何かおもしろい話をしてやろうと思っても、いちいち前置きが必要になって。女房からしても退屈な話です。何度も何度も生欠伸をして、目尻に涙が伝い、二人のあいだでは口喧嘩が絶えなくなりました。妻はぜったいに自説を枉げようとしないんですから。

使用人の誰かをあたしが贔屓にでもしようものなら、たちまち誠でしたね。とうぜん、修羅場です。あるいはね、彼女に青が似合うと指摘するとするでしょ。ほんとに似合うんですよ。ところが次の日曜日が来ると、門番のかみさんが青いのを着て教会へ行くというしまつです。

さらに、第三者がいるとますます反りが合わない。そういうのって堪りません。誰だって自分の女房の非を指摘するなんてマネはしたくない。どこまでいっても男は男ですから。どんなに女房が他人の肩を持とうとも。結局、いつだってあたしが折れることになった。相方の勝利です。あなた、どう思われます？」

それから男は横を向いてぺっと唾を吐いた。

「あるいは、思いっきり下手に出たこともあります。――ねえ、ニコラヤ。勘弁しておくれ。ぼくの身にもなっておくれ。すると、そうね。それだけ言って、あとは黙りこくってしまう。それでは、奥さまのご意見をお伺いしましょうと水を向けられても、うちは夫唱婦随ですの。これじゃあ、仏頂面のタタール人じゃないですか！

無理を押してまでこっちに合わせろだなんて、あたしは言ってないんです！　なのに彼女ときたら。あのときのことを思い出すと生きた心地もしません。

それから、あたしは突然、ひと財産、すってしまいました。あたしたちは何不自由ない生活をしていたのですが、ツキがなかったんです。博打です。金も馬も馬車もごっそりやられました」

ここで男は高笑いした。

「あたしは頭を抱えました。身から出た錆。ここは潔く引き下がろう。身辺整理です。友人も隣人もみなうちを敬遠するようになりました。

来るものといってはあの男ひとりでした。

あたしにとっては痛くも痒くもありません。あたらしい事業を興したばかりで、運もめぐってきて。なんといっても自分の蒔いた種が芽を吹いて、手塩にかけた作物が成長するのを見るのは楽しいものです。つまるところ、農場経営は博打みたいなものです。まずは策を練って、状況に応じて作戦を変更する知恵も必要。しかもツキがないと話にならない。博打と同じです。嵐も吹けば、雹も降る。霜が降りれば日照りもある。病害もあるし、イナゴも襲ってきます。

お茶の時間に戻って、煙管に葉を詰め出したとたん、あの馬に蹄鉄を打たなくちゃ、果樹園に行って番人の資質を見極めなくちゃ、ヴォトカの手配をしなくちゃ、いろいろ気になっておちつかない。そこで帽子を被って、そそくさと家をあとにし、わが屋の母子のことなんて、眼中にはなかった。

ありきたりな話です。結婚生活なんてこんなものだとね。村の司祭のマチェク師がやたら聖油を塗りたくってうちにやってきたことがあるんです。顔も頭もてかてか。僧衣の襟首まで光ってるんです。よく見ると靴にも油がくっついて、肘も汚れている。その神々しさたるや、まるで智天使《ケルビン》でした。それこそ黄色い藤の切れ端を羊飼いの指揮棒みたいに差しかざして、声を張り上げてひとくさりお説教です。お言葉ですが、司祭さま、あたしと女房みたいに愛し合っていない夫婦でもですか？　するとね。オッホー、なんとも煉獄の苦しみそのものですな。そういって笑うんです。大きなお腹をゆさゆさ、頬まで揺らしてね。オッホー、なんたる煉獄。クリスチャンの夫婦生活とは煉獄の苦しみに他なりません。しかし、しかし、司祭さま、そのような人生があってよいものでしょうか？　オッホー、なんたる煉獄。よかろうはずがありません。そのための教会ではないですか。迷える友よ、あなたはキリスト教の何たるかをご存知か？

もしもあなたが愛してもいないご婦人と関係をお持ちになったならば、そのとき、あなたは浮気者呼ばわりを受けます。クリスチャンが夫婦を営むかぎり、おのずからそうなります。

もしもあなたがご婦人に金銭を差し出されるとか、たとえば、ハンケチを差し上げるとかなさったとすれば、誰もが唾を吐きかけます。蓮っ葉女が身を売ったと言ってね。クリスチャンが夫婦生活を営むということは、迷える友よ、そういうことなのであります。

クリスチャンの貞淑な妻が何を話題にするかを、ご存知か？　煉獄のホレたハレたの話か？　とんでもない。新婚初夜の翌朝のプレゼントの話を持ち出すのが決まり。貞淑な妻は、忠実なクリスチャンの夫が与え給うた衣食住の話をするはずです。違いますか？

愛とは何ぞや？　それは汝の妻を思いやり、子を養うことです。汝のベッドはそのためにある。いやいや。これがクリスチャンたるものの夫婦生活です。煉獄の苦しみとはこのこと。

嫁入り前の娘が男に惚れて子どもを儲けたとする。それはすなわち恥辱に他なりません。しかし、夫婦がたがいに唾を吐きかけ合えば、それもまた神の祝福なり！

ひとが結婚するのは、愛ゆえでしょうか？　いかがです？　それとも司祭の祝福のためでしょうか？　どうです？　もしもひとが愛のために結婚をするというのなら、教会の祝福など、無用の長物ということになります。ことほどさよう、——教会の司祭なんてこんなもんです。

というわけで、あたしは家の中で孤立無援となり、おのずから家を空けることが多くなりました。収穫の時期にはずっと畑ですし、麦わらが積みあがると、蔭に隠れて煙草をくゆらせながら、農民の歌声に耳を傾けます。森林伐採のおりには森に出てリスを撃つ。郡内で市が立てば、欠かさず顔を出す。レンベルクにもしばしば足を向けました。とりわけ穀物売買[39]の時期は何週間も家を空けることもザラでした。

ですから、おわかりでしょう。あたしは女房のことをちらっと考えるということで、クリスチャンのそのものの夫婦生活を送っているわけです。

こんなこと、あたしの隣人は知る由もありません。その男は燃えあがるがままに燃え上がっていました。髪の毛まで燃える紅毛でしたからね。一日の半分は妻につきっきりで、とくにあたしが家を留守にしているときはそうなんです。それこそ年の市に出かけるとか狩猟に出るとか、あたしが留守になると、決まってやってくる。

わが友——やつはあたしのことをそう呼ぶ慣わしです。だからずっと二人はそうなんです。わが友はお留守でいらっしゃいますか？——宅は留守です。——それはまた間の悪いことで。

こんなふうです。イタチみたいな野郎でね。ソファーに深々と腰を下ろして、朗々とプーシキンを読み上げるんです。

お次は四方山話。お留守だなんてまことに残念。――ええ。やつはもっともらしく首を振り、妻は妻で天を仰ぎます。要するに泣き言なんです。あたしが当て馬にされているんです。あてこすってやつです。やつはのべつまくなし首を振りながら、妻の心を慮るように深く息を吸い込んで。それからあくまでも一般論にみせかけて、男というものは云々と、一席講じるんです。女には分からない話だろうからと、面白おかしくかみ砕いてね。わかりますよね。しかし、かといって決然と切って棄てられるほどの勇気はない。ハンケチを口に当てて咳払いするのが関の山です。

そんなやつがあたしを前にして一場面を演出してくれました。あたしは妻を飼い殺しにしていると、面と向かって言うんです。何という奥さまでしょう！　美しくて、感受性豊かで、心の澄んだ奥さま。それに祈禱書を読むようにプーシキンを愛読される教養豊かな奥さまなのに、とね。

口でなら何とでも言えます。湯沸し《サモワール》を沸かしているときの彼女しか知らないから君はそんなことが言えるんです。シベリアリスの毛皮を羽織って、リスみたいにちょこまか動きまわる彼女しか見ていなければ、そりゃそうでしょ。――先を急ぎましょう。

おかげさまで女房は、本という本を読んで聞かせてもらいました。ずいぶん思想を注入されたことでしょう。あたしの話題になるとため息ばかりつくんです。

あたしたちはどうなってしまったの？　何があったというの？　あたしたちはお互いが分かり合えないのねって、二言めにはそれを言うんです。

まるでドイツ語の本に出てきそうな科白でしょう。そのまま引き写したみたいです。あなたならピンとこられるはずです。

　ある晩のことでした。ドブロミール[40]で競売があって、きょうど今日のように帰宅が遅れたんです。

　妻は長椅子に腰を下ろして、足を組みて、膝を両腕で抱えこんで、心ここにあらずといった風情でした。

　男もちゃっかりそばにいました。妻はシベリアリスの毛皮をまとって、やつの匂いがぷんとたちこめていました。思わず気色ばんでもよかったのですが、あたしはぐっと堪えました。妻が可愛らしく思えたもので、あたしは妻の手を取って口をつけ、胴衣にあしらった毛皮を撫でさすってしまいました。ところが妻の目ときたら、どこの馬の骨？ってな感じで。呆気に取られました。

　いつまでもこのままではすませられないわ――そう言うんです。ほんとうにだしぬけにです。声はかすれていましたが、必死で声にしようとするんです。きみ、どうかしたのかい？――あなたは夜、家に帰ってくるだけじゃない。彼女は声を張り上げました――愛人に向かってだって愛を囁くはずでしょう。あたし、あたしだって、愛されたいの！

　愛だって？　ぼくがきみを愛してないって言うのかい？――だってそうじゃない！――彼女は馬に跨って、どこかへ行ってしまいました。

　あたしは一晩中探し回りました。次の日も日が落ちるまでです。

　日が沈んでから家に戻りますと、彼女のベッドは子ども部屋に移されていて、あたしはひとりで寝ることになりました。

あそこで思い切り気色ばんで現場に乗り込むという手もあったのかもしれません。しかし、プライドがそうすることを許さなかった！　そうそう、郡役所にドイツ人の官房長がおりまして。その女房がさる騎馬隊長から付け文をされたんです。おい、おまえ、これはいったい何の真似だ！　男は女房から手紙を奪い取って、それを読み上げると、女房を鞭で打ち据えました。はげしく、しかもいつまでも鞭を打ち下ろして、とうとう女は夫を惚れ直したそうです。なんともおめでたい夫婦です。

ところがあたしは違いました！　奴隷だったんです。あの場に勇ましく乗り込んでいたら、結果は違っていたかもしれません。しかし、いまさらとりかえしのつくものではありません。

あたしたちは、おはよう、おやすみ、それしか口にしなくなっていました。おやすみなさい！　くる夜、くる夜、あなた、それっきりでした。日々の聖人君子とはあたしのことでした！

そのころ、あたしはふたたび狩猟に出かけるようになりました。

朝から晩まで、森でした。

ひとりの森番がおりまして、イレナ・ヴォルク[41]といいます。不思議な男でね。動物愛にとりつかれた男で、動物を見かけると体をわななかせて。そして片っ端から息の根を止めるんです。そして死骸を手に取ると、穴があくほど見つめて、悲しげな声を出して。これでよし！　これでよし！

その男は生命を不幸の一種だと捉えていたのです。あたしにはよくわからないんですが、ともかく不思議な男でした。まあ、この男のことは別の機会に譲りましょう。

ともかく肩掛け鞄《トルバ》にパンの塊とチーズを詰めて、水筒にはヴォトカを入れ、家を出ました。

森の外れまで来ると二人でごろりと仰向けになってね。

イレナは畑からジャガイモを掘り出してきて、焚き火をして蒸し焼きにするんです。食事はそんなふうに間に合わせでした。

丈高い木々に覆われた森は、鬱蒼として静かでした。オオカミやクマに遭遇しましたし、ワシが雛を育てる姿にも出くわしました。湿り気があって、重たく、ひんやりとした森の空気を胸いっぱいに吸い込みましてね。森の匂いが咽《むせ》るほどです。切り株を見つけたら食卓代わりにして、山の洞穴でひと寝入りしたり、黒く澄み切った湖で水浴びをしたり。足も立たない深さで、波ひとつ荒立てないその滑らかな水面は日光も月光も呑み込んでしまうんです。もう感情も何もなくなって。感情はただの欲望へと化して、ひたすら飢えにまかせて物を食い、欲望にまかせて人を愛することになるのでした。

日が落ちると、イレナが茸狩りに出かけます。

すると、地面にしゃがみこんだ農婦がひとりぽつんと坐っている。

色の褪せた青いスカートの裾から土に塗れた小さな足がのぞいて、垢まみれのブラウスが半分肌脱ぎになっていて。腰のところに帯を締めているものですから、隙間から胸が覗いていました。

タイムの香りのする女で、彼女は膝の上に両肘をついて、あらぬ方を見ているんです。髪の毛の中にホタルが一匹もぐりこんでいて、ブラシもあててない赤毛が乱れたまま頰かむりした布の裾からこぼれていました。

その顔は横から微かな夕日の残り日を受けて、くっきりとシルエットを見せていました。鼻は飛び掛かる猛禽のようなキレイな鼻筋をしていて、あたしが声をかけると、まるで山のハゲワシみたいな声をだして、その眼光の鋭さはあたしにまっすぐに向かってくるようでした。一瞬、灯油ランプの炎のようにゆらゆらとそよいで。

彼女の叫び声はなかなか消えなくて、切り立った断崖絶壁に跳ね返ったと思ったら、こんどは森にこだまして。それからもう一度、遠い山に跳ね返って戻ってくるんです。

女を前にして身が竦みそうでしたよ。

彼女は前かがみになってタイムを摘んでいるところで。赤い頬かむりが夕陽を浴びた面立ちにいっそう赤みを加えていました。

どうかしたのかい?

返事がありません。涙を流すみたいに、メランコリックな哀歌《ドゥーマ》[42]を思わせる声ですすり泣くだけです。

どうしたんです? どこか痛いのか、なにか悲しいことでも?――あたしは尋ねました。向こうは黙ったままです。――どうしたんだ?

彼女はあたしの顔をじっとみつめて、にこっとしたかと思うと、またしても長い睫毛を下ろして目を覆ってしまいます。

欲しいものを言ってごらん。――ムートンの毛皮が欲しい。小さな声でそう言います。それが可笑しくてね。――それなら、待っていなさい。年の市で買ってきてあげよう。彼女は俯いてしまって。――でも羊の匂いが気にならないかな。新品の羊は特にね。それより、きみには厚手のスクマナ[43]を買ってあげたい。どうだい？　ウサギの毛皮をあしらったやつだ。黒ウサギかな？　それとも白いのがいいか。雪のように白ウサギの毛皮だ。

彼女は目を丸くしてね。恐れをなしたのではなく、目を細め、歯を見せながらその上で唇を躍らせるような素振りを見せました。それから波は口元から唇全体へ広がって。いつのまにか茶目っ気たっぷりの満面の笑みとなって。

どうして笑うんだい？――返事がない。どうなんだ、スクマナじゃ不服かい？　雪のように白いウサギの毛皮つきでも？

するといきなり彼女は立ち上がって、スカートとシャツの裾を正しました。

いやよ！　どうせもらえるんなら、銀色の毛皮じゃなくっちゃ。――なに？　銀色だって？――貴婦人がお召しになるようなのがいいの。

目が皿になりました。

そのがめつさが無垢そのものとして満面を被っていました。彼女は何の他意もなく自分の心、自分の欲望にキスをして祝福しているのでした。まるで聖人画に口づけするようにね。原則があるわけでも観念があるわけでもないんです。まったくね。あるのはハイタカの習性と森の掟のみです。キリスト教精神なんて糞くらえです。鼻づらの前で十字を切る小猫の前肢みたいなもんです。

あたしは彼女のためにレンベルクでスクマナを買ってきてやりました。笑止千万とはこの事でしょう。

あたしはこの女の捕虜《とりこ》になってしまいました。

一大ロマンですよ。どんな小説もかないやしない。

一発目をぶっ放したところに彼女がいたんです。

あたしは指で髪の毛を梳ってやり、小川で足を流してやりました。すると彼女は水をばしゃばしゃやってあたしはびしょ濡れでした。

何とも不思議な生き物でしたよ。

彼女が示す媚びは残酷の匂いを秘めていて、この女はその底無しの謙譲ぶりであたしをさいなむのでした。貴婦人ならばその高慢さがあたしらをさいなむのですがね。

お許し下さい、旦那さま！　あなたに何をして差し上げたらよいのでしょうか？――ところがどっこい。いつのまにかひとを顎で使うようになっていたのは彼女でした」

双方、しばし声が出なかった。

農夫たちは、いつのまにか聖歌隊長とともに店から消え、店主《あるじ》のユダヤ人は祈禱用の聖句箱《テフィリン》[44]を腕に括り付けたまま、うたた寝していた。鼻歌のような寝息たてながら、こくり、こくりと拍子を刻んでいる。

細君はカウンターに腰を下ろしたままだ。組んだ腕に頭を乗せ、華奢な指を銜えたまま、半分目を閉じていた。それでもこの謎の男から目を逸らそうとしない。

男はパイプを横手に置き、大きく深呼吸した。

「女房との修羅場についても話した方がよろしいでしょうか？　できることなら勘弁願いたいと

ころですが――

女房はしばらく病気で臥せっていました。

あたしは自宅で読書三昧です。そんなある日、女房は、小さな声でおやすみなさいと言いながらあたしの横を通り抜けました。あたしは思わず立ち上がりましたが、女房をひきとめることはできませんでした。女房の部屋に鍵がかかって、またしても肩透かしです。

そのころ、あたしはオスノヴィアンの領地をめぐって係争中でした。

裁判という馬に自分を牽かせて、弁護士という馭者を雇うくらいなら、自力で馬を繋いで駆けていくべし、ってなものです。

係争の相手はなにものかといいますと、男と別れたばかりの女で。社交界に愛想をつかして、ひとりで領地に暮らしている女でした。いまどき珍しくない女性哲学者です。

みずからサターナと名乗って、文字通り愛すべき小悪魔でした。何かを口にするたびにピョンピョン跳ねて、狐火のように燃える眸をしていました。

裁判はむろん、あたしの敗訴に終わりましたが、代わりに彼女の心と接吻と寝床を頂戴しました。

女房のことはずっと愛していました。

別の女の腕の中に身を横たえ、眼を閉じようとも、それが妻のしっとりと長い髪であればいいのに、それが女房の情熱的で灼けるような唇であればいいのに。そう思うことが、たびたびでした。

女房は女房で、そのころ愛憎いりまじる私への思いに身を焦がしていました。その心は日蔭に花を咲かせる隠花植物のようで、野性の思慕の念がいまにも溢れ出しそうな状態でした。妻は過剰なまでに自分を包み隠すことで自分を気持ちをさらけ出すという術に長けていて、ある日、愛人宅のコサック[45]が届けにきた手紙を言付かった妻は、これ見よがしにこれを書斎机の上に置いておいて、高笑いするのです。しかも笑いはぷつっと途切れて、ぞっとするほどでした。

あたしは愛情きわまって女房に背を向け、女房は女房で裏切られた愛に苦しみ、復讐の溜息をつくのでした。

彼女が歩くと憎しみがぽたぽた滴るかのようで、夜も魘《うな》されて金切り声をあげたり、召使いや、子どもを打ちすえたりでした。

がらりと性格が変わってしまったのです。

見た目にはわだかまりなく、おちついているかに見えました。あたしに向かう眼つきも妙に満ち足りて、穏やかでした。それでいて高慢な笑いを飛ばすときは悲痛な痙攣が走るのです。

森番があたしのところにやってきました。

近ごろ、森はお見限りのようですね。苔の絨毯のところでキツネを見つけたんですが。それからたくさんのシギも。――あたしはキツネ撃ちやシギ撃ちに目がなくて。すると、女房も岩場で誰かを待ち伏せしているやがるんです。なんともいじらしいというか、かわいそうな女です。

あたしは銃を担いで、村外れの防御柵まで行きます。

ところが虫の報せというか、あたしは森番を一人行かせ、引き返すことになりました。

しかし、家に近づくと何だかバツが悪くなって、爪先歩きになり、すると言わないこっちゃない」

男は額の髪を何度もかきあげた。

「なんと言えばいいか。あたしはいきなり扉を開けました。女房はベッドの中でした。お取り込み中に失礼。――あたしは扉を閉める。

なんてざまでしょうか？

あたしたちのところはこのような土地柄なんです。ドイツの方々は奥さまを家来のように扱われるでしょう。ところが、あたしたちは君主国と君主国が対峙するように向かいあうんです。好きにしなさい、それで女は満足するだろう。そうとは考えない。あたしたちのところでは、亭主に何の特権もない。男女同権なだけです。

仮に酒場の女給とじゃれあうとするでしょう。ならば、自分の女房がいくら口説かれても耐えなければならないんです。女の腕に抱かれたら、あなたの奥さんもよその男の首に腕をからませる。

そんなあたしに何らかの権利があったか、なかったか？

あるわけがなかった。

あたしはおずおずと引き下がり、部屋の扉の前をただ行ったり来たりするだけでした。

不思議にあたしはびくとも感じませんでした。すべてが落ち着きはらって物音ひとつ立てません。

あたしは自分に言い聞かせました。おまえも同じことをしでかしたじゃないか？　何を言う資格もない。

そこへあの野郎がのこのこ出てくる。

友よ、きみの邪魔をするつもりはないが、ここがあたしのうちだということだけは弁えてほしい。

彼奴はがたがた震え、声も震わせていました。

煮るなり焼くなりしてくれ給え！と、こうです。

煮るなり焼くなりだと？　そうかい、そうかい。じゃあ、きみに名誉心というものはないのか？普通なら鉄砲玉を交換するところだ。

あたしは階段を下りる彼奴の足下を照らしてやりましたよ。こうなったら、レオン・ボドシュカンに介添人を依頼するしかない。

ところが、あいつったら物憂げに笑ってね。ばかばかしいと言うんです。明日の朝になればさっぱりする。だから、今夜はこいつを読んでおやすみなさい。そういってこの紙切れを渡してくれたってわけです。それ以来、あたしは肌身離さずこいつをお守り代わりに持ち歩いている。何とも不思議な男ですよ！

さっき読んでさしあげたあれです。

いったい何の役に立つというのか？

女房の愛人に決闘を申し込みはしたが、そんなもの無意味でした。

あたしこそ彼奴に対して非がある。それはわかった。しかし、名誉は名誉。おわかりでしょう？ところがどうにも全うな理屈がみつからなくて。

彼奴が撃ったところで、あたしに命中するわけがないことはわかりきっていた。彼奴は十五歩も離れたら干し草の山とスズメの区別がつかない。反対に、こっちは狩猟で鳴らした人間ですから。

復讐を果たすだけじゃなく、彼奴の息の根を止めることだってできない相談じゃなかった。誰もあたしを非難することはない。しかし、悪いのはあたしでした。あたしは打ち損じたんです。あたしだって彼奴や妻と同罪なんですからね。

離婚も考えました。しかし、子どもがいてはね！　そうなんです。餓鬼どもがいるかぎり、縁を切るわけにはいかない。このことがあたしたちをダンテの地獄の亡者どもと同じ暴風の中をさまよわせるのです。

もうおわかりでしょう。愛に関して、あたしたちは、自然によって手玉にとられるばかりです。こんな与太話を長々とお聞かせして申し訳ない。ええ、そうそう。ともかく男と女は最初から好敵手として生まれついているんです。ご理解いただけるといいのですが。

自然はあたしたちの種を殖やすことばかり考えています。それ以外にすることがないんですから。ところがあたしたちは自惚れと軽薄さ故に、自然は私たちの幸福を祈ってくれると一人合点しているのです。

水と油というか、食い合わせが悪いというか。ええ、そうなんです。子どもができたが最期、幸せも恋愛もあったものではありません。夫と妻は金にならない商売繋がりでしかなくなって、だまし、だまされ、どちらが悪いわけでもない。だのに二人の幸せこそが第一と考えては、いがみあい、愛情という一過性の感情に、子どもへの愛という永遠不滅の感情を対置してくる自然に対して愚痴のひとつすら口にできないままです。

結局、あたしら二人は二人でありつづけました。

二度と彼奴がわが家の敷居をまたぐことはありませんでしたが、二人は女友達とやらのところで密会を続けていました。棄てる神あれば拾う神ありです。あたしはふたたびシギ撃ちに精を出すようになりました。

いまや獲物をみるようにしか女を見ません。追いかけるのに手間はかかるけれど、努力はかならず報われる。

あなた、シギの撃ち方をご存知ですか？　ご存知ないなら、まずシギという鳥がどんなふうに飛ぶか、お知りになるがいい。

シギは、跳び上がると、まるで鬼火みたいにジグザグに三回空中で弾みをつけて、それからいっきに直進するんです。

このタイミング。そこに狙いを定めれば、抜かりはない。

女にしても似たりよったりです。

いきなりぶっぱなしても逃げられる。しかしタイミングを見計らえば、落ちない相手はない。

家庭内はにぎやかでした。

子どもたちはいつしか走りまわる年齢になり、どうでしょう。あたしはすっかり子煩悩な父親になっていました。女房が愛するからあたしも愛する。そんな具合でした。

あたしら夫婦の愛情が連中に姿をかえて、生き延びている。走りまわったり、遊んだり、笑ったりしているのはあたしらの愛の化身だ。ときどき、そんなふうに感じられて、なんだかへんてこな気分でした。

また、餓鬼どもは女房よりあたしを愛するべきだと、子どもをひとり占めしたいような、意地悪い気持ちになることもありました。

それで、子どもらを炉端に集めて膝に乗せ、メルヘンを話してやったり、百姓が歌うような歌を歌ってやったり、狩人が話すような珍しい話を聞かせてやったりしたのです。そうこうするうちに、驚くべきことが起こりました。なんと、もうひとり子どもを授かったんです。余所の男の子どもです。しかも女の子で、不思議なことに女房と瓜二つなんです。

ふつう娘は父親似、息子は母親似だと言うでしょう。ところが、この子の場合は違っていました。息子の一人はじいさん似、もう一人はよくわからない。きっと女房がロマンスの中から拾ってきたのでしょう。息子は二人とも母親似ではないのに、その余所の男の娘だけが母親似なんです。女房はわが身可愛さ、そしてあたしに対するあてつけだけを考えて産んだんだと思います。ですから、その子はあたしになついて、どこへでもくっついてくるのですが、あたしに愛されていないということはうすうす勘づいていたようです。

お話を聞かせてやるときなど、娘は小声でせがんできて、暗い部屋の隅っこの方の椅子に腰掛け、目を輝かせながら耳を立てているのです。

ときにあたしが癇癪玉を落としたりなどすると、びくびく震えるのですが、あたしが外出するとなると、いつまでもあたしを見送ってくれ、あたしが帰宅するといきなり跳び出してきて、そんな自分に驚いている。そんな娘でした。

いつだか、お父さんはいつかクマにやっつけられるぞと、息子が口にしたことがあった。すると、目に涙をいっぱいに浮かべながら跳び出してきたんです。

心配そうにあたしにすがりつき、赦しを請うのです。あたしのことを思って涙を流してくれているのは、ほんとうは女房ではなかったか。ふと、そんな気がしました。

一度この娘に、いっしょにおいでと猟に誘ったことがあるのですが、娘は顔を真っ赤にして逃げていきました。でもこうして私は少しずつ娘とは大の仲良しになっていったのです。

息子二人はいつまでたってもあたしとは別人でね。

キツネ狩りに行かないかと誘っても、口ではウンと答えるのですが、撃たなくてもいいなら、という条件付きです。

クマのことを話して聞かせたこともあるのですが、クマがこっちめがけてやってきた。さあ、お父さんはどうしたでしょう？　そうやって謎をかけると、息子は一目散に逃げるだけだよね、とか抜かしやがって。それでも、娘はにこにこ笑って聞いていました。

娘はオオカミの毛皮を被って坊主たちを脅かすことがよくあって、坊主ときたら母親のスカートの中に身を潜める始末です。

あなたたちの妹じゃないの。どうしたの？——すると、お母さん、あいつは本物のオオカミだよ。だって眼はギラギラしてるし、本気で楽しそうに遠吠えするんだもん、とか言ってね。

あたしが留守のあいだ、娘は家中を心配そうにうろうろして、お父さんに何かが起こらなければいいんだけどと、心配してくれます。「お父さんがどうして殺られなくちゃならないの？」——「だって褐色のワラキア人[46]とか褐色人種って、猛獣みたいなやつらなんでしょ？　森にはクマもいる」——「でもお父さんはクマの月の輪にばっちり命中させられるんだよ」と、息子が訳知り顔に言うと、「もし弾が外れたら？」——「そんなことないって」
この娘はね。大きくなるにつれて、地面に寝転がって、バタバタしながら泣きわめくようになりました。

そこであたしはこの娘をどこへでも連れ歩くようにしたんです。うちには小さな猟銃があって、それはかつて女房に使わせていたものです。それから背嚢を買ってやって、それを背負わせて出かけました。

娘ときたら大変な豪気の持ち主でね。男並み、いや男以上でした。たとえばね。う一ん。藪の中でみしみし音がするでしょう。これはまずいぞとあたしが言っても、娘はにこにこ笑っていて、あたしがついてるから大丈夫と、こちらが励まされる始末です。

ところが、家で留守番をさせておくと不安のあまり熱を出して、オオカミにあっても雌鶏にあったみたいに平然としている娘がです。あたしたちは心が通じ合っていたみたいです。以心伝心、言葉など必要なかった。目や顔の表情ひとつで娘は理解してくれました。

もちろん、他愛もないおしゃべりも大好きでした。

獲物があったときは、娘は跪いてはらわたを除くんですが、二人でいっしょにしゃがみこむんです。世界はまるであたしが娘に紐解いてやる絵本のようなものでした。それでいてあたしの子ではなかった。女房の子でした。あたしはそんな子が大のお気に入りでした。

女房は女房でその子のことを目に入れても痛くないほど溺愛しているようでした。その子があたしにくっついてばかりなので、なおさら情熱的にその子を愛したのです。

いつだか、あたしが娘を連れだそうとしますと、女房は跪いて、接吻しながら、ねえ、お留守番なさいと小声で言うのでした。しかし子どもはダダをこねましてね。痛快です。森の奥まできても、その光景は忘れられません。だって、娘はあたしの側にいて、母親は心配のあまり生きた心地もないんですから、痛快です。

女房は娘に裁縫など教えたがるのですが、娘は手を動かすだけで、突然、仕事を放り投げて、あたしの銃を手入れしにとびだしていくのでした。女房が何かを言いつけても、娘は私の顔色を窺うだけで、動こうとしません。

女房が怒鳴ったことがありました。この人はあなたのお父さんじゃないのよ！　だったらママもあたしのママじゃないわ。――落ち着きはらって、娘は言いました。女房は真青になって、口を利かなくなり、めそめそすることが多くなりました。ばかばかしいことです。泣いてどうなるものでもなし。世界はこんなに愉快なのに！」

男はトカイ酒の最後の一杯を空けました。

「愉快じゃないですか！　同じことを言い切った詩人がいます。あの男です」――男は額に手をやった。「そう、カラムジンはうまく言ったものです。大ロシアの人間ではあるが、そんなことはどうでもいい。偉大なるカラムジンの名文句をご存知ありませんか？」

男は髪の毛を鷲づかみにし、まるで頭の中を攪拌するようにして言うのでした。

まったくもってそのものズバリです。

人生一生費やして
ようやく知ったことがある
愛はなんともはかないもの
永遠にと請うてもそれはむなしい

誠を尽くせど笑いとばされ
栄枯盛衰、モードのごとく
心が変わればしっぺがえし
嫉妬の虫がつきまとう

されば結婚の女神は退けよ
つれそう妻にも期待するな
よしや裏切りおそれるならば
みずから愛して裏切るべし

そのものズバリでしょう。

されば結婚の女神は退けよ

つれそう妻にも期待するな
よしや裏切りおそれるならば
みずから愛して裏切るべし

さて、これでようやくあなたにわが冒険の本題に入る準備が整いました。女は手当たり次第、すべてあたしのものです。農家の女もユダヤ女も商家の女も高貴な女もぜんぶです。ブロンド女も茶髪の女も黒髪の女もすべて。

冒険といってもさまざまですが、たとえば？

たとえば、いまあたしは一人の若い女性と関係を結んでいます。相手もあたしにぞっこんでね。これがまた高貴なご婦人なんです。正真正銘の貴婦人。

しかしこれが悩みの種でしてね。

この女一人ではすまないんです。もう一人は盗賊の女ですが、旦那は縛り首になって。こちとらの知ったことではないんですがね。文字も読めない女です。あたしたちはろくに会話もしない。ところが、関係は続いていまして、オオカミの牡と牝のようなものです。

いつでも同時に十人ぐらいの女がいて、少ないときでも三人は下らない。一人はベッドの友、一人は精神の友、一人は心の友。いやいや、何を言っているんでしょうね、あたしは？ 相手を思う気持ちなんてこの際、お呼びじゃありません。遊び心につきますよ」

男は子どものように笑い、真白い歯並びの良い歯を見せた。

「心はひとつ、それをどうしろというのでしょう。子どもに心を割き、友人にも割き、祖国にも割き、その上、女にもだなんて！　はっはっは！　あたしは女をいくらでも欺けるようになってからというもの、一人として女から欺かれることはなくなった。喜劇みたいに滑稽な話ですよ。こういう男もいるということを見せ付けてやらなければならないんです。ハッハッハ！　女をもて遊んではじめて女には愛される。女を一人残らず泣かせてやったってわけです」

「それで、奥さんとの関係はどうなんです？」男が黙りこんでしまったので、尋ねてみた。

「円満ですよ」男は答えた。「ときどき思い出すんです。昔を、昔の彼女をね。すると頭がずきずきして。頭痛です。しかし、愉快にやってますよ、またくもって愉快っていったらない！」

男はワイングラスを壁に向かって投げつけた。ユダヤ人の亭主はあわてて跳び起き、その拍子に祈禱用の聖句箱が鼻の天辺から滑り落ちた。

「ええ、すこぶる快調です」――そう言って、男は上着の釦を外し、「愉快なくらい快調です！」と念を押した。

「人生なんてこんなもの。こうしていれば愉快に生きて行けるのです」

男は酒場の真ん中にすくっと立ち上がり、腰に両手を粋にあてて、コサック踊りを始めた。子どもっぽくも荒々しい、騒がしくも陰鬱なメロディーをひとり口ずさみながら。

いきなり床に腰を落とし、邪魔だといわんばかりに足を投げ出し、かと思うと天井めがけて跳び上がり、とんぼ返りをうつのだった。

やがて男は胸の上で腕組みをして止まり、悲しげに首を揺する。そして首を引きちぎるようにして摑むと、まるで鷲が太陽めがけて飛び立とうとでもいうような叫び声を挙げた。

そこへいきなり扉が開いて、一人の長老めいた男が、褐色の長衣《シェラク》[47]に身を包み、白髪を長く垂らし、メランコリックな髭をちょろりと伸ばし、狡猾な目つきをして入ってきた。

判事のシミオン・オストロフだった。

私たちが眼に入ると、土気色の顔に哀愁を帯びた薄笑いが広がった。

「殿方！　どのくらいおいででしたか？」愛想よく話しかけてきた。「ずいぶんやきもきさせましたね？　どうにも手の打ちようがありませんでして」

「じゃあ、もう引き取らせてもらってよろしいんでしょうか？」郷士は言った。

「けっこうです」裁判官のシミオンは言った。

「いくらなんでも時間切れではありますがね。失敬、こちらの話です。どうかごきげんよう」

男はユダヤ女の顎の下を茶目っ気たっぷりに明るく撫でさすった。女は顔を真っ赤にした。

男は行ったかと思うと、くるりと踵を返し、握手を求めてきた。

「ああ、なんということだ！」男は叫んだ。「水と水は和して流れ、人と人も同じこと[48]」

私は敷居のところから男を見送った。男はちょこんとお辞儀をして立ち去った。

私はユダヤ人の亭主のところに戻った。

「ほんとに浮かれたお方です」情けを乞うような口ぶりだった。「危険人物。人呼んで〈コロメアのドンジュアン〉とはあの方のことでございます」

再役兵

別れや変転が減少させたり、
変化の中でも不変でないような愛は、
愛ではない。

（シェイクスピア『ソネット』一四〇番）1

軽やかなゴンドラに乗って静かな海原を揺曳し、自然の諸要素が戯れるにまかせつつ、影絵のようになった陸地と島々の岸辺が背後に沈みゆくにまかせつつ、第二の海、つまり雲が波のようにうねる頭上の空を見上げて、何かの予感に満たされる――このような経験をした人は、雪の海さながらの冬のガリツィア平原での橇滑走について、私がこれから述べることを理解してくれるであろう。海原も平原も人の心を憂愁に満ちた憧れで惹きつける。ただし違いは、水に浮かぶ小舟が空をあちらこちら飛びまわるカモのようであるのに対し、橇滑走はより速くてワシに似ていることだ――はてしない平原の色調が、そのメロディーが、より深刻で、より暗鬱で、より威嚇的であることだ。人は裸の自然を、生存競争を直視し、死を間近に感じる。死の気配を感じ、死の声を聴く。

明るい冬の午後が私を外出に誘い出した。私は遠出をしようと決めていた。私の栗毛は病気だった。どんな馬でも雪の中をうまく走れるというわけではない。私は大柄の馭者であるユダヤ人のレイブ・カトゥンを、主人である私のところに呼びよせ、彼の頼りになる馬を私の橇の前につなげさせた。素晴らしい日だった。空気は静かで、光も静かだった。太陽の黄金の波は、大地から立ち昇るかすかな靄の中で、ふるえていなかった。空気と光は一つに溶けあっていた。村もすべてが静かで、藁葺き小屋は物音ひとつ立てず、住人の気配さえなかった。スズメだけが群れをなして垣根に飛んできて、騒がしく鳴いていた。

さらに進むと、片足が不自由な馬をつないだ小さな橇が停まっていた。馬は子馬ほどの大きさもなかった。農夫がその橇で森から集めた薪を運んでいたのだ。彼のうら若い娘は彼に声をかけ、裸足で深い雪の中をこいで、彼が落とした小さな薪を探していた。

甲高く響く小さな鐘の音とともに裸の山を下っていくと、眼前には無限の平原がどこまでもはてしなく広がっていた。冬のオコジョ[2]は平原に至高の威厳を与えていた。平原はそれで完全に被覆され、背の低いヤナギのむき出しの幹、少し離れたところにあるいくつかの丈の高いヒースの群生、遠方の見捨てられた煤けた小屋だけが、純白の雪の毛皮の上に黒く描かれていた。

ユダヤ人のレイブ・カトゥンは体を震わせ、叫び声を上げた。平原への最初の一瞥は彼には即効性の毒のような作用を及ぼした。彼のパレスチナ的な想像力は聖書の文句で話しはじめ、たったひと羽ばたきでオコジョの領域から南方のヤシやスギの木の領域に飛んだ。彼は馭者台の上で熱病やみのようになり、彼を苦しめているひとつの不可解なもののために、脳の中で千ものイメージを掘り起こし、何十もの譬えを吐き出したので、ついに私は彼に黙るように命じた。すると彼はぶつぶつと独り言を呟いた。彼が自分自身との会話を続けたのか、祈りを捧げたのか、適切な譬えを最終的に見つけたのか、私にはわからない。無限大の白紙の上に、彼は無限の計算を書いては数え、また数えた。

私たちは固い雪道を飛ぶように走った。

向こう側には農場があり、その後ろに小さな村があった。雪ですべてのものが銀色に染まっていた。惨めな張り出し屋根も銀に覆われ、小さな窓ガラスには銀の花が咲き、すべての雨樋、すべての井戸、すべての不格好な果樹には銀の房がついていた。高い雪の壁がすべての住居を取り囲んでいた。人間はアナグマやキツネのように通路を掘って進んだ。屋根から立ち上る薄煙は空中で凍りつくように見える。農場の周りには背の高い銀色のポプラが立っている。そこかしこで、小さな雪塵がダイヤモンドの蚊柱のように舞い上がり、千もの小さな稲妻をまき散らしながら空気中を移動している——ミニチュアの雷雨だ。

村の出口では、白い頭と赤い頬をした農民の少年たちが雪の中を半裸で駆けている。彼らは雪だるまを作り、貴族が吸うような長いパイプを大きな口に突き刺す。そこでは農夫の若者が小型橇の上に座っていて、可愛い女の子数名がそれを懸命に引っぱっている。彼女らは長い茶色の三つ編みで、膨らんだ長い白シャツを着て、豊満な胸をしている。ヒバリの歌声のように、いたずらな声が彼女たちの上方に立ち昇る。彼女らはなんと笑うことだろう！　彼のほうはもっと笑うが、帽子をなくしてしまったのだ。

私たちは森を素早く通り過ぎた。

森のメロディーはどこにある？　キツネがしわがれ声で吠え、コクマルガラスが悲鳴を上げる。

様々の色調の赤い紅葉の木は、樹冠が一様に雪でおおわれている。森と空中にはバラのようなしっとりとした香りが流れている。私たちの前に横たわっているのは、白い海の波が固まったような、雪に覆われた丘だけだった。白い空が海に沈むところには、一つの光芒が横たわっている。太陽を覗き込むことができる目だけしかそれを見ることができない。私たちの背後では、村も赤い森も沈みゆく。はげ山の最後の頂上が再び輝くが、それも丘や個々の木立のように沈んでゆく。無限の平原が私たちを受け入れた。私たちの前にあるのは雪だけ、後ろにあるのも雪、頭上には雪のような白い空、私たちの周りにあるのはきわめて深い孤独、死、静寂——

私たちは夢の中のように滑っていった。馬たちは雪の中を泳いでいるだけで、橇は音もなくそのあとをついていった。一匹の小さな灰色のネズミが雪原を横のほうへ走っていった。見渡すかぎり、煙突も、空洞のある木も、モグラの山も、雪の上には突き出ていなかったが、それでもネズミは用心深く孜々として走った。どこに向かって？　ネズミはいまや暗色の小さな点になってしまった。私たちの周囲はまた寂しくなった。私たちは前進していないように思えた。前方は変化しない、後方も変化しない、空さえも変化しない。空は硬直し、形ある雲はなく、石灰を塗ったばかりのように単色だった。空は動かず、微光さえなかった。空気だけがますます夕方の気配になり、鋭くなり、ガラスのように体に刺さってくる。

ユダヤ人のカトゥンは寒風で耳が切れた。彼は驚いて雪の中に手を突っ込み、それで耳を擦り、その上に帽子の耳当てをかぶせた。結局のところ、私たちの橇は、静かな海の上でその場から移動することなくゆらゆら動いている乗り物のようなものだ。後ろには何もないし、前にも何もないにもかかわらず、私たちは動いているだけだ。ちょうど自分たちが生きていると信じているように。私たちは本当に生きているのだろうか？　生きていないということは、存在するだけということなのか？　そして、もはや存在しないとは——一度も存在しなかったとは？

カラスが飛んでいる。黒い翼を広げて力強く帆走している。嘴を開いているが、鳴き声は立てない。いまカラスは一つの雪山の周りを旋回している。砂利の塚とか、放置された干し草の山とかがあって、そこにネズミの匂いを嗅ぎつけたのだろうか？　いや、カラスは半分は飛び、半分はその周囲をぴょんぴょん跳ね回っている。飛ぶ時は足を引きずり、歩く時は羽ばたく。四方八方からそのものを検分して、その上に立って嘴で突っつく。腐肉だ。そこにはすでにボサボサのたてがみの狼も来て、鼻づらを上げて空気を吸い、小走りで近づく。彼は獲物のところに着くと、その匂いを嗅ぎ、鳥を見ては、主人を見つけた犬のようクンクン鳴きながら尻尾を振る。カラスは笑いながら腐肉の上に立ち、愉快そうにガーガー鳴き、羽根をばたつかせる。「さあ兄弟、俺たちのエサはたっぷりあるぜ」悪ガキどもは互いに笑い合う。

日が暮れるに従い、太陽は次第に沈み、輝く霞の球体のように見える。太陽は地平線に沈むのではなく、雪の中に沈み落ちる。雪は溶解された金のように溶け、金色の波が私たちのところまで押し寄せ、見事な色彩が銀をそそがれた雪の上を走る。いま太陽は消える。太陽が放出した千の光が一つに合流し、色あせたかすかな赤い気配が空中に漂うが、それも溶けて、すべてが再び無色になり、冷たく動かなくなる。

ちょっと待て。

その時、東からの空気が突如、氷のように鋭く私たちにぶつかってきた。

遠くには橇が泳いでいて、空気のかすかな波がその鐘の鳴き声をこちらに運んできたが、地平線から急に湧き出て、膨れ上がり、波打つ灰色の霧がそれを呑みこんだ。すぐに暗くなり、形のはっきりしない白灰色の雲がいくつも空に張り巡らされた。雲の帆船群の恐るべき艦隊。今度は風が彼らの中に吹き込み、彼らを吹き飛ばし、彼らは泳いで近づいてくる。部分的には彼らのほうがこちらに近づき、部分的には私たちのほうが彼らの中に突入する。夕暮れの靄が燃え上がり、軽やかな影の中に溶けていく。

ユダヤ人は馬を停めた。

「嵐が来ますぜ」と心配そうな顔で言う。「吹雪で埋まってしまうかもしれませんぜ。戻るよりも、トゥラヴァ[3]に行く方が近いですよ。どうします、ご主人？」

「それならトゥラヴァだ」

彼は馬の頭上で鞭を二度鳴らした。

私たちはまた飛ぶように進んだ。引き裂かれた霧が、鳥の大きな疲れた翼のように私たちの周りに群がっていた。あそこに聖像が載った石柱が立っている。ここを右に曲がればトゥラヴァへの道だ。

すでに風は両の拳で私たちの首を叩いている。風は、恐ろしく、泣き叫ぶような、狂った声で遠吠えする。それは上から雪にぶつかり、雪を巻き上げ、大きな雲を砕き、ふわふわした塊にして地面に投げつけ、それらで私たちを覆おうとする。馬たちは頭を脚の間に持ってゆき、鼻を鳴らす。

嵐は空に向かって白い渦を吹き上げ、白い箒で平原を掃き、巨大な雪の山を掃き集め、人と動物、すべての村をそれで埋めていく。

空気は赤熱しているみたいに燃え、固くなった。嵐によって粉々になって飛び回り、息を吸うとガラスの破片のように肺の中に侵入する。

馬たちはゆっくりとしか前に進めない。馬は雪、空気、風の中を掘り進む。

雪は、溺れないように全力で泳がねばならない要素、私たちが吸い込み、また私たちを焼き尽くそうとする要素となった。最も恐ろしい運動の中で自然は硬化し、氷のようになる。私たち自身は、すべてを覆う寒気と硬直の部分にすぎない。氷がいかに世界を埋もれさせ、その中で死ぬことも朽ちることもなく生が終わるのかがわかる。途方もない象、巨大なマンモスがその中に横たわり、勤勉な学者たちの生活の糧のために無傷で保存されている。先史時代のディナーを考えて笑う。笑い上戸になる。くすぐりは笑いを誘うのだが、寒さというものは、恐ろしく、連続的に、残酷にくすぐる。仮死者は、鼻をくすぐられるとくしゃみをして、生き返る。すべてが凍りつく。思考は脳にツララのように垂れ下がり、魂は氷の蓋をかぶり、血は水銀のように下に落ちる。もう自分の思考を考えない。人間がどのように感じるかが感じられない。道徳もキリスト教も、髪の毛の中で凍った霧のようにぶら下がる。私たちの中の原初的なものが否応なしに掘り起こされる。釘が壁の中に入らない時、私たちはどれほど腹を立てることか。私たちはおそらく釘の頭を叩きのめし、窮屈なブーツを部屋の隅に投げて、それに奇妙奇天烈な罵り言葉を浴びせかける。ここでは生存のための戦いが行なわれているのだが、私たちは自然物のように辛抱強く、無言で、諦念して、ほとんど無関心に戦う。私たちがこよなく愛している生命は凍りついている。私たちは石であり、氷の一片であり、自然の諸要素の戦いの中での、もう一つの凍った泡なのだ。

自分の脈拍を他人のそれのように観察している。白いカーテンが私たちと馬を隔て、橇は嵐の中を、櫂も帆もない小舟のように私たちを運ぶ――橇はほとんど静止している。

颶風が単調に遠吠えし、空気が燃え、雪が渦を巻く。空間と時間が消える。前に進んでいるのか、止まっているのか？　夜なのか――昼なのか？

雲がゆっくりと西に向かって移動していく。馬はゆっくりと再び鼻を鳴らし、彼らの姿がまた見える。背中は雪でいっぱいだ――ぼたん雪が降り、大地はそれで深く覆われているが、再び視界が戻り、前に進む。嵐は今はただ喘ぐだけで、ヒーヒー言いながら雪の中を転がり回っている。霧は灰色の破片のように地面に横たわっている。ここはどこだ？

あたりはすべて雪に埋もれ、道も砂利山も、目印の木の十字架もなかった。馬は胸まで届く雪の中を歩く。ただ遠くに、おさまりかけた嵐の音だけが切れ切れに聞こえてくる。私たちは停まり、再び前に進む。ユダヤ人は鞭の柄で動物の背中を掃く。二羽のカラスが、黒い翼をほとんど動かさずに、音もなく飛びすぎてゆく。降雪が彼らの姿をのみ込む。馬は体を揺さぶり、歩くのが速くなる。軽い水っぽい雪片だけが落ちてくる。しかし、遠方はまだすべてが雪に包まれている。私たちはまた停まり、相談する。

夜が始まる。よどんだ曇りの黄昏が広がり、私たちをどんどん包み込んでいく。ユダヤ人は馬に鞭をくれ、馬はますます速歩になる。地平線上には赤く燃える縞が光っている。私たちはそちらのほうに向かう。まるで赤い月が地上に落ち、雪の中に横たわって燃え尽きていくかのようだ。その光は高く燃え上がり、強く暗い影たちを照らした。

「白樺の小さな森のそばに農夫の見張小屋がありますぜ」ユダヤ人が言った。「森の後ろがトゥラヴァです」

近づいてみると、白樺の小さな森が暗い壁のように立ちはだかっていたが、そのはしで農夫の見張が大きな焚き火を営々と燃やし続けており、森はその火によって所どころ赤々と照らし出されていた。火は森に向かって半円を描くように置かれていたので、背の低い白樺に時々ぶつかる風にあおられて、炎は森の外側に向かってなびいていた。煙はゆっくりと森の方へと流れ、切れ切れになって木にぶら下がり、薄く消えていった。

暖かな光り輝く靄が焚き火の周りに立ちこめ、火を見張る者たちが影のようにその中に姿を現わした。ユダヤ人は彼らに手を振った。

彼らはすぐにまた闇に沈んでゆき、一人だけがこちらに向かってきた。「バラバンだ」レイブ・カトゥンが言った。「やつを知らないんですかい? 再役兵ですよ」[4]

彼は除隊した兵士であり、トゥラヴァ地区の畑番であり、地域でとくに名望があり、任務に忠実な人物であった。彼のことは何度か聞いたことはあったが、これまで会う機会がなかったので、少しばかり興味をもって見つめた。高い背丈、よい姿勢、頭の形、気取らぬ節度ある身のこなしは、すぐにある種の確固たる印象を与えた。挨拶は礼儀正しかったが、卑屈ではなかった。

「嵐で難儀したのかね?」彼は尋ね、馬のほうを見た。「馭者はちゃんと務めを果たしたんだろうね？」

すべてが紳士と交際しているようで、優雅でもあり威厳もあった。彼は上品な手振りで私を焚き火に誘った。「馬は疲れていますな。汗をかいている」彼は言った。「その上、まっ暗だ――休んでいかなきゃならんでしょう」

「そうさせてもらおう」私がそう答えたのは、火のそばの仲間たちと再役兵に惹かれたからだ。彼が私を案内すると、一人の少年が彼のほうに走ってきた。

彼は少年の白い頭をやさしくなでた。それはさっきと同じ人物ではなかった。最初の一瞥で判断できるような人間ではない、とわかった。

火のそばの連中が立ち上がった。「さてと、お前さんたちは何をしているんだね？」私は言った。全員が再役兵のほうを見た。

「近所の荘園領主たちは」彼は真顔で言った。「おそらく他のポーランド人たちも、今日はトゥラヴァの領主の農場に行くだろう。そこにはきっと密使[5]が来て、書状があって、申し合わせをしている。通行証なしで来る連中もかなりいる。だから、俺たちは自分の義務を果たさなければならないのだ。何かが起こるかもしれない。これが全ての話だ」

「はい、僕たちは見張ります！」少年は言った。

「この嵐の中で！」私は大きな声で言った。

「義務を果たすのだ！」再役兵は答えた。「たとえ吹雪の中でやつらを見逃しても、我々はちゃんと持ち場を守るんだ」

だから彼は、自然界の暴威やその危険性が、自分の義務だと見なしている仕事の遂行を妨げるかもしれないということを、まったく理解していなかったのだ。それは奇妙なことだった。

彼は馬のたてがみをつかんで橇を火のそばに導き、橇から毛布を引っ張り出して私のために広げてくれた。

「地面は乾いていますよ」彼は請け合った。「俺たちは早朝からそこに横になりながら、火を燃やし続けているんです。牛一頭まるまる焼けるくらいの火をね」

焚き火から数歩ぐらいの幅で灰も広がっていて、とても暖かかった。炎は上に向かったり、私たちがたむろしている輪の外にまで広がったりした。雪片は銀の蛾のように飛んできて、羽根を閉じて炎の中に沈んでいった。

「ザヴァレ[6]の人たちも来るよ」少年が言った。

「もちろんだとも、美人はみんな革命をするのが好きなんだ」私は言った。

「あの女も来るのか?」ユダヤ人が尋ね、指で再役兵の肩をとんとんと叩いた。

「知るもんか」再役兵は言って、迷惑なハエを追い払おうとする馬のように頭を振った。一瞬、彼の目に何か隠れたもの、尋常ではないものが光ったが、表情は変わらなかった。彼はそれから、白樺の木に向かって動く煙を凝視した。

とても静かで、火の中に吹き込む風の小さな音がするだけだった。私は横臥しながら、そこにいる連中を見つめた。

森のはしで大鎌を持って見張っている農夫を私は知っていた。彼は時々こちらに来たが、暖を取るためというよりも、焚き火のそばの連中の話を聞くためだった。彼の名前はムラク[7]といい、我々の農夫の間でよく見かける、毅然とした真面目な顔をしていた。

私のそばで最初に火にしゃがみ込んだもう一人は、見ず知らずの男だった。ねずみ色の毛深いシェラク[8]を着た気難しげな男だった。頭はパラシュートのような形をしていて、上が尖っていて下が広く、汚れた白い羊革の小さな帽子をかぶっていた。横から見ると、彼の姿は古いぼろぼろの灰色のボール紙から下手くそに切り取られているように見えた。鼻はとくに長く、尖っていて、細く、鼻毛が出ていた。口はキッと結ばれ、顎は首の中に埋まりこんでいた。彼の色のない顔のしわさえ無様で、すべてが不格好だった。火は彼のシルエットをさらに誇張し、滑稽きわまりない影を雪に投げかけていた。

彼の隣には、一人の男が腹ばいになって寝そべっていた。例のプードル犬のようなブロンドの少年ユルは、その男を従兄弟のモンゴルと呼んでいた。この近くには、二百年以上前にタタール人の一群が血なまぐさい敗北を喫した戦場がある。荒廃した村々には捕虜たちが住んでいた。私たちのモンゴルがその後裔であることは間違いない。彼の背丈は、背をすっかり伸ばしたボール紙男の半分もないのに、小さい胴体はがっしりしている。裸の首は力強く膨らんでいる。麻のズボンと帆布の上着を着て横たわり、熱い灰の中で胸をはだけ、素足は雪の中だ。兄弟モンゴルよ、お前もすべての造作が無様だ。どうして広い腰と厚い胸板だけをこんなふうに押し込めたのか。そしてお前の顔と称するものといったら！　生き生きとした黒目のためには、悲惨なほど小さな二つの穴しかあいていない。そのために、お前の口のそばの皮膚はひどいしわになっている。切れ長の目は目尻が下がり、小さな鼻は上向きに押し上げられ、一つの鼻の穴は両方の目玉を入れられるくらいの広さがある。その代わり、お前の顔は魔法劇の嫉妬役のように黄色で[9]、細い針金のように硬い髪の毛の上にニットの帽子《チャプカ》をかぶり、それをとがった長い耳の先まで引き降ろしている。

主人公は言うまでもなく再役兵、フリンコ・バラバンだ。

彼は何歳だ？　誰がそれを正確に言えるか。だが彼は一個の男児だ。

無視できない男だ——軍の隊列でも、地域でも、この見張小屋の焚き火のそばでも。茶色っぽい土色の上着を黒塗りの腰帯《パス》[10]で締めて、細身で堂々とした格好をしていた。彼は上着を襟元までボタンで留めていた。この単独者は彼の首の周りに色あせた古いショールを巻き、ブーツの上にすりきれた青い兵隊ズボンを都会風にはいていた。ベルトには豚の膀胱でできた煙草入れと長いナイフがぶら下がっていた。彼は煙草入れから煙草を取り出し、小さなパイプに詰めた。ほかの者たちは大鎌と打穀用の竿で武装していた。彼は単身の猟銃を膝の上に横向きに置いていた。二つの階級章のほかに、胸に第三のリボンも付けていた。小羊の毛皮の円い山高帽は、彼の頭にユダヤ教ラビの威厳とイェニチェリ[11]の獰猛さを付与し、短い茶色の髪の縁取りになって、柔和な顔の線、上品な鼻、上品な口と、兵役による美しい褐色の肌ともあいまって、目立つ顔を引き立てるのに役立っていた。ブロンズ色の肌は、唇の上下二本の線と垂れ下がった口ひげとも一緒になって、我らが兵士にきわめて独特の表情を与えていた。しかし、彼の正直な目は、濃い眉の下でくぼみ、涙をたたえているかのように潤んでいた。それは静かに相手を見抜く眼差しなので、見つめられると痛みを感じた。そして声もそうだった。彼の全身はがっちりしていて、兵隊的で、すべての声が体の中で壊れているように響き、音は彼の胸から破裂して発せられた。彼の話し方には何か単調で厳粛なものがあった。キリスト教の殉教者たちは火格子の上や、闘技場の熱い砂の上で、そのような話し方をしたのかもしれない。

焚き火のそばには一頭の犬もいた。はっきりしない色の普通の牧畜犬で、襟毛は黒く、かわいいキツネ顔だった。犬は先の尖った鼻を前足の上に乗せて、暖かい灰の中で眠っていた。再役兵の悲しげな声が彼の耳に届くと、尻尾をそっと動かしただけだった。

見張りの連中はみな小声で真剣に話していた。ユダヤ人だけがべちゃくちゃしゃべっていた。

「俺はお前の女房になりそうな女を知っているぞ」彼はその場から離れるバラバンをからかった。「美貌の未亡人だ、知ってるぞ、お前は首ったけだろう。本当にかわいくて、そして金持ちだ。それもいい点だよな。どう思う？　その女はもうお前のことを尋ねたんだぞ！」

ユダヤ人は輪になっている全員を一人ずつ見たが、誰も彼に注目する者はいなかった。レイブ・カトゥンは、今は本気で饒舌になろうと思ったようだ。バラバンの背中を手で撫でて、大きな声をかけた。「なんてこった！　お前は女がほしくないんだな！」

彼は片目をつぶり、ずる賢そうに農夫たちを見た。

「この男は女房を取らない、と誓ったんだぞ！」

再役兵は彼を肩越しに馬鹿にしてにらんだので、ユダヤ人は咳をしながら橇に行き、農夫たちに背を向けて馭者台に腰を下ろした。そこで彼はしばらく足をぶらぶらさせ、計算し、祈り、そしてついに眠り込んだ。彼は踵をリズミカルに木にぶつけたので、犬を起こしてしまった。

「静かに、ポラック！」少年は言った。

キツネ頭の犬は再役兵を見上げたが、彼が何も言わないでいると、立ち上がり、後ろ足を伸ばしてから私のほうに歩いてきて、私の匂いを嗅ぎ、次に橇に向かって歩き、馬の匂いを嗅いだ。馬たちは彼のほうに頭を下げ、犬は彼らのほうに鼻づらを上げ、馬の口から凍った霧をなめ、尻尾を振ってうれしそうにクンクンいった。今度は彼は鼻を上げ、こちらに近づき、ユダヤ人の方へ威風堂々と歩き、彼を嗅ぐと、すぐに向きを変え、片足を上げた――それから冷たい空気に逆らって歩き、くしゃみをして、急いで火のところに戻り、暖かい灰の中に鼻を埋めた――

「雪の上を走ってくる男がいるぞ」突然、森のかどで見張りをしていた農夫が叫んで指差した。

私たちは全員そちらのほうを見たが、再役兵だけは静かに座ったままだった。

「何か起こるのかな」彼は冷静に言って、少し首をかしげて笑いを浮かべた。「旦那はあいつを知らないんですか？」

「ああ、あれはコランコだ」ボール紙男は泣くような口調で断言した。その時、耳の後ろを掻いて、とても不機嫌そうな顔をした。

「あいつだけがいなかったんだよ」生意気なユル少年は、さも大物ふうに胸の上で腕を組んで叫んだ。

再役兵は手のひらを下に向ける侮蔑的な動きをし、同時に私の方を向いた。

「あなたはきっとご存知でしょう、旦那」彼は真剣に言った。「あいつは百歳以上の老人で、変わった人間、経験豊富な人間、賢い人間なんだが、今は少しばかりおしゃべりで、子どもっぽいんだ。理由もなく笑うし、泣く時もおそらく理由はないんだ。百歳になると子どもっぽくなるんだね」

そこにはその男自身が来ていて、再役兵がそれ以上の説明をするまでもなかった。それはすばしこい感じの小男で、足と腕は震え、猫背で、干からびた黄色の首をしていた。年老いた黄色の顔には、眼窩に深くくぼんだ灰色の小さな目以外には、生きているものは何もなかったが、その目はそれだけいっそう熱心に、すべてのものを見抜き、吸い込もうとしているように見えた。

頑丈なブーツ、暖かいズボン、不潔な羊革の長い外套、三色の猫革の帽子といういでたちで、赤い縞模様の羽毛のクッションを子どものように腕に抱え、歯のない口でたいそう早口で話したので、言葉が理解できないところもあった。

「このウナギどもめ！」彼は最初はクスクス笑いながら呼びかけた。その後、私が聴き取れなかったことについて文句を言ったが、あとで彼が再役兵を褒めているのが聞こえた。

彼は再役兵のそばに座って、それからしばらくの間、火のそばに座っている我々の顔を一人ずつ見ていたが、目が私のところに来ると、小さく縮んだ首を伸ばして眉を上げ、立ち上がり、三回お辞儀をして、また座った。

「慈悲深い神さまは、わしをどう始末したらいいのか、わからないんじゃろうて」彼はクスクス笑って、また二、三の単語を飲み込んだ。「旦那さん、わしは身内がみんな死んじまった老人じゃ。ご覧のように、わしは子宮の中の子どもみたいにひとりぼっちじゃ。去年はカラスを飼っていた。育ってくれると思っていたんじゃが、羽根をひっつかまれちまった。ぼろ屋にはわし以外誰もいない。誰が老人と一緒にいたいと思う？——そして、わし自身も眠らないんじゃ。年を取るとこんなもんじゃ。いろんなことが頭に浮かんできよる。夜ひとりぼっちだと恐ろしくなるんじゃ。そういうこっちゃ」彼は笑ったので、空気が彼の鼻を通って鳴った。「霧は足を持っとるし、雪は手を持っとる。それでもって窓やドアをノックするんじゃ。月は顔と目を持っとる、狂人のような大きな目をな。そしていろんな質問をしてくるんじゃが、そんなことにわしらには答えられん。馬鹿者じゃよ」

彼はペッと思いきり唾を吐いた。

「旦那、わしはいつでもこっそり忍び出て、人がいるところに行くんでさ」

老人は楽しませてくれた。「人中にいると、居心地がいいのかい？」私は尋ねた。

「実はどこに行っても退屈するんじゃ」

ボール紙男は憤然とした表情で彼を見た。

「何も言っとらんぞ」コランコは続けた。「じゃがな、わしが聞いたことがないようなことは、何一つありゃしない。わしは何でも知っておるわ。何でもじゃ。そして、何か新しいことがあるとすりゃ、イヴァンがバジルよりも少しばかりバカなことをしでかしたということぐらいかな。なぜかって、イヴァンは友だちの女房を誘惑しようとしたんだからな。どうでもいいことじゃ。お前らもまだ人生の新参者じゃ。聞く価値があるのは再役兵だけじゃ。だからお前らの焚き火のところに来たというわけじゃ」

「それじゃあ、人生に飽きたというわけかね」私はいくらか好奇心をかき立てられて言った。

「そうとも」

「死を願っているということなのかい？」

「本当の死をか？　そうだ」

「本当の死って、それはどういうことだ？」

「旦那さんよ、使い切る死、生きている人を永遠に死なせてしまう死のことじゃよ。しばらく地中に横たわってから、手足を集めて、再び始まるような死じゃない」[12]

「この爺いは永遠の生命を恐れているのさ」ボール紙男が頭を私のほうに傾けながら言った。

私たちはみな老人を見つめた。私は彼の話を聞きたくてたまらなかった。なぜなら、我々の農民は、一冊の本を見たこともなく、一文字も書いたこともないのに、生まれながらにして政治家や哲学者であるからだ。『千夜一夜物語』の中でハルーン・アル・ラシッド[13]が交際する貧しい漁師、羊飼い、路上の乞食たちはオリエントの知恵を有しているのだが、我らが農民の中にもそのような知恵があるのだ。日頃聞けないこと、ヘーゲルやモレスホット[14]でも読めないことを聞けるのではないかと、私は期待したのである。

「いったいこの人生に何を望むんじゃ？」老人は小声だがはっきりと言った。「人生の新参者どもよ、生き続けたいと願えばいいんじゃよ、お若いの。わしのように、見ることのできるすべてのものを見てきた者、すべてを経験してきた者、苦しむことのできるすべてを苦しんできた者、そういう者はもちろんな――」彼はもの思いに沈んだ。

「永遠の命は恐ろしく退屈に違いないだろうて」彼は続けて言った。「だが、もっと恐ろしいものを知っとるぞ」

「それは?」

「また生まれ変わることじゃ」彼は大きな声で笑った。

「そういうことは今まで一度も思い浮かばなかったな」ボール紙男は思慮深げに言った。「爺いの言ってることは正しいぞ」

再役兵は凍死した人間のようなどんよりした目で焚き火を凝視していた。老人は肘で彼を小突いた。

「お前はどう思う?」

「ごめんこうむるね」再役兵は真剣に言った。「生まれ変わりたくなんかないとも!」

「ほらね、旦那」老人は再びしゃべり始めた。「わしはこんなふうに思うんじゃ。百年も生きたらもう退屈するだけじゃが、それもいつかは終わりが来る。だがな、永遠の命に飽きはじめたら、救いがないんじゃ。皆の衆、かりに天の国じゃ本当にすべてそんなふうになっているとしてみようじゃないか。いいだろうさ。はじめのうちは、旦那、すべてが快適だろうさ。楽しい会話にゃ事欠かないし、聖セバスチャンは、トルコ人が彼を羽根のついた矢で撃ち、フクロウのように釘付けにしたが、まだ完全には死んでおらず、未亡人が彼を自分の家に救い入れ、そのあとまた異教徒の皇帝のところに行って、この犬畜生め!と言ったら、また打たれるという話をしてくれる、というわけじゃ[15]。そのあとは、聖主教ポリュカルポスが、ローマの野戦司令官の中尉のような異教徒にどんな立派な答えをしてやったか、どんなふうに火炙りにされたかを語ってくれるというわけじゃ[16]。

聖ヴィセンテは、どんなふうに身を切る陶器の破片の上に寝かされたかを説明してくれるというわけじゃ[17]。しかし、最後に聖セバスチャンは千回も矢について語り、聖ヴィセンテは千回も身を切る破片について語り、それから――眠れなくなっちまうのじゃ！　眠りの中じゃ人はしばらくのあいだ死んでおる。眠たけりゃあくびをしてもいいが、きれいな霊たちもあくびができるかどうか、誰にもわかりゃせん」

「お前さんは元気だね」私は言った。「百歳を超えてもまだずっと生きられると思っているのかい？」

「そうじゃ、残念ながらな」彼は応じた。「百年もこの世がどんなものかを見てくると、旦那、もう何もかも十分なんじゃ。長く長く眠って、できることなら、もう二度と目を覚ましたくないんじゃ」

彼は考え事に沈み込み、羽毛のクッションを自分の前で揺らした。「天国というのは、旦那、悪い冗談だとしか言いようがありませんぞ。そうでしょう、ここでは生きているすべてのものは、動物も人間も、生き延びるためには必死にならなきゃならないし、一つのものが別のものを殺し、一つのものが別のものを喰って生きておる。ところがあちらでは、多くの怠け者が何もしないで食べさせてもらっている、とでもいうんですかい？　もし永遠の命があるとするなら、旦那、それはその生でまた働くこと、欠乏すること、苦しむということなんじゃ。だから、悪から救い出してくれ、と祈る代わりに――命から救い出してくれ、と祈るべきなんじゃ」[18]

「お前は第二の生を信じていないのか？」再役兵は静かに尋ねた。その声はふるえていた。

「全然信じとらん」コランコは鼻をほじくって答えた。「しかし、聖書は神ご自身が書いた書物じゃ。助祭は知っとるんじゃろうて――助祭が言うには、こんな箇所があるんじゃ。人の魂を不死にすることに成功したかどうか、神さま自身がその時はまだわからなかった、というんじゃ。そこにはこう書かれておるんじゃ。人も獣のようなものじゃ。獣が死ぬように、人もまた死ぬ。みんな同じ息をする。人は獣以外の何ものでもない。神さまはそんなことは知っておるんだろうさ。それからこうも書かれておる。すべてのものは一つの場所に行き、すべては塵で創られ、また塵になる。人の霊が上に行き、獣の息が地下に行くかどうか、そんなことは誰にもわかりゃせん。だから、人が自分の仕事を喜ぶことよりも優れたものは何もない、ということをわしは見たんじゃ。それが人の分というものなんじゃ。なぜなら、自分がしたあとがどうなるか、誰も教えようなどとはせんからのう。――こんなふうに一字一句書かれておるわ」

「自分の仕事を喜ぶことよりも優れたものは何もない」再役兵は叫んだ。「自分の義務を果たさなければならないのだ。それが最高のことだ。この世でほかに何かすることがあるか？」

目下のところ、再役兵よりも老人のほうが私の関心を引いた。

「ご老体よ、それではあんたは永久に死にたいと望んでいるわけだ。では死は少しも恐ろしくはないとでも？」私は彼に言った。

「とんでもない！　恐ろしいとも！　旦那」彼はクスクス笑いながらうなずいた。「死は恐ろしくてしかたがないわい」

「なんで？」

「たとえばじゃな、生きているかぎり、いつかは終わりが来る、という希望がある。そうじゃろう?」

その時、彼はその小さな灰色の目で、私の魂の奥底まで見透かしているかのように思われた。

「じゃがな、死が来て、わしが百年以上も待ち望んでいたこの瞬間が来て、それでも生きていたら――すべてがお終いじゃ」全員が笑った。

「旦那にお願いがある!」老人はすぐに続けた。「わしを見てくれ。わしは絶望した人間じゃない。落ちぶれた農夫、あるいは三文文士といったところじゃ。だがな、わしは人生というものが厄介じゃった、いやでいやでたまらなかった。それは、ちょっとばかり自分自身について考えてみさえすれば、誰にでもすぐにわかることじゃ。自殺者を見つけると、それは首をつったやつかもしれんが、『どうしてそんなことをしたんだろう』とみんないぶかしく思うが、だって――それしかなかったんじゃよ」

一瞬まったく静かになった。火は燃え、煙はゆっくりと白樺の森のほうになびいていった。風はすっかりおさまっていた。

百歳男は横を向いて再役兵のほうを見た。

「そこにも一人おるのう」彼は小声で言った。「そうだろう?」

再役兵は頭を胸に垂れ、黙っていた。

「何か話せよ、バラバン!」

「話してくれ」私は言った。「お前はいい話をする、とみんな言っているぞ」再役兵はわびしげな微笑を浮かべた。「おとぎ話でも話そうか？」彼は意を汲むように聞き返した。

「そんな話じゃない。お前の身に起こったことをだよ」老人は同意してうなずいた。「そうだ、やつはみんなより多くのことを知っているんだ」彼はしゃがれ声で叫んだ。再役兵は手で額を軽くなでた。「何を話そうか？」

ボール紙男はぐいと首を伸ばし、小さな目を不機嫌そうにしばたかせた。

「何、というのは、さっきユダヤ人が言ったことか？」彼は言った。

「まあ、昔の話だ」再役兵は小さな声で応じた。彼の視線は火に注がれたままで、顔には静かで曰く言いがたい悲哀が浮かんでいた。

「昔の話だと？」コランコは物知りたげに尋ねた。

「たくさんある昔話のような昔の話だ」再役兵は口ごもりながら言った。

「そうか」老人は言った。「昔話じゃ、あんまり面白くはなかろうて」

「恋愛物語なんだ」ボール紙男は恥ずかしそうに声を落として付け加え、恐れるように下の方から退役兵を見上げた。

「そいつはきっと面白そうだぞ！」コランコが叫んだ。

「面白くないさ」再役兵は言った。「まあ――いつでもあることだ。それじゃあ――旦那もいることだし――ハンガリー戦について話したほうがいいだろう。俺たちは行軍して――」

「お前はわしらをまたドゥクラからカシャウまで行軍[19]させる気じゃなかろうな」老人が話をさえぎった。「その話をすると、もう七回目になるぞ。何かほかの話にしてくれや」

「例の昔話をしてくれよ」ボール紙男が言った。

「どんな昔話だ？」

「バランのカタリーナ、あの令夫人のことよ」ボール紙男は言った。その声はあまり大きくはなかったが、一種苦々しい軽蔑がこもっていて、同時にその目には、我らが農民の貴族に対する敵意のようなものが燃え上がった。

「お前はあの女を知っていたのか？」再役兵は目を上げることなく尋ね、それから沈黙した。誰もあえて言葉を発しようとしなかった。

「俺はあの女を知っていた」

再役兵の声は、我らの民謡の最後の音のように悲しげにふるえていた。彼はゆっくりと頭を上げ、青白い顔の両の目はいまや大きく見開かれ、穏やかで、幻視しているようだった。

「やつは話すぞ」モンゴルはささやき、ボール紙男の脇腹を小突いた。

みな彼の話を心おきなく聞けるようにと姿勢を正した。正式の歩哨のように行ったり来たりしていたムラクは立ち止まり、大鎌に身を寄りかけた。

「初めてあの女に会ったのは、どんな時だったかな」再役兵は話し始めた。「そうだ、トゥラヴァの近くのハンノキの茂みの中だった。彼女はそこでハシバミを探していたんだが、足にトゲが刺さってしまったんだ。長くて鋭いトゲだ。それで道ばたに座り込んで、泣いていたんだ。かわいい女の子がそこに座ってひどく泣いているのを見て、その子のことがかわいそうになった。そこで俺は立ち止まって、『どうしたんだ？』と尋ねた。

彼女は返事をしないまま、また自分でトゲを引き抜こうとし、もっとひどく泣いた。俺はどうしてうまく抜けないのかわかったので、彼女のそばにしゃがみ込んで、こう言った。『ちょっと待ちな、いま助けてやるから』彼女は泣きやんで、俺にそのまま足を差し出し、目をパチクリさせて俺のほうを横目で見た。俺はすぐにトゲを抜いてやった。トゲが抜けたら、彼女は歯の間からシュッという小さな音を出し、頭巾を顔の上に引きずり降ろし、跳び上がって、礼も言わないで走り去った。

この出来事のあと、彼女が俺を遠くから見ると、怪物でも見たように、ハイダマク[20]でも見たように、逃げ出した。どこかで彼女を見つけると、俺はまたうれしくなった。

ある時、重い荷物を積んで、馬の横を歩いて市場から戻ってきた。垣根の後ろに彼女が立っていた。俺が彼女に気がつくと、彼女はすぐに身をかがめて、猫のように柳の棒越しに、黒い目をきらきらさせて俺のほうを見た。

『どうして隠れるんだ、カーシャ?』と俺は叫んだ。『何もしないよ』同時に馬を停めた。

少女は黙ったままだった。

『何を考えているんだい』俺は続けた。『そしていつも逃げ出すよな。だけどお前を追っかけたりなんかしないぞ』

すると彼女はまた姿を現わした。顔の前に腕をさしだし、笑った。お転婆娘め！　なんて愛らしい口だ、そして白珊瑚のような歯！

『祭りの市から戻って来たのね、バラバン』彼女は恥ずかしそうに言った。『そうだよ、カタリーナ』俺は丁寧に答えた。『ああ、私もあなたのようにあちこち行けたらいいのに』彼女は言った。

『どこに行きたいんだ、カタリーナ？』

『そうね、祭りの市かな。全部の町を見なくちゃ。そして黒海も。でも最初はコロメア[21]ね』彼女は答えた。

『まだコロメアに行ったことがないのか？』俺は尋ねた。『一度もないわ』『一度もない？』『私はまだ町を見たことがないの』彼女は続け、物怖じしない目で俺を見た。『ほんとなの、町では家が二軒も三軒もつながって建っているって？　貴族たちが車輪が四つついた箱を乗り物にしているって？　兵隊さんがいっぱいいる家があるって？』

俺はそういったことをすべて説明してやった。彼女はあらゆる滑稽な質問をした。そのころはよく理解できなかったんだな。俺は笑いが抑えられなかった。なんて馬鹿げたことを！　まったく！彼女はびっくりして俺を見て、まるでひな鳥みたいに、また腕ですばやく頭を隠した。陽は沈みかかっていた。今でもあの時のことがはっきりと目に浮かぶ。通り、垣根、かわいらしい女の子。彼女の後ろで、空は真紅に燃えるピンと張られた布だった。俺はそちらのほうを見ることができなくて、片方の手で馬車のへりをつかみ、もう片方の手で鞭の柄を所在なくいじっていた。

次の日曜日、俺のカタリーナに会った。すまん、俺のカタリーナなんて言っちまった。あほな習慣なんだ。まあ、いいか。彼女に会ったのは教会だった。ちゃんとお祈りして、彼女のほうを見たのはほんの時たまだけだった。ミサ[22]が終わってみんなが外に出ると、聖水盤のところはひどい人だかりだった。俺は肘で人を押しのけて、かわいいカタリーナのために手に聖水をすくってやった。

彼女はにっこり笑って、水に指をつけ、十字を切り、それから俺に水をひっかけて、走り去った。お転婆娘め。

それ以来、そんなことは思っていないのに、彼女のことが頭から離れなくなった。それが不幸のもとだった。俺は、どこで彼女に出くわすことができるか探った。それも、偶然道で出会ったように見せかけてだ。ああ、しょうもない。ありふれた恋愛談義だよ。

ある日のこと、俺は領主の屋敷で賦役《ロボト》[23]があった。彼女が家から出てきた時に、彼女とばったり出会った。領主は寝間着姿で窓辺に横になり、チブク[24]を吸っていた。カタリーナは俺の隣で何かごそごそやっていた。俺は気にもかけなかった。

『もう行くわ、バラバン』しばらくして彼女は言った。『行くのか、いいね』俺は中途半端な声で言った。

『領主の屋敷で何の用があるんだ？　ここには、お前のような若くてかわいい女の子にとっていいものなんか、あんまりないぞ』

カタリーナは顔を赤らめた。怒りのためか恥ずかしさのためか、俺にはわからなかった。『そんなこと、あんたに何の関係があるっていうの？』彼女は俺を無視するように問い返した。

俺は当惑した、すっかり当惑した。

『俺に何の関係があるかって？』俺は真剣に言った。『悪魔は至る所でたくらみ事をしているので、神さまの子であるすべての善良な魂のことが気にかかるからだよ』

『私は貧しい娘なのよ』彼女は言った。『誰が私に何か贈り物してくれる？　誰が私と結婚してくれる？　私は生きなきゃならないのよ。ほかの女の人がうれしいものは、私もうれしいのよ。私は領主の屋敷で何か素敵なものを手に入れたいのよ。新しい頭巾とか、きれいな珊瑚の飾りとか、うまく行けば毛皮のコートとか』

『なんで珊瑚がいるんだ？』俺は言った。『それとも――』

『何にもないと、誰からも好かれないのよ』彼女は叫んだ。

『そんなのは嘘だ。誰がそんなこと言った』俺は興奮して叫んだ。俺はこの女にすっかり惚れ込んでいたんだ。それで、彼女に対してどうしたらよいか、俺はわかっていた。昔の話と昔の民謡のことを考えたんだ。皇帝《ツァーリ》が王女を手に入れ、貧しい漁師が女房を手に入れた話をだ。最初に素敵な贈り物をして、主の公現祭[25]が来るまでどんどん金をつぎ込んだという話だ。

　主の公現祭の晩、俺は最初に顔を黒く塗った。俺は助祭から祭壇の赤い覆い布を借りて、それをマントにした。そして金紙で大きなとがった冠を作った。俺は黒人の王様で、二人の仲間、イヴァン・ステプヌクとパゾレクを白人の王様にうまく仕立て上げた。疱瘡になった俺の従兄弟のユセフが俺たちの召使い役で、ムーア人[26]の格好だ。

　こいつが贈り物を持った。こうして俺たちは出発した。俺たち東方の賢者たちは元気に歌を歌い、パゾレクは長い竿の上に星を付けた。

　カタリーナのぼろ家に着くと、女の子たちがウズラの群れのように飛び出してきて、叫び声を上げた。老人、つまり父親はにっこり笑って、棚から火酒を取り出し、俺たちにふるまってくれた。ほかの連中がその場にふさわしく親父と一緒に飲んでいる間、俺はカタリーナの手をやさしく取って、お辞儀をしながらこう言った。『西の国の花よ、あなたを祝福します。私ども東の国の王は、救い主へと導く星のあとを追ってこの国にやってまいりましたが、あなたの美しさと誠実さが耳に入ったのでございます。そこで、あなたにご挨拶をし、贈り物をするために、あなたの家に来たのでございます』

俺は黒人の召使いに扮していた従兄弟のユセフに目配せし、彼が持っている鞄《トルバ》から大きくてきれいな赤い頭巾を取り出し、彼女に手渡し、大きくてきれいな赤珊瑚の首飾り三つも手渡した。両方ともコロメアで大枚をはたいて買ったものだ。俺のカタリーナは当惑のあまり体を曲げてお辞儀をし、顔を真っ赤にして、両手を両膝の間に隠したが、頭巾と珊瑚をむさぼるような目で見た。俺は彼女をゆっくりと暖炉前のベンチに連れて行き、俺の贈り物をやさしく彼女の膝の上に置いてやった。それから二人は楽しく話した。俺は言った。『美しい王女様、一年後には素敵なクロテンの毛皮のコートか、白いオコジョのコートか、あなたの命ずるままの物を持ってまいります』彼女は言った。『立派なムーア人の王様、私は皇帝《ツァーリ》の娘じゃなくて、貧しい農夫の娘です。羊の毛皮で十分です』『お前は皇帝《ツァーリ》の娘のようにきれいだよ。それは絶対に本当のことだ。私どもの国は別の世界で、別の民で、別の土地なんだ。男はみんな百人の妻を持っているし、王様なら千人だ。しかし、私はたった一人の娘しか知らないいし、その女を生涯の妻にしたいんだ』

ほかの連中は陽気になり、とび跳ねたり叫んだりした。パゾレクは俺のカタリーナをベンチから大胆にも抱き上げ、彼女と一緒にコマのように回転した。俺は静かに座ったまま二人を見ていたが、心臓が奇妙に痛くなりはじめた。世界全体が別の相貌になった。とても奇妙なことだ。夜だけ目が見えなくなる人がいるが[27]、俺は突然、真っ昼間に目が見えなくなっちまったようなものだ。俺が見ていたのはこの世界ではなくて、いわば自分の中をのぞいていたのだ。突然、夜に目が見えるようになり、周囲の茂みや野原の中に驚くべき顔を見た。空気、水、月光の中に、ほかの誰にも見えないものを見、誰にも聞こえないものを聞き、そして感じたものといえば――あれから何年も、何年もたった。だが、俺がそのとき感じたことを言い表わす言葉が今でも見つからない。俺の心臓は大きく膨らみ、また小さく縮んだ。激しく鼓動し、また静かに止まった。まったく！ 愚かだな！」

再役兵は悲しげに微笑し、頭をゆっくりと左右に揺らした。

「主の公現日の二日後、道でカタリーナに出会った。

『石鹸で顔を洗ったかい？』彼女はもう遠くで叫び、お転婆に笑った。

俺は彼女をとっつかまえようとしたが、彼女は今度も俺から逃げた。

二人が出会った時には、俺たちはいつも長い話をした。俺はまた彼女のぼろ屋にも行った。近所の者たちはもう噂話をしていた。

『みんな何を言っているか知ってるかい？』俺はカタリーナに言った。

『そんなことを知ってるわけないでしょ』

『お前は俺の恋人だ、と言ってるんだ』

『そうじゃなくって？』貧しい子どもは言って、目を大きく見開いた。『だって、あんたから頭巾と珊瑚をもらったでしょう？』」

私は静かに聞いていた。

「実際、みんなそう言っていたんです。そして俺たちのことをそっとしておいてくれた。じきにそれが本当のことになった」再役兵は小声で言い、恥ずかしそうに赤い灰を見つめた。彼の顔には穏やかな輝きが浮かび、彼の目は内側から透明に光っているように見えた。

私は農夫たちに目をやった。コランコは眉を寄せ、唇をぎゅっと締めて聴いていた。ボール紙男と、彼の背後に座っているユルは、藁束どうしのように互いに背中で寄りかかっていた。モンゴルは砂辺の魚のように灰の中に横たわり、緊張のあまり息継ぎを忘れ、時々口をパクパクさせて空気を吸っていた。

「かわいくて、いい女の子だったよ、このカタリーナは」ボール紙男は私に向かって熱を込めて言った。「それが、まったく気位の高い女になったんだ。まさに女支配者だ。女ツァーリのような歩き方だったよ、旦那。そして悪魔みたいに美人だった」

「今でもか？」

「そうだ」

「僕は一度その手に接吻したことがあるんだ」少年は目をキラキラさせて叫んだ。「手袋を取って、僕に接吻させてくれたんだ。貴婦人の手のようだった。白くて丸くて、ちっちゃくかわいい手だった」

「かわいくて、いい女の子だったよ」再役兵は繰り返した。「働き者で、陽気で、仕事の時は歌を歌い、マイカ[28]のように踊った。どんな質問にも答え、時々全知女[29]のような考えを持っていた。

小柄というよりも背丈があるほうで、髪の毛は茶色、きれいな青い目、夢見るような目、そして驚いた時には無邪気な、いわば動物のような目をした。彼女に見つめられると、俺はつま先までその視線を感じた。頭の形は――とても高貴、とでも言っておきたい。領主の庭には石でできた老婦人の像が立っていた。石の女、年を取った女神なんだろうな。カタリーナはそれと同じ高貴な頭をしていた。同じようにきっぱりとした輪郭だった。美しい女で、夏のチョルノホラ[30]の水のように陽気だった。彼女を愛さないわけにはいかなかった。俺にとって彼女は本当に世界で一番愛すべき魂だった。俺は彼女に、母親に話すように話ができた。何でも話すことができた。すべてを打ち明けることができた。彼女の前では恐れも恥じらいも高慢もなかった。彼女はよく教会で聖女のように座っていた。静かに真剣に。俺も祈り、心に引っかかっているすべてのことを、彼女にいわば告解しなければならないような、そんな厳かな気分になった。彼女は俺の魂の隅々まで知っていて、彼女と主なる神さまに対しては、俺の中には隠し事は何ひとつなかった。それでいながら彼女は――俺の子どものようであり、巣から取り出して育てた動物のような存在だった。俺は彼女しか見ていなかった。彼女はもう俺の考えを、俺のやりたいことを知っていた。

まるで母親が俺を蜂蜜の風呂に入れてくれたように、俺に接吻してくれ、よく蛇みたいにかんだりした」

「俺は幸せだった」彼は微笑んだ。「つまり、今そのことを考えると、あのころの俺は幸せだった、ということだ。その当時はそのことをまだわかっていなかった。違ったふうになるかもしれない、なんていうことは、まったく想像もできなかった。

そしてだな、また春がやってきた。しばらく前から俺は変化に気づくようになった。カタリーナが俺に対して少し頭が高くなったんだ。

ある日の夕方だった。俺は馬を水飲み場に連れて行った。柳の木の後ろのつるべ井戸のそばだ。彼女は遅れて俺を待たせた。そんなことは初めてだった。そこに彼女が突然、牧場を横切ってやってきた。セキレイのように着飾り、肩の上の棒で缶を揺らしながら、羽目を外した歌を歌っていた。

教会に行くのは祈るためじゃない
恋人に会うためよ
聖画に向かって歩いても
司祭を見るのは一度だけ
三回見るのは恋人さん[31]

彼女はとても陽気に歌った。ヒバリのように喜び歌った。そして俺はとても悲しかった。俺は彼女に愛らしく接吻をして、やさしく抱き、意地悪な言葉は言わなかった。彼女は俺に何もいいことを言わなかった。身をかがめて、一生懸命、缶に水を汲んだ。俺は缶を持ってやり、彼女はそれを棒の両端にぶら下げたが、また下に降ろした。

『これからどうなるのかしら』彼女は、つま先を水の中で揺らしながら話し始めた。『言っとかなくちゃならないけれど、領主が私のことを追いかけているの』

『領主が?』俺はほとんど腰を抜かさんばかりだった。

彼女は軽くうなずいた。

『彼は私のことをいとしい子と呼び、腰を抱くの。一度接吻もされたわ』

俺はかっとして、地団駄を踏んだ。

『ぶたないで』彼女は叫んだ。『彼は私にきれいな服と高価な宝石を買ってくれるって約束したわ。私はバンドを買うお金もないのよ。貴婦人のように、四頭立ての馬車に乗れるかもしれないわ。でも私は乗らないわ』

彼女はまだ目を上げようとはしなかった。

『俺を見ろよ』俺は言った。

彼女はその通りにしたが、その目はとてもおどおどしていて、よそよそしかった。

『彼が話しかけてきた時には、私は耳をふさいだわ』彼女は元気よく続けた。『接吻したら叩くわよって、脅したわ』

『そして、やつはお前に接吻したんだ』俺は言った。『だけどお前は叩かなかった』

『叩くわけないでしょう』彼女はまた叫んだ。『彼はそれを知っているのよ。そんなことをしたら復讐されるわ。父は彼に何も逆らえないのよ。彼は父から農地を取り上げて、私たちを乞食のように、泥棒のように、村から追い出すわ』

『やつはそんなことをしてはならないんだ』俺は頭の弱い娘にわからせようとした。『しっかり身を守るんだ』俺は言った。『神さまが俺たちを祝福する時には、悪魔がそばにいるかもしれないんだ。恐れるんじゃないぞ、俺のかわい子ちゃん、俺の子猫ちゃん、俺のウズラちゃん。今でも俺のことを愛しているか？　身を保つんだ。心を動かすなよ』

彼女は泣き始めた。あんまりひどく泣いたので、俺は心臓が破裂しそうになった。

『できないわ！』彼女は言った。

その時ちょうど緑の畑からヒバリが飛び上がった。

『ヒバリが飛んでる』彼女は言った。『天の中へと飛んでいる――ああ！　私も飛べたらいいのに』

『お願いだから、馬鹿なことは言わないでくれ』俺は叫んだ。『俺のところにいてくれ』

『そんなふうにはいかないわ』彼女は答え、ため息をつき、目の涙を拭った。『逆らえないと思うわ』

俺の馬が俺を引っぱった。まるで何かを言おうとするみたいだった。俺は馬を悲しい気分でなでながら、涙が出てきた。

『お前はどうするつもりだ？』俺は言った。『誰も自分の本性に逆らうことはできないからな』

その間、カタリーナは水に映った自分の姿を注意深く見つめていた。ああ、彼女はなんて美しいんだろう。かすかに揺れる水鏡に映る彼女の顔は、誰もその魅力に逆らうことができない水の精《ルサルカ》[32]のように見つめていた。

『俺を裏切らないでくれるか？』俺は小声で尋ねた。

俺は恐ろしかった。彼女を失うのではないか、彼女と別れてしまうのではないか、というものすごい不安に襲われた。ひざまずいて『俺のところにいてくれ！』と彼女に懇願することもできただろう。――ああ神さま、彼女を赦して下さい。

『あんたを捨てないわ！』彼女は叫び、俺の胸に飛び込んだ。『ああ、私が明るい朝焼けのようだったら、すべての畑の上に輝き、決して消えないわ——あいつが私のどこが好きなのかわからない。私たち二人のほうがずっと相性がいいのよ。そうでしょう、バラバン？』

俺はうなずき、馬の脇で歩き、ひと言もしゃべらなかった」

再役兵は一休みした。話している間にパイプの煙草が燃え尽きていた。彼はパイプの蓋を開け、ナイフを突っ込んで灰をかき出し、新しい煙草を詰めた。それから、小さな火口《ほぐち》を、ベルトにぶら下げていた火打ち石の上に慎重に置き、ナイフで石を打った。火花が飛んで、火口はボーッと燃え、苦みを含んだ香ばしい匂いを放った。彼はそれをパイプの中に入れ、二、三回軽く吸った。

「俺は彼女ともう一回話をした」彼は続けた。「彼女の小屋に行ったら、老人はロボトに行っていた。俺たちは二人きりだった。彼女を抱くと、彼女はふるえていて、俺に接吻したんだが、俺の唇が出血した。突然彼女は微笑んだ。

『考えてみて、私がご主人を、立派で有力なご主人を、今あなたをそうしているように、自分のものにしたら』カタリーナは俺に言った。『その人が、あなたがしたように、私の前でため息をついたり、白目をむいたりしたら、かわいくないこと？』

しゃべりながら彼女は両手をうなじに当て、体を後ろにそらし、天井を見上げた。まるで夢を見ているみたいにだ。『誇らしい愉しみよね』彼女はつぶやいた。『そういうご主人なの！——彼はほかの女たちを杖で打つのよ、犬や私を打つように——でも彼は私の手に接吻するの。そんなこと信じない？』

そう！　俺は信じたよ。俺が泣きそうになっているのを見て、おそらくかわいそうになったんだろう、彼女は俺の髪を額からゆっくりとかき上げ、微笑んだ。俺が長いあいだ何もしゃべらなかったので、彼女は立ち上がり、自分の髪をすいた。

『どうしたの?』それから彼女は叫んだ。『私を怒らせないで、さもないと——』

彼女の目は怒りで燃えていた。

『カタリーナ』俺は言った。『永遠ということを考えてみろよ!』」

コランコは落ち着きなく体を揺らして、憐れみに満ちて再役兵を見た。

「『私もちょうどそのことを考えていたわ』彼女は応じた。『私たちのこの人生はとても短く、あちらの世は永遠なの』」

「だって、お前はそんなもの信じておらんじゃろう?」老人は語り手をさえぎった。

「彼女は俺のそばに座った」再役兵は続けた。

「『どう思う、バラバン』彼女は話し始めた。『ここでは私はあの主人のものになり、あちらではずっとあなたのものになったら。あちらでは私たち人間は純粋な霊魂なのよ。私も純粋な霊になるでしょう。でも、ここではそうじゃない。ここでは私は、ほかのみんなと同じ、ただの女なの』

その時、彼女の両目は寄り、赤い口は陰険に笑ったので、俺は背中に悪寒が走った。

『あなたが農場を持っていたら』彼女は言った。『私のために女中や下僕を雇い、馬車と四頭の馬を持てるでしょう。町で高い宝石を買い、貴婦人が着ているようなクロテンのコートを持ってきてくれるでしょう。そうよ、あなたがお金持ちの農家なら、私はあなた以外の誰も愛さない、あなたしか愛さないわ。だって、あなたは世界中で最もいとしい人なんだもの』

彼女は俺の首にすがりつき、泣きながら接吻した。俺は悲しみのあまり、胸の中が静まりかえった。俺は、鎖につながれ、これから絞首刑にされ、助かる見込みがないのを知っている男のような心境だった。

『そうだな』俺はとうとう口を開いた。『俺はハイダマクのところに行って盗賊になるさ。お前が宝石や金銀やクロテンやオコジョの毛皮を手に入れられるようにな』

『何のためにそんなことするの？』彼女は言って、首を振った。『最後には捕まって、絞首台で吊るされるのよ。私は主人の髪の毛一本損なわないで、彼からすべてをもらえるのよ。どう思う？そっちの方がよくはない？』

『お前は本当に親切だな』俺は答えた。

『もちろんよ』彼女は叫んだ。『あなたが私のために死ぬようなことは望まないわ』そのとき彼女は俺の首に抱きつき、俺の濡れたまぶたに軽く接吻した。そこに父親が入ってきて、二人を見て、殻竿を部屋の隅に立てかけた。礼儀から俺は彼と二、三の言葉を交わしてから、外に出た。穏やかな夕方で、空が光っていた。カタリーナは俺の隣を歩いたが、二人とも黙ったままだった。それから俺は足を速め、彼女は遅れた。俺は口笛を吹いたが、心からそうしたわけではなかった。

すべては一八四八年よりもずっと前の出来事だった、ということを知っておいてくれ。まだ農奴制と賦役《ロボト》が残っていて、農夫は領主に対して多くのことを耐え忍ばなければならなかったんだ。

そのころ、塩の運搬のために、俺は数日間にわたって外に派遣された。これは勅令[33]に反していた。農民の権利に反していた。俺はそのことを知っていたが、我慢した。それがいけなかったんだ。

そいつが不幸のもとだった。そこから俺の悲惨が始まったんだ。決して弱気から事をしてはいかんのだ。自分の洞察、自分の意思、自分の気持ちに反して人に合わせるやつは、自分の義務におろそかになる。ただの卑劣漢だ。まあ、ありがたいことに、俺はまだ早めに修正したけれどな。人は自分の務めを果たさなければならない、ということだ」

「それじゃあ、お前はどうすべきだったんだよ？」ボール紙男は不機嫌そうに目をぴくぴくさせて言った。

「つらい時代じゃった！」コランコが叫び、ひどくため息をついた。「自分の権利のことなど口に出そうものなら、貴族は杖で返答したものじゃ。悪い時代じゃった！　悪い時代じゃった！　お前ら若い連中はそのことをあまり知っておらん」

「それで、塩の運搬に派遣された時に、何が起こったんだ」私は素早く質問した。というのは、我々の農民はロボトの時代について話し始めると、いつまでも終わらないということを知っていたからだ。

「うん、俺は長いあいだ出かけていたんだ――

俺が戻ってきたら、代官《マンダタール》[34]が俺にいつもうんと仕事を言いつけ、カタリーナは俺をビクビクと避けた。俺はすぐさま臭いものを嗅ぎつけた。とうとう俺は教会で恋人に出くわした。まったくたまたま出会ったんだ。彼女は絹の頭巾をかぶり、首は下から上まで珊瑚の首飾りを巻き付け、新しい羊革のコートを着ていたが、それは二十歩離れていてもひどく臭った。彼女は俺の顔をほとんど見なかった。彼女はなめしたての革のように白かった。

『きれいだな』俺は彼女に話しかけた。『俺の頭巾はどこだ？』

『自分で探せば！』彼女は半分怒って、半分おびえて叫んだ。

俺は彼女をじっと見た。

『私に何かするつもり？』彼女は叫び声を上げた。

『そんなことするもんか！』俺は言った。『我が道を行くがいいさ』

俺は何度も木の伐採のために森に行かされた。森は気持ちよかった。風が梢の間をざわめきながら通り過ぎ、草の茎はなびき、キツツキは荘重な音をたてて幹を叩いた。一羽のハゲタカが俺の頭上で空中に浮かび、時々かすかに羽根を動かし、叫び声を上げた。仰向けに寝転がって、天を見上げた時に、俺の心臓はもう痛みを感じなかった。だが、気分が悪くなったこともよくあった。そういう時は俺は樫の木の根元に穴を掘り、そこに硬貨を埋めた。また埋めた。俺は猟銃を買うつもりだった。そんなやり方では、買えるまでには長い時間がかかったことだろう。

木こりをやっていた時にブリギッタという老婆《ババ》[35]にも会った。トゥラヴァの老婆で、タイムを集めていたのだ。彼女は両手をパチッと打ち鳴らした。

『お前さん、ここで木を切っているけれどさ、バラバン』彼女は叫んだ。『領主はその間にあんたのカタリーナを愛人にしたんだよ』

『何だって！』俺は答えた。『彼女はやつの家に住んでいるのか？』

『もちろんだよ。前からの話さ』彼女はさらに続けた。『女中頭はすぐに出て行かなきゃならなかったよ。主人が追い出したんだよ。いま家を仕切っているのはカタリーナさ。わしが火口を台所に持っていくと、彼女が来る。いいとこのご婦人みたいに、カール用に頭じゅうの髪を紙でソーセージみたいに縛り、長くて立派なドレスを着て、お偉いさんみたいに葉巻きを吸ってさ。わしは彼女を見ても、手に接吻なんかしないさ。すると、『私の手をどうするか知らないのかい？』とすぐに怒鳴るんだ。『それじゃあ、この手はこうするのがふさわしいのよ』と言って、わしの口を叩くんだ。そしてもう一度叩くんだ』

　老婆はこう語って、さらに、カタリーナが今では女主人のように家に居座り、生まれながらの領主夫人のような服を着、銀の食器で食事し、馬車で出かけ、気の向くままに人々を杖で打たせている、と述べた。俺は『愛人でいるがいいさ』と言った。

　その頃、森で独りでいた時には――神さまこんな罪深い考えをお赦し下さい――盗賊に、ハイダマクになってやろうか、とも考えた。貴族の屋敷に火をつけ、貴族の連中の手足を猛禽のように、物置小屋の壁に釘ではりつけにしてやろうってな。だがな、俺の良心は黙ろうとしなかった。歩いても立ち止まっても、こういう声が話しかけてきたんだ。『農民よ、農民の息子よ、お前は何が望みだ？　猟銃で何ができるというんだ？　お前は独りで連中と戦争をするつもりか？』――俺の心は冷静になり、やっぱり村にとどまることにした。しかし、決心したんだ――ただ俺の務めを果たすだけだ。だが、俺の権利の侵害に対しては何ものも甘受しないぞ、とな。

　まあ、いいか。それから俺はコランコに出会った。手負いの犬みたいに雪の中で滑ってころんでいたんだ。俺のカタリーナはやつを杖で打たせていたんだ。それはやつが、彼女が望んだように恭しく挨拶しなかったからなんだ。コランコは俺に話しかけて――」

「考えてもみろや」老人は元気に話に割り込んできた。「あの女は貴婦人様かそれ以上に大きな顔をして家中を支配していたんじゃ。その頃、そういう主人が自分の女房をどんなふうに扱っていたか、みんな知っとるじゃろう。領主は彼女のために町から家庭教師を二人も呼び寄せたんじゃ。一人はフランス人じゃった。家庭教師は、書記だけが習うこと、坊主だけが習うようなことさえも全部教えたんじゃ。毎週、彼女のために一箱の本が郵便で届いた。それを全部彼女は読んだんじゃ。新聞もじゃ。大変な量じゃった。上等の木でできたでっかい箱が彼女の部屋にはあったわい。そこで彼女はあらゆる音楽の演奏を学んだんじゃ。夕方になるとみんなは窓の下に立って、耳を傾けたもんじゃ」

モンゴルはいたずらっぽく笑って、薪で火をかき回して熾した。

「そういう連中は神さまの正義のことなんか考えないのさ」彼はつぶやいた。

老人は激しく咳き込み、怒ったネコのように胸の奥からうなった。

再役兵は暗鬱な目で前方を見ていた。彼の顔はすべてのことに無関心な硬い表情で、わびしく、みじめなままだった。

少年は従兄弟のモンゴルを露骨な驚きの表情で見つめた。

「おい、何で俺をそんなふうに見るんだよ?」モンゴルは不審そうに尋ね、大きな穴の黄色い鼻のついた黄色い顔に深いしわを寄せた。

「従兄弟のモンゴル、それはどうやってやるんだい」少年は言った。「お前の鼻の穴にしずくが入らないようにするのには」

一堂は笑った。モンゴルは少年の耳をつかみ、ゆっくりと自分のほうに引き寄せ、それから同じようにゆっくりと放してやった。

「お前は恋人のことを残念に思ったのか?」私は退役兵に尋ねた。「そういうことを知って、その当時とてもつらかったのか?」

「そんなふうには言えませんな」彼はパイプを吹かしながら答えた。「彼女に復讐しようとも考えなかったよ。だが、領主たちと関わると、いつでも怒りが湧いてきた。俺はもっとましなことをやろうと思った。読み書き算盤を学んだんだ。学校に行くのにはもう年を取り過ぎていたから、助祭から学んだんだ。助祭のところに若鶏とか、太ったガチョウとか、シゲト[36]から密輸された煙草とかを持っていった。そして何でも読んだ。聖書や、聖人伝や、イヴァン雷帝の物語や、マリア・テレジア女帝の勅令や、ヨーゼフ皇帝[37]の勅令や、フランティシェク皇帝[38]の勅令などだ。法律もたくさん読んだ。百姓たちのために訴状も作ってやった。彼らはそれをもって郡庁に行った。この地方一帯で、こんなふうに民衆をあいつら貴族に、領主に、ポーランド人にけしかけるやり方を知っていたのは、俺以外にはいなかった。全ガリツィアで俺たちの村ほど訴訟が多かった場所はなかった。その訴状は全部俺が書いたんだ。

スタロスタ[39]が巡回すると、道にはもう人々が苦情をもって立っていた。俺は至る所に手を回した。領主《ドミニウム》[40]に逆らえるところでは、俺はそれをやった。その時、俺の心はハトのように陽気に笑った。やつらはもちろん俺のことを三文文士と呼び、脅したが、みんな俺のことを恐れて、俺に手出しをするやつは一人もいなかった」

「スタロスタは立派なコサック[41]を杖で打ったんだ」モンゴルが笑いながら叫んだ。「何の理由もなしに、やつはコサックたちを殴ったんだ。酒場でも道ばたでも、見つけ次第殴ったんだ。『お前らはろくでもない連中だからな』とその時やつは叫んだんだ。

『でも、考えてみて下さいよ――』

『お前らはそのことを考えているのか？　お前らは荘園から来たのか、それとも違うのか？』

『でもですね――』

『違うとでも言うのか？』

『そんなことないです』

『それじゃ、叩かれるのに値するな――』

『そうです。でも、叩かれるのに値する連中がみな叩かれたら、ご主人』コサックたちは叫んだ。『一年後には、国中に杖用のハシバミの木は一本もなくなってしまいますよ。そんなに多くの杖が必要なら、どこからそれを調達するんですか？』

『それでどうなるというんだ』とコサックたちは言ったんだ。『どのみちやつは俺たちの一人を殴り殺すんだからな』」

再役兵は笑いを浮かべた。

「誰も俺に手出しをしなかったが、マンダタールはとうとう俺を呼びつけて」彼は続けた。「俺を、農民の扇動者だ、三文文士だ、反逆者だ、ハイダマクだと罵った。

『やつと裁判だ』彼は顔を充血で膨れ上がらせながら叫んで、人のうしろに引っ込んだ。

そのあと、マンダタールは鼻息すさまじく、髪の毛を逆立てて、白目をむいて俺につかみかかり、自分で杖を振り上げた。俺はやつの手をうまくつかまえ、それをゆっくりと後ろへ回してやった。煙草のヤニを取り出す時にパイプの頭をねじるが、そんな音がした。

やつから杖を取り上げ、それを部屋の隅に置いた。すべて丁寧にしてやったが、それは当たり前だ。だって、やつはお上なんだからな。

愛人様、奥方様に道で出会うことになるまでは、俺の心はまったく平静だった。そのとき彼女の馬車がぬかるみにはまり、馭者が馭者台で馬たちを鞭で叩いていたが、何の効き目もなかった。彼女が俺を見かけると、ネコみたいに馬車の隅に身を縮め、ふるえた。俺は黙って見ていた。

『そこのお若い方、手伝ってくれよ』馭者が叫んだ。

俺は手伝い、小さな馬車を泥から持ち上げ、前に押してやった。若い馭者から鞭を取り上げ、彼が『奥方』のお出かけをだいなしにしたので、代わりに馬にいくつか鞭をくれて、馬車を進めてやった。

俺にはわかっているが、その日から彼女は平静さを失ったんだ。それで彼女は俺を兵役検査に送ったんだ」

「あの女はバラバンを目の前に見て、恥ずかしくなったんじゃ」コランコが請け合った。「そこで彼を兵隊に送ったというわけじゃ」

「その当時、ドミニウム側が新兵を募集していた」再役兵が述べた。「コサックが俺を中庭に引っぱっていった。そこには木製のくいが立っていた。俺は裸にされ、いろんな検査をされた。医者が俺の胸を叩き、半眼で口の中をのぞいた。そうやって兵隊登録された。それが起こったことだ。俺のお袋はマンダタールの前にひざまずき、土下座した。親父の目にはかすかに涙が流れた。カタリーナは上の窓際に立って、俺が神さまが創ってくれたままの姿でみじめに立っているのを、冷酷に見ていた。俺は怒りのあまり泣いた。一文もなかった。俺はその場で宣誓させられ、皇帝軍の帽子をかぶらされた。新兵たちも泣いた。俺は兵隊になったのだ。俺たちが出発すると、近所の者はみんな俺たちのために泣いた。兵隊はみな胸に十字架をつけ、小さいリュックを背負ったが、その中には、我が家の玄関前から掘り出した土がいっぱい詰まっていた。太鼓が鳴った。伍長は行進を命じた。俺たちは綱につながれた犬のように歩いた。みんな一緒に歌を歌った。ああ、何という悲しい歌だ！　俺は黙って歩いた。どんどん歩いて、やがて村が消え、森が消え、教会が消え、俺の世界がもう何も見えなくなった時、俺は想いをめぐらし、こう考えたんだ――いいだろう、お前は皇帝に仕えるのだ。お前は、自分が誰に仕えるかを知っているんだぞ」

「兵隊になって、それからどうなった？」私は興味津々で尋ねた。

「よろしい、旦那」彼は応じたが、私を見る彼の目はとても柔和だった。「よろしい、お話ししましょう。俺は自分の務め以上のものは何一つ要求されなかった。任務以上も以下もなかった。それを俺は喜んで果たした。俺は一人の人間だ、ということがわかったんだ。最初に行ったのはコロメアで、そこで軍事教練を受けた。最初は一人で、次にはほかの仲間と一緒にだ。銃の使い方を学んだら、俺は誇らしくなり、戦争があればいいな、と思った。

その郡庁所在地で俺は、世の中には秩序というものがあるということを知った。俺は厳しく扱われたが、その扱い方は公平だった。不当な処罰も不当な報償もなかった。町の人たちは兵隊をいわば尊敬の目で見ていた。郡役所の前で歩哨に立っていたら、農民たちが一緒になって、どうしたらポラ公[42]に対して権利を主張し、自分たちを助けられるか、と話しているのが聞こえてきた。そのとき俺は門の上に付いている鷲[43]を見上げて、こう考えたんだ――お前さんは一羽の小さい鳥にすぎないし、小さな羽根しか持っていないが、その羽根はすべての民衆を守れるほど大きいのだ、と。

あとで軍隊の行進があった。黒い鷲の紋章が付いた黄色い旗が俺たちの頭上でたなびいた時、俺はそれを見上げて満足した。

故郷の人たちと一緒にいるように、連隊の仲間たちは連帯していた。みんなは一人のために、一人はみんなのためだった。正しいやつは助けてやり、ろくでなしは仲間内で罰してやった。夜になって将校たちが宿舎で眠り、曹長連中が女どものところで寝ている時に、俺たちは集まって裁判を開き、泥棒や、詐欺師や、いかさま賭博師や、飲んだくれ連中を処罰した。そういう連中は中隊に害と汚名をもたらすからだ。俺たちは杖と手錠の軍検察よりももっと多くの仕事をしたんだ[44]。

そんなふうにして一年くらい経ったろうか、ある日俺たちは背嚢を詰めて、ハンガリーに行軍した。ハンガリーからボヘミアに、ボヘミアからシュタイアーマルク[45]に向かった。兵隊として、俺たちの皇帝のものであるたくさんの国を時とともに見た。いろいろな人々を見た。俺の心は謙虚になった。俺たちのところがすべての面で一番いいわけではないことも見た。そういう国では俺たちのところよりも生活がもっと豊かで、もっと公正で、もっと人間味があって、もっと文明[46]が進んでいることも見た。俺はドイツ人とチェコ人を尊敬することを学んだ。チェコ人は俺たちと同じような言葉を話していた。

聖ネポムク[47]が銀製の棺桶の中に横たわっているのを見たし、王様が彼を閉じ込めた断崖の牢獄も見たし、たくさんの聖人像が立ち並んでいる石の橋[48]も見た。ネポムクはその橋から川に突き落とされたんだが、波の上にただよっていた彼の頭のまわりには五つの星が光っていたんだ[49]。シュタイアーマルクでは喉ぼとけが二つある人間を見た」

退役兵のナイーブな民族学に、私は思わず笑ってしまった。彼はそれに気づき、話をやめた。

「お前が休暇をもらって、村に初めて戻ってきた時にだな」コランコはかなり満足そうに言った。「青い折り返しが付いた白い制服[50]は、まったくよく似合っていたぞ。女どもはお前を目で追って、ひそひそ話をしておったわ。わしの母親は、バラバンは今じゃこのあたり十マイルで一番かっこいい男だ、と言っていたし、それを知ってもいたんじゃ。それは有名じゃった。だが、やつは女どもには目もくれなんだ」

「旦那もご存知でしょうが」再役兵は私に話した。「そのころ俺たちの兵隊は、休暇を取らなきゃならない時は、泣いたもんです。軍隊では我が家のようで、農奴制も、ロボトも、恣意も、困窮もなくて、秩序、法、礼儀に慣れていた。村に戻ってくれば、また困窮と暴力だ。休暇取得が呼びかけられた時、中隊の連中は全員、黙ったままだった。どうしてそんな考えが思い浮かんだのか俺にもわからないんだが――俺だけが前に出て、休暇を申し出たんだ。みんな俺をじっと見ていた。まあ、いいさ。そんなふうにして休暇をもらったというわけさ。

俺は家に帰ってきた。親父のところにだ。灰色の兵隊外套を着て、木の帽子を頭にかぶって家に入ると、親父は身じろぎもしないで俺を見て、ふるえる手を灰色の頭の上にあげた。俺は親父の手に接吻した。

『帰ってきてよかった』と親父は言った。

それからお袋が来た。叫び声を上げ、笑った。うれし涙が頬をつたった。俺は二人に、連隊生活と駐留していた国々について話してやった。二人は村の人々の消息を話してくれた。近所の人たちがやってきて、大いに火酒を飲んだんだ。

すべてよかった。俺は夢遊病者みたいに歩き回った。俺に何かを言う者は誰もいなかった。俺も黙っていた。だが、領主はカタリーナを追っ払ってしまっていたに違いない、と考えていた。だって、すべてがあんまり静かだったからな。別なふうにも考えた。もし彼女がまだやつのところにいたなら、もうじき追っ払われるだろう、とな。俺はそれを望んだんだが、どうしてそんなことを望んだのかわからなかった。今さらあの女と関わってどうする！

彼女が大いに困って、悲惨な状態になり、恥にまみれるのを見てみたい、とよく思ったものだ。そうすれば彼女を助けられるからな。

誰も彼女の名前を口にしなかった。俺もあえて尋ねようとはしなかった。日曜日に盛大なミサが行なわれている最中に、俺は聖歌隊席に上がっていった。そこにはなんと俺のカタリーナが奥方然として座っていたんだ。彼女は美しかった、昔よりもずっと美しかった。しかし、とても顔色が悪く、病気みたいで、疲れていた。大きな黒い目をぐるぐる動かし、まるで死にそうな感じだった」

再役兵の穏やかな顔には奇妙な静かな光があった。

「俺は血の流れが止まった」彼は続けた。「『あのきれいなご婦人は誰だい？』俺のことを知らない坊主に尋ねた。坊主は俺をぽかんと見て言った。『女主人、領主の奥方だよ』やつは彼女と本当に結婚したんだ。教会で正式に式を挙げたんだ。彼は妻への権利を持っていて、彼女は今や俺の正式な女主人というわけだ」

再役兵は笑いを浮かべた。

「俺は毎日彼女と会うこともできた」彼は続けた。「そんなことして何になる！　だから俺は別の村に働きに出た。これですべて終わりだ」

再役兵は沈黙した。彼の両手は垂れ下がり、頭を前に傾けて焚き火を見つめた。彼のブロンズ色の顔には再び深刻で冷静な真剣さが浮かび、彼の目はまた大きく静かな火を燃やした。みな黙り込んだ。深い聖なる静けさの中で、あたりは白々とあけてきた。

「お前の話はこれで終わりか？」しばらくしてから私が口を開いた。

「そうです」再役兵は恥ずかしそうに応じた。

「そうだな、お前の話には実際、特別なものは何もないね」私は言った。「そういうことはいつでも起こるし、誰にでも起こることだよ。しかし、お前の話で特別なものといえば、それはお前自身だよ。お前は復讐を、仕返しを、一度も考えなかったのかい？」

「考えませんでしたよ」彼は静かに応じた。「何のためにそんなことをするんですか？　こうなったのは人の本性のためですよ。俺が一人の人間であり、彼女が一人の女であるからといって、誰に復讐すればいいんですか?」

私は彼の返答に驚いた。そしてますます興味が湧いてきた。

「お前は一度も満足を感じなかったわけだ」私は言った。

「そんなことはありませんよ」しばらく考えてから彼は答えた。「一八四六年[51]のことでした。俺が休暇を取っていた時でしたが、ポーランド革命のために俺たちの土地にはひどい災難が襲ってきたんです。

二月の騒動の最後の時でした[52]。ひどく厳しい冬でした。夜に大雪が降って、大小のすべての道は通行不能になった。ちょっと待って。その話はあとだ。今はすべてが頭の中でこんがらがっているんだ。そういうことだった。すでに長いこと、不穏な空気が漂っていた。領主たちはあちこちへ馬車を駆っていた。武器の隠匿の噂も耳にした。

少なくない数の農民がトゥラヴァの酒場に集まっていて、その中には村頭もいた。そこに俺たちの領主が来て、農民たちにこう言ったんだ。『お前たちは俺たち貴族と一緒になるか、それとも誰と一緒になるんだ? もし俺たちと一緒になるつもりなら、今晩、教会のそばにみんな集まってくれ。お前たちに護身用の銃を持たせ、お前たちと一緒に行動するぞ』

これに対して村頭はこう答えた。『俺たちはお前たちとは一緒にならないぞ。一緒になるのは神さまと皇帝陛下だ』領主は帰っていき、村頭は民衆に呼びかけた。『みんな、この貴族という追い剝ぎ連中と一緒になり、やつらの味方になるなよ』

俺たちの領主は俺のカタリーナを女房にした男だが、酒場に一通の文書も置いていった。みんなそれをのぞき込んだが、読める者は一人もいなかった。そこで村頭が言ったんだ。『あのバラバンを呼んでこい。やつは古参兵だ。やつならこの紙をどうしたらいいかわかるだろう』——そういうわけで俺が呼ばれて、彼らにその紙を読んでやったんだ。

一番上には、『読むことのできるすべてのポーランド人へ[53]』と書かれていた。

俺は思わず大声を出して笑ってしまったよ。だって、まずそこにはポーランド人は一人もいなかったし、次に俺以外に字を読める者は一人もいなかったからだ。そこにはこう書かれていた——旦那もあの当時の喜劇を覚えていらっしゃるでしょうが——『農奴制とロボトは暴力と不正によって生まれたものだ。昔はすべての人間は平等で、貴族も我々一般民衆も同じだったのに、我々に対する支配を行使し、この国をモスクワ側とプロイセン皇帝に売り渡したのだ[54]。皇帝のドイツ人官僚は地域で貴族と結託し、農民を搾取しているので、農民は飢えを癒やすことができず、ぼろ服をまとっている。皇帝はポーランドの農民のことをまったく知らない。農民に塩と煙草を高く売りつけ、その金でウィーンで贅沢に暮らしている。助けは神からしか来ない。だがそのためには、各自が全土で蜂起し、武器を取らなければならないのだ。貴族は自分たちの不正を知り、民衆とともに皇帝に対して一致団結して起ち上がり、ドイツ人官僚をこの国から追い払うつもりだ』

その文書には真実のこともたくさんあったし、俺たちは気に入った。『だけどよ』と俺たちは互いに言いあった。『そうじゃないだろうさ。まったくの茶番だぜ。俺たちに暴力をふるうのは、貴族以外の誰だというんだ。貴族から俺たちをできる限り守ってくれるのは——ドイツの役人と俺たちの皇帝じゃないか』そして誰もポーランド人と関わり合いになろうとは思わなかったのだ。

『お前たちが貴族に従ったら』俺は言った。『貴族は、お前らが牛に畑を耕かさせているみたいに、お前たちをこき使うんじゃないのか？　あらゆる場合にそなえて、今晩、酒場に集まろうぜ』

夜が迫ってきた。

前にも言ったように、その冬は今年みたいに厳しい冬だったが、その夜はとくに大雪が降った。すべてが雪に埋まり、街道も小さな道も見えなかった。明るく白い夜の中で森だけが黒い壁のようにそびえていた。

俺たちは酒場に集まっていた。各自が自分の殻竿を持参した。大鎌を研いできたやつもいた。真夜中頃だったが、俺は一団の農夫を連れて、パトロールに出た。農民たちはとても苦しんでいて、悪い結果になるのを恐れていた。俺は彼らを励まして、こう言った。『俺たちが勇敢に抵抗すれば、こんな反逆者どもを恐れる必要はないんだぞ』――そこにすぐに貴族と借地農とほかのごろつきどもを乗せた橇が数台やって来た。彼らは貴族の荘園に行くつもりだったのだ。俺たちを見つけると、彼らは停まって、一人が起ち上がり、叫んだ――お前たちも加われ、革命が始まったんだ、民衆は自由になり、貴族によってロボトは免除されるんだ。皇帝の金庫とユダヤ人も襲撃するんだ。

『ここには裏切り者はいないぞ』俺は叫んだ。『俺たちは神さまと皇帝の味方だ』

俺が話し終える前に、ポーランド人はもう銃をぶっ放した。二、三発のくず弾が俺の体に当たった。一人の農夫は足に弾が当たった。俺は農夫たちに大声で号令した。『突撃だ！』俺たちは左右からポーランド人に襲いかかり、やつらを橇から引きずり降ろし、全員を捕まえた。抵抗した一人を俺は頭をぶん殴ってやった。それ以外には負傷者はいなかった。酒場でも銃声が聞こえた。俺はできるだけ速く駆けつけたが、俺が着いた時にはそこではもう全部が終わっていた。貴族のボブロスキは血まみれになって雪の上に横たわっていた。俺たちの領主は農民たちに取り囲まれて、四方八方から殴られていた。頭からはもう血が流れていた。俺が来なかったら、やつは殴り殺されていただろう。俺は彼を助けてやった」

「お前がか?」

「俺がです、旦那。正直に言わなきゃならないが、農民たちがやつを殴り殺さなくて残念だったよ。だが、俺がいったんその場に来たら、そういうことは起こってはならないのだ。やつを殺したら、カタリーナの件の復讐のためにやった、とポーランド人たちは言っただろう。そうなったら俺たちの大義に忌まわしい汚点を付けることになったろう。

　俺たちはやつもほかの連中も両手両足を縛って、やつらの乗ってきた橇に乗せ、貴族のごろつき一団をコロメアの郡役所に連行した。二十人ほどの貴族、やつらの金、時計、指輪など、金目ののすべてを役所に手渡した。そうだ、素晴らしい日々だったよ、旦那！　抑圧者に対する貧民の戦争だったんだ。いたるところに聖なる秩序が支配していた。すべての十字路に俺たちの見張りが立ち、ぼろ服の農民が郡役所に入り、胸ポケットから大金を取り上げ、それを良心的にそこに置いたんだ。俺たちは最初、俺たちに向かって撃たせ、それから領主連中を武装解除したんだ。みんな自分の血を差し出したことだろう。その当時、これですべての差別は終わりだ、とみんな考えた。人間はほかの人間と同じように自由になるんだ。みんな同じなんだ！　そのあと西部でポーランド人農民が殺戮を始めた。戦争連中が大勢、国の中に侵入してきた。すべてが期待とは違ってしまった。

だが二年後になって農奴制とロボトは廃止され、農民はいまや自由人なんだ」

「例のあの領主はどうなった？」私は尋ねた。

「やつは鎖につながれて、要塞に閉じ込められたんじゃ」コランコが叫んだ。「やつの女房は、四八年[55]になって、やつがほかのポーランド人反逆者と一緒に釈放されるまで、隣人と慰め合っていたんじゃ」

「俺はそのとき、志願して再役をしていて」バラバンは言った。「連隊に入った。俺たちはハンガリー戦に向かった。冬にカルパチア山地を下り、カシャウ付近とタルチャル付近で戦い、カポルナ付近の大戦闘では勝利し、イシャセグでも戦った[56]。それから俺たちは戻らなければならなかった。厳しい冬が襲ってきたからだ。みんなは道ばたで横になり、凍え、微笑みながら横になり、寝たんだ。それからまた、コシュート[57]が森から逃げ出すリスみたいにハンガリーから逃走するまで、マジャール人を追い立てた。

奇妙な時代でしたよ、旦那！　次から次へと戦死した。あるやつは弾に当たって、別のやつはサーベルで切られて、溺れ死んだり、道ばたで死ぬやつもいた。そういうやつは故郷の土が入った小さい袋を胸から取り出し、それに接吻して死んでいった。みんな生きたかったんだ。俺だけはそうじゃなかった。すべては俺を通り過ぎていっただけだ。俺はすべてを疑っていた。正義なんてどこにあったんだ？　そのあと、親父が死んだので、退役兵として家に帰ってきた」

「彼女のためじゃないのか？」

「どうして？」バラバンは肩をすくめて問い返した。「俺は退役兵で、彼女は奥方だ！　俺は戻ってきた。親父は死んだ。お袋も死んだ。俺はひとりぽっちだ。土地は自由になった。だが、小屋と二、三本の果樹を除いて、すべて売り払ったよ。どう思う？　ああ、何をすればよかったんだ！

おれはいつでも生き物と生き物の飼育が好きだった。それでミツバチを観察して、そのふるまいを研究し、家の近くにきれいなミツバチ用の庭を造った。その庭は旦那もご存知でしょう。それから大きな犬を二頭飼った。本もののオオカミ犬だ。その父親も本もののオオカミ犬だった。俺はその犬を知ってたんだ――二頭とも美しい犬で、目は灰色で、夜になると松明のように目を光らせる。お前らも知っているだろう。そして地区の畑番の役を引き受けた。それから雄ネコも」すべてのガリツィアの農民がネコについて話す時にはそうするのが常なのだが、再役兵はにっこり笑った。「そいつは水から引っ張り上げてやったんだ。お前らも俺のマチェクを知ってるよな」

「旦那は犬を見ていったらいいよ」ボール紙男がうらやましそうな賛嘆を込めて小声で言った。

「再役兵は立派な犬を飼うに値するんじゃ」コランコが叫んだ。「彼みたいな畑番は今までおらんかった。地区のみんなは神に感謝できるというもんじゃ」

「お願いだから」再役兵は拒んで言った。「そんなことで神さまに迷惑をかけないでくれ」

「いや、私はお前に関係することなら、全部聞きたいんだ」私は叫んだ。

「過分なお褒めですな」

「自分の責務を果たす人間が一人いる」ボール紙男は真剣に言ってバラバンを指さした。「俺は誰も褒めないんだが、これは本当のことなんだ。泥棒は彼を恐れるし、酔っ払いは夜中に彼に出会うと素面になる。彼が税金を徴収すると、二〇人を差し押さえるよりも多く集まるんだ」

「議会選挙の時には、農民たちは村頭や委員よりも、彼の意見に耳を傾けるんだ」モンゴルが請け合った。「地区で当選したいやつは、再役兵にだけ話を持っていくんだよ、旦那。彼は自分のやりたいこと全部を、俺たち民衆と一緒にできるんだ」

「だがちょっと待ってくれよ、みんな」再役兵はまたきわめて謙虚に頼んだ。「結局、義務以外に何があるというんだ」

「それ以外に何もないわい」コランコが甲高い声を上げた。「だが、まずは女だ！　へ、へ、へ！　彼は道徳に厳しいんじゃ。村に若い女がおる。髪は赤くて、天の星みたいなべっぴんじゃ。伯爵夫人とも見まごうばかりじゃ。だがな、尻軽女でな。その女が月夜にこっそり村を出て行く時に、彼はその女に出くわしたんじゃ。

『また男を追っかけているのか』とバラバンはどやしつけるんじゃ。『そんなことしてどうする？よくないことが簡単に起こるぞ。そうしたらお前は捨てられるんだ。そんなことよりも、ちゃんと結婚しろ』

だが、彼女は笑ってこう言うんじゃ。『最初に出会った男とは私はすぐに結婚しないよ。でも、あんたが私を女房にしたければ、即座にあんたの女になるよ』」

「それでバラバンは？」

「彼は頭を振りふり、説教を続けるんだ」注意深く耳を傾けていて、見張りを続けていたムラクが言った。

「ああ、そうなんだ！　彼はまだ別の女を愛しているのさ」突然ユダヤ人が叫んだ。彼は元気になり、私たちの輪に近づいてきていたのだ。愚鈍で邪悪そうな顔を歪めて、嫌らしい笑い声を立てた。

「おい」再役兵は姿勢を変えないで言った。「お前の頭は蒸し風呂みたいだな。舌から汗が出ていて、舌が何を垂れ流しているのかもわかっちゃいないんだ」

私たちは全員、思い切り笑った。私のユダヤ人馭者はとくに気を悪くした顔で私を見て、上着の袖を下に引っ張り、手のひらで彼の膝をこすり、彼のいつもの習慣に反し、馬のところに突進し、馬たちをあちこちに引っ張り回したので、馬たちは彼を憐れむような目で見ていた。

「やっぱりそうなのか？」コランコは再役兵を肘で触りながら真剣に訊いた。

「お前があの女を忘れられないというのは本当なのか？」ボール紙男がためらいがちに言った。

再役兵は黙ったままだった。

彼が私たちに穏やかに見せたのは、彼の柔和で、誠実で、悲しげな表情だった。彼の目にはまた、あの認識に満ちた潤んだ眼差しが宿ったが、それは人をつらい気持ちにさせた。私が奇妙に感じたことに、自然界の深い沈黙が私の魂にも伝わり、孤独な炎が上方に向かって煙を昇らせている間に、私の中から哀愁に満ちた記憶がゆっくりと起ち上がってきたのである。バッカス祭の巫女のように黒い巻き毛に囲まれた、驚くほど美しく青白い頭、繊細で内気な目を半分閉じた面影が、灰の中から浮かび上がってきたのである。

「愚かだ！　まったく愚かな話だ！」モンゴルが叫び、すべては周囲に沈み込み、残った影を貪欲になめる火が呑み込んだ。

「お前はザヴァレのお高い奥方につばを吐きかけてやれよ」ボール紙男が叫んだ。

「こういう男が、こういう獣を愛しちまったんじゃ」コランコがまた口出しした。

「まあ、そんなにむきにならないでくれ」再役兵は冷たく言った。彼の顔は目に見えて青白くなり、彼の両の眉は暗く寄せられた。「わかるだろう、しかたがなかったんだよ。貧しい娘がひどく苦しまざるをえなかったのだが、それから奥方になれたんだ。俺たちの領主は美男で風采のいい男だった。そうだろう？　長いこと彼以上の男がいなかったので、よかったよ。俺が皇帝《ツァーリ》に仕えることができるのなら、小さい領主にも仕えることができるかって？　そういうことは心で考える必要はないんだ。男と女の間では心はほとんど関係ない。そのことについてはちゃんと考えようぜ。

　ベッドで女を手に入れたいと思ったら、お前は心で愛するのか？　お前は彼女がお前を愛することを望むのか、それとも彼女がお前のものになることを望むのか？　彼女が逆らいながらもお前の女になることと、彼女自身は別の男のものだけれども、彼女の心がお前のものになるというのは、どっちがいいと思う？――俺はあらゆることを考えたんだ。その時間はたっぷりあったからな。いつでも、人間が動物と共通していることだけが話題になるんだよ。そうじゃないか？　かまわんでくれ！

　それから言っておくが、至る所でそうなんだが、男と女の間ではむき出しの生が問題なんだ。わかるか？」

「わからない」

　私は彼が何を言おうとしているのかが分かりはじめ、その男を驚いて見つめた。彼は考えの奔流の中にいて、彼の目は燃え、実際、我らが民族の持つ自然な雄弁さで話していたのだ。

「いいか、俺が兵隊として学んだたった一つのことは、死を軽蔑するということだ。それよりもっといいのは、死を望むこと、死を愛することを学ぶことだろう。生への愛着からすべての不幸は始まるんだ。女についての不幸もそうだ。この生は悲惨だから、みんなただ生きるためにあらゆることをする。俺の言っていることが間違いだったら、俺を撃ち殺せ。殺してもいいぞ。女は愛で生きる。つまり、男の愛で生きるということだ。わかるか？」

コランコは熱心にうなずいた。みんな極度に緊張して話を聞いた。犬さえもその細いキツネ頭を再役兵のほうに上げた。

「彼は真実を語っていると思う」私は言った。「一切は必然性に従うのだ。生あるものすべては生存を悲しく感じ、それでも生存のために絶望的に戦っている。人間は自然と戦い、人間と戦い、男は女と戦い、男女の愛は生存のための戦いにすぎないのだ。両者とも子どもの中に生き続けようと欲し、みな子どもの中に自分の容貌を、自分の目を、そして子どもの目の中には自分の魂を再び見つけようと欲しているのだ。そして他者を通して、より良く、より完全な存在になりたいと欲し、その利点を自分のものにしようと求めているのだ。

女はさらに、自分自身と子どものために、男を通して生きたいと思っているのだ――私がうまく言い表わせたかどうかわからないが」

「完全だよ」すべての連中が同意して叫んだ。

「もし旦那が許して下さるのなら」再役兵が言葉を挟んだ。「俺がそれについて考えていることを話してみたい。俺流のやり方でな」

「わしにもしゃべらせろや」老人が叫んで、威嚇するように彼のクッションを振り上げた。「お前はいつも話し続ける。最初にわしに話させろや」

「それじゃ話せ」

「さてと、何を話すんだったっけ？」

「何を話すかわからないんだってよ！」

「えーと――」老人はまたつかえた。

私たちは笑った。

「笑うがいいさ。そうじゃ、思い出したぞ」老人はすっかり陽気に言った。「そういうこっちゃ。女は男と同じように露命をつながなきゃならん。でも、どうやって？　女は、男が苦しまないこともたくさん苦しむんじゃ。子どもがいたら、どうやって働けばいいんじゃ？　それから、子どもを育てなければならない時は？　そういうことがひょっとすると毎年繰り返されるんじゃ。女は男みたいには働けん。そうじゃろう。女はもとから根気がない。たしかにな。それにまともなことを学ばん。手仕事も学ばん。そんなわけで、女は男に頼って生きるようになるんじゃ。男に幸福を求め、さえするんじゃ。男が出世するためには何をしなきゃならんのか――女はかわいらしい顔を見せて、またほかのこともやって、そうして牛乳しぼりの女が奥方になるというわけじゃ。わしの言っていることは正しいか、間違っとるか？」

「正しいよ、ご老体」

「じゃあ、話させてくれ」再役兵は再び話した。「俺は裸の生のために戦うことをやめたんだ。ほかの連中のように罪を犯すことをやめたんだ。俺は一度打ちのめされた。それで十分だ。俺の目が永遠に閉じ、あわれな魂が安らぐんだ、と自分に言えれば、もっといいのだが。男にとっては女がいないほうがいいんだよ。女が男を求めるんじゃない。男が女を求めるんだ。そこに女にとってすべての利点があるわけで、女は男を安んじて見計らいできるんだ。男のみじめにも滑稽なこの状況から利益を引き出す以外の考えを、女が持つはずはないだろう？

誰かが首まで水につかっていて、足が泥にはまっていて、今にも死にそうだったら、そいつを救い上げてやるだろう。そいつが金貨が入った財布を持っていたら、そいつは財布を喜んで岸辺に投げるだろう。

だがな、賢い女は金貨入りの財布じゃ満足しないんだ。そういう女は男を坊主の前に連れて行くんだ。

わかるか？　だから女どうしの敵意は、仕立屋どうしの敵意や籠つくり職人どうしの敵意と同じくらい大きいんだ。誰もができるだけいい貢ぎ物を男に差し出すんだ。それが不正だろうか？　女はその男で評価されるんじゃないのか？　村の遊び女が伯爵様を夫にしたら、伯爵夫人じゃないのか？　それじゃあ、その逆はどうだろう？　男の名誉は女の名誉で、それだから女は男自身よりももっと彼の称号を、彼の財産を誇りにするんだ。わかるか？」

「俺にはまだわからないぞ」ムラクが腹立たしげに応じた。「お前がどうして、お前を最後には裏切ったあのザヴァレの奥方を、身持ちのいいカタリーナを愛することができたのかを」

「お前には一生わからんだろうさ」再役兵は素っ気なくいった。

「男が女のために苦しむ、その苦しみに値する女は一人もいない」私は小声で言った。

「その通りです、旦那」再役兵が答えた。「男が女のために感じることに値する女は、母親以外には一人もいません。俺の領主夫人について言えば、彼女は俺にいったい何をしたというんですか？　俺は幸福な時に生まれなかった。それから――世の中を十分長く見てきましたよ。あいつとかこいつとかが女を好きになって、接吻して、幸福な結婚をしました。すると今では女房が彼に向かってスカートをまくし上げるんだ。『ねえ、キスして』わかるでしょう。もしあの女が俺の女房になっていたら、おそらくしばらくしたら、あの女を殴っていただろうね。すべて同じなんだ。あれもこれも、まったく同じなんだ。

男の側では愛なんてすぐに消えてしまうんですよ。女が若くてきれいで、男のほうがのぼせ上がっている間に、女のほうはいい時期に用意万端ととのえる権利を持っているんだ。そんな火なんてあっという間に消えてしまうし、女のほうもたちまち年を取るからね」

私は頭を振った。

「何か納得できないですか、旦那！」

「お前は愛の自然なありようを話しているが、お前自身が別の愛の証人じゃないか」

「俺はそれに反することは言いませんでしたよ」再役兵は叫んだ。「ほとんど言いませんでしたよ。男は、それが楽しませてくれるなら、心で愛することはできますよ。そうでしょう？　しかし、女にはそれができないんだ。旦那に申し上げますが、そういう女でも、男が彼女に対して感じている愛に応えたいと思っているんです――応えたいんですよ、女も。だけど、どこにその可能性があるというんですか？

俺が馬を愛すると、馬はほとんど人間のような目で俺を見つめ、俺にいわば話しかけようとするんですが、体で合図する以上のことはできません。そのことを悲しんでいるように見えますが、翌日、別の乗り手を乗せると同じように喜ぶ。だからといって、馬と乗り手を非難することができますか？　誰に訴えればいいんですか？」

コランコは意地悪そうに唇を結んで笑いを浮かべた。「おそらくユダヤ人は知っているんだろうさ」彼は言った。「なぜ毎日こう祈っているのかを――主よ、私めを女に創造しないで下さり、ありがとうございます、とな」

「愛を持つ者は、心の愛を持つ者は」再役兵は続けた。「時をのがさず運命に甘んじ、断念しなければならないんです。さもないと、滑稽きわまりない形でだまされることになるんです。なぜって、ユダヤ人が商売でふるまうようなやり方で、女は愛でふるまうからですよ」

「ユダヤ人について何を言うんだ」私の馭者が不平を鳴らした。

再役兵は彼を見つめ、つばを吐いた。

「そもそも」彼は静かに言った。「結局、俺たちの智恵は――断念、忍耐、沈黙につきるんだ。俺がカタリーナをこんなに長いあいだ愛していたことを、旦那がいぶかしく思うんでしたら、誠実な愛はその対象を何がなんでも手に入れなければならない、とでもいうことになるんですか？一人の人を愛するのは、その人が善人だからだとか、悪人だからだとか、道徳的に正しいからだとか、そういう理由で愛するわけじゃありません。いや、違います！　俺がその人を愛するのは、その人が俺によくしてくれるからとか、悪くするからとかいう理由じゃありません。そうせざるをえないから愛するのですよ。いわば自然がそれ以外の選択を与えないからです。いわばその人に向かって強制するからです。ただそういう愛だけが、軽蔑も、嘲笑も、殴打も、虐待も、残虐さも、すべてを耐え忍び、その愛に応えてくれるかどうかさえも尋ねないんです。すべてを殺す時間さえも、その愛を殺さないんです」

「お前は模範的な夫になったことじゃろうて」しばらくして老人が言った。「どうして妻をめとらないんじゃ？　お前になら誰でも娘を喜んで差し出し、家も土地も大金も与えたいだろうて」

「そういう申し出を断わるのは失礼に当たる」再役兵は応じた。「俺はそういうことをお前たちに頼んだか？――どうして妻をめとらなきゃならないんだ？　最初にもそう言っただろう。お前たちは今では俺のことを知っている。俺は誠実に心で愛した。どうしてほかの女を愛さなくちゃならんのだ？　そんな愛なんてないんだ――何のための妻だ？　俺は動物か？」

「よく考えれば、お前の言っていることは正しいんじゃ」コランコが付け加えた。「すべては時とともに過ぎ去るから、よけいに正しいんじゃよ」

「やっぱり」彼は少し後にため息まじりに言った。「お前は真実を語ったんじゃ。一番多く語ったんじゃ。そうじゃ、わしらの感覚すらもますます弱くなる。わしらを苦しめたことも、あとになりゃほとんど喜びに変わるんじゃ。そんなわけで、死んだ人間のことを死んだ感情のように考えるんじゃ。このことをどう思う、お仲間たちよ？――感じていることは長続きしない、ということを最後には知るということになるというのは、とても悲しいことじゃ。親父とお袋を墓に埋めた時には、胸が張り裂けんばかりじゃった。今でも時々、親父と火酒を酌み交わし、親父がへべれけになっている夢を見るんじゃ。おかしいかの？　あるいは、今日起こっていることも、一年後にはおそらく消え去っておるわ。すべては西に向かって過ぎてゆく雲のように、過ぎ去ってゆくのじゃ。悪いこともそうじゃ。

　意志があればすべてができる。だが、病と死に対してはそれも無力じゃ。

　土曜日に曹長が報告に際して、一週間分の記入をカレンダーから機械的に消去した時、わしはいつも悲しい気分じゃった――だが、それが何だというんじゃ！　時間の無常性よりも、生の無常性よりも、自分自身、自分の思考、自分の感情への知覚の無常性のほうがもっと悲しいのじゃ。それこそが真の死ということじゃ。それが自然なことじゃないのか？　お前は毎日新しいものを目にする。周囲のものはすべて変化する。子どもの時と大人の時は、周囲のものは違う。それでも同じ人間であることができるのか？　それでいながら、他人に対して、変化しないように要求するのか？」

　一瞬、すべてが静寂になった。それから鐘の音が小さく聞こえた、遠く、遠くで、限りなく悲しげに。

「誰かが死ぬのう」老人は言って、十字を切った。

「何を考えているんだ」ムラクが叫んだ。「あれは貴族《シュラフタ》[58]だ。トゥラヴァの陰謀から戻って来るんだ。気をつけろ！」

再役兵は立ち上がり、落ち着いてパイプの火を消し、それをブーツに押し込んだ。それからゆっくりと輪の外に出て、立ち止まり、帽子を脱ぎ、口と鼻でいっぱいに息を吸い、手のひらを突き出した。

鐘の音はどんどん近づいてきた。

再役兵は帽子をまたかぶった。

「寒さは弱まったぞ。風が逆向きになった」

彼は焚き火のところに戻り、猟銃をつかんだ。

「おい、みんな。自分の務めを果たすんだ」

全員すぐに起ち上がり、大鎌と殻竿を持って再役兵を取り巻いた。

「橇が一台だ。注意しろ！」ムラクが森の隅から叫んだ。

悲鳴のような鐘の音はもうすぐ近くに来ていた。馭者の鞭がピストルの音のようにはじけ、馬が荒い鼻息を立てているのが聞こえた。

「止まれ！」見張りの農民の声が響き渡った。

「止まれ、止まるんだ！」ほかの者たちも叫び、そちらの方に走った。

そこには橇が停まっていて、橇を覆っている熊の毛皮から、高価な毛皮をまとった細身の美しい婦人が立ち上がった。彼女がフード付きコートの覆いを後ろにやると、彼女はまたひときわ美しくなったが、その顔は恐ろしいほど青ざめていた。彼女の青い目は怒りのあまり震えていた。

「何の用なの」彼女の叫びは怒りで声が詰まっていた。

「通行証」見張りは簡潔に答えた。

「持ってないわ」

「身分証明書」

「持ってないわ」

そこに、猟銃を肩にかけた再役兵が前に出てきて、ムラクを脇に押しやった。

ほかの者たちはすぐに頭をそちらに向けた。

「その女を通らせてやろう」再役兵は抑えた声で言った。

「通すのか――通行証なしで――なぜだ?」

「知ってる女だ」彼は応じた。「通してやれ」

「あの女を知っている、というのを信じるわい」今度は老人が意味深長に言った。「通してやるんじゃ」

再役兵は焚き火に戻り、炎を熾した。

ほかの者たちは彼のあとにゆっくり続いた。

「行け」農民見張りは馬鹿にしたように叫んだ。

婦人はまた毛皮に沈み込んだ。馭者は鞭を鳴らした。橇は雪道を飛ぶように走った。

ユダヤ人が笑った。

「あれは誰だ?」私は脇の者に尋ねた。

「彼女だ」

「彼女？」

ボール紙男はうなずいて、焚き火の周りを回って火を熾した。

「ザヴァレの領主夫人じゃ」老人がささやいた。「やつが昔愛して、今でも愛している女じゃ」

私たちは長いあいだ沈黙した。

それからボール紙男が言った。「あの女は領主と幸福じゃないそうだ。いつでも仕立屋を所領に呼んでいる。どんなに顔色が悪いか見ただろう？」

「おい！　橇と馬を見ろよ」再役兵は叫んだ。「クラクス[59]とコサックを連れていなかったか？　大領主どもは彼女の手に接吻するんだ——それにきれいな毛皮を着ている。幸福じゃないわけがあるか？」

月夜

Motto:

Beethoven Mondscheinsonate.
Oeuvre 27, 2.

まえがきにかえて

『サロン』誌の編集長に宛てた作者の手紙からの抜粋[1]

ようやくのことで、『月夜』を手許にお届けいたします。いささかの遅滞は、お許しいただけるものと存じます。この小説は、当初、私が意図したのとは、すっかり変わった形のものになりました。そして、構想と素材とともに、分量もふくらんでいきました。ご一覧いただくまえに、私の作品について、よりたちいった相談をさせていただくことを、どうかお許しください。

この作品が優雅な雑誌の枠組からほとんどはみだしてしまいかねないことを、私は危惧しています。他方で『サロン』誌は、国民の、社会の、あらゆる真摯な関心のための機関誌であるといって過言ではないでしょう。そういうわけで、まったく歓迎されざる代物を発表することにならないように、またしても願っている次第です。ほかならぬ貴誌のような雑誌は、なかんずく、いまなお私たちの生全体にうっとうしくものしかかっている、かの性的な事柄に関するお上品ぶり、かの偽善に、背をむけざるをえない、それも南欧における以上に、この北国においてそうである、と私は考えております。ドイツの詩人作家には、フランスやロシアのように、人生や社会の深い問題をその表現に含みこむことが許されないこと、他国の人たちに、とりわけドイツの天才にたいする敬意の念をいだかせもする、『ファウスト』、『若きヴェルテルの悩み』、『親和力』といった作品が、ドイツ文学のなかでかくもおそろしく孤立していること、その事実に、私は、すでにしばしば苦々しい思いを噛みしめておりました。

いわばあらゆる人間の肺腑をえぐる、こうした問題が、現実の真摯さをもってのみ、扱われること、いかなる軽佻浮薄も排除されることは、当然ながらもとめられていいはずです。しかし、ショーペンハウアーを生んだ国民が、詩文においておなじように、社会的な問題のきびしく深い探求を、長きにわたって拒みつづけていることはできないでしょう。

私は、そうした探求を、最初に『コロメアのドンジュアン』において試みました。それも首尾よく、と申しあげてもいいかと存じます。ドイツの各界各層から、温かい賛意をこめた批評がよせられて、著名な作家たちからも、尊敬すべきご婦人方からも、はたまた一般庶民の読者からも、肯定的な手紙が送られてきました。その際に注目を集めたのは、ただその形式、叙述のリアリズムばかりではなく、ほかでもない、内容であり、世界観であり、主導的な理念でありました。

『月夜』は、『コロメアのドンジュアン』と同様に、男女の関係を扱うところの、私が企画している連作小説集に属しております。

私自身がもっともよく知悉しているところでありますが、この作品は、社会の血肉に斬りこむものです。しかし、それは、先行する作品がそうであるように、おそらくは軽佻浮薄なものではありません。同様に——キュルンベルガーの言葉を引用するならば——「人類の自然史の一斑」なのです[2]。尋常ならざることといえば、それは、題材よりも、その構想、その叙述に存しています。東欧の大いなるスラヴ世界の人生観は、いうまでもなく、ドイツの読者にとって、一見、何か異様なものをはらんでいるように思われることでしょう。しかし、それは、大要においてショーペンハウアーの理念とまったく一致してはいないでしょうか。ひとは、いずれにあっても、おなじ健全なペシミズム、おなじ自然法則のまったき承認、おなじ必然性の感情、おなじ諦念、おなじ義務感のきびしさ、おなじ深い自然、獣、人間への愛を、みいだすのではないでしょうか。

トゥルゲーネフがこういうとき、すなわち、「生は笑い事ではない、戯れではない、生はまた享楽でもない、生はきびしい労働である。断念、たえざる断念、それが、その秘められた意味であり、謎の言葉である。みずからの理想の実現にではなく、その義務の充足にこそ、人間は意をもちいるべきである」というとき――そこにショーペンハウアーの声が聞こえると、ひとは思わないでしょうか――おなじ人生観を、私の作品に、『コロメアのドンジュアン』に、『再役兵』に、『月夜』に、みいだされることでしょう。ただし、おそらくは幾分か強調されてではあるにせよ。

最後に、この作品のなかに存在する不思議な、一見、幻想的な要素について、なお一言、つけくわえることをお許しください。こうした趣旨で、私は、シュターディオン伯爵に宛てた序文を草しました。夢遊病は、完全に自然のままにえがかれています。この物語の特性のすべては、真実であり、体験されたことなのです。

在ヴェネツィア、エメリヒ・シュターディオン伯爵[3]宛

親愛なるエメリヒ！

おそらく君は、私の物語をすべて理解し、すべて信じてくれる、ただ一人の人物なのだ。私たちがはじめて出会い、握手をかわしたのは、薄暗い木立にかこまれた、あの小さな家でのことだったね。君は知っているだろう、黒い髪をふり乱して、心を病んでいる女、月夜になると眼を閉じて、また別の、いとも不思議な生を生きている、

あの女を[4]。また君は承知しているはずだ、ただ飾りや添え物だけが、ここかしこで幾許か変化しているのであり、私の物語のあらゆる特性は、そのまま体験されたものであることを。君は、私とまったくおなじように、すべてのことを思いおこしているはずだ。毛皮を縫いつけたビロードの上着を、『ファウスト』のすりきれた版を、そして、小さな茶色の安楽椅子を。君はまた知っている、あの女が瞼を閉じているときには、われわれが眼を見開いているときよりも、はるかに鋭くものをみていたこと、彼女がだれにたいしても、いわばその胸から心臓をとりだして、ほほえみながら、まるで解剖標本のように、それをしめしてみせたことを！　きっと君の耳には、彼女が私に話しかけ、深い夢遊の眠りのうちにおのが運命を語ってきかせた、あの愛らしい、子どものような声音が、なおも残っていることだろう。あれほど明瞭に、流暢に、しばしばいたずらっぽい口調で、その細部にいたるまで生き生きと、ありのままを髣髴させるように、あたかも彼女自身がこの人物を、きわめてすぐれた書物から読みとってでもいるかのように。君一人がすべてを理解してくれるだろう、すべてのことを。それゆえに、私は、君にたいする心からの挨拶であり、憂愁にみちた追憶でもある、この物語の巻頭に、君の名前を掲げる次第なのだ。

君のレオポルトより

グラーツ、一八六八年三月十二日

月夜

それは澄みきった、なま暖かい夏の夜のことだった。私は、猟銃を肩に、山をくだっていた。大きな、黒い、よく水に馴れた、イギリス産の私の猟犬は、疲れた足どりで、一歩、また一歩と、あとにしたがいながら、舌を垂らしていた。われわれは、どうやら道に迷ってしまったようだった。一度ならず立ちどまっては、私はあたりをみまわして、しかるべき方角を確認しようとした。そんなとき、私の愛犬は、規則ただしく腰をおろして、私のほうをじっとみつめるのだった。

われわれの眼前に、なだらかな、森におおわれた丘がひろがっていた。青黒い木々のうえには、赤い満月がかかり、暗い空にぎらぎらとした炎の色を投げていた。東から西にむかって、星辰のしらじらとした銀河が、大きくゆるやかに流れていて、かたや北の地平線には、大熊座が低くかしいでいた。近くに立っている柳の木の間《こま》隠れに、鈍く緑に明滅している小さな沼から、かろやかな、透きとおった靄がたちのぼっていた。一羽のアオサギが、葦のなかで呻くような鳴き声をたてた。われわれが前進するにつれて、あたりの光景は、ますます光にみたされていった。左右の鬱蒼とした樹木の壁が、ゆっくりと後退すると、われわれの眼前には、緑にきらめく海原のように平地が波打っていて、そこには大きなポプラの並木がそびえている一軒の屋敷が、いっぱいに帆を張った船さながら、浮かんでいるのだった。ときとして優しい風のそよぎが、草の茎や木の葉のあいだを抜けていき、一緒になって不思議な音色を響かせた。私が近づくと、そのそよ風は憂わしくも美しく広がっていった。それは、実はみごとなピアノの調べで、熟練した繊細な手がベートーヴェンの『月光のソナタ』を奏でているのだった。それは、あたかも傷ついた魂が鍵盤に涙をそそいでいるかのようだった。絶望した不協和音が響くかと思うと――それからピアノはやにわに沈黙した。私の位置は、仄暗いポプラの木々が陰鬱にもざわめいている、あの小さな人里離れた屋敷から、ほとんど百歩と隔たってはいなかった。一頭の犬が、悲しげに鎖をがちゃつかせているいっぽうで、遠くの小川が夜陰をとおして、涙声で歌うかのような、その単調な水音を聞かせていた。

そのとき、ひとりの女が正面外階段に姿をあらわして、両腕を手すりにもたせかけると、下をみおろした。背丈は高く、その姿は華奢だった。青ざめた顔は月の光を浴びて、燐のように輝き、その黒髪は、ゆたかな髷をつくりながら、白い肩へと流れていた。彼女は、私の足音を耳にとめるや、ふと身をおこし、私が階段の下に立っていると、大きな、ぬれた、黒い両の眼で、私を凝視した。私は、事の次第を物語って、一夜の宿を乞うた。

「当家では何事でも」と、彼女は、低い、やわらかい声でいった。「あなたさまのお役にたてることでございましょう。私どもには、客人をもてなす楽しい機会が、もうまれにしかございませんもので。どうぞこちらへ」

私は、朽ちた木製の階段をのぼり、女主人がさしだした、ふるえる小さな手をにぎると、そのあとについて、ひらいたままになっている扉をくぐり、家のなかへはいった。

私たちが足を踏みいれたのは、壁が白くぬられてある、大きな四角い部屋で、その調度といえば、古いカルタ用テーブルと、五脚の椅子があるばかりだった。そのテーブルには、足が一本、欠けていて、そのかわりに、これまた問題含みの椅子のひとつをかましてあり、それは、ぐらぐらするテーブルの甲板を、煉瓦を積み重ねてささえているのだった。テーブルには、四人の男たちがすわって、タロックに興じていた。主人は、表情の乏しい、こわばった顔立ちで、小さく青い金壺眼をして、短い乾いた口髭をたくわえており、短く刈った金髪の小男だったが、やおら立ち上がると、私に挨拶をして、パイプを口に嚙みしめたまま、手をさしだした。私が事の顚末と自分の希望をくりかえしているかたわらで、彼はカルタをととのえて、了解したといわんばかりにうなずき、ふたたび席につくと、それ以上、私のことに気をとめなかった。

奥方は、そうこうするうちに、隣の部屋から腰掛をもってきていて、私のためにいささか危なっかしい一角に据えると、召使に指図するために、その場を離れた。それで、私には、その場の人たちを観察する暇《いとま》ができたのだった。

そこには、まず近隣の村から来ていたルーシ人[5]の神父がおり、筋骨隆々たる猪首の無神論者の男がいたが、その呆けた酔っぱらった顔には、火酒が紅《くれない》のあらゆる色合いをみせつつもえていた。彼は、たえず同情するように微笑しながら、ときどき高い楕円形の牛革の容れ物から煙草をつまんで、その低いそりかえった鼻に詰めては、胸から幻想的なトルコの花々をえがいた青いハンカチをとりだして、口をぬぐっていた。彼の隣にすわっていたのは、主人の隣人で、黒い編み上げの上着を身につけた、だらしない風情の小作人だったが、彼は、倦むことなく小声で鼻歌を歌っていて、きわめて強い黒ずんだ葉巻をふかしていた。そのつぎに控えていたのは、薄い髪と剛毛の黒い口髭をそなえた騎兵隊の士官だった。この男は、この屋敷に泊まりこんで、居心地よく過ごしているようだった。彼はノーネクタイで、折り返しが色あせた、夏物の開襟シャツを着ていて、カルタ遊びに興じながらも、眉ひとつ動かさなかったが、ただ負けたときに、荒い息を吐きだすと、同時に右手でテーブルをたたくばかりだった。私も参加するようにと誘われた。私は、疲れていることを口実にして辞退した。私たちみんなに、まもなくいくらかの冷たい食べ物と葡萄酒が出された。

奥方が戻ってきて、コサック人の召使がもってきた、小さい茶色の安楽椅子に腰をおろして、煙草に火をつけた。彼女は、私のグラスからすこし飲んだうえで、優雅な微笑を浮かべながら、それを私にさしだした。私たちは、彼女があれほどまでに曲想を理解して弾きこなしていた『月光のソナタ』について、トゥルゲーネフの最近の著書について、コロメアでいくつか公演を催していたロシアの劇団について、今年の収穫について、区域の選挙について、コーヒーを飲みはじめている農夫たちについて、お喋りをした。そして、農奴制の廃止[6]以降、村中の鋤の本数がどれほど増加したか、といったことなど。彼女は、大声で笑い、安楽椅子のなかでさかんに体を左右に動かした。月の光が、まっすぐに彼女のうえにさしていた。

不意に彼女はだまりこんだかと思うと、両眼を閉じたのち、しばらくして頭痛を訴えて、自室に退いた。私は、口笛で犬を呼び寄せて、自分もおなじように失礼することにした。

コサック人の召使に導かれて、私は中庭をとおっていった。突然、彼はだまりこんだかとみるや、まのぬけた微笑を浮かべて、月を見上げるのだった。「あの光は、人間や家畜になんという大きな力をおよぼすことでごぜえましょう」と、彼はいった。「うちのベチャール[7]は、一晩中、月にむかって吠えるのですだ。猫はまた猫で、屋根の上で楽の音を奏でておって、月の光が料理女の顔に射したりすれば、料理女はやにわに眠りからさめて、予言をはじめたりするのでごぜえます。これは、誓ってほんとうのことでごぜえますだ」

私にあてがわれた部屋は、建物の背後にあって、庭に面していた。その庭から、部屋の窓まで細いテラスがつづいていた。私は窓を開けて、外に身を乗りだした。

満月は、はるか人外の高みから、そのおごそかな、聖なる光をあたり一面にそそいでいた。月は、私の頭上をきよらかに陰翳とてなく揺曳していて、月面の謎めいた世界は、ただかすんだ靄のように、内部から照らしだされたクリスタル・グラスのランプがその表面にえがきだす、やわらかな絵柄のように、そこに横たわっているばかりだった。濃紺の空には雲ひとつなく、月の光に織りなされて神秘にみちたヴェールでつつみこむはずの、あのかろやかな輝くような靄さえも、浮かんではいなかった。星々はときとして、もえつきそうになる小さな火花のようにきらめいていた。わが郷土の平原がはてしもなく、夢のように沈黙して、東方をさしてひろがっていた。大きな乳白色の玉蜀黍が、庭の垣根越しに、私のほうにむかってかたむいていて、はるか遠くまでまるで巨大なチェス盤のように、つぎつぎと畑がつらなって、白いライ麦が褐色の蕎麦にいれかわるかと思うと、また黒々とした牧草地がつづくのだった。そこかしこに刈り取られた穀物の束が、さながら小さな農家のようにかたまっていた。地平線には、ひとすじ孤独な炎がもえて、銀灰色の煙を、静かにゆるやかにたちのぼらせていた。いくつもの影が炎に落ちかかるかと思うと、はや消えていき、ときおり鈍い鐘の音が私のほうに近づいてきた。前足を縛られた馬が数頭、草を生んでいる姿が、奇妙に見え隠れした。そして、大鎌が明るく鋭い響きをたてているところで、巨大な干し草の山が湿った靄につつまれて輝いていて、牧草地は露にぬれて微光を発し、瘦せこけた黒い釣瓶井戸が身をのばして、黒いもぐら塚が、はるか遠くに帯のようにつらなる要塞のようにそびえ立っていた。そして、そこでは、きらめく飛沫をあげて山を下る急流が、鏡の破片のような沼地に囲繞されながら、その地帯を切り裂いていくのだった。

一匹の白い猫が、ビロードさながらの足で、音もなく庭を横切った。猫は、ただかすかにうごくばかりの丈の高い草にはさまれた残り雪のように、微光をはなっていて、ときおり鳩の鳴き声にも似た、また寝ぼけた子供ががえんじなく泣く声にも似た、あの親しげな憧れにみちた声音を響かせた。猫は垣根をとびこえたかとみると、しばらくして、タタール人が築いた土塁の瓦礫のように屋敷から村にむかって走っている、左手の堤防のたもとに姿をあらわした。猫は、足音もたてずに堤防によじのぼり、今度は小声で嘆くような鳴き声をたてながら、沼の岸辺にすわり、鈍い銀色の水面に見入っているような気配だった。幅広い葉のアオウキクサが、レース織にも似て規則ただしく穴のあいた覆いを、沼いちめんに張りわたしていて、そこから、白や黄色のスイレンが、色とりどりの炎さながら、青い月の光につつまれてもえたっているのだった。

そのとき、あの猫の恋に駆られた小さな夢遊病者が、おもむろにやわらかい体をのばし、物音をたてずに丈の高い光る葦の、蒼ざめたスイレンの、鎖につながれて軋んでいる小舟の、眠っている白鳥の、それぞれのかたえをつぎつぎと通り過ぎて、月の光に照らされて、磨きこまれた壁のように立っている、霞につつまれた深い森へとむかっていった。沼と小川をかこんでいる、露にぬれて光っているあたりの繁みのなかで、ナイチンゲールがさえずっていたと思うと、それはいまや不意に庭のごく近くで、いかにも甘美に、いかにも胸を引き裂くかのごとく、むせび泣くような声をたてるのだった。重々しい果樹が、無数の黒い葉によって玲瓏とした月の光を弱めてはいたが、しかし、それでも草木の一本一本がそれぞれ輝き、魔法の光をあたりに散り敷いていた。風が庭のなかをそよと吹き過ぎるたびごとに、銀のしずくが牧草地に、砂利道に、私の窓のしたにあるキイチゴの繁みに、したたり落ちた。赤い罌粟がもえはじめ、メロンの果実が黄金の球のように緑の花園にころがり、水桶は銀にみたされたかのようで、発光虫におおわれたニワトコは、モーセの燃える繁み[8]のように、湿った靄につつまれていたが、発光虫は、火花のようにそこから飛びあがっていくのだった。月の光に満たされて、内部から照明されているスイカズラの四阿は、常明灯がもえている礼拝堂のように、庭から浮かびあがった。ニワトコとタイムの馥郁たる香りがただようかたわらで、微風が牧草地のみずみずしい干し草の匂いをはこんできた。

　自然全体が月のきよらかな光のうちに、しらじらと明けそめて、表現をもとめてやまないようにみえた。水音は、いつまでも単調な歌声を発していて、微風がときとして木の葉をたがいに打ち合わせるなかで、サヨナキドリはむせび、バッタはかさこそ音をたて、あちらこちらでアマガエルががあがあ鳴いているかと思えば、他方、私が横になっていた窓台のなかでは、キツツキが勤勉にもこつこつと仕事に打ちこんでいて、頭上ではその聖なる営巣のなかで、ツバメが囀っているのだった。そして、いまや月の光そのものが響きはじめた。そして、光と靄と旋律がひとつになった。あの奥方が『月光のソナタ』を演奏していたのだった。私は、ふしぎにも静謐な気分にみたされた。彼女が弾きおわったとき、木々もサヨナキドリも沈黙して、ただキツツキだけが物音をたてつづけるばかりだった。

広漠とした風景のなかには、きびしい不動性、深い静寂が領していた。やがて身をきるような、さわやかな一陣の風がたち、憂愁にみちた歌の切れ切れになった諧音を、私のほうにはこんできた。

ひややかな月明の夜を利して、勤勉に働いていたのは、刈入れをする農夫たちだった。彼らが黄金色に実った野面を、蟻さながらあちらこちらと這いずりまわっているのを、私は、月の光のなかでまざまざとまのあたりにした。

いまや万象は黙《もだ》して、人間だけがおのが悲惨のなかにあってめざめている。そして、額に汗して、みずから激しく愛しもすれば蔑ろにもする、この哀しむべくも嗤うべき生存のために、営々と努めているのである。

人間のすべての思考は、朝まだきから夜更けにいたるまで、盲目的な我意によっておのが生存にむけられている。その心情は、さながら痙攣するかのように収縮し、その貧弱な頭脳は、おのれの生が脅かされ、あるいは、享楽と、生の価値であると見做すところのものが切り縮められ、奪われるのをみるときには、熱にうかされたように激しはじめる。そして、眠りのさなかにあっても、その脳髄は、明日、明後日、さらにその先をもとめて働きつづけ、夢のなかにあっても生の映像が人間を苦しめるのである。その存在は、自己を保存し、確たるものにせんがための、たえざる不安をあらわにしながら、永劫のために耕し、取り集めてやまない。たとえその鋤によって、その生存の滾《たぎ》りやまぬ竈をおおい隠している、この柔らかい土を掘り起こそうと、あるいは、その小舟をあやつりつつ世界の大海を渡ろうと、あるいはまた、星辰の運行を観察しては、人類の命運と過去を子供じみた勤勉さで書きとどめようと――人間が研究し、案出し、構想し、発明するのは、ただおのがあわれな機械を作動しつづけんがためにすぎない。その最良の思考を、いつのときも一片のパンを得るためにささげるのである。人間は、なかんずく生きようとする、いまにも永劫に消えようとする惨めな灯火のために、生き、そして、おのれを養わんとして。

そして、新たな生き物のうちにおのが生を継続させんとする不安も、そのためなのだが、その子孫には、悦びの遺書を残しながらも、実のところは苦痛、闘争、苦悩のほかには何も相続されることはない。あたかも愛する自我が三倍にも、十倍にもなったかのように、ひとが子孫をどれほど愛し、守り、はぐくみ、育成することであろうか!

そして、その生存を継続させ、おのれなりに利用することにかけては、いかにも創意に富むのと同様に、人間は、あらゆる他者の生存をあやうくし、脅かし、おのれのために略奪するためとあらば、たゆむことなく、仮借なくふるまうのである。人間は、間断なく騙し、盗み、奪い、殺す。同胞のあらゆる種族を、庇護なき状況に追い込んで、おのれの我欲に服従せしめるためとあらば、詳細をきわめた、狂気じみた理論を構築する。ためらうことなく獣を、肌の色と言葉を異にする人間を、従属させ、烙印を押してきたのも、生きとし生けるものの犠牲のうえに、おのれが生きるためにほかならぬ。

永劫につづく血なまぐさい戦争。今日は静かに竈から竈へ、煙突から煙突へ、煙さながらうつろうかと思えば、明日は大音声で、騒がしく、戦場と大海原にあって、つねに聖なる偽りの旗印のもと、つねに無慈悲に、はてしもなく。――

しかしながら、汝は辛くも聖なる断念である。汝の確かなる平和は、われわれに与えられた唯一の幸福にほかならぬ、安らぎ、静謐、眠り、そして、死は。そして、あらゆる疑いを解き、あらゆる苦痛を静めてくれる、かの存在をまえにして、われわれは何ゆえにおののくのか。絶滅のひややかな息吹が吹きよせてくるときに、われらが胸底なるかぼそき灯火は、何ゆえかくも不安げに揺らめくのか。われわれは、なんとおのが記憶にしがみつくことか、おのれ自身の裡にひたすら生きながらえんとすることか！　もはや想起せず、もはや思考せず、もはや夢みぬがよい！　そのとき、生き物は不安にとらえられる、かくも絶望的に、沈黙の夜な夜な、かの深い、癒されることなき戦慄におそわれるのである。

癒されることなき、だと？　否。癒されうる、ただし思惟することによってのみである。思惟の光が、いたるところでわれわれをささえている。それは冷たく、明るく照らしているが、夜と深淵にあっても、無愛想であるわけではない。そして、それは次第にわれわれの魂を明るくし、われわれを不安にする影を追い散らし、われわれを慎ましく、穏やかにし、落ち着かせるのだ。

かくして、月明の夜の静かな、柔らかい光が、私たちの魂のうちに射しこむように、かねてより知っている、愛らしい形姿が浄化されて、私の眼前にたちのぼってくる。そして、追放された神々のように、過ぎ去った時間の聖別された理想が通りすぎていく、さながら静かな、大きな、白い雲に似て。私がかつて愛しながら、いまや冷酷もしくは憎悪のうちに、おのれから切り離し、あるいはすでに長らく土中に葬ったままにしている存在が、そして、果敢な黄金の青春時代の、かの崇高な幻像が、稲妻と雷鳴のもと、みずからの民にむかって、シナイ山で語ったかの人[8]が、そして、頭《かしら》に荊の冠をいただいて、人類の十字架を、血に染んだ、肉の裂けた背に負うた、より大いなるお方が。ちりぢりになった霧が月光につつまれてはためいている、さながら貴い、いにしえの旗のように、凋れた花、もしくは枯死した花輪のように。そして、ゆたかな金髪のお下げを垂らして、いとも優しい童顔のひとりの愛らしい女が、誠実そうな、憧れにみちた眼で、私をじっとみつめている。その都度あらたな夢幻が、身体を、手足を、まとうようになる、その都度あらたな、聖なる思いが！　月の光は、供犠の蠟燭にも似て、天空にむかって灼熱する、無数の青い光を放射しながらもえている。月光の靄は、香煙のようにただよいのぼり、森は、深い、おごそかなオルガンの響きをたてながらざわめくのである。

　私は、踵をかえす。

　この微光をはなつ夢幻のかずかずに、現《うつ》し身にとらわれてやまぬ、おろかにも放心した若者の偽りの理想に、ついに私は恐怖をおぼえるようになる。

　現実は荒々しいが、しかし直截である。自然はおまえにいささかもかかわろうともしない、などというのは嘘である。自然は、永劫の変転のただなかにあっても、つねに不変であり、今日でこそ、かわらぬ冷酷な、暗鬱な相貌をみせてはいるが、しかし、数百万年も昔にそうであったように、慈母の顔をそなえている。しかし、おまえは自然から離反した。おまえは、自然の子どもたちを、すなわち、おまえと同様により卑小な存在である兄弟たちを、軽侮している。おまえは、自然を超え出て、そして、いまやポーランドのファウスト[9]のように、天と地のはざまにただよっている。しかし、自然の無数の胸乳が、この忘恩の息子を養っているのであり、自然の両の腕《かいな》は、おまえをふたたび受けいれるべく、つねにひらかれている。そのきびしい掟は、青銅の銘板にきざまれて、おまえの四囲に打ちたてられてある。おまえが自然から学ぼうと思うなら、おまえは、それをいたるところで読みとることができる。——

ふたたび刈入れをする農夫たちの歌が響き、草は月光につつまれて、炎のようにいりみだれて生い茂り、森は荘厳にざわめいていた。大気はきびしく、かつさわやかだった。

私はゆっくりと服を脱ぎ、猟銃を点検すると、それを自分の頭の方向にむけて、部屋の隅に立てかけた。そして、装飾も何もない壁の際におかれた、修道僧に似つかわしいようなベッドに身を横たえた。私の犬は、いつものようにベッドのまえに体をのばすと、忠実な、心得た眼差しで私をいま一度、みつめると、尻尾で床をはたき、それから疲れた前脚のうえに頭をのせた。床をはたく尻尾の動きがいよいよゆるやかになるにつれて、その息遣いはいよいよ深くなった。犬は息を吐きだして、夢みているようだった。窓はひらいたままだった。

私も、しばし眼を見開いたまま夢みていた。それからいつしか眠っていた。私は疲れていた。そして、まもなく私と犬との双方に、親しい死の先触れにほかならない、あのここちよい忘我が訪れた。

どれほどの時間を、そうして横になって過ごしたのだろうか。

突然、私は奇妙な物音を耳にした。最初はまだ半睡状態のままで、それから明瞭に、眼を大きく見開いて。犬は身動きして、その美しい頭をもちあげると、おさおさ油断のない両の眼を光らせながら、息を吸いこみ、それから大物猟の際にそうするように、短い嗄れた声で吠えた。そうこうするうちに、私はすっかりめざめていて、片手を思わず冷たい銃身にかけていた。

自然の裡には深い静寂が領していて、ただ重く、悲しげに息づいているようにみえた。それからふたたび、あの奇妙な、無気味な物音がした。それは、亡霊のようにただよう、さながら裳裾をひきずるようなさやめきだった。

そして、いまや——唐突に——ひらいた窓のむこうに、背の高い、しらじらとした人影が立っていた。それは気高い風体の女性で、かろやかな、波立つような衣裳に、その身をかろうじてつつみつつ、私からは顔をそむけるように、ひややかな満月の光のもとに、さながら透きとおるようにあらわれた。そのまっすぐにのばした片手は、赤い炎に照らされているかのようだった。

私の犬は、総毛をさかだてて、身をふるわせ、ゆっくりとあとじさりをして、くんくんと鳴いた。私は猟銃をつかみ、撃つ用意をした。こうして思いかえしてみても、それがなぜだったのか、いまだにわからない。私は、本能的にそうしたのだった。私の全身は、無気味にも冷たかった。

猟銃の撃鉄がかちりと音をたてた。

その瞬間、彼女は頭をこちらにむけた。

それは、この屋敷の女主人だった。彼女のざんばらにほどけた黒髪は、白いナイトガウンにそって垂れていた。その顔は、いよいよ蒼白く、さながら月面のように輝いていた。彼女はほほえみ、私に手で合図をした。そして、そのときになってようやく、私は、彼女の両の眼がかたく閉じられていることをみてとったのだった。深い戦慄が私をおそった。彼女は、閉じた瞼をとおして、部屋のなかに、さらに私のほうに、視線をむけながら、そして、なおためらっているようだった。

私が身をおこしたとき、彼女はいま一度、合図をして、唇に指をあて、閉ざした眼でふたたびふりかえると、それからゆっくりと部屋のなかにはいりこんできた。私に気をとめるでもなく、ゆっくりと部屋を横切り、私のそばを通り過ぎて、たしかな、しっかりした足どりで、悩ましげに頭《こうべ》を垂れて、ゆっくりと私のベッドの足元にひざまずいた。その右の手をベッドの脚にあてると、みずから身をおとし、くずおれて、額を生木のベッドにおしあてた。しばらくそうして横たわると、やがてかすかにむせび泣きはじめた。

女性が泣くことに、私はとりたてて心をかき乱されることはなかった。しかし、彼女は、激しく、その胸奥の深みから思いをしぼりだすように、さながら話すことのできない獣のように、泣いたものだから、私はすっかり動転して、彼女のほうに身をかがめたのだった。

「あの人は死んでしまっているわ、私にはわかるの」と、彼女は、痛ましいかすかな声で語りはじめた。「あの人は、自殺した者の定めで、教会の墓地の塀の外に葬られたわ。私はあの人のもとへ行きたい」彼女は、片手で頭をささえて、吐息をついた。「だけど、遠い、遠いところなの」と、彼女は、乾いた、なかば押し殺したような声音でくりかえした。「それで、私はここであの人のもとへ行くのよ。あの人はここにもいるわ」

そういうと彼女は立ちあがり、両足がいうことをきかなくなるのを、たえず恐れるかのように、むきだしになった壁にそって、ゆっくりと手探りで歩いていった。それから彼女は、突然、私のほうにふりかえり、長いあいだ私を注意深くみつめているかのようにみえたが、それから首をふった。「あの人はここにはいない」と、彼女は短く、断固とした調子でいった。「あの人は死んでしまったわ」そういうと同時に、彼女は全身をふるわせ、歯軋りをしはじめて、重苦しい叫び声をあげると、うつぶせに床に身を投げだした。そこで彼女は横たわったまま、両手を髪のなかにうずめて、大声で嗚咽した。そののち、その声はかすかに、いよいよかすかになっていった。

彼女は、いますっかり平静になっていた。

彼女は、身動きひとつしなかった。

私が彼女を助けおこそうとしたときに、ちょうど彼女は立ちあがった。その顔はふしぎなほどに柔和になっていて、いわば微笑によって変容したかのように、内から輝きはじめた。彼女が身をおこすさまは、ゆっくりとおごそかにただよいつつ上昇するかのようで、両の足はもはや床にふれていないようにみえた。聞きとれないほどにかすかに、彼女は、足を閉じたままでいるかのように、床板のうえをすべっていったかと思うと、やがて静かに、おだやかに、青白く射してくる光につつまれながら、月にむかって立った。

彼女は月を見上げて、それから私に語りかけた。

「レオポルトは、オルガのことをどう思っているのでしょう」と、彼女は、憂わしげな、おだやかな口調でいった。彼女は、自分と私について三人称で語って、その都度、洗礼名で呼ぶのだった。私はだまって、彼女を観察した。そして、私は、心臓がとまる思いがした。彼女は、どうやら夢遊病者のようだった。あるいは、土地の農夫たちがいうところの「月の病」なのだった。私は依然として放心状態で、猟銃を腕にかかえたままでいた。彼女は近寄ると、片手をそちらのほうにのばした。私は驚いて、あとじさりをした。いたずらっぽいといってもいいような微笑が、彼女の唇のまわりにうかんでいた。「レオポルトは、何も心配しなくていいのよ」と、彼女はいった。「レオポルトは、オルガに銃を預けておけばいいことよ、オルガは、もっとよくものがみえるのだから」

そして、私が猟銃を壁に立てかけると、彼女は眉をひそめ、何か自分を信頼してくれないことで、腹をたてて、それが不当な行為であることを証明しようとしているかのように、いらついた様子で猟銃を引き寄せた。すばやい、しなやかな身のこなしで、彼女は引き下がり、まるで猟師が持ち場につくように、銃身を上にむけて、猟銃をかまえてみせるのだった。

「さあこれで」と、彼女はいった。「どんな危険があって？」そして、注意深く撃鉄を下ろすと、猟銃を静かに部屋の隅においた。

私は、安堵の息をついた。

「レオポルトは、オルガのことをわるく思っちゃだめよ」と、彼女は、ふたたび顔を満月にむけながら、話しはじめた。「お願いだから」と、彼女は叫びながら、はや涙ぐんでいた。彼女はひざまずいて、両手を私にむけてさしあげた。「何も話しちゃだめよ、だれにも」と、彼女は、いわくありげに小声でつづけた。「オルガにだって、話さないで、彼女は、恥ずかしさのあまり死んでしまうでしょう」

「だれにも話さないよ」と、私はいった。私の声はふるえていた。

「だれにもね」と、彼女は、ものものしい調子でくりかえした。

深く心をうたれて、私は彼女にむかって身をかがめ、彼女を抱きおこそうとした。彼女は、美しい幽鬼のような顔でかぶりをふると、頭をゆっくりと胸元におとした。「彼は、いますべてを知らなければいけないのよ、すべてを」と、彼女は、だれにともなく呟いた。「すべてのことをね」

「いいや」と、私は叫んだ。「もしそれがあなたにとって苦しいようなことだったら、話さなくていいよ。私は、あなたの秘密を聞きたくはない」

「彼は、オルガのことがわからなくなるにちがいないわ、きっとそうよ。彼はもう疑いはじめてるわ」と、彼女は悲しげに言葉をかえした。「オルガは軽はずみな女じゃない、だけどどこまでも不幸なの。私は、彼にいまこそすべてを打ち明けなければいけない。だけど、そうしたら彼は誓ってくれるでしょうね。そうしてくれるのかしら？」彼女は、眼を伏せたまま尋ねた。

「そうするよ」と、私はいった。

突然、犬が這いでてきて、彼女の匂いをかいだかと思うと、短い、しわがれた声で吠えて、歯をむきだしにした。彼女は、犬のほうへ身を横たえて、その体をさすりはじめた。犬はおののいて、おずおずとベッドの下に戻っていった。

「そうしなきゃいけない、そうしなきゃいけないわ」と、それから彼女は吐息をつきながらいった。「ただそうしてこそ、よい終わり方ができるのだから、ただそうしてこそ、ね。私は、レオポルトにオルガのことをわるく思ってほしくないの、だって、彼女はあんなにみじめなのだから」彼女は、ひざまずいたまま、私のほうににじりよってきて、頭をベッドの脚にもたせかけた。その両手は、奴隷女のようにつつましく、胸のうえに十字に組みあわされていた。「私は知ってるわ、彼はオルガのことをわかってくれるでしょう。だからこそ、私は彼に話すのよ」

何か微熱のようなものが、私の体をおののかせた。

「彼なら、おちついて聴いていることができるわ」と、彼女は親しげにささやいた。「それは、何も犯罪というわけじゃない。オルガは、だれにもわざと危害をくわえたりはしなかった。彼女のお話は、ただ悲しいだけ、ただそれだけよ。彼は泣いちゃだめよ」

私は壁にもたれかかって、彼女をみつめていた。私の眼はもえるようで、喉はすっかり乾いていた。

「私は彼に話したいのよ」と、彼女は、どこか憂わしげな、優美な声で語りはじめた。「彼は、女の性《さが》を知っているわ――」

私は、思わずうなずいた。

「オルガ自身には、罪はないのよ。彼女が女であること、ひとが女を教育するように教育されたこと、享楽のためで、男のように労働のためじゃない、そのことをのぞいてはね。女は生き物そのものなのよ」と、彼女は話しつづけた――言葉が、さながら口からあふれでるようだった――「女は、自然から身を引き離すことはなかった、だから男よりも邪悪で、またおなじように男よりも善良なのよ。つまりはね、人間たちが善とか悪とか名づけるものだ、ということ」

彼女はほほえんだ。

「生来、だれもがただおのれ自身のことしか考えてはいない。それで女は、愛のなかでもまっさきにただ利益と虚栄を知ってしまうのよ。女は何よりも生きなければならない、そして、男の満足のために奉仕することで、何の苦労もなく生きることができる。それが女の力であり、またみじめなところよ。ちがって？――

愛は、女の眼からすれば、男がすることができる贅沢だけれど、女にとっては日々の糧なの。しかし、だれだって、露命をつなぐとなれば、より多くのものをのぞむわ。自分で誇りにさえ思っている、このつぎはぎ細工の自己を、できるかぎり他人よりも上にしようとするの。女も男とおなじように野心をいだきはするわ、だけど、女はただ自分をさらすだけで、奴隷や偶像崇拝者が足元にひれ伏すのをみることができる。女は、男のようにまず行動し、実行し、創造したりする必要もない。何も学ぶことはない、美しくあることを学ぶだけ。それ以上、女に何か必要なものなんてあって？

そして、男とは何か、男の愛とは何か、女が理解するときがくれば、そのときには愛すること、愛されることの、なんともいいようのない不安にとらわれる。それがとっくに遅すぎるとなれば、ね。そして、女の運命が定まるのよ。

ああ！　希望も、昂揚も、解放もない、このみじめなありさまといったら！

オルガは、良き女になっていたことでしょう、彼女は頭がよくて、心から誠実なのだから。だけど、やはりこうなのよ！――

女も男のように教育しなければいけないわ、そうすれば、女は男にとって危険な存在になることでしょう。彼はもしかして、疑ってるのかな？」

私は、実際に疑っていた。

「われわれが自然から離反していくとすれば、それは、われわれのためにならないことだよ」と、私は、いわば声にだして考えながら話した。「女は、良き母になることを学ぶべきなのだ。そのほかのすべてのことは、夢想であるか、そうでなければ欺瞞であり、いかさまにほかならない」

「彼はそう思うの？」と、オルガは、居ずまいもその語り口も変えることなく、言葉をかえした。

「そうしたら、男は、その妻と子供に餌を与えてやるためだけに、存在していることになるでしょうけど？」

「結局のところは、すべてはそこへいきつくんだよ」と、私は叫んだ。

「男は、時がたつうちに、別の存在になってしまったわ」と、彼女は穏やかに話しつづけた。「男は、獣の段階をとっくにのりこえてしまった。考えて、考えだして、発明する男、芸術や学問を所有する男は、別な女を必要としているのよ。数千年も前から種まくこともしないで収穫してきた、狼のように獲物を縊り殺してきた男としてはね――だけど、私は彼にひとつのお話をしてあげたいの。

私は、彼にすべてを話しましょう、どうしてそうなったのか、すべてを物語りましょう。私には、すべてが眼の前にはっきりとみえているの、物事がそっくり透明になったようで、そう、私の眼には、人たちの胸の中までお見通しなのよ。そして、オルガでさえも、私は、まるで他人のように眼の前にみているわ、私は彼女が好きじゃないの、憎んでもいないけれどね」

彼女は、憂わしげに微笑んだ。

「彼女の子供のときの姿がみえるわ。

彼女は、かわいい小柄な少女だった。むっちりとした、陽に焼けた腕と、黒い巻き毛と、大きな、物問いたげな眼をして。農奴のイヴァン爺さんは、いつも酒臭くて、泣きはらしたような赤い眼をしてたけど、彼女のそばを通りかかるときには、きまって抱きあげて、彼女のふくらはぎを優しくとんとんと叩いたものだった。

あるとき、彼女が正面外階段に立っていたことがあったわ。家のなかでは、色あせた黄色の寝椅子のうえに、母親とならんで、ご婦人方にたいへん人気があった、近在の地主の若者がすわっていた。窓はひらいていて、彼女の耳に彼の声が聞こえたの。『ええ、あの小さなヴィーナスを、あの子のことを、あなたは自慢に思われていいですよ。あの子は、いずれ女になるでしょう』そして、オルガは、自分のことが話題になっていることを知って、顔じゅう真っ赤になって、庭のほうへ走っていった。そこで彼女は、花々のあいだを静かに歩きながら、薔薇を、アラセイトウを、カーネーションを摘んでは、髪にとめて、そして、小さな池に映る自分の姿を、注意深く、誇らしげに、みつめていたの。池のほとりには、白い石造りの愛の女神が立っていた。彼女は像のほうを見上げて、こう思った。私が大きくなったら、あなたのように美しくなるわ、と。——

冬の夕方、黄昏時に、緑色の炎をあげている大きな暖炉のかたわらで、人のいい乳母のカイェタノヴァが、子供たちにおとぎ話を聞かせてくれた。そのとき彼女は、黒い肘掛椅子に深々とすわっていた。それは、子供たちがそこで祖父の死んでいくのを眼にした椅子だったから、子供たちにとって何か畏れ多い、恐ろしいものだったのよ。夕闇がせまってきて、カイェタノヴァの親しみ深い、薔薇色の顔が霧のなかに沈んでいき、ただその青い眼だけが亡霊のように輝きはじめるにつれて、子供たちはいよいよ身を寄せあって、彼女がささやく声音もますます低くなっていった。そんなときオルガは、頭を乳母の膝において、眼を閉じていると、すべてをほんとうの出来事のようにまのあたりにしたものだった。彼女は、そのときいつも美しいツァレヴナの姿になって、しろがねの白鳥にまたがって、黒海をただよっていくか、あるいは、翼のある馬に乗って、雲の彼方へと運ばれていった。そして、あのツァレヴィチ[10]のほかには、だれも彼女に求愛してはならなかったの。あるとき、王女様をさらっていく愚かな農夫のイヴァスのお話を聞いたときには、彼女は突然、立ちあがって、怒ってこう叫んだりしたこともあった、『私は王女様じゃないわ、カイェタノヴァ！』

——

それにくらべると夏の日など、農場の子供たちが夕方にポプラの木の下で遊んでいるところに、ちょうどオルガがやってくると、みんなはそれから結婚式の遊びをするのだった。男の子の一人が神父さんに扮するの。オルガは、オークの葉の冠をつけて、花嫁の役を演じたわ。『あなたは、すくなくとも伯爵でなきゃいけないわ』と、彼女は、小さい花婿にいった。『そうでなきゃ、私はあなたと結婚しないわ。私はすごく奇麗だから、たかがシュラフチツ[11]には不釣り合いよね』

彼女は成長するにつれて、背丈ものびてやせていて、すこし咳をしては、ふと手を口にあてたりしてた。母親ならだれしも、どれほどか心配することでしょう。『オルガ』と、母親は一度ならずいったものだった、『オルガ、おまえは猫背になっちゃうよ、それではお婿さんもみつからない。あの背むしのツェレスタのように、針仕事で生きていくしかなくなるわよ』と。近所の女の人たちが母親のところにやってきて、一緒にお茶をするときなど、オルガがお手伝いをして、冷肉やクッキーをはこんでいった。彼女はまだ育ちなかばの娘で、細かいレースのついたショートパンツをはいて、長いゆたかなお下げ髪を背中に垂らしてた。女の人たちが自分の娘やよその家の女の子たちの将来や生活のことを口にしだすと、きまって職も働き口もある男の人との結婚の話になるのだった。神父さんの娘[12]は、都で学校の先生になる勉強をしていた。

『いわずもがなだけど』と、みんなは噂をしていた。『あのかわいそうな子は、それはもう不器量で、前歯も欠けててさ、あんな子に、いったいどんな将来があるというの』あれは夏だったかな、彼女が家に来たことがあった。彼女が地理、歴史、自然科学、外国語の知識が豊富なのに、みんな驚いたものだった。それにくらべてオルガは、ただただダンス、乗馬、歌、ピアノ、絵画、それから刺繡とフランス語を少々、すべては女が殿方に気にいられるようなことばかりで、どれも生活の糧にはならないわよね。それに、母親がしっかり教えてくれていたわ。『殿方がおまえに話しかけてきても、かあさんのほうをふりかえっちゃだめよ、礼儀ただしく、だけど言葉少なに答えて、それから会話をすぐに打ち切るようにするのよ。おまえが控えめにすればするほどに、みんなはおまえを高く買ってくれるわよ』――たとえば何か品物について、これとちがった言い方をするかしら？　いつも彼女はいわれていたわ、おまえはこの近在でいちばんかわいい娘だ、と。そして、両親が彼女をはじめての舞踏会に連れていったあとでは、たぐいまれな美人だと世間の評判になったわ。それから、近所の人たちのところへ行ったり、日曜日に教会へかよったりするたびごとに、彼女はせいぜい盛装させられたわ、まるで馬を市場に売りに出すときに、たてがみにリボンを編みこんでやるみたいにね。母親は、美しい娘に着せる衣裳となると、もう金に糸目はつけなかった。オルガがパーティに姿をみせると、彼女は、みんながささやいているのに気がついた。若い男たちの眼が輝くのをみたわ。そして、男たちのなんとも甘い声を耳にして、彼女の温かい、若々しい心をおおっていた、硬い、冷たい殻が、次第に解けていったの。

学校の助教師が、オルガにレッスンをしてくれた。彼は、オルガにお手本を書き写させたり、計算をさせたり、朗読をさせたりした。それは、みんなとても必要なことだった。というのも、最初の恋文を受け取ったとしても、彼女は、まだ正書法どおりに手紙を書くことができないのだから。そんなことは、習ってもいなかった。両親は、わざわざそのために、彼を庭にある小さな、狭い小屋に住まわせて、おなじテーブルで食事をさせたのよ。

彼はトゥバルという名前だった。彼の姿が眼にうかんでくるわ、あの若い、おずおずとした青年の姿が。大きくて、まるくて、近視の、不安げな眼をして、とても長くて細い手で、どこかの伯爵の近習から格安で買いとったという、だぶだぶの赤いチョッキを着てたわ。だけど、彼は、その赤いチョッキのしたに、愛と善意にみちた気高い人間らしい心をもっていて、一匹の仔猫を水のなかから引き上げるとあらば、いついかなるときでも命を犠牲にしたことでしょう。

オルガが彼の小屋のなかにはいっていくと、彼は、しばしばテーブルのうえにすわって、古いシャツや靴を繕っていた。そんなときには、彼は真っ赤になって、くちごもって、何かをさがすかのように、部屋のなかをぐるぐると駆けまわったものよ。ふだんは、彼の顔は青白くて、そばかすがいっぱいで、緑がかっていたわ。だけど、オルガが彼とならんでテーブルのまえにすわると、彼は別人になった。まるで騎兵が馬にサーベルをあてがうように、彼は、大きな定規で体をささえていた。その声は力強く響いて、その眼には、真剣な、静かな炎がもえていて、なぜだかわからないけど、それがオルガにはここちよかったの。そして、彼女がノートのうえに身をかがめるたびに、彼の眼差しがやさしく自分のうえにそそがれているのを感じていた。

ときどき夕闇がせまってくると、彼は、枕の下から古い汚れたノートをとりだして、オルガに詩を朗読して聞かせてくれた。

彼は、もちまえの趣味と目利きのよさで、最高の詩人たちをえりすぐっていた。そして、彼がその詩を朗読するたびに、情熱の、いやそれどころか美の輝きが、彼のやつれた顔にあらわれて、その声は、彼女の心の奥底にまで沁みとおったの。

オルガの誕生日に、彼は、両親から食事に招かれた。食事のあとで、近所の何軒かの家族がやってくることになっていた。舞踏会がおこなわれる予定だった。オルガは、昼ごろに庭へおりていって、花盛りの花壇からあちらこちらと花を摘んでは、テーブルの上においておく花束をつくっていた。ふと気がつくと、彼女のまえに、トゥバルさんが立っていた。白いパンタロンに、白いチョッキに、白いネクタイに、透きとおるような黒い燕尾服を身につけていた。その細い褐色の髪には、ていねいに櫛がいれられてたわ。彼は、麝香の匂いをただよわせていた。二、三行の詩句をどもりながら口ずさむと、ためらいながら胸のポケットからとりだした小さな包みを、全身をふるわせながらオルガにさしだした。オルガは、彼を正視することができなかった。うろたえながらお礼をいうと、家のなかへ逃げて帰ったわ。そこで彼女は、うれしさのあまりに笑いだしながら、母親の首にすがりついたの。『トゥバルさんがお祝いをしてくれたのよ』と、彼女は叫んだ。『私に何かくれたわ、あの貧しい、いい人が！』――

『またどうしたことやら』と、母親は言葉をかえして、眉をひそめてみせた。オルガは、驚かんばかりだったわ。『ボンボンか、そんなものならいいけど』と、母親はつづけた。『ボンボンでなければ、ほかに何があるというの』と、オルガはいって、小さな包みをおそるおそるさしだした。母親は、それを受け取ると、それをひらいてみた。真っ白な紙につつまれていたのは、二組の手袋だった。『手袋だよ！』と、母親は叫んだ。『ほんとうに手袋だ』と、オルガは小声でくりかえした。頰に血がのぼってきたわ。

『すぐに返してきなさい』と、母親は命じた。『そして、彼に手紙を書くのよ』――

『私があの人に手紙を書くなんて』と、オルガはいって、昂然と頭をあげたものよ。

『おまえのいうとおりだよ、あの人に手紙を書くことなんかない。だけど、手袋はすぐに返してきなさい。まったく信じられないわ。ああ！　あの馬鹿が！　いったい何を考えてるんだか。あの男が私の娘のご機嫌をとろうなんて。贈り物のつもりなのか、そうでなければ求愛だよね！　もうまる一日がだいなしになってしまうじゃないか』

オルガは手袋の包みに封をして、それを貧しい助教師に返しにいったわ。

彼は食事会に来なかった。体調が思わしくないので失礼する、とのことだった。そして、彼は、ほんとうに病気だったのよ、胸の病気だった、もう何年もまえからね。それで、今日は、お屋敷ではみんなが楽しげにグラスをあげて乾杯していて、オルガはといえば、バッコスの信女[13]みたいに、ホールを旋回して踊り狂っているというのに、彼は藁布団に横たわって、息がつまるくらいに咳きこんで、ようやくそれがおさまると、深く思いに沈みながら、ベッドのすぐへりにまで寄ってくる仔鼠に、テーブルのうえに散らばっていたパンくずを与えては、そっと涙をながしていたのよ」

――まるで眠っているように、私の眼前で床のうえに横たわっていた美しい女は、そのとき一瞬、身動きした。その胸が高まったようだった。

「私は、レオポルトにすべてを順序だてて話すことはできないわ」と、彼女はつづけた。「私には、あまりに多くのものがみえてしまうの。いろいろの面影が、まるで嵐のさなかの雲のように激しくとおりすぎていくわ。私は、すべてをありのままにみているのよ、影も、光も、色も、そして、どんな音だって聞こえるわ。――

ある旅芸人の一座が、モルドヴァ[14]からコロメアをとおってポーランドにむかう途中に、郡都で公演をしたことがあった。その知らせは、たちまちあたり一帯の村から村へと広まって、最初の公演になるつぎの日曜日には、たぶんどの農場主もブリチュカ[15]に小さな馬を繋いで、妻と娘をめずらしい芝居に連れていったと思うわ。

舞台は、大きいけれどすこし天井が低い、旅館の広間にしつらえられていて、俳優たちは、その帽子の羽根飾りを天蓋にぶつけるありさまだった。それでもみんなは、たいそう楽しんでいた。出し物は、悲劇『バルバラ・ラジヴィウヴナ』[16]だったわ。

幕があがるまえに、不作法にも脇のほうの窓枠に腰をかけて、足をぶらぶらさせているひとりの中年の農場主のまわりに、若者たちが立っていた。『さあて、君たちのご推奨の美形は、いったいどこにいるのかな』と、彼が口ひげをつまみながらいった。『それらしきものは、いっこうに見当たらんがね』他の人たちはつま先立って、戸口のほうをみていた。最後にオルガが広間にはいってきた。『あの娘《こ》にちがいない、ほかにはありえないな』と、農場主は、ややあっていった。『とびきりの別嬪だ！』それから彼はオルガの両親に近づいていって、自己紹介をした。

彼の令名は、郡一帯に聞こえていた。それで彼は、どこでも特別にもてなされていたわ。母親は、とびきり親しげにほほえみかえしたし、オルガはオルガで、どこか注意深く彼の言葉に耳をかたむけていたわ。彼女は、最初の瞬間から、彼の人となりの冷静な確かさといったものに驚いていた。だけど、自分が彼のことを好きになるかもしれない、あるいは自分の夫になる定めにある、などとは、みじんも考えていなかった。だけどそういう成行きになったの。そうなるのに五週間もかからなかったわ。

もともと彼は、ぜんぜん彼女の気にはいらなかった。だけど、彼は、なんといっても彼女に圧倒的な印象を与えていたし、それは、女にとってははるかに大事なことなのよ。

ミハエルは、大学を出ていたし、大きな旅行をいくつもしていて、すこしばかりのユーモアをそなえて、もともとの田舎の環境のなかに戻ってきていた。彼は、いともたやすく俳優たちについて、その芝居について、もうありとあらゆることについて話していたし、オルガが心から泣いているたいへん悲しい場面で、微笑していることもできた。そして、ただこういうのだった、『あなたがお化粧をしていないのがわかって、うれしいですよ。あの女の人たちをみてごらんなさい、頬っぺたに血の涙を流しているのを』と。ほんとうに、すっかり感動したものだから、女の人たちは、紅おしろいが流れてしまっていたわ。それは、ひどく滑稽な光景だった」——

オルガは、真っ白な歯のうえに、いかにもいたずらっぽく唇をもちあげた。

「お芝居がはねたあとで」と、彼女は話しつづけた。「彼は、ご婦人方を馬車まで送っていって、あらためて訪問することの許可をとりつけていたわ。

彼はやってきた、ほんとうにしばしばやってきたわ。そのたびごとに、母親は、なんどもなんども口実をもうけなければならなかった。アスパラガス畑に用事があって、とか、食料の貯蔵室を調べてこなければいけないので、とかいって。それでオルガは、彼と二人きりになった。そんなとき、ミハエルは、外国のことについて、ドイツやイタリアのことについて話したわ。彼はベルリンに、ヴェネツィアに、フィレンツェに、それどころかパリにも行ったことがあった。ヴェスヴィオ山に登ったこともあったし、船旅をしたこともあった。彼は、よその国の民族の進歩したさまについて、いろいろ話すことができたけれど、だからといって自国民の素質や業績を貶めたりはしなかった。彼が話す言葉のすべてに、ここちよい明晰さと温かさが感じられたわ。そして、彼は、心配りができる人だった。

ほかの女の人たちは、彼のことを不作法だといっていた。だけど、オルガが編み物の毛糸玉を落としたときには、彼は間髪をいれずに駆けよって、それを拾いあげてくれたし、一度、彼女にオーバーシューズをはかせようとして、彼女のまえにひざまずいたときには、うれしさのあまりに頰に血がのぼったものだった。彼については、いろいろな噂があった。彼のことを融通のきかない、きびしい、頭《ず》の高い人間だという人もいた。だけど、その鋭い理解力や、博識や、多方面の知識や、フェンシングの腕前などは、どこでもたいへんな評判だったわ。彼の所有地が新しいシステムで管理されていて、負債もないことは、よく知られていた。彼は一般に、そう、これ以上のぞむべくもない結婚相手としてとおっていたわ。

みんなが彼のことをどこかおずおずとみつめるようになればなるほどに、この強い、活動的な男性が、日夜、自分のことにかまけて、心を砕いているのをみることが、オルガにはいよいよここちよくなっていったの。彼女は、自分のすべての誇りを、若い娘らしい残酷さを、彼にぶつけることで充足させたのよ。彼が涙を浮かべるのをみたときに、ようやく彼女は満足して、彼に手をさしだしてこういったものだった、『口づけしてちょうだい、そうしてもいいわよ』と。

中庭には、性悪の、すぐに嚙みつく犬がいて、いつもオルガにからみつこうとしては、狂ったように、服を破ってしまうのだった。その犬が通り道にいると、彼女は足蹴をくらわせて、さんざん殴りつけているうちに、彼女は、やがてその犬が好きになってくるのだった。それは、恋人にたいしてもそうだった。彼女は、彼にさんざひどい仕打ちをしたあげくに、彼の胸によりかかった。そして、彼が彼女の唇にはじめてしてみせた接吻は、なんだかふるえていたわよね。

つぎの日に、ミハエルは、馬車に四頭の馬を繫いだの。黒い燕尾服を着こんで、すこし青ざめていた。数分のうちにすべてはおわって、オルガは彼のいいなづけになった。彼女は思ったわ、こうでなきゃいけない、と。豪華な結納もおさめられて、彼女はみんなの羨望の的になった。もうそれで十分だった。

ある夕方のこと、彼女は、ミハエルと一緒に、一階のひらいた窓辺にすわって、嫁入り支度の縫物をしていた。彼はといえば、スラヴ民族の将来について語っていた。そのとき、突然、トゥバルが二人のまえに立っていたの。幽霊のように青ざめて、両の眼はうつろな洞穴からとびだしてきたようで、口から血が流れでて、シャツとズボンをつたって地面にしたたり落ちていた。彼は、息もたえだえにあえいでいたわ。

『塩を！　塩を！』と、彼は声をしぼりだした——それ以上は、言葉を発することもできなかった。

オルガは、食器戸棚の箱をひらいて、彼に塩をさしだした。ミハエルは、窓からとびだして、急いであわれな助教師を助けようとした。彼はトゥバルをだきかかえ、その口に何度も塩を押しこんだ。トゥバルは、塩を苦労しながらもどんどん飲みこんだけれど、まだ依然として血があふれでてきていたわ。ミハエルが彼を近くにあるベンチに引きずっていくいっぽうで、オルガは水を持っていった。喀血は、次第におさまっていった。

トゥバルは眼を閉じて、死人のように横たわっていた。

『彼をベッドに連れていって』と、ミハエルはいった。『ここはやはり、医者を呼ばなければ』

彼は、自分から馬に乗って、町へでかけていった。夜になって、彼は、ひとりのお医者さんを連れて戻ってきた。みんなしてトゥバルを彼の庭の小屋にはこんでいった。そして、それから数日して、彼はそこで死んだわ。死が近いと感じてからはじめて、彼は、オルガに来てほしいとのぞんだの。

オルガは行ったわ。だけど、彼は、もう話すこともできなかった。ただ彼の唇がうごいていて、胸のなかでは奇妙にごろごろと音がしていた。彼の世話をしていた庭師は、外の木の階段にすわって、死にかかっている人の白いパンタロンが自分にあうかどうか、うれしそうに試していたわ。

彼のそばには、オルガのほかにだれもいなかった。そして、彼女は、もう一度、あたりをみまわした。それから彼のうえに身をかがめると、名残の汗が冷たいしずくになってうかんでいる、その額に口づけをした。そのとき、彼の眼は輝きはじめた。そして、両手を掛布団のうえにのばすと、やつれた土気色の顔に、至福の微笑がひろがったわ。そうしてほほえみながら、彼は死んでいったの。

枕の下から、詩を書きとめた黄色いノートと、なかば破れた紙につつんだ二対の華奢な女物の手袋がみつかった。

オルガは、両方ともとっておいたわ。彼女は、手袋をいまでももっているの。一対の手袋は、自分の結婚式のときにつけたけど。

みんなはトゥバルを葬り、悼み、そして、忘れてしまった。土は、さぞや彼には軽かったことでしょう。それからまもなくオルガは、ミハエル夫人となって生家を離れたの。彼は、四頭立ての馬車でやってきて、誇らしげに彼女を自分の屋敷に連れていったわ。

オルガは、しばらくのあいだ、ほんとうに幸福だった。みんなはすくなくともそう信じたし、そして、彼女自身もそう信じた。女がみんなそうであるように、世界は彼女が満足するようにしつらえられてあると、思いこんでいたの。美味しい食事、綺麗な服、馬と馬車、ソファに横になって、煙草を吸って、小説を読むこと。そして、男たちは？——男たちは、と彼女は考えた、私たちが満足するための糧を賄うために、私たちの暇つぶしのために、それからせいぜいのところ、私たちを美しいと感嘆して、ひざまずいて崇めるために、そこにそうして存在しているのだ、と。そのようにさりげなく、彼女の人生も過ぎていったわ、一日、また一日とね。それにくわえて、彼女は子どもたちをさずかった。彼女は、まもなくその世話にかまけるようになった。そのように、彼女は、数年間を通じて、自分でもほぼ満ち足りていたといっていいでしょうね。もちろん彼女は、ほかのことは何も知らなかった。彼女の心は静かで、死んでいたのよ。ただときおり――それもごくまれにしかなかったのだけれど――詩人たちの作品を読むときなど、魂のなかに何か予感するように、おぼろげにたちのぼってくるものがあったわ。何か定かでない気分が、名づけようのない憧れが、彼女の内心でふるえはじめたの。理解できない不安が血のなかを駆けめぐって、指先まで熱をおびてくるのだった。

彼は、たぶん信じないよね？」

彼女は、いたずらっぽく笑って、私のほうにむきなおった。その瞼はかすかにふるえていて、語っているその声は、人なつっこい子どものようで、眼を閉じているにもかかわらず、その眼差しが私を射すくめるように、私には思えたのだった。そして、私は、思わず眼を伏せずにはいられなかった。

オルガは立ちあがり、ゆっくりと歩きだしたが、その足は床にふれていないようにみえた。そして、ひらいた窓に歩みよると、立ちどまり、満月を見あげた。彼女は、優美な仕草で頭をうしろへひいたまま、腕を下に垂らしていた。彼女は、そっくり温かい、霞のかかった光につつみこまれていた。夜の靄と旋律が彼女のまわりにただよっていて、微風がその髪をばらばらにしながら、衣服を解かせようとするかのようだった。

「私は空を飛びたいわ」と、ややあって彼女は、恥じらいつつ憧れるようにいった。「彼はもう、空を飛んだことがあるのかしら？」

「私が？」

彼女は子どもっぽく笑った。「夢のなかでよ、そうだよね」

「夢のなかならあるよ」

「それなら彼は、静かなすみきった大気のなかをただよっている、このなんともいえない幸せな気持ちを知っているわよね。私たちのうえには雲が流れていて、下には海や陸が神聖な霞につつまれて横たわっているの。空を飛びたいわ！」

彼女は両腕をひろげた。そして、彼女の衣裳の幅ひろい白のレースの袖が、肩についている輝かしいケルビム[17]の翼のように、はためくのだった。

この瞬間、私には、このうえなく不可能なことが可能であるように思われた。私は思考を停止した。

「どうしてあなたは空を飛ばないの？」と、私は尋ねた。

「私がそうしようと思えば、できるでしょうね」と、彼女はいいようのない悲しみをこめていった。「だけど、オルガが私にそうさせてくれないのよ」

私はぞっとした。

「森のむこうの小道を、お百姓さんが一人、歩いていくわ」と、オルガは、突然、元気のいい声で叫んだ。「彼は罠を仕掛けようというのよ、オルガがあんなにかわいがっているクロツグミに。

聞こえないこと？」

「いいや」

「それはほんとうに遠すぎるわね――だけどそうなのよ」――

「話の先を聞かせてくれないか？」と、かなり沈黙がつづいたあとで、私は彼女に問うてみた。

「ええ、彼によろこんでお話しするわよ。それはたやすいことよ。私は、彼のすべてがこんなにもはっきりと眼にみえるのだから、そして、私の唇は自然にうごいていくようだわ、そうして、心のなかにうかんでいることを、彼に話すでしょう」

「そして、どうしてそんなに関連づけて、そんなにこまごまとくわしく話すことができるのだい？」と、私はいった。「どうしてすべてを、ごく些細なことまで、言葉の、声音の、動きのひとつひとつを、気をくばりながら、それでいてどうでもいいように、まるで自分のことではないかのように、えがきだせるのかね？」

オルガはかぶりをふった。その顔に微笑がうかんだ。「だってそれは、自分のことじゃないのよ」と、彼女は無心にいった。「そうじゃなくて、オルガのことなの。私は、他人をみるようにオルガをみてるわ、それに、すべてはたったいま、ここでおこったことのようなのよ。彼は、私のことをわかっていない。私からは、時間も空間も消えてしまったの。そして、私は、過去のことも未来のことも、まるで現在のようにまのあたりにしているわ。そして、私は、すべてを同時に眺めているの。オルガがオットマン[18]のクッションとフランスの小説のなかにもぐりこんでいる様子をみているときには、私は同時に、彼女の息遣いが上着のクロテンの毛皮を逆立たせるのもみているのよ。私には、オルガの巻き毛のまわりを飛びまわっている緑がかった金蠅や、天井で彼女を待ちかまえている蜘蛛もみえるわ」

オルガは、腕を首にからめながら、窓枠の支柱にもたれかかった。

「お話ししましょうか？」

「そうしてください」

「私がこれからまのあたりにするのは、悲しいことなの」と、彼女はつづけた。「オルガは、もう幸福じゃないのよ——

彼女の夫は彼女を愛していて、疑心暗鬼のあまりに、その自分の幸福を守ろうとするの。彼は、妻をただ自分のための、自分のためだけの存在であってほしいと思っている。彼は、友人たちをみんな遠ざけてしまったわ。彼は、自分でもいっているように、家にほかの女の下着があることすら、がまんできないの。自分たちが理解できない、自分たちを理解しないだろう人たちと、人や物事や、本や政治について、あれこれとお喋りすることをきらっているのよ。彼自身、ただ妻と子供たちのために生きていて、妻子のために働き、教育し、扶養しようとしているの。

だけど若い妻は、鬱蒼としたポプラの木にかこまれた薄暗いお屋敷で暮らすことは、怖いほどに孤独に感じられてくるわ。その誇らしい、虚栄心でいっぱいの心のなかに、棘がささっているのだけれど、自分でそれをますます深く押しこんでいくものだから、いよいよ癒しがたいほどに傷ついていくのよ。

彼女は、かつてはだれにも負けないくらい、ダンスが上手だといわれていて、それが耳にここちよく響いたものだった。いまだれかがそのことを思いださせてくれても、彼女にとっては苦痛でしかない。いったいだれと踊るっていうのよ？　ときどき彼女は、いちばん下の子を片いっぽうの腕に抱きあげて、一緒にあたりを飛びはねたり、トリルで歌ったりもする。だけど、そんなときには、突然、涙があふれてくるのよ。

　彼女は、デッサンで自然を模写して、それを結びつけたり、またあらたに考えだしたり、夫と一緒に読んでいる本のなかの場面をスケッチしたりする。夫は、長いあいだ、それを矯めつ眇めつ眺めて、それからただこういうだけなの、『なかなかいい。だがおれなら、こうしただろうな』と。そして、それが的を射ていればいるほど、彼女は傷つくのよ――それから彼女がピアノのまえにすわって、メンデルスゾーンや、シューマンや、ベートーヴェンを弾くのは、いったいだれのためなの？　シューベルトのリートを、あのすばらしいセレナーデを、歌っても、いったいだれが聴いているというの？――もしかしたら、野良から帰ってくる農夫が、窓辺に立ちどまっているくらいね。あるいは、夫が離れたところにある農場から帰ってきていて、寝椅子にすわって、葉巻をくゆらせているかしら。

　彼女は美しい、そして、妻になっていよいよ美しくなっている。顔はより知的に、より個性的に、より調和がとれてきて、その姿かたちも成長して、ほんとうに堂々としている。それはだれのためなんだ？　鏡は彼女にそういうのよ。ほかにはだれもいない。夫には、それが気にいらない。彼の愛が、彼の献身が、十分に伝わっていないとでも？

　彼女は、趣味のいい身なりをする。だれのために？　彼女にきのこをもってきてくれる農婦のために？　ご主人様が撃ち落としたノガモを、あとから届けにくる猟場の番人のために？　子供たちの乳母のために？　その眼にはすべてがお見通しの夫のために？　だって彼は、彼女にたいして、自分の財産と自由を費やして、十分なくらいに報いてくれていた。彼は美しい女をもとめている。そして、家庭で、彼女のかたわらで、豪勢に楽しく暮らすことを好んでいるの。美しくあることは、彼女の義務だし、彼女がその魅力をお化粧によって高めてみても、それは手柄というわけでもないんだわ。

彼女は上品な身のこなしで馬に乗って、溝や生垣を大胆に越えていく。だれがそれを感嘆してくれるの？　夫ではたぶんない、だって彼女が臆病なら、彼女を軽蔑することでしょう。逆よ、彼は、子供たちのことを思いださせてくれるのよ。

それで彼女は、観客のいないところで演技をさせられている女優のように感じているの。そして、最後には怒りのあまりに歯ぎしりをして、眠れない夜には、枕に顔をうずめて泣くのよ。

夫は、あるとき彼女の額に、なかなか消えそうにない影のようなものを認めるの。『おまえは、ずいぶん憂鬱そうだな』と、彼はややあっていうのよ。『気晴らしになりそうな、新しいことを考えたよ』彼はほほえんで、オルガに、いちばんお気に入りの、狩猟用の小さな散弾銃を手渡すの。それは、注文してちょうど町から届いたばかりのものだった。『おまえは射撃を習って、おれと一緒に狩りに行くのがいい。どうだ？』

その瞬間、彼女はすべてを忘れてしまっていた。オルガは彼の首にからみついて、歓声をあげた。そして、彼のひきしまった頰に口づけをしたわ。『すぐに習いに行くわよ』と、彼女は叫んだ。『今日のうちにでも』

『おまえがそういってくれさえすれば、今日のうちにでも』ミハエルは、いつもそんなふうに優しかった。

『もう今日の午前中にでも』と、オルガはねだった。

『もちろんだとも、さあ、着替えをしなさい』

『あるいはいま――いますぐに』と、彼女はおずおずといった。『だけど、あなたには時間がないわね』

『おまえのためなら、いつでも時間はあるよ』と、夫は、彼女の額に口づけしながらいった。オルガは、白い部屋着のもりあがっている胸のあたりをピンでとめて、彼の腕にすがりながら、正面外階段を飛びはねるように降りていった。それは、さわやかで暖かい六月の午前中のことだったわ。乾いた大気は、かぐわしい干し草の匂いにみたされていた。そして、大地は、暑い黄色の陽の光のなかにただよっていて、小さな白い雲につつまれて、かすかにさざ波をたてているようだった。屋敷のそばをとおっている道路では、陽気な雀たちのにぎやかな一群が砂浴びをしていた。

ミハエルは、小さな散弾銃をじっとみて、構えてみせると、狙いをさだめた。それから彼は、それをオルガの手と頬にあてがって、指をそっと引き金に添えさせたわ。オルガは、緑の葉叢から顔をのぞかせている林檎に、それから地上を速い足どりで歩いている雀に、狙いをつけた。『その調子だ！　おれが弾をこめるのをみてろよ』オルガは、緊張して弾薬筒を、槊杖[19]を、注視したの。

『さあ、雷管をこめてごらん。気をつけて――それから撃鉄をおこすんだ――それでいい。あの林檎を狙ってごらん』オルガは、銃を頰にあてたわ。

『もっと高く』

銃声が響いて、木の葉が飛び散った。『こんどは自分で弾をこめてごらん。つぎはもっとうまくいくよ』

オルガは、小さな弾薬筒をつかみ、火薬を銃身に振りいれると、銃栓と、鳥の猟に使う小粒の散弾と、それから雷管とを固定した。

『あの道路にいる雀がみえるかい?』と、あたりをうかがうようにみまわしていたミハエルが尋ねた。

『ええ』

『それじゃ、思いきってためしてみなさい』

オルガは、思うまもなく雀に狙いをさだめた。叫びたてている小さな雀たちは、羽根をひろげて、こまかい、白く温かい埃のなかで、屈託なさそうに砂浴びをしていて、灰色の小さな頭が、騒々しく見え隠れして、羽搏くかと思うと、たがいに争ったり、声をあげたり、おどけた様子でたがいにいりみだれて、ころげまわったりしていた。

そのとき銃が火を噴いたのよ。二十羽以上の小さな喉から、いっせいに叫び声があがって、密集した群れがのろのろと起きあがって、生垣にむかって飛んではみたものの、そこで下りたったものだから、それで生垣の高い小枝がまがったほどだった。オルガは、歓声をあげて、そこへ駆けつけた。みるとそこには、五羽の雀が撃ち抜かれて、地面に横たわっていた。その血が砂埃を赤く染めていたわ。一羽がまだ翼をばたつかせて、独楽のようにぐるぐるまわり、それから息が絶えて、ほかの雀たちとならんで横たわった。オルガは、いそいで雀の子たちを部屋着のなかにいれると、飛ぶように戻ってきたの。『私、五羽も撃ち落としたのよ、五羽も！』と、彼女は、子供のようにはしゃいで叫んだ。『ほら、みてよ』彼女は、飛びはねるように正面外階段をのぼると、雀たちを手すりのうえに整然とならべたものだった。それはまるで戦場で、斃れた兵士たちの亡骸を葬るに先だって、その場にはこんでくるかのようだった。そして、彼女は、その死骸をおおいに満足して眺めるのだった。

『一発で五羽よ』と、彼女はいま一度、いよいよ明るい声でいった。『ほんとうにうまくあたったわ』ミハエルは、銃にあらためて弾をこめた。

そうこうするうちに、オルガは落ち着きをとりもどしていた。彼女は頬づえをついて、小さな死者たちを凝視していた。そして、大粒の明るい涙が、ゆっくりと雀たちのうえにしたたり落ちた。

『どうしたんだ？』と、夫が叫んだ。『おまえ、泣いているよな！』

オルガは、しゃくりあげはじめた。『かわいそうよ』と、彼女は叫んだ。『なんて悲しい姿で、横たわっていることでしょう、羽根には血がこびりついてて、眼はつぶれていて、まだ温かいのよ。この雀たちが、いったい私たちに何をしたっていうの？　この雀たちは、まだ巣のなかに、親鳥を待って、お腹をすかせているかもしれない雛をかかえているのよ。私は、この雀たちの命を奪ったのに、何もお返しをしてやれないのよ！　ただただ私たちの呪われた生の罪なのよ、こんなにもひとりぼっちで、こんなふうに人間は、ただの退屈しのぎでけだものになるのよね』

夫は笑った。この一瞬、彼の笑い声は、おそろしく粗暴で野卑に聞こえたわ。

『あなたは私のことがわかっていない』と、オルガは叫んだ。『そういうことなら、あなたとおりいってお話ししなければいけないわ。私は、長いこと、胸につかえていたことがあるの。あなたが私を犠牲にするつもりではないなら、このままにはしておけないわ。あなたは、私のまわりからみんなを追いだしてしまう、私を閉じこめる、どんなお百姓さんの妻だって、もっと自由があるわ。もうがまんできない、絶望だわ、病気になるか気が狂ってしまうか、どちらかよ』彼女は、あらためて激しくすすり泣いたわ。

夫はだまりこんで、銃を撃ちつくすと、静かに部屋のなかへはいっていった。彼女は彼のあとを追っていって、胸に腕を組んだまま、窓辺に立ったわ。『あなたは一言も口をきかないのね』と、彼女は、ややあっていった。『あなたにむかってどういってみたって、無駄骨折りってわけね！』

『あらかじめ考えておかないで、話すようなことはけっしてしないよ』と、夫は、言葉をかえした。『おまえはおれにむかっていったことを、じっくり考えたのか？』

『じっくり考えたか、ですって？』と、オルガは叫んだのよ。『私は、幾夜も泪《なみだ》しては、神様に救ってほしいとお願いしたわ』

『そしたら、助けようもあるにちがいない』と、夫は、そっけない調子でいった。

『そういうなら助けてよ！』

『おまえは、この家でわれわれ二人きりで暮らしていて、幸せだとは思わないんだな？』

『はい』

『それがまんできないというんだな?』

『はい』

『それなら、気にいるように生きるがいいさ。お客を歓迎して、友だちを招いて、近所の人たちのもとへでかけて、ほかの人たちとダンスをして、乗馬をして、狩りをするがいい。私は何も反対しないよ』

『ありがとう』と、オルガは、恥じいって答えた。

『おれに感謝することはないよ』と、夫は、きびしい顔で答えた。

『あなたは怒ってるわね』と、彼女は気遣わしげにいって、涙をぬぐった。

『怒ってなんかいないよ』と、彼は言葉をかえして、彼女の頭を抱くと、口づけをした。そして、馬にまたがると、森の伐採地にむかった。——

オルガは、それから短いあいだに、家の習慣をすべてひっくりかえしたの。コロメアの近隣の人たちは、まもなくただ一つの社会を、唯一の大きなサロンをなしているようになった。そこでは、みんながこのうえなく品よく楽しんでいたけれど、その中心になってふるまっているのは、新しい生活をあくことなく思う存分、吸収している、あの若い、美しい夫人だったわ。

寂しかったお屋敷は、突然、精彩をおびはじめて、大きなポプラの木々でさえも、より親しげにざわめいていているようだった。芝生は、明るい色の女性たちの衣裳で輝いて、色とりどりの輪回しの輪や羽根つきの羽子が、空中に舞いあがって、いたずらっぽい笑い声が、庭じゅうに響いていたわ。

木々の葉も、ゆっくりと色づいていった。風は強く切り株のあいだを吹きすぎて、中空にただよう蜘蛛の糸が、枯れた繁みにかかる小さな旗のようにひるがえっていて、鶴の群れが三角形をなして南をさして飛んでいくのだった。オルガは、乳色のウクライーナー[20]にまたがって、衣裳をなびかせながら、コケットな帽子に羽根飾りをゆらゆらさせて、野原を駆けまわっているわ。若い地主たちや、すてきなスーツを身にまとった婦人たちが、悍馬に乗ってしたがっていく。狩りの角笛が響く。兎が野菜畑で、毛の生えた長い耳をそばだてて、驚いて身をおこすと、それから森にむかって逃げる。狐は、しわがれた声をだして、脇の繁みを抜けていく。——

それから空はいよいよ曇ってきて、霧がかかり、烏が古いポプラの木々のまわりを旋回するようになる。夜になると、垣根のむこうで、狼の眼が緑の炎のように光っている。寒い、日当たりのよい朝には、遠くまでつらなっている野原に、白雪の覆いが厚く、和毛《にこげ》のように広がっている。窓には小さなダイヤモンドがこびりついて、木々や屋根から雫がしたたり、三和土《たたき》では雀たちがさえずっている。もう二、三週間もすれば、根雪が残り、白鳥をかたどった埃まみれの頭をそなえた橇が、物置から引きだされて、コサック人の使う薄い葦の敷物のしたでは、熊の毛皮がぎしぎし音をたてているわ。ルネッサンス様式の大きな暖炉のなかでは、炎がぱちぱちと爆ぜている。四方八方から、橇がつぎつぎとまるで獲物を狙う猛禽のように、客人を歓待してくれる屋敷に押し寄せて、野原をこえて鈴の音が響きわたるのよ。控えの間には、つぎつぎと毛皮が折り重なって、ご婦人方が温かい、やわらかい覆いから抜けだしては、小さな客間にはいって、煙草に火をつける。殿方は、こごえた指に苦労してセーム皮の手袋をかぶせるの。さっそくだれかがピアノのまえにすわって、二、三小節、弾いてみせると、もう幾組かの人たちがダンスをしようと列をつくるのよ。そんなふうに毎週、お屋敷からお屋敷へと場所をかえて、催しはつづいていくの。カルタ台は、仕舞われることもなく、ひらきっぱなし、長いパイプをくゆらせて、空になった酒瓶が地下室に、まるでワーテルローの会戦の年老いた近衛兵みたいに、大きな方陣をなして立っているというありさまなのよ。

そして、オルガが朝まだきの鈍い光のなかで、シベリア産のクロテンの濃色《こきいろ》の毛皮を身にまとって、橇のやわらかい毛皮の座席に沈みこんで、ご帰館あそばすときには、いつも彼女の前方をコサック人の下男たちが、松明をかかげて馬を走らせていくの。そんなときには、松明の樹脂がたえまなく雪のうえにしたたり落ちては、じゅうじゅうと音をたてていたわ。そして、すべての橇は、まるで彼女が女王様であるかのように、彼女の橇を護衛していくのよ。

そして、彼女は、愉快な取り巻き連中のなかで、実際に際限もなく意のままにふるまっているわ。彼女は輝いていて、勝ち誇っていて、幸福なの。彼女に自分のお気に入りのクッキーを、とりわけ優雅に独特の仕草でさしだすすべをこころえていて、そのお返しにご愛顧を手にする、そして、彼女の毛皮の靴を履かせたり、脱がせたりする、あるいは鐙をささえもったりすることのできる、そんなあれやこれやの男のことを、口さがない人たちはもう愛人だなどといったりするのよね。彼女は彼女で、夫にたいする貞節を、一言でも、ふとした眼差しによってでも、ほとんど傷つけることはなかったというのに。彼女は、夫にこれ以上はないほどに、こころ優しく対していた。彼女は、たくさんのこまやかな心遣いで、償いをしようとするの。だけど、社交界や近所の人たちや使用人たちがひそひそと噂する声は、夫の耳にも届いていたわ。彼は妻を信じていた。だけど、彼は体面を重んじていたから、オルガの身に中傷の雫が一滴でもかかるようなことがあれば、それは、そのたびに毒のように彼の心を蝕んだの。

　彼は、いよいよ物静かになり、いよいよ冷淡になっていった。だれかがやってくると、彼は、きまって裏口からそっと出ていくのだった。妻が遠出をするときに、彼が同行することは、いよいよまれになっていった。春になって、彼は、幾人かのルーシ人の農場主と一緒に、経済的なクラブを設立して、自分の農場で一連の改革をおこなったの。幾種類かの新聞をとりはじめ、たくさんの本を買いこんだかと思うと、農夫たちを集めたり、村の酒場へでかけたりした。というのも、彼は、州議会の選挙に出ようと考えていたからなの。刈入れ時が過ぎると、彼はたびたび狩りに出るようになった、それも一人で、ただ犬だけを連れて。しばしば深夜になってから、ようやく家に帰ってきたわ。オルガは床についていた、だけど、眼を閉じていなかった、そして、胸を高鳴らせて彼を待ちかまえていたの。だけど彼は、彼女が眠っているものと思って、静かに自分の部屋にはいっていった。そして、ちょうどこのときほど、彼が彼女に無関心だったことは、いまだかつてなかったわ。彼のすることなすこと、すべては、彼女にとってより大きな意味をもつようになった。彼がでかけてしまうたびごとに、彼女は、彼が読んでいた新聞を眺めたり、彼のもっている本をめくったりするのだった。

　いまや彼女は、愛とは何か、おぼろげながら悟りはじめた。そして、夫を愛することもできるだろうと感じた。

　それから、彼女が彼にとって、どれほどちっぽけな存在であるかということも。彼は、自分を訪ねてきて、いやなロシア革の匂いをまきちらす農夫たちとも、四六時中、話しこんでいることもできたのに、彼女にたいしては一言も語る言葉をもたないのだから。彼女が幾日も長い夜さりに、彼の横にすわっていても、彼は本から眼をあげることすらしなかった。彼女に口づけすることもしないで、床につこうとする彼にたいして、彼女は、ある意味で激しく彼の愛をもとめたことがあったわ。彼女は、魅惑的なネグリジェを思いついたり、だれか自身の熱狂的な崇拝者にむかってするように、夫に媚態をしめしたりしたのよ。彼は彼女を愛していなければならなかった、彼が自分を愛していることを、彼女はのぞんでいたのだから。

ありとあらゆることを試みたあげくに、彼女は、絶望的な手段に訴えることにした。

彼女は、彼に嫉妬させることにきめた。

しかし、冷静で、賢明で、自信にみちた夫の嫉妬をかきたてることができるような男が、いったいどこでみつかるというのでしょう！　オルガは無駄にさがしたあげくに、それに値する男をみつけることができなかった。彼女は、友人知己のあいだを、あるいは家のなかを、おちつきなくうろついた。

　あるとき、夫が庭の垣根のところに立って、憂わしげに森のむこうに沈んでいく夕陽を眺めていた。陽の光は、刈り取られた畑にそこかしこに残っている茎や、草や、木の葉を、流れるような赤色でおおっていた。自分でも思いがけなく、彼女は、彼に腕をからめて、彼の温かい、乾いた手をにぎったの。その手は、この瞬間、氷のように冷たくなったわ。

　『どうして、あなたは私のそばにいないの？』と、彼女は、心をこめて語りかけた。『あなたは私を避けてるわ。あなたにとって、私はそれほどふさわしくない女なの？　あなたは私をどうしたいの？　あなたは、まだ私を愛しているの？』

ミハエルは、彼女の頬をなでて、ふたたびあたりの光景にみいった。オルガは、激しく彼を抱きしめて、みずからの唇を彼の唇にかさねた。夫は、そっと体を引き離した。『おまえは、明日、ザヴァレ[21]のお大尽[22]のところへ、追い出し猟に行くよな。おれが一緒に行ってもいいかな？』

オルガは、驚いて彼をみつめた。『そんな予定はなかったわ』

『そうだっただろ』と、彼はほほえみながらいった。『さあ、寒くなってくるから、なかへはいろうよ』そして、家のなかで彼は、オルガを膝にのせて、首筋を、唇を、胸を、口づけでおおいつくした。彼女の心臓は、歓びのあまりに止まりそうだったわ。それから不意に、彼はいった。『ランプに灯をともして、新聞をもってきてくれ』妻は、小さなこぶしをかためて、一晩じゅう朝まで泣き明かした。

彼女が鞍に乗るのを彼が手助けするときにも、彼女の眼は、まだ涙の滴を宿していた。彼女は、彼を奇妙な眼つきでみつめると、愛馬に鞭をくれて、いっさんに馬を駆っていった。

陽射しは明るくて、おだやかだった。狩りをする人たちの声は、原野じゅうに楽しげに響きわたっていた。森のなかには射手が配置されていて、彼女の夫は、深い繁みのなかに持場を与えられていた。美しい、勝ち誇った妻は、なおも心に血を流し、眼には涙をたたえながら、追い出し猟の先頭に立った。彼女は最初に、林のなかから外へのがれでようとした兎をみつけて、小さくふるえる手で、それをさししめした。猟獣犬が解き放たれて、角笛が鳴りわたり、荒々しい歓呼の声とともに、騎手が逃げ場を失った獣を追いつめていく。彼女は、笑いながら命知らずに、溝を、小川を、垣根を飛びこえていく。彼女の神経のひとつひとつが、いまや残酷な歓びにうちふるえていた。そして、最後に猟獣犬たちが、死の不安に鳴いている獲物を、空中にほうりあげてはぐるぐるまわしていると、彼女は、まるでボールが飛んでいくのを眺めている子供のように笑うのだった。みんなの眼差しのなかには、無鉄砲な女騎手にたいする驚嘆の色が輝いていた。彼女の虚栄心は、いまや新たなオルギア[23]をくりひろげるのだった。そして、彼女の足元で息絶えるのは、一匹のあわれな兎にすぎなかった。騎士役の男たちが、彼女の汗ばんだ手袋に口づけをして、つばのない帽子をふっていた。彼女は、頬を真っ赤に染めて、眼を輝かせながら、あたりをみまわしたわ。

そのとき、かたわらの森の縁のあたりに、ひとりの若い男が立っていた。彼女は、それまで彼に気がつかなかったの。彼は、彼女を何か奇妙に真剣な様子で観察して、そして、だまっていた。

『ねえ、そこのあなた』と、彼女は、彼にむかって高ぶった調子で語りかけた。『私がお気に召して？』

『別に』と、彼はそっけなく答えた。

オルガは、すばやく馬の首の向きをかえて、彼に近づいた。『あなたを煩わせてよければお聞きしたいわ、それはまたどうして？』と、彼女は尋ねたが、それは傷つけられたからというより、むしろ好奇心からだった。

『動物が死の不安におびえているというのに、それをみて楽しんでいるような女は、人の情ってものがないにちがいない。もしかするとこっちのほうがありそうなことだけれど――ものを考えるってことがないんですよ』

この瞬間に、あわれな虚栄心にみちた女の魂を、何か憎しみのようなものが、悪霊さながら、おどろおどろしく、どうしようもなくとりついてしまったのよ。だけど、それはまた、いつもとちがった感情だった。彼女は、その若い男をだまってみつめたわ。

その男は、彼女の夫を苦しめるのに、十分に意味があったというわけ。そのことは、彼女にすぐにわかったの。だって、それ以上のことは必要じゃなかったんだもの。それに、彼は、あえて彼女を冷淡に扱おうとした。その償いをさせてやらなければいけなかった。彼女は、それ以上、何も尋ねはしなかった。

彼は、そのような調子で彼女と話した、彼女にそっけなく、ほとんど敵意もあらわに対した、最初の男だった。

そして、それにもかかわらずその眼は、そんなにも多くの善意にあふれていた。

彼女は、復讐心にもえていた。他方で彼は、それからすこしのあいだは、彼女のことをもはや気にとめるでもなく、食卓や舞踏会の広間で、他の人たちとにぎやかに話し興じていた。彼女は、彼にとってこの世に存在しないも同然だった。そして、彼女は、彼が社交のなかである役割をはたしているのをみてとった。いまだかつて、彼女はこれほど居心地の悪い思いをしたことがなかった。

彼女は、そのときに口の端にのぼることが多かった、そして、みんなが大いに敬意をはらっていた、この彼が、ヴラジーミル・ポドレフという名であることを知った。

『ヴラジーミルは、あなたにたいして不作法なふるまいをしました』と、奥方は彼女にいった。奥方は、百姓の娘の出でありながら、ザヴァレの大地主の妻になった、美しい、賢い女性だった。

『あれが彼のやりかたなのです。彼は、およそ普通でない流儀をもっています。それでも彼は、稀有な人でもあるのです。彼は、私たちみんなとはまったくちがっているようです。より深くて、より透徹していて。彼の心眼にかかると、どうやら何もかもがお見通しなのです。あなたは、彼のことをもっとよく思うようになるでしょう。ぜひとも彼と話してみてごらんなさい』

そして、呪詛や崇拝にかわるものとしては、せいぜい軽蔑するように眉をひそめるくらいで、それよりほかにはほとんど何ももちあわせていない、誇り高い女は、彼のところにでかけていって、こう話しかけた。

『あなたは私を侮辱しましたね』と、彼女は、ふるえる青ざめた唇で語りはじめたの。それから、ひと息いれないではいられなかったわ。

『真実は、いつも苦痛なものですよ』と、ヴラジーミルは言葉をかえした。『だけど、それは健全で、病んだ魂にははかりがたい治癒力をもっているのです』そういう彼の眼は、心を射抜くかのようだった。

『あなたは、こうおっしゃいましたわね』と、オルガは、声をおさえて言葉をついだ。『私がほとんどものを考えていないようにみえる、と。私は、あなたのお言葉をよく考えてみましたわ。それを説明してくださらないこと？　私には理解しかねるもので』

『どういうふうに説明しろとおっしゃるんですか？』と、ヴラジーミルは、冷淡な口調でいった。

『人間には獣たちを殺す権利がないと、あなたはお考えなのでしょう？』と、オルガは、嘲るように瞼をうごかしながら尋ねた。

ヴラジーミルは微笑した。『まったくもって女の論理ですな』と、彼はいった。『殺すなんてことは、まったくいいませんでしたよ。ただ駆りたてること、苦しめることを問題にしたのです。そもそもこの世界のなかで、権利なんてものは問題にもならない、問題なのは、すべてを支配する必然性です。人間は、畢竟、生きなければならないし、生きるためには殺さなければならない。植物を喰らって生きるとしたところで、おなじように殺しているのです。というのは、植物にだって生命があるのですからね。人間は、動物を殺さなければならない、しかし、それが必然である以上に、そうすべきではない。人間は、動物を苦しめてはならない、というのも、動物は、われわれとおなじように意志を、感情を、悟性をもっているからです。そして、われわれほどではないにせよ、考えてもいるのです。そして、彼らが苦しんでいるのをみて楽しむなどということは、サーカスで剣闘士が獣を殺害するのと、五十歩百歩ですよ。獣を死ぬまで駆りたてることができる女なんて、生死をその手ににぎっていて、よろこんで親指をまわしてみせる、あの残酷なウェスタの女祭司[24]の一人と、さしてちがってはみえないですよね。そんな女は、そのうちに人間の生け贄をもいとわないようになるのです。というのは、われわれを獣から分け隔てる、わずかばかりの理性は、多かれすくなかれ、そうでなくても女の場合には、たいして効き目はないですからね』

『ありがとう』と、オルガは、しばしあてどなく凝視したあとでいった。『それはそれとして、もう楽しくやりましょうよ』彼女は、さっさとヴラジーミルの腕をとると、彼に導かれるままに、広間に戻った。それから彼女が他の会席者の腕のなかをすばやくすりぬけているあいだにも、彼は戸口のところに立っていたが、その都度、彼女の悩んでいるような褐色の眼からは、温かい、明るい眼差しが彼にむけられていた。えらばなければならないときには、彼女は、そのたびに彼をえらんだのだった。彼女は、くりかえし彼を会話の網の目のなかにとらえようとしたが、彼は、つねに物静かで、言葉少なのままだった。

帰路につく途中で、オルガは、不機嫌そうに毛皮のコートにくるまって、巣が破れてしまった蜘蛛のように、身をかたくしていた。

『あの若造は、いったいぜんたい何者なの、あのヴラジーミル・ポドレフっていうのは?』と、ややあって彼女は、なんともいいようのない侮蔑の思いをこめて、吐き捨てるようにいった。

『あれは、なんていったってひとかどの男だよ。それに尽きるね』と、ミハエルは答えた。――彼は、妬むということを知らなかった――『彼は、ズロチョフ郡[25]のロシアとの国境沿いのあたりに農場をもっていて、いまこのあたりで、大規模に小作地の賃借を引き継いだところさ。彼は、たえず努力をつづけている。外国にいたこともあるし、いろいろ勉強もした。怠け者でもなければ、計画倒れの男でもない、それに何よりも、われわれの仲間の若い紳士連のように、伊達男でもなければ、女の尻を追いかけるような手合いでもない』彼は、そういいながらオルガをじっとみつめた。

『ヴラジーミルは、ポーランド人じゃないんじゃない?』

『どうしてまた、そんなことが考えられるんだよ! ポーランド人が、いまだかつてきちんとした勉強をしたためしがあるかね? ルーシ人[26]だよ、彼は。それは自明のことだ』

そして、その当日の夜に、みじめにも驕慢な女は、あのさげすむべき若者をどうすればつかまえることができるか、なおも考えこんでいた。朝になってオルガは、彼を狩りたてる決意をして、べッドを離れた。そうすれば彼が苦しむかどうかなどと、彼女はみずから問うことはしなかった。彼女にはそれが楽しかった。そして、彼を網で包囲して、狐のように追い出し猟にかける手筈になっていた。

しかし、事はそう簡単ではなかった。

それから数日後に、ヴラジーミルは、彼女の夫のもとへやってきた。オルガは、彼は自分が目当てで来たにちがいないと、うぬぼれるのだった。そして、勝利を信じて疑わない微笑をうかべて、彼を迎えた。『主人は村に行っておりまして、帰りは遅くなりますの』と、彼女はいって、ヴラジーミルがどこかそれを喜んでいる気配を洩らすことを期待した。ところが彼は、まるでそっけなくこういっただけだった。『それなら、明日、またお伺いします』

『どうして、宅で待っていてはくださらないのですか?』と、彼女は、驚いて尋ねた。

『私が馬をとばしてきたのは、ご主人の農場を見学するためです。それは、奥様ではみせていただくわけにはいかないでしょう』と、ヴラジーミルは言葉をかえした。

『それなら、私のお相手をしていてくだされぱいいのに』と、彼女はいった。

『それはできません』と、彼は答えた。『私では、きっとおもしろくお思いにはならないでしょう。それに、私は時間が惜しいので、無駄口をたたいているわけにはいかないのです。人生は短い、だからいつも十分に働き、学ばなければならない。お願いですから、どうかご理解のほどを』そういって、彼は立ち去った。

翌日の午後、彼はふたたびやってきた。オルガは、新しいフランスの小説を読んでいて、揺り椅子をうごかしはしなかった。彼は、隣室で彼女の夫と話していた。ドアは半開きになっていたが、彼女は聞き耳をたてる気はなかった。彼女は本をじっとみつめていた。しかし、一言たりとも彼女が聞きもらすことはなかった。腹をたてつつも、彼女は、ヴラジーミルがいかにも賢明で、明晰で、たえずただ本題に即して語っていると感じいるのだった。彼は、自分が不案内な事柄について論じることはしなかった。彼の話のなかで、事物や人間は、いうならば透明だった。彼女の夫は、くりかえしいうのだった、『君からは、何かしら学ぶことがあるよね、友よ!』彼がその言葉で何をいおうとしているのか、彼女にはわかっていた。

ミハエルが彼女の名を呼んだとき、すでにすっかり暗くなっていた。それを耳にして、彼女は、どこかあたふたと灯りのともった戸口にはいっていった。彼女が眼にしたのは、男たちの葉巻が小さな火の玉のように、暗闇のなかにゆれている光景ばかりだった。しかし、彼女は、ヴラジーミルが彼女に挨拶しようとして立ちあがるのを認めた。というのも、彼の葉巻が、さながら蛍のようにすぐさま上方へゆらめいていったからだった。

ミハエルは、そこでお茶を所望したの。コサック人の下男が小さなテーブルに覆いをかけて、ランプと音をたてているサモワールをすえつけたあとで、オルガが姿をあらわし、かるくうなずいてヴラジーミルに挨拶をかえすと、近くにある小さな安楽椅子に身を沈めた。下男は冷肉を用意したわ。オルガは、それぞれのカップに紅茶をつぐと、紙巻き煙草をランプにかざして火をつけて、またうしろに背をもたせかけた。男たちがそれから屈託なく会話をつづけるいっぽうで、彼女は、たえず輪をひろげてゆっくりと流れては消えていく、紫煙の行方を見遣っていた。そして、なかば閉じた眼をとおして、ヴラジーミルの長く黒い睫毛をみつめていたの。

彼は美しくはなかった、しかし、これがひとの興味をひく点なのだけれど——醜くもなかった——まだまだ若くて、もしかすると彼女自身よりも若かった。中背で、痩せていて、ほとんど虚弱にみえて、細い手足をしていたけれど、姿勢や身のこなしには、どこか精力的なものがあったわ。彼の長い痩せこけた顔は、すこしの赤みもみせていなかったけれど、それは青白いというよりは、むしろ日に焼けて、胆汁のようで、褐色だったわ。どちらかといえば低めの額は、がっしりとして弧をえがいている鼻と両の眼の上方で、めだって隆起しているようにみえた。オルガは、ガルの『骨相学』[27]を繙いてみたいという誘惑にかられるのだった。鋭角に切り取られたような顎のうえに、ゆたかでそりかえった唇が、二連のきらめくような歯をのぞかせていた。ヴラジーミルは、髭をたくわえてはいなかった。しかし、それにかわるもののように、密生した褐色の髪は、無造作にうしろにむけて梳かれていたが、ドイツ人の神父や教師にみられるような、いかにもさりげない風情だった。オルガは、そうしたすべてを認めながら、彼の視線を避けていたの。というのも、だいたい彼の眼をのぞきこまないではいられなかったし、静かで、澄んでいて、ひとをひきつける眼差しをそなえたその眼は、それほど魅惑的だったからなの。それは、大きな、深みをたたえた、褐色の眼だった、そして、その表情はたえずいれかわっていくのだった。あるときは半眼の瞼から、悪魔的な嘲りの色がひらめくかと思えば、あるときは長い、絹のようにやわらかい睫毛のしたで、湿った温かい輝きにつつまれてゆれていて、またあるときには、ひとの心のなかに、冷たい、精神的な怜悧さによって切りこんでいくのだった。しかし、つねにその眼からは、いかなる疑いをもおこさせることのない、あの認識の誠実さが、あの心情の真実が、語りかけていた。

彼の人となりをそっくりつつみこんでいたのは、その冷静さと思慮深さとはかかわりなく、何かある詩趣のようなものだった。

まるで垣根の柱をこえていくように、このうえなく美しい女を無視していた男というのは、まあこんなふうだったのよ。

彼は、彼女の夫と一緒になって、田畑の耕作について、馬の飼育について、森の手入れについて、ひどく真剣に話しこんでいた。あとになると、州の懸案事項についてもね。オルガは、吸っていた煙草を投げ捨てて、ただ聞きいっていたわ。

『こんな話は退屈ですよね、奥様?』と、ヴラジーミルは、嘲るようにいった。

『いいえ』と、オルガは答えた。『あなたのお話を聞いていて、私たちのいわゆる団欒のときなんかよりも、ずっとおもしろかったわ。私たちの存在のすべてが、どんなに貧しくて、もろいものか、どれほど苦しい思いをして働き、闘わなければならないのか、私たちはつい忘れてしまいたくなるのです。あなたがすべてを受けとめておられる真剣さは、私を元気づけてくれるものです。私には、そう――すぐにどのように表現すればいいのか――そう、まるで香水をふりまいた閨房から、針葉樹林のなかへ出ていくようで、でも、そのさわやかな、きびしい香りにつつまれると、私の胸はひろがっていくの』虚栄心の強い女は、こうしたすべての言葉を、このときばかりはすこしの驕りもなく、率直に、ほとんど信頼をすらこめながら、語ったのだった。

ヴラジーミルは、はじめて彼女を長いあいだ、鋭い眼つきでみつめた。そして、辞去する際に、彼女に手をさしだした。だけど、それはなんと冷たかったこと、この手は、そして、なんと硬かったことだろう、まるで鉄でできた手だった」――――

オルガは、そんなふうによどみなく物語った。その語りは、ふつふつとわきでる泉のように、音楽のように高まり、また低くなった。そのために、彼女がこの物語を優雅な抑揚をこめて朗読しているかのような、あるいは、一語一語、暗記して、それをまた朗誦しているかのような、そんな印象を与えたのだった。彼女は、どうやらすべてをいま一度、生きて経験していた。あらゆる輪郭、音色、色彩、あらゆる運動が、まるで彼女に現前しているかのようだった。私は眼を閉じて、ただ耳をすませた。音をたてて息を吸うことすら、あえて控えた。

「ヴラジーミルは、それからしばしばくるようになったわ」と、彼女はつづけた。「オルガは彼のことを、ほかの男たちとはまったくちがったふうに扱った。彼にたいしてはつつましく、控えめにふるまったの。彼が話すときには、耳をかたむけた。そして、いろいろなことを尋ねても、自分からはあまり話さなかった。だけど、彼女の眼は、いつも彼の眼に釘づけになっていた。彼女の衣裳は、見た目にもとりわけ優雅で簡素なもので、彼女は、首のところまでしまっていて、小さな白い襟のついた、黒絹のドレスを着ていた。みごとな髪は、ひとそろいの黒い留め金のように、幅の広いお下げになって、その頭をおおっていた。

他の男たちがうやうやしく彼女の靴から酒を飲むような真似をしているのを尻目に、彼女は、ヴラジーミルにたいして、かぞえきれないほどの小さな心遣いをかさねて、文字どおり彼のご機嫌をとり結ぶのだった。彼が発する一言一言が、彼女にとって大きな意味があるように思えた。

あるとき、紐つきのコルセットについて、彼が二、三の重要な言葉を投げかけたことがあった。つぎの日の夕方、彼女は、貂の毛皮で裏打ちし、縫いつけた、黒絹のゆったりしたカツァバイカ[28]を身にまとってあらわれた。

『似あってますね』と、ヴラジーミルは、彼女をはじめてどこか楽しげにみつめながらいった。

『私は、もうコルセットをつけないつもりです』と、オルガはすばやく答えた。

『それはまた、どうして？』

『あなたがそうおっしゃったじゃありませんか』と、オルガは叫んだ。『私たちなんかよりも、あなたがなんでもよりよくおわかりでしょう』

お茶をする際に、彼女の袖に縫いつけた毛皮の、その毛のほんのいちばん先のあたりが、たまたま彼の細い手にふれたことがあった。しかし、彼女は、それが彼に感電するように接触したことをみてとった。彼女は胸をふくらませ、その眼は勝ち誇るようにきらめくのだった。

しかし、彼は、この瞬間、彼女が自分を征服しようとしていることをさとった。そして、それ以後はより控えめにふるまって、できるかぎり彼女を避けるかわりに、彼女の夫とはより親密につきあうようになった。

それから数日して、たまたまあるコケットな貴婦人のことが話題になったことがあったわ。彼女をめぐって、ある若い士官が決闘をして、斃れたというのだった。

『そんな女は、自分の名誉やわが子にたいする感情というものをもっているのかね？』と、ミハエルはいった。『たとえ血をみるのは恐れないとしても』

『ああ！　こういったたぐいの女の名誉は、征服者の名誉ですよ。それは、ただ結果によってのみ、評価されるのです』と、ヴラジーミルは嘲るように叫んだ。『そんな女は、虚栄心のために幸福も、愛も、人望も、なにもかも犠牲にするのです。しかし、名誉と節操をそなえた男なら、そんな女にはつねに近寄らないようにするでしょう。ただ愚か者、馬鹿者が、不逞の輩が、軽薄な獲物になってしまうのですよ。もっと格上の獲物をねらうことができない猫が、家のなかで鼠や蠅をつかまえるようにね。ところで競争は、いよいよ激しくなっていきますよ。だって、われわれの教養あるご婦人方となると、小説を読んだり、ピアノを弾いたりして、無益に時を過ごしているのですからね』

『あなたは、芸術を軽蔑してらして?』と、オルガは口をさしはさんだの。

『いいえ、どういたしまして』と、彼は、勢いこんで答えた。『だけど、労働なくしては、真の楽しみはありませんよ。不滅の芸術作品を創造したこれらの男たちは、また働きもしたのです。彼らは絵筆を、ペンを、その心血のなかにひたしたのです。みずから何事かをなしとげる者だけが、芸術を理解し、享受することができるのです』

『あなたのいうとおりだわ』と、オルガは、悲しげに言葉をかえした。『私は、もうどれほどしばしば、おそろしい空虚を、すべての生にたいする嫌悪を、この胸のなかに感じていることでしょう』――

『働いてみたらどうですか』と、ヴラジーミルは、きびしい口調でいった。『あなたはまだ若いし、そうすれば、まだまだ救いようはありますよ』

オルガは、あえて彼を直視しようとはしなかったわ。――

それから数週間が過ぎた。

どんよりとした霧が屋敷のまわりに沸きたって、ひろびろとした平原はふたたび雪に、池はきらきら光る氷に、おおわれている。橇は、それにもかかわらずなおも埃をかむって、倉庫におかれたままで、つやのある熊の毛皮のなかには、蛾が棲みついているの。オルガは、オットマンのやわらかいクッションに深々と身を沈めて、鬱々と考えこんでいる。ヴラジーミルが、彼女のもえるような眼差しの、その炎をうけとめてくれることがすくなくなるほどに、彼女の尊大な心は、彼の屈服をもとめてやまないの。彼女は、自分自身の眼前で侮辱され、傷つけられ、辱められている。彼女は、彼を自分の足元に見下さないではいられない、そして、勝ち誇って彼を足で踏みにじりたい。それが自分自身にとって危険であることなど、まったく思いもおよばないの。彼女は、征服する値打ちのあるはじめての男を、いま眼のまえにしているのだから。そして、それなのに彼女の魅力が、美しさが、手練手管が、なんの役にもたたないなんて?

いいや、彼女は、彼を手にいれなければならない、そのためとあらば、どんな犠牲でもはらってみせる――これ以上はない犠牲を!――

彼が労働にたいして敬意をはらっていることを、彼女は知っている。それで、彼女は働きはじめるのよ。

『君は、家内に非常にいい影響を与えてくれている』と、ある晩、彼女の夫は、ヴラジーミルにいうのよ。いっぽうでオルガは、刺繍枠のまえにすわっている。『みてくれよ、ここのところ、家内がどれほど仕事にいそしんでいることか』
ヴラジーミルは、彼女をじっとみつめる。『私はあなたにいいましたかね、眼を悪くしなさい、胸革[29]をなかへ押しこみなさい、などと』と、彼はあからさまにいう。『すぐにお立ちなさい！』オルガはしたがうわ。『あなたは、もっとましなことをしなければいけない』と、彼はつづける。『あなたの家事の働きぶりが、気にいれば気にいるほどに、私は、お宅にもあのすばらしい清潔さがあればいいと思うのですよ、オランダやドイツのある地方で、あんなにきわだっている清潔さがね。それこそ、あなたがいつまでも健康で美しくあるための宿題ですよ』
それは、生真面目で、きびしい男の発した、はじめてのお追従の言葉だった。オルガは驚いて、もえるように朱をそそいだ顔を、彼のほうにむけると、おずおずと、そして、また同時に感謝の思いをこめて、彼をみつめた。
そのつぎに彼女がヴラジーミルに会ったのは、彼女が食堂の天井から蜘蛛の巣をはらっているときだった。彼は、彼女の手から箒をとると、それを部屋の隅においた。『それはあなたのする仕事じゃない』と、彼はやわらかな口調でいった。『あなたの繊細な、血液の多い肺が、そんなにたくさん埃を吸いこむなんて、思いもよらないことだった』
『だけど、私にどうしろとおっしゃるんですの』と、彼女はいった。『だって、うちの召使は、オランダ人なんかではありませんことよ』
『あなたが連中をオランダ人にすればいいんですよ』と、彼は叫んだ。『連中にきびしさと公平さとを、同時にしめしてやればいいんです。だけど、一回だけではだめですよ、もう百回でも、毎日、一年中ね。けっして忘れないように、あなたが主人であることを、そして、あなたが怠け者の召使の仕事をした日には、あなたは、眠っている歩兵のために前哨勤務についているナポレオンと、おおよそおなじようなことをしているのだということを』

それから彼女は、ヴラジーミルの腕をとって、台所から地下室まで、家じゅうを案内してまわった。『こうしたすべてのことを監督する気なら、朝から晩まで、あなたの仕事がない、なんてことがありうるでしょうか？　指導すること、指図すること、命令すること、それがあなたの仕事ですよ。それにくわえて、帳簿をおつけなさい。そうすれば、ご主人の負担をほんとうに軽くすることになります』

テラスから、彼は彼女に庭をさししめした。『春がくれば、ここに種をまいて、苗を植えて、溝を掘って、水をやって、除草をすることもできます。そうしたすべては、このうえなくあなたのためになることでしょう。そこであなたは、毛虫や地虫にたいして、無慈悲に戦争をしかけることによって、残酷であることもできるのです。それは、どんな女でもときとしてそうでなければいけないことなのですよ。だけど、私は、そのかわりに蜜蜂の巣箱と小さい、勤勉な、愛すべきハタラキバチをおすすめしますね。そこで』――と、彼は、彼女を客間のほうに戻るようにうながしながら、言葉を結んだ。『そこでお願いがあるのですが、私のために何か曲を弾いてみてくれませんか。あなたなら、そのように十分に理解したうえで、心をこめて弾いてくださることでしょう』

オルガは、全身をふるわせていたわ。眼を伏せて、彼女は、ピアノのまえにすわると、指を鍵盤のうえにすべらせたの。

『私は、あなたの演奏を理解することができますよ。あなたの指を、この繊細で、透きとおるようで、いうならば魂のこもっている指を、ただみつめているだけで』と、彼は、声をひそめていった。

オルガは、唇まで蒼白になっていたわ。彼女は、一瞬、手を胸にあてると、それから弾いたの――ベートーヴェンの『月光のソナタ』を。

アダージオの最初のかすかに嘆くような音色に、ヴラジーミルは、手を両の眼にあてた。月光のありとあらゆる魔力が、彼女と彼の頭上を流れていった。深い影が、そして、魔法のようにうちふるえる、憂わしげな光が、彼らのうえに射しかかった。そして、二人の魂は、薄明の苦痛にみちた旋律のなかで共振していたわ。最後の音が宙に消えていったとき、彼女は、両手をゆっくりと脇にたらすのだった。

二人はだまっていた。

『諦念が、忍従が』と、ようやく彼がいったのよ。『このすばらしいソナタのなかから、私たちに語りかけてくる。自然のなかから、私たちをとりかこんでいる世界のなかから、語るかのように。それは、忠実な心のなかで生きつづけている、報いられることのなかった愛なのかもしれないし、みずから永遠の沈黙を運命づけられている愛なのかもしれない。われわれすべては、断念することを学ばなければいけないのです』

彼は、オルガをみつめた。彼の眼はぬれているようにみえた。彼は、ふしぎなほどにこころ優しかった。――

しばらくのあいだ、彼は来ることを避けていた。オルガは、そうした彼を理解していたわ。それから、彼女の夫が買い物をするために、郡都のコロメアにでかける日がやってきたの。彼女は家に残っていた。彼女は、いまにも心臓がとまりそうだった。彼がくるだろうということが、彼女にはわかっていたの。そして、黄昏の先触れをつげる影が部屋にさしたとき、彼女は、二度、激しい仕草をして、毛皮の飾りがついたカツァバイカを身にまとうと、ピアノのまえに腰をおろした。ほとんど思わず知らずに、彼女は、あのソナタを弾きはじめていた。突然、彼女は、不協和音とともに演奏を中断した。彼女は、厚いカツァバイカを着ていたせいで、暑さのあまりに汗だくになっていて、思いきってその前をはだけると、高鳴る胸のうえに両の腕を組みあわせて、大股で行きつ戻りつした。

そして、そのときふと気がつくと、彼が部屋のなかに立っていたの。

頰に血がのぼって、彼女は、カツァバイカの前をかきあわせると、彼に手をさしだした。

『ミハエルさんは、どこにおられるのですか?』と、彼は尋ねた。

『コロメアに行っています』

『そういうことなら、私は――』

『あなたは、出ていきたくはないのでしょう?』

ヴラジーミルは躊躇した。

『私は、今日は朝早くから楽しみにしていたのです、あなたとお話しすること、二人きりでお話しできることを』と、オルガは、声をおさえていった。『お願いですから、ここにとどまってください』
ヴラジーミルは、縁なし帽をピアノのうえにおくと、小さな茶色の安楽椅子の一つに腰をおろした。オルガは、なお二、三歩、部屋のなかを歩いて、それから彼のまえで立ちどまった。『あなたはもう愛しはじめていましたの、ヴラジーミル？』と、彼女は、すばやく、かつだしぬけに尋ねた。『ああ、きっとそうよね！』彼女は、さげすむように唇をぴくりとさせた。

『いいえ』と、彼は大真面目に答えた。

オルガは、言葉を失って彼をみつめたわ。

『それで、あなたはだいたい愛するということができますの？』と、彼女は、おずおずと尋ねた。

『私には、そうは思えないけど』

『あなたは、またもや思いちがいをしています』と、ヴラジーミルは答えた。『小銭で払いつくせない、感傷にひたることもなく大人になってしまった、私のような質《たち》の人間は、おそらく真実に愛することができるだけです。どうしてそれが、娘っ子や若造の、未熟な青梅であっていいわけがあるでしょうか？　それができるのは、ひとかどの男だけです。おそらくは女もそうでしょうが、だけど、たいていの女は、そのときにはもう心を無駄に使いはたしてしまっていますよ』

『それで、あなたが愛することのできる女は、どうでなければいけないのですか？』と、オルガは、その居ずまいをただすこともしないで、さらに尋ねた。

ヴラジーミルはだまりこんだ。

『それは、とても関心がありますの』と、彼女は呟くようにいった。

『答えなければいけないですか?』

『ええ、ぜひとも』

『さて、そうした女は、あなたの正反対でなければいけないでしょうね』と、彼は、乾いた、押し殺したような声でいった。

オルガは、死人のように青ざめた。それから、彼女の顔に血がのぼって、眼には涙があふれたわ。彼女はだまって、床に眼をおとした。

『さあ、どうか笑ってくださいよ』と、ヴラジーミルは、憂鬱そうなユーモアをこめていった。『それはきっと、あなたにはとんでもなく滑稽なことに思えるでしょうね』

『あなたは不作法です』と、オルガは、声を涙でつまらせながら答えた。

『だけど、真実なのです』と、彼は、容赦なく答えた。

『あなたは、私がおきらいなのね』と、オルガは、昂然と頭をそりかえらせながら、しっかりした口調でいった。『私は、とうにそう感じていました』

ヴラジーミルは、短い、嗄れた、はてしもなく悲しげな笑い声をたてた。『それでは、真実をそっくりお話ししましょう』と、彼は、うってかわって激した辛辣な口調で叫んだ。『私は、世界じゅうのありとあらゆる女よりも、あなたにたいして、より多くのことを感じていますよ』

オルガは、驚いて彼をみつめた。心臓は高鳴って、喉のところまで迫ってくるようだった。血が響きをたてて、耳のなかにまではいりこんできた。

『私は、あなたを愛することだってできるでしょう――』と、彼は、ややおちついた調子で、眼差しに苦痛にみちた諦念をたたえながらいった。

『それなら、あなたも私を愛してください！』と、オルガは叫んだ。

『いいや』と、彼は小声でいった。『それに先だって、何よりも敬意がなければいけません』

彼女は身動きした。

『お願いですから、誤解しないでください』と、彼は話しつづけた。『あなたを傷つけるつもりはないのです。ただあなたに説明しようと思っているだけです――獣とおなじように、人間を結びつけるのは、所詮は自然の衝動にすぎません。しかし、それは、選択なき衝動ではないのです30。それは、もちろんわれわれ自身ではなくて、われわれの種全体の問題であり、われわれの快楽ではなくて、新しい生命の問題なのです。というのは、一日一日が創造の日なのですから。男と女は、一方が他方をもとめ、自分に欠けているがゆえにきわめて敬意をはらい、あるいは愛しもする、そうした属性をもとめるのです。そして、この選択は、そこに理性が関与することが多くなればなるほどに、いよいよ意識的になり、いよいよ利己的になっていきます。そういうわけで、真の愛は、たしかに自然の強大な衝動から、磁力のようにたがいをひきよせる本能から、生じるにちがいないのですが、しかし、それが持続するのは、本質と属性の相互のまったき敬意によって可能になるのです。もし私の我田引水が過ぎるということなら、笑ってくださっていいですよ！』

『笑ったりしません』と、オルガは、暗い顔をしていった。『それであなたは、私にたいしてその敬意とやらをお持ちでない――』

『そのまったき敬意というのは、もちあわせていませんね』と、ヴラジーミルは、彼女の言葉をさえぎった。『つまり、私がひとりの女に心と命をささげようと思うときに、もとめるような敬意となるとね』

『あなたは、私を軽蔑してらっしゃる！』と、オルガは、腹をたてていったものよ。そして、彼女のこめかみは脈打ちはじめたわ。

『いいえ、ただあなたのことを残念に思っているのです』と、ヴラジーミルは答えた。『私は、あなたに心から同情しています。しばしばあなたのことを考えていて、できればあなたを救ってあげたいのです』

『どうしてあなたは、私を軽蔑するの？』と、彼女は、青ざめた唇をふるわせながら叫んだ。

『だいたいあなたに、そんな権利はありません。私は、あなたから軽蔑されたくはありませんわ』

『いったいあなたが、私のどこに関心があるのですか』と、ヴラジーミルは、苦々しげにいった。

『だれもかれもが服従している、そのあなたが？』

『どうしてあなたは、私を軽蔑するの？』と、オルガは、心の奥底から叫んだわ。『いってください。私は、それを聞きたいのです』そういうと同時に、彼女は、どこか荒々しい仕草で、足を激しく彼の椅子のうえにおいた。そして、彼女の眼は、憎悪と殺意にみちてきらめいた。

『よろしい。それならお聞きなさい』と、ヴラジーミルは、氷のようにひややかにいった。『あなたは、たぐいまれな美しさと、強い精神と、やわらかい、繊細な心をそなえた女性です。どんなにすぐれた男でも、自分の奴隷にしてしまうように生まれついた女性なのです。あなたは、そのことに満足ですか？　いいや、ちがうでしょう！　あなたは、毎日、あらたな勝利を祝いたい、毎夜、さわやかなミルテの花を散り敷いた床で休みたいと、そう思っている。あなたの虚栄心はあくことを知らない。それは、まるでハゲタカのようにあなたの心臓を喰いちぎっている。だけど、そのあわれな小さい心臓は、ティテュオスの心臓のように、あとからまた生えてくることはない[31]。それでつまるところは、生きることへの嫌悪、人間にたいする憎悪、そして、自己にたいする軽侮、という次第なのです』

オルガは、呻き声をあげた。それから彼女は、両手で髪をかきむしり、歯ぎしりをしながら、大声で泣きはじめた。彼女が両腕をあげたとき、毛皮の前がはだけた。そして、彼女は、怒りで波打つ胸もあらわに、もえたつような眼をして、黒髪もざんばらに、マイナス[32]のように猛り狂って、彼を見下ろすように立っていたわ。

ヴラジーミルは立ちあがった。

彼女は、苦痛にみちた叫び声を発すると、にぎりしめた両の拳をふりあげた。――

彼は、ただ額に皺をよせただけだった。そして、彼女をみつめた。彼女の手がおのずからふりおろされると、彼女は、頭を胸にうずめたの。

はやつぎの瞬間に、彼は立ち去っていたわ。そして、彼女は、絨毯のうえに横たわって、むせび泣いた。――

それから数日が、数週間が、ひと月が、過ぎていった。

ヴラジーミルは来なかった。

彼は、彼女の夫も避けていた。

オルガはひどく苦しんでいるわ。彼が彼女を愛していることを、彼女は知っている。だけど、彼が彼女を軽蔑していることも、彼女にはわかっている。そして、彼女の情熱は、彼の愛にも憎しみにも、おなじようにもえあがるのよ。彼女は、手紙を書きはじめては、それをまた破って捨てるのくりかえし。彼のもとへ駆けつけるために、馬に鞍をおかせはするものの、馬を駆ることはしない。数時間も台所に立って、竈の火を凝視している。いままで知らなかったような感情が、彼女をおそうの。彼女は、ひたすら彼のことを考えている。彼女が夕暮れに窓辺に立っていると、彼の馬の蹄の音が、彼の足音が、彼の声が、いまにも聞こえてくるような気がする。彼女は、幾夜、また幾夜と、眠れぬまま床で寝返りをうっては、ようやく朝方になってまどろむのよ。

いまようやく彼女は、詩人たちの作品や音楽を理解するようになる。

もう暗くなっている。彼女は、ピアノのまえにすわって、『月光のソナタ』を弾きはじめる。そして、その調べとともに、涙が流れるの。彼女の夫は、そっと彼女の椅子のうしろにまわって、彼女を抱きよせる。彼は、何も問いかけたりはしない。そして、彼女はだまって、頭を彼の胸にもたせかけて、泣くばかりよ」――――

オルガの声は低くなって、ささやきかけるようだった。彼女は、恥じいるように、私に背をむけていた。彼女の魂はすべて、きよらかな、心のこもった愛にうちふるえていた。

「それはクリスマス・イヴのことだったわ」と、オルガは話をつづけた。「オルガは、夫と一緒に、橇でトゥラヴァ[33]から戻ってくるところだった。そこの司祭館に夫がいくつか書類を届けたあとで、ヴラジーミルのお屋敷のそばを通りかかったの。

夫が思いがけなく門の前で橇をとめさせたとき、オルガの全身を深い戦慄がはしったわ。『彼を乗せていこう。来なさい』と、ミハエルはいった。オルガは、身じろぎもしなかった。『おまえはいやなのか?』彼女はかぶりをふった。夫はなかへはいっていって、まもなくヴラジーミルと一緒に戻ってきた。彼は、うやうやしく挨拶をすると、彼らの橇に乗りこんできたわ。橇を走らせているあいだ、だれも一言も発しなかった。オルガは、ヴラジーミルのかたわらにすわって、身動きひとつしなかった。ただ一度だけ、彼が思わず彼女にふれたときには、彼女は縮みあがったわ。到着したとき、ヴラジーミルは、おなじみの屋敷をなんだか奇妙な微笑をうかべて眺めていた。

橇を降りる妻の手をとって、重い毛皮のコートを脱がせたあとで、ミハエルは、いかにも満足げに手をこすりあわせながら、こういったわ。『これはいまから、ふさわしいクリスマス・イヴになりそうだな。子供たちがどうするか、みてみよう』そういって、彼は出ていった。そうして、彼女を客間にヴラジーミルと二人きりにしたの。

オルガは、ものうげに安楽椅子に身を投げだして、煙草に火をつけた。突然、彼女は明るい声で笑いだした。『あなたが私をきらってる、私を軽蔑してるのは、それほど徹底してるということね』と、彼女はいった。『私とひとつ屋根の下にいられないくらいに』

『あなたは、私を理解しようという気がないのです』と、ヴラジーミルは冷たく言い放ったわ。

『ああ!』と、オルガは叫んだ。『あなたは、より深く感じるということができないのね。そうでなければ、私のことをもっと思いやりをもって判断するでしょうに』

このときばかりは、彼も顔面蒼白になったわ。『そうお考えですか?』と、彼はいった。『さあ、それでは私のいうことをもう一度、聞いてください。私はあなたを愛していますよ！』

オルガは、煙草を投げ捨てると、荒々しい大きな声で笑いだした。

『それに、あなたは私が愛する最初の女性なのです』と、彼は、おちついた声でつづけた。『あなたを愛しているものだから、私は苦しんでいるのです。そして、私が苦しんでいるのは、あなたを自分のものにできないからではありません。私が苦しんでいるのは、あなたを愛することが許されないからです。そんなにも壮麗な自然が、そんなにもいとわしい性格を与えたということに、私の心は張り裂けそうです』

オルガは、苦痛にたえかねるように体をうごかした。彼女の眼差しはおずおずと、かつ懇願するように、彼の視線にまとわりついていた。

『私をそんな眼でみないでください』と、彼は叫んだ。『私は、あなたを苦しめざるをえないのですから。私は、あなたに同情なんかしていません。ザヴァレのお大尽があなたのために、トゥラヴァの白樺の林のなかで撃ち倒した、あの若いボグダンに、あなたは同情しましたか？　あなたが狂わせたその脳髄を、ピストルの一撃で自分の部屋の壁にまきちらして果てた、デメトリウス・リトヴィンにたいして？　あなたはお子さんたちに、ご主人に、同情しましたか、あなたがザヴァズキの愛をうけいれたとき、それからあなたが伯爵の――』

『いつ私がそんなことをしました？』と、オルガは、驚愕して尋ねた。そうしながら、彼女は飛びあがり、両手を打ち合わせたわ。『だれがそんなことを、あなたにいいました？』

『世間ではみんなそういってますよ』と、ヴラジーミルは、嘲るようにいった。

『それなら世間のみんなが嘘をついているのです』と、オルガは、頭を昂然とあげながら、断固とした調子でいった。その頬も、その眼も、いまや確信にみちたように紅潮していた。『でも私は、真実を話しているのよ、ヴラジーミル。その流された血にたいして、私は無実です。血の一滴たりとも、私の頭上にかかってはきませんよ』

『無駄な努力をしないでくださいよ』と、彼は当惑して、言葉をかえした。『あなたのいうことは信じられません』

オルガは彼をみつめた、もえるような眼で、涙もなく、苦痛と愛をこめて。そして、それからゆっくりと、頭《こうべ》を垂れたまま、隣の部屋にはいっていったの。

『さあ、この手紙なら信じられるでしょう』と、彼女は声をかけて、ピンク色のリボンでくくってある包みを、書物机からいそいでとりだした。

ヴラジーミルは、彼女のあとにしたがった。『ご主人がいまにも戻ってきますよ』と、彼はせわしない調子でいった。

『主人に来てもらいましょう』と、オルガは、無実を誇るかのようにいいかえした。『私は、誹謗されたままにしておくわけにはいかない。あなたには、私の弁明を聞いてもらわなければいけない、それから私の人となりを判断なされればいいでしょう。ここにリトヴィンの手紙があります。彼が死ぬ二日前のものです。愛の苦しみから自殺するような人間が、こんな手紙を書きますか?』彼女は、蔑むようにその手紙を抛りなげてよこした。

ヴラジーミルは、手紙をひらいて、興奮したように大急ぎで眼をとおした。

『ここにボグダンの手紙があります。読んでください。それが、女がらみのことで決闘をして斃されるような、そんな愛人の手紙ですか？　リトヴィンがピストル自殺をとげたのは、財産よりも借入金がうわまわったからで、ボグダンがザヴァレのお大尽と決闘したのは、カルタ遊びの際の口論のせいです。ここに、私の崇拝者だといわれている、ザヴァズキとムニシェク伯爵と、その他もろもろの人たちの手紙があります。女から寵愛をうけた殿方たちが、こんな手紙を書くでしょうか？　私は正直にいいます、私は媚びをうる女で、虚栄心が強くて、支配欲が旺盛で、残酷です。だけど、私は性悪女でもなく、極悪非道でもありません。殿方たちが私を慕ってくるものだから、ご婦人方が私を中傷して、ありとあらゆる罪を私になすりつけてくるのです。私は過ちを犯しました。だけど、あなたが思うほどではありません。私は、夫にたいする貞節を一度たりとも傷つけることはありませんでした。誓ってそう断言することができます』

彼女は、ベッドのうえにかかっている木の十字架のほうに向きをかえた。しかし、そこで立ちどまった。

『そうよ！』と、彼女は叫んだ。『子供たちにかけても誓いましょう！　さあ、あなたはもうすべておわかりになったでしょう。いまこそ私を罵ってくださってけっこうですわ』

ヴラジーミルは、なおも手紙の文面を凝視していたわ。『私は、あなたに不当な仕打ちをしました』と、彼はいった。そういう声は、こころなしかふるえていた。『できることなら、許してください』――

彼は過ちを犯したあげくに、いま心をゆさぶられて、無防備のまま彼女のまえに立っていたわ。

『嘲笑ったりしないでくださいね』と、オルガは、その眼差しに内気で憂鬱そうな優しさをたたえながら答えた。『私に罪があるのです。自分でもそう感じています。私はだめになっていくことでしょう。私はまだ、あなたが考えていたような人間ではありませんが、それでも私は感じています、私がそうなりつつあるのだと。私は沈んでいくにちがいありません。だって私には、支えになるものが何もないのです。私は知りませんでした、男とは何か、男の愛とは何かということを。いま私は感じています、すべて大本は女の生のなかにある、と。そして、男の愛がなければ、私は破滅するにちがいありません、絶望し、そして、死んでいくでしょう。あなたは私を救うことができます、あなた一人だけが。もうあなたは、私を突き放したりしないでしょうね！』

ヴラジーミルは、片手を心臓のうえに、もう片手を額に、おしあてた。彼女はすすり泣きながら、彼の胸に身を投げだして、絶望の力で、両腕を彼の首にからめた。そして、ふだんは強くて毅然とした男も、泪《なみだ》しはじめた。そして、あわれな女を引きよせて、こらえきれずに彼女の唇に口づけをした。周囲は視野から消えうせて、彼らは、ただ自分たちの心臓が苦痛にみちた至福のうちにたがいに高鳴るのを感じるばかりだった。――

隣の部屋で足音がした。彼は彼女を離して、窓辺に歩みよった。オルガは、生きているというよりはむしろ死んだようになって、書物机によりかかったわ。夫がはいってきて、二人を刺すような眼でみたかと思うと、それからおもむろに、クリスマスの贈り物をおくテーブルの用意がととのったことを告げた。彼は何もいわなかった。しかし、彼は、その晩はずっと言葉少なで、不機嫌な態度で終始していた。それにひきかえオルガは、ワインのグラスをつぎからつぎへとかさねながら、すっかりうかれて、子供たちと一緒になってはしゃぎまわったわ。最後に彼らは、クリッペ[34]に灯をともすと、召使たちを呼んだの。すると彼らと一緒にコレンディ[35]の歌い手が二人、やってきた。一人は白い髭をたくわえた堂々とした老人で、もう一人はひょうきんな眼をした若者だった。二人は昔ながらのすてきなクリスマス・ソングを歌ったわ。あるときはもの悲しく諦念にみちて、あるときはまた情緒ゆたかにゆっくりと、あるいは思いきり羽目をはずした陽気さにあふれていたりしてね。ちょうど私たちの国民性そのままに。みんなも声をそろえて歌ったわ。

そして、みすぼらしい厩に横たわっていた、そして、私たちを死と罪から救うために来られたと、羊飼いたちが敬虔に挨拶をした、そのお方のことをみんなで歌ったとき、オルガは至福の涙で声をつまらせたの。そして、彼女はつつましく両手を膝において、心をささげた彼のほうをみつめていた。

翌朝、めざめたとき、オルガは、世界がいわば自分のまわりで変わってしまったことに気づいた。床にさしているわずかばかりの陽の光は、彼女に子供のような大きな喜びを与えてくれた。そして、庭や野原にひろがる雪も親しげに輝き、凍った白い土くれのうえを飛びはねている鴉たちも、みんなお化粧をしたかのように、光ってみえたわ。そして、彼女自身の心のなかには、ここちよい動揺があった。

クリスマスの二日目に、ミハエルは、隣接している農場の小ロシア人[36]の地主のところへでかけていった。そこには、多くの党の同志たちが会食に集合していたの。ヴラジーミルは、そのことを知っていた。

午後になって、もうすこし暮れかかっていたころに、彼の馬の鈴が中庭で鳴った。

オルガは、彼にむかって駆けだしたものの、突然、足をとめて、はずかしそうに眼をふせて、彼に手をさしだした。ヴラジーミルは、心をこめてその手をにぎると、身をふるわせている、愛する女を、彼女が彼を引きよせたことのある、あの小さい茶色のソファへと導いていったの。彼女が内気そうに優しくその頭を彼の肩にもたせかけたとき、ほとんど処女のような純潔さが、その全身に、立ち居振る舞いに、含まれていたわ。この瞬間に、彼女はもう何も考えていなかった。自分のことも、彼のことすらも。彼女は、彼の胸によりそって、それだけで幸福だった。

『私を待ってくれていましたか?』と、ヴラジーミルは、おずおずと口をきった。

彼女は、その姿勢をくずさないまま、かすかにうなずいた。それから不意に彼の腕をとって、それを自分の体のまわりにまわしたわ。

『何しに私が来たのか、あなたは思いうかべることができるでしょう?』と、彼はふたたび話しはじめた。

『そこで、いったい何を思いうかべなければいけませんの?』と、彼女は無邪気にいった。『私はあなたを愛していますもの。私は何も考えてはいません』

『あなたの良心は、あなたにこうはいわないですか、私たちがこんなになんの意志もなく、ただ成行きに流されているわけにはいかないよ、って?』と、彼はくぐもった声で尋ねた。

『あなたはご存じじゃありませんか、私には良心なんかないってことを』と、彼女は言葉をかえした。そして、いたずらっぽい微笑みが愛らしく、その口の端から顔全体にひろがった。

『私の頭は、またしても冷静になっています』と、ヴラジーミルは、真顔でつづけた。『私は、われわれの状況を率直に考えてみました。すべては、いまやあなたにかかっています。私がおじゃましたのは、たがいに話しあうため、将来のことをはっきりさせるためです』

『まだ何がありますの？』と、彼女は言葉をかえしたわ。『私は何よりもあなたを愛しています。それ以上のことを知りたいとも思いません』

『オルガ！』と、彼は、ほとんど驚いた様子で叫んだ。

『それで？』――彼女は立ちあがった――『一瞬の気の迷いに押し流されたのだ、私のことを愛してなんかいない、などとおっしゃるおつもり？』

『私は、これほどあなたを愛しているのです――あなたは知らないでしょう、私がどれほどあなたを愛しているのかを。あなたにわかるはずがありません』と、彼は、胸をうつ親密な口調で話したのよ。『そして、そのためにあなたの幸福をほんとうにのぞんでいるのです。このままでは、あなたは幸福になることはできません。私たちを身の丈をこえて高めてくれるこの愛が、あなたがかぎりない苦痛とともに沈みこんでいくのをこの眼でみたばかりの、あの卑猥さのなかへと、またあなたを突き落としていいのでしょうか？　これまであなたは幸福ではなかったにせよ、誠実で義務に忠実だった。そのあなたに罪を犯すように、うわべを偽るように、嘘をつくように教える、私がそんな男にならなければならないのでしょうか？　もしあなたが二つの顔をみせなければならない、一つは夫に、もう一つは恋人に、そして、どちらが嘘の顔なのか、結局、自分でもわからなくなるとしたら、どうしてあなたは、その胸のなかに安らかな心をいだいていられるというのでしょうか？　そんなことは、私はのぞみません。あなたが沈んでしまうことを、私はのぞまない。私は、あなたの心を清らかなものにしたい。このあわれな虚栄、虚飾から、あなたを引きあげたい。私はあなたを救いたい、あなたを堕落させたくはないのです。オルガ！　愛する、愛するオルガ！　そして、それから——私を信じてほしい——他のだれにもやすやすとできることが、私にはできないのだ。ああ！　私が君にいうことができないとは、私の妻になってくれ、と。結婚とは、われわれのもとでは秘蹟なのだ。夫の背後に隠れて、その妻を盗むことは、私にはほんとうにあさましく思える。それも君の夫に隠れて。私は彼のことが好きだ、そして、尊敬している。そうしたら、君を共有することなんかできるわけがない——私は諦めることはできる。しかし、愛する女が他の男の腕に抱かれているのを知りながら、君を私のものと呼ぶなんて、そんなことは私にはできない』

　オルガは、眼を大きく見開いて、彼のいうことに耳をかたむけていた。『それで、あなたはどうしたいの？　あなたのいうことがわからないわ。だって、彼は私の夫なんだし、私にたいして、彼の神聖な権利をもっているのよ——』

『その権利が神聖なものなら』と、ヴラジーミルは、きびしくいいかえした。『それなら、われわれはそれを侵害しないでおこう。私は断じてしないよ』

『ヴラジーミル！』

　オルガは、彼の名前を、ほとんど苦痛であるかのように胸の奥から発したのだった。そして、彼の首にすがりついた。『私はどうすればいいの？　いってよ！　私は、あなたがのぞむことはなんでもするから』

『私がのぞむのは、ただわれわれが誠実でありつづけるということだけだよ、オルガ』と、彼は答えたわ。『そして、正直にふるまうことだ。君は私を愛しているのか？』

オルガは、その湿った熱い唇を、情熱をこめて彼の唇におしつけた。『いまこそ、ようやくわかったわ、ひとが愛するときには、どうなるのかを』と、彼女はささやいた。『私は、もうあなたなしでは生きられない、あなたの眼、あなたの声なしでは。私に口づけしてちょうだい』

『そういうことじゃない』と、彼は、そっと体を引きはなしながらいった。『私は、君について何よりも真実をのぞんでいるんだ』彼は立ちあがって、部屋のなかを歩いていったわ。

『私の人生が君の人生にかかっているように』と、彼はつづけた。『君の人生も私の人生にかかっているとすれば、それなら公に君の夫と離婚してほしい、本気で、世間の人たちの眼の前で』

オルガは縮みあがったわ。『そんなことはできないわ』と、彼女はくちごもった。『ああ！　かわいそうな子供たち！　それからミハエルも！——夫がどれほど私を愛してることか。——そして、世間の人たちは、それにたいしてどういうでしょう？——私の貞操がもう答をだしているわ』

ヴラジーミルは、彼女のほうに歩みよって、彼女をやさしく抱きよせた。

『私は、何も強制しないよ』と、彼はおだやかな口調でいった。『私にしたがうように要求したりはしない。しかし、そういうことなら、君は自分の義務にしたがって、私にたいするこうした感情を押し殺さなければならないな——』

『ヴラジーミル！』と、彼女は、驚きのあまりに体をこわばらせ、青ざめて叫んだ。『あなたは私を棄てるつもりね！』

彼女は、彼のまえに身を投げだすと、絶望して泣きくずれながら、頭を彼の膝におしあてたわ。『私を棄てないで！　お願いだから、私を棄てないでください。あなたがいなければ、私は不幸になるわ。死んでしまうわ——私はあなたから離れない！』

ヴラジーミルは、彼女を助けおこそうとした。だけど、彼女は、いよいよ強く彼にからみつくばかりで、彼の足元に涙をおとしつづけたわ。

『私は、君をいつまでも愛しているだろうさ』と、彼は憂鬱そうにいった。『君だけを、ほかのだれでもなく。私は、毎日にでも、君のもとへやってくるつもりだよ。君は、私をとおして、詩人たちの作品を知るがいい、太古の歴史を、花々や獣たちを、星々のことを。私は、君の子供たちと夫を好きになるようにつとめよう』彼は、彼女を引きよせて、やさしくその髪の分け目に口づけをした。

『あなたが私を彼にゆだねることができるというなら、あなたは、私を愛していないということだわ』と、オルガは呟いた。

『そして、君が僕の愛人でありながら、彼の妻にとどまるとしたら、この僕は、君を彼にゆだねていないことになるのかな？』と、ヴラジーミルは、辛辣な口調でいった。

オルガはだまってしまった。

『われわれは諦めなければならないよ』と、彼はふたたび話しはじめた。

『私にはできない！』

『君は、それができなければいけないよ。私は、君が壊れてしまうのを見過ごしたりはしない』

と、彼は小声でいった。『君はもうわかっているだろう、何がなければ生きていけないのか、何がなくても生きていけるのかを』

『私には、あなたをそっくり自分のものにしなければいけないということのほかには、何もわからないわ』と、オルガは絶叫したわ。

『おちつきなさい』と、彼はきびしい口調でいった。『もう失礼しなければ』

『ヴラジーミル！』

『もう行かなければいけない。時間をあげるから、自分のことを考えてみなさい、そして、決心がついたら、手紙を書いて。そうすれば、気持ちが楽になるだろう。そうしたら、私はまたやってくるさ、いままでとおなじように、おちついて、心優しく、恨むこともなく、そして——希望もなく』

彼は、彼女に手をさしだした。

『あなたはただ行ってしまうばかりで、私に口づけもしないの？』と、オルガは叫んで、腕を彼にからませると、彼の唇を強く吸ったので、彼女が彼を離したとき、唇に血がにじむほどだった。『さあ、行って』と、彼女は短くいうと、解けたお下げ髪を結びなおした。『行って！——ああ！——あなたは行くことなんてできないわ——だって、あなたはほんとうは弱い人なんだから！』

『ほんとうにそうだ』と、ヴラジーミルはくちごもった。彼は、腕で彼女を激しく抱きかかえた。そして、涙が眼にあふれでた。『だから、行くんだよ』彼は彼女を離すと、急ぎ足で立ち去った。

橇のなかで、彼はいま一度、ふりかえった。彼女は、正面外階段に立って、ハンカチをふって合図をした。――――

オルガは、つぎの日、またつぎの数日と、むなしく彼が来るのを待っていた。大晦日の夕べになって、彼が姿をみせないはずはなかったのだが、それでも彼は、やはりあらわれなかった。年が明けてから、ひとりの召使が彼の年賀のカードをもってやってきた。

オルガは、自分の部屋に閉じこもって、鬱々と考えこんでいた。しかし、彼女には、なんの決心もつかなかった。生のありとあらゆる無意味な事どもが、疑いが、苦しみが、彼女の心におそいかかってきた。

彼女は、自分がどうしようと思っているのか、無駄に自問してみる。彼女は、考えることをやめる。彼女は、大波に引きさらわれるままになる。彼女の眼前には、ほのかに明けそめる大きな幸福のほかに、もはや何も存在しないの。

つぎの日の朝、素足にスリッパをはいて、いそいで書物机にむかっていく。自分が何を書きはじめることやら、彼女はわかっていない。ただ彼に来させなければいけない。彼女は、憧れの熱にうかされて、もう死にそうだ。そして、コサック人の下男は、いそいで馬にまたがる破目になる。しかし、彼は、なんの返事も託されずに戻ってくる。そして、ヴラジーミルはやはり来ない。

彼は、書斎の窓辺にいて、あちこちから麻くずがはみだした、色あせた肘掛椅子にすわっている。そのまえには、もの悲しく沈黙した冬の風景がひろがっているわ。そして、彼は、自分のバイブルと呼んでいる、一冊の本を読んでいる。そこから彼は、しばしば慰めと励ましをくみとったものだった。それはゲーテの『ファウスト』だった。彼には、この本ほどに好ましいものは、自国語の本のなかで一冊もないのだ。

おまえはただいっぽうの楽欲《ぎょうよく》しか意識しておらぬ、
ああ、いまひとつの楽欲《ぎょうよく》はけっして知らぬがよい、
二つの魂が、ああ！　この胸に棲まっておるわ[37]——

この最後の行の意味することを、彼は、今日、はじめて理解するのよ。もう夕暮れがせまっている。彼は、背もたれによりかかって、眼を閉じる。すると、くりかえし心の琴線にふれていくものがある。

かすかな物音がする。ビロードの足のように、忍びよってくるものがある。猫だろう。彼は身動きしようともしない。——

そのとき、彼の頭上で、なかばおさえた歌うような笑い声がする。彼が驚いてふりむくと、オルガが彼のまえに立っていて、大きな重い毛皮のコートをぬぐと、彼のうえに投げかけるの。彼がそのコートのなかからぬけだすまえに、彼女は、もう彼の膝のうえにすわって、彼に抱きつくと、彼に口づけをあびせかけている。

『ああ、なんてことを！　あなたは何をするんですか？　いったいどんな危険に身をさらすつもりですか？』と、ヴラジーミルは驚いて叫んだわ。『立ちなさい、あなたは出ていかなければいけない、すぐに！』

『私はこの場をうごかないわ』と、オルガはくちごもっていった。『私は何もこわくない、私はあなたのそばにいるのよ』そして、彼女は、彼をますます強く腕に抱きしめると、誇らしげに頭を彼の膝においた。

『オルガ、愛するオルガ、私は、あなたのことが不安で、もう死にそうだ。お願いだから、私から離れなさい！』と、ヴラジーミルは懇願したものよ。

『あなたは、私から離れていったわ』と、彼女は答えた。『私は、あなたから離れない。私は夜になるまでとどまるの。そして、毎日だって来るわよ』

『ああ、なんてことを。だめだよ！』と、彼は絶叫したわ。

『でも、私は来るわ』と、彼女は断固とした調子でいった。

彼は、彼女の意図をはかろうとするかのように、長いあいだ彼女をみつめていた。彼は、彼女のことがもうわからなくなっていた。これが、まだあの内気で、恥ずかしがり屋で、自分の意志というものをもっていなかった女なのだろうか？

彼の頭は、かっかともえはじめたわ。

『君は、私の運命について決断をくだしたのか』と、彼は、動揺した様子で話しはじめた。『いってくれ』

オルガは、身じろぎひとつしなかった。

『いってくれ、お願いだから。いってくれよ』

彼女は、彼の膝がふるえているのを感じとっていた。

『私は、あなたと私の子供たちと、どちらかを選択するということはできないわ』と、あえて彼のほうを見遣ることをしないで答えた。『私を苦しめないで。私があなたに与えるものを、私にも与えてちょうだい、愛を。そして、それ以上は何も訊かないで』

『私がそうせざるをえないのは、君のためだよ、オルガ、愛する、大事なオルガ、答えてくれ！』と、ヴラジーミルは、ほんとうに心からの不安にかられて懇願した。

『私は答えたくない』と、彼女はいった。

『君の、君の幸福の、君の良心の、君の魂の平安の問題なんだよ』と、彼はつづけた。

『あなたの問題でしょう』と、彼女はいきりたって叫んだ。『あなたの我欲の、あなたのふくれあがった名誉心の、あなたの後生大事な原理原則の！　私があなたにすべてを与えるというのに、そのあなたは、なんの犠牲もはらうことができないというの？』

ヴラジーミルは飛びあがった。オルガのクロテンの毛皮のコートは、彼のそばから床のうえにすべり落ちた。彼女も立ちあがって、椅子の高い背もたれによりかかったまま、愛する男が、いいようのない重い苦しみに行きつ戻りつしているのを眺めていた。

『私がここにきたのは、私があなたのためにすべてを賭けることができるということを、あなたに証明してみせるためよ』と、彼女は、断固とした強い口調でつづけた。『ただ私だけのものを、私の名誉、私の夫、私の子供たち、私自身をよ。さあ、私を突き放してごらんなさい、そうしてみてよ！』

『そんなことをするつもりはない』と、ヴラジーミルはどもりながらいったわ。

『それじゃ、あなたはいったいどうするつもりなの?』と、オルガは、彼に近づきながら尋ねた。

『私はあなたのものになろうというのよ、あなたの妻に』

『君は、別の男の妻じゃないのか?』と、ヴラジーミルは、冷たくそっけなくいった。オルガを、その都度、心の奥深くまで震撼させた、あの悪魔のような、人知をこえたような嘲笑の色が、彼の眼のなかにひらめいたわ。

このときばかりは、彼女は、彼の視線を軽蔑するように、半眼に閉じた瞼で受けとめた。そして、それから無頓着な口調でいった。『私の毛皮のコートをよこしてちょうだい。私はもう帰るわ』

ヴラジーミルはだまったまま、クロテンのコートを彼女の肩にかけた。

彼女は、二、三歩、戸口のほうへ歩きかけて、それから立ちどまった。

この瞬間、それほどにも確固として自由に、彼女のまえに立っている彼にたいして、何か憎しみにも似た、悪霊にとり憑かれたような暴力が、彼女をとらえたの。

彼を苦しめて、そうして、このうえもなく幸福にしてみせることができるようになろう。彼は、彼女の眼の前で絶えいるばかりのありさまにならなければいけない、彼女の眼のまえでふるえおののかなければいけないのだ。彼が彼女を所有しようとしないことが、彼女には耐えられない。彼の情熱がすべてを、彼の熟慮を、彼のモラルを、呑みこんでしまわないかぎりは、彼は彼女を愛しはしない、彼女の誇り高い、虚栄心にみちた心がもとめるように、愛しはしないのだ。だれも彼女を相手どって争うことができない財産のように、彼をそっくりわがものにするためには、自分が彼に身をささげなければならないことを、彼女は感じとっている。

彼女は、足を踏みならして、それから短く、しわがれた声でいうのよ、『私は帰らないわ』と。その唇のまわりに、意地の悪い微笑をうかべると、彼女は、肘掛椅子に腰をおろして、毛皮のコートが床に落ちるにまかせるの。

『許してくれ』とヴラジーミルは、口をきっていう。『私は君を傷つけた。申しわけない、ほんとうに申しわけないと思う。聞いているかい、オルガ、愛するオルガ。どうか話してくれ。もう私の確信を知っているだろう。君は私を愛している。君は私から離れられない。私は、そのことをいまこそみずからわかっている。君なしで、自分がどのようにしてこの先、生きていけばいいのか、自分でもわからないくらいだ。お願いだから、私のために決断してほしい。家内の平安など、もう失われてしまっているような家を出て、私のものに、すっかり私のものに、なってほしい。そうすれば、生の荒波に抗して、君をこの腕に抱いていくよ。君に仕えて、君を守って、ただ君のために生きるつもりだ』

『私があなたのものに、すっかりあなたのものに、なるつもりがないとすれば？』と、彼女は、眼を大きく、静かに見開いて、彼を見遣りながら、狂おしい情熱をこめて叫んだわ。

ヴラジーミルは、首をふり、古い、すりきれた寝椅子に腰をおろして、顔を伏せた。

『あなたは疑ってるの？』と、彼女は叫んだ。『それでは、あなたは私を説得することはできないわ。だけど、私はあなたを説得することができるわよ』

彼女の顔に、どこかやわらかな赤みがさした。彼女は、すばやく戸口のところへ行くと、ドアを閉めて、それから彼のまえに身を投げだした。

『オルガ、君はどうするつもりなんだ?』

『いらっしゃい! あなたはふるえてるわね。私のところへ来てちょうだい』彼女は、彼のそばにそっと腰をおろしたわ。『私をおそれないでね』

『現におそれているよ』と、彼は、熱にうかされたように言葉をかえした。『私をかわいそうだと思って、行ってくれ!』

『私は、あなたをかわいそうだと思っているわ、だからこそ、ここにとどまるのよ』と、彼女は笑いながら答えた。『そう、あなたの負けね』

彼女の瞳孔はひろがって、鼻翼はふるえていた。そして、やさしく彼に寄りそって、彼に口づけしはじめながら、彼女は、歯を剝き出しにした。さながらいとも優雅な肉食獣が、いまやその残酷さを心おきなく発揮するかのように。

『君は、その口づけで私を窒息させる』と、ヴラジーミルは、くちごもった。『私の魂は、君の手にかかると、まるで蠟のようだ』

美しい悪魔は、しかし、彼の魂だけでは満足しなかった。『あなたは、分別も失うのよ』と、彼女はささやいた。『そうしたら、私たちはおなじになれるわよ!』

そして、彼女は、ぬれてもえるような唇で、ふたたび彼に口づけをした。それは、彼を狂おしくかりたてて、あげくのはてに彼は、彼女を激しく引きよせて、思わず両手で彼女のざんばらになった、湿った髪の毛をかきむしったの。

『私のほうをみないで』と、彼女はくちごもった。——

そして、ようやく二人のあらゆる疑い、苦しみ、辱めが、いちどきに消えうせる、その瞬間がやってきた。彼女が愛した彼は、彼女のものになって、彼女によって満たされないものは、彼のなかに血の一滴たりとも存在しなかったわ！

そして、彼がすっかりぐったりとしたさまで、彼女の胸に安らいだあと、くずおれて、彼女のまえにひざまずき、彼女に愛慕の思いをささげたとき、彼女は、短く高笑いの声を発して、かちどきをあげたものよ。

『いいこと』と、彼女は呟くようにいった。『あなたは私を蔑ろにした、私を突き放したわ。それでいまは、私の足元に横たわっている。そして、私がそうしようと思いさえすれば――』

『私は君を辱めた、君を傷つけた』と、彼は、夢みごこちで声をおとしていったわ。『もう私を踏みにじってもいいよ』

『まあ、ちっぽけなお人よしだこと！』と、彼女は、いたずらっぽい口調でいった。『私がそんなことをして、いったい何になるのよ？　よく考えてみてよ』

『もし私がなおもものを考えることができるとすれば』と、彼は答えた。穏やかな悲しみが、その人となりと身のこなしにあふれていた。『ただひとつの途方もない感覚が、すべて他のものを呑みこんでいくのだ。私は君に、生の全体についての、私のもっともよい思想を、感覚を、原理をさずけたものだった。そして、君はいまそれを、まるでたんぽぽのふるえる綿毛のように、戯れに空中に吹きとばしてしまう。いまどうすればいいのか、私は君に尋ねたりはしないよ。私は君のものでありたい、なんの意志もない君の財産、君の奴隷でありたいと思うほかに、何もわからない』

彼女は何も答えなかった。彼女の心は静かだった。彼女はいまこそ知っていたの、愛とは何か、幸福とは何か、ということを。——

オルガは、結婚した直後に、かつての乳母に小さな小作地を与えていた。それは、横手にある繁みのなかに隠れた、とるにたりない分農場だった。

奉公の思いの強い忠実な老婆に、彼女は心のなかを打ち明けたの。そして、愛しあう二人は、この小さな部屋で密会をするようになった。オルガは、ひそかにその小部屋を、文字どおり贅をつくしてしつらえたのよ。

ヴラジーミルは、彼女にすべてしたがうばかりだった。

二人は、至福の海にただよっていた。彼女の心の奥底にあって、そこから世界のすべてを光と輝きで満たしてくれる、そうした感情によって、あらゆる苦痛、あらゆる不興は、オルガの生から消えうせたわ。そして、彼女は、かぎりない幸福のさなかに、突然、ある深い不安にとらわれていたの。それは、愛する彼の心の奥底までもゆさぶるような、少女のような恥じらいだった。ヴラジーミルが彼女の衣裳にふれるたびに、彼女はふるえおののいていたわ。

当時、それは、この第二の声がオルガの内部で語りはじめた時期だった。彼女の内部で、いまひとつの魂をめざめさせたのは、ヴラジーミルの人並はずれた眼光だった。

ある嵐の日に、それがおこったのよ。灯りが消えて、ただ赤い稲妻が、外から部屋を明るく照らしだすばかりだった。そして、オルガは、寝とぼけて彼の胸に寄りそっていた。そして、突然、幻があらわれたの。そして、彼女は、ヴラジーミルに話しかけた。

彼は、最初は彼女のいうことが理解できなかった。そして、彼女の腕をつかんでゆさぶると、彼女の名前を呼んだの。それでも彼女はめざめなかった。そのとき、彼の心を、何かいいようのない恐怖がおそったわ。そして、彼は、なかば好奇心から、なかば不安から、オルガの語る言葉に耳をかたむけた。そして、そうこうするうちに、雲が流れていって、雷鳴はもう遠くでとどろいているばかりだった。そして、オルガは、満月の光につつまれて、さながら変容したかのように横たわっていた。

そこでヴラジーミルは、意を決して彼女に問いかけはじめた。こう尋ねたの、『神は存在するのだろうか?』と。

『私は、神については何も知らないわ』と、オルガはいった。

『それでは、死後の生は存在するのだろうか?』

『いいえ!』と、オルガは答えた。

そのとき、彼の血管のなかで血が凍りついた。そして、彼の心臓がとまるようだった。

オルガはそれをみて、こう話したわ。『彼女は、この地上の領域を超えたところにあるものは、何ひとつみることができないの。人間が死んだあと、どうなるのか、彼女には何もみえないわ。だけど、彼女はお墓がひどくこわいのよ、虫たちに喰われて、冷たい土のなかに横たわっていることが。彼女は、むしろ青天井の下で横たわっていたい。だけど、そうしたらこんどは鴉たちがやってきて、彼女の体をさんざ啄むでしょうね。だから、ヴラジーミルは彼女に約束しなくちゃいけないわ、彼女が死んだら、亡骸をどこか納骨堂におさめる、と』

彼はそう約束した。

まもなく彼は、オルガの第二の魂に慣れ親しんできた。そして、すすんで彼女の声に耳をかたむけるようになった。そして、このいまひとつの魂も、彼のことを愛していたのよ。だけど、オルガは、彼のためなら命をも捧げたことでしょう。それほど、ヴラジーミルとともにする時間は、彼女にとって至福の夢のように過ぎていったのよ。

もうオルガは、社交をきらうようになった。そして、それが人目につかないように、ただそれだけのために、まだときおり人たちのあいだに姿をみせていた。

ヴラジーミルは、しばしば彼女の屋敷にやってきて、泊っていくこともまれではなかった。そんなときには、彼は、ここで、この部屋で、このベッドで眠ったの。そして、オルガは――」

彼女は言いよどんだ。

いまや私は、すべてを理解した。

「そして、ヴラジーミルは、そんなにもよくしてくれたわ」と、オルガは語りつづけた。「彼は、その都度、書物をもってきて、オルガに朗読して聞かせた。そして、彼女の子供たちにも、まるで天使のように辛抱強く教えてくれたわ。

春になって、彼は、オルガと一緒に庭園の手入れをした。それからは、彼らが二人して植えなかったような花もなければ、彼らがみずから育てなかったようなキャベツや大根が、食卓にのぼることもなくなった。そして、蜜蜂は、まるで馴れたカナリアのようにオルガの手にとまって、彼女の髪のなかを這いずりまわったわ。彼女は、いまや庭じゅうのありとあらゆる巣を、古い梨の木のなかにひそんでいるウグイスを、小さなマヒワを、サヨナキドリを、すべて知っていた。というのも、ヴラジーミルが彼女に教えてくれたからよ。そして、ときおり彼女は、親鳥たちがあちらこちらと飛びまわって、和毛《にこげ》におおわれた雛たちに餌をやっているのを眺めていたわ。

夏になると、彼らは、野辺を渡っていった。それから、満天の星々をあおぎみながら、森の縁やテラスに腰をおろしていた。そして、ヴラジーミルは、さまざまな詩人たちのすばらしい詩句を、彼女にむかって暗誦してみせた。それらの詩行は、ただただ彼の唇から流れてきたのよ。

オルガは、またたいそう熱心に、風景や場面を自然のままに描くようになった。そして、彼女が何かを思いつき、ヴラジーミルがそれを眺めながら、それに満足していることを、彼が眼を輝かせるその様子からみてとるたびに、彼女にとってそれに匹敵する幸福は、この地上に存在しなかった。

刈入れがすんだあと、彼らは、一緒になってカルパチア山中を動きまわった。彼らの道案内をするフツル人[38]の男とならんで、ミハエルが先に馬を走らせるいっぽうで、ヴラジーミルがオルガの馬の手綱をとって導いていったの。彼らは、チョルノホラ[39]にのぼり、山頂に立って、底知れぬ、深い、黒ずんだ湖を見下ろした。そして、山のもっとも高い円頂から、はてしもなく広がっている郷土の平野を眺めた。

そして、冬の到来が彼らをふたたび小さな暖かい家のなかに閉じこめるとともに、彼らの愛は、古い灰色の壁をミルテや薔薇の花でおおいつくした。そして、ミューズの詩神たちは、その家の親しい薄闇を、光と旋律でみたしたのだった。

そのとき、夫は子供たちと一緒にソファに、ヴラジーミルは小さな茶色の安楽椅子の一つに、そして、オルガはピアノのまえに、それぞれすわっていた。彼女は、偉大なドイツの巨匠たちの名曲を弾くか、あるいは、ヴラジーミルとともに憂愁をはらんだ小ロシアの民謡を歌っていたわ。しばしば彼は、一冊の本をもってきて、その一節を朗読した。それから、彼らは一緒になって、『ファウスト』や『エグモント』や『ロミオとジュリエット』のいくつかの場面を読んだりしたの。そんなとき、彼がいつもファウスト、エグモント、ロメオの役を、彼女がグレートヒェン、クレールヒェン、ジュリエットの役[40]を、それぞれ演じたのだけれど、そのジュリエットは、じっと彼の眼を、彼の唇をみつめていたわ。

もう夜が明けるわ。あなたがいってしまうことを私がのぞみはしても、
どうか遠くへはいかないで。さながらいたずら娘がたわむれに、
小鳥をその手からのがしてみせるほどには。[41]

小さな池が凍りつくと、彼らは、陽あたりのいい午前中に、そこでスケートをした。そして、ヴラジーミルは、氷のうえにこのうえもなく奇妙な図形をえがいてみせることを、彼女に教えもした。彼らが滑るたびごとに、オルガは、彼女のクロテンの毛皮のコートを彼の膝のうえにかけて、まるで腰掛ででもあるかのように、彼の足のうえに自分の足をかさねるのだった。――
それでも彼女は、暗い、重苦しい時を過ごしてもいた。

ときとして深い後悔の念が、彼女をとらえることがあるの。そんなときには、彼女は、夫にすべ

てを告白して、その至福にみちた罪の償いをしようと思う。ときに彼女は、またしてもヴラジーミルと手に手をとって広い世界に飛びだして、彼の妻になりたいと思うの。だけど、それから子供たちと自分の名誉とが、彼女を引きとめるのよ。彼女は迷って、思い悩んで、自分自身を苦しめるばかり。だけど、彼女が彼の腕に抱かれて、彼の誠実な胸に安らっているときには、すべての疑いも、すべての悩みも、すべての思いも沈黙して、そんなときには彼女は、このうえなく幸福なのよ。だけど、そうじゃない。

ヴラジーミルはだまっているけど、彼女は、しばしば彼の陰鬱そうな額から、悲しげな自責の念を読みとっている。おれは自分を信頼してくれている友人を欺いている、おれは高めようと思った女を、汚辱と罪のなかに引きおろしてしまった、と。

彼女は、自分のほかにまったく別の存在をも苦しめている。

彼女が夫とうまくいっていないことを、ひとは気づくようになる。彼女に同情するひともいる。それでいて、彼女はこんなに狂おしいほどに幸福で、その幸福を誇らしく思ってもいる。彼女は、世間のみんなにむかって叫びたい、私は愛している、私は、あなたたちみんながほめそやす人に愛されている、私は、彼の誇り高い首筋に足をおいた最初の女なのだ、と。

彼女が秘密をもとめたのに、その彼女が秘密に耐えられない。彼女は、羨望の的になりたい、そして、彼女が引き立てることで神に仕立ててあげる、その彼となると、なおさらのことよ。

そのようにして、彼女自身が自分の愛を裏切ってしまうことになる。

ヴラジーミルをなんらかの仕方で目立たせることができる機会があれば、それがどんなものであれ、彼女にはのぞましいことなの。ただ彼だけが彼女の鐙をささえ、彼女が橇から降りるのを手助けし、毛皮のコートを脱がせることが許されるの。彼女は、彼をダンスの相手にえらび、彼に飲物をとってくるように頼み、彼女のグラスをみたして、彼女の皿の鶏肉を切り分けるように命じたりする。それから彼女は、一口分の肉をとると、もう一口分の肉を自分のフォークにのせて、彼にさしだしたり、あるいは、彼のグラスから飲んでは、自分のグラスを彼にまかせながら、爪先で彼の足をまさぐったりするの。彼女の眼は、いつも彼に釘づけになっているか、あるいは、彼がまだ姿をあらわしていないときには、戸口にむけられたままなのよ。そして、彼がはいってくるや、彼女は青ざめて、それからすぐに顔を紅潮させるの。彼のことが話題になると、彼女は、もう熱心に彼の味方をして、彼の性格について、彼の精神につて、熱狂的に語ったりする。それは、どんなに好人物でも、どんなに迂闊な人でも、注意をひかないはずはないわ。

ひとはひそひそ話や噂話をするようになって、あることないこと、下世話なお喋りがからみあったあげくに、ヴラジーミル・ポドレフが美しく誇り高い女主人の、そのもっともお気に入りの愛人であることを、もうだれも疑わなくなっている。

中途半端な情報が彼女の夫の耳にも届いて、彼は、けっこう長いこと妻にたいする疑念にあらがいはするものの、つまるところは猜疑心にとらわれて、彼女を監視しはじめるの。

そのようにして、一年が過ぎた。――

春がおだやかな薔薇色の光を投げかけて、その先触れになる白い花々を、正面外階段のうえに、そして、ひらかれた戸口をとおって、小さな広間にはこんでくる。そこでは、オルガが夫と愛人と一緒に、ささやかなお茶の卓をかこんでいる。

微風は、そんなにもふしぎにさわやかで、香気をただよわせていて、広々とした夕べの空には、数かぎりない星々がきらめいている。緑の野辺には、鶉の鳴き声がする。そして、心は、なんとも説明しがたい不安と憧れと、甘美な憂鬱と、そして、安らぐことのない幸福を感じている。

ランプのまわりには、緑色に光っている小さな羽虫がぶんぶん音をたてている。そして、白い蝶が、鈍く輝いているガラスの球をめぐって羽搏いているわ。ヴラジーミルは、シェイクスピアの一巻をひらいていて、オルガは彼の肩越しに眼をやって、彼と一緒に読んでいる。

『すべてこうした苦しみも』——と、ロメオがいう——
『いつの日か、私たちがもっと楽しくお喋りするときの語り草になるさ』
『ああ、神様』——と、ジュリエットが答える——『私は不幸を予感する心をもっているの。
私には思えてならないのよ、あなたが下のほうにいるのがみえると、
まるで死んで奥《おく》つ城《き》にいるかのよう、
この眼が欺いているのでなければ、あなたは青ざめて血の気も失せているわ』[42]

オルガは、心臓のあたりにふしぎな刺すような痛みをおぼえた。いいようのない不安が、そのとき彼女をとらえたの。そして、彼女はヴラジーミルのほうを見遣った。彼は、実際、ひどく青ざめ

てしまっていたわ。

『もうこの先は読めないわ』と、彼女はくちごもった。『心臓が張り裂けそう！』

『春の風だよ』と、夫がいった。『ドアを閉めよう』

オルガは、一瞬、正面外階段ののほうへ出ていったかと思うと、それから戻ってきて、カップにお茶をそそいでいる。彼女はいま、愛人と向かいあってすわっているの。

夫は、彼女をたえまなく観察している。そして、新聞を読むのに没頭しているようにみえながら、彼女がヴラジーミルと常ならぬ優しさで、たがいをみかわしていることに気づいている。それと同時に、彼女の足が彼の足にふれる。

『それはおれの足だよ』と、ミハエルは静かにいう。

オルガは縮みあがって、ふるえながらテーブルのうえに身をかがめるの。彼女は、夫がゆっくりと部屋を立ち去る瞬間に、ひどく顔をゆがめているのをみてとるのよ。

『君はわれわれを裏切ったね』と、ヴラジーミルが声をおとしていう。

『私は自分でもこわいの』と、彼女は呟くのよ。『それでは、あの人にはすべてを知ってもらいましょう。そうしたら、私はあなたのもの、すっかりあなたのもの、あなたの妻よ、ヴラジーミル』

彼は、感謝の思いをこめて彼女をみつめている。そして、唇を彼女の手にかさねていく。

『ああ！　どれだけあなたを愛していることか！――毎日、刻一刻、それは強くなっていくばかりよ。あなたはここにとどまってくださらなければいけないわ』と、彼女はつづけた。『おたがい二人で、こんなに多くのことを話しあわなければいけないのだから……』

『ただ今日はだめだよ』と、彼は驚いて、嘆願するようにいうの。『悪い予感がする。今日はぜったいにだめだ！』――

ミハエルは、部屋にはいってくるまえに咳払いをして、自分のティーカップをとると、頭痛を訴えた。『もう寝ることにしよう』と、彼はものうげにいった。

ヴラジーミルは、彼とオルガと握手をして、彼の部屋に引きとった。そして、そこで彼は服を着たまま、ベッドに体を投げだした。

夜半も過ぎたころになって、テラスで女性の衣裳がきぬずれの音をたてた。

ヴラジーミルは、窓辺に走りよった。あたりはふたたび静かになった。突然、オルガが深い影のなかから飛びだしてきて、彼を両手でとらえた。

『これがあなたのいう悪い予感だったのね』と、彼女は笑った。

ヴラジーミルは、何も答えずに、彼女が部屋のなかへはいるのを手助けして、疑り深く庭のほうへ眼をやると、それから窓を閉めた。

そうこうするうちに、オルガは腰をおちつけてしまっていた。

『私がこわいの?』と、彼女は、いたずらっぽく尋ねた。『あなたに、すべて原因があるのよ』そして、突然、彼女は、その白い腕をまるで罠のように、彼の首のまわりに投げかけて、彼を引きよせた。――

『暑いわ』と、彼女は、ややあっていった。『窓を開けてちょうだい』

ヴラジーミルはかぶりをふった。

『どういうつもりなのよ』と、彼女は、鈴をふるような明るい声で笑いながら叫んだ。『どうやら、あなたは夫を恐れているようね?』彼女は立ちあがって、窓を開けると、それからふたたび彼にもたれかかった。

『お願いだから、出ていってくれ』と、彼は、ふるえる声でいった。

『それはあなたの本心じゃないわね』と、彼女は答えた。

『もし君が私をほんのすこしでも愛しているなら、出ていってくれ、お願いだから』

オルガはただ首をふるばかりで、屈託なく彼の髪をもてあそんでいた。

そのとき彼は、窓のほうにむかって激しく身動きをした。彼女は驚いて、すばやく顔をそむけた。もう遅かった。

夫が彼らのまえに立っていた。

オルガはだまって、硬直したようにうしろによりかかった。他方で、ヴラジーミルは飛びだして、夫と彼女のあいだに割ってはいった。

『君が家内を守ってくれるにはおよばんよ』と、ミハエルはひややかにいった。『私は家内に何もしない。おまえの部屋に戻りなさい、オルガ、二言三言、われわれだけで話すことがある』

オルガは、彼女のほうを異様に輝いている眼でみつめているヴラジーミルに、長い、苦痛にみちた視線をむけると、ゆっくりとその部屋を離れて、自分の寝室に閉じこもった。そして、鈍重な、ものいわぬ苦痛とともに、ベッドに身体を投げだした。

しばらくしてから、彼女は、夫が自室に戻る物音を、それから馬の蹄の音を耳にした。それから、長いあいだすべて静かだった。

とうとう夫がしっかりした足どりで、廊下を歩いてきた。彼の青毛馬が中庭でいなないていた。さらに苦痛の数秒がすぎて、そして、彼は馬を駆って出ていった。

もう明け方だった。光が鈍く、ほの白くさしこんできた。

オルガは部屋を出た。

『だれもいないの？』と、彼女は叫んだ。

だれの声もしなかった。彼女は、正面外階段をのぼって、もう一度、呼んでみた。すると、コサック人の下男があくびをしながら、眠そうな、いまにもふさがりそうな眼をして、中庭から階段をのぼってきた。

『ヴラジーミルはどこ？』と、彼女は尋ねた。『それから主人はどこにいるの？』

『ご主人様は、手紙を何通かお書きになっておられましただ』と、コサック人の下男は、麦わらを噛みながら、どうでもいいような口調でいった。『そのあとお出かけになりました。それからヴラジーミル様は、もっとはようにお出かけでごぜえます』

彼女は、いまこそ知るのよ、二人が決闘するのだと。彼女は、よろめきながら自分の部屋に戻っていく。一歩ごとに膝がくずおれそうで、血管のなかで血も冷えていく。彼女は泣くこともできない。

彼女は、ベッドのうえにかかっている磔刑像のまえに身を投げだして、両手の拳で額をたたいている。彼女は、ヴラジーミルが彼女の夫を、子供たちの父親を、殺すことをのぞんでいる。彼女はひざまずき、そして、祈るのよ。――――とうとうだれかが早馬で道路を駆けのぼってきて、屋敷のまえで馬をとめている。

彼女は、頭を脇へかたむけて、不安もいっぱいで耳をすませている。全身が脈打って、彼女は、あえて身動きひとつしようとしない。

足音がする――――彼女は死にそうな思いでいる。

それは夫だ。

彼は、いま彼女のまえに立っている。

『やつは死んだよ』と、彼はいうの――その声はふるえている――『ここにおまえに宛てた手紙がある――名誉はもう十分に傷つけられた。おまえがそうしたければ、いますぐにでも家を出ていくがいい』――――

それ以上のことは、彼女にはもはや何も聞こえなかった。水のようなものが彼女の耳をふさいでしまっていた。そして、彼女は、その場にくずおれたわ。

彼女は、何がおこったのか、思いだせなかった。頭のなかは、ただおそろしく混乱してぼんやりとしていて、そして、心はただただ傷ついていた。

それから彼女は、その手紙をみつけて、じっとみつめた。そして、ゆっくりと思考が戻ってきた。だけど、彼女は、おのれの苦痛のなかで石と化したように、涙ひとつ出なかった。ほとんど無関心であるかのように、彼女は手紙をひらいて、そして、読んだの。

愛するひとへ！

君は私にすべてを、私の生を、私の幸福を、私の名誉を、与えてくれた。君のために、私は過ちを犯し、罪を犯し、よりよき信念がありうることを否認しさえした。私の所業が、重大な償いをもとめたのだ。

君がこの手紙を読むやいなや、それで私の運命は成就されている。私のために泣かないでくれ。君は、私の人生のまる一年を、愛と至福でみたしてくれた。一個のあわれな人間の全生涯に匹敵するほどに。君には感謝するほかはない。

幸せでいてほしい。そして、幸せになれないとしても、誠実であるように、そして、君の義務をはたしてください。

私が君の追憶のなかに生きることができるように。さようなら。

永久《とわ》に君の

ヴラジーミル

オルガは、だまって手紙をたたむと、立ちあがり、服を着替えて、持ち物の荷造りをはじめた。彼女は、この夫の家を、即刻、立ち去ろうと思ったの。

そのとき彼女は、廊下に子供たちの声がするのを耳にして、ドアをあけた。そして、子供たちが歓声をあげて彼女の首にまとわりついたとき、彼女は、むせび泣きながら彼らのまえにくずおれた。そして——スーツケースは、いつまでもひらいたままだった。——

ヴラジーミルの亡骸は、トゥラヴァの白樺の林のなかで発見されたわ。そこは、十マイル四方でもっとも静かな場所だった。この地区の田畑の管理人が――レオポルトもその人を知っているわね――再役兵なんだけど、林のなかを巡回しているときに、亡骸に行き当たったの。彼は、手にピストルをもったまま、胸を射抜かれて、仰向けに横たわっていた。彼のそばに一通の手紙がみつかったけど、それは、生死をかけて決闘する者なら、だれしも書くような手紙にすぎなかった。それで、彼がわれとわが身に手をくだしたことは、もう既定の事実になってしまったわ。そうして、彼は教会の墓地の塀の外に葬られたの――

それからあとにつづくのは、月並なこと、卑俗なことよ。だけど、それはつきものよね。オルガは、夫を心から憎んだものよ。それでも彼女は、彼のもとにとどまった。彼女は、心痛のあまりにほとんど気も狂わんばかりになって、悪霊にとり憑かれたような憎悪の思いが、しばしば彼女をとらえることがあった。彼女は、彼を殺そうとして、その彼がヴラジーミルを殺したピストルに弾をこめもした。そして――それでも彼女は、彼のもとにとどまった。というのも、彼女は、愛されないことに耐えられないからなの。そして、彼が彼女を愛していること、そして、彼女が彼のものでありながら、彼のものでない、そうしたおそろしい感情に苦しんでいることが、彼女にとってここちよいのよね。

生きることが彼女にとって、しばしばほんとうにつらくなるわ。

あのときから、彼女の顔には、およそ血の気のない蒼白の色がひろがっていた。心は病んで、そして、月明かりの夜になると、彼女はさまよい歩かなければならなくなるの、落ち着きもなく！」

——

彼女はだまりこんだ。

「もうレオポルトは、すべてわかったでしょう」と、それから彼女は、静かに、胸をうつような諦念をこめていった。「もう彼は、オルガのことを理解して、そして——このことはだまっていてくれるでしょうね」

私は、誓うように手をあげた。

「彼は、彼女を裏切らないわね。私はわかってるわ」と、彼女はいった。「おやすみなさい——鶏が二度、鳴いたわ[43]。東の空に、ミルクのような帯がかかっている。私はもう行かなくちゃ」

彼女は、そのみごとな手足をのばしながら、ゆっくりと歩いていった。そして、両手で髪をかきあげると、それは指のしたで軋むような音をたてて、火花を散らした。窓のなかで、彼女はいま一度、ふりむいて、口に指をあてた。

それからふと気づくと、彼女は消えてしまっていた。

私は、長いあいだ耳をすませていたが、やおら立ちあがると、窓辺に歩みよった。あたりいったいには、ふりそそぐ月の光の銀《しろがね》と、いま明けそめる夜の静寂《しじま》のほかには、何ひとつなかった。

朝になって、私が小さな食堂にはいっていくと、農場主が私に、一緒に朝餉をとるようにすすめてくれた。「そのあと、私が自分で道をお教えすることにしましょう」と、彼は愛想よくいった。

「奥様はどちらに?」と、私はためらいながら尋ねた。

「家内は具合がよくないもので」と、彼は、かなり投げやりな調子でいった。「偏頭痛がひどくて、とくに満月の夜にはね。何かいい薬をご存じではないですかな?　ある婆さんは酢漬けキュウリをすすめてくれたのですがね、どうお考えですか?」

ようやく森のむこうに出たときに、私たちは別れを告げた。

親しく招かれていたにもかかわらず、私は、彼のもとを訪れることを避けていた。そして、夜に、薄暗いポプラの木にかこまれた、あのもの寂しい屋敷のそばを通りかかるたびごとに、なおも憂愁をはらんだ戦慄が私をおそうのだった。

私は、オルガにもはや二度と会うことはなかった。しかし、私の夢のなかに、気品のある青ざめた顔と、閉じた眼と、しどけなく解けたゆたかな髪の、あの愛らしい姿が、なおもしばしばたちあらわれてくる。

毛皮のヴィーナス［決定版］1

私は、いとも愛すべき女性《にょしょう》とお近づきになっていた。

どっしりとしたルネッサンス様式の暖炉のそばに、ヴィーナスが対座していた。もっともそれは、マドモワゼル・クレオパトラのように、この名のもとに敵対する種族に戦いを挑むような、花柳界の淑女ではなくて、真の愛の女神だったのだが。

彼女は安楽椅子に腰をかけて、さきほどからぱちぱち爆ぜる熾火を煽りたてていたが、その照り返しは、白目を剝いた彼女の青ざめた顔をなめるように、赤々ともえあがって、彼女が暖をとろうとするたびに、ときおりその両の足にもおよぶのだった。

その石の眼には生気がうかがえないにもかかわらず、彼女の頭の形状はすばらしかったが、それはまた、私が彼女からみてとれるすべてのものでもあった。その気高い女性《にょしょう》は、その大理石の身に大きな毛皮をまとっていて、さながら猫のようにふるえながら、体をまるくしていた。

「私にはわかりかねますね、マダム」と、私は思わず叫んだ、「ほんとうにもう寒さは峠をこしましたよ、ここ二週間というもの、春たけなわといってもいい。あなたはどうやら、神経質でいらっしゃる」

「故国《おくに》の春に、謝意を表しておきましょう」と、彼女は、深くくぐもった石の声で答えて、すぐさま派手に、それもたてつづけに二度、くしゃみをした。「ほんとうにもう耐えられませんことよ、そうして、ようやく理解しはじめているところです――」

「何を、でしょうか、マダム？」

「私は信じがたいことを信じはじめ、とらえがたいことをとらえはじめています。私は、ゲルマンの婦徳とドイツの哲学をいちどきに理解しているところですわ。そして、あなたたち北方の殿方が愛することができない、それどころか、愛の何たるかを予感すらしておられない、そのことにもはや驚くこともなくなりました」

「よろしいですか、マダム」と、私はいきりたって言い返した。「実際のところ、あなたにそのようにいわれる筋合いはないはずですが」

「まあ、あなたというおひとは――」といって、その神々しい女性《にょしょう》は、三たびくしゃみをしたかと思うと、真似のできない優雅な仕草で肩をすくめてみせた。「それについては、私もいつもあなたに慈悲深かったはずですわ。それどころか、あなたのもとをこうしてときどき訪れているのですよ。もっともこれほど毛皮を着込んでいても、そのたびごとに風邪をひいてしまうのだけれど。私たちがはじめて出会ったときのことを、まだおぼえていらして？」

「どうして忘れることがありましょう」と、私はいった。「あなたは、あのときふさふさした栗色の巻き毛と栗色の眼と赤い唇をしておいででした。それでも私は、その顔立ちと大理石の青白い肌理《きめ》から、すぐにあなただとわかったものでした——あなたは、いつも銀灰色のシベリアリスの毛皮を縫いつけた、菫色のビロードの上着をまとっておられましたね」

「そうよ、あなたは、この衣裳がずいぶんお気に入りでしたわ。それにあなたは、なんと物覚えのよろしかったこと」

「あなたが愛の何たるかを教えてくださったのです。あなたの晴れやかな礼拝は、二世紀の時の隔たりを忘れさせてくれました」

「そして、私がとてもあなたに誠実だったこと！」

「さあて、誠実となると——」

「恩知らずなひと！」

「私は、あなたを非難しようとは思いませんよ。あなたはなるほど女神様ではいらっしゃる、しかし、所詮は女性ですからね。あらゆる女性と同様に、愛にかけては残酷なのです」

「あなたが残酷とおっしゃるのは」と、愛の女神は勢いこんで言葉を返した。「ほかでもない官能の、晴れやかな愛の要素であり、おのれが愛するところ、ひたすら夢中になり、気にいるものをすべて愛してしまうという、女の性《さが》のことなのね」

「愛する男にとって、愛する女の不実ほどに、手ひどい残酷がありえましょうか？」

「ああ！」——と、彼女は答えた——「私たち女は、愛しているかぎりは誠実ですわ。だけど、あなたたち殿方は、女から愛なき誠実さを、快楽なき献身をお求めになる。そのとき、どちらが残酷ですの、女か男か？　――あなたがた北方の殿方は、愛そのものをあまりに重大に、あまりに深刻にお受け取りになる。あなたがたは、ただ快楽について話せばいいところで、義務についてお話しになるのです」

「そのとおりです、マダム。われわれは、義務にたいしてきわめて尊い、徳の高い感覚と、たえざる関係を保っているのです」

「だけど、あからさまな異教精神にたいするこの永遠に活発な、永遠にみたされることのない渇望は」と、マダムは口をさしはさんだ。「このうえない歓び、神々しい晴朗さそのものであるところの愛は、あなたたち近代人には、あなたたち反省の子たちには、なんの役にもたたないのよね。それは、あなたたちに災厄をもたらします。あなたたちが自然であろうとのぞむやいなや、あなたたちは卑俗になってしまう。あなたたちにとっては、自然は何か敵意にみちたものと映るのでしょう。あなたたちは、私ども哄笑するギリシアの神々をデーモンに、私を悪魔に、仕立てあげておしまいになった。あなたたちにできることといえば、ただ私を悪魔祓いして、呪詛するか、あなたたち自身が私の祭壇のまえで、バッコスまがいの狂乱ぶりをくりひろげて、おのれみずからを生け贄として屠殺なさるか、といったところでしょうか。そして、あなたたちの一人がいつか勇気をふりしぼって、私の赤い唇に口づけなさったとして、その御仁は、それを償うために贖罪衣をまとって、裸足でローマへ巡礼なさって、枯れた杖から花が咲く[2]のを待つことになりますわ。それにひきかえ、私の足元では、刻一刻と薔薇が、菫が、ミルテが芽吹いているというのに、あなたたちには、その香りすら性にあわないのよね。あなたたちは、北方の霧とキリスト教の香煙のなかにとどまっているがいいわ。私たち異教徒を、瓦礫と溶岩の下に安らぐままにして、わざわざそこから掘り出したりしないでほしいのよ。何もあなたたちのためにポンペイが、あなたたちのために私たちの離宮が、私たちの浴場が、私たちの神殿がつくられたわけじゃないわ。あなたたちは、神々を必要としていないのでしょう！　私たちは、あなたたちの世界では凍えてしまいますよ！」美しい大理石のマダムは、咳をして、色濃いクロテンの毛皮を肩のまわりにいよいよ強くかきよせた。

「古典学のレッスンをさずけていただいて、痛み入ります」と、私は言葉をかえした。「しかし、あなたはよもや否定はされますまい、男と女は、あなたの晴れやかな陽光あふれる世界でも、われわれの霧にとざされた世界でも、根っから敵同士であることを、そして、愛はごく短いあいだは、ひとつの思考、感覚、意志をよくするところの、唯一の存在へと統合するものの、それはまたいちだんと分裂させせんがためであることを。そして――まあこれは、あなたのほうが私などよりもよくご存じでしょうが――相手を軛の下におさえつけるすべをこころえていない者は、早晩、相手の足がみずからの首筋におかれるのを感じるほかはないでしょう――」

「それも通例は、殿方が女の足を、ということよね」と、マダム・ヴィーナスは、驕慢な嘲弄の色をうかべながら叫んだ。「そのことは、あなたのほうが私よりもよくご存じのはずよ」

「たしかに。そして、だからこそ私は、いかなる幻想もいだいてはいないのです」

「ということは、あなたはいまや、まぎれもなく私の奴隷なのよね。それなら、私は、あなたを容赦なく足で踏みしだくことにしましょう」

「マダム！」

「あなたは、私の正体をまだご存じではないの？　ええ、私は残酷ですわよ――あなたがもうこの言葉を聞いただけで、そこにそれほどの喜びをみいだしていらっしゃるとあらば――この私に、残酷である権利がないとでもおっしゃるの？　男は渇望する側、女は渇望される側、女に全面的な、決定的な利点がありますわ。自然は、男をその情熱によって女の手にゆだねました。そして、男を従僕に、奴隷に、それどころか玩具にして、とどのつまりは笑いながら男を裏切る、そうしたすべを知らない女は、賢明だとはいえないわね」

「あなたの原則は、マダム」と、私は、いきりたって口をさしはさんだ。

「一千年来の経験にもとづいていますのよ」と、マダムは、白い指を黒い毛皮のなかにあそばせながら、嘲るように言葉をかえした。「女が献身的にふるまえばふるまうほどに、いよいよすみやかに、男が冷静になり、尊大になるのです。しかし、女が残酷に、不実になるほどに、女が男を虐待するほどに、男を不埒にもてあそぶほどに、お慈悲をしめすことがすくないほどに、いよいよ女は男の情欲をかきたてて、男に愛され、慕われるようになります。いつの時代でもそうでしたわ、ヘレネー[3]とデリラ[4]から、くだってはエカチェリーナ二世[5]とローラ・モンテス[6]にいたるまで」

「それは否定しませんよ」と、私はいった。「お気に入りの男を、高慢にもおかまいなしに、気まぐれに取り替えたりする、情欲に駆られた、美しい残酷な女暴君の姿ほどに、男の気をそそるものも、男にとってまず存在しないということをね――」

「それにくわえて、毛皮を身にまとっていれば」と、女神は叫んだ。

「どうしてまた、そんなことを思いつくんです？」

「だって私は、あなたの格別のお好みを知っていますもの」

「しかし、わかっていてほしいのは」と、私は口をさしはさんだ。「長らくお会いしないでいるうちに、あなたが非常にコケットになられたということです」

「聞かせていただいていいかしら、それはいったいどれほどまでのことなのか?」

「あなたの白いお体を、これ以上すばらしく引き立てるものはないほどまでに、この黒い毛皮とあなたの――」

女神は笑いだした。

「あなたは夢をみてらっしゃるわ」と、彼女は叫んだ、「眼をおさましなさいよ」そして、彼女は、大理石の手で私の腕をつかんだ。「どうか、めざめてくださいまし!」と、彼女の声は、いま一度、きわめて低い胸音でとどろきわたった。私は、やっとのことで眼をひらいた。

私は、自分を揺りおこしている手を眼にした。しかし、この手がにわかに青銅のように茶色になったかと思うと、はたしてその声も、コサック人の下男の酒に焼けて嗄れた重々しい声だった。その六フィートになんなんとする偉丈夫が、私の眼の前に立っていた。

「起きてくださいまし」と、実直な下男はつづけていった。「ほんとうに恥ずかしいことでございますよ」

「どうして恥ずかしいんだ?」

「服をお召しになったままで眠りこんでしまわれるとは、それにまた、本を読みながら、なんて」彼は、もえつきた蠟燭の芯を切ると、私の手から滑り落ちた本を拾いあげた。「何の本をお読みになっていたことやら」――彼は表紙をひらいてみた――「またヘーゲル[7]とはね――ゼーヴェリーン様のお宅へお伺いする時間がせまっておりますよ、お茶にお呼ばれでございます」

＊

「奇妙な夢だな」私が話しおえたとき、ゼーヴェリーンは、両腕を膝のうえにおき、その繊細な、静脈が浮き出た手で顔をささえながらいった。そして、彼は物思いに沈んだ。

さてそうなると、彼が長いあいだ身じろぎひとつしない、いやそれどころかほとんど息をつくこともないだろうということを、私は知っていた。そして、実際、そうだった。それにもかかわらず、私の眼には、彼の振舞いに何も変わったところは見受けられなかった。というのも、私は、もうかれこれ三年このかた、彼と親交を結んでいて、ありとあらゆる彼の奇矯な性癖に慣れてしまっていたからである。なぜといって、彼は風変りだったし、それは否定しようもなかった。たとえ近隣にとどまらず、コロメア郡全体の人たちが、とうから彼のことを危ないうつけ者と見做していなかったとしても。私にとっては、彼の人となりは、ただ興味深いというばかりではなく――そして、そのために私は、いささか肩入れしすぎているということで、多くの人たちのあいだでとおっていたのだが――高度に共感できるものでもあった。

彼は、ガリツィアの貴族で農場主であるにしても、またその年齢からしても――彼は三十歳をほとんどこえていなかった――人目をひく生来の冷徹さと、ある種の真剣さと、いやそれどころか偏倚した拘泥癖をすら、しめしていた。彼は、極度に綿密に仕組まれている、なかば哲学的な、なかば実際的なシステムに依拠して生活していた。いわば時計にしたがって、いやそれどころか、寒暖計に、晴雨計に、気量計に、流速計に、ヒポクラテス[8]に、フーフェラント[9]に、プラトンに、カント[10]に、クニッゲ[11]に、そして、チェスターフィールド卿[12]に、倣って生きていたのである。しかし、その際に彼は、ときとして情熱の激しい発作におそわれることがあって、そんなときには、とにかく強引に我意をつらぬくような気配をみせるもので、だれもが彼を敬遠するような具合だった。

彼がそうしてだまりこんでいるいっぽうで、そのかわりに暖炉の炎が、大きな立派なサモワールが、私が葉巻をくゆらせながら揺らせている先祖伝来の椅子が、そして、また古い朽ちた石塀のなかにひそんでいるコオロギも、みんな歌っていた。そして、私は、部屋のなかに積みあげられている奇妙な道具類や、獣類の骨格標本や、鳥類の剝製や、地球儀や、複製の石膏像のうえに視線をただよわせているうちに、偶然、一枚の絵に眼をとめた。それは、私がすでにしばしば十分に眺めていた絵だったのだが、よりによって今日は、暖炉の炎の赤い照り返しをうけて、えもいわれぬ印象を与えたのだった。

それは、力強い筆致で、色彩を豪奢に使うという、フランドル派のマニールにしたがって描かれた大きな油彩画だったが、その対象がまた、けっこう異様だった。

上品な顔にまぶしいほどの笑いを浮かべ、古代風に結いあげたゆたかな髪に、かすかな霜のように白い髪粉を散らした、ひとりの美しい女が、左腕で身をささえながら、裸身に黒い毛皮をまとって、オットマン[13]に横になっていた。その右手が一本の鞭をもてあそんでいるかと思えば、素足はしどけなく、奴隷のように、犬のように、彼女の前に横たわっている男のうえにのせられていた。

他方、怏々として楽しまぬ憂鬱と、一途な熱情とをたたえた、彫りの深い、整った顔立ちをして、殉教者に特有の狂熱的な、もえるような眼差しで、女のほうを見上げているこの男、女の足台となった恰好のこの男は、ゼーヴェリーンその人だったが、髭はなくて、十歳は若くみえた。

「毛皮のヴィーナスだ！」と、私は、絵を指さしながら叫んだ。「それを夢のなかでみたのだよ」

「私もだ」と、ゼーヴェリーンはいった。「ただ私は、眼をあけたまま、夢をみたのだがね」

「どんなふうに？」

「ああ！　馬鹿な話だよ」

「君の絵が、どうやら私の夢のきっかけになったようだ」と、私は言葉をついだ。「しかし、それが何なのか、私にぜひとも話してほしいのだ。それが君の人生に何かある役割を、それもおそらくは決定的な役割を、演じたであろうことは、私も想像できるよ。しかし、それから先のことは、君に聞かせてもらうほかはない」

「まあいいから、対になっている絵のほうもみてごらんよ」と、この風変わりな友人は、私の問いにとりあおうともせずに答えた。

対になっている絵というのは、ドレスデン美術館所蔵になるところのティツィアーノの『鏡をみるヴィーナス』[14]のみごとな模写だった。

「さて、それはどういう意味だ？」

ゼーヴェリーンは立ちあがって、ティツィアーノが愛の女神にまとわせた毛皮を、みずから指でさししめした。

「ここにも『毛皮のヴィーナス』がいるよ」と、彼は、繊細な微笑をうかべながらいった。「昔のヴィネツィア人がそれになんらかの意図を結びつけたとは、私は思わないがね。彼は、ただどこかのやんごとなきメッサリナ[15]の肖像画を製作したにすぎないのだが、彼女がその堂々とした魅惑をみずからひややかな満足でもって矯めつ眇めつしている、その鏡を、アモール[16]にささげもたせて、他方でアモールにしてみれば、この仕事がけっこう苦々しいものに思えてしまう、それほどまでにお追従ぶりをしめしてみせたということだよ。これは、文字どおり絵にかいた慇懃さそのものだ。後年になって、どこかのロココ時代の『専門家』とやらがこの女性をヴィーナスと命名したおかげで、ティツィアーノの美しいモデルが淑やかさというよりも、むしろ鼻風邪をおそれて身にまとっていたにすぎない、女暴君さながらの毛皮が、生来、女性に、その美に、存するところの、暴虐と残酷の象徴と化したという次第なのさ。

しかし、この絵がいま現にそうであるように、われわれの眼にはもう十分なほど、われわれの愛にたいするこのうえなく気のきいた諷刺に映りもする。抽象的な北方では、凍てつくようなキリスト教世界では、風邪をひかずにおこうと思えば、大きな重い毛皮を身にまとわざるをえないヴィーナスというのは——」

ゼーヴェリーンは笑って、新しい煙草に火をつけた。

ちょうどドアがひらいたかと思うと、利口そうな、親しげな眼をした、愛らしい、ふくよかな金髪の女が、黒い絹のローブをまとって、紅茶に冷肉と茹で卵をそえてはいってきた。ゼーヴェリーンは、卵を一つとりあげて、ナイフで切ってみた。「卵はやわらかめに茹でてほしいと、いわなかったかね？」と、ゼーヴェリーンが激した調子で叫んだものだから、若い女はふるえはじめた。

「でもセヴちゃん[17]」――彼女は、怯えた口調で呟いた。

「何がセヴちゃんだ」と、彼は喚いた。「おれのいうことをきくんだ、きくんだぞ、わかったか」そして、彼は、武器類の横の釘にかかっているカンチュク[18]を、すばやくつかんだ。

愛らしい女は、鹿のようにすばしこくかつ臆病に、部屋から逃げだしていった。

「待てったら、とっつかまえてやるぞ」と、彼は、彼女にむかって叫んだ。

「まあまあ、ゼーヴェリーン」と、私は、彼の腕に手をおきながらいった。「どうして君はまた、あんな小柄な可愛い子をそんなふうに扱えるんだ！」

「あの女をみろよ」と、彼は、ユーモアをこめて瞬きをしながら答えた。「私があいつにお追従をしたとしたら、あいつはあいつで、私の息の根をとめにかかっただろうさ。だが、あいつをこのカンチュクで教育しているものだから、私を慕ってくるというわけだ」

「やめてくれ！」

「そちらこそ、やめてほしいよ。女どもは、そのように調教しなければいけないんだ」

「パシャ[19]のように、ハーレムでどんなふうに暮らそうと、それは君の勝手だが、理論なんぞ立ててほしくもない――」

「どうしていけないのかね」と、彼は陽気に叫んだ。「ゲーテの『汝は鉄槌か金敷か、いずれかでなければならぬ』という言葉は、男と女の関係ほどにみごとにあてはまるものもないよ。それは、ヴィーナスのお局《つぼね》が君の夢のなかで、ついでのように認めてくれていたことでもある。男の情熱のなかにこそ、女の権力が存しているのだ。そして、男が用心するのを怠っているときに、女はそれを利用するすべをこころえている。男には、女の暴君になるか奴隷になるか、どちらかの選択しかない。男が譲歩するなら、早晩、頭のまわりに軛をかませられて、鞭で痛い目にあうばかりだろう」

「奇妙な原理だな」

「原理じゃない、経験だよ」と、彼は、うなずきながら言葉をかえした。「私は、真剣に鞭打たれたことがある。私はもう快癒したがね。どういう経緯だったか、読んでみるかね？」

彼は立ちあがって、どっしりした書物机から小さな手書きの原稿をとりだすと、それをテーブルのうえにおいた。

「君は、以前、あの絵について訊いたよね。もう長いあいだ、それを説明するのを怠っていた[20]。ほら——読んでみたまえ！」

ゼーヴェリーンは、私のほうに背をむけたまま、暖炉のそばに腰をおろした。そして、眼をひらいたまま夢みているようにみえた。彼がふたたび沈黙するとともに、暖炉の炎が、サモワールが、古い朽ちた塀のなかにひそんでいるコオロギが、ふたたび歌うのだった。私は、手稿をひらいて読みはじめた。

「以下の記述は、私の当時の日記から抜粋編集したものである。みずからの過去を何ものにもとらわれずに再現することは、およそ不可能事であるがゆえに、すべてはそのあらたな色彩を、現在の色彩を、おびている」

＊

ロシアのモリエールともいうべきゴーゴリ[21]は、こういっている　――どこでだったかな？　――まあいいや、ともかくどこかで――「真の滑稽なミューズとは、笑っている仮面の下で涙を流している者の謂いである」と。

言いえて妙ではないか！

私はこれを書きとめながら、ほんとうにふしぎな思いにとらわれる。大気は、心身をかき乱して頭痛をおこさせるような、刺激的な花の香りにみたされている。暖炉の煙は、さざ波のように揺れうごき、塊になり、何やら形をなして、小さい、灰色の髭をたくわえたコーボルトの群れ[22]と化していくようにみえる。嘲るように私を指さしている妖精に。頬っぺたのふくらんだアモレットたち[23]が、私のすわっている椅子の背もたれにそって、さらに私の膝のうえを自在に駆けめぐる。そして、私はといえば、自分のアヴァンチュールの顛末を書き記しながら、思わず微笑し、いやそれどころか大声で笑いださないではいられない。それでも私は、使い慣れたインクではなくて、自分の心臓からしたたる赤い血で書いているのだ。というのも、とうにふさがったその傷口がひらいて、痙攣し、痛むからである。そして、ときおり涙が紙のうえにこぼれ落ちる。

＊

小さなカルパチア山中の湯治場では、時間がものうげに過ぎていく。ひとの姿をみることもないし、ひとにみられることもない。それは、牧歌を書きつづるにも退屈といっていいほどだ。ここで私は、一ギャラリー分、収集した絵画を、あるいは新しい出し物満載のそっくり一シーズン分のプログラムを、提供したり、ヴィルトゥオーソたちを、協奏曲や三重奏曲や二重奏曲ごと、調達してきたりすることもできようという、それほど暇をもてあましているところなのだ。しかし——われながら、何をいっているのか——結局のところ、私は、画架を立てたり、ヴァイオリンの弓をとのえたり、楽譜に罫線をひいてみたりはするが、さりとてそれ以上のことは何もしない。というのは、私は——ああ！　偽りの恥じらいなど、よしとくれ、わが友ゼーヴェリーンよ、他人を欺くならともかくも。だがしかし、自分自身を瞞着することは、もはや君にはできそうもない——私は、かくして一個のディレッタントにすぎないからである。絵画においても、詩文においても、音楽においても、さらにはまた、今日、その巨匠たちに、大臣級の、いやそれどころか、小なりとはいえそこそこの権力者なみの収入を保証してくれる、かのいわゆる飯の種にならぬ芸術においてすらも、そして、何にもましてそもそも生きることにおいて、私はディレッタントなのである。

これまで私は、絵を描き、詩を書くようにして生きてきた。というその意味は、キャンバスの下塗りと、計画と、第一幕と、第一連をこえることとは、一度としてなかったということだ。なんでもはじめてはみるものの、しかし、けっしてなんらかの結末にはいたらない、そうした人間もいるものである。そのような人間の一人が、かくいう私なのだ。

しかし、私は、いったい何をお喋りしているのか。

本題にはいることにしよう。

私は、窓辺に横たわりながら、こうして絶望をかこっているこの小さな棲家が、本来、いたって詩的な情趣にみちていることに思いいたる。なんという絶景だろう、山脈の青く高くそびえたつ岩壁が、金色に輝く陽光の靄のなかに織りなされて、そのあわいを縫うように、岩走る水流が銀の帯さながらうねっているさまは。そして、雪をかむった山頂がつらなり、峙っている天空は、なんと青く、澄みきっていることか。そしてまた、森林におおわれた山の斜面やちいさな獣たちが草を食んでいる草地の、あの緑したたるみずみずしさ。そこから下のほうへと眼を移していくと、刈入れをする農夫たちが立ち、あるいはかがみ、また身をおこしている、穀物の黄色い海原がひろがっている。

私が住んでいる家は、一種の公園、あるいは森、あるいはまた、あえていえば原野のなかにあって、いたって寂漠としている。

そこには、私とルヴフ[24]から来た侯爵夫人、思うに未亡人のようなのだが、その小間使いと、それから家主のタルタコフスカ夫人のほかには、だれも住んでいない。この家主は小柄な老婆で、日をおうごとに歳をとり、小さくなっていく。足をひきずっている老犬と、いつも撚糸の玉をもてあそんでいる仔猫と、この撚糸の玉そのものは、思うに美しい未亡人のものなのだろう。

彼女は、この侯爵夫人は、ほんとうに美しいという評判である。まだずいぶんと若くて、せいぜい二十四歳くらいで、たいへん裕福らしい。彼女は二階に住み、私は一階に住んでいる。彼女は、いつも緑の鎧戸をおろしていて、バルコニーに、緑の纏繞植物がいちめんに繁茂するにまかせている。しかし、私は、そのかわりに下に、いたって居心地のいい、愛用のスイカズラの四阿《あずまや》をもっていて、そこで小枝にとまる小鳥のように、読んだり、書いたり、絵を描いたり、歌ったりしている。そこからは、バルコニーを見上げることができる。ときおり私は、実際に見上げているのだが、そんなときには、ときによって白い衣裳が、濃密な緑の網の目をとおして透けてみえたりする。

もともと私は、上に住んでいる美しい女性に、さほど興味をもっているわけではない。というのは、私は、別の女に惚れこんでいたからだが、それもきわめて不幸な恋であって、『騎士トッゲンブルク』[25]や『マノン・レスコー』に登場する騎士[26]よりもはるかに不幸だった。というのも、私の恋人は石造りの女だったからである。

庭園には、この小さな原野には、優雅でこじんまりした草地があって、二、三頭のよく飼い馴らされたのろ鹿が穏やかに草を食んでいる。この草地には、石のヴィーナス像が立っているが、そのオリジナルは、思うにフィレンツェにあるのだろう。このヴィーナスは、私がこれまでの生涯で出会ったなかで、もっとも美しい女だ。

もちろんそれは、さして多くのことを物語るものでもない。というのは、私は、美しい女に、いやそもそも女そのものに、あまり出会ったことがないからだ。そして、私は、愛することにかけても、下塗りを、第一幕を、こえることができないディレッタントにすぎない。

なんのために最上級で語ったりするのか。あたかも美しい何ものかをさらに凌駕することができるかのように。

もう十分だ。とにかくもこのヴィーナスは美しい。そして、私は彼女を愛している、かくも熱情をこめて、かくも病膏肓《やまいこうこう》に入るほどに、かくも狂おしく、われわれの愛にたいして永久《とわ》に同一の、永久《とわ》に平静な石の微笑で応えるばかりの女を、ただただ愛することができるかぎり。

太陽が林のなかに照りつけているときは、しばしば私は、ブナの若木の葉叢のかげに横になって、読書をしている。そして、夜にはまた、私の冷たい、残酷な恋人のもとを訪れる。そんなときには、彼女のまえにひざまずき、彼女の足が安らっている冷たい石の台座に唇を押しあてて、彼女にむかって祈るのだ。

それから月がのぼって――それは、折しも上弦の月だ――木の間《こま》隠れにたゆとうているかと思うと、つぎには草地を銀《しろがね》の光にひたしていく、そのさまは、なんとも筆舌につくしがたい。そして、そんなとき、女神像は、まるで変容したかのように屹立し、そのやわらかな光に湯浴みしているようにみえる。

あるとき、私が自分なりの流儀の礼拝をおえて、家につづいている並木道の一つをとおって戻ってくると、突然、ただ緑の歩廊に隔てられただけの向う側に、石のように白く、月の光の反照をうけた一人の女の姿がみえた。そのとき私には、美しい大理石の女人が私を憐れんで、生きかえり、私のあとを追ってきたかのように思われたのだった――しかし、私をとらえたのは、心臓がとびだしかねない、ある名状しがたい不安だった。そして、そのかわりに――

さても私は、一個のディレッタントである。私は、いつものように詩の二行目で立ち往生したままだった。いや、逆だ、私は立ち往生などしていなかった。それどころか私は、一目散に走って逃げたのだった。

*

私は、わが家のスイカズラの四阿で朝餉をしたためて、『ユディト記』[27]を読んでいた。そして、怒りにもえた異教徒ホロフェルネスのことを、その首を切り落とした雄々しい女のゆえに、またその血なまぐさい美しい最後のゆえに、羨んだものだった。

「神は彼を罰し、彼を女の手に渡したまへり」[28]

この一文に、私は瞠目した。

このユダヤ人たちは、またなんと無粋なのだろうと、私は思った。それから、彼らの神にしても。女性について語るのなら、いますこし上品な表現をえらぶこともできそうなものだが。

「神は彼を罰し、彼を女の手に渡したまへり」と、私は、独り言のようにくりかえしてみた。さて、神が私を罰してくれるためには、私は、たとえば何をしでかせばいいのだろうか?

ああ、神様！　そこに家主の老婆がやってくる。彼女は、一夜のあいだにまたしてもすこしばかり小さく縮んでしまっている。そして、あの上のほうの緑の蔓と鎖のあいだに、ふたたび白い衣裳がみえる。あれは、ヴィーナスか、それとも侯爵夫人か?

こんどは侯爵夫人だ。というのは、タルタコフスカ夫人なら、膝をかがめてお辞儀をしたうえで、名を名乗って、本を貸してくれるように頼んでくるからだ。私は急いで部屋に戻って、二、三冊の本をひっつかんでくる。

私のヴィーナス像がその本のどれかのなかにあることを思いだしたが、もう手遅れだ。いまその本は、上の階の白衣の女性が手にしている。私の心情を吐露した書き込みも含めて。彼女は、それにたいしてなんというだろうか？

彼女の笑い声が聞こえる。

私のことを笑っているのか？

＊

満月だ！　月は、はや公園をとりかこんでいる低い樅の木の梢の上方にみえている。銀《しろがね》の靄が、テラスを、木立を、見渡すかぎりの風景全体を、みたしていて、それは、さざ波をたてている湖沼にも似て、はるか彼方でやわらかく霞んでいる。

私はもうがまんできない。何かふしぎなものが私に促し、呼びかけてくる。私は、ふたたび着替えをして、庭園にでていく。

草地へ、彼女、すなわちあの女神のもとへ、私の恋人のもとへと、私はひかれていく。

ひややかな夜だ。すこし寒気がする。大気には花と森の重苦しい香りがみちていて、ひとを陶酔させる。

なんという祝祭だ！　あたりに、なんという楽の音が聞こえていることか。サヨナキドリがむせび泣いている。星々は、かすかな蒼白の微光にきらめいているばかりだ。草地は、さながら鏡のように、池に張った氷のように、なめらかに光っている。

気高く、輝くばかりの姿で、ヴィーナス像が屹立している。

しかし――あれは何だろう？

女神の大理石の肩から足まで、流れるように、大きな黒い毛皮がかかっている――私は、身がすくむ思いで立ちつくし、それを凝視する。そして、またしてもあの名状しがたい胸騒ぎにおそわれて、私は逃げだしてしまう。

私は足を速める。ふと私は、並木道で迷ってしまっていたことに気づく。それで、どこか緑したたる脇道に折れようとすると、ヴィーナスが、美しい石の女が、いやそうじゃない、温かい血が脈うっている現身《うつしみ》の愛の女神が、眼の前の石造りのベンチにすわっているではないか。そうだ、彼女が私のために生身の女に変容してくれたのだ。自分を創造した匠《たくみ》のために息づきはじめたという、あの彫刻[29]のように。もっともこの奇蹟は、ようやくなかばまで成就したにすぎない。彼女の白い髪はまだ石のままのようにみえるし、その白い衣裳は、あたかも月の光のようにきらめいている。もしかして、それは繻子だろうか？　それに、肩からは黒い毛皮が流れるようにかかっている――しかし、彼女は、はや唇に朱をさして、頬を染めているのだ。そして、その両の眼からは、二条の悪魔的な緑の光が私にむかって射している。そして、いま現に、彼女は笑っているではないか。

彼女の笑顔は、いかにも奇妙だ。いかにも――ああ！　なんとも名状しがたい。私は、思わず息をのんで、さらに逃げては、二、三歩、離れて、くりかえし息をつく。そして、この嘲弄するような笑い声が、薄暗い葉叢の通り道をぬけて、さらには明るい芝生の空地をもこえて、ただまばらな月の光が射してくるばかりの繁みのなかへと、私を追いかけてくる。私は、もう道がわからなくなって、あちらこちらとさまよっている。額には、冷たい汗が玉になってうかんでくる。

とうとう私は立ちどまって、短い独り言を呟いてみる。

それはつまり——まあ——ひとは、自分自身にたいしては、いつも非常に礼儀ただしいか、非常に無作法か、どちらかだということさ。

つまり私は、自分にたいしてこういうのだ。

とんま！

この言葉は、すばらしく効果がある。さながら私を救いだし、我に返らせてくれる、魔法の呪文のように。

私は、一瞬のうちに落ち着きをとりもどす。

満足して、私はくりかえす。とんま！

さて私は、すべてを明白かつ明確に見分けるようになる。そこに噴水があり、あそこに黄楊の木の並木道があり、またあそこには、私がこれからゆっくりと帰途につくことになる家がある。

そのとき——突然、いま一度——月光にくまなく照らしだされた、いわば銀の刺繍をほどこしたような緑の壁のむこうに、白い人影があらわれる。私が崇め、畏れ、のがれようとする、あの美しい石の女が。
二、三歩、飛びすさったかと思うと、もう私は家に戻っていて、ひと息いれると、あらためて考えなおしてみる。
さて、私はいまやそもそも何者なのだ？　小心なディレッタントか、それとも一大とんまなのか？

＊

むし暑い朝だ。大気はよどんでいて、いともかぐわしく、ひとの心をかきたてる。私は、またしてもわが家のスイカズラの四阿にすわって、『オデュッセイア』のなかにえがかれている、自分の崇拝者を獣の姿にかえてしまうという、あの魅惑的な魔女[30]のくだりを読んでいる。古代の愛を現出させる、すばらしい表象だ。

小枝と草の茎がかすかにざわめいて、私が読んでいる本のページがざわめいて、そして、テラスの上にもさわさわと音がする。

女のきぬずれの音だ――

そこにいるのは――ヴィーナスだ――だが毛皮はつけていない――いいや、こんどばかりは侯爵夫人だ――それでもやはり――ヴィーナスだ――ああ！　なんという女だろう！

彼女がかろやかな白い部屋着に身をつつんで、そこにそうして立って、私のほうを見遣っているとき、その華奢な姿は、なんと詩的かつ優美にみえることか。彼女は大柄ではない、しかしまた小柄でもない。そして、その頭部は、冷厳な美しさをしめしているというよりは、むしろ唆《そそ》るように、魅せるように――フランスの侯爵夫人の時代[31]にいうような意味において――しかし、やはりどれほどか蠱惑にみちていることか。どのようなもの柔らかさが、どのような愛らしいいたずらっぽさが、このふくよかな、けっして小さすぎることはない口のまわりにただよっていることか――その肌はかぎりなく繊細で、腕と胸をおおっているモスリンをもってしても、いたるところ青い静脈が浮きでているのがみえるほどだ。その赤い髪は、どれほどゆたかにカールしていることか——そうだ、それは赤毛なのだ——ブロンドでもなければ、金色でもない——その髪は、どれほど悪魔的に、どれほど愛らしく、項《うなじ》をとりまいていることか。そして、いま彼女の眼差しが、まるで緑の稲妻のように私を射すくめる——そうだ、それは緑色なのだ。そのやわらかな眼力《めぢから》はなんとも名状しがたい、この両の眼《まなこ》は——緑色だ、それも宝石のように、底知れぬ深い山の湖がそうであるように。

彼女は、私の混乱をみてとっている。そのせいで、私は無礼な振舞いにおよんでいる、というのも、私はすわったまま、帽子をかむったままでいるからだ。

彼女は、いたずらっぽくほほえんでいる。

私は、ようやくのことで身をおこし、彼女に挨拶をする。彼女は近づいて、大きな、ほとんど子供っぽいといっていいような笑い声をたてる。私はくちごもる、ちょうどこのような瞬間に、小心なディレッタントないしは一大とんまが、せいぜいくちごもることができるように。

そのようにして、私たちはお近づきになる。

女神は私の名を問うて、自分の名を告げる。

彼女は、ヴァンダ・ドゥナーエフ侯爵夫人という。

そして、彼女は、ほんとうに私のヴィーナスだ。

「だけどマダム、どうしてまた、あなたはそんなことを思いついたのですか？」

「あなたのお持ちの本にはさまっていた、あの小さな絵からですわ——」

「忘れていました」

「絵の裏に、何か奇妙な言葉をお書きになっておられました」

「どうして奇妙なのですか?」

彼女は私をみつめた。「私はいつも、いつか本格的な幻想というものを知りたいという、そんな願望をもっていました——気晴らしのためにね——ところであなたは、結局はもっともけたはずれなお方の一人にみえますわ」

「奥様——ほんとうに」——またもやいまいましくも、またとんまなことにくちごもってしまって、おまけに十六かそこらの若者でもあるまいし、年甲斐もなく頰を染めたりして。それよりかは、ほとんどまる十歳は年をくっていたのだが。——

「あなたは、昨日の晩に、私の姿をみてお逃げになりましたよね」

「もともとは——とはいうものの——だけど、まあおすわりになりませんか?」

彼女は腰をおろして、私の不安を眼で楽しんでいるふうだった——というのは、私は、白日の光のもとで、彼女がいよいよ怖くなっていたからだ。挑発するような嘲りの色が、彼女の上唇のあたりに見え隠れした。

「あなたは愛を、とりわけ女を」と、彼女は話しはじめた。「何か敵対するものとみていらっしゃるようね。それにたいして、たとえ無駄なことではあれ、抵抗してはみるものの、その力をやはり甘美な苦痛と、胸のうずくような残酷と感じていらっしゃる。ほんとうに近代人の考え方よね」

「あなたは、その考え方には賛成されない」

「イエスでもあり、ノーでもありますわ」と、彼女は、すばやく、かつ断固たる調子でいって、頭《かぶり》をふった。その巻き毛が、さながら赤い炎が吹きでているかとみえるほどに。「私にとっては、苦痛を知らない古代のギリシア人の晴れやかな官能性は——私が生涯かけて実現しようと努めている理想なのです。というのは、キリスト教が、近代人が、精神を守護する騎士たちが、たいそうに説教なさる、あの愛なんて、私は信じていないからです。そうよ、いいから私をみてごらんなさい、私は異端者よりももっと質《たち》が悪いわ。私は異教徒なのよ。

汝は思うのか、かの愛の女神が長らく思いわずろうたとでも、
かつてイーダの杜のなかで、アンキーセスがお気に召した折に[32]?

ゲーテの『ローマ悲歌』のこの詩句に、私はたえず魅了されていましたの。

自然の本性のなかには、『神々と女神たちが相思相愛の』、あの英雄の時代の愛だけが存在しています。あの当時は、『情欲が眼差しに、享楽が情欲にしたがった』のです[33]。そのほかのことは、すべて作り事で、わざとらしい、嘘っぱちですわ。キリスト教によって——それは、私にいわせれば、おぞましい寓意——十字架のことよ——のなかに何かおそろしいものをはらんでいるわ——はじめて何か異質なもの、敵意あるものが、自然のなかに、その無垢の衝動のなかに、もちこまれたのです。もし自然があなたたちにとって残酷だとしたら、それは、あなたたちが自然を残酷に扱った、そのことの復讐にすぎませんことよ。

官能的な世界にたいする精神の闘いが、近代の人たちの福音なのです。私は、そんなものに与す

るつもりはありませんわ」
「わかりました。奥様、あなたの拠って立つ場所は、オリュンポスの山のなかにあるということになりますね」と、私は言葉をかえした。「しかし、われわれ近代人は、古代の晴れやかさに耐えられません。まして愛においてをや。女を、たとえそれがアスパシア[34]であろうとも、他人と共有するなどという考えに、われわれはいきりたつのです。われわれは、自分たちの神とおなじように嫉妬深い。そういうわけで、あの立派なフリュネ[35]の名前も、われわれのもとでは罵り言葉になってしまうのです。

われわれは、ただわが身に相応の、ホルバインの貧しい、青ざめた処女[36]を、古代のヴィーナスよりも好んでいます。ヴィーナスがたとえ神々しいといったって、彼女が今日はアンキーセスを、明日はパリスを、明後日はアドニスを愛する[37]という始末ではね。そして、自然がわれわれの裡に凱歌をあげて、もえるような熱情でそうした女に身をささげるとしても、われわれの眼には、この晴れやかな生の享楽は、悪魔じみたものに、ただの残酷に、映じるのです。そして、われわれは、みずからの至福のなかに償わなければならない罪を看取してしまいます」

「それでは、あなたが夢中になるのは、やはり近代の女、あの貧弱でヒステリックな女どもなのね。夢みる男らしさの理想を、夢遊病のように追いかけるばかりで、最高の男を評価するすべも知らない、涙ながらに身もだえして、日々、キリスト教道徳を傷つけ、欺いては欺かれ、くりかえしもとめ、えらび、うち捨てて、みずからけっして幸福でもなければ、ひとを幸福にすることもない、そして、ヘレネーが、アスパシアが生きたように、私も生きたいと、しみじみと述懐するかわりに、ただ運命を呪うばかりという、そんな女どもよね。自然は、男と女の関係が持続するものなんて、思ってもいないのよ」

「奥様――」

「とことんいわせてちょうだい。それは、まるで宝物を地中に埋めるように、女を葬ろうとする男のエゴイズムですわ。聖なる儀式によって、誓約と契約によって、うつろいやすい人間存在のなかでもいちばんうつろいやすいもののなかに、愛のなかに、持続をもちこもうとするあらゆる試みは、もう破綻しています。私たちのキリスト教世界が朽ち果てつつあることを、あなたは否定することができて?」

「しかし――」

「しかし、社会の仕組みに反抗する個人は、追放され、烙印を押され、石もて追われると、あなたはいいたいのでしょう。ええ、いいわよ。私はあえてそうしましょう。私の原則はほんとうに異教的だけど、私は、自分のこの世の生を最後まで生きぬこうと思っているのよ。あなたがたの偽善的な敬意など、受ける気はありませんことよ。それくらいなら、幸福であることをえらぶわ。キリスト教による婚姻制度を発明した人たちは、またおなじように不死の観念を発明することに力をつくしました。それでも私は、永遠に生きることなんか考えないわ。そして、最後の息をひきとるとともに、私ことヴァンダ・ドゥナーエフにとって、この地上ですべてが終わりを告げるときに、私の純粋な精神が天使たちの合唱に声をそろえて歌おうと、あるいは、私の灰が一緒になって、またあらたな存在としてよみがえろうと、そんなことが何になるというのでしょう。だけど、私があるがままに生きていくことができないとなった日には、いったい何をおもんばかって諦めるというの？　愛してもいない男のものになっている、それも、その男をかつて愛したことがあるという、ただそれだけの理由で？　いいえ、私は諦めないわ。私は、気にいった男をすべて愛するの、そして、私を愛する男をすべて幸福にするわ。それは醜いって？　いいえ、それはすくなくとも、私の魅力をかきたててくれる苦痛を残酷にも喜ぶこと、そして、私をもとめて憔悴しているあわれな男に、貞潔にも背をむけることを思えば、はるかに美しいことよ。私は若いし、お金があるし、美しいし、あるがままに明るく生きていくわ、満足と享楽をもとめて」

彼女が話しながら、その眼をいたずらっぽくきらめかせているあいだにも、私は、彼女の手をにぎったままでいた。その手をどうしたいのか、自分でもよくわからなかったのだが、しかし、そこはまぎれもないディレッタントの悲しさ、私は、またしてもそそくさとその手を放したものだった。

「あなたの正直さには」と、私はいった。「まったく魅了されるほかはありません。それに、このことだけではなく――」

綱で絞めあげるように私の喉をつまらせるのは、またしてもいまいましいディレッタント根性だ。

「だけど、あなたはいったい何をおっしゃりたかったの……」

「私がいおうとしたのは――そう、私の意図はですね――すみません――奥様――あなたの言葉をさえぎってしまいました」

「どんなふうに？」

かなり間《ま》があいてしまう。そのあいだにも、たしかに独白がつづいてはいる。それは、私の言葉に翻訳すれば、「とんま」の一語に集約される。

「もしよろしければ話してくださいませんか、奥さま」と、私はようやく口を切った。「どうしてまた、この——このようにお考えになったのかを」

「いたって簡単なことですわ。私の父は分別ある男性でした。私は、揺り籠にいたときから、古代の美術作品の複製にとりかこまれていましたの。十歳でジル・ブラス[38]を、十二歳でラ・ピュセル[39]を読みました。ほかの人たちが幼いころに親指太郎[40]に、青髭男[41]に、灰かぶり姫[42]に、親しむように、私は、ヴィーナスを、アポロンを、ヘラクレス[43]を、ラーオコーン[44]を、自分の友だち扱いしていました。私の夫も、明るい、太陽のような人柄でした。結婚してからまもなくとらわれた、不治の病も、けっして長くは彼の額を曇らせることはありませんでした。死に瀕した夜にも、夫は、新婚初夜とおなじように、私に口づけしてくれましたのよ。長かった数カ月、夫は、死に近づきながらも、車椅子にすわったまま、しばしば冗談のようにこういいましたわ、『さて、おまえはいいよってくる男をもうみつけたかな?』って。夫が生きているあいだは、そんな男はいなかったと、あらためてあなたに申しあげるまでもないでしょう。だけど、それで十分なのよ。夫は私を教育して、いまあるがままの女に、ギリシア女に、仕立てあげたのですから」

「女神に、ですよね」と、私は口をさしはさんだ。

彼女はほほえんだ。「たとえばどの女神に?」

「ヴィーナスに」

彼女は、指で脅かすまねをして、眉をひそめた。「それどころか、結局は『毛皮のヴィーナス』

によ。すこし待ってね――私は、重い、重い毛皮のコートをもっているのよ、あなたをそっくりくるみこむことができるほどの。私は、網のなかにからめとるように、あなたをそのなかにつかまえたいのよ」

「お信じになりますか」と、私は、間髪をいれずにいった。というのは、自分でも――たとえ月並で没趣味だったとしても――非常にいい考えだと思えた何ごとかが、念頭にうかんだからだった。

「お信じになりますか、あなたのお考えがわれわれの時代に実行可能だということ、ヴィーナスがとくに処罰されることもなく、その美しい、晴れやかな姿そのままで、鉄道や電信のいきわたるなかを逍遥することが許されるとでも?」

「姿そのままで、というのは、まず無理でしょうね。だけど、毛皮を身にまとうなら」と、彼女は、笑いながら叫んだ。

「そうして、それから――」

「それからどうなるの?」

「かつてギリシア人たちがそうであったように、美しい、自由な、晴れやかな、幸福な人たちというのは、ただ奴隷をもっていてこそ、可能なのです。日常の生活のおよそ詩的ではない仕事を、彼らにかわって片づけて、とりわけ彼らのために労働してくれる奴隷を」

「たしかに」と、彼女は、いたずらっぽい口調で答えた。「だけど、とりわけ私のようなオリュンポスの女神は、奴隷の集団を必要とすることよ。だから、ご注意あそばせ」

「どうして?」

私は、自分がこの「どうして」という言葉を発した、その大胆さに、われながら驚いた。それにもかかわらず、彼女はいっこうに驚いているふうでもなかった。彼女は、小さな白い歯がみえるほどに、唇をいくらか反りかえらせた。そして、わざわざ話題にするまでもないとでもいうかのように、小声でこう尋ねた。「あなたは私の奴隷になる気があって？」

「愛においては、共存などというものはないのです」と、私は言葉をかえした。「しかし、私が支配するか、あるいは征服されるか、選択するやいなや、美しい女の奴隷になるほうが、はるかに魅力的であるように、私には思えてくるのです。だけど、卑小なけんか好きなだけで、影響力をかちえようとするのではなく、平静に、自信にみちて、いやそれどころか厳格に、支配するすべをこころえているような女が、いったいどこにみつかるというのでしょうか？」

「さあて、それはつまるところ、それほどむつかしくはないわよ」

「あなたが考えておられるのは――」

「私よ――たとえばね――――」と、彼女は笑っていいながら、大きく身を反りかえらせた。「私には、暴君になる才能があるのよ――必要な毛皮ももっているし――だけどあなたは、昨日の夜は、心底、私をおそれていたわ！」

「心底ね」

「そして、いまでも？」

「いまは――いまは、なおのことおそれていますよ！」

＊

私たちは、毎日、顔をあわせる。私と――ヴィーナスは。たびたび一緒になる。私たちは、わが家のスイカズラの四阿で朝食をとり、彼女の小さな客間でお茶を飲んでいる。そして、私は、おのがわずかな、ほんのわずかな才能を発揮する機会をもっているのだ。そうでなければ、なんのためにあらゆる学問に通暁し、あらゆる芸術に挑戦したのか、もし私が、ちいさな可愛い女をなんとかすることができないのなら――

しかし、この女はけっしてちいさくはない。それどころか、私にとてつもない畏敬の念をおこさせるのだ。今日、私は、彼女の姿をスケッチしてみた。そして、われわれの近代的な衣裳が、このカメオで彫琢した頭部に、いかに似つかわしくないか、ようやくはっきりと感じとることができた。彼女は、いささかもローマ風ではないが、その顔の造りには、多くのギリシア的な面影があった。

私は、彼女をあるときはプシュケー[45]として、あるときはアスタルテ[46]として、描いてみたい。彼女の眼が、熱狂するように霊的な、あるいはあのなかば憔悴するような、なかば焼尽するような、倦んだ官能的な表情をおびるにしたがって。しかし、彼女は、それを肖像画にすることをのぞんでいる。

やはり私は、彼女に毛皮を着せたいところだ。

ああ！　どうして疑うことができただろうか、彼女のほかに、いったいだれに豪奢な毛皮が似あうということを？

＊

私は、昨日の夕方、彼女のところにいて、『ローマ悲歌』を読んだ。それから、本を脇におくと、思いつくままに二言三言、話をした。彼女は満足げな様子だった。いやそれどころか、文字どおり私の唇にかじりついて、胸をときめかせているようだった。

それとも、私の錯覚だったのだろうか？

雨が憂鬱げに窓ガラスをたたき、暖炉の炎は、いかにも冬らしく親しげに爆ぜた音をたてていた。彼女のそばにいると、私は、こんなにも故郷にいるかのように思えるのだった。一瞬、美しい女《にょ》性《しょう》にたいする遠慮もあらばこそ、彼女の手に口づけをした。そして、彼女も私のなすがままにまかせていた。

それから、私は彼女の足元にすわって、彼女のためにつくった短い詩を朗読した。

『毛皮のヴィーナス』
汝《な》が奴隷《しもべ》に、汝《な》がおみ足をおきたまえ、
魔性のごとく、いとも優しき神話の女《おみな》、
ミルテ[47]とアガーヴェ[48]の花かげに
大理石《なめいし》の玉体をよこたえて。

そうだ——その先が問題なのだ！　こんどばかりは、私は、第一連にとどまってはいなかったのに。しかし、あの晩、彼女の命令でその詩をささげてしまったばかりに、写しをとっていなかった。それで、今日になって、自分の日記から書き出しながら、この第一連しか思いうかばない始末だ。

＊

私がいだいているのは、なんとも奇妙な感覚だ。私は、自分が侯爵夫人を愛してしまったとは思わない。すくなくとも最初に出会ったときに、私は、情熱が稲妻のようにもえあがるようには、すこしも感じていなかった。しかし、彼女の人並はずれた、ほんとうに神々しい美しさが、私にたいして、次第に魔法のような罠をかけてくるのを、いまになって感じている。私の内部に生じているのは、事実、心情の愛着ではない。それは、身体的な屈服なのだ。ゆるやかに、しかし、それだけにいっそう完璧に。

私は、日々、ますます苦しんでいる。そして、彼女はというと——それにたいしてただほほえむだけだ。

＊

今日、彼女は、なんのきっかけもなく、突然、私にこういった。「あなたはおもしろいわ。たいていの男性は、飛躍もなく、詩心もなく、月並なのよね。あなたのなかには、ある種の深み、熱狂があります。とりわけ私にここちいいのは、ある真剣さよ。私は、あなたを愛することができそうだわ」

＊

　短いが激しかった雷雨のあとで、私たちは一緒になって、あの草地を、ヴィーナス像を、訪れる。大地は、いたるところ朦気をたてていて、霧が生け贄の煙のように、天空にむかってたちのぼり、きれぎれになった雨雲が、空にただよっている。木々からは、まだ滴がしたたっているが、スズメやアトリが枝から枝へと飛びまわって、あたかも何かをひどく喜んでいるかのように、にぎやかにさえずっている。そして、すべてのものは、さわやかなかぐわしい匂いにみたされている。私たちは、草地を横切るわけにはいかない。というのも、それはまだすっかりぬれそぼっているからだ。草地は、陽の光に輝いていて、さながら池のようで、そのゆらゆらうごいている水面《みのも》から、かの愛の女神がたちのぼってくる恰好なのだが、その頭部のまわりには、たくさんの羽虫が群がっていて、それは、陽の光をうけて、女神の頭上にさながら後光のようにただよっている。

　侯爵夫人のヴァンダは、この愛すべき光景を楽しんでいる。そして、並木道のベンチには、まだ水がたまっているものだから、すこし休もうとして、私の腕によりかかってくる。彼女の全身に、どこか甘美な疲労がひろがって、眼をなかば閉じていて、息が私の頬にふれてくる。

　私は、彼女の手をとって、それから――どうしてそんなことができるのか、われながらほんとうにはかりかねるのだが――彼女にこう尋ねてみる。

「もしかして、私を愛することができるとでも？」

「どうしてまた、そうできないわけがあって」と、彼女は答えて、そのおちついた、明るい眼差しを、私のうえに揺蕩《たゆた》わせはするものの、それも長くはつづかない。

つぎの瞬間に、私は、彼女のまえにひざまずいたかとみると、もえるような顔を彼女のローブの、あの匂いたつようなモスリンのなかに隠している。

「まあ、ゼーヴェリーン――お行儀のわるいこと！」

私は、彼女のちいさな足をつかむと、そのうえに唇をおしあてた。

「ますますお行儀がわるくなるわね！」と、彼女は叫んで、身を引きはなすと、急いで飛ぶように家のほうに駆けていく。彼女のご愛用のサンダルは、私の手に残ったままだ。

これは、なんらかの前兆だろうか？

＊

私は、一日中、あえて彼女に近づこうとしない。夕暮れどきになって、私がわが家の四阿にすわっていると、突然、彼女のバルコニーの緑の生垣のあわいに、彼女の魅力的な、ちいさな赤い頭がみえる。「どうしてあなたはこないのよ？」と、彼女はいらだたしげに、下にむかって呼びかけてくる。

私は階段を駆けあがったものの、上に着くとふたたび意気阻喪して、そおっとノックしてみる。彼女は、なかへはいれともいわない。ただ扉をひらき、敷居に足を踏みだすばかりだ。

「私のサンダルはどうしたの？」

「それは――もっています――そのつもりで」と、私はくちごもった。

「もってきてちょうだい。それから一緒にお茶をして、お喋りしましょう」

私が戻ってきたとき、彼女は、サモワールでお湯を沸かしていた。私は、サンダルをうやうやしくテーブルのうえにおいて、罰を待ちかまえている子どものように、片隅に立っていた。

私は、彼女がすこし眉根をよせていて、口のまわりにどこかきびしい、尊大な表情がただよっているのに気づいたのだが、それがまた、私を魅了してやまないのだった。

突然、彼女は笑いだした。

「それでは――あなたはほんとうに愛しているのね――この私を?」

「そうです。そして、愛しながら、あなたがお考えになっている以上に、苦しんでもいるのです」

「苦しんでる、だって?」といって、彼女はふたたび笑った。「それはおもしろいわ」

私は腹をたて、恥じ入り、うちのめされた。しかし、どうしてみても、詮ないことだった。

「あなたは子どもね」と、彼女はつづけた。「私は、そうしたあなたが好きよ」彼女は、私に手をさしだして、私をとびきり好意的な眼でみつめた。

「それでは、私の妻になってくれますか?」

侯爵夫人のヴァンダは、私をまじまじとみつめた――ほんとうに、なんという眼でみつめたことか?――思うに、まず驚いて、それからすこしばかり嘲るように。

「どこからまた、突然にそんな勇気がわいてきたの?」

「勇気ですって？」

「そう、そもそも一人の女をわがものにする勇気よ、それもよりによって私を？」彼女は、サンダルを高くもちあげた。「あなたは、そんなにもはやばやと、これと仲よくなったわけ？　だけど、冗談はさておいて。あなたは、ほんとうに私と結婚するつもりなの？」

「ええ」

「さあてゼーヴェリーン、それはちょっと真面目なお話よ。あなたは私のことが好きになって、私もあなたが好きになっていると思うわ。そして、もっといいことに、私たちはおたがい相手に興味をもっている。私たちがすぐに退屈してしまう危険は、当面、なさそうね。だけど、あなたも知ってのとおり、私は軽はずみな女で、だからこそ、結婚というものを、ひどく真剣に受けとめてしまうのよね。そして、私がいろいろな義務を負うとすれば、それを果たすことができるようでありたいとも思うの。だけど、私がおそれるのは――いいや――それは、あなたを苦しめるにちがいないわ」

「お願いだから、私には正直に話してください」

「それじゃ、正直にいうわ。私には、いつまでも一人の男性を愛していることができるとは思えない――せいぜいのところ――」といいながら、彼女は、そのちいさな頭を優雅な身振りでかしげて、考えこんだ。

「一年でしょうかね」

「何を考えてるのよ――たぶんひと月ね」

「私が相手でも、だめですか?」

「そう、あなたなら——あなたなら、もしかしてふた月かな」

「ふた月!」と、私は思わず叫んだ。

「ふた月で、かなり長いわよ」

「侯爵夫人、それは古代人の上をいっていますね」

「ほらごらんなさい、あなたは真実に耐えられないのよ」

ヴァンダは、部屋のなかを突っ切って、それから暖炉によりかかり、腕を蛇腹におきながら、私を眺めた。

「それで私は、あなたをどうしてあげればいいの?」と、彼女は、また話しはじめた。

「あなたのしたいように」と、私は諦めて答えた。「あなたのお気に召すままに」

「なんと首尾一貫しないこと!」と、彼女は叫んだ。「あなたは、まず私を妻にしようとしていながら、つぎにはすすんで私の玩具になろうというのね」

「ヴァンダ——あなたを愛しているのです」

「それなら、また堂々巡りになってしまうわよ。あなたは私を愛している、そして、私を妻にしたい、だけど、私はあらたに結婚しようとは思わない、というのも、私の感情もあなたの感情も、長つづきするかどうか、疑っているのだから」

「それでも私が、あなたをそうしたいというなら?」と、私は、言葉をかえした。

「それなら、私があなたをそうしたいと思うかどうかが、まだ問題なのよね」と、彼女は、おちついた口調でいった。「私は正直でいたいと思うの、完全に正直で、ね。もし私があなたの求婚に応じるとしても、それは、私があなたを永久に愛することもなければ、そもそも長く愛することもない、それを確信したうえでのことよ。そうしたら、どうなるでしょう？　あなたが知ってのとおり、私は、まるでキリスト教徒なんかじゃないから、べつにだれか愛人をつくってしまうでしょう――」

「あなたは、それほど残酷でいられるのですか？」

「残酷ですって？」と、ヴァンダは肩をすくめた。「私は、あなたに一度として幻想をいだかせたりはしなかったはずよ。私は、自分を喜ばせてくれる愛のほかに、どんな愛も知らないの。私は楽しみたい、私は自分の心に、いやそれどころか、自分の感覚にすら、さからって闘いたくはないわ。このことが、あなたには残酷とみえるのでしょう。だけど、あなたが愛のかわりに、義務をもちだそうとすることで、あなたご自身が残酷になるのよ」

「私は、あなたのほかに何もわがものにしようとは思わない」と、私は、うちのめされて呟いた。

「ああ！　知っているわ。私がたとえそれで苦しんでいても、必要とあらば、というわけね。それは、ただ道徳で飾りたてただけの、男の我欲というものよ。だけど、私は、自己を犠牲にするような女じゃないわ、だれにたいしても、あなたにたいしてもね。そう、すくなくともあなたには」

「ヴァンダ！」

「あなたは男じゃない、あなたは空想家で、魅力的な崇拝者で、きっとお金では買えないほど、得がたい奴隷になるでしょうね。だけど私は、あなたを夫としては考えられないわ。もし私があなたの妻になれば、遅かれ早かれ、私たち二人のどちらかが、この結婚の犠牲にならざるをえないでしょう。そして、そのことは、あなたに心にとめておいてほしいのよ、いいこと、私が犠牲になるわけじゃない、あなたが犠牲になるのだ、と。あなたは、私という女を知らない。私は善人じゃないわよ。私は、軛の下で耐え忍んだりしないし、自分の人生を暗いものにさせたりはしないわ、ええ、人生のひとときたりともね。私があなたを愛しているかぎり、私はあなたのものよ、たとえ神父様の祝福がなくてもね。そして、私があなたを愛していないとなれば、そのときには、私はあなたを容赦しはしないでしょう。あなたの愛人としても、あなたの妻としても」

私は驚愕した。

「どうしたの？　あなた、ふるえてるわよ」

「いともたやすく、あなたを失ってしまうかもしれない、そのことを考えると、ふるえがとまらないんです」

「それであなたは、いまはそのためにあまり幸せじゃないってわけ？」と、彼女はいいかえした。「私があなたよりまえに、他の男たちのものだった、そして、あなたよりあとで、他の男たちが私をわがものにするだろう、そのことがあなたの喜びのいくばくかを奪ってしまうというの？　そして、だれか他の男が、あなたと同時に幸福であったなら、あなたの取り分がよりすくなくなるとでもいうわけ？」

「ヴァンダ！」

「いいこと」と、彼女は言葉をついだ。「そんなことをいっても、それは逃げ口上にすぎないわ。

あなたは、私をけっして失いたくはない。それはいいとしましょう。私はいつもあなたと暮らしてもいい、その程度には、私は、精神的にあなたのことが気にいっているのだから。もしも私が、あなたのほかに――」

「なんという考えだ！」と、私は金切り声をあげた。「あなたには、なんだか恐怖のようなものをおぼえるよ」

ふと気がつくと、ヴァンダは、左の腕でささえながら、身をおこしていた。「私のそもそもの信条は」と、彼女はいった。「男を永久に縛りつけておくためとあらば、まず何よりもその男に忠実であってはならない、ということよ。どんなにまっとうな女であれ、いまだかつてヘタイラほど慕われたことがあったでしょうか？」

「実際に、愛する女の不実には、苦痛にみちた魅惑が、このうえない官能の愉楽が、あるものです」

「あなたにとっても？」と、ヴァンダは、早口で尋ねてきた。

「私にとってもそうです」

「それでは、私があなたにこの喜びを与えてあげるとすれば？」と、ヴァンダは、嘲るように言い放った。「それも、あなたの妻になって？　ええ、ゼーヴェリーン、この条件でなら、私はあなたの求婚に応じてもいいわよ。私は、あなたを愛しているかぎりは、あなたに忠実でいることでしょう。そして、あなたをもう愛さなくなったら、愛人をつくるから、あなたのほうでは、それを静かに耐え忍ぶというわけよ」

「いいえ、侯爵夫人」と、私はひややかに答えた。実のところは怒りにもえて、身をふるわせていたのだが。「それは願い下げです」

「私のみるところ、あなたは、すべての殿方がそうであるように、裏切られるのがお好きなようね」と、ヴァンダは口早にいった。「だけど、私には、裏切ることに抵抗があるのよ。だからこそ、ゼーヴェリーン、私はけっしてあなたの妻にはならないでしょうね」そういうと、彼女は、誇らしげに私に背をむけた。

「それがあなたの最後の言葉ですか?」と、私は尋ねた。その声は、いまにも消えいりそうだった。

侯爵夫人は、腕を組んだまま、私にむかって歩みでた。「あなたは滑稽だわ」と、彼女はいった。そして、微笑が唇のまわりにただよっていたが、それがまた、私の心を切りさいなむようだった。私はだまったまま、お辞儀をすると、すばやく部屋をでた。そして、彼女は、私を呼びとめはしなかった。

*

彼女は姿をみせない。一日たっても、二日たっても。

私は、陽がでているあいだは、夢遊病者のようにうろつきまわり、夜になると、まるで拷問にかけられているように、ベッドに横たわる。

三日目に、私は力尽きた。私は、彼女のところへでむいて、足元に身を投げだそうと思う。と、階段のところで、タルタコフスカ夫人に出会う。

「侯爵夫人はご在宅ですか？」と、私は尋ねる。老婆は、意地のわるい小人のように、突然、小さくなって、厚顔にも嘲るように、私にむかって眼をしばたたかせる。「侯爵夫人は、おとといの夜にお発ちになりましたよ」と、彼女は、ようやくのことで私に告げる。「ご存じだと思っていました」

「お発ちになったって？　どこへ？」

「レンベルクだと思いますよ」

一時間のちには、私はもう郵便馬車[49]の客になっている。

＊

私は、レンベルクに夕方遅くに着いて、馬車を雇うと、ホテルからホテルへと駆けめぐった。そして、やっとのことで侯爵夫人が投宿していたホテルをみつけた。私の心臓は、喜びで高鳴ったのだが、それだけにいっそう長いこと、責めさいなまれる破目になった。

侯爵夫人は、芝居見物にでかけていた。

それで私は、自分も部屋をとり、身支度をととのえて、それから彼女の部屋の戸口のまえで待ちかまえた。

彼女がようやく階段をのぼってきたとき、私は、一言も発することなく、彼女の足元に身を投げだした。ヴァンダは私をみつめた――それも肩越しに――まるでしつこい乞食に眼差しをくれるように。それから彼女は、ついてくるように私に眼くばせをして、先に立ってずかずかと部屋にはいると、劇場用の白いコートを脱ぎすてて、小さい安楽椅子の一つに腰をおろした。

私は、彼女のまえにひざまずいて、お情けを乞うた。そして、彼女は――彼女は笑いだした。

「それで、あなたはまたいらっしゃったというわけね。私がこれほど残酷であっても」

「どうぞ好きなだけ、勝ち誇ればいいでしょう」

「何にたいして勝ったことになるわけ？」と、彼女は、おちついて言葉をかえした。「だって私は、あなたが降参するだろうということを、かたときも疑ってはいなかったわよ。私がのぞみさえすれば、だれもが私の虜になったわ」

「それであなたは、私があなたを愛することをのぞむわけですか、侯爵夫人？」と、私は、恍惚として尋ねた。

「私がのぞむのは、あなたが私を崇めること、あなたが身もやせ細るほどに私を慕うこと、そして、あなたが私の奴隷であること、あなたが私の奴隷でありたいと思うことよ」

「あなたがのぞみさえすれば、あなたの奴隷であり、かつあなたの夫に」

「いいえ、ちがうわ、ゼーヴェリーン、ただ私の奴隷になるだけよ」と、彼女は静かに答えた。「気をつけてね、事態は、いまではもう三日前とはすっかりかわっているのよ。私は、あなたを連れてどこかへでかけましょう。もしかしてタロフ城[50]あたりかな。そして、そこならせいぜいお恵みをほどこすことができる。あなたには分不相応なほどのお恵みをね。ただし、私が楽しむことができるかぎりは、よ。だけど、私があなたを愛さなくなれば、即刻、お暇《いとま》を告げるだけだわ」

「ヴァンダ！　あなたなしでは私が生きていけないことを、知ってるでしょう」

「いいわ。それなら、私があなたを愛さなくなったら、あとはすぐさま、あなたの選択にまかせることにしましょう。私から離れるか、それとも、それをだまって耐え忍ぶか」

「ぜったいだめだ！　あなたが他の男の腕に抱かれているところをみているなんて、そんなことはけっして耐えられない」

「そんなことは想像しなくていいわ」と、侯爵夫人はいった。「あなたが私を追ってレンベルクまで来たのは、私が残酷であるにもかかわらず、というわけではなくて、むしろ私が残酷だから、ということなのでしょう。それがあなたには、もう抵抗できない魅力なのよね。いやそれどころじゃないわ。私にひどい仕打ちをされることが、あなたをうっとりさせるのよね。さっさと白状しなさいよ」

「そう、そのとおりです」と、私は、いま一度、彼女のまえにひざまずいた。「それも、あなたが考えている以上にね」

侯爵夫人は笑いだした。「もちろんわかってるわよ。私から何をされても、あなたはすべてを耐え忍ぶのよね。それも、私が毛皮を着るとなると、いよいよね」

「私は、自分の上に立つものしか、愛することができないのです」と、私はつづけた。「美しさで、激しい気性で、精神で、意志の力で、私を支配する女、私の暴君になるような女しかね」

「知っていましたよ。他の人たちなら反撥を感じるようなものに、あなたは惹きつけられるのよね？」

「そうなのです。それがまさに、私の変なところで」

「ところで、あなたの情熱には、結局のところ、何も人並はずれたところ、変なところは、何もないわよ。だって、美しい毛皮が気にいらない人なんているかしら？　そして、だれだって、情欲と残酷がごく近い関係にあるということを、知ってもいるし、感じてもいるわ」

「私の場合は、こうしたすべてが極度に昂進してしまっているのです」と、私は答えた。

「ということは、あなたには、理性があまり力をおよぼしていないのよね。そして、あなたは、柔らかい、情熱的な、官能的な質《たち》なのだわ」

「殉教者たちもまた、柔らかい官能的な質《たち》の人たちだったのでしょうか？」

「殉教者ですって？」

「ところがそれは、まったく逆なのです。彼らは超官能的な人たち[51]でした。彼らは、受難のなかに快楽をみいだし、他の人たちが喜びをもとめるように、すさまじい苦痛を、いやそれどころか死すら希求したのでした。私もそうした超官能的な人間なのですよ、侯爵夫人。生きることは苦しむことです。快楽とは、苦痛の刹那の中断にほかなりません。しかし、それはまた、たえずあらたな苦痛につながるだけです。それなら、インドの行者たち[52]のように、どうして苦痛のなかに、すぐさま快楽をもとめないわけがあるでしょうか、そして、このようにして、生と死を超克しないわけが？」

「それは、私には哲学的にすぎるわ」と、美しい女は、嘲るようにいった。「なぜあなたは、単刀直入にこういおうとしないの？　どんな男もそうであるように、私の心をかきたてるのは、私の愛にふれてはこない、私の嫉妬を嘲る、私を容赦なく虐待する、そうした女なのだと？　それなのに、あなたは、ご自分の憧れに勝手な名前をつけたりして。そのうちにご自分が殉教者になったりしないように、それも女に殉教してしまったりしないように、くれぐれもご注意あそばせ[53]」

「だけど、まあいいから立ってくださいな」と、彼女は、愛想のいい微笑をうかべながらつづけた。「私はくつろぎたいの。一緒にお茶をして、あなたの風変わりなところについて、もっとお喋りしましょうよ」

彼女は、私の額に口づけすると、部屋を出ていった。

部屋付きメイドがテーブルの用意をして、サモワールをしつらえた。彼女がふたたび退くやいなや、ヴァンダが、まるで砂糖で紡いだような白いナイトガウンを身にまとって、流れるような洗い髪のままの姿であらわれて、寝椅子の私のそばに腰をおろした。

「で、いつからあなたは、この考えに——この願望に、とりつかれるようになったの？」と、彼女は、カップにお茶をそそいで、紙巻き煙草の端を切り、一服つけてから、そう尋ねた。

「記憶にありませんね」と、私はいった。「自分がそんな願望をもっていなかったときのことなんか。もう小さい子どものときに、女の人たちにたいして、なんだか謎めいた物怖じの気配をみせていました。そこにあらわれていたのは、そもそも女にたいする無気味な関心にすぎなかったのです。教会の陰鬱な円天井や薄暗がりが、私を怖じ気づかせました。そして、きらめいている祭壇や聖者像をまえにして、文字どおりの不安が私をとらえるばかりでした。それに反して、私の父の図書室にあるヴィーナスの石膏像には、まるで禁断の木の実をとろうとするかのように、ひそかに忍んでいって、ひざまずいたりしていました。そして、ヴィーナスにむかって、習いおぼえたお祈りを、主の祈りやアヴェ・マリアやクレドを、唱えたものでした。

ヴィーナスにおめみえするために、夜中にベッドをぬけだしたことがありました。三日月の光が射していて、女神を青白い、冷たい光のなかにうかびあがらせていました。私は、女神のまえにひざまずいて、私たちの故郷の人たちが救世主の亡骸にそうするのをみた、そのままに、その冷たい足に口づけしました。

どうにもおさえきれない憧れが、私をとらえました。

私はよじのぼり、美しい冷たい体を抱きしめて、冷たい唇に口づけしました。そのとき、底知れぬ戦慄が私にむかっておそいかかってきて、私は逃げだしました。そして、夢のなかで、女神が私の臥所のまえに立っていて、腕をふりあげて私を脅しているように思えたのです。

両親が私を早くに学校へ送りこんだので、私は、ほどなくギムナジウムに入学し、古代の世界が眼のまえにひらいてみせることを約束してくれた、およそありとあらゆることを、情熱をもって把握したのでした。私は、すぐにイエスの宗教よりも、ギリシアの神々に親しむようになりました。パリスと一緒になってヴィーナスにいわくつきの林檎を与えたり、トロイアが炎上するのをまのあたりにしたり、オデュッセウスにしたがって、彼の漂泊の旅をともにしたりしました。あらゆる美の原像が、深く私の魂に沈潜していて、ほかの子どもたちが乱暴な、粗野な振舞いをしていた、あの時期に、あらゆる卑俗なもの、下品なもの、美しからざるものにたいする、おさえがたい嫌悪をしめしたものでした。

しかし、まったくとりわけ卑俗なもの、美しからざるものとして、成熟しつつある少年の眼のまえに出現するのは、最初はすっかり月並な姿であらわれてくる、女にたいする愛でした。

私の母が——私は、当時、十四歳くらいでしたが——魅力的な小間使いを雇いいれました。若くて、かわいらしくて、ふくよかな体つきをしていました。ある朝、私がタキトゥス[54]をじっくり読んでいて、古代ゲルマン人の美徳に夢中になっていると、その小娘が私のほうに寄ってきました。彼女は、突然、立ちどまり、箒を手にしたまま、私にむかって身をかがめると、その豊満な、みずみずしい、みごとな両の唇が、私の唇にふれてきました。しかし、私は、もっていた『ゲルマーニア』を盾にとるようにして[55]、誘惑してくる娘に対抗すると、憤懣やるかたなく部屋を飛びだしたものでした」

ヴァンダは、大声で笑いだした。「あなたは、実際には、同類をさがしもとめてやまない、所詮はそんなたぐいの男のようね。だけど、まあいいから、つづけてちょうだい」

「おなじ時期のまた別の場面が、忘れられない記憶として残っています」と、私は話しつづけた。「遠い親戚にあたる叔母のソボル伯爵夫人が、両親を訪れてくることがありました。笑顔が魅力的な、堂々とした美人でした。しかし、私は、彼女が嫌いでした。というのは、彼女は、うちの家族のあいだではメッサリナ[56]としてとおっていたからです。それで私は、彼女にむかっては、およそできるかぎり不作法に、意地わるくふるまったものでした。

ある日、両親は郡都にでかけていました。叔母が両親の不在を利用して、私にお仕置きをしようと決心したのでしょう。だしぬけに彼女は、毛皮で裏打ちしたカツァバイカ[57]を着て、召使の少女たちをしたがえて、つかつかとはいってきました。多く問う暇もあらばこそ、彼女は、私をひっつかんで、私が激しく抵抗するのもおかまいなしに、私の両手両足を縛りあげて、若枝をたばねた大きな鞭で、私を打ちはじめました。そして、彼女があまりに容赦もなく打ちのめしたものだから、血が流れて、最後に私は、私の英雄気取りの勇気もどこへやら、泣きだして、お慈悲を乞う始末でした。それで彼女は、私の縛めを解くように命じましたが、私は、彼女のまえにひざまずいて、その手に口づけしないではいられませんでした。

そういう次第で、あなたがいまのあたりにしておられるのは、まさに超官能的なうつけ者なのです！　毛皮の上着を身にまとって、怒れる女専制君主のようにたちあらわれた、美しい、豊満な女の鞭のもとで、私の内部に、はじめて女にたいする官能がめざめたのでした。そして、叔母は、私にとってそれ以後、この地上でもっとも魅惑的な女性と映ることになりました。

私のカト[58]的な峻厳さ、女にたいする物怖じは、極度にまで昂進させられた美的感覚にほかなりませんでした。官能は、いまや私の幻想のなかで、一種の儀式と化していました。そして、私はみずから誓いをたてたのです、その聖なる感覚を、よもや通俗的な物事にいたずらに費やしたりはしまい、と。

私は、非常に若くして大学に入学し、美しい叔母のソボル伯爵夫人が住んでいた主都にやってきました。当時の私の部屋は、ファウスト博士の部屋に似ていました。なにもかもが部屋じゅうに雑然とならんでいて、丈の高い本棚は、セルヴァニツァ[59]にあるユダヤ人の古書店で、二束三文で買ってきた本でぎっしりつまっていました。それから、地球儀、地図帳、錬金術用のフラスコ、恒星図、獣類の骨格標本、髑髏、偉人の胸像など。大きな緑色の暖炉のうしろから、いまにもメフィストフェレスが遍歴の学徒の姿をしてあらわれるかにみえました。

私は、体系も選択もあらばこそ、すべてごちゃまぜに勉強しました。化学、錬金術、歴史、天文学、哲学、各種の法学、解剖学、文学と。ホメーロス、ウェルギリウス、オシアン[60]、シラー、ゲーテ、シェイクスピア、セルヴァンテス、ヴォルテール、モリエール、コーラン、宇宙、カサノヴァの『回想録』[61]といったぐあいに。私は、日々、ますます混乱し、ますます空想的になっていきました。そして、いつも私は、美しい理想的な女を、念頭においていました。それは、私には、ときとして幻にも似て薔薇の褥《しとね》に横たわり、アモレットたちにとりかこまれていて、私の革装本と骸骨のあいだに姿をあらわすのでした。あるときはオリュンポスの神々さながらの装いで、石膏像のヴィーナスのきびしい、白い顔《かんばせ》をして、またあるときは私の叔母そのままに、ゆたかな茶色のお下げ髪を垂らして、笑みをたたえた青い眼をして、オコジョの毛皮の縁取りをした、赤いビロードのカツァバイカを身にまとって。

ある朝のことでした。彼女がまたしても、ゆたかな、底ぬけに明るい魅惑をふりまきながら、私の空想の黄金色の霧のなかからうかびあがったあとで、私は、ソボル侯爵夫人のもとへでかけていきました。彼女は、私をあたたかく迎えてくれて、歓迎のしるしに口づけしてくれたものだから、私の五感はすっかり混乱してしまいました。彼女は、もう四十に近かったでしょうか、しかし、あのように人生を享楽する、したたかな女性たちのたいていがそうであったように、いまなお非常に男心をそそるものがありました。彼女は、そのときもまた、毛皮を縫いつけた上着を着ていて、しかもこんどは、茶色の貂の毛皮で飾った緑のビロード製のものでした。しかし、当時、私を魅了していた、彼女のあの残酷なきびしさは、そこにはすこしも見当たりませんでした。

彼女は、私の超官能的な愚かさと無邪気さに、あまりに早く気づいていました。それで、私を幸福にすることが、彼女の喜びにもなったのです。そして、私は——私はといえば、実際に若い神のように至福につつまれていました。私が彼女のまえにひざまずき、あのとき彼女が私を折檻した、その両の手に接吻することが許されるたびごとに、それは私にとって、いったいどのような悦楽だったことでしょうか。ああ！　なんとすばらしい手だったことでしょうか！　恰好もよく、繊細で、ふくよかで、白くて、ほんとうに可愛らしいえくぼがあって。実のところは、私は、この手だけを愛していたのです。私は、その手をもてあそび、黒い毛皮のなかをくぐらせてはまたひきだして、炎にかざしたりもして、およそ見飽きることを知りませんでした。

のちになって、私にそれよりすくなからぬ影響をおよぼしたひとりの女がいました。この女が近づきがたい有徳の婦人をよそおっていたのは、結局、私を裏切って、金持ちのユダヤ人にのりかえるためだったのです。いいですか、このうえなくきびしい原則を、もっとも理想的な感覚を、もちあわせているかのようにふるまっていた、そんな女に騙され、見捨てられたことで、それで私は、こうしたたぐいの詩的な、感傷的な徳をそなえた人種を、ひどく嫌っているのです。私にこういってくれるほど、十分に正直な女を与えてください、私はポンパドゥール[62]のような女、ルクレチア・ボルジア[63]のような女よ、と。そうすれば、私は、彼女を崇めることでしょう」

ヴァンダは立ちあがって、窓を開けた。

「あなたは、想像を過熱させ、ひとのあらゆる神経を興奮させ、あらゆる脈搏を早打ちさせる、なんだか独特の流儀をおもちのようね。あなたは、悪徳が正直でありさえすれば、それだけで、悪徳に聖者像のような後光を与えたりする。あなたの理想は、大胆で天才的なクルティザーネ[64]のようね。でもいいから、つづけてちょうだい」彼女は、ゆっくりと私のほうに戻ってきて、それから彼女の美しい手を私の手のうえに静かにおいた。他方で、その眼は、ふしぎな好奇心にみちて私の眼に釘づけになっていた。「まず何よりも、あなたがいったいどうして毛皮をとくに好きになったのかどうか、それをいってくれるかしら？」

「それは生まれつきなのです」と、私は答えた。「ところで鞣した毛皮は、あらゆる神経質な人間を興奮させる効果を有しています。すくなくとも奇妙にちくちくする感触をもっているかぎりは、一種の電気刺激のようなもので、だからこそそれは、猫の集団が感じやすい精神的な人間におよぼすところの、さながら魔女のように心身によく効く影響にほかなりません。そして、そのために、動物界に存在するこの尻尾の長い優美な生き物は、モハメッドの、リシュリュー枢機卿[65]の、クレビヨン[66]の、ルソーの、ヴィーラント[67]のような人たちの愛玩動物になったという次第なのです」

「毛皮を着た女というのは」と、ヴァンダは叫んだ。「大きな猫にほかならないというわけね？」

「たしかに」と、私は答えた。「そうして、毛皮が権力と美を標示する持物として獲得することになった、その象徴的な意味も、それで説明がつくというものです」

「だけど、あなたは、私に全部をいわなかったわね」と、ヴァンダは語りかけた。「あなたは、まだ何か別のことをそれに結びつけているわ」

「私はいいましたよ、私にとって、苦痛のなかにふしぎな魅惑がひそんでいると」と、私はつづけた。「それから、美しい女の暴虐、残酷、とりわけ不実ほどに、私の幻想をかきたてるものはそうそうないと。そして、この女を、醜の美学[68]から生まれたこのふしぎな理想を、フリュネ[69]のような身体にひそむネロ[70]のような魂を、私は、毛皮をぬきにしては想像することができないのです」

「わかるわ」と、ヴァンダが口をさしはさんだ。「女には、どこか支配的で、男が畏《かしこ》み畏《おそ》れるようなものがありますものね」

「それだけではありません」と、私はつづけた。「私が殉教者の伝説集を手にとったのは、十歳のときでした。もともと恍惚にほかならない、何かある戦慄をおぼえながら、読んだことをおぼえています。彼らが鉄灸《てつきゅう》のうえにおかれ、矢で刺しつらぬかれ、瀝青のなかで釜茹でされ、猛獣のまえに抛りだされ、十字架にかけられて、牢獄のなかで憔悴していくさまを、そして、このうえなくすさまじい苦痛を、一種の悦楽とともに耐えていくさまを。受難を、残酷な苦痛を、忍ぶことは、私には、以後、ひとつの快楽と、それも美しい女の手にかかるとなると格別なものと、思われたのでした。

私が官能のなかに聖なるものを、女とその美しさのなかに神々しいものを、看取したのは、生きとし生けるもののもっとも重要な使命が、すなわち、種の生殖が、とりわけ女の天職であることによるのです。私は、女のなかにイシスの女神[71]を、男のなかにその祭司を、その奴隷を、みてとりました。そして、女が男にたいして残虐であることを認識しました。あたかも自然が、それまでは役だっていたものを、それがもはや用済みになるやいなや、斥けてしまうように。他方で男にとっては、ほかならぬ女の虐待が、いや女の手にかかって死ぬことすらも、官能の至福になるのです。

私は、荒くれ女のブリュンヒルデに、初夜に縛りあげられたグンテル王[72]を羨みました。そして、気まぐれな女主人に狼の毛皮に縫いこめられて、獣のように狩りたてられた、あわれな吟遊詩人[73]を。さらに私は、勇敢なアマゾネスのシャールカが、奸計によってプラハ近郊の森のなかで捕縛して、ヂェヴィーン城に拉致し、しばらくもてあそんで暇つぶしをしたあとで、車責めの刑に処したという、あの騎士ツティラド[74]を――」

「信じられないわ！」と、ヴァンダは叫んだ。「その荒々しい種族の女の手におちて、狼の毛皮に縫いこまれたり、猟犬の牙に引き裂かれたり、車輪に縛りつけられたりして、その文学的空想が早々に雲散霧消してしまえば、それはあなたのためにはいいことよね」

「そうお思いですか？　私は、そうは思いませんが」

「あなたは、ほんとうのところ、すこし頭がおかしいのよ」

「そうかもしれません。だけど、私の話をもうすこし聞いてくださいな。私は、それからもほんとうにそれこそ眼の色をかえて、世にもおそろしい残虐な出来事を述べた物語を読んでいきました。その際にとくにこのんで眺めたのは、そうした場面がえがかれている挿絵でした。そして、ありとあらゆる名だたる暴君や首切り役人を、サルタンやパシャを、世界史のページのなかに、肉欲的で、美しく、暴力的な姿で記録にとどめてある、あらゆる女たちをまのあたりにしたものでした。それも、みごとな毛皮に、豪奢なオコジョの毛皮に、身をつつんだ女たちを」

「ということは、あなたをすっかり虜にして、支配するためには、私は、ただ毛皮を着るだけでいいのね」と、ヴァンダは叫んだ。射すくめるような彼女の緑の眼が、奇妙にも嘲りながら満ち足りた気色をみせつつ、私にそそがれていた。「あなたをもう愛さなくなったら、すぐさま私は、オコジョの毛皮を着こんでみせるわ。そうしたらあなたは、私のすることはなんだってがまんすることになるでしょう。だれか愛人をつくったって――」彼女は笑いだした。それにたいして、私はといえば、激情にかられるあまり、彼女のまえに身を投げだして、両腕で彼女を抱きしめたものだった。侯爵夫人は、片手をそっと私の項《うなじ》においた。そして、このちいさな温かい手のしたで、半眼の瞼をとおして、優しくさぐるように私にむけられている眼差しのしたで、ある甘美な陶酔が私をとらえた。「かねてから、それが私の熱烈な願望だったのです」と、私は叫んだ。「自分が愛する、崇める、美しい女の奴隷になることが」

「それも、あなたを虐待する女の奴隷にね！」と、ヴァンダは、笑いながら口をさしはさんだ。

「そうです、私を鞭打って、私を足蹴にする女の。もっとも、それは他人の女なのですが」

「そして、あなたが嫉妬に狂って、幸福に酔いしれている恋敵を脅しつけたりして、それで思いあがったその男のせいで、あなたが彼の手におちるような事態にまでたちいたるとしたら？　こうした結末の活人画[75]は、あまりあなたのお気には召さないかしらね？」

私は、ぎくりとしてヴァンダをみつめた。

「あなたは、私の夢想の上をいきますね」

「ええ、われわれ女は想像力がゆたかなのよ」と、彼女はいった。「ご注意あそばせ。あなたの理想をみつけたとしても、その理想がまた、あなたがのぞんでいる以上に、あなたを手ひどく扱うなんてことに、たやすくなりかねませんわよ」

「私の理想とやらをもうみつけてしまったんじゃないかと、実は気にしてるんですけどね！」と、私は叫んだ。そして、私のもえるような顔を、彼女の膝におしつけた。「もしあなたが私のものに、すっかり私のものにならない、それも永遠にそうならないということなら、私はあなたの奴隷になって、あなたに仕えて、あなたのなすことすべてを耐え忍ぶつもりです。ただひとつ、私を拒否しないでほしいというだけです」

「いいから、気をたしかにもつことよ」と、彼女は、誇らしげな落ち着きをしめすようにいった。

「私は、すべてを、あなたがのぞむすべてのことを、するつもりですよ。ただただあなたを失いたくないばかりに」

「いいから、立ってください」

私は、彼女の言葉にしたがった。彼女も同時に身をおこして、部屋のなかを突っ切って歩いていった。

「あなたは、ほんとうに変わった人だわ」と、彼女はつづけた。「それではあなたは、どんな犠牲をはらってでも、私をわがものにしたいのね？」

「そうです、どんな犠牲をはらってでも」

「だけど、私を所有していることが、あなたにとってどんな価値があるっていうの、たとえば」

——彼女は、さぐるような不気味な眼つきで私をみつめた——「私があなたをもう愛さなくなって、私がだれか他の男のものになったとしたら？」——

私はぞっとした。彼女は、しっかりとした姿勢で、いかにも自信ありげに、私の眼前に立ちはだかっていた。そして、その眼は、ひややかな輝きをおびていた。

「ほらごらんなさい」と、彼女は言葉をついだ。「そう考えただけで、あなたはもう怖じ気づいているじゃないの」

「そうですね。私が愛していて、私の愛に応えてくれた女が、私にたいする容赦もあらばこそ、他の男に身をまかせるところを、まざまざと思いうかべると、恐怖にとらわれてしまうのですよ。しかし、そうなっても、ほかに選択肢があるでしょうか？　こうした女を愛するとすれば、それも気も狂わんばかりに愛しているとすれば、誇り高く女に背をむけて、私の高慢な力のゆえに崩壊すればいいとでもいうのでしょうか、そうして、頭にピストルの弾をぶちこめばいいとでも？　私には、二通りの女性の理想があります。一方の理想、つまり貞淑で優しく、私の運命を共有してくれる、そうした女をみだせないとなれば、むしろ貞潔でもなければ貞淑でもない、無慈悲ですらある、そうした女にいれあげるほうがましというものです。我欲ばかりがふくらんだそうした女が、またひとつの理想でもあるのです。愛の幸福をそっくり完全に享受することができないとなれば、私は、その苦痛、その苦悩を、底の底まで味わいつくしたい。それから、愛する女から虐待され、裏切られたい。そして、それは、残酷であればあるほど、なおいいのです。それもまた、妙味なのですよ！」

「あなた、正気なの！」と、ヴァンダは叫んだ。

「私は、あなたを心から愛しています」と、私はつづけた。「ほんとうに正気です。私がなおも命ながらえる定めにあるとすれば、あなたが近くにいてくれることが、私にとって欠かすべからざることなのです。どうか私の二つの理想の、そのどちらか一方を選択なさってください。どうぞ私をご随意に」

「いいわよ、それじゃ」と、ヴァンダは、ちいさいながらも力強く弧をえがいている眉をひそめながら話した。「私を愛してくれている男をすっかり手中におさめるというのは、なかなかおもしろいと思っているのよ。すくなくとも、暇つぶしには事欠かないでしょう。あなたが私に選択をゆだねたのは、なんとも軽率だったわね。それじゃ、私は選択するわよ。あなたには、私の奴隷になってもらいましょう。私は、あなたを玩具にするわよ！」

「おお！　そうしてください」と、私は、なかばおののきつつ、なかば恍惚として、叫んだものだった。「結婚が平等に、一致にもとづいてのみ、可能であるのなら、それにたいして、このうえない熱情は、対立によって成立するのです。私たちは、ほとんど敵対しさえする、そうした対立そのものであり、だからこそこの愛は、私にあっては、ある部分は憎悪であり、また他の部分は恐怖なのです。そのような関係では、一方が鉄槌で、他方が金敷にしかなりようがありません。私が金敷になりましょう。愛する人を見下しているかぎり、私は幸福にはなれないのです。私は、女を慕うことができるようになろうと思います。そして、それができるのは、女が私の支配者であり、私の暴君であるときだけなのです」ヴァンダは、一瞬、考えこむようにみえた。

「あなたが今日、いったことを、忘れないでね」と、彼女は、ややあってから答えた。「私は記憶力がいいのよ。そして、いま――おやすみなさい――またあした」

＊

翌朝、私たちは、一緒に朝食をとった。侯爵夫人は、いたって上機嫌のようで、彼女の眼差しは、親しげに、ほとんど優しくといっていいほどに、私にむけられていた。

突然、彼女は煙草を投げ捨てて、叫んだ。「私は、本の序文をいつも飛ばしてしまうように、とにかくながながと準備をするのは嫌いなのよね。だから、私たちの長い物語も、二人がすぐに楽しめそうな箇所から、すぐにでもはじまらなくっちゃね。すぐに荷造りをしてちょうだい。一時間あとにはタロフへ出発するのよ」

私は、侯爵夫人の手を、情熱的な喜びをこめて、私の唇におしあてた。

「それであなたは満足なの？」

「天にものぼる心地です」

「まだ早いわ」と、ヴァンダは、いかにも嘲るようにいった。「だけど、私が専制君主のようにふるまうことができる城でなら、そうしたことはみつかるはずよ」

「だけど、それはどれほどのあいだですか？」

「いまそれを訊くのは、野暮というものよ」

＊

それは、丘陵地とかなりよく耕作された平地をとおっていく、なんとも退屈な道のりだった。侯爵夫人は言葉少なで、何ごとかについて考えこんでいる様子だ。彼女は、私の問いかけに生返事をするばかりで、私が話をしても、ほとんど耳をかさない。五時間がただただものうく過ぎて、それから不意に気がつくと、眼前の刈り株の残っている畑のただなかに、タロフの古城[76]のまるい、大きくて不格好な塔が屹立している。赤い屋根が流れだしたばかりの血潮のように、鈍く光っている。大きなポプラの木には、何羽かの鴉がとまって、われわれを注意深く観察しているような気配だ。薄い霧がたちのぼってくる。牧笛の音が遠くで聞こえている。

年老いた城の執事が、白髪を秋風になびかせながら、はばひろい石段の下で私たちを迎えてくれる。召使たちが駆け寄ってくる。広い中庭、高い塀、石造りの紋章いりの楯、廊下にかかっている絵画、壁にたてかけられた武器類、色あせた絨毯を敷きつめた広い部屋のかずかずと、こうしたすべては、王侯貴族の華麗な印象を与えはするが、しかし、どこか衰微したような気配を隠しようもない。あたかもそれは、何かしら魔法の言葉が瓦礫と腐朽のなかから、いにしえのポーランドの栄光を、突如、ふたたび陽光のもとに呼びだしたかのようである。

*

執事が私の部屋へ案内してくれたあと、私は、身づくろいをすませて、侯爵夫人が召使に私を呼びにやるのを待ちかまえる。一時間が過ぎ、また一時間が過ぎていく。彼女は、私を呼ぶ様子もなければ、みずから姿をあらわしもしない。部屋でひとり夕食をとるべく、召使が給仕をしてくれる。

私は、つぎつぎと葉巻に火をつけて、深夜までまるで歩哨のように、部屋のなかを行ったり来たりする。

＊

城のなかのすべてのものを、そして、あたり一面に流れるように広がっている平野を、黄金色でおおいつくす陽の光とともに、侯爵夫人もまた、美しく、晴れやかに、若返ったかのように、とりわけ鷹揚に、たちあらわれる。彼女が私に腕をかすようにもとめると、私は私で、いそいそとその命にしたがって、彼女を古い、なかば荒れたままになっている庭園へといざなっていく。

おお！　彼女がお喋りをするさまは、なんと魅惑的なことだろう！　そんなときの彼女は、なんと気立てがよくて、なんと素直なのだろう！

だれがいったい、この女の本性をさぐりあてることができるというのか！　すくなくとも、私はそうだが。

＊

この三日間というもの、私が彼女と一緒にいなかったことは、ひとときとしてなかった。私は、たえず彼女の眼をのぞきこんで、手をにぎったまま、彼女が語る言葉に耳をすませて、どこへでもつきしたがうことが許された。

私の愛は、いよいよ深みにはまっていく、いまはもはや何も私を救いあげることのできない、そんな底なしの淵のように思われてくる。

今日の午後、私たちは、庭園でそろそろ今年は見納めの花々を、アスターとテンジクボタンを、摘んでいた。そして、大きなアーチ形の窓のある小さい広間にすわっていた。四方の壁は絵画で飾られていて、その中央には、ヴィーナスの石膏像が高い台座のうえに位置をしめていた。私は、足元におかれていた色とりどりの花々から、二、三本のアスターをえらんで、それを侯爵夫人の膝のうえに抛りなげた。彼女がそれを花冠に編むと、私たちは二人して、それで女神の像を飾りたてた。

突然、ヴァンダは、なんとも奇妙な、心をかき乱すような眼で、私をみつめたものだから、激情がさながら炎にも似て、私の全身をつつみこんだ。もはやわれを忘れて、私は、彼女を抱きしめて、彼女の唇に口づけをした。そして、彼女は――彼女は、私を波うつ胸に押しつけた。

「怒っていますか？」と、私はややあって尋ねてみた。

「私は、ごく自然なことを怒ったりはけっしてしないでしょうよ――」と、彼女は答えた。「ただ私は、あなたが苦しんでいるんじゃないかと思って」

「ああ、私はひどく苦しんでいますよ」

「かわいそうなひと」といって、彼女は、私の乱れた髪を額からかきあげた。「だけど、それが私のせいでなければいいのだけれど」

「あなたのせいじゃありません――」と、私は答えた――「それでも、あなたにたいする愛は、もう狂気の域に達しています。私があなたを失うかもしれない、いやもしかすると、実際に失う定めにあると思うだけで、日夜、私は苦しんでいるのです」

「だけど、あなたはまだ全然、私をわがものにしていないじゃない」と、ヴァンダはいって、すでに私を魅了したことのある、あの微細にふるえるような、濡れた、喰いつくすような眼差しで、またしても私をみつめるのだった。そして、彼女は身をおこし、ちいさな透き通るような手で、白や赤のアスターの花冠を、ヴィーナスの白い巻き毛の頭部にのせた。なかば意に反して、私は、彼女の体を抱きしめてしまった。

「私は、もうあなたなしでは生きていけません、美しいひと」と、私はいった。「信じてくださ い、今回ばかりは、私のいうことを信じてほしいのです。それはけっして美辞麗句でもなければ、空想でもありません。私の生がどれほどあなたの生と結びついているか、それを私は、心の奥底で感じているのです。あなたが離れていったりすれば、私は崩壊して、破滅してしまうでしょう」

「あなたって、空想家ね」と、彼女は答えた。「それじゃ、私があなたを愛していないとでも?」

「だけど、私が無条件であなたのものになっているのに、そのあなたのほうは、ただ条件つきでしか、私のものにはならないというのですから――」

侯爵夫人は、誇らしげにほほえんだ。そして、そのひらいたままの唇のあたりには、ほとんど侮蔑するような気配がただよっていた。「実際また、そうするしかないわよね」と、彼女はいった。「あなたが私のまえでふるえおののいて、私の足元で死んでいくのを、私はこの眼でみたいのよ。だって、私はドイツの小説のヒロインなんかじゃない、そうじゃなくて、あなたの理想の毛皮のヴィーナスなのだから」

＊

夕方、彼女の寝室で、彼女が大きい黒っぽい毛皮に身をつつみ、トルコ風の寝椅子に横になっていて、私はといえば、その足元で、頭を彼女の膝にもたせかけていた、そのときに、ヴァンダはこう話しはじめた。「あなたはなんと欲がないことね、ゼーヴェリーン、あなたは、実際に殉教者に生まれついているのだわ。私たちは、どれくらい長く愛しあっていられるかしら？ ひと月かな？ そうじゃないこと？ それなのにあなたは、口づけのほかに何ももとめなかったし、それで満足してるんだものね」

「私には勇気がないのです――」と、私はくちごもった。

「せめてすくなくとも大胆であれ、などと、この私でもすすめたりはしないでしょう」と、彼女は答えた。「私を支配することはできないし、その気になりさえすれば、すぐさま心優しくもなるのよ。だけど、私はけっして弱くはないし、献身的でもない。そのことを忘れないでくださいね。そして、私は、あなたが苦しむのを、これからもまだまだみていたいのよ。それが私には喜びなの」彼女は、私をじっとみつめると、毛皮をゆっくりとそのみごとな肩からすべりおとした。

何か狂気のようなものが、私をとらえた。私は、彼女のまえに身を投げだすと、その足をおのが項《うなじ》にのせた。私は、彼女の足に口づけして、ひざまずきながら身をおこした。そして、あげくのはてにすっかり正気を失って、その誇り高い女を腕でかきいだこうとした。しかし、その瞬間、彼女は、足で私を突きのけたのだった。

「ヴァンダ！」と、私は叫び声をあげた。彼女は静かに、おしだまったままだった。「なんという仕打ちをするんだ」と、私はくちごもった。

「あなたにしかるべき仕打ちをしているだけよ」と、侯爵夫人は答えた。「それは、あなたが自分でも願っていることでしょ。たとえいまこの瞬間には、あなたはそう告白したりはしないでしょうけど。私をそんなにおそろしい眼で、みないでくださいな。ほら——あなたを足蹴にした、私のこの足に口づけをして——すぐにこの場で」

私の全身に血がのぼった。しかし、あるデモーニッシュな暴力が私をおさえつけて、彼女に服従するように強いたのだった。

私は、もえるような唇を彼女のちいさな足におしつけた。そして、彼女は——そんな私をあざ笑った。

自分をそのようにそっくり無条件に一人の女の手にゆだねてしまうとは、ときとしてわれながら無気味に思えてくることがある。彼女が私の情熱を、彼女の権力を、濫用するとしたらどうなるだろうか？

ともかくもそのとき、子どものころから私の空想をとらえてやまなかったこと、私をつねに甘美な戦慄でみたしていたことを、私は体験しているのだ。おろかな杞憂ではないか！　彼女が私を相手にして遂行しているのは、悪戯半分の遊びであって、それ以上ではない。だって彼女は、私を愛しているし、彼女はこんなにも気立てがよくて、上品な、心のひろい女性なのだ。しかし、そのとき彼女は、すべてを手中ににぎっている——彼女はそうしようと思えばそうすることができるのだ

――このような疑いの、このような恐れのなかに、なんという蠱惑があることか。

＊

マノン・レスコーと、彼女が他の男の愛人になっても、それどころか罪人《つみびと》として晒し者にされても、彼女を慕いつづけた、あのあわれな騎士[77]を、いまこそ私は理解するのだ。

愛は有徳も知らなければ、功徳も知らない。愛は愛し、与え、そして、すべてを耐え忍ぶ。というのも、愛はそうしないではいられないからだ。みずからの判断がわれわれをみちびくわけでもなければ、われわれがみいだす利得か、あるいはせいぜい失敗が、われわれを耽溺へと誘いよせたり、あるいはわれわれを怖じ気づかせたりするわけでもない。

われわれを駆りたてるのは、甘美な、憂愁にみちた、神秘の力だ。そして、われわれは、思考することを、感受することを、意志することを放棄して、ただ愛に衝迫されるがままに、その行方を問うこともしない。どこへ？　などと。

＊

私の境遇の滑稽なところは、ほかでもない、私がリリーの園の熊[78]のように、逃げようと思えばそうすることもできるのに、そうしようとしない、彼女が私を自由の身にするといって脅すやいなや、私がすべてを耐え忍ぶということにある。

彼女が私を取り扱うときの、その丁寧さには、私にはどこか無気味なものがある。私は、美しい猫が優雅な手つきでもてあそぶ、囚われの身のちいさな鼠のようだ。いまにも引き裂かれてしまいそうで、私の鼠の心臓は、もうこなごなに砕けてしまいそうだ。

彼女は、いったい何をたくらんでいるのか？　私をどうしようというのだろう？

＊

彼女は、私にたいしていまはどれほど親切であることか、どれほど優しく、どれほど愛情深いことだろうか。私たちは二人して、至福の日々を過ごしている。

今日、彼女は私に、ファウストとメフィストフェレスがくりひろげる一幕を朗読することを所望した。メフィストフェレスが遍歴の学徒として登場する、あの場面だ。彼女は、なんとみごとだったことか。髪粉を散らした、雪のように白い御髪《おぐし》のなかに、ダイヤモンドのディアデム[79]がきらめいて、白い繻子のローブが微光をはなつ波さながら、彼女をつつんできぬずれの音をたてていた。彼女の眼差しは、奇妙な満足の色をたたえて、たえず私にそそがれていた。

「私には理解できないわ」と、彼女は、私が朗読しおえたときにいった。「どうして男性が、壮大な美しい思想を、講演のなかではそれほどみごとに明晰に、それほど鋭く、それほど理性的に展開するのに、それでいてそんな空想家でありうるのかが」

「君は満足したかね」[80]と、私はいって、彼女の手に口づけした。

彼女は、いかにも親しげに私の額をなでた。「あなたが好きよ、ゼーヴェリーン」と、彼女はささやいた。「ほかの男をこれほど愛することはできないと思うわ」

私は、彼女を腕に抱いた。心の奥底からの憂愁にみちた幸福が、私の胸をみたした。私の眼はうるんで、涙が彼女の手におちた。

「どうして泣いたりするのよ！」と、彼女は叫んだ。「あなたって、子どもね」

「私は幸福だ、ヴァンダ、言葉にならないほど幸福なんだよ」と、私はくちごもった。「私は、ただあなたの奴隷でいたいだけなのです。それ以上は、何ものぞみません」

「奴隷とか、残酷とか、そんな言葉はもうやめてちょうだい」と、侯爵夫人は私をさえぎった。

「私はあなたにたいしては、何よりも毛皮のほかにはもう何も着ないことにします。そこに、私の毛皮の上着があるわ。こちらへきて、私が着るのを手伝ってちょうだい」

私はあたりをみまわした。白い天蓋が、さながら雲にも似て、波立つようにとりかこんでいる彼女のベッドのうえに、オコジョの毛皮の縁飾りを惜しみなく、いとも豪奢に使った、真紅のビロードのカツァバイカがあった。私がいそいそとそれをとりにいくと、ヴァンダは、コケットな眼差しを私にむけながら、カツァバイカの裏地に縫いつけられた薄手の毛皮を身にまとわせた。オコジョの毛皮は、彼女の胸の大理石のような肌を、ただもう眩しくきわだたせるばかりだった。そして、最後の締め金をとめたあとで、ようやく彼女は、私に花のような唇をむけてきた。

「私にキスして」と、彼女は呟いた。「あなたがキスしてくれることを、この私がのぞんでいるんだからさ。いやというほどキスしてよ」

＊

そのうえに、ちょうど矢をはなったばかりのアモールが立っている、ちいさな青銅の時計が、真夜中の零時の刻を打った。

私は身をおこした。私は出ていこうとした。

ヴァンダは、何もいわなかった。しかし、彼女は、私にからみついて、私をオットマン[81]のほうに引きもどすと、あらためて私に口づけしはじめた。そして、この無言の言葉には、それほど了解可能なこと、それほど説得力あることが、うちにこめられていた――

そして、彼女は、私があえて理解しようとした以上のことを語ったのだった。そのように身を憔悴させてやまない耽溺が、ヴァンダの立ち居振る舞いのすべてに含まれていた。そして、なんという淫靡な柔らかさがあふれていたことか、なかば閉じた、夢うつつの眼のなかに、白い髪粉のしたにかすかに光っている、赤く滔々と流れる髪のなかに、彼女が身動きするたびに硬いきぬずれの音をたてる、白く波うつ繻子のなかに、彼女がしどけなく身をそわせているカツァバイカのオコジョの毛皮のなかに。

「お願いだから」と、私はくちごもった。「だけど君は怒るだろうね」

「私をあなたの好きにして」と、彼女はささやいた。「だって、私はあなたのものなんだから」

「さて、それなら僕を足蹴にしてくれ、お願いだから。さもないと、気が狂ってしまいそうだ」

「それはだめだと、あなたにいわなかったかしら」と、ヴァンダは、きびしい口調でいった。

「だけど、あなたはまた性懲りもなく」

「ああ！　僕はひどくうつつを抜かしてしまってるんだ」私は、がくりと膝を折っていた。そして、私のもえるような顔を彼女の膝にうずめた。

「私は、ほんとうにそう思っているのよ」と、ヴァンダは、考えこみながらいった。「あなたの狂気は、そっくりそのままデモーニッシュな、飽きることのない官能性なのだと。もうすこし無分別でいられたら、そうしたらあなたは、すっかり正気になるところなのにね」

「さあて、それなら僕を利口にしてくれるがいい」と、私は呟いた。私の両手は、彼女の髪をまさぐり、微光をはなっている毛皮をまさぐった。毛皮は、月の光に照らされた波さながら、五感を惑乱させるように、彼女の波打つ胸のうえで盛りあがるかと思うと、また沈んでいくのだった。

そして、私は彼女に口づけした——いや、そうじゃない、彼女のほうが私に口づけしたのだ。それほどまでに荒々しく、それほどまでに仮借もなく、あたかもその口づけによって、彼女が私を殺そうとするかのように。さながら私は、譫妄状態におちいったようだった。私は、身を引き離そうとした。

「どうしたの？」と、ヴァンダが尋ねた。

「僕はおそろしく苦しんでいるんだ」

「あなたが苦しんでいるんだって？」——彼女の声高な、驕慢な哄笑が響きわたった。

「君は笑ってられるんだね！」と、私は呻くようにいった。「君は感じてもくれないのかな——」

彼女は、突然、真顔になり、私の頭を両手でもちあげると、それから激しい所作で、私を胸に抱きよせた。

「ヴァンダ！」と、私はくちごもった。

「そのとおりだわ、苦しむことがあなたにとって楽しいんだものね」と、彼女はいって、あらためて笑いはじめた。「だけど、ちょっと待ってね、あなたをきっと正気にしてあげるから」

「いや、もうこれ以上、尋ねることもないよ」と、私は叫んだ。「君が僕のものであろうとするのが、永遠のことなのか、それとも至福の刹那にすぎないのか、などと。僕はとにかく、幸福を味わいたいんだ。いま君は僕のものだ。そして、君を所有できないくらいなら、いっそのこと失うほうがましだ」

「それほどあなたは正気なのね」と、彼女はいって、その殺意をこめた唇で、私にふたたび口づけした。そして、私は、オコジョの毛皮を、そのレースの覆いを、思いきりひらいた。

それから私は意識を失った。——

＊

アラビアの御伽噺のような、至福の日夜がつづく。

私は、夢のなかにいるように彷徨している。私は、みずから問うてみるのだ、こうしたすべてが可能なのか、これほど美しい、愛と詩情にあふれた女が存在するのか、私がいま享受しているような幸福が、これほどまでにいとわしい、お笑い草のつぎはぎ細工にすぎない、この世界に存在するのか、と。もしかして、私は、不意に眼が覚めてしまうのでは？

そして、私の手がまたしても彼女のカツァバイカのふくよかな毛皮の造作をなでさすって、彼女の温かい息遣いがさながら薔薇の香りのように、私にむかってただよってくるとき、そのときこそ、私は知るにいたる、これは夢ではないと。それから自問してみる、おまえはこの幸福に値するのか、と。そして、みずからこう答えるのだ、この女をわがものとするに値する男など、この世に存在しない、そして、これほどの無上の悦楽は、努めて得られるものではない、恩寵のように、ただ贈与され、享受されるばかりなのだ、と。

＊

生のどのような関係であれ、新しい人物がそこにくわわるやいなや、ちがった相貌をおびてくるというのは、考えてみれば奇妙なことだ。

私たちは、すばらしい日々をともに過ごした。韃靼人たちに破壊された修道院の廃墟を、二人して訪れた。また馬にまたがって、いくつもの森を駆けぬけては、遠く草原にまで足をのばしたりした。侯爵夫人は、もう非のうちどころのない、恰好のアマゾネス[82]だ。その馬上の姿は、まったくもって見事の一語に尽きる。彼女が鐙のかわりに私の手に足をおいて、粕毛《かすげ》の馬にうちまたがるたびに、そして、私に先駆けるとき、その青い乗馬服の上着に縫いつけられたオコジョの毛皮が、鞍のうえでいとも優雅に揺れている、そのたびごとに私は、彼女にまたあらたな魅惑をみいだしたのだった。私たちは、またしばしば城のバルコニーにすわって、憂鬱な風景を足下にしながら、一緒に読書をした。そして、私は、ヴァンダの肖像画を完成させた。それから私たちは、どれほど愛しあったことか、そして、彼女が破顔一笑するさまは、どれほど魅力的だったことか。

そこへひとりの女友だちがやってくる。冬のあいだはずっとパリにいて、ただ夏にだけガリツィアで過ごすという、腰の低いご婦人だ。ヴァンダよりは、すこし年長で、いささか世慣れていて、それほど率直ではない。そして、すでにその印象にしてからが、いたるところで影響をおよぼしはじめている。

ヴァンダは眉根をよせて、私にむかってどこか苛立たしげな様子をみせる。

彼女は、私をもう愛していないのだろうか？

＊

ほぼ二週間まえからつづいているこの窮屈さは、もう耐えがたいほどだ。彼女の女友だちは、この城の彼女とおなじ翼《よく》に住んでいる。それどころかその女は、彼女とおなじ部屋で寝ていて、私たちは、けっして二人きりになることがない。灯りをもとめる羽虫のように、近隣から馳せ参じる男たちの一群が、二人の若い女をとりかこんでいる。愛人たる私は、大真面目に、いかにも憂鬱に、愚にもつかぬ役割を演じている恰好だ。ヴァンダは、私をまるで外来者のように扱っている。

今日、みんなで散歩にでた折に、彼女は遅れて、私と一緒になった。意図してそうしたように思えて、私は、心中で歓呼の声をあげた。しかし、彼女は、私にむかって、また何をいいだしたことか。

「私の友だちは、どうして私があなたを愛することができるのか、理解できないそうよ。彼女は、あなたのことを美しくもなければ、ほかにとりたてて心をひくようなところもないと、そう思っているの。それに彼女は、都のきらびやかな、浮いた生活や、私がしてもよさそうな高望みや、私がみつけられる立派な結婚相手や、つかまえておかなければならない、身分の高い、美しい愛人たちや、あれやこれやについて、もう朝から晩まで話してきかせてくれるのよ。だけど、そんなことがいったいなんの役にたつでしょう。だって、私はあなたを愛しているんだものね」

一瞬、私は息がつまる思いだった。それから私は、こういった。「あなたの幸せを邪魔しようなんて、私はこれっぽっちも思っていません、ヴァンダ。私のことなんか、もう気にかけてくれなくていいですよ」そういいつつ私は、帽子をぬいで、彼女をさきへ行かせた。彼女は驚いて、私をみつめたが、しかし、一言もかえさなかった。

しかし、私がたまたま帰り道でまたしても彼女の近くにきたときに、彼女は、こっそりと私の手をにぎった。そして、彼女の眼差しは、温かく、吉兆を告げるかのように、私にそそがれていたので、このところの苦悩が、一瞬にしてそっくり忘れられて、あらゆる傷が癒えるかのようだった。

私がどれほど彼女を愛しているか、いまになってふたたび自覚しているのだ。

＊

「友だちがあなたのことで苦情をいっているのよ」と、今日、ヴァンダが私にいった。

「僕が彼女を軽蔑しているのを、もしかして感づいているのかもしれないね」

「どうしてまたあなたは、彼女のことを軽蔑したりするのよ、お馬鹿さんね」と、ヴァンダは叫んで、両手で私の耳をつまみあげた。

「彼女が偽善家だからさ」と、私はいった。「僕が敬意をはらうのは、貞淑な女性か、さもなければ欲望のままに生きている女か、そのどちらかだ」

「私のようにね」と、彼女は、いたずらっぽく言葉をかえした。「だけど、いいこと、あの人がそうすることができるのは、ほんとうにまれな場合だけなの。彼女は、男性のように明るく官能的であることもなければ、精神的に自由であるわけでもない。彼女の愛はいつだって、官能と精神的な傾向とがいりまじった状態なのよ。彼女の心は、男を継続して束縛しつづけることをのぞんでいるのに、彼女自身はというと、変化に身をまかせてしまっているんだものね。それで、矛盾や、嘘や、偽りが、たいていは心ならずもなんだけど、その行動や立居振舞にあらわれてきて、その性格をだいなしにしてしまうのよ」

「たしかにそうだよね」と、私はいった。「女が愛に押しつけようとする超越論的な[83]性格[84]は、女を欺瞞に導いてしまうのだから」

「だけど世間も、そうした性格を要求するのよ」と、ヴァンダは、私の言葉に口をさしはさんだ。「みてごらんなさい、彼女といったら、レンベルクに夫と特定の愛人をもっていて、パリには群がって慕いよってくる男たちがいるのに、ここでまたさっそく新しい男をみつけたようよ。そして、彼女は、そうしてみんなを欺いていながら、それでいてみんなから崇め奉られていて、そして、世間からも敬意をはらわれているというわけ」

「僕の知ったことか」と、私は叫んだ。「ただし、君が係わり合いになっちゃいけないよ。だって彼女は、君を物みたいに扱ってるじゃないか」

「どうしてそれがいけないの？」と、この美しい女は、勢いこんで私の言葉をさえぎった。「女はだれでも本能的に、自分の魅力から利益を引きだす傾向をもっているものよ。そして、愛もなく、快楽もなく、身をまかせるのも、多くは自分のためというわけよ。可愛くありながら、同時に冷血で、自分の長所を利用することができるのよ」

「ヴァンダ！　君がそれをいうのか？」

「どうしていっちゃいけないの」と、ヴァンダは話しつづけた。「私がいまからいうことを、ようくおぼえておいてね。汝が愛する女のもとで、気を安んずることなかれ、ってね。だって女の本性は、あなたが思うよりも多くの危険を隠しているのだから。女たちは、その崇拝者や擁護者がいうほどには善良でもなければ、その敵対者がいうほどには邪悪でもない。女の性格は無性格なのよ。どれほど善良な女でも、一瞬のうちに泥沼に沈んでしまうかと思うと、このうえなく邪悪なものが高められて、思いがけなく立派な善行になったりして、軽侮している人たちを恥じ入らせたりもするのよ。女はだれしも善良でもなければ邪悪でもない、だからこそ、刻一刻、どのように悪魔的な、神々しい、汚らしい、純粋な思考でも、感情でも、行為でも、意のままにできるの。女は、文明の進歩なんかにはかかわりなく、自然の手から生まれたときの、そのままの存在でありつづけた。ちょうどそのときに支配される情動のままに、忠実であれば不実でもある、鷹揚でもあれば残酷でもある、そんな存在としてあらわれてくる、野獣の性格をもっているのよね。いつの時代にも、真剣な深い教養だけが、道徳的な性格をつくってきた。それで男は、たとえ利己的であれ、悪意の持ち主であれ、つねに原理原則にしたがうでしょう。だけど女は、いつも情動にだけしたがうのよ。そのことをけっして忘れないで。そして、汝が愛する女のもとで、気を安んずることなかれ、ということよ」

＊

女友だちは去っていった。ようやくまた、ヴァンダと二人きりの夕べを過ごすことができる。あたかもそれは、彼女が私にお預けをくらわせたあらゆる愛情は、この至福の一夕のためにとっておいたかのようだ。彼女は、それほど優しく、それほど親しく、それほど温情にみちている。

なんという至福だろうか、彼女の唇に口づけをして、彼女の腕のなかで絶え入ることができれば。そして、彼女がすっかりうちとけて、こんなにも私によりそうように、私の胸に安らいでいるとき、そして、私たちがそれほど幸に酔いしれて、たがいに眼をみかわすとき。

この女が私のものだとは、そっくり私のものだとは、いまでも信じられない、ほんとうとは思えない。

＊

私たちは、近くの郡都へでかけた。ヴァンダには、買い物をする用事があったのだ。夕食のあと、私たちはプロムナードを歩いた。そこには、ちょうど眼もあやな光景がくりひろげられていた。そこにつどうのは、いささかあやしい化粧で飾りたてた貴族のご婦人方や、いつまでも笑みをたやさない、幾人かのお役人の妻たち、装身具で満載の半ダースのユダヤ女たち、そして、散策用のステッキを手にした二人の若い紳士だった。

突然、郡都に駐屯していた騎兵隊の隊長が、士官たちを引きつれてあらわれた。彼は、その筋骨たくましい形姿と美しい顔立ちで、居合わせた人たちみんなの眼をひきつけた。とりわけご婦人方は、まるで野獣ででもあるかのように、彼にみとれていたが、しかし、彼は、どこか暗い面持ちで、だれに眼をくれるでもなく、プロムナードをすすんでいった。突然、彼は、ヴァンダに眼をとめると、その冷たく刺すような眼差しを彼女にむけた。それどころか、彼女のほうに頭《こうべ》をめぐらせもした。そして、彼女が通りすぎたあとでも、彼は立ちどまって、彼女のあとを見送っていた。

そして、彼女は――彼女はといえば、彼をそのきらめくような緑の眼でからめとっただけだったが――彼に再会するために、全力をつくしたのだった。

彼女が歩み、身動きし、彼をみつめた、その洗練されたコケットリーに、私は、息がつまる思いがした。私たちが宿泊している旅館にむかったとき、私は、そのことを口にだしてみた。すると彼女は、眉をひそめた。

「あなたはいったい、どういう気なの」と、彼女はいった。「あの隊長は、私が気にいるかもしれない、それどころか心を奪われかねない、そんな男性なのよ。それに私は自由だし、したいようにすることができるわ――」

「それじゃ、僕をもう愛してはいないのかい？」――私は驚いて、くちごもりながらいった。

「あなたを愛してるわ」と、彼女は答えた。「ただ私は、あの隊長にご機嫌をとってもらいたいのよ」

「ヴァンダ！」

「あなたは私の奴隷じゃないの？」と、彼女は静かにいった。「私はヴィーナスで、それも毛皮をまとった残酷な北方のヴィーナスじゃなくって？」

私はだまりこんだ。私は、彼女の言葉に、文字どおり心が打ち砕かれるように感じていた。彼女の冷たい視線は、短剣のように私の心に突き刺さった。

「すぐに隊長の名前と、住まいと、身の上をすべて、調べてきてちょうだい、いいこと？」と、彼女はつづけた。

「だけど――」

「口答えは無用よ。服従あるのみです！」と、ヴァンダは、そんなこととはこれまで私が思いもしていなかったような、そんなきびしい口調でいった。「私の質問にすべて答えられるようになるまでは、私のまえに顔をだすことは許しませんよ」

＊

私が一時間ののち、お望みの情報をたずさえて戻ったとき、侯爵夫人は、嘲るように私にうなずいてみせた。「いいこと、ゼーヴェリーン」と、彼女はいった。「これがどれだけあなたにとってはまり役か、あなたがどれほど役にたつことか。いまようやく私は、あなたが気にいったわよ」

「それは侮辱だな」と、私は呟いた。

「なんですって?」と、彼女は、私を鋭い眼つきでみながらいった。「私は好きなように、あなたを扱うわよ。そして、あなたも正直なところ、それがあなた自身、心からのぞんでいることであるはずよ。あなたが怒るのも、私の想定内よ。だけど、私はあなたをそのうち調教してあげるわよ。待っていなさい――さあ、そろそろ馬を馬車につなぐようにいいなさい。もう帰るのよ」

*

私たちは、午前中に郡都の方角にむかって、馬車で散策していると、おなじく馬車に乗った隊長にでくわした。彼は、ヴァンダのかたわらに私がすわっているのをみて、どうやら不快な驚きを禁じえなかったようだった。そして、その電光のような視線で、彼女を穴のあくほど凝視しようとするかにみえた。しかし、その彼女はというと――私はこの刹那、彼女のまえにひざまずいて、その足に口づけしたかったところなのだが――彼女は、彼に気もとめない様子で、いかにも無関心といわんばかりに、さながら彼が命をもたぬ物ででも、たとえば一本の木ででも、あるかのように、眼差しを彼のうえにすべらせているばかりだった。そして、それから愛らしい、魅惑的な微笑を、私のほうにむけた。

*

私が凱歌をあげたのは、いささか早すぎたようだ。私たちがタロフ城へ戻ってくるやいなや、隊長が中庭に馬を乗りいれてくるではないか。召使が彼の来訪を告げにくる。ヴァンダは、毛皮の上着に手をとおして、急いで鏡のまえにいき、冷たい秋風にほてった顔に白粉をはたくと、私に席をはずすように命じた。

私は自室にいて、さながら勝ち誇る美しいエカチェリーナ二世が残酷にも戯れに檻のなかに閉じこめた、あのプガチェフ[85]のような気分だ。

しかし、私の苦難は、どうやらまだ序の口のようだ。ヴァンダは、隊長をわれわれと食事をともにするように招いている。おまけによけいなことに、黴が生えんばかりに古めかしい近在の貴人の奥方とやらが、娘二人をつれてやってきていて、この娘たちがまた、のべつまくなしに笑いころげているばかりで、そのくせ言葉は一語も発しないのである。そして、おなじく座につらなっている、この三人の淑女たちの会話のお相手をするという、まことにかたじけない任務が、私に割り当てられているという次第なのだ。他方で隊長はといえば、侯爵夫人のご機嫌をとり結ぶのに夢中で、もはやただ彼女しか眼中にないようにみえる。

最後の別れ際に、彼はまた、なんという色目を使いながら、彼女の手に口づけすることか。そして、彼女のほうにしても、私が殺してやりたいと思うくらいの、この眼差しを、すこしも不快に感じてはいない。いやそれどころか、ようやくみんなが辞去したあとで、彼女は、私を冷たい口づけひとつで追いやってしまうのだ。それでいて、それからなお二時間以上も、彼女の部屋には灯りがついたままである。

*

ヴァンダは、ひとりで郡都へでかけた。それも早朝に、何もいわずに。

昨夜は、思いがけず冬が到来したようだった。広野も、木々も、城も、すべて雪につつまれている。巨大な古い暖炉のなかでは、風が吠え猛って、寒気があらゆる鎧戸や隙間から忍びいってくる。しかし、私のなかには、わが身をいまにも喰いつくしかねない炎がもえさかっている。私は、まるで喉の渇きに耐えかねて死につつある者のように、憔悴している。頭はのぼせあがって、心臓は、あたかも処刑人の灼熱した鉗子にはさまれているかのように痙攣している。彼女は、彼のところにいるのだ！

彼女は、私をもう愛していないのだろうか？　たとえ彼女が私をなおも愛しているとしたところで、そのことは、彼女が彼の言葉に耳をかす妨げになるだろうか？

彼女は、断念するということをまるで知らない。彼女はオリュンポスの女神のように、悦楽のために、享楽のために生きているのだ。

彼女は、彼のところにいる。

彼女にとっては、それはほんの数時間の屈託のない享楽で、それ以上のものではないだろう。しかし、私にとっては、それは永劫につづくかと思われる、人並はずれた苦痛なのだ。そのことを考えるのはよそう、気が狂ってしまいそうだ――それでも私は、考えないではいられない。そして、彼女の姿を眼前に思いうかべてしまうのだ、彼女と彼を。

かりに彼女が私を灼熱する火格子のうえにおいたとしても、これにくらべれば、私にたいしてまだしも慈悲深かったといえるだろう——そして、それでもやはり——この苦痛は、おそろしいとともに甘美でもある。私は、快楽に苦しみ、苦痛を楽しんでいるのだ。

愛する女をわがものにすることほど、大きな悦楽があるというのだろうか？　もしかして、愛する女を失うという悦楽がそれだとでも？

侯爵夫人が戻ってきて、明るい笑い声をあげながら、私の部屋にはいってくる。そんなにも潑溂として、そんなにも楽しげに、大きな重い毛皮のコートを身にまとったまま、寒気にさらされた薔薇のように、両の頬を紅潮させながら。彼女は、その冷たい唇で私に口づけをして、にぎやかに喋りはじめる。そして、私を彼女のちいさな客間に招じいれる。そこでは、暖炉が大きな炎をあげていて、客間がここちよく暖められている。彼女は、毛皮のコートとヴェールつきのフードを脱ぎすてると、フランスの小唄をトリルで口ずさみながら、着替えをするために姿を消してしまう。

私は、とある椅子にすわりこんで、窓のなかを凝視する。

私の思考は停止する。そこへ彼女が、ふたたび姿をみせる。白い繻子の引き裾が、その背後できぬずれの音をたてている。髪のなかに宝石がきらめいていて、いかにも寒そうに、彼女は、オコジョの上着のやわらかい毛皮の縁飾りをかきよせている。そして、彼女が腰をおろすと、ちいさな赤いビロードのオコジョのスリッパのなかに、そのちいさい足がのぞいてみえる。

自分が何に苦しんでいたのか、それも忘れて、私は、彼女のまえに身を投げだして、その足に口づけした。

「君は僕を裏切ったのか?」と、私は、ふるえる声で尋ねた。

彼女は、私をみつめた、いたって冷静に、ほとんど真剣といっていい眼差しで。「それ以上、何もいわないで、ゼーヴェリーン」と、彼女は、きびしい声音でいった。「私は、あなたに釈明するつもりはないわ。私をこんなふうに尋問することは禁止よ。あなたは、自分の立場を忘れてしまっている。あなたはいったい、私の夫なの?」

私がなおしばらくのあいだ、おのが灼熱してやまぬ顔を、彼女の繻子のローブの冷たく輝いている襞のなかに隠したまま、沈黙しているかたわらで、彼女は話しつづけた。「私はあなたにいったはずよ、ゼーヴェリーン、どのような条件で、私があなたのものになるのか、ってことをね。服従しなさい。私を怒らせないで。私を怒らせないようにと、警告しておくわ。あなたは妬いてるの?」――彼女は笑いだした――「すばらしいわ! あなたは、ひどく苦しんだの? あなたの嫉妬は、私を満足させてくれるのよ! だけど、私にたいして腹をたてたり、私に規則をおしつけたりしちゃだめよ。私は、ただ楽しみと喜びのために生きているのよ。私を非難する人の顔なんか、近くでみたくもないわ。束縛には耐えられないの。義務なんて、知ったことじゃないわ、すくなくとも愛においてはね」

「僕は君を愛している、ヴァンダ」と、私は金切り声をあげた。「君が別の男のものになるときに、どうして笑っていろというんだい」

「私はあなたのものよ」と、彼女は言葉をかえした。「ほかのだれのものでもないわ。それでも、あなたの苦しみが私を楽しませてくれるかぎりは、あなたが妬いてくれることに、私は何も異存ないわよ。だけど、あなたの嫉妬が私を退屈させはじめたりした日には、それはあなたにはとんだ災難よね」

＊

私が彼女におやすみを告げたとき、彼女は、なんのきっかけもなく、にわかに放心したように、不機嫌になったようにみえた。彼女は、いったい何に気をとられていたものだろうか？

「あなたが行ってしまうのは、私はいやなのよね」と、彼女は、私がもう敷居のところに立っていたときになって、口をひらいた。「私のそばにいても、あなたがもうこれまでのようには幸せでないように、私にはみえるのよ」

「だって、それはもっぱら君のせいだよ。僕を苦しめるのは、もうやめてくれないか」──私は、彼女をかきいだきながら懇願した。「僕の妻になってくれ」

「それはぜったいだめよ、ゼーヴェリーン」と、彼女は、もの柔らかな、しかし、断固たる口調でいった。

「それはどういうことだ？」

私は、心底、愕然とした。

「だってあなたは、私にふさわしい夫じゃないもの」

私は彼女を凝視した。そして、彼女の腰にまわしたままになっていた腕を、ゆっくりとひっこめて、部屋を立ち去った。そして、彼女は──彼女は、私を呼び戻しはしなかった。

＊

そして、また彼がいる。彼は、朝も不作法にならないほどに、ずいぶんと早い時刻にやってきて、夜も暗くなってくるまでとどまっている。二人がどんなふうにたがいにみつめあうことか、彼女の手が、ほとんど心優しいといってもいい仕草で、彼の手のうえにおかれていることか。彼と二人きりでいたいと思っていることを、彼女は、私にむかってあえて苦労して隠そうともしない。彼女は、私を暫時、遠ざけるために、つぎからつぎへとあらたな用事をいいつけるのだ。それどころか、彼女は、私をまるで召使のように扱っている。

そして、彼は微笑して、私をじっとみる――何かしら独特の仕草で――この眼つきのために、私は彼を殺してしまいかねないほどだ。

それでも、そんなことをしたところで、私にとっていったいなんの役にたとうか？

しかし、私は、いっそう屈辱を強いられる破目になる。

隊長は、コートのポケットのなかに忘れてきた葉巻のケースをとりにいくために、部屋を離れる。するとヴァンダが、その美しい頭でいかにも高慢なふうに合図をして、私を呼びよせる。

「あなたが余計だということを、いったい感じていないの」と、彼女は早口で、かつきびしくもまたあしざまにも聞こえるような口調で、こういうのだ。「私たちが二人きりになろうとしていることを、まだ気づかないの。とっとと自分の部屋に行きなさい。それから私が呼ぶまで、待っているのよ」

「侯爵夫人」と、私は、全身をふるわせながら答えた。「あなたは、事実上、私を召使と見做しておられるようですね」――

「そうじゃない」と、彼女は答えた。「だけど、私の奴隷とは思ってますよ。あなたは、私の奴隷にはなりたくないというの？　さあ、服従するのよ。行進、はじめ！」

＊

眠れぬ夜。私は、あれやこれやとさまざまに決断してみては、それをまた斥けるのだった。朝になって、とうとう私は、二人の関係を解消することを宣言する旨の手紙を書いた。書きながら、私の手はふるえていた。そして、手紙を封蠟で閉じるときに、私は、うっかり指に火傷をしてしまった。

私が手紙を部屋付き女中に手渡そうとして、侯爵夫人の住んでいる翼《よく》のほうへ歩いていくと、膝がいまにもくずおれそうだった。

そのとき、ドアが開いて、ヴァンダが毛巻紙を満載にした頭をつきだした。

「私は、まだ髪をととのえてないのよ」と、彼女は、ほほえみながらいった。「何か用なの？」

「手紙です」――

「私宛の？」

私はうなずいた。

「ああ！　あなたは私と別れようというのね」と、彼女は、嘲るように叫んだ。

「私があなたの夫にふさわしくないと、あなたは断言しませんでしたっけ？」

「何度でもいうわよ」

「あなたは、昨日、私を召使のように追いだしませんでしたか？」

「そのとおりよ」

「隊長と二人きりになるためにか？」

「疑いもなくそうよね」

「それでは」もう私は、全身のふるえがとまらずに、声もでなくなっていた。そして、彼女に手紙をさしだした。

「それは手元においておきなさい」と、彼女は、私をひややかに眺めながらいった。「私たちが取り決めたことを、あなたは忘れてしまっているようね。あなたが私の夫として十分なのかどうか、そんなことはもう問題にならない地点に、いまや私たちは達してしまっているのよ。いずれにしても奴隷としてなら、あなたは十分に有能だけれどね」

「奥様！」と、私はいきりたって叫んだ。

「そう、そのようにあなたは、将来、私のことを呼ばなければいけなくなるわ」と、ヴァンダは、口ではいいつくせないほどの侮蔑の色をみせながら、頭をそらせつつ答えた。「あなたの用事をすませておいてちょうだい。八日のちには、私はイタリアにむけて出発するのよ。そして、あなたは、私の召使として同行することになるわ」

「ヴァンダ――」

「なれなれしい振舞いは、すべて願い下げだわ」と、彼女は、私の言葉を鋭くさえぎっていった。「同様に、私が呼んだり鈴《りん》を鳴らしたりしないのに、私の部屋にはいってきたりしないこと、私から話しかけてもいないのに、私にむかってものをいうこともね。あなたの名前は、いまからゼーヴェリーンじゃない、グレーゴルよ」

私は、怒りにふるえた。もっともそれは――遺憾なことに、私はそれを否定することができないのであるが――快楽と刺激的な興奮のためでもあった。

「だけど、奥様、あなたさまは私の事情をご存じでしょう」と、私は、狼狽しながら話しはじめた。「まだ私は、父親のすねをかじっている身分でして、この旅行に要するほどの多額の費用を負担してくれるかどうか、あやしいもので――」

「いよいよ都合がいいわ」と、ヴァンダは、満足げに私の言葉をさえぎった。「そうしたら、あなたは完全に私に依存して、事実上、私の奴隷になるわけね」

「あなたは考慮してくれていない」と、私は反論をこころみた。「恥を知る男子として、そんなことは不可能で――」

「私はよく考慮しました」と、彼女は、ほとんど命令口調でいった。「あなたが恥を知る男子として、なかでも男子に二言はないということをね。あなたは、私が命ずるところ、どこへでも、奴隷としてつきしたがって、私が命令することは、なんだって服従することになるでしょう。さあ、もういっていいわよ！」

私は踵をかえして、戸口にむかった。

「まだよ、グレーゴル――あなたは、そのまえに私の手に口づけしていいのよ」そういうと彼女は、どこか驕慢な、なげやりな調子で、手をさしだした。そして、私は――卑しい奴隷たる私は――その手を、激しくも優しく、熱気と興奮とでかわいた唇におしあてた。

いま一度、彼女は、いかにも鷹揚にうなずいた。

それから、私は放免された。

＊

ヴァンダは、またもや郡都にいる。疑いもなく彼のところだ。彼女は、彼の熱中と私の苦痛を、二つながらに楽しんでいる。

ああ！　なんと苦しいことか。

彼女は戻ってこない。翌日も、翌々日も。

どうやら、彼女はひどくお楽しみの様子だ。

そして、私は？――私は何をしているのか？――私は何者なのか？――私は、自分自身にすこしも同情もしない、私はおのれを軽蔑している。そして、それでも？　私はそれでも、彼女なしで生きられるだろうか？

ああ！　どれほど私は、彼女を愛していることか、彼女を慕っていることか。そして、彼女が私を虐待すればするほどに、なおさらのこと。――

＊

私は、夕方、遅くまで灯りをともしたままで、大きな緑の暖炉に火をくべていた。というのは、手紙や書き物など、なおかなりの分量の書類を整理しなければならなかったからだ。そして、いつものことだが、秋は、唐突にみるまに到来していた。

突然、彼女が私の部屋をノックした。

ドアをひらくと、彼女が、さながらエカチェリーナ女帝の好んだような、オコジョの毛皮を縫いつけた上着と、高い、丸いオコジョのコサック帽を身につけて、外に立っている姿がみえた。

彼女は、部屋にはいってくると、嘲るように眉根をよせながら、こう尋ねた。「どう、この恰好はあなたの気にいって？」

「君は――」

「だれがそんな呼び方を許しました？」

「あなたさまは、たいへんにお美しうございます、侯爵夫人様」

ヴァンダはほほえんで、私の肘掛椅子に腰をおろした。「ここにひざまずきなさい――ここ、私の腰掛のよこに」

私はしたがった。

「私の手にキスして」

私は、彼女のちいさな冷たい手をにぎると、それに口づけした。

「それから、口に——」

私は、情熱があふれでるままに、この美しい、残酷な女の肢体に腕をからめて、その顔、口、胸を、もえるような接吻でおおいつくした。そして、彼女は彼女で、それにたいしておなじ激しさでお返しをした——夢みるように瞼を閉じたままで。やにわに彼女は、その誇らしげな頭をあげると、私を何か屈託のない好奇の眼差しでみつめて、それから静かにこう尋ねた。「あなたは妬いてるの?」

「ええ!」

「隊長に?」

「ええ」

彼女は笑いだした。「あなたのおかげで、またなんと、私はあなたをたやすく苦しめることができることでしょう。私が郡都に行っていたのは、旅行のための準備万端、ととのえるためよ。隊長には、まったく会っていません。私は、あの人からご機嫌をとってもらおうとすら、考えていないわ。だけどあなたは、もちまえのもうきりのない愛情で、私をすこしばかり退屈させてしまっていたものだから、それで私は——もうわかった?」彼女は、私にふたたび口づけしはじめた。さながらバッコスの信女[86]のように、狂おしく。

*

彼女は、私を裏切らなかった。彼女は私を、私一人だけを、愛している。

隊長が来ることは、もはやない。そして、彼女にしても、もう郡都へでかけていくことはない。私は、この数日、そもそもいったい何に苦しんでいたのか――なんでもなかったのだ！　侯爵夫人は、これまでなかったほどに優しく接してくれる。しかし、彼女は、いくらか疲れて、放心しているようにもみえる。

このところの毎日は、しかし、実際にまた、絶望するほど単調である。あたりはすっかり雪にうずもれて、ここかしこに鴉が二、三羽、ゆっくりと飛んでいくばかりだ。煙突のなかの風と暖炉のなかの爆ぜる炎との、このはてしなく一様な旋律は、退屈なことこのうえない。

ヴァンダは寒さにふるえながら、カツァバイカのオコジョの毛皮に身をよせている。そして、私たちは二人して、チェスをしたり、チェッカー[87]をしたり、それどころかドミノ[88]をしたりもする。

それでも、朝から晩まで、晩から朝まで、ただひたすら愛しあっていることなどできるわけがない！

そうだ、思うに、私が彼女をあまりに強く、あまりに一本調子に愛しているものだから、それが彼女を疲れさせるのだろう。

しかし、私は、彼女にあえて尋ねてみることはしない。

＊

暖炉の炎がかすかに歌っている。その蛇腹のうえでは、一匹の猫が喉をごろごろ鳴らしている。そして、雪が単調な音をたてて窓をうっている。ヴァンダがトルコ風の寝椅子のやわらかい褥に身を横たえているいっぽうで、私は、その足元に寝そべったまま、愛について、すなわち、私を意のままに彼女の甘美な暴力に引き渡してしまう、この愛すべき狂気について、彼女に語りかけている。そして、彼女は、というと——彼女は、突然、眠りこんでしまった。

私は驚く——心臓がとまりそうなほどに。

私たちはこれまでなのか？

私は彼女をみつめている、長いあいだ。こんなに完璧に美しい、精巧なつくりの頭からちいさな足にいたるまで、このすばらしい肢体を眺めることに、およそ耽溺しているのだ。そして、彼女をはじめてまのあたりにするかのように、およそ見飽きるということがない。とうとう私は、なかばひらいたままになっている、そのゆたかな唇に口づけをした。

彼女は身動きをして、めざめ、そして、微笑する。

私は、彼女にふたたび口づけしようとする。すると、彼女は身を引きはなすのだ。やんわりと、しかし、はっきりと。

「私のいうことを聞いて」と、彼女はおだやかに話しはじめる。「私は旅に出ようと思っているのよ」

「どこへ？」

「イタリアへ。フィレンツェよ。そこに、私はきれいな別荘をもっているの」

「どういう目的で？　僕らはここで幸福じゃないのか？」

「たぶんあなたはそうでしょうね」と、彼女は、肩をすくめながら答えた。「だけど私は、ひととも会いたいし、気晴らしもしたいのよ。あなたは私を愛している。それはわかってるわよ。だけど、あなたの愛で、私は時間をつぶすこともできないし、私のカツァバイカに裏打ちしてもらうこともできないわ。私の毛皮の衣裳は、あなたの愛よりも温かいしね。フィレンツェへ行けば、あなたとタロフにいるよりも、あなた抜きでもっと楽しむことになるでしょう」

「君は、僕を抜きにして旅に出るつもりなのか?」――「いいえ」と、彼女はすばやくいった。「あなたと一緒よ、ゼーヴェリーン。だけど、私は、フィレンツェにたくさん友だちがいるの。そこで私は、猫をかぶって[89]生活するのよ。私が愛人をつれてやってきたりしたら、ひとはなんていうでしょう? だから、あなたには、私の召使の役を演じてもらうことになるわけよ。文句はいわないで、あなたはそうするのよ。私がそうのぞむのだから、そうしたら、私の評判をいささかも傷つける危険もなしに、あなたは私の家にとどまることができるし、またこうしたシチュエーションは、私にとってずいぶんと楽しいことになりそうだものね。私は、あなたをグレーゴルと呼ぶことにしましょう。あなたには、私のお仕着せを着てもらいます――」

「だけど、ヴァンダ、考えてほしい――」「私は、もう十分、考えたわよ」と、彼女は、私の言葉をさえぎった。「あなたは、私のことをご主人さまと呼ぶのよ。その言葉が私のお気に入りなの。明日の朝、九時にここを発ちます。郡都までは、あなたは私の同伴者で友人だけど、客車に乗りこんだその瞬間から、私の召使よ。それじゃ――おやすみなさい」

*

彼女が命じたとおりに、朝の九時ちょうどには、旅立ちの用意はすべてととのっていた。そして、私たちは、居心地のよい橇に同乗して、この古い城を去った。それは、私の生涯でもっとも興味深いドラマの一齣となった場所であったが、この葛藤を解きほぐすことなど、当時はほとんどだれも予感するすべもなかっただろう。二台目の橇で、侯爵夫人の召使の一行がつきしたがっていた。

まだすべては順調だった。私は、ヴァンダの隣にすわっていた。彼女は私にむかって、親しい友人のように、イタリアについて、ピセムスキ[90]の新しい小説について、ヴァーグナーの音楽について、いとも愛想よく、才気に富んだお喋りをつづけていた。彼女は、旅行中は一種のアマゾネスのようないでたちで、黒い布地の衣裳と、おなじ生地に濃い色の毛皮の縁飾りをほどこした短い上着を身につけていた。それは、彼女の華奢な体型に沿っていて、その肢体を華麗にひきたたせていたのだが、さらにそのうえに、彼女は、黒っぽい旅行用の毛皮のコートをまとっていた。古代風の髷に結いあげたその髪は、ちいさな黒ずんだ毛皮の帽子の下におさまって、そこから黒いヴェールが四方に垂れさがっていた。ヴァンダは、ひどく上機嫌で、私の口にボンボンを押しこんだり、私の髪をととのえたり、私のネッカチーフをほどくと、それを巻いてかわいい小さい蝶結びのリボンに仕立てあげたり、私の指をこっそりとにぎりしめるために、毛皮のコートを私の膝にかけたりした。そして、馭者がしばらくのあいだかわらずに、前方にむかってあてもなくうなずくたびごとに、彼女は、私に口づけまでするのだった。その際に、彼女の冷たい唇は、秋に枯れた灌木と黄ばんだ木の葉のあいだにひとり咲いている、そして、その咢《がく》に初霜がちいさな氷の金剛石をちりばめている、一本《ひともと》の若い薔薇の、あのみずみずしくもひややかな香りをそなえていた。

＊

郡都に到着。駅前で馬車を降りる。ヴァンダは、毛皮のコートを脱いで、いかにも心をそそるような微笑をうかべながら、コートを私の腕に投げかける。それから彼女は、切符を買いに行く。戻ってくると、彼女は、すっかりひとが変わったようになっている。

「ほら、おまえの切符だよ、グレーゴル」と、彼女は、高慢な婦人たちが下僕にむかって話すような口調で語りかける。

「三等の切符ですよ」と、私は、われながら滑稽にも驚いて、言葉をかえす。

「あたりまえでしょ」と、彼女はつづける。「だけど、注意してね、私が車室に乗りこんで、おまえの手を必要としなくなってから、乗車するのよ。駅ごとに私の車両に駆けつけて、私がいいつけることがないか、尋ねてみる。このことを忘れないように。さあ、毛皮のコートをこちらにちょうだい」

私が奴隷のようにうやうやしく、彼女がコートに手をとおすのを手助けしたあとで、彼女は私をしたがえて、一等の空いた車室にむかうと、私の肩に手をおいて飛び乗った。そして、私に命じて、足を熊の毛皮でくるませると、その足を湯たんぽのうえにおいた。

それから彼女は、私にむかって、立ち去るように合図をした。私は、三途の川の霧がたちこめる煉獄さながら、いとわしい安煙草の煙が濛々としている三等車に、ゆっくりと乗りこんで、さてこそ、人間存在の謎についで思いをいたす暇《いとま》を得たのだった。これらの謎のなかでももっとも大きな謎――女について。

＊

列車がとまるたびごとに、私は飛びだして、彼女の車両に駆けつけては、帽子を脱いで指図を待ちうける。彼女は、あるときはコーヒーを、あるときは一杯の水を、あるときはささやかな晩餐を、またあるときは、手を洗うために温湯のはいった洗面器を、所望する。そうこうするうちに、彼女は、おなじ車両に乗りこんできた幾人かの紳士たちに、ご機嫌をとり結んでもらっている。私は、嫉妬のあまりに死にそうになりながら、そのたびごとにご注文のものをすばやく届けるために、列車に乗り遅れまいとして、トビカモシカのように跳躍しなければならない。そうしているうちに、夜になる。私は、何ひとつ食べることも眠ることもできないで、ポーランド人の農夫やユダヤ商人や兵卒たちとおなじく、このたまねぎの臭い芬々たる空気を吸っているというわけだ。そして、彼女はというと、私がその車室の段をのぼっていくと、ここちよい毛皮のコートにつつまれて、獣皮のカヴァーのついた褥に横になっている。その姿はオリエントの女暴君さながらで、紳士たちにしても、インドの神々よろしく壁際に直立したまま、ほとんど息をこらしているようだ。

＊

買い物をしようとして、とりわけ豪奢な化粧品一式を購入するために、彼女は、一日、ウィーンに滞在するにあたって、召使たちをさきにフィレンツェに遣りはしたが、私を召使として扱うことをやめはしない。私は、うやうやしく十歩さがって、彼女のあとにしたがっていく。彼女は、私に親しげな眼差しをむけることすらなく、包みを手渡して、おかげで私は、とどのつまりは驢馬のように荷物を背負いこんで、あえぎながらついていく破目になる。

出発に先だって、彼女は、私の衣服をすべてとりあげて、ホテルの給仕たちにやってしまう。そして、彼女の与えるお仕着せを身につけるように命じる。それは、彩りもそのままクラクーゼ[91]のコスチュームで、淡青色の生地に赤の折り返しがついていて、孔雀の羽根で飾られた四角の赤い帽子がのっている、そのいでたちは、私にかならずしも似合わなくはない。

銀のボタンには、彼女の家紋がついている。私は、あたかも自分が身売りされた、あるいは、魂を悪魔に売り渡した、そんな気持ちになる。

*

私の美しい悪魔は、ウィーンからヴェネツィアまで、私をひっきりなしに連れまわした。亜麻布をまとったマズール人たち[92]と巻き毛に髪油を光らせたユダヤ人たちにかわって、縮れ毛頭のコンタディーニたち[93]と、イタリアの第一歩兵連隊の派手な身なりの下士官と、貧しいドイツ人の画家が、いまや私のお仲間というわけだ。紫煙には、もはやたまねぎの臭いはしないが、かわりにサラミとチーズの臭いがする。

また夜になった。私は、木製の寝椅子に横になっている。私の腕と足は、もう折れたも同然だ。しかし、このめぐりあわせは詩的でもある。あたりには、星々がきらめいている。下士官はまた、ベルヴェデーレのアポロン像のような顔立ちだ。そして、ドイツ人の画家は、すばらしいドイツ語の歌を歌っている。

なべての影はいまこそ昏《くら》み
星また星のめざめ初《そ》むるに
わが憧れの如何《いか》な息吹が
夜の静寂《しじま》に流れてゆくか

夢の海《わたつみ》ただひたぶるに
たゆむことなく櫂をあやつる
漕ぎゆく水主《かこ》はわが魂《たま》ひとり
汝《な》が魂《たま》をのみさしてただよふ[94]

そして、私は、王侯のように安らかに、そのやわらかい毛皮につつまれて眠っている、あの美しい女に思いを馳せるのだ。

＊

ヴェネツィア！　雑踏、叫び声、しつこいポーターとゴンドラの船頭たち。ヴァンダは一台の台車をえらぶと、ポーターたちを追い払う。

「いったいなんのために、召使がいるのよ」と、彼女はいう――「グレーゴル――ここに荷札があるわ。手荷物をもってきて」

彼女は、毛皮のコートに身をつつむと、ゴンドラのなかにじっとすわっているばかりだ。私はというと、重いトランクをつぎからつぎへと運んでこなければならない。最後のトランクをもちあげると、私は、一瞬、へたりこんでしまう。知的な顔をした親切な憲兵が、私の手助けをしてくれる。彼女はただ笑っている。

「それは重いにちがいないわ」と、彼女はいう。「そのなかには、私の毛皮がそっくりはいっているんだから」

私は、ゴンドラに乗りこむと、額の玉の汗をぬぐう。彼女がホテルの名前を告げると、船頭は櫂をうごかしはじめる。ほんの数分で私たちは、輝くばかりに照らしだされた、波に洗われている大理石の階段のまえにでる。

「部屋はある?」と、彼女はギャルソンに尋ねる。

「はい、ございます、奥様」

「私に二部屋と、召使に一部屋、すべて暖房つきで」

「優雅なお部屋が二つ、ございまして、奥様、両方とも暖炉が作り付けになっております」と、ギャルソンがそばに駆けよって答える。「いま一つのお部屋は御付きの方用で、暖房はございません」

「部屋をみせてちょうだい」

彼女は、それぞれの部屋を眺めまわして、それから手短に告げる。「いいわ。これでけっこうよ。私のために、急いで火を焚いてちょうだい。召使は、暖房のない部屋でも寝られますからね」

私は、ただ彼女をみつめるばかりだ。

「トランクをはこんでよ、グレーゴル」と、彼女は、私の眼差しなど一顧だにせずに命令する。「私は、そのあいだに身づくろいをしなくちゃ。それから食堂へ降りていくわ。おまえもそこで夕飯に、何か食べてもいいわよ」

彼女が隣室にはいっていくいっぽうで、私は、トランクをつぎつぎ引っぱりあげると、下手なフランス語で私の「ご主人様」についていろいろと聞きだそうとするギャルソンに加勢して、彼女の寝室の暖炉に火をおこすのを手伝ったりする。そして、一瞬、ひそかな羨望の思いをこめて、炎がゆらめいている暖炉を、いい匂いのする白い天蓋つきのベッドを、床《ゆか》に敷きつめられた何枚もの絨毯を、眺めやっている。それから私は、疲れた足を引きずりながら、空腹をかかえたまま、階段を降りて、何か食べる物を注文してみる。かつてオーストリア軍の兵士だった[95]という気のいいウェイターが、私とドイツ語で話そうとさんざん苦労しながら、私を食堂へつれていって、給仕をしてくれる。私が三十六時間ぶりに、ようやく新鮮な飲み物を口にして、ようやく温かい食べ物をフォークにのせたとたんに、ちょうど彼女がはいってくる。

私は立ちあがる。

「どうしてあなたは、下僕風情が食事をしている食堂へ、私を案内したりするの？」と、彼女は怒りにもえて、ギャルソンを叱りつけると、踵をかえして、食堂をでていく。

私がそうこうしながらも、すくなくともおちついて、ひきつづき食事ができることを、ひそかに神に感謝する。そのあと私は、階段を四段あがって、私の部屋にはいると、そこにはすでに私の小さいトランクがおいてあって、汚い小型の石油ランプがちろちろもえている。それは、暖炉も窓もない、ただ小さい通気孔があるばかりの狭い部屋だ。それは私に――ひどく寒くさえなければ――昔のヴェネツィアの獄舎[96]を連想させる。私は、思わず大声で笑いださないではいられない。その声が反響して、その哄笑ぶりにわれながら驚くほどに。

突然、ドアがひらかれて、いかにもイタリアらしく、ギャルソンがなんとも芝居がかった仕草でこう叫ぶ。「マダムのお部屋にくるようにとの仰せです、いますぐに！」私は帽子をとると、二、三段、降りかけてつまずきながらも、最後はなんとか無事に、二階にある彼女の部屋の戸口に立って、ドアをノックする。

「おはいり！」

*

私は部屋にはいり、ドアをしめて、戸口に立ったままでいる。

ヴァンダはすでにくつろいだ恰好で、白いモスリンとレースのネグリジェをまとって、ちいさな赤いビロードの長椅子に、両足をおなじ生地のクッションにおいて、すわっている。そして、もう毛皮のコートを羽織っている、彼女がはじめて私のまえに愛の女神としてたちあらわれた、あのときの毛皮のコートを。

窓間壁《まどあいかべ》にかかっている腕木燭台の黄色い光と、大きな鏡に映じるその反射とが、そして、暖炉の火の赤い炎と、コートの緑のビロードと焦茶色のクロテンの毛皮と、白くてなめらかな張りのある肌と、明るいながらもひややかな顔《かんばせ》を私にむけて、その冷たい緑の眼の光を私のうえにあそばせている、この美しい女の赤くもえるような髪と、そうしたすべてに、すばらしく戯れ、映えている。

「私は、おまえのはたらきに満足しています」

私はお辞儀をした。

「もっと近くによって」

私はそのとおりにした。

「もっと近《ちこ》う」そういいながら彼女は、視線をおとして、片手でクロテンの毛皮をなでさすった。「あなたが普通の空想家にとどまらないことは、私はわかってるわ。あなたは、すくなくとも自分の夢の背後にとどまってはいない。あなたは、何を空想しようと、それがどれほど荒唐無稽なものであろうと、それをつらぬきとおす男なのよね。正直にいうけど、そういうのは私も好きだし、感銘をうけているの。そこには、何か強さがある、そして、強さにたいしてだけ、ひとは敬意をはらうものなの。それどころか、非常な事態でなら、ある偉大な時代になら、あなたの弱さとみえるものは、奇蹟のような力としてあらわれてくるだろうとさえ、私は思っているのよ。最初のローマ帝国の皇帝たちのもとでなら、あなたは殉教者になるだろうし、宗教改革の時代なら再洗礼派[97]になるだろうし、フランス革命なら、マルセイエーズをくちずさみながら断頭台にのぼっていく、あの熱狂的なジロンド党員の一人になるところでしょうね。だけどそれでも、現実のあなたは私の奴隷なの――」

彼女は、突然、飛びあがった。それで毛皮が下におちた。そして、彼女は、やわらかな力をこめて、両腕を私の首にまきつけた。

「私のゼーヴェリーン！　ああ、あなたをどれほど愛していることか、クラクーゼのコスチューム姿は、またなんと恰好よく映ることでしょう。それなのにあなたは、今晩は上の暖炉のないみじめな部屋で凍えているのよね――」

そして、彼女は、ふたたび私をなでさすり、口づけし、あまつさえ小さいビロードの寝椅子に引き倒しさえした。

私は、彼女に毛皮をまとわせた。そして、ヴァンダは、右手で袖をとおした。

「ティツィアーノの絵にあるわよね」と、侯爵夫人はいった。「だけど、冗談はおしまいよ。いつまでもそんな不幸な眼をして、のぞきこんだりしないでちょうだい。私だって、悲しくなるわ。だってあなたは、とりあえずただ世間むけには私の召使で。まだ奴隷じゃないんだから。あなたはまだ自由の身よ、いつでも私から離れていくことができるわ。あなたは、自分の役割をみごとに演じてくれた。私は見惚れていたわ。だけどあなたは、もううんざりしているんじゃないの？　私のことがいやになっていない？　さあ、それならそういってちょうだい――それをあなたに命令するわ」

「それを正直にいわなければいけないのか、ヴァンダ？」

「ええ、そうしなければいけないわ」

「たとえ君がそれを悪用しようとも」と、私はつづけた。「僕は、これまで以上に君を愛するようになっている。そして、僕は、君が僕を虐待すればするほど、ますますもって、そしていよいよ熱狂的に、君を崇め、慕うことになるだろう」私は、彼女をだきよせて、つかのま彼女のぬれた唇に口づけした――「美しい女《ひと》」と、私は、それから彼女をみつめつつ叫んだ。そして、夢中になってクロテンの毛皮を彼女の肩から取り去って、その項《うなじ》に私の唇を押しあてた。

「私が残酷でいるなら、おまえは私を愛するというわけね」と、ヴァンダはいった。「それならとっととお行き！――おまえは退屈なんだよ――聞いてないのかい――毛皮を着るのを手伝ってよ」

私は、できるかぎりの手助けをした。

「なんてぶきっちょなんだろ」と、彼女は叫んだ。そして、毛皮を身にまとうやいなや、私の顔に平手打ちをくわした。私は、自分が青ざめていくのを感じた。

「痛かったかい？」と、彼女は尋ねて、私の顔に優しく手をあてた。

「いいや、そんなことはない」と、私は叫んだ。

「文句をいってはいけないよ、だって、おまえがのぞんだことなんだからね。さあ、もう一度、キスをして」

私は、彼女の肢体に両腕をからめた。そして、彼女の唇は、私の唇に吸いついた。そうして、彼女が大きな重い毛皮を身につけて、私の胸のかたわらに横たわっていると、私は、何やら一頭の野獣が、牝熊が、私を抱きしめているような、奇妙な、胸苦しい感情におそわれた。そして、いまや彼女の蹴爪が、私の肉に食いこんできてもおかしくないとさえ、思えるのだった。

笑いかけてくる希望に胸がいっぱいになって、私は、上階の自分のみじめな下僕用の部屋にはいると、硬いベッドに身を投げだした。

「人生は、やはりもともと滑稽そのものなんだな」と、私は思いえがいてみた。「ついさきほどまでは、このうえもなく美しい女が、ヴィーナスそのものが、まだおまえの胸に安らっていた。そして、いまはもうおまえは、劫罰をうけた者たちを、われわれのように炎熱のただなかに投じるのではなくて、悪魔をつかって氷原を駆けまわらせる、あの中国人の地獄を学ぶ、いい機会にめぐまれているというわけだ。

どうやらその教祖も、暖房のない部屋で眠っていたことだろうさ」

＊

私はその晩、だれのものとも知れぬ叫び声に、驚いて眼がさめた。私は、氷原の夢をみていた。そこで迷ってしまって、むなしく出口をさがしもとめていたのだった。突然、ひとりのエスキモーが、トナカイの皮を張った橇に乗ってやってきた。みると彼は、私に暖房のない部屋を割りあてたギャルソンの顔をしていた。

「ここで何をおさがしですか、ムッシュー？」と、彼は呼びかけた。「ここは北極でございますよ」

つぎの瞬間に、彼ははや姿を消してしまって、ヴァンダが小さい橇に乗って、氷面を飛ぶようにしてこちらへやってきた。その白い繻子の上着は、はためきながら乾いた音をたて、ジャケットと帽子のオコジョの毛皮は、そして何にもまして彼女の顔は、白い雪よりもさらに白くきらめくのだった。彼女は、私のほうにむかって突きすすんできて、私を両腕に抱きしめ、口づけをはじめた。突然、私は、自分の血が生温かくしたたり落ちるのを感じた。

「何をしてるんだ？」と、私は驚いて尋ねた。

彼女は笑った。そして、私が彼女を凝視してみると、私の体に前足を食いこませていたのは、もはやヴァンダではなくて、大きな牝の白熊だった。

私は、絶望して叫び声をあげた。そして、眼がさめて、驚いて部屋のなかを眺めまわしているうちにも、耳の奥でなお彼女の悪魔のような哄笑が響いていた。

＊

朝早い時間に、私は、すでにヴァンダの部屋の戸口に立っていた。そして、ギャルソンがコーヒーをもってきたとき、それを受けとって、美しい女主に給仕をした。彼女は、もう身づくろいをすませていて、はなやかに、さわやかに、薔薇色に輝いてみえた。彼女は、私に愛想よくほほえみかけると、口づけをした。

「急いで朝食をすませてちょうだい、グレーゴル」と、彼女はいった。「そのあと、すぐに住居探しにでかけるのよ。ホテルに滞在するのは、できるだけ短くしたいの。ここはひどく気づまりだし、私がすこしでもおまえと長くお喋りしたりすれば、口さがない人たちに、たちまちこういわれてしまうわ、あのロシア女は、召使といい仲になっている、どうやらエカチェリーナの同類は健在らしいな、なんてね」

半時間後には、私たちは外出した。ヴァンダは布のドレスとロシア風の帽子、私はクラクーゼのコスチューム姿だった。私たちは人目をひいたようだった。私は、ほぼ十歩さがって、彼女のあとについて歩きながら、暗い顔をしてはいたものの、ほんとうのところは、いまにも大声で笑いだしはしないかと気がかりだった。「貸家」の小さい札をこれみよがしにかけている、古い家が一軒もないような、そんな通りはほとんど見当たらなかった。ヴァンダは、そのたびに私に階段をのぼってみてくるように命じた。そして、その住居が彼女の意図に沿うようにみえると私が告げたときにかぎって、彼女自身も上にあがっていくのだった。そういうわけで、私は、お昼ごろには、追い猟のあとの猟犬のように、すでに疲れてしまっていた。

またしても一軒の家にはいり、またしてもでたりしてはみたものの、いつまでもふさわしい住まいはみつからぬままだった。ヴァンダは、もういささかご立腹の様子だった。突然、彼女は、私にこんなことをいいだすのだった。「ゼーヴェリーン、おまえが自分の役割を演じるときの、その真剣さは、とてもすてきよ。私たちが自分で課した、ほかでもないその不自由さが、また私を興奮させるのよね。私はもうがまんできないわ。おまえは、あまりに可愛いものだから、キスしないではいられない。どこかの家にはいりなさい」

「しかし、奥様――」と、私は口をさしはさんだ。

「グレーゴル！」そう叫ぶと、彼女は、すぐ近くの開いたままになっている玄関にはいって、暗い階段を二、三段、のぼっていった。それから情のこもった優しさで、私をかきいだくと、口づけをした。

「ああ！　ゼーヴェリーン、あなたはたいへん賢かった。あなたは、奴隷としてあつかうには、私が思っていたよりはるかに危険だわ。そう、あなたには勝てないような気がする。あなたをもう一度、愛してしまうのかと、私はおそれているの」

「それでは、君はもう僕を愛していないのかい？」と、私は、不意の恐怖にとらえられて尋ねた。

彼女は、真顔でかぶりをふると、そのふくよかな、みごとな唇で、ふたたび私に口づけした。

私たちは、ホテルへ戻った。ヴァンダは、小昼をとると、おなじようにさっさと食事をすませるように、私に命じた。

しかし、私は、当然のことながら、彼女のようにすばやく給仕をしてはもらえなかった。それで、ビーフステーキの二切れ目を口にはこんだ、ちょうどそのときに、ギャルソンがはいってきて、例の芝居がかった仕草で、こう叫ぶ仕儀とはなった。「いますぐに、マダムのところへいらっしゃってくださいな」

私は、自分の小昼に、大急ぎでつらい別れをはたすと、疲れた足をひきずって、空腹をかかえながら、ヴァンダのあとを追いかけた。彼女は、すでに通りに出て立っていた。

「あなたさまがこれほど残酷だとは思いませんでした、ご主人さま」と、私は咎めるような口調でいった。「こんなにあちらこちら歩いて、足を棒にしたあげくに、ゆっくりと食事もさせてもらえないなんて」

ヴァンダは、こころから笑った。「おまえがもう食事をすませたと思っていたわ」と、彼女はいった。「だけど、それもいいことよ。人間は、苦しむために生まれついているの。おまえはとくにそうよね。殉教者たちも、ビーフステーキなんか食べなかったでしょう」

空腹で苦虫をかみつぶしたように、彼女を恨みながらも、私はそのあとにしたがった。

「ここで住居を借りるという考えを、私はもうあきらめたわ」と、ヴァンダはつづけた。「周囲から切り離されて、したいようにできる、そんなフロアそっくりの住まいをみつけることはむつかしいしね。実際にまた、私たち二人のように、ファンタスティックな暮らしなら、すべてがそろっていなければいけないわ。今晩のうちにもフィレンツェへ行きましょう。そこなら、そっくり自分だけのきれいな別荘があるし。待っててね、おまえはきっとびっくりするわよ。おまえはいまからおなかいっぱい食事をして、それからヴェネツィアをすこし見物してもいいわよ。夕方より早くは、私は戻ってくることはありません。それから用がある場合は、おまえを呼びにやらせます」

*

フィレンツェに着いた。私はドゥオーモ[98]を、パラッツォ・ヴェッキオ[99]を、ロッジア・デイ・ランツィ[100]を見学した。それから、長いあいだ、アルノ川のほとりにたたずんでいた。くりかえし私は、丸屋根や尖塔が、青い、雲ひとつない空にやわらかくきわだっている、すばらしくも古風な街並みに眼をむけた。華麗な橋が大きな弧をえがいているただなかを、黄色い川の流れが勢いよく波立っている、そして、いくつもの緑なす丘が、しなやかな糸杉と宏壮な住宅や宮殿や修道院をささえながら、市街をとりかこんでいる、そのさまに。

それは、私たちが身をおいているのとは、まったくの別世界だ。晴朗で、官能的で、陽気で。風景もまた、私たちの世界の深刻、憂愁とはなんのかかわりもない。そこには、はるばると浅緑の山々に散在している、いちばん遠くの白い別荘にいたるまで、太陽がこのうえなく明るい光につつみこんでいないような場所は、ひとつとしてないのだ。そして、人間もまた、私たちのように真剣ではないし、それほどものを考えてもいないのだろう。しかし、それでも彼らはみんな、幸福であるようにみえる。

こう主張するひともいる、南国ではより楽に死ねる、と。

棘のない美も、苦痛のない官能も存在するにちがいないと、私にはそう感じられてくる。

ヴァンダは、なんとも好ましい小さい別荘を、アルノ川左岸のカシーネ公園に面している、とある優美な丘のうえに所有している。それは、心ひかれる木の下道《こしたみち》と草地とすばらしい椿花で飾られた玄関をそなえた、こぎれいな庭園のなかにある。そこには、一つのフロアしかなくて、イタリア風に四角形に建てられている。ひとつの面に沿って、片側に開けた廻廊が、古代彫刻の石膏像のならんだ一種のロジアが、つらなっていて、そこから庭園へ下りていく石段がある。その歩廊から、すばらしい大理石の水盤のある浴室にはいっていくこともできて、そのなかから螺旋階段が、侯爵夫人の寝室へとつづいている。

ヴァンダは、二階のフロアにひとりで住んでいる。

私には、地階の一部屋が割り当てられた。それは、たいへん感じのいい部屋で、暖炉までついている。

私は庭園を散策していて、まるい丘のうえにちいさな神殿をみつけた。その門は閉まっているようだったが、しかし、そこに割れ目があって、眼をあててみると、白い台座に愛の女神が立っているのがみえる。

私は、かすかな戦慄におそわれる。女神が私にほほえみかけて、こう語るかのようだ。「あなたなの？　待っていたのよ」

*

晴れやかな幸福につつまれて、至福の刻《とき》のように、ひと月が過ぎていった。

ヴァンダは毎日を楽しんでいて、芝居見物やパーティにでかけていく。カシーネ公園へ馬車をはしらせるかと思えば、上流社会の面々を自分のサロンで歓待したりもする。そして、どちらをむいてもけっこうな時間つぶしになるものだから、またもや私に優しくなっている。陽がでているあいだは、世間むけには、私は彼女の召使で――しかし、夜になると、彼女の寝室から私の部屋に下がっている鈴《りん》がかすかに音をたてる。すると私は小さい螺旋階段をのぼって、香気にみたされた、ほどよい照明をそなえた部屋にはいっていく。そこでは彼女が大きな黒い毛皮をまとったまま、オットマンに横になって、私を待ちかまえている。それから――私はひとりの神なのだ！――

＊

これはまた新しい、幻想的ないでたちだ。オコジョの毛皮を縫いつけた、ロシア風の菫色のハーフ・ブーツに、おなじ生地のローブ、それもまたおなじ毛皮の細い紐帯と紋章によってたくしあげられ、飾られていて、同様にオコジョの毛皮を贅沢に張り、縁飾りに使っている、いかにもよく似合う、体にフィットした、短い男物の上着。エカチェリーナ二世風の、オコジョの毛皮製の丈の高い帽子、その小さな鷺の羽根飾りは、ブリリアント形ダイヤをあしらった留め金で束ねられていて、その赤い毛はほどけて、肩にまでかかっている。

そんな恰好で、彼女は馭者台に乗りこみ、みずから馬を御して、私は彼女の背後に席をとる。彼女が馬に鞭をいれるさまといったら。馬たちは、荒れ狂ったように駆けていく。

今日、彼女は、どうやらわざと人目をひいて、人心を一身にあつめようとしているかにみえる。そして、それは完全に成功している。今日の彼女は、さながらカシーネ公園の牝獅子だ。馬車のなかから、彼女に挨拶する者がいる。歩道では、彼女のことを噂している人の群れがいくつかできている。しかし、彼女のほうは、だれにも眼もくれない。ときおり年配の紳士が挨拶すると、それにたいして軽くうなずいてみせるくらいだ。

そのときひとりの若い男が、細身の荒々しい黒馬に乗って、駆けよってくる。ヴァンダをみると、彼は馬の速度をゆるめて、足並みをそろえる――すでに彼は、すぐ近くにきている――彼は馬をとめて、彼女が通りすぎるにまかせる。そして、いま彼女も彼のほうを見遣っている。――二人が眼をあわせる――そして、彼のそばを疾駆して通りすぎながらも、彼女は、彼の眼差しの魔力から離れることができないで、頭を彼のほうにむける。

彼女が彼をからめとろうとする、なかば驚嘆している、なかば恍惚としている、この眼差しに、私の心臓はとまりそうになる。しかし、その男は、そんな眼差しをうけるだけのことはある。

彼は、ほんとうの美男子だ。いや、それ以上だ。彼は、私がこれまで生身の人間ではみたこともないような男なのだ。ベルヴェデーレ[101]でなら、彼は大理石に刻まれて、おなじようにしなやかでありながら、はがねのような筋肉をそなえて、おなじ顔貌をして、おなじ巻き毛をなびかせて、立っていることだろう。そして、彼にそのような独特の美しさを与えているのは、彼に髭がないということだ。彼の腰がいますこし華奢でなかったとしたら、変装した女だとみられかねないところだろう。そして、口辺のあの奇妙な表情は、歯をすこしのぞかせて、美しい顔につかのまどこか残酷な色を賦与する、あの獅子の唇は――

マルシュアース[102]の皮を剝ぐアポロンだ。

彼は、丈の高い、黒いブーツと、白い革のぴったりフィットしたズボンと、イタリアの騎兵将校が身につけているような、クロテンの毛皮の縁飾りのついた黒ビロードと豪華な飾り紐をあしらった、短い毛皮の上着をまとっていて、黒い巻き毛のうえに赤いトルコ帽をかむっていた。

いまこそ私は、男のエロスのなんたるかが理解できる。そして、あのようなアルキビアデス[103]にたいして、純潔でありつづけたソクラテスに、あらためて感嘆するのだ。

＊

私は、ヴァンダがあれほど興奮したのをみたことがなかった。彼女が別荘の階段のまえで、馬車から飛び下りて、段を駆けあがり、横柄な眼くばせで私についてくるように命じたときに、彼女の頬はもえるように紅潮していた。

大股で急ぎ足で部屋のなかを行きつ戻りつしながら、彼女は、私が驚くほどのせわしない口調で話しはじめた。

「カシーネ公園にいたあの男がだれなのか、聞いてきてちょうだい。今日中に、すぐにね。——ああ、なんて男なんだろう！　彼をみた？　何かいうことある？　いいなさい」

「美男子だね」と、私はうっとうしげに答えた。

「美男子よね」——彼女は、一瞬、言葉につまって、腰掛の手すりに寄りかかった——「息をのむくらい」

「彼が君に感銘を与えたことを、よく理解できるよ」と、私は答えた。私の妄想は、私をふたたび荒々しい渦のなかに引きさらっていった——「僕自身、われを忘れていたよ。僕は想像することができる——」

「あなたは想像することができるよね」と、彼女は笑いだした。「あの男が私の愛人になること、あなたが彼の奴隷になること、彼があなたを鞭打つこと、彼に鞭打たれるのがあなたにとって快楽であることを。さあ、行きなさい、行くのよ」

＊

まだ日が暮れぬうちに、私は彼のことを探りだしていた。

私が戻ってきたとき、ヴァンダは、まだ盛装したままだった。彼女は、オットマンに横になったまま、顔を両手にうずめて、髪は乱れていた。

「彼はなんという名前なの」と、彼女は、無気味なほどにおちついた声で尋ねた。

「アレクシス・パパドポリスだ」

「じゃギリシア人ね」

私はうなずいた。

「ずいぶん若いの？」

「君自身より、さほど歳はいっていない。噂では、彼はパリで勉強して、無神論者だといわれている。カンディア[104]でトルコ軍と戦って、その勇敢さにくわえて、人種憎悪と残酷さですくなからずきわだっていたそうだ」

「それじゃ、とにもかくにもいっぱしの男よね」と、彼女は、眼を輝かせて叫んだ。

「目下のところはフィレンツェに住んでいる」と、私はつづけた。「とてつもない金持ちだそうだ——」

「そんなことは訊かなかったわよ」と、彼女は、すばやく私の言葉をさえぎるように、口をさしはさんだ。「その男は危険だわ。あなたは、彼のことが怖くないこと？　私は怖いわ。彼は妻帯者なの?」

「いいや」

「恋人は?」

「それもいない」

「どこの劇場に行っているのかしら?」

「今晩、ニコリーニ劇場[105]にきているさ。天才的なヴィルジニア・マリーニ[106]と、イタリアで、いやもしかするとヨーロッパで、いま生きているいちばんの芸術家であるサルヴィーニ[107]が、共演しているよ」

「いいこと、桟敷席を一枚、とってきてよ——早く! 早く!」と、彼女は命じた。

*

「あなたは、平土間で待っていていいわよ」と、彼女がいったのは、私が彼女のオペラグラスとポスターを桟敷席の手すりのうえにおいたあとで、ちょうど足台をととのえているときだった。

そこで私は立ちあがる。そして、妬みと憤りのあまりによろよろと倒れまいとして、壁によりかからないではいられない——いや、憤りというのはふさわしい言葉ではない。それもいうなら死ぬほどの不安のあまりに、だ。

彼女が青いモアレ[108]のドレスに、両肩もあらわに、大きなオコジョの毛皮のコートをまとって、桟敷席にすわっていて、彼が彼女の向かい側に座をしめているのを、私は確認する。そして、彼ら二人にとって、今日のところは、舞台も、ゴルドーニのパメラ[109]も、サルヴィーニも、あのマリーニも、観客も、それどころか世界すらも没落してしまったように、たがいを眼でなめつくそうとしているさまを——そして、私はといえば、この瞬間に、そもそも私とは何者なのか?——————

＊

侯爵夫人が劇場から戻って、ゆっくりと、しかし、疲れた様子で思いに沈みながら、別荘の大理石の階段をのぼっていくのに、私は、たえずそのあとにしたがった。

嫉妬のあまりに、私は正気を失っていた。しかし、彼女は、一度として私を気にとめなかった。彼女にとって、この瞬間に、私はこの世に存在しないも同然だった。彼女がようやく私に眼をやったのは、明るく照らしだされたちいさい客間にはいって、鏡をみながら、オコジョの毛皮のコートを肩から脱ぎすてたときだった。そして、ふりむきもせずに、怒るでもなく、しかし、けっして喜んでいるようでもなく、ただいかにも無関心にこういっただけだった。「ここにいたの?」と。

「はい、侯爵夫人」と、私は答えた。「あなたさまに申しあげたいことがございまして」

「ああ! おまえはまた妬いているのね」ヴァンダは、ちいさい安楽椅子の一つに腰をおとして、あくびをした。

「ええ、私は妬いていますとも」と、私はいよいよ興奮して叫んだ。「私はひどく苦しんでいます。しかし、今回ばかりは、想像上の苦しみではありません。あなたさまがそのためにわざわざ劇場へおでましになった、あなたさまの視線がお誘いになり、励まされた、あのお方は、私が考えられなかったような印象を、あなたさまに与えたようでした。あなたさまは、あのお方を愛しておられます。毛皮のヴィーナスは、媚びをうる羊飼いになりつつあります」

ヴァンダは、私をまるで召使のように、自分のまえに立たせたままで、安楽椅子にもたれかかって、笑みをうかべながら私の言葉に耳をかたむけていた。それから彼女はうなずいた。彼女は、いかにも満足しているようにみえた。

「足台をちょうだい！」と、彼女は手短に命じた。

私はしたがった。そして、彼女のまえに足台をおいて、そのうえに彼女の足をのせたあとでも、なおひざまずいたままでいた。

「いったいこれは、どういう結末でおわるのでしょうか？」と、私は、ややあって悲しげに尋ねた。

彼女は、ふざけたように大笑いをした。「だって、まだ全然はじまってもいないわよ」

「君は、僕が思っていたよりも薄情だな」と、私は傷つき、腹をたてて言いかえした。

「ゼーヴェリーン」と、ヴァンダは、真顔にかえって話しはじめた。「私はまだ何もしていないのよ、これっぽっちもね。それなのにあなたは早々と、私のことを薄情だなんていう。私があなたの空想をみたすなら、楽しい、自由な生活を送るなら、崇拝者たちの群れにとりかこまれているなら、そして、そっくりあなたの理想で、そっくり毛皮のヴィーナスであるなら、どうなるでしょう？」

「君は、僕の空想を真に受けすぎている」

「真に受けすぎるって？」と、彼女は言葉をかえした。「私があなたをからかっているだけだと、あなたは思っていたの？　私は、喜劇に手をかしたりはしません。あなたがそうのぞんだのよ。いま私は、もちろん真剣よ」

「ヴァンダ」と、私は心をこめて答えた。「君は、われわれの幸福を、気まぐれのために犠牲にするつもりなのか？」

「もう気まぐれじゃないわよ！」と、彼女は叫んだ。

「それじゃ何なんだ？」と、私は愕然として尋ねた。

「それは、もともと私のなかにあったのよ」と、彼女は、さながら思いに沈むように、静かにいった。「それでもそのままなら、それが表にあらわれることは、たぶんなかったでしょうね。だけど、あなたがそれをめざめさせてくれたわ。そして、それが私をみたしている、私がそれに快楽をおぼえている、もうほかにどうしようもない、いまになって、あなたは尻込みしようというのね

――あなたは――あなたはそれでも男なの？」

「愛するヴァンダ！」そういいながら、私は彼女に口づけしはじめた。

「ほっといてよ――あなたは男じゃないわ――」

「で、君はどうなんだ！」と、私は、逆上していった。

「私はわがままよ」と、彼女はいった。「それはわかってるでしょう。私は、あなたのように、空想するのがお得意で、実行力はさっぱり、なんて人間じゃないの。何かを計画するとなれば、それを断固としてやりぬくわ。抵抗があればあるほど、いよいよ確実にね！」

彼女は私を突きのけて、立ちあがった。

「ヴァンダ！」私もおなじように身をおこした。そして、彼女と眼と眼をみかわしながら向かいあった。

「あなたは、いまこそ私という人間がわかったでしょう」と、彼女は話しつづけた。「もう一度、警告しておくわね。選択権はあなたにあるのよ。私の所有物になるように、あなたに強制したりはしない。そうできるというなら、私から離れていってもらってけっこうよ」

「ヴァンダ」と、私は動揺して答えた。「僕がどれほど君を愛しているか、君は知らないんだ」

彼女は、軽蔑するように唇をぴくりとうごかした。

「君はまちがっている。自分があるがままよりも、醜くしてしまっている。君の本性は、はるかに善良で、高貴で――」

「あなたが私の本性について、何を知っているというのよ」と、彼女は、私の言葉を激しい調子でさえぎった。「あなたは、私のことをもっと学ぶべきだわ」

「ヴァンダ！」

「あなたは私を知らない」と、彼女は、ものうげに、ほとんどくつろぐかのように、オコジョの毛皮に身をつつみ、オットマンに横になって、頭を左手でささえながらいった。「私自身、自分のことを知ったのは、つい最近のことなの。あなたがはじめて私のなかに、毛皮のヴィーナスというあなたの理想をみてとったときに、私は、自分について、自分の性について、いろいろと考えてみたの。いまこそわかるわ、男ではない、女こそが支配者たるべく生まれついているのだと。

女は、その本性からして男よりも精神的で、だからこそ自分の官能を制御することができる。自分自身を制御することにかけては、あまりにもたやすく自分の官能に負けて、その助けをかりて女に屈服してしまう男などよりも、女のほうが比較にならないほど上手《うわて》なのよ。

もちろんいままでのところは、ただ愛においてだけの話だけれどね。

女は、それ以外の関係ではどこでも抑圧されていた。残虐な暴力が支配するかぎりはね。ちょうどとりわけ精神的な生をはぐくんでいた、そうした民族が、そして、どの民族のなかでもそうした階層が、ついこのあいだまで、粗暴な権力をもっている人たちに隷属していたように。

数世紀にわたって偉大な精神生活からしめだされていたけれど、女は、すばらしい才能とすぐれた悟性とを保持しつづけたものだから、いまひとはこう自問しなければいけなくなっているわ。もし女がようやく数世紀のあいだに男とおなじ教養を獲得して、それがそれから世代から世代へと受け継がれて、生来の精神的な資質を高めたとしたら、男は、はたして女と足並みをそろえることができるのだろうか？　とね。

女はもはや男の奴隷ではない、女が男との平等を闘いとりはじめているという、精神がそこまで力をもつようになった、そんな地点に、私たちは到達しているのよ。女は平等をかちとるでしょう、だけど、それはただ、それからまもなくして事態を完全にひっくりかえすためにすぎないわ。精神がすべてになり、粗野な暴力がもはや何ものでもなくなる、そうした未来においては、女が支配者になり、男が奴隷になるでしょう。女を貶める結婚に、自由恋愛がとってかわることでしょうよ」

「いやまったく感心しますね」と、私は嘲弄するように、侯爵夫人の言葉をさえぎっていった。

「あなたが反抗する奴隷を鞭で痛めつけるものと期待していたのに、あなたはいろいろと御託をならべたてて、いやそれどころかまるまる哲学的演繹法でもって、私に答えてくれたのですからね。まったくうろたえてしまいますよ」

「なんて素朴だこと」と、ヴァンダは、ほほえみながら叫んだ。「あなたがうろたえたのは、私の論理のせいではなくて、透けてみえそうなほど白いオコジョの毛皮から、いよいよまばゆく御開帳になる、私のむきだしの胸のせいにすぎないでしょ」

「あなたが信じているのは――」

「ああ！　わかってるわよ。だけどまあいいから、お聞きなさい。私は、未来をあてにしてみずからを慰める、そんな女じゃありません。私は、現在こそ自分のもの、それも無制限にわがものと宣言したいの。私は、男を征服するため、従属させるために女に与えられている武器を知っているわ。この武器というのは、男の官能よ。そして、男が私たち女を愛し、もとめている、そのかぎりにおいて、私たちの足元にひれ伏すのだということも、知っています。男が私たちを征服する、あるいはそれどころか所有するやいなや、あまりにもたやすく私たちを支配する暴君になるのだということも。だから私は、けっして一人の男のものにはならないつもりよ、けっしてね。男が私を愛しているかぎりは、自分のまわりにはべらせておいてもいいわ。そして、男が私の自由をすこしでも制限する気配をみせたが最後、男におさらばするでしょう」

「ヴァンダ」と、私は驚いてくちごもった。「君は僕のことを誤解しているよ。話しているうちに、なんだか風向きが変わってきているようだ――」

「あなた、ゼーヴェリーン」と、彼女は、昂然として頭ごなしに、私の言葉をさえぎった。「あなたはいま、暴君ぶりをあらわにして、私に掟を定めようとする、そんな立場にいるわけよね。だけど、あなたはまちがっている。私は、自分の上に立つ主人なんてがまんできないし、あなたが私の暴君になろうとすれば、それにつれていよいよ私の奴隷になっていくばかりよ。これが最後の警告よ。この釣り合いを乱したりするのはやめなさい！」

「いったい君は、別の男を愛するような女なのか？」と、私は叫び声をあげた。「君は僕を気ちがいにするつもりか？」

「くりかえしていうわ、私は、自分の自由をだれにも制限されたくはありません。たとえあなたであってもね」

「それで君はあのギリシア人の男を、自分の崇拝者にしようというのか？」

「それはまだわからないわ」と、ヴァンダはいった。「だけど、私がいったんそうのぞんだら、私がそうするのを妨げるようなまねはさせないわ」

「やはり、たぶんそうなるんだよな！」

ヴァンダは飛びあがった。彼女の鼻翼は、さながら怒りのあまりにひくひくうごいているようで、胸は波打っていたが、顔は大理石のようにひややかなままで、その声は明るく、静かに聞こえた。「それでは、私たちの関係をはっきりさせるために、私のほうがあなたを所有しようとする、そうした境地に達したというわけね。あなたは、私のすることを邪魔しようというの？」彼女は、小声で笑いはじめた。「あなたは邪魔したりはしないわよね、ゼーヴェリーン。だけど、私たちは、二人のうちのどちらかが屈服しなければならない、そんなところまできてしまっているのよ。決断しなさい、あなたは服従するの、無条件で？」

「いやだといったら？」

「そうしたら――」

彼女は、ひややかにからかうように、私のほうに歩みよってきた。そして、胸のうえで腕を組んで、唇のあたりに意地のわるい微笑をたたえながら、いまや私のまえに立ったとき、彼女は、実際に私の空想上の女暴君そのままだった。彼女の表情はきびしく、かつその眼差しには、善意や慈愛を思わせるようなものは何ひとつなかった。

「そうしたら」――彼女はくりかえした――「私は、あなたを追いだすでしょうよ。あなたは自由の身よ。私は引きとめないわ」

「ヴァンダ――こんなに君を愛している僕を――」

「ええ、そのとおりよ、クジームスキさん、私を崇めている、そのあなたをね」と、彼女は、侮蔑するように叫んだ。「だけど、あなたは嘘つきで、約束をまもらない人よね。とっととここから出ていきなさい――」

「ヴァンダ！」

「やめてよ！」

私の心から血がほとばしるようだった。私は、彼女の足元に身を投げだして、泣きはじめた。

「あらあら、まだ涙が出るのね！」彼女は笑いだした。ああ！　それは、おそろしい笑い声だった。

「行きなさい――もう顔もみたくないわ」

＊

私は、追手からのがれようとする人殺しのように、その場から脱兎のごとく駆けだしていた。一晩じゅう野外の、ちょうどカシーネ公園からアルノ川にそってのびている繁みのなかを、あちらこちらとさまよい歩いた。そして、朝になって郊外の小さい酒場で、両腕をテーブルのうえにおいて、そこに頭をのせて眠りこんだ。それから市街をあてどなくとおりすぎて、ドゥオーモに寄ったり、ピッティ宮殿[110]のギャラリーを眺めてみたり、ジャルディーノ・ディ・ボーボリ[111]をぶらついたりしたあとで、極上のキャンティと山賊の恰好のモデルにでくわすような、あのあやしげなたぐいの酒場に、またもやまぎれこんだ。そして、とどのつまりは、陽がおちて暗くなってから、ふたたび侯爵夫人の別荘のまえに立っているのだ。

私は、ただすこしだけ半開きになっている格子戸を押しながら、自問してみる。おまえは屈服しようというのか、それも無条件に？

私はそうしたくはない、だがしかし――そうせざるをえない。

＊

ヴァンダは、ロジアのなかで両腕を手すりにおいて、頭を両手でささえながら立っていた。彼女は、いつもの大きな濃色《こきいろ》のクロテンの毛皮をまとっていたが、それは、その頭と、明るく美しい顔《かんばせ》と、地味な髷に結った金赤《きんあか》の髪を、さながらレンブラントの絵の薄明のなかから浮き立たせるようだった。三日月の鈍い銀《しろがね》の光が、彼女の背後の壁際に立ちならぶ彫像のまわりに、魔法のように戯れていた。

彼女は私をみつめた。そして、身じろぎひとつだにせずに、小声で笑いはじめた。

「あなたは、私を待っていてはくれなかったのですね」と、私は口をきった。

「きっとそうよね」と、彼女は答えた。「あなたが戻ってくること、降参してくるだろうということは、わかってたわ」彼女は、ふたたび笑った。

「ヴァンダ――」

「それで?」

「ああ! 僕がどれほど君を慕っていることを、知ってくれたら」

「私がそれを知らなかったら、今日にでも私の足をあなたの項《うなじ》におくことを、確信することはできないでしょうね」

「それでも君は、もしかして迷うかもしれない――」

私は、歩廊の階段をのぼって、いまや彼女の横に立った。私に一瞥をくれるでもなしに、彼女はいった。「私は、あなたと争う気はまったくないわ。自分で選択しなさい! 私に服従すること、それも無条件に、さもなければ出ていくことね」

「ヴァンダ、僕を突き放さないでくれ」と、私は、すっかりうちのめされて懇願した。

「服従しなさい」と、彼女はひややかにくりかえした。

「君がほかの男を愛することには、とても耐えられない」

「耐えてもらうしかないわ」と、彼女は答えた。「私たちを結びつけていた絆を、あなたが自分で解いてしまったのよ。あなたは、もう私の愛人じゃない、これからも愛人ではありえないわ」

「ああ、なんてことだ！」そういって、私は侯爵夫人のまえに身を投げだして、涙にまみれた顔を、彼女の毛皮の襞のなかに隠した。「僕を憐れんでくれ、ヴァンダ！」

「私は自由よ」と、彼女はつづけた。「私は、あなたにもうなんの義務もない。あなたは退屈なのよ。私の愛人にはもうなれそうもないけど、奴隷としてはべらせておく分には、まあくるしゅうないというところね」

「君は、僕を絶望のどん底におとすつもりか」と、私は、声をしぼりだした。そして、彼女の膝をかきいだき、足に口づけをして、泣き、懇願し、狂人のような振舞いをした。

「あなたには信じられないでしょうね」と、ヴァンダは落ち着きはらっていった。「そんなあなたをみることが、私にとって、どれほど眼の保養であることか」

「お情けを！」と、私は金切り声をあげた。

「立ちなさい、そうして、私のいうことをお聞きなさい」と、彼女は、彫像の足下の石のベンチに腰をおろしながらいった。「私は、もうあなたのものじゃないのよ。だって私は、もうあなたを愛していないのだから」

「君は残酷だ！」

「残酷なのは私じゃないわ」と、彼女は話しつづけた。「私は、あなたを愛しているかぎりは、あなたに真心をつくしたわ。それで十分じゃないの？　だけど、私が別の男を愛しているというのに、愛もないままにあなたのものになるように、そして、貞節をまもるように要求するなんて、あなたのほうこそ、十分に残酷でしょ？　だから私は、あなたにお別れしたの。私は何も横暴にふるまおうというわけじゃない、ただ自由でいたいだけよ」

「ヴァンダ！　君は、僕が自殺することをのぞんでいるのか？」と、私は叫んだ。「正直にいってくれ」

「私は、あなたを奴隷としてはべらせておくことをのぞんでいるのよ」と、彼女はいった。「もう一度いうわね。私は、あなたという人間がよくわかっている。いまこの場で、私に服従すること、隷属することを誓うのよ。だって私にはわかってるんだから、機会さえあれば、あなたがまた反抗的になるっていうことが。だからあなたは、大真面目に、文字どおりに、私の奴隷でなければいけない。だから、あなたは契約書に署名して、必要とあらば私が力まかせに馴らして、服従するように強いるための手段を、私に与えてもらわなくちゃいけない、というわけ。その気はある？」

私の内部では、たがいに矛盾する感覚がせめぎあっていた。

「あなたの理想は、いつだって暴君のように残酷な女なのよね」と、侯爵夫人はつづけた。「いまこそあなたは、この理想をみいだしたというわけよ」

私の頭は渦を巻いて、血は沸きたちはじめた。私は、ヴァンダを凝視したまま、依然として言葉を失っていた。

「私は快楽を追求するのよ」と、彼女は話しつづけた。「それというのも、幸福なんか信じていないからなの。人間がそう呼んでいるのは、ただ空想のなかにしか存在しない、自己欺瞞にもとづいているものよ。幻想をいだくには、私はあまりにお悧巧さんというわけ。それでも私は、愛が憎しみでおわるように、どのような快楽も、苦痛と苦悩でおわることを知っているわ。だけど私の本性は、それが他人によってであれ、自分自身によってであれ、とにかく欺かれることにたいしていきりたつの。そして、責め苦の棘が添えられていないような至福など、存在しないのだから、自分の宿命を嘆いたりするくらいなら、他人の運命をもてあそんで、敵対してやまない自然に復讐してやるのよ。私自身は幸福になれないとしても、他人が苦しむのをみるという快楽がある。それも、他人が苦しむのが私のせいだとなれば、快楽は十倍にもなるわ」

「ひどい話だ!」

「ひどい話よ!」と、侯爵夫人は、さげすむように私をみつめた。「私は、以前に処刑を見物していて、こころゆくまで楽しんだことがあるわ」

「それであなたは、不幸な囚人をかわいそうだとは思わなかったのか?」

「私が残念に思ったのは、その囚人を処刑するように命じたのが、この私ではなかったということだけよ。そうしたら、囚人が死の不安に怯える様子は、ひとしお私を満足させてくれたことでしょうね」

「それで、いまあなたは、私の苦しむ様子をみて楽しもうというわけだな」

「実際にはそうよ。だけど、これはまだ序の口なの」と、ヴァンダは、おちつきはらっていった。

「私は、まずあなたを力ですっかり支配するつもりよ。そうして、私がどういう人間かを知ってもらわなくちゃいけない。さあ、決心しなさい。私の奴隷になる意思はあるの？」

「ああ、その意思はある」と、私は叫んで、彼女のまえにひれ伏した。私は一睡もせずに駆けまわって、すっかり疲労困憊し、茫然自失の体《てい》だった。愛する美しい女がかくも間近にいることが、熱病のように私をとらえた。自分が何を話しているのか、もはやそれすら定かではなかった。しかし、私は、自分が彼女の足に口づけしたこと、あげくのはてに彼女の足を自分の項《うなじ》にのせたことを、いまでも思いだすことができる。

「いまあなたは、自分にふさわしい立場になったというわけね」と、ヴァンダは、満足げにいった。それから彼女は、ゆっくりと足を引いて、私に立つように命じた。

「ああ、神さま」と、私は、いま一度、彼女のまえにひざまずきながら叫んだ。「君が命じることをすべて実行しよう、君の奴隷に、君が意のままにする一個の物になろう。ただ僕を突き放さないでくれ――僕は破滅してしまう、君なしには生きていけないのだ。一生のあいだ、君の近くにいることが許されるなら、その代償に君のいうことなすこと、すべてを耐え忍ぼう」

「それじゃ、私が用意する契約書に署名しなさい」

「君の手中にそっくり身をゆだねるよ、ヴァンダ」と、私は、心神を喪失した者のように叫んだ。そのとき私は、もはや明晰に思考することもできなければ、また自由に決断することもできない、あの情念の渦にとらえられていた。「君の権力にたいして、いかなる条件も、いかなる制限もつけることなく、僕は、わが身を君のほしいままの興不興にゆだねよう。僕を好きなようにしてくれていい、ただ僕を完全に追いだすことはしないでくれ」

「あなたには、私との契約書に署名してもらわなければいけないわ」と、ヴァンダはいった。

「私の身の安全のために、それにくわえて、私がそうのぞむのだから」

「そうする用意がある」

「そして、あなたがわが身をそっくり私の手にゆだねようという、このいまだからこそ」と、彼女は話しつづけた。「あなたに最後の警告を発しておくわ。まだあなたは自由なのよ！　あなたが契約書に署名したが最後、あなたはもう私の奴隷で、それからあとは、ゼーヴェリーン、私は権力を行使しはじめるわ。いっておくけど、仮借なく、容赦なく、ね」

「僕は君の所有物だ」

「ようく考えてよ、ゼーヴェリーン。私にそっくり身をゆだねてしまうのは、あなたにとって危険なことよ。そうすれば、あなたは私の玩具にすぎなくなってしまうわ。私があなたの気ちがい沙汰と私の権力とを悪用しないように、いったいだれがあなたを守ってくれるというの」

「君はまた、気高い心をもっているよな！」

「権力は、ひとの心を驕り昂ぶらせるわ」

「驕り昂ぶってくれていいよ」と、私は叫んだ。「足蹴にしてくれ」

「そうね、あなたは奴隷にならなくちゃいけないわ、そして、鞭を骨身にしみて感じてみることね——というのも、あなたはひとかどの男子じゃないんだから」と、彼女は静かにいった。私の心に迫ったのは、ほかでもない、彼女が怒るでもなく、あるいは憎しみをこめるでもなく、それどころか興奮の色をみせることすらなしに、十分に熟慮して私に語りかけたことだった。「私はあなたを知っているわ、あなたの犬の性《さが》を。足蹴にされて、虐待されればされるほどに、いよいよ恋い慕う、その性《さが》をね。私は、もうあなたを知っているわ。だけど、あなたのほうは、ようやく私のことを知りはじめているというわけね」

　彼女は身をおこすと、大股であちらこちらと歩きまわった。いっぽう私はといえば、ただうちのめされて、ひざまずいたままでいた。私は、いつしか頭《こうべ》を垂れていて、涙がしたたりおちた。しかし、彼女にたいするおのが愛の気ちがいじみた熱狂に、一挙にそっくりとらえられて、私は酔い痴れて、彼女のほうに眼をあげた。

「いまのあなたは、なんと美しいことでしょう」と、彼女は、私をまじまじとみつめながら叫んだ。「あなたの眼は、恍惚のあまりになかば死んでいるようで、それがまた、私をうっとりさせて、魅了するのよね。あなたは殉教者の眼をしている。あなたが死ぬほど鞭で打たれたら、あなたの眼差しは、きっとすばらしいにちがいないわ！」

「それなら、死ぬほど鞭打ってくれ」と、私はくちごもりながらいった。

「もう出ていきなさい」と、彼女は、はや女主人の口調になっていった。「私は、これから契約書を起草するわ。時間になれば、あなたを呼びにやらせるから」

＊

一時間ほどたって、愛らしい小柄な侍女が、女主人のまえに伺候するようにとの命令をたずさえてやってくる。私は、幅広い大理石の階段をのぼって、玄関の間と、金に糸目をつけずに豪奢にしつらえられた大きな客間をとおりぬけると、ひと息つこうとして、寝室の戸口のまえで立ちどまる。というのも、心臓が高鳴って、喉のところまで迫っているようだったからだ。私は、まるでエカチェリーナ女帝の寝室のまえに立っているかのように、そしていまにも、あらわな胸に、赤い勲章の綬をかけた緑色の毛皮のナイトガウンをはおって、小さい、巻き毛に白く髪粉を散らした女帝が、立ちあらわれてくるにちがいないという気がする。

　私が敷居のうえに姿をあらわすと、侯爵夫人は、それまでやすんでいた赤い緞子のオットマンから身をおこした。そもそもこの部屋の造作が、その絨毯、カーテン、仕切りの帷《とばり》、天蓋など、すべてが赤い緞子でなりたっていて、天井はといえば、サムソンとデリラ[112]をえがいたみごとな絵画で構成されている。

　ヴァンダは、私を悩殺するようなデザビエ[113]姿で迎えてくれる。白い繻子の衣裳が、かろやかに、さながら絵のごとく、彼女の細身の肢体をつつんで流れていて、見え隠れする腕と胸は、やわらかく、かつしどけなく、緑のビロードで縁どられた大きなクロテン皮の色濃い毛のなかにさしこまれている。彼女の赤い髪は、なかば解かれたまま、白い真珠の紐でとめられて、肩越しに腰のあたりまでのびている。

「毛皮のヴィーナスだ」と、私は思わず叫んで、彼女の足元にくずおれた。

ヴァンダは、いっぽうの腕で身をささえながら、私をみつめて、私の髪をもてあそんだ。

「あなたはまだ私を愛してるの?」と、彼女は尋ねた。その眼は、甘美な情欲に溶けていくようだった。

「いまさら聞くのかい！」と、私は叫んだ。

「私を愛していてほしいのよ」と、彼女は話しつづけた。「あなたが私に焦がれて、やつれていくほど、私はあなたの女主人として、ますます悦びを感じるというわけよ。そして、すべて用意万端ととのったいま、あなたにもう一度、尋ねるわ。私の奴隷になるというのは、実際にあなたの本心なの？」

「君に仕えることほどに、君の奴隷になることほどに、僕が大きな幸福を知らないことは、君ももう知っているはずじゃないか。そして、すっかり君の手中にあることをわれとわが身で知るということ、この感情のためならば、すべてを投げうつだろうということも、それどころかこの命までも――」

「なんとあなたは美しいこと」と、彼女はささやいた。「あなたがそのように熱狂しているとき、そのように熱情をこめて話しているときはね。私は、あなたと一緒にコンスタンティノープルへ行こうと思っていたの。だけど、私はようく考えてみたわ。だれもが奴隷を所有しているような国で、あらためて奴隷をもってみたところで、それが私にとって、いったいどんな価値があるというのでしょう。私はこの土地で、教化されて、興ざめで、偽善的な私たちの世界で、私一人で奴隷をもってみたい。それも法でもなく、私の権利でもなく、ましてや粗野な暴力でもなく、ただひたすら私の美しさと私の存在のおよぼす権力のみが、おのずから与えてくれるような、そうした奴隷を所有したいのよ。それこそ、気がきいているというものよ。ここに、私が起草した契約書があるわ」彼女は、それを私に手渡した。「それにくわえて、すっかり私の手中にあるとあなたが感じるように、もう一通の書類も作成したわ。そこであなたは、自分が命を絶つ決心をしたことを宣言しているの。それで、私がのぞみさえすれば、あなたを殺すこともできるというわけ」

「みせてくれ」

私が書類をひらいて、読みはじめるかたわらで、ヴァンダは、インクとペンをもってきて、私をオットマンにすわらせると、私の首に腕をまわし、私の肩越しに文書に視線をなげた。

第一の文書には、こう書かれていた。

ヴァンダ・フォン・ドゥナーエフと
ゼーヴェリーン・フォン・クジームスキとの間の
契約書

ゼーヴェリーン・フォン・クジームスキ（甲）は、本日より、ヴァンダ・フォン・ドゥナーエフ侯爵夫人（乙）の愛顧せられたる崇拝者の身分を放棄し、愛人としてのすべての権利を断念する。甲は、他方、男子にしてかつ貴紳たる名誉にかけて、爾後、語の十全たる意味において乙の奴隷たることを誓約し、かつその効力は、乙がみずから甲に自由を返還せざる限り、継続されるものとする。

甲は、乙の奴隷として、グレーゴルの名を帯し、無条件にて乙のいかなる命令にも服し、女主たる乙に恭順をもて接し、乙の愛顧のいかなる表明をも格別の温情と見做すべきこととする。乙は、その奴隷に対し、いかなる些細なる過誤ないし違背に対しても、随意に処罰することを得るのみならず、気紛れに、もしくは暇つぶしの目的をもって、ほしいままに甲を虐待し、望むとあらば殺害する権利をも有する。すなわち、甲は、乙の無制限の所有物なり。
万一、乙ことフォン・ドゥナーエフ侯爵夫人が、奴隷に自由を与うることありとせば、甲ことゼーヴェリーン・フォン・クジームスキは、奴隷として経験し、耐忍せしすべてのことを忘却し、断じて、一度たりとも、いかなる事情においても、いかなる仕方によりても、復讐もしくは報復を考うることあらざるべし。

その契約書の下面には、今日の日付が記されていた。
第二の文書には、わずかな文言しか含まれていなかった。

数年来、現身《うつしみ》とその錯誤に倦み疲れたはてに、私は、この無価値なる生に、みずからの意思で終止符を打つことにした。

最後まで読みおわったとき、深い戦慄が私をとらえた。まだ時間はあった。まだ後戻りすることはできた。しかし、情念の狂気が、しどけなく私の肩によりかかっている美しい女の形姿が、私を引きさらっていった。

「こちらのほうは、ゼーヴェリーン、まず自分で書き写してもらわなければいけないわ」と、ヴァンダは、第二の文書を指さしながらいった。「それは、完璧にあなたの筆跡で仕上げられていなくちゃね。契約書の場合は、もちろんその必要はないけど」

私は、おのれみずからを自殺者と名指ししている、その数行をすばやく筆写すると、それをヴァンダに手渡した。彼女は読んで、それからそれを机においた。

「さあて、あなたは、それに署名する勇気があって?」と、彼女は、首をかしげて、微妙な微笑みをたたえながら尋ねた。

私はペンをとった。

「最初は私にまかせて」と、ヴァンダはいった。「あなた、手がふるえてるわよ。自分が幸福になるのが、そんなに怖いの?」

彼女は、契約書とペンをとった――私は、おのが心とたたかいながら、一瞬、眼をあげた。そのとき私にひらめいたのは、イタリア派やオランダ派の多くの絵画にあるような、天井画にどこか奇妙な、私にはまさに無気味としか思えない特性を与えている、あくまでも非歴史的な性格だった。デリラが、もえるような赤毛をした豊満な女が、色濃い毛皮のコートにつつまれて、半裸の姿で赤いオットマンに横たわっていて、ペリシテ人たちに打ち倒されて、縛られてしまっているサムソンに、ほほえみかけながら身をかがめている。彼女の微笑は、その嘲るような媚態のなかに、文字どおり地獄の残酷さをひめている。その眼はなかば閉じられて、サムソンの眼に出会いはするものの、その彼のほうはといえば、なおもその末期の眼差しのなかに狂気の愛の色をたたえて、彼女の眼差しにすがりついている。それというのも、すでに敵の一人が彼の胸に膝をおいて、灼熱する鉄棒で彼を貫きとおすべく、準備をととのえているからだ。

「これでよしと——」と、ヴァンダは叫んだ。「さて、あなたの番よ」

私は、契約書をのぞきこんだ。そこには、大きないかにも雄渾な筆跡で、彼女の名前が記されていた。いま一度、私は、彼女の魔力のある眼にみいると、それからペンをとって、すばやく契約書に署名した。

「あなた、ふるえていたわね」と、彼女は、おちついていった。「なんなら、私がペンをうごかしましょうか?」

そういうまもなく彼女は、そっと私の手をつかんだ。そして、私の名前は、第二の文書にも首尾よくおさまった。ヴァンダは、二通の文書を、いま一度、みつめたうえで、それをオットマンの頭のところにある机のなかにしまいこんだ。

「そう——それでは、あなたのパスポートと現金を、こちらによこしてもらいましょうか」

私は紙入れをとりだすと、それを彼女に手渡す。彼女はなかをのぞきこみ、うなずいてみせると、それを他の荷物と一緒にする。そのかたわらで、私は彼女のまえにひざまずいて、私の頭を甘美な陶酔のまにまに、彼女の胸にやすらぐにまかせている。突然、彼女は、私を足で突きのけると、飛びあがり、鈴《りん》の紐を引く。その瞬間、侯爵夫人は、まるですっかりひとが変わったようになって、その美貌は、一気に苛烈さと悪魔的な喜びの表情をおびてくる。それは、私にはほとんど見知らぬ女のようにみえる。黒檀から彫りあげたような、三人の若い、細身の黒人女が、白鳥の毛皮で縁取りをした白い繻子に身をつつんで、それぞれが縄を手にしてはいってくる。

いまや私は、突然、私がおかれた状況を把握する。そして、身をおこそうとするものの、すでに立ちあがっていて、黒い眉と嘲るような眼をした、その冷たい、美しい顔《かんばせ》をこちらにむけつつ、女《おんな》主《あるじ》よろしく命令するかのように、眼前に屹立しているヴァンダは、片手で合図をしてみせる。そして、わが身がどうなるのか、私がまだよく悟りもしないうちに、黒人女たちは私を床に引きずりおろしたかと思うと、私の両手両足を高手小手に縛りあげて、まるで処刑される定めにある囚人のように、両腕を背中に結びつけていた。

「その重い毛皮を脱がせて、ハイデ。これは邪魔になるのよ」と、ヴァンダは、無気味なまでの落ち着きをみせながら命じる。

その黒人女は、いわれたとおりにする。

「そこの上着を！」

ハイデはすばやく、ベッドのうえにあった華麗な赤ビロードのカツァバイカをもってきた。そして、ヴァンダは、真似のできないほど魅惑的な所作を二度、くりかえして、ビロードで縁飾りと裏打ちをほどこした、ゆたかなオコジョの毛皮を、すばやくはおってみせた。

「あなたは、なんと美しいことでしょう、ご主人さま」と、私は、すっかり酔い痴れて叫んだ。

「私を鞭打ってください、仮借なく鞭打ってください、足蹴にしてくださいまし！」

「こやつをこの柱に縛りつけよ」

黒人女たちは、私を引きおこすと、太い綱を私の体に巻いて、私を立たせたまま、幅広いイタリア風のベッドをささえている、がっしりした柱に結わえつける。「私に鞭をかしなさい、ハイデ」と、侯爵夫人が命じる。その黒人女がひざまずいて、彼女に鞭を渡すかたわらで、他の女たちは、私の縛めを注意深く点検している。

それから彼女たちは、まるで大地に呑みこまれたかのように、突然、姿を消してしまった。

ヴァンダは、底意地わるい微笑をうかべて私をみつめながら、鞭を空中でひゅうと鳴らしてみせると、それからすばやく私のほうに歩みよってくる。白い繻子の衣裳が銀《しろがね》のように、月光のように、長い裳裾を引いていて、その髪は、身につけたカツァバイカのふくらんだオコジョの毛皮のうえで、炎のようにもえている。いま彼女は、私のまえに立っている。左手で体をささえて、右手に鞭をもって、短い笑い声を発するのだ。「とうとうおまえを手にいれたわ！」と、彼女は凱歌をあげた。「いまこそおまえは、私がのぞんだように、私の支配下になった。おまえはまだ、私にあれこれ指図する気はあるかい？　われわれのあいだのゲームは、もうおしまいさ」と、彼女は、無情な冷酷さをあらわにしながらつづけた。「もう本気だよ、この馬鹿者め！　いまこそ笑って、軽蔑してやるさ。私に、この高慢ちきで気分屋の女に、狂ったように眼がくらんで、身をささげたってんだからね。おまえはもう私の愛人じゃない、私の奴隷さ、生きても死んでも、私の思うがままさ。ひとりの女の手におちるということが、いったいどういう意味なのか、身にしみて感じるがいい。おまえは、私という女を知るがいいさ！　何よりもおまえは、一度は本気で私の鞭打ちを受けてみる値打ちがある。何も落ち度がなくてもね。おまえが役立たずで、いうことを聞かずに、反抗的な態度をしめしたりすれば、どんなことが待ちうけているか、それを理解するためにもね。ひざまずきなさい！」

私はしたがった。まさにその瞬間、ヴァンダは、私に足蹴をくれた。それから彼女は、毛皮の上着の袖をゆっくりとたくしあげて、私の背中を鞭でしたたか打った。

私は縮みあがった。鞭はナイフのように、私の肉に食いいった。

「さあて、これはお気に召したかい？」と、彼女は喚いた。

私はだまりこんだ。

「ちょっとお待ち、おまえは鞭のしたで犬のようにくんくん鳴いてしかるべきだわ」と、彼女は、脅かすような口調でいうやいなや、それから私を鞭打ちはじめた。

鞭打ちは、すばやくかつたてつづけに、おそろしく荒々しく、私の背に、腕に、項《うなじ》に、おそいかかった。私は、叫び声をあげないように歯を食いしばっていた。いまや鞭は、顔にも振りおろされて、生温かい血がしたたりおちたが、彼女は笑って、鞭打ちをつづけるばかりだった。

「ようやくいまになって、私はおまえという人間とおまえの空想がわかるわ」と、彼女は、鞭打つあいまに叫んだ。「ひとりの人間を暴力で支配して、それがまた自分を愛している男ときた日には、これはもう、ほんとうに前代未聞の快楽だわ――おまえはまだ私を愛しているの？――愛してない――ああ！　私はまだまだ、おまえを死ぬほどに鞭打ちつづけるわ。私にとっては、ひと振りごとに愉楽《たのしみ》がわきでてくるのさ。おまえはまだ妬いているのかい？　なんだって？　私は、あのギリシア人の男を愛しているさ。いいかい、あいつの求愛に応えもするよ。おまえはすこしばかり、身をよじるがいいさ、叫んで、むせび泣いて、お情けを乞うがいい！　私は、いまでもおまえの理想かい？　毛皮のヴィーナスかい？　私にお慈悲を期待しても、無駄というものだよ」

彼女は、鞭をふるいつづけた。刑吏のように残酷に、仮借なく、おそろしく。私は、苦痛の妄想の裡に呻き声を発しながら、同時に彼女の足元で、悦楽のあまりに絶え入らんばかりだった。

「お情けを乞うがいい！」と、彼女は叫んだ。

「君に苦しめられるのが、これほど甘美だとは」と、私はくちごもった。

彼女は、悪魔のように笑って、鞭打ちつづけた。

とうとう彼女は疲れたものとみえる。

彼女は鞭を抛りなげて、オットマンのうえにながながと寝そべると、鈴《りん》を鳴らす。

黒人女たちがはいってくる。

「縄を解いておやり」

彼女たちは、私を柱に沿って立たせようとする。

彼女たちが私の縛めを解いていくと、私は、一塊の木偶《でく》の坊のように、床にばたりと倒れてしまう。黒い肌の女たちは笑って、白い歯をみせる。

「足の縄を解いておやり」

彼女たちがそうしてくれて、ようやく私は、身をおこすことができる。

「こちらにくるように、グレーゴル」

私は、美しい女に近づいていく。残酷さと嘲弄がきわだっていた今日ほどに、蠱惑的にみえたことはかつてなかった、その女のもとに。

「もう一歩、近くに」と、ヴァンダは命ずる。「ひざまずいて、それから私の足に口づけしなさい」

彼女は、白い繻子の裳裾の下から足をだして、私は狂人さながら、唇を押しあてる。そのかたわらで、彼女は勝ち誇ったように笑っている。

「おまえは、まるひと月、私に会うことはないでしょうよ、グレーゴル」と、侯爵夫人は、きびしい、威厳ある口調でいう。「おまえが私に他人行儀になるように、私にたいするおまえの新しい立場に、よりよく順応するようにね。そのあいだは、おまえは庭仕事をして、私の命令を待つことになります。さあ、奴隷よ、出発進行！」

*

その夜、千々に乱れた夢に、まるで熱にうかされたように横たわっていたあげくに、私はめざめた。まだほとんど空が白んでもいなかった。

記憶のなかにただよっていることどものなかで、いったい何が現《うつつ》なのか？　私は何を実際に体験したのか、そして、何をただ夢みたにすぎなかったのか？　私は鞭打たれた、それは確かだ。私は、鞭のひと打ちひと打ちを身にしみて感じている。わが身に残っている、もえるように熱をもった、赤いみみず腫れをかぞえることだってできる。そして、彼女は、私を鞭打ったのだ。そうだ、いまこそすべてがわかる。

私の空想は真実になった。それが私にとってどうだというのか？　私の夢が現実になってみれば、それは幻滅だったのだろうか？

いいや、私はただすこしばかり疲れているだけだ。しかしそれにしても、彼女の残酷な所業は、私を恍惚でいっぱいにする。ああ！　私は彼女をどれほど愛し、慕っていることか！　あれこれ言葉をつくしてみても、私が彼女にたいしてどう感じているか、自分が彼女にどれほど傾倒し、耽溺しているのか、表現しようもない。彼女の奴隷であるとは、なんたる至福であることか！

＊

ひと月の時間が、単調にもいとも規則ただしく、重労働と鬱々たる憧れとともに、それも私にこうした難儀をすべて強いている、ほかならぬその彼女にたいする憧れをともなって、過ぎていった。私は、庭師のもとに配属されて、彼が木々や垣根を刈りこんだり、花々を植え換えたり、花壇の周囲を掘り返したり、砂利道を掃ききよめたりするのを手伝って、彼と粗食と硬い寝床をともにしている。私自身、鶏たちとともに起床し、鶏たちとともに就寝するのだ。そして、われらの女主が崇拝者たちにとりかこまれて楽しんでいるさまを、ときおり聞く破目になる。いやそれどころか、彼女の驕慢な笑い声が庭園にまで響いてくるのを、耳にすることさえある。

私は、自分が愚か者であるように思えてくる。私は、このような生活をおくっているうちに、そうなってしまったのか、それともすでに以前からそうだったのか？　明後日には月末になる——彼女は、私をどうするつもりなのか、それともも う私のことなど、忘れてしまったのか？　そして、私は命果てるまで、垣根を刈りこんだり、花束を編んだりしてさえすればいいということなのか？

＊

文書による命令がきた。

ここに、わが奴隷に妾《わらわ》の側用人たることを命ず。

ヴァンダ

＊

胸をときめかせながら、翌朝、私は、厚い緞子の帷《とばり》を分けて、まだ優しい薄明にみたされている、女神の臥所《ふしど》にはいっていく。

「おまえだったの、グレーゴル？」と、彼女が尋ねるかたわらで、私は、暖炉のまえにひざまずき、火をおこしている。愛する声音に、私はうちふるえる。彼女自身の姿をみることはできない。彼女は、天蓋の幕の背後に近づきがたくやすらっている。

「はい、奥様」と、私は答える。

「いま何時？」

「九時過ぎでございます」

「朝食を！」

私は、いそいで朝食をもってくると、コーヒーの盆をささげもったまま、彼女のベッドのまえでひざまずく。

「朝食でございます、ご主人様」

ヴァンダは、幕をうしろへはねのける。奇妙なことに、彼女が白い夜具につつまれて、流れるようなざんばら髪のままにあらわれるのをみると、彼女は、一瞬、なんとも異様に映ってしまう。いつもながら美しい女だが、愛らしい顔立ちとはいえない。その顔《かんばせ》は硬くて、疲労と飽満の無気味な表情をたたえている。

あるいは、私は、こうしたすべてにたいして、これまで見る目をもっていなかったのだろうか？彼女は、その緑の眼を、威嚇するというよりは、むしろ好奇心にみちて、あるいはもしかして同情の思いをこめて、私に釘づけにする。そして、身にまとっている濃色《こきいろ》の毛皮の部屋着を、あらわになった肩のうえに、ものうげに引っぱりあげる。

この刹那に、彼女は蠱惑にみちて、五感を惑乱せしめるかのように変貌して、私は、頭と心臓に血がのぼってくるのを感じる。そして、手にささげもっている盆がゆらぎはじめる。彼女は、すぐにそれをみてとって、ナイトテーブルのうえにある鞭のほうに手をのばす。

「おまえはぶきっちょだね、この奴隷ときたら」と、彼女は、眉根をよせながらいうのだった。

私は床に眼をおとして、できるかぎり盆をしっかりつかんでいる。そして、彼女は、朝食をとると、あくびをして、みごとな毛皮につつまれたその豊満な手足を、思うさまのばすのだ。

＊

彼女が鈴《りん》を鳴らした。私は部屋にはいっていく。

「この手紙をアレクシス・パパドポリスに」

私は、いそいで街へ出て、あの美男子のギリシア人が住んでいる小さい宮殿にはいる。彼は、若いコケットな女の閨房にそっくりの、ちいさな部屋で私を迎えてくれる。彼のアドニス風の形姿に、黄色い絹地にオコジョの毛皮を裏打ちして、張りめぐらせた部屋着が、やわらかく、かつ豪奢になじんでいる。私が手紙を手渡すと、彼は、そのもえるような黒い眼で、私をふしぎそうにみつめて、それから書棚を兼ねた机に腰をおろす。

「どうかしたの？」と、侯爵夫人は、私が嫉妬に身が細る思いで、ひざまずいたまま返事を手渡すと、さぐるように問いかけてくる。「顔が真っ青だよ」

「なんでもありません、ご主人様。ただ急いで走ってきたもので」

＊

昼食の際に、ギリシア人は彼女のそばに座していて、私はまたなんの因果か、彼女と彼の給仕をする破目になる。そのかたわらで、彼らはたがいにふざけあっていて、その二人の眼には、私などこの世に存在しないにひとしい。一瞬、私は眼のまえが暗くなって、ちょうどボルドー・ワインを彼のグラスに注ぐところだったが、それをテーブルクロスに、彼女のローブに、こぼしてしまう。

「なんてぶきっちょだこと」と、ヴァンダは叫んで、私の顔に平手打ちをくわせる。ギリシア人は笑い、彼女もおなじように笑っている。そして、私は、頭に血がのぼって、顔が真っ赤になる。

＊

昼食のあとで、彼女は、彼とは別にカシーネ公園へ行く。可愛いイギリス産の鹿毛をつないだ小型の馬車を、彼女がみずから御していく、その背後に私がすわって、上流の紳士たちが彼女に挨拶するたびに、彼女が媚びをふくんで、ほほえみながら会釈をかえしたりするさまを、いやでも眼にすることになる。

彼女が馬車から降りるのを手助けすると、彼女は、私の腕に軽くよりかかってくる。その触れあいに、私の身中に電気のようなものがはしる。ああ！　この女はやはりすばらしい、そして、私は、以前にもまして彼女を愛している。

＊

六時のディナーのために、すこしばかりの紳士淑女の一群が顔をそろえている。私が給仕をするものの、こんどばかりはワインをテーブルクロスにこぼすようなことはない。

やはり平手打ちは、なんといっても十回の説教よりも効き目がある。訓戒するのが、とりわけちいさな美しい女の手とあらば。

＊

ディナーのあとで、彼女は、パーゴラ[114]のなかにはいっていく。黒いビロードのドレスを着て、オコジョの毛皮の大きなコートを身につけ、髪に白薔薇のディアデムをあしらったいでたちで、階段を下りてくるさまは、ほんとうに眼も眩むほどに美しい。私が扉をひらいて、彼女を馬車に導きいれる。劇場のまえに着くと、私は駅者台から飛びおりる。彼女が降りぎわに私の腕によりかかると、腕は甘美な重みにうちふるえる。彼女に桟敷席のドアをひらいてからは、私は廊下で待機している。公演が四時間つづいているあいだに、彼女は、とりまきの紳士連の挨拶をうけている。そして、私は怒りのあまりに、ただ歯噛みするばかりだ。

*

真夜中もかなり過ぎたころ、女主の鈴《りん》がこれを最後とばかりに鳴っている。

「火！」と、彼女は手短に命令する。そして、炎が暖炉のなかで爆ぜはじめると、つぎには「お茶」。

私がサモワールをもって戻ると、彼女は、すでに服を脱いでいて、いまちょうど黒人女の助けをかりて、白いネグリジェに手をとおすところだ。

ハイデは、それから遠ざかる。

「毛皮の部屋着をちょうだい」と、ヴァンダは、いかにも眠たげにその美しい肢体をのばしながらいう。私は、それを安楽椅子からとりあげると、ささげもっている。そのいっぽうで、彼女は、袖に、肉感をそそるやわらかな毛皮の部屋着に、ゆっくりとものうげに腕をとおしていく。それから彼女は、オットマンのクッションに身を投げだす。

「靴を脱がせて、それから絹のスリッパをはかせて」

私はひざまずいて、小さな靴を引っぱろうとするが、靴はなかなかいうことをきかない。「早く！　早く！」と、侯爵夫人は叫ぶ。「そんなふうにすると、痛いんだよ！　ちょっとお待ち――おまえを調教してやらなくちゃ」彼女は私を平手打ちにかかる、と思うまもなく、もううまくいっているのだった！

「もう、とっととお行き！」――さらに足蹴を一発――かくして私は、ようやく休むことを許される。

＊

私がヴァンダを殺しかねないほどに、彼女が憎くなる瞬間がある。しかし、この憎しみはまた、私のきわまりない愛が迸りでたものにすぎない。

私は、自分に課せられた桎梏を打ち破ることはできるだろう。彼女の手からのがれようとしたところで、いったいだれがそれを阻むことができようか？　しかし、私は、犬のように従順に、彼女の足元にとどまっている。というのも、私は、もはや彼女なしでは生きていけないからだ。

彼女が私を苦しめ、虐待し、嘲笑すればするほどに、私の情念はいよいよふくれあがり、狂気にまで昂進していく。

私は、彼女のちいさな足に踏まれること、彼女の美しい手に鞭打たれることに憧れる。ああ！　彼女が怒りにふるえるとき、なんと美しいことか、そのひややかな残酷さは、またなんと魅惑的なことか。

＊

今日、私は、彼女にしたがって、とある夜会にお供をした。控えの間で、彼女は私に、毛皮のコートを脱がせるように命じる。それから彼女は、みずからの勝利を確信しながら、誇らかな微笑をうかべて、あかあかと照らしだされたホールにはいっていく。

なんという愉楽だろう、美しい豊満な女に毛皮を着せかけて、その項《うなじ》が、そのすばらしい四肢が、みごとな、やわらかい獣毛に添っていくさまを眼でみて、肌で感じることは。そしてまた、波うっている巻き毛をもちあげて、襟にかけることは。そして、彼女が毛皮を脱ぎすてて、その肢体の温かみとかすかな香りが、クロテンの黄金の毛先に残っているとき――それはさながら、あえて五感を失わんがためであるかのようだ！

＊

ようやくのこと、来客もない、芝居見物もない、パーティもない一日だ。私はひと息つく。ヴァンダは歩廊にすわって、本を読んでいる。私にたいして、彼女はなんの注文もないようにみえる。黄昏とともに銀色の夕霧がでてきて、彼女はひきこもってしまう。私が彼女の晩餐の給仕をして、彼女は、ひとりで食事をすませる。しかし、彼女は、私に一瞥をくれるでもなく、一言を発するわけでもない――足蹴をくれることすらない。

ああ！　私は、どんなに彼女の手ずからの打擲に憧れていることか。

涙があふれてくる。彼女がどれほど手ひどく私を侮辱しているか、身にしみて感じられてくる。彼女がわざわざ私を苦しめ、虐待してみても、もはや骨折り甲斐がないくらいに、それほど手ひどく。

彼女が床につくまえに、いつもの鈴《りん》が私を呼んでいる。

「おまえは、今晩は私のかたわらでやすむように。昨晩はいやな夢をみたのよ。それで、ひとりでいるのが怖いの。オットマンから枕をひとつ、もってきて、私の足元の熊の毛皮に寝なさい」

それからヴァンダは、灯りを消した。それで、天井からさがっているちいさな釣りランプが、部屋を照らしているばかりだった。そして、彼女はベッドにはいった。「私が眼をさまさないように、うごきまわったりしないで」

私は、命じられたとおりにした。しかし、私は、なかなか寝つかれなかった。私は、その美女が、女神のように美しい女が、色濃い毛皮の化粧着を身にまとって、仰向けになり、両腕を首のしたにして、その赤い髪をひろげながら、やすらっているのを眼にした。彼女のゆたかな胸が、規則ただしい、深い呼吸にしたがってもちあがるのを耳にした。そして、彼女がすこしでも身動きするたびごとに、私はめざめ、彼女が何か私に用がないか、うかがってみた。

しかし、彼女は、私を必要としていなかった。

私は、常夜灯か、ベッドサイドにたずさえておく拳銃か、せいぜいその程度のお役目しか与えられていなかった。

＊

こうしたすべてのことは、私の空想を凌駕しようとする、創意ゆたかな、思いあがった女の脳髄から発しているのだろうか、それとも、この女がじっさい、彼女自身とおなじように、考え、感じ、意志する人間たちを、虫けら同然、足下に踏みにじることに、悪魔のような快楽をみいだす、そんなネロ風の資質をそなえた手合いの一人なのだろうか？

私は、また何を体験させられたことか！

私がその朝、彼女のちいさな毛皮のスリッパを脱がせるために、彼女のまえにひざまずいたとき、ヴァンダは、突然、私の肩に手をおいて、私の眼の奥深くにその眼差しをむけたのだった。

「あなたはまたなんて、きれいな眼をしているんでしょう」と、ヴァンダは小声でいった。「あなたが苦しむようになってからは、いまやなおさらのことだよね。あなたは、ほんとうに不幸なの？」

私はうなだれて、だまりこんだ。

「あなたは私を愛してるの？」と、彼女は、ほがらかな口調で尋ねた。

「それが僕のとんだ不幸というわけさ」と、私は答えた。「君が僕を虐待するほどに、僕をしばしば裏切るほどに、いよいよますます、いよいよ狂気のように愛するということが。ああ！　そのうち苦痛と、愛と、嫉妬のあまりに、僕は死んでしまうだろうさ」

「だけど私は、あなたをすこしも裏切ったりはしなかったわよ」と、ヴァンダは、ほほえみながら言葉をかえした。

「なんということだ！　僕にかぎって、そんなひどい冗談はやめてくれ」と、私は叫んだ。「僕は手ずから、あのギリシア人に手紙をもっていかなかったかね――」

「もちろんだわよ、お昼ご飯への招待状ね。それだけの話よ、だけど、私は、それで一人、崇拝者を獲得できるでしょう。さもないと、あなたは、つまるところは私を非難することでしょうよ、私があなたに、十分、残酷じゃなかった、なんていってね。だけどいまは、私は、あなたとなごやかにお話しする気分なのよ」

彼女は立ちあがると、黒い絹の曳き裾のうえにまとっている、黒い毛皮で縁飾りと裏打ちをほどこした、黒いビロードのゆったりした上着を、いかにもコケティッシュに、腰まわりにまで引きおろした。

私はひざまずいて、彼女の衣裳の裾に口づけした。「ああ！　なんとお美しいのでしょう、ご主人様！」と、私は叫んだ。

「気にいって？」彼女は、鏡のまえに歩みよると、誇らしげに、かつ満足げに、自分の姿を眺めていた。

「もういまにも、気が狂ってしまいそうです！」彼女は、軽蔑したように下唇をぴくりとうごかすと、瞼を半眼にして、私を嘲るようにみつめた。

それから彼女は、オットマンに腰をおろして、クッションによりかかり、ゆっくりとカツァバイカの前をひらいた。

しかし、私は、その黒い毛皮を、なかばむきだしになった胸のうえに、すばやくまた着せかけた。

「あなた様は、私を狂わせてしまいます」と、私はくちごもりながらいった。

「それは、私ものぞむところよ」と、彼女は、ひややかに答えた。

私は、彼女のまえにひざまずいて、その胸を熱い口づけでおおいつくした。

「なんと火のように熱いわね」と、彼女はつづけた。「私はおまえに命令します、おまえが私の奴隷であることを忘れないように」

「お情けを――ヴァンダ！」

「それじゃ、いらっしゃい」

すでに私は、彼女の腕のなかにいた。そして、彼女は蛇のように、舌で私に口づけをした。世界は崩壊した。私にはまるで、海の大波がおおいかぶさってくるかのようだった。――私がようやくわれにかえったとき、ヴァンダの白い手は、私の巻き毛をもてあそんでいた。「おまえは幸福かい？」と、彼女は嘲るように尋ねた。

「もうかぎりもなく！」と、私は叫んだ。

彼女は大声で笑いだした。それは悪意にみちた、甲高い哄笑だった。私の背筋を冷たいものがはしった。

「以前は、おまえは奴隷で、美しい女の玩具であることを夢みていた。たったいまこの瞬間には、私の愛人だと思いあがっている。この馬鹿者めが！　私がほんのすこし眼くばせするだけで、おまえはまたもや奴隷さ――ひざまずくがいい」

私は、オットマンから彼女の足元に転《まろ》びおちた。私の眼は、なお疑うように、彼女の眼に釘づけになっていた。

「おまえはわかっていないようだ」と、彼女は、胸のうえで腕を組んで、私を眺めやりながらいった。「私は退屈なんだよ。そこへおまえときたら、せいぜい二、三時間、暇つぶしをするのにちょうどいいのさ。そんなに私をみつめないでおくれ――」

彼女は、私を足蹴にした。

「おまえは、まさに私がのぞむところのものさ、人間で、神で、もしくは物で、獣で――」

彼女は鈴《りん》を鳴らした。黒人女たちがはいってきた。

「こやつを後ろ手に縛りあげておくれ」

私はひざまずいて、彼女たちのなすがままにまかせた。それから彼女たちは、庭へ下りていくと、南面にあって庭の境界をなしている小さな葡萄畑のところへ、私を連れていった。葡萄棚のあいだには、玉蜀黍が植えつけられていて、ここかしこに、いくつか立ち枯れたままの茎がならんでいた。その横手には、鋤が突き立てられてあった。

黒人女たちは、私を一本の杭に縛りつけると、私の体を金のヘアピンで刺しては楽しんだ。しかし、それも長くはつづかなかった。ヴァンダが黒いロシア風の毛皮の帽子を頭にかぶり、手をカツァバイカのポケットにつっこんだまま、おもむろに姿をあらわすと、私の縄を解かせ、あらためて後ろ手に縛りあげるように命じて、背に軛を負わせ、鋤につながせるのだった。いっぽうで彼女は、心地よさそうに葉巻をくゆらせていた。

それから悪魔のような黒人女たちは、私を畑へ追いたてた。第一の女が鋤を引き、第二の女が綱で私を御しながら、第三の女が鞭で私を駆りたてた。そして、毛皮のヴィーナスは、かたわらに立って、残酷にも満足げに拱手傍観しているばかりだった。

*

今日、彼女は、ギリシア使節団の舞踏会にでかけていく。彼女は、あの美男のギリシア人に出会えるとわかっているのだろうか？

彼女は、すくなくともそれにふさわしく衣裳をととのえていた。重い海緑色の絹のドレスは、彼女の女神さながらの体形に、いかにも彫塑的にフィットして、胸と腕をあらわにみせている。手際よくわざと乱れた仕様のままに、炎が吹きでるような髪のなかには、白いスイレンの花が咲き、そこからは緑のアシが、いくつかほどけたお下げ髪にまじって、項《うなじ》にかかっている。その立居振舞には、うちふるえながら、熱にうかされたような、あの興奮の跡は、微塵もみられない。彼女はおちつきはらっている。その冷静さに私の血は凍りついて、彼女の眼差しにさらされると、私の心臓が冷えていくのが感じられるほどだ。

ゆっくりと、疲れた風情で、ものうげな威厳をたたえて、彼女は、大理石の階段をのぼっていく。そして、その華美なショールをはらりとおとして、いかにもなげやりな仕草で、無数の蠟燭の煙が銀《しろがね》の霧でみたしている、そのホールに足を踏みいれる。

つかのま、私は、彼女を見失ったように、そのあとを眼で追いながら、それから私がそれと気づかぬままに、私の両手からすべりおちてしまっていた彼女の毛皮のコートを、あらためてとりあげる。それは、まだ彼女の肩の温みを残している。

その部分に口づけをすると、私の眼に涙があふれてくる。

＊

そこに彼がいる。

色の濃いクロテンの毛皮を豪奢に使って、その内側に張りめぐらせた、黒いビロードのフロックコートを身にまとい、人間の生と人間の魂をもてあそぶ、美しい、驕慢な暴君が。彼は控えの間に立ち、高慢なそぶりであたりをみまわしながら、無気味なほどに長いあいだ、その眼差しを私にむけている。

彼の氷のようにひややかな視線にさらされて、カシーネ公園で最初に出会ったときに感じたような、あのおそろしい、絶え入らんばかりの不安が、またしても私をとらえる。それは、この男が彼女を虜にし、魅了してしまいかねないという予感であり、その荒々しい益荒男《ますらお》ぶりにたいする羞恥の、羨望の、嫉妬の感情でもある。

自分が勿体ぶっているばかりで、実は弱々しい精神的な人間であることを、いまや私は、どれほど痛感していることか！　そして、もっとも屈辱的なのはこのことだ、私が彼を憎もうとしても、憎むことができない。そして、彼もまた私を、召使たちの群れのなかから、ほかでもないこの私を、みつけだしたのは、いったいどうしてなのか。

彼は、どうにも真似のできない、垢ぬけした頭の仕草で、私に眼くばせをする。そして、私は──私は、彼の眼くばせに応じている──意に反して。

「私の毛皮のコートを脱がせてくれないか」と、彼は静かな声で命じる。

私は、怒りのあまりに全身をわななかせながら、しかし、やはりしたがってしまう。奴隷のように従順に。

*

私は、一晩中、控えの間でじっと待機している。熱にうかされながら、譫妄もさこそと思われるほどに。奇矯な映像が、私の心眼のかたえをただよっては過ぎていく。私はまのあたりにする、彼ら二人が出会うところを──最初の長い眼差しを──そして、彼女が彼の腕に抱かれたまま、酔い痴れ、瞼をなかば閉じて、その胸に寄りそって、ホールをただようように歩いていくのを──私はみるのだ、彼が彼女の寝室で、勝利者として、男として、オットマンに横になっているいっぽうで、自分がその足元で、奴隷として仕えているのを、さらには私が手にした紅茶の盆がゆらぎはじめると、彼が残酷な喜びの色をみせながら、鞭に手をのばすのを。

いまちょうど召使たちが、彼のことを噂している。彼は女のような男だ、自分が美しいことを知っていて、それにしたがって振舞うのだ、彼は、一日に四、五回、そのコケットな身づくろいを替えるのだ、虚栄心たっぷりの王侯貴族の愛人のように、などと。

パリで彼は、当初、女の衣裳をまとって登場した。そして、紳士たちが恋文を手に手に押しよせた。その手練手管と情熱ですぐさま有名になった、あるイタリア人の歌手が、彼の住まいにまではいりこんで、彼のまえにひざまずいて、願いをかなえてくれなければ、みずから命を断つとまでいって脅したという。

「遺憾ながら」と、彼はほほえみながら言葉をかえした。「私は、あなたが満足のいくように、お恵みを与えもしましょう。しかし、あなたにたいして死刑を執行するほかに、実はどうしようもないのです。といいますのも、私は――男だからです」

*

ホールは、すでに眼にみえて人数《ひとかず》がすくなくなっている――しかし、どうやら彼女は、お暇《いとま》することなど、まったく考えていないらしい。

鎧戸をとおして、はや朝の光がさしこんでいる。

やっとのことで、緑なす大波にも似て彼女のあとから流れてくる、その重い衣裳のきぬずれの音が聞こえる。彼女は、彼と会話をかわしながら、一歩、また一歩と、こちらへやってくる。

私は、彼ら二人にとって、ほとんどこの世に存在しないにひとしい。もはや彼女は、私に命令をくだす労さえ、とろうとしない。

「マダムのコートを」と、彼が命じる。彼はもちろんのこと、彼女に仕えることなど、はなから考えていない。

私が彼女に毛皮のコートを着せかけているあいだに、彼は彼女にならんで、腕を組んだまま突っ立っている。しかし、彼女はというと、私がひざまずいて横になって、毛皮の靴をはかせているときにも、手をそっと彼の肩にもたせかけて、こう尋ねる。

「牝獅子はいかがでした？」

「牝獅子がえらんで、ともに暮らしている牡獅子が、ほかの獅子におそわれるときに」と、ギリシア人は物語った。「牝獅子は、おちつきはらって寝そべって、闘いを眺めているのです。そして、夫が敗れても、彼を助けることもない——彼が敵の蹴爪の下で血まみれになって息絶えても、ただ等閑視しているばかりです。そして、勝者に、より強いほうにつきしたがっていく。それが女の性《さが》ですよ」

ヴァンダは、この一瞬、すばやい、かつ奇妙な眼つきをして、私をみつめた。

私はぞっとした。なぜだかわからないが。そして、赤い朝焼けの光が、私を、彼女を、そして彼を、血の色にそめた。

＊

彼女は床につくこともなく、ただ舞踏会用の衣裳を脱ぎすてただけで、髪を解いた。それから彼女は、火をおこすように私に命じると、暖炉のそばにすわって、炎をじっと凝視していた。

「まだ御用がございますか、ご主人様？」と、私は尋ねた。そういう声は、最後の言葉で消えてしまった。

ヴァンダは、かぶりをふった。

私は部屋をでて、歩廊をぬけると、そこから庭園へ下りていく階段に腰をおろした。アルノ川から、一陣のかろやかな北風が、さわやかな湿った涼気をはこんできた。たたなずく緑の丘は、はるか彼方まで薔薇色の霧につつまれていて、黄金の靄が市街と、大聖堂のまるいドームをとりかこんでただよっていた。

薄青い空には、まだ星がいくつか、消え残って、またたいていた。

私は、上着の前をはだけて、もえるような額を大理石に押しつけた。これまでのすべてのことは、私には児戯にひとしいように思われた。だがしかし、それは真剣も真剣、大真面目だったのだ。

私は破局を予感した。私は、彼女の姿をまのあたりにした。私は、彼女を両手でとらえることもできた。しかし、私には、彼女に対峙する勇気が欠けていた。私は、もう力つきてしまっていたのだ。そして、率直にいうなら、私にふりかかってくるかもしれなかった苦痛も苦難も、私の目前にせまっていた虐待も、私を怖じ気づかせることはなかった。

私は、いまやひとつの恐怖を感じていた。それは、私が一種のファナティズムでもって愛した彼女を、いまになって失うことへの恐怖だった。しかし、それはあまりに強大で、あまりに圧倒的だったので、私は、突然、子どものように泣きじゃくりはじめた。

＊

彼女は、その日はずっと、部屋に閉じこもって、黒人女に給仕をさせるだけだった。蒼穹に宵の明星が輝くころになって、私は、彼女が庭園をぬけていくのをみかけた。そして、私が遠くから注意深く眼で追っていくと、彼女は、ヴィーナスの神殿のなかにはいっていった。私は、忍び足で彼女のあとについていって、戸口の割れ目からのぞいてみた。

彼女は、祈るように両手をかさねながら、女神の気高い像のまえに立っていた。そして、聖なる星の光が、その青い線条を彼女のうえに投げかけていた。

＊

翌日、私が侯爵夫人に晩餐の給仕をしたとき、ワインを注いでいたハイデを、おそらく必要以上に長くみつめていたのは、なんとも不幸な成り行きだった。いまになってようやく、私は、黒い大理石から切りだされたような、彼女の気高い、ほとんどヨーロッパ的といってもいい顔立ちと、みごとな彫塑的な胸に、思いいたるのである。美しい悪魔は、自分が私の気にいったことに気がついて、ほほえみながら歯をむきだしにした――そのとき、ヴァンダが、怒りにもえて飛びあがった。

「おまえはまた、何をしでかすんだい、よりによって私の眼のまえで、ほかの女に色目をつかうなんて！　この娘《こ》は、結局は私よりもおまえのお気に入りなんだろうさ。ずっと魔女らしいからね」

私は愕然とした。私は、彼女をこれまで、そんなふうにはみたことがなかったからだ。彼女は、突然、唇まで真っ青になって、全身でがたがたとふるえはじめた――毛皮のヴィーナスは、自分の奴隷に嫉妬していた――彼女は、私に平手打ちをくわせると、黒い召使たちを呼びつけて、私を縛りあげたうえで、地下室に引きずっていくように命じた。そこで彼女たちは、暗い、じめじめと湿った、地下の窖に、文字どおりの地下牢に、私を抛りこんだ。

それから扉に錠がおろされ、閂がかけられて、ひとつの鍵が錠前のなかで、歌うようにかちゃかちゃと鳴った。私は囚われの身になり、地中に葬られてしまっていた。

＊

そこで私は横たわっている。どれほどの時間が経ったのかわからない。一日か、一夜か、屠殺台へ引かれていく仔牛のように縛られ、湿った藁束のうえで、明りもなく、食べ物もなく、飲み物もなく、眠ることもできずに——彼女なら、私を飢え死にさせかねない。私がそれ以前に、凍え死にしなければの話だが。あまりの寒さに、私はふるえあがる。あるいは、それは熱だろうか。私は、この女を憎みはじめているような気がする。

＊

血のような赤い線条が、床のうえにただよっている。それは、戸の隙間から洩れる光だ。いま扉がひらかれる。

ヴァンダが敷居のところに姿をあらわす。クロテンの毛皮に身をつつんで、そして、松明でなかを照らしだす。

「おまえはまだ生きてるのかい？」と、彼女はひややかに問いかける。

「おれを殺しにきたのか？」と、私は、弱々しい声で答える。

二歩、せわしない足どりで私に近づいたかと思うと、ヴァンダは、私のうえに身をかがめる。

――「あなたは病気なの――あなたの眼がもえているところをみると、あなたは私を愛しているの？　愛していてくれたら、いいのだけれど」

彼女は、一本の短剣を引きぬく。その刃が眼のまえできらめくと、私は縮みあがる。彼女が私を殺そうとしていると、私は本気で思いこむ。しかし、彼女は笑いながら、私の縛めの縄を断ち切ってくれるのだ。

＊

私が翌朝、ヴァンダに朝食の給仕をしたあとで、彼女は、やわらかく裏打ちをした羊の毛皮にすばやく腕をとおすと、それから私にスリッパをはかせる。私が彼女のまえにひざまずき、彼女が片足を私のうえにおいているあいだ、彼女は、私を射すくめるような視線でみつめながら、静かにこう語りはじめる。「私は、今晩、あのギリシア人の求愛をうけるつもりよ」

「ヴァンダ！」

「なんと無礼な！」と、彼女は喚きたてる。「おまえが自分の分際をわきまえるようになるには、私は、いったいおまえをどうしてくれようか？　主《あるじ》といっても、女の身では、おまえを十分に支配することができないのは、もうわかっている。おまえは、男の主《あるじ》をもたなければいけない。まあ待ちなさい、まもなく彼の鞭を身にしみて感じることになるだろうから」

彼女は立ちあがった。そして、私は、すっかりうちのめされて、彼女のまえにひざまずいたままだった。私にそれ以上は眼をくれるでもなく、彼女は、書物机にすわって、紙に二、三行、書きつけると、封筒におさめ、それを私に手渡した。

「至急！」と、彼女は命じた。「おまえはじきじきにあの人に手紙を渡すこと、そして、返事をもらってきなさい」

ギリシア人は、ちょうどめざめたところで、私がはいっていくと、青い絹の天蓋の下におかれた豪奢なベッドに、まだ寝そべったままだった。彼は、ヴァンダの数行の手紙を走り読みすると、ベッドのうえにおきあがり、朝用の長靴[115]をはかせるように命じた。私は躊躇した。「聞こえないのか」と、彼は、軽くあくびをしながらいった。私は、屈辱に身をふるわせながら、ひざまずいて、彼に黄色のサフィアン革の長靴をはかせた。

「毛皮の部屋着を」と、彼はさらに命令した。

私は、オコジョの毛皮で裏打ちして、贅沢に内張りした、黄色い絹のナイトガウンをもってきて、彼に着せかけた。それから彼は、ヴァンダに宛てて数行の返事を書くと、いたって慈悲深い専制君主の表情をして、それを私に託した。

*

庭園も別荘の内部も暗くなって、ただ衣裳室だけがあかあかと照らしだされている。ここで侯爵夫人は、いつも身づくろいをして、私がその手助けをするべく定められているのである。私は嫉妬にふるえ、無力な怒りに歯を食いしばるばかりだ。私が不器用な真似をしでかすたびごとに、彼女は、私に足蹴か平手打ちかのどちらかをくらわせる。そして、そうしたときには、私はここちよく感じるのだ。

彼女がいっそのこと、私をひと思いに殺してくれればいいのに。彼女は、衣裳を身にまといながら、今日の夕べにそなえて、あれこれと命令をくだすばかりだ。やっとのことで身づくろいをおえると、彼女は、鏡に映る姿を満足げに眺めている。高く結いあげたうえに、髪粉を散らし、さながら新雪のようにきらめいている髪に、象牙のディアデムをつけている。そのヴィーナスの肢体をつつんでいるのは、白い狐皮で豪奢に飾った、薔薇色の繻子からなる、一種のナイトガウンだ。

「彼は気にいってくれるかしらね？」と、彼女は、誇らしげに尋ねる。「おまえはどう思う？」

「大変におうつくしゅうございます」

「ハイデよりきれい？」と、彼女は、残酷な嘲りの色をみせながら言葉をかえす。

私はだまったまま、ただへりくだって、泡立つ雪のように、白い狐皮で裏打ちされ、縁飾りされた、薔薇色の繻子のコートを、彼女に着せかける。

鏡にさらに一瞥すると、それから彼女は私をお供にして、階段を下り、庭園をとおっていく。ヴィーナスの神殿のまえで、彼女は立ちどまる。

「鍵はどこにあるの？」

「私はもっておりませんが」

「ちょっとお待ち、おまえに服従するということを教えてやらなくちゃ。私の命令を、いやというほど事細かに伝えなかったかしら」

「お許しください、ご主人様、今日はちょっと混乱しておりまして」

「それじゃ大急ぎで。私がおまえの物覚えの助けになるように。鞭ももってきて」

私はいそいで、鍵と鞭とをもってくる。神殿を開けるために、そして、天井からさがっている赤い灯明に火を点じるために。愛の女神の足元には、虎の毛皮をかけた寝椅子があり、他方でそのまえには、大きな熊の毛皮がやわらかい絨毯がわりに敷きつめられてある。

ヴァンダは、虎の毛皮のうえに身体をのばし、鞭をもてあそんでいる。私は彼女をいま一度、みつめる、愛と苦痛にみちた眼差しで。そして、彼女は、といえば——大声で笑いはじめるのだ。

私は恥じ入って、そこを忍びでると、庭園の裏のくぐり戸のところで恋敵を待ちうける。ほどなく彼が、短いクロテンのコートを着て、美しい頭にトルコ帽をのせてやってくる。私は、彼にくぐり戸を開けてやって、彼女のところへ案内する。彼女が彼にむかって、ヴィーナスがアドニスにするように、愛らしくも色気たっぷりにほほえみかけるのを、私はみのがさない。それから彼は、宮殿の門をうしろ手でしめる。一方、私は、大地に身を投げだして、熱した顔を湿った芝生におしつける。

私は、彼らが話し、戯れ、笑うのを聞いている。それから静かになる——すっかり静かに。それから不幸者の私は、ものいわぬ名状しがたい苦痛をおぼえながら、この二人の幸福者を見守っている。

＊

彼は辞去して、彼女は、いかにも幸福そうにほほえみながら、床についた。私は眠れそうにない。私は、真夜中におきあがる。嫉妬が、絶望が、いちどきに激しい力で私をとらえる。その力が、私を英雄にしてくれる。私は、廊下の聖者像の足下にさがっている、ちいさな赤い石油ランプに火をともすと、手をかざしてその光をおさえながら、彼女の寝間にはいっていく。

侯爵夫人は、唇のあたりに至福の微笑をうかべながら、絹の寝具につつまれて横になっていた。ゆっくりと手をひっこめると、赤い光がもろに彼女のみごとな顔《かんばせ》に射した。

しかし、彼女はめざめなかった。

私は、ランプをそっと床におくと、ヴァンダのベッドのまえにくずおれて、頭を彼女のやわらかい、もえるように熱い腕におしつけた。

彼女は、一瞬、身動きしたものの、こんどもやはり眼をさまさなかった。

真夜中に、おそろしい苦痛に石のようになって、どれほど長くそのように横たわっていたか、自分でもわからない。

とうとう私は、激しい身震いにおそわれて、泣くことができた――私の涙が、彼女の腕をつたって流れた。彼女は、幾度か体をふるわせたすえに、やっとのことで身をおこすと、手で眼をこすって、私のほうをみた。

「ゼーヴェリーン!」と、怒るというよりも驚いて叫んだ。

私には、返す言葉がなかった。

「ゼーヴェリーン」と、彼女は小声でつづけた。「どうしたの? 具合がわるいの?」

彼女の声は、灼熱する火挟みで私の胸にくいこむほどに、思いやりと愛情がこもって聞こえたものだから、私は大声でむせび泣きはじめた。

「ゼーヴェリーン！」と、彼女は、またあらためて話しはじめた。「かわいそうな、不幸なお友だち」といいながら、彼女の手は、優しく私の巻き毛をさすっていた。「あなたのことをかわいそうだと思っているのよ。だけど私は、あなたの助けになることはできないの。どう考えてみても、あなたを癒せるような薬なんて、知らないわ」

「ああ！　ヴァンダ、いったい、こうでなきゃいけないのか？」と、苦痛のあまりに呻き声をあげた。

「なんのことをいってるの？」

「君は、僕をもうぜんぜん愛していないのか？　僕に同情なんかしないのか？　あのよそ者の伊達男は、君の心をもうすっかりとらえたのか？」

「嘘をつくわけにはいかないわ」と、彼女は、ややあって静かに答えた。「あの人は、はじめて会ってすぐに、私に大きな印象を与えたわ。それはもう、詩人たちがえがきだしているのをみいだしたような、舞台の上でみたような、そんな印象を、ね。だけど、空想の産物だとは思わなかったわ。ああ！　彼は獅子のような男だわ、強くて、美しくて、誇り高くて、それでいて柔和で、北国の男たちのように粗野じゃない。あなたにはわるいわ、だけど、私は彼を愛しているし、私は彼のものなのよ」

「ヴァンダ！」と、私は、その都度、息がつまりそうになる、意識を失いそうになる、あの絶え入りそうな不安に、またもやとらえられて、叫んだのだった。「君は、永遠に彼のものになろうとしている。ああ！　僕を捨てないでくれ！　彼は君を愛してなどいない――」

「だれがそんなことをいっているのよ！」と、彼女はいきりたって叫んだ。

「彼は君を愛していない」と、私は、熱をこめてつづけた。「しかし、僕は君を愛している。僕は君を慕っている。僕は君の奴隷だ。君に足蹴にされたい、生涯、君をこの腕に抱いていきたい」

「彼が私を愛していないなどと、だれがあなたにいうのよ！」と、彼女は、激した口調で私の言葉をさえぎった。

「ああ！　僕のものでいてくれ」と、私は懇願した。「僕のものでいてくれ！　君なしでは、もうやっていけない、生きることもできないのだ。お恵みを与えてくれ、ヴァンダ、お恵みを！」

彼女は私をみつめた。そして、いまやそれは、またしてもあの冷たい無情の眼差しであり、あの底意地のわるい薄笑いだった。

「あなたはいうのよね、彼が私を愛していないと」と、彼女は、嘲るようにいった。「まあ、いいでしょう。そうして自分を慰めておけばいいわ」そういうと同時に、彼女は、向きをかえて、いかにもすげないそぶりで私に背をむけた。

「なんてことだ、君はもう、血のかよった女じゃないのか、僕のような人の心をもっていないのか！」と、私は叫んだ。そういう私の胸は、痙攣するようにふくれあがった。

「あなたは先刻承知のはずよね」と、彼女は、意地わるく言葉をかえした。「私が石の女だということ、『毛皮のヴィーナス』で、まちがいなくあなたの理想だってことを。ひざまずいて、私を崇拝しなさいよ」

「ヴァンダ！」と、私は懇願した。「お情けを！」

彼女は笑いはじめた。私は、顔を彼女のクッションにおしつけて、私の苦痛が溶けこんでいる涙が流れるにまかせた。

長いあいだ、すべては静かだった。それからヴァンダは、ゆっくりと身をおこした。

「あなたには退屈しているの」と、彼女は話しはじめた。

「ヴァンダ！」

「私は眠いのよ、もう寝かせてよ」

「お情けを」と、私は懇願した。「僕を捨てないでくれ。どんな男も、だれ一人、僕ほどに君を愛することができる者はいないだろうから」

「寝かせてよ」といって、彼女は、ふたたび背をむけた。

私は飛びあがって、彼女のベッドの横にさがっていた短剣を鞘から引きぬいて、自分の胸にあてた。

「ここで、君の眼のまえで、自殺する」と、私は、くぐもった声で呟いた。

「したいようにすればいいわよ」と、ヴァンダは、まったく無関心であるかのような調子で、言葉をかえした。「だけど、私に寝かせてね」

それから彼女は、大きな声であくびをした。「すごく眠いのよ」

一瞬、私は、石のようにこわばって立っていた。それから私は笑いはじめ、そして、またもや大声で泣きはじめた。あげくのはてに私は、短剣を自分のベルトにおさめて、ふたたび彼女のまえにひざまずいた。

「ヴァンダ——どうか僕のいうことを聞いてくれ、ただほんのすこしの時間でいいからさ」と、私は頼みこんだ。

「私は寝たいのよ！　聞こえないの」と、彼女は、腹をたてて叫んで、寝床から飛びあがり、足で私を突きのけた。「この奴隷の分際で！　私がおまえの主人だということを忘れたのかい？」彼女は、鈴《りん》の紐を引いた。

「ヴァンダ」と、私は、身をおこしながら呟いた。「君にたいしていると、僕は分別をなくしてしまう。僕ができることは——」

「私を殺したらいいだろ」と、彼女は叫んだ。「そうする勇気があるんなら！」彼女は、一種の威厳をしめしながら、私のほうに歩みよってきた。それは、私を武装解除させ、私を完全に屈服させた。同時に黒人女たちが、背後から私をとらえて、組み伏せてしまっていた。私が縛られて、彼女の足元にころがされると、彼女は、私を長いあいだみつめていた。彼女は、何か考えているようにみえた。

「私がみるに、おまえはもう一度、みせしめのために調教してやらなければいけない」と、ようやくのこと、彼女はいった。「だけど私は、いまは寝たいのよ。朝になって、気分がよくなれば、彼を私のところへ連れてきなさい。彼を片づけることになるかどうか、みものだわね」

＊

その夜、そして、翌朝と、手足を縛られたまま、地下牢で十分にひどい仕打ちをうけてすごしたあとで、私は、黒人女たちによって、やっとのことでわが女審問官のまえに引きだされた。

ヴァンダは、白い繻子のローブとオコジョの毛皮をあしらった赤いビロードの上着を身にまとって、部屋の中央に立っていた。そして、胸のうえで腕組みをして、暗い表情で眉をひそめていた。

「私は、やはりこの眼で確認することにする」と、彼女は、私を怯えさせるような、仮借のない苛酷な口調でいった。「おまえから、嫉妬の感情を鞭で追いだすことができるかどうか」黒人女たちが私を侯爵夫人の足元にころがすと、彼女は鞭をにぎった。

「おまえの力がどこまでもつか、興味津々だわ」と、彼女はいった。「おまえが私のまえでふるえおののいて、私の鞭のもとに身をよじらせるのをみること、そして、おまえが呻き、すすり泣くのを聞くこと、そんな残酷な快楽に、私はとらえられているのよ。おまえは許しを乞うことだろう、それでも私は、容赦なく鞭打ちしつづけるでしょう、おまえの意識がとんでしまうまで、ね」

彼女は、私を鞭打ちはじめた。その打擲は、無慈悲な暴力としてふりかかった。ひと打ちひと打ちが、私の肉にくいこみ、そこでもえるような痛みを残した。しかし、その苦痛は私を恍惚とさせた。というのは、それは、私が愛慕している、そして、そのためなら命を捨てる覚悟がある、その彼女から発していたからである。

私は歯を食いしばって、声をだすまいとした。

とうとう彼女は、鞭打つのをやめたものの、それはひと休みするためだった。

「ハイデ」と、それから彼女はいった。「衣裳室の窓際のところに、節々に鉛をつめた革の鞭がかかっているわ。それをもってきて。それがうまく使いこなせるかどうか、ためしてみたいの」

黒人女は、革の鞭をもってきた。ヴァンダはそれをためしてみると、それで私の顔を打った。すぐに血が吹きだした。いまや打擲は、すばやくかつしたたかに、背に、腕に、首筋におそいかかった。ひと打ちごとに、私の肉が裂けた。私は力尽きた。私は呻き、懇願し、すすり泣きはじめた。「お慈悲を、ご主人様、お慈悲を」と、私は、苦痛のあまりに叫び声をあげた。しかし、ヴァンダは、ただ笑うばかりで、鞭打ちつづけた。

私の血が彼女の革の鞭をつたって流れた。しかし、彼女は容赦なかった——彼女は、私が意識を失うまで、鞭打つことをやめなかった。私がわれにかえったとき、侯爵夫人は、毛皮の上着を身につけて、鞭を手にして、私の眼前に立っていた。

「おまえはもう降参するかい」と、彼女は、嘲るように尋ねた。「まだおまえは、妬いてるのかい？」

「私は、すべてを甘受いたします」と、私はくちごもりながらいった。「もう鞭で打つことだけはやめてくださいまし」

＊

私は、二日間をいともつましい硬い臥所で、熱にうかされたようにしてすごした。ヴァンダは、私のことを気にかけてくれなかった。三日目の夕方、ハイデが私に準備しておくように命じた。「侯爵夫人様がカシーネ公園へランデヴーをなさる」と、彼女は意地わるくつけくわえた。「それで、おまえはご主人様をお連れすること」と。

私は、馭者が馬をつなぐのを手伝った。馬車の用意ができたとき、ヴァンダが簡素な黒いビロードのパルトー[116]を身につけて、濃い色のバシュリク[117]で頭をつつみ、歩廊をぬけてやってきて、馬車にのりこんだ。

「グレーゴルにつれていってもらうから」と、彼女が馭者にむかって叫ぶと、彼は、怪訝そうな面持ちで引き下がった。

私は、馭者台につくと、怒りにまかせて馬に鞭をいれた。

カシーネ公園の、ちょうど中央の並木道が葉叢の濃い木《こ》の下道《したみち》にかわっていくあたりで、ヴァンダは馬車を下りた。もう夜になっていて、空をわたっていく灰色の雲のまにまに、星がいくつか、またたいていた。アルノ川の岸辺に、黒っぽいコートを着て、盗賊帽[118]をかぶったひとりの男が立っていて、黄色い川波に見入っていた。ヴァンダは、すばやく繁みをぬけて、そのかたわらに歩みよると、彼の肩をたたいた。彼が彼女のほうにふりむいて、その手をとるところまでは、なんとか認めることができた——それから彼らは、緑の葉叢の壁のむこうに、姿を消してしまった。

苦痛にみちた一時間が過ぎていく。ようやく脇の葉叢のなかで、かさこそと音がして、彼らが戻ってくる。

その男は、彼女を馬車のところまで送ってくる。街灯の光が、これまで会ったこともない、かぎりなく若々しく、優しげで、夢みがちな顔をくまなく明るく照らしだして、長い金髪の巻き毛のあたりでちらちらと揺れている。

彼女が手をさしだすと、彼は、その手にうやうやしく口づけをする。それから彼女が私に眼くばせをすると、馬車はまたたくまにその場を離れて、緑の壁紙のように川にむかいあって立っている、長い葉叢にそって疾駆していく。

＊

庭園の門の呼び鈴《りん》が鳴っている。見覚えのある顔だ。カシーネ公園で会った男にちがいない。「どちらさまですか?」と、私はフランス語で尋ねてみる。声をかけられた男は、恥ずかしそうに首をふる。

「もしかして、すこしドイツ語がおわかりになりますか」と、彼はおずおずと尋ねる。

「もちろんですとも。お名前を聞かせていただいてよろしいですか」

「ああ!　残念ながら私は、まだ名前というほどのものをもっておりません」と、彼は当惑して答える――「侯爵夫人にこういっていただくだけでけっこうです。カシーネ公園のドイツ人の画家が参っておりまして、お願いする儀が――ああ、もうご自身がいらっしゃっている」

ヴァンダは、すでにバルコニーに出ていて、外来者にむかってうなずいてみせた。

「グレーゴル、その方をこちらへお連れして」と、彼女は、私にむかって呼びかけた。

私は、その画家に階段をさししめした。

「どうぞおかまいなく、もうわかっています。ありがとう、ありがとうございます」そういうと、彼は、階段を飛んで上がっていった。私は下で立ちどまって、このみすぼらしいドイツ人を、深い同情をこめて見送った。

毛皮のヴィーナスは、彼の魂を、赤い髪で編んだ罠のなかにからめとったのだ。彼は、彼女の肖像をえがくのだろう。そして、そうしながら気が狂ってしまうことだろう。

＊

よく晴れた冬の日だ。木立の葉のひとつひとつに、芝生の平地一面に、陽射しが黄金のようにふるえている。歩廊の足元に植わっている寒椿が、ゆたかな蕾をちりばめて、なんともみごとだ。ヴァンダはロジアにすわって、スケッチをしている。他方でドイツ人の画家は、彼女に向かいあって、恋い慕うように両手を組みあわせ、彼女を見遣っている。いやそうじゃない、彼は彼女の顔《かんばせ》を直視しているのだ。そして、われを忘れたように、その顔立ちを観察することにすっかり没頭している。

しかし、彼女はそれをみていない。また私が犂を手にして、花壇のまわりを掘り返しているのもみていない。私がそうするのも、ただ彼女をみるため、音楽のように、詩のように、私に影響をおよぼしてくる、彼女の身近な存在を感じるためだけなのだ。

＊

一頭のみごとな青毛が、あの世にも美しい男をのせて、こちらへと駆けてくる。巨匠の手練《てだれ》によって、馬と騎手が一体と化したかのようにみえる。あのギリシア人だ。

短いビロードの上着にはばひろく縫いつけられている、あのオコジョの毛皮が、彼の腰のまわりでゆれて、鞍のうえで上下している。そのトルコ帽の総が、高く飛び跳ねる。侯爵夫人は、彼の姿をみると、スケッチを抛りだし、彼にむかっていそいそと駆け下りていく。彼が馬を下りる。彼ら二人は、たがいに腕を組んで、庭園を行きつ戻りつする。画家は忘れられてしまって、いやそもそも私にしてからが！

責め苛まれる者の苦しみを、私はのこらず受けているのだ。しかし、私は沈黙し、服従している。私は、ヴァンダのまえではふるえおののくばかりだ。彼女は、私をすっかり屈服させてしまった。

*

今日、私は、メディチ家のヴィーナスを訪れた。

まだ時間が早かった。トリブーナ[119]のこぢんまりとした八角形の部屋は、さながら聖堂のように薄明につつまれている。私は、両手をかさね、深い敬虔の思いにみたされて、黙《もだ》せる女神像のまえで佇んでいた。

それも長くはつづかなかった。

ギャラリーのなかには、だれひとり、イギリス人らしい人影すらも、みあたらなかった。そこで私はひざまずき、その優美な、しなやかな肢体を、いまにも蕾がひらこうとする胸を、なかば眼を閉じて、乙女らしい官能にみたされた顔を、匂うばかりの巻き毛を、あおぎみた。その巻き毛は、両方にちいさな角を隠しているようにみえた。

もう正午だ。なのに彼女は、まだベッドにいて、両腕を首のまわりにからめたまま横になっている。

女主《おんなあるじ》の鈴《りん》が鳴る。

＊

私はそのとおりにした。

「お風呂にはいるわね」と、彼女はいう。「用意をしてちょうだい。ドアを閉めて」

「それじゃ下りていって、下も鍵がかかっているか、確認して」

私は、寝室から浴室につづいている螺旋階段を下りた。両足ががくりと折れて、鉄の手すりによりかかないではいられなかった。ロジアと庭園につづいているドアが閉まっていることをたしかめてから、私は戻った。ヴァンダは、もう髪を解いていて、緑のビロードでふちどられた毛皮をまとって、ベッドにすわっていた。彼女がすばやく身動きすると、毛皮しか身につけていないことがわかって、私は、どうしてなのか、ひどく驚いたものだった。それは、断頭台にむかって歩んでいることを知りながら、それをまのあたりにするとなるとおののきはじめる、死刑囚さながらだった。

「こちらへ来て、奴隷よ、腕をかして」

「どのようにいたしましょうか、ご主人様？」

「さあ、私を抱きあげるのよ、わからないのかい？」

私は彼女の体をもちあげて、腕に抱いた。そうするうちに、彼女の腕が私の首にからみついてきた。そうして、私が彼女を抱いたまま、階段をゆっくりと一段ずつ下りていくとともに、その髪がときおり私の頬をうって、彼女が足をそっと私の膝にあてて身をささえたりすると、私は、美しいお荷物の下でぶるぶるふるえて、その重圧にいまにもくずおれてしまいそうに思えるのだった。

浴室は、広くて高いロータンダ[120]から成り立っていて、赤いガラスの丸屋根をとおして、やわらかい、静かな光がさしこんでいた。二本の棕櫚の木が、赤いビロードのクッションの寝椅子の頭上に、さながら緑の屋根をつくるように、大きな葉をひろげていて、その寝椅子から、トルコ絨毯を敷いた階段が、中央に場をしめている広々とした大理石の浴槽にむかってつづいていた。

「上のナイトテーブルに、緑のリボンがあるから」と、私がヴァンダを寝椅子に横たえていると、彼女がいうのだった。「それをもってきて。それから鞭も」

私は、階段を飛ぶように上り下りした。そして、ひざまずいてその二つを女主に手渡した。それをうけて、彼女は私に命じて、重い、電気をおびた髪を、大きな髷に結わせると、緑のビロードのリボンで留めさせた。それから私は、入浴の準備をした。そして、ほんとうに不器用なところを露呈してしまった。というのも、両手両足がいうことをきかなかったからである。私は、赤いビロードのクッションに横たわっている美しい女とその愛らしい肢体が、ときとして、またところどころで、黒っぽい毛皮から輝きでんばかりにのぞいてみえるのを、ただ見守っていないわけにはいかなかったのだが——というのも、みずからの意志でそうしようと思ったわけではなかった。いわば磁力のようなものが、私にそう強いたのである——そのたびごとに、あらゆる情欲が、あらゆる淫蕩が、このなかば隠された、魅惑的にあらわにされた肢体にこめられているのを感じた。そして、ようやく浴槽がいっぱいになり、ヴァンダが一気に毛皮の外套を脱ぎすてて、トリブーナの女神のように私の眼前に立ったとき、そのことをいよいよまざまざと感じたのだった。

この刹那、私の眼には、彼女の裸身の美しさは、かくも神聖に、かくも純潔に映じて、私は、あのとき女神にむかってそうしたように、彼女のまえでくずおれて、唇をうやうやしく彼女の足に押しあてた。

つい直前までまだ荒々しい大波が打ち寄せていた私の魂は、突然、静かに流れはじめて、ヴァンダもまた、いまや私にたいして、すこしも残酷な態度をみせなくなった。

彼女は、ゆっくりと階段を下りていった。私は、苦しみや憧れが微塵もまじっていない。ある静かな喜びにみたされて、彼女を眺めていることができた。彼女が水晶のような流れのなかで浮き沈みするさまを、そして、彼女自身のおこす波が、さながら惚れこんでいるかのように、彼女をめぐって戯れているさまを。

当代の虚無主義的な美学者[121]は、やはり正しかった。曰く、ほんとうの林檎は絵にかかれた林檎よりも美しい、生身の女は石造りのヴィーナスよりも美しい、と。

そして、彼女が浴槽からあがったとき、そして、銀の滴と薔薇色の光がなすすべもなく、その肌をすべりおちていったとき――えもいわれぬ恍惚が私をつつみこんだ。私は、亜麻布のタオルをまきつけて、そのすばらしい肢体を乾かしてやった。そして、彼女がふたたび片足で、まるで足台ででもあるかのように、私の体を踏みつけて、大きなビロードのガウンに身をつつんだまま、クッシヨンのうえで一休みしているときにも、しなやかなクロテンの毛皮が、欲望に駆られるかのように、彼女のひややかな大理石の四肢にからみつくときにも、さらにはまた、彼女が身をささえている左の腕が、さながら眠れる白鳥のように、袖の黒い毛皮につつまれているかたわらで、右腕がしどけなく鞭をもてあそんでいるときにも、あの穏やかな至福は、私の心中から消えやらぬままだった。

たまたま私は、反対側の壁にかかっている大きな鏡に眼をとめた。そして、思わず叫び声をあげた。というのも、まるで一幅の絵のように、二人の姿が金の額縁におさめられているさまを、まのあたりにしたからである。そして、この絵は、かくもすばらしく美しく、かくも風変わりで、かくも幻想的であったので、深い悲しみが思いわずらう私をとらえて、その描線が、その色彩が、雲散霧消するほどであった。

「どうしたの?」と、ヴァンダが尋ねた。

私は鏡を指さした。

「ああ! それはほんとうに美しいわね」と、彼女は叫び声をあげた。「その瞬間を描きとめられないのは、残念だけど」

「どうしてできないのですか?」と、私はいった。「ご主人様、どんな芸術家でも、どんな高名な巨匠でも、もしあなたさまがご自分の姿を永遠のものにすることをお許しになれば、そのことを誇りに思うのではないでしょうか?」

「この人並はずれた美しさを」と、私は、熱狂して眺めやりながら言葉をついだ。「顔立ちのこのすばらしい造作《つくり》、緑の炎をひめたこのふしぎな眼、魔力をはらんだこの髪、肢体のこの壮麗さが、この世から失われる定めにあると思うだけでも、おそろしいことです。そして、この思いは、死の、滅びのもたらす戦慄をもってして、私をとらえてやまないのです。しかし、芸術家の手なら、あなたさまをこの戦慄から引きさらっていってくれる[122]ことでしょう。あなたさまは、われわれ下々《しもじも》のように、存在の痕跡を何ひとつ残すこともなく、完全に永遠に滅びていくようなことは、断じてあってはなりません。あなたさまの面影は、ご自身がすでにとうに塵にかえったあとでも、なお生きつづけなければならないのです。その美しさは、死を超えて凱歌をあげなければなりません！」

ヴァンダは、誇らしげにほほえんだ。

「今日のイタリアにティツィアーノもラファエロ[123]もいないとは、なんとも残念なことだわ」と、彼女はいった。「それでも、もしかすると愛が天才の代わりをしてくれるかもしれないわ。たとえば、あの貧しいドイツ人だって、知れたものではないわよね？」彼女は考えこんだ。

「そうね――彼に私の肖像画を描いてもらうわ――アモールが色合いをうまくまぜてくれるように、私が配慮しましょう」

*

ギリシア人が侯爵夫人と晩餐をとることになって、彼女は情け容赦もなく、私に二人の給仕をするように命じる。私は食事をはこぶ――しかし、それで何をしたわけでもない。アドニスは、その気まぐれさにかけてはあらゆる女を、ヴィーナス自身をさえも、凌駕している。彼女が女であるように、彼は男なのだ、それも生来、奴隷をあたりにはべらせておくような。命令し、虐待することは、彼の生まれつきなのだ。彼は、片時も私に用がないことはない。それで私は、彼のための給仕のひとつひとつに、平手打ちをくらうのではないかと、ふるえながら待機している始末だ。

おのが嫉妬心に苛まれながら、晩餐がおわったあとでも、私には、食堂に残って片づけなければならない仕事がある。ヴァンダがようやく立ちあがり、ギリシア人が彼女を客間に導いていく。仕切りの帷《とばり》をとおして、彼女が話し、笑っているのが聞こえる。

私は、心臓が飛びだしそうだ。女主《おんなあるじ》の追加の命令を聞きにいくというのを口実にして、私は客間にはいっていく。ギリシア人が彼女の隣にすわっていて、腕をしどけなく彼女の腰にまわしている。私は、頭に血がのぼるのを感じる。そして、絨毯に足をとられて、つまずいてしまう。

彼女が私をみて笑っている。

「この人は、あまりに仕事熱心すぎるんですな」と、それからギリシア人がいう。「あなたは、まだ彼の調教がたりないんじゃないかな」

「ほんとうに」と、ヴァンダが答える。

「外にいなさい、このとんまめ、お呼びがかかるまで！」と、彼は私を面罵する。

「私が思いました――考えましたのは」と、私はくちごもった。

「とっととでていけ！」

＊

若い画家は、侯爵夫人の別荘のなかに自分のアトリエを設けた。彼女は、彼をそっくり網のなかにからめとっている恰好だ。彼は、ちょうど一人の聖母をえがきはじめたところだ、なんと紅毛翠眼の聖母を！　この純血種の女から、処女マリアの肖像をつくりあげるなどということは、ただドイツ人の理想主義でしかありえない。このあわれな若者は、実際にまた、私以上のとんまだといっていいだろう。不幸といえば、われらのティターニア[124]がわれらのロバの耳を、あまりに早く発見してしまったということだろう。

いま彼女は、われわれを笑いものにしている。そしてまた、なんという笑い方だろう。その驕慢で歌うような笑い声は、彼のアトリエから聞こえている。私は、開けっ放しになった窓の下に立っていて、嫉妬に駆られて耳をすませている。

「あなた正気なの、私を――ああ！　信じられないわ、私が聖母だなんて！」――彼女は叫んで、またしても笑った。「ちょっと待ってね、私の別の肖像画をみせてあげましょう、私が自分で描いた肖像画を。あなたはそれを模写すればいいのよ」

彼女の頭が陽の光につつまれてもえあがるように、窓辺にあらわれた。

「グレーゴル！」

私はいそいで階段を駆けあがり、歩廊をぬけるとアトリエにはいっていった。

「この人を浴室にお連れして」と、ヴァンダは命じた。そういいながらも、彼女は自分でその場を離れるのだった。

私たちがロータンダにはいると、私は、内からドアの鍵を閉めた。

ややあってヴァンダが、オコジョの毛皮だけをまとって、鞭を手に、階段を下りてきて、あのときのようにビロードのクッションに身を横たえた。私が彼女の足元に横になると、彼女は、私の体に足をおいた。そして、彼女の右手は、鞭をもてあそんでいた。「私をみてごらん」と、彼女はいった。「あなたの深い、熱狂的な眼差しで——そう——それでいいのよ」

画家は、おそろしく顔面蒼白になっていた。彼は、この情景を彼の美しい、夢みがちな、青い眼で、貪るようにみつめた。彼の唇はひらいたままだったが、一語も発することはなかった。

「さあて、この絵はお気に召して？」

「はい——そのように描かせてもらうことにいたします」と、ドイツ人はいった。しかし、それは、そもそも彼の言葉ではなかった。それは、雄弁に物語る呻き声であり、病んだ、瀕死の魂のむせび泣きにほかならなかった。

＊

木炭でのデッサンが完了して、頭と体の各部分の下塗りもおわった。彼女の悪魔的な顔《かんばせ》が、すでに二、三の大胆なタッチのなかにうかびあがってくる。緑の眼には、生命がきらめいている。

ヴァンダは、胸のうえで腕を組んだまま、画布のまえに立っている。

「ヴェネツィア派がたいていそうなのですが、この絵も、肖像画であると同時に歴史画でもあるようにしましょう」と、画家は、またしても死人のように顔面蒼白になりながら、説明する。

「それで、あなたはどういう題名にしたいわけ？」と、彼女は尋ねた。「それにしてもあなた、どうしたの？　病気なの？」

「私はもしかして――」と、彼は、毛皮をまとった美女に喰いいるような視線をむけながら答えた。「だが、いまは絵の話をしましょう」

「いいわ、絵についてお話ししましょう」

「私は、オリュンポスの山から瀕死の男のところへ下りてきた、愛の女神のことを想像してみるのです。この近代の地上に下りたってみると、凍えてしまって、その崇高な四肢を大きな重い毛皮でつつんで、その足を愛する男の懐で温めようとしている女神をね。私が考えているのは、美しい女暴君のお気に入りの男で、彼女は、彼に口づけするのに倦むたびごとに、奴隷を鞭打つのです。そして、彼女が彼に足蹴をくわせるほどに、ますます彼は、彼女を狂ったように愛するようになる。それで私は、この絵を『毛皮のヴィーナス』と名づけたいのです」

*

画家の仕事は遅々としてすすまない。逆にそれだけ急速に、彼の情熱はふくらんでいく。彼がそのうちみずから命を絶ってしまうのではないかと、私は気が気でない。彼女は、彼をもてあそんで、彼に謎をかけたりする。そして、彼は、それを解くことができずに、自分の血がさらさらと流れおちるのを感じているのだ――しかし、彼女はそれをおもしろがっている。

モデルになっているあいだ、彼女はボンボンをつまんでいて、紙包みのなかからちいさな玉をとりだしては、それを彼にむかって投げつける。

「あなたがそんなに上機嫌でいらっしゃって、奥様、うれしいかぎりです」と、画家はいう。

「しかし、あなたのお顔が、私が絵を描くのに必要な、あの表情ではまるでなくなってしまいますね」

「あなたが絵を描くのに必要な、あの表情とやらに」と、彼女は、ほほえみながら答えた。「あなたは、ほんの一瞬しか耐えられないでしょうね」

彼女は立ちあがって、私に一発、鞭打ちをくれる。画家は彼女を凝視する。彼の顔には、子どもっぽい驚きの色がうかんでいて、嫌悪と讃嘆がそこにいりまじっている。

彼女が私を鞭打っているあいだ、ヴァンダの顔《かんばせ》は、私をかくも無気味に魅了する、あの残酷な、嘲弄するような性格を、ますます強くおびてくる。

「いまなら、あなたが絵を描くのに必要な、あの表情になっているかしら――」と、彼女は叫ぶ。画家は、彼女の眼差しのひややかな光をまえにして、うろたえて眼を伏せる。

「その表情ですね――」と、彼はくちごもる。「しかし、いまは描けません――」

「どうして?」と、ヴァンダは、嘲るように語りかける。「なんなら私がお手伝いしましょうか?」

「そうですね――」と、ドイツ人は、狂ったように叫び声をあげる――「私も鞭打ってください」

「ああ! よろこんで」と、彼女は、肩をすくめながら言葉をかえす。「だけど、私が鞭をふるっていいとなれば、それこそ本気で鞭打つつもりよ」

「私を死ぬほど鞭打ってくだされば」と、画家は叫ぶ。

「それなら、あなたを緊縛させてくれる？」と、彼女は、ほほえみながら尋ねる。

「ええ」――彼が呻きようにいう――

ヴァンダは、つかのま浴室を離れると、縄をもって戻ってきた。

「それじゃ――あなたはまだ、自分を毛皮のヴィーナスの、美しい女暴君の手に、無条件にゆだねる勇気があるの？」と、彼女は、いまさらながら嘲るように話しはじめた。

「私を縛ってください」と、画家は、くぐもった声で答えた。ヴァンダは、彼を後ろ手に縛ると、両腕のあいだから一本の縄をとおし、体のまわりにもう一本の縄をまわして、そのようにして彼を窓の十字の桟に結わえつけた。それから彼女は、毛皮をたくしあげると、鞭をにぎって、彼のまえにすすみでた。

私にとって、この情景は、言葉で形容しがたいほどの、おぞましい魅惑をそなえていた。彼女が笑いながら最初の一撃のために腕をふりあげて、鞭が空中でひゅうと音をたて、彼がその下ですこし縮みあがるときには、私の心臓は高鳴るのだった。それから彼女が、なかば口を開けたまま、赤い唇のあいだに歯をのぞかせながら、彼に鞭をふりおろしたとき、そして、彼が胸をうつような青い眼でお情けを乞い願うようにみえたとき――そのさまは、およそ筆舌につくしがたいほどだ。

＊

彼女は、彼と二人きりですわっている。彼は、彼女の頭部の制作にかかっているところだ。

彼女は私に、重い仕切りの帷の背後で待機しているように命じた。そこなら、私の姿はみえないが、私からはすべてがみえる。

いったい彼女は、どういう気なのか？

彼女は彼が怖いのか？　彼女は、十分といっていいほどに彼を狂わせてしまった。それとも、それをまた、私にたいする新たな責め苦にしようという算段だろうか。私は、膝ががくがくとふるえてくる。

彼らは、一緒に話しあっている。彼はひどく声をおとしているので、私には何もわからない。そして、答える彼女もやはりそうだ。それはどういうことなのか？　二人のあいだに、何か了解ができているのだろうか。

私はひどく苦しくなって、心臓が飛びだしそうだ。

いま彼は、彼女のまえにひざまずいている。彼は彼女を抱きしめて、頭を彼女の胸に押しつけている――そして、彼女は――残酷な女は――彼女は笑っている――そして、いま彼女が大きな声で叫ぶのが聞こえてくる。

「ああ！　あなたはまた、鞭がご入用のようね」

「このあま！　女神よ！　君は心というものをもたないのか――愛するということができないのか」と、ドイツ人が叫ぶ。「愛するとは、憧れと情熱に身を焦がすとはどういうことか、それすら知らないのか、私が何に苦しんでいるのか、それすら想像することができないのか？　君はいったい、私に憐れみをもちあわせていないのか？」

「もってないわよ！」と、彼女は、昂然と嘲るように言葉をかえす。「だけど、鞭はもってるわ」

彼女は、毛皮の隠しからすばやく鞭を引きだすと、その柄で彼の顔を打ちつける。彼は身をおこすと、二、三歩、あとじさりをする。

「さあ、また絵を描いてくれる?」と、彼女は、まるでどうでもいいことのように聞きかえす。

彼は、彼女に何も答えない。しかし、画架のまえにふたたび歩をはこんで、絵筆とパレットを手にとる。

＊

その絵は、すばらしい出来ばえだ。それは、相似において類を呼ぶ、一幅の肖像画でありながら、同時にひとつの理想でもあるようにみえる。その色彩は、それほどにもえたつようで、それほどに超自然的で、あえていうなら、それほどに悪魔的なのだ。

画家はほかでもない、彼の苦悩、彼の愛慕、かの呪詛を、すべてその絵のなかに描きこんだのだ。

＊

いま彼は、私を描いている。私たちは、毎日、二、三時間をともに過ごしている。今日、彼は、突然、私のほうにむきなおると、ふるえる声でこういう。

「あなたは、この女を愛していますか?」

「ええ」

「私も彼女を愛しています」彼の眼は、涙にうるんでいた。彼は、しばらくのあいだ沈黙して、そして、描きつづけた。「故国《くに》のドイツには、彼女の住んでいる山がありますよ[125]」と、それから彼は、だれにいうともなく、くちごもった。「彼女は悪魔です」

＊

肖像画が完成した。彼女は彼にたいして、女王のように気前よく謝礼を支払おうとした。「ああ！　もう十分に御礼をいただきました」と、彼は、苦痛にみちた微笑をうかべながら、断りの返事をした。

彼が立ち去るまえに、彼は、秘密めかして彼の紙挟みをひらいて、私になかをのぞかせてくれた――私は驚いた。彼女の頭が生身さながら、鏡からのぞいているかのように、私をみつめていた。「これを肌身離さずもっていきますよ」と、彼はいった。「これは私のものです。彼女だって、これを私からとりあげることはできませんよ。私は、十分、苦労して、自分のものにしたのですからね」

＊

「でも私は、もともとあの貧しい画家のことを、かわいそうだとは思っているのよ」と、彼女は、今日になって私にいった。「私のように貞潔でありつづけるというのも、馬鹿げているものね。あなたもそう思わない？」

私は、あえて彼女に答えなかった。

「ああ、私は、奴隷と話しているのだってことを忘れてたわ――私はでかけなくっちゃ。気晴らしをしたいの、忘れたいのよ。

早く、馬車を！」

＊

彼女が馬車での散策から戻ってきたとき、ギリシア人が彼女と一緒だった。彼は晩餐までとどまって、彼女と夕べのお茶をともにした。

私は彼らの給仕をしたが、もうあえて二人のお邪魔をしたくはなかった。それで私は、ただ鈴《りん》の音に呼ばれたときにだけ、部屋にはいっていった。

私は、嫉妬に気も狂わんばかりだったが、侯爵夫人は、私が彼女を恐れるようにしむけていたので、私は自分をおさえて、沈黙したまま、顔をしかめることすらしないで、ただ苦しんでいた。

ギリシア人は帰るときに、私に毛皮のコートを着せかけてもらいながら、葉巻に火をつけるように命じた。

私は、いそいで灯りをともした。しかし、そうするまでにけっこう時間がかかったので、私がもえている蠟燭を近づけたとき、火は消えてしまった。

「なんてぶきっちょな」と、侯爵夫人は、腹をたてていった。そして、すばやく一枚の紙をたたむと、それを暖炉の炎のなかにさしこんで、自分で愛人の葉巻に火をつけた。

「あなたの奴隷は、まだまだ調教が必要なようですな」と、彼は、ぞっとするような薄笑いをうかべて、私のほうを眺めやりながらいった。私は、この瞬間、彼がすべてを知っている、ヴァンダが彼に私の秘密をもらしたにちがいないと感じた。

「ええ、ほんとうに」と、彼女は言葉をかえした。

「私にまかせてください」と、彼は、所在なげに毛皮の毛並みをすきながらいった。「彼をあなたにふさわしいように訓練するのを」

「あなたにかかずらわってもらえるなら、ほんとうにありがたいわ」と、侯爵夫人は、いかにも愛想よくうなずきながらいった。「そして、彼ができるだけお手間をとらせることがないように、どうぞご随意に、容赦なく扱ってくださいましな」

「あなたが私に満足してくだされぱいいのですが」と、彼はいった。「それでおまえは？」と、彼は、私のほうにむきなおって、まるで級友にむかってするように、私の耳をつまみあげた。「おまえは、私のいうことをきくのかな？　私は、どんな馬でも馴らしてきたし、どんな犬でも仕込んできた。おまえも片づけてみせよう」

私はできることなら、つねに肌身離さず携帯している短剣を、われとわが胸に突きたてたいところだった。しかし、彼の視線には、有無をいわせないような何かがやどっていた。そして、みごとな毛皮をとおして、官能的な魅惑をまとっている、彼のふしぎな美しさが、なすすべもなく私を彼の権力の埒内に引き渡したのだった。

ヴァンダは、一種の残酷な好奇心をみせながら、私を観察していた。

「それじゃ、彼を私のところによこしてください」と、彼は、私をいま一度、鋭い眼つきで注視しながら、そう言いきった。「善は急げ、といいますよ」

「それじゃ、明日早々にでも」と、ヴァンダは、心をそそるような微笑をうかべながら答えた。

＊

ギリシア人がいってしまうやいなや、私は、ヴァンダの足元に身を投げだして、彼女の膝を抱いた。

「お情けを」と、私は哀願した。「僕を抛りださないで、ましてや彼の手になど、渡さないでほしい。僕は、すべて服従するから――」

「このことにも服従してもらわなくっちゃね」と、侯爵夫人は、ひややかに言葉をかえした。「しばらく彼の雇人になってほしい、それで十分よ。私は彼を愛している、だからおまえに彼の命令にしたがってもらうのは、私にとってうれしいことなの」

「たとえ君に服従しなくても？」

「あなたは服従するでしょう」と、ヴァンダは、堂々としたゆるぎない確信をこめて答えた。「私があなたを彼の訓練にまかせるのは、あなたがここのところ、反抗的で、あなたのやきもちのおかげで、私もいいかげんうっとうしくなったからよ。あなたがそれに順応しないなら、事態はますますわるくなるだけよ。あなたが私のすることを妨げて、私の邪魔をしようというなら、それはいいことじゃないわね」

「たとえ君のもとから逃げだすとしても？」

「私は引きとめないわよ」と、侯爵夫人は、嘲るようにいった。「私にはわかってるわ、あなたは、自分からまた戻ってくるでしょう。だけど、このことはいっておくわね」と、彼女は、おそろしいまでの真剣な口調でつけくわえた。「あなたが私のもとから逃げだしたとして、それからまたあらためて私があなたを支配するようになったら、この地上のどんな権力も、彼の鞭からあなたを救いだしてはくれないでしょう。そのときには、時間をかけてあれこれ問いただしたりしないで、あなたを縛りあげて、彼の手に引き渡すわよ」

「君は、この場でそうすることもできるさ」と、私は、反抗していいかえした。「というのは、自由意思で彼のもとに行くことはないからだ。彼にはまったくがまんできない」

「ほんとうなの？」と、ヴァンダは、嘲るように問いかえした。「でもまあ、いっておきますけどね、あなたは明日になったら、彼の長靴を脱がせたりするでしょう、そして、毛皮をまとった美しい男に仕えるのが、あなたの無上の喜びになるでしょうよ」

「君は思いちがいをしているよ――」

「ちょっと！」と、侯爵夫人は喚いた。「わかってるでしょ、私がどんな矛盾にもがまんできないってことは。あなたが私に支配されていることを、忘れないでよ」

「そんなことになってるのか？」

「あなたは、自分がそうしたい期間だけ、私の奴隷でいられると思っているの？」と、彼女はつづけた。「私はあなたに無理強いしたわけじゃない。あなたは、自由意思で自分の身分を私にゆだねたの。いまこそ私は、あなたを完全に支配しようと思っている。そして、あなたがこの桎梏を打ち破ろうとすること、それだけが、私の快楽を高めてくれるのよ。あなたはいつまでも私の奴隷のままよ、たとえあなたの意に反してもね」

「どうして君は、僕を束縛しようとするんだ？　僕は君には服従しない、ましてや彼に服従することはないだろう」と、私は、怒りにふるえながらいった。

「ゼーヴェリーン！　警告しておくわ、私を挑発しないで」

「君にさらに何ができるというんだ」と、私はつづけた。「君は僕を殺すことはできる。それですべてだ。君は彼の求愛を受けいれた――僕にこれ以上、苦々しい仕打ちをしようがないさ」

「どういたしまして」と、ヴァンダは、にわかにすっかり冷酷な調子になっていった「私は、あなたを彼にくれてやることができるわ！」

「そんなことが君にできるのか？」と、私は驚愕して呟いた。

「どうしてできないことがあるのよ。あなたにとって不愉快であろうと、あなたがどれほど懇願しようと」と、彼女は、おちつきはらっていった。「気をつけてものをいいなさいよ、あなたは私の所有物なのよ。だれにたいしてであろうと、私は思うがままに、あなたを譲渡することができるわ。あなたの理想は、残酷な女なんでしょ。さてそこで――あなたは満足なの？　私が愛してる男に、あなたをゆだねるほど、残酷なことがあって？　私をわがものにしている男に？　あなたの幸福な恋敵の奴隷になる機会に恵まれるなんて、あなたはもう、うっとりしていいところよ」

「僕が狂ってるのか、それとも、君が狂ってるのか？」と、私は、すっかり混乱してくちごもった。

「私を挑発するなんて、あなたのほうが気ちがい沙汰よ」と、侯爵夫人は、胸のまえで腕を組んで、暖炉によりかかりながら答えた。

「結局のところ、私は、あなたをしたいようにするのよ。とっとと出ていきなさい。私はもう、あなたに用はないわ。明日になれば、あなたは彼の奴隷よ」

＊

憤怒と嫉妬と死なんばかりの不安にさいなまれて、私をかくも残酷に取り扱った、そして、私の奴隷のように唯々諾々とした慕情と、私が彼女から蒙り、耐え忍んだすべてのことの報奨として、私を前代未聞の仕方で裏切り、なんの思いやりもなく、私を憎むべき恋敵の手にゆだねようともくろんでいる、この不人情な女から身を引き離す決心をして、私は、わずかばかりの持ち物を布にくるみこむと、それから彼女に宛てて、手紙をしたためる。

侯爵夫人机下！

私は、貴台を狂ったように愛してきました。私は貴台に、かつてひとりの男がこれほどにひとりの女に奉仕することなど、およそありえなかった、それほどまでに、身も心もつくしてまいりました。しかるに貴台は、私のこのうえなく聖なる感情を悪用し、厚顔にも軽佻に、私をもてあそぶばかりでありました。それにもかかわらず、貴台がひたすら残酷かつ無情であったあいだにも、私は、貴台をなおもお慕い申しあげることができました。しかしながら、いまや貴台は卑俗にならんとしておられます。もはや私は、貴台に御足《みあし》をもって踏みにじられ、御手《みて》によって鞭打たれる、そうした奴隷ではありません。貴台がみずから私を解放せしめられました。

かくして私は、いまやもう憎み、軽侮するしかない女のもとを立ち去る次第であります。

ゼーヴェリーン・クジームスキ

この文言を、私は黒人女[126]に手渡すと、全速力でその場を離れる。息せき切って、私は駅に到着する。そのとき、私は、心臓に刺すような激しい痛みを感じる——私は立ちどまる——私は泣きはじめる——ああ！　これは屈辱的だ——私は逃れようとして、そうすることができない。私は踵をかえす——どこへ？——彼女のところへ——私が忌み嫌い、同時に慕ってもいる彼女のもとへ。

ふたたび私は思案する。戻るわけにはいかない。戻ってはいけない。

しかし、どのように私は、フィレンツェを離れたらいいのか？　だって私は金をもっていない、一グロッシェンももっていないことに気がつく。さてそうなると徒歩しかない。正直に乞食をするほうが、売女のパンを喰らうよりましだ。

しかし、私は立ち去るわけにはいかない。

彼女は、私の誓約を、私の名誉をかけた誓いを、手元にもっている。私は戻らなければならない。もしかしたら彼女は、私にたいして、その誓約を履行することを免除してくれるかもしれない。

数歩、足早に歩いてみて、私はまた立ちどまる。

彼女は、彼女がのぞむかぎり、彼女がみずから私に自由を与えないかぎり、私が彼女の奴隷でありつづけるという、私の誓約を、名誉をかけた誓約を、保有してはいる。しかし、私は自殺することはできるではないか。

私は、カシーネ公園をぬけて、アルノ川へ下っていく。その黄色い水がひたひたと音をたてながら、見捨てられたように立っている二、三本の柳の木の根元を洗っている、そのあたりまで——そこに私はすわって、人生の総決算をしてみる——私は、これまでの全生涯を走馬灯のようにめぐらせて、それがまことにみじめなものであったことに思いいたる。いくつかの喜び、かぎりなく多い、意味もなければ価値もないことども、そのあいまに十分といっていいほどにちりばめられてある苦痛、苦悩、不安、幻滅、挫折した希望、沈痛、憂慮、悲哀。

私は思いおこしてみる、あれほど愛していた母、悪疾に病み衰えていくのをまのあたりにしていた母のことを、そして、享楽と幸福への強い希求をいだきながら、生の盃に唇をつけることすらなく、青春の盛りで死んでしまった弟のことを——私は思いおこす、善良な乳母のこと、幼いころの遊び友だちのこと、ともに勉学に励んだ友人たちのこと、いまはもう冷たい、死んだ、無情な土くれにおおわれてしまっている、彼らすべての人たちのことを。すべて塵にかえった塵[127]のことを。

私は大声で笑いだして、水のなかへすべりおちていく——しかし、そのおなじ瞬間に、私は、黄色い波のうえに垂れさがっている柳の枝にしがみつく——そして、私は、自分をかくもみじめにした女の姿をまのあたりにする。彼女は、のぼりつつある太陽にくまなく照らしだされて、あたかも透明な存在であるかのように、頭と首筋に赤い炎をもえあがらせて、水鏡のうえにただよいながら、私のほうにその顔《かんばせ》をむけて、ほほえんでいる。

＊

私はここにいる、水滴をぽたぽた垂らし、全身ずぶ濡れで、恥辱と体熱でかっかとしたままで。黒人女は、私の手紙を渡してしまっただろう。これで私は裁かれ、敗れて、感情を害した無情な女の手中にある。

さあ、彼女の手で私を殺してもらおうか。私、この私は、われとわが身に手をくだすことができない、それでも私は、もうこれ以上、生きていたくもない。

私が家のまわりをうろついていると、彼女は歩廊のなかに立って、手すりによりかかり、燦燦たる陽の光を顔にうけて、緑の眼《まなこ》をしばたいている。

「まだ生きてるの？」と、彼女は、身じろぎひとつしないで尋ねる。私はうなだれたまま、だまって立っている。

「私の短剣を返してよ」と、彼女はつづける。「おまえにはもう用がないだろ。おまえは、自殺する勇気さえなかったんだから」

「私はもうもっていません」と、私は、寒さにがたがたふるえながら答える。

彼女は、高慢な、嘲るような視線で、私の全身をみわたしている。

「たぶんアルノ川でなくしたんだね」といって、彼女は肩をすくめる。「まあいいけど。それはそれとして、どうしておまえは、さっさと行ってしまわなかったの？」

私は、彼女にも私自身にもよくわからないようなことを、ぶつぶつと呟いた。

「ああ！　おまえは現金をもってないんだね」と、彼女は叫んだ。「ほら！」と、彼女は、なんともいいようないほど見下した仕草で、自分の財布を投げてよこした。

私は、それを拾いあげなかった。

私たちは二人とも、かなり長いあいだ沈黙していた。

「それでおまえは、出ていく気がないんだね？」

「できないんです」

＊

ヴァンダは、私を連れずに外出する。ディナーに客がやってくる。彼女は身づくろいをする。黒人女が彼女の給仕をする。だれも私のことなど、訊きもしない。私は、主人を見失ってしまった動物のように、おちつきなく庭園をうろつきまわる。

繁みに横になっていると、一粒の種子を奪いあいしている、二、三羽の雀が眼につく。

そのとき、女のきぬずれの音がする。

慎み深く首のところまで閉じた、黒い絹のドレスをまとって、ヴァンダが、そして、彼女と一緒にギリシア人が、近づいてくる。二人はにぎやかにお喋りをしているが、私には、一言も聞きとれない。いまちょうど彼が足踏みをして、おかげで砂利があたりに散らばって舞いあがる。そして、彼は、乗馬用の鞭をふりあげて、宙に打ってかかる。

ヴァンダは縮みあがる。

彼女は、彼が自分を鞭打つのではないかとおそれているのか？

彼らは、もうそれほどまでの間柄なのか？

＊

彼は彼女のもとを去った。彼女は、彼に呼びかけるが、彼は聞いていない。彼は、彼女のいうことに耳をかそうとしない。

ヴァンダは、いかにも悲しげにうなずくと、近くの石のベンチに腰をおろす。そうして長いあいだ、思いに沈んですわっている。私は、一種、意地のわるい喜びを感じながら、彼女のほうを見遣っている。とうとう私は、だしぬけに立ちあがると、嘲るように彼女のまえに歩みでる。彼女は飛びあがって、全身でふるえはじめる。

「私がまいりましたのは、あなたさまの幸福を願ってのことでございまして」と、私は、お辞儀をしながら語りかける。「侯爵夫人、あなたさまがご主人となる方をみつけられたとお見受けしております」

「ええ、ありがたいことに！」と、彼女は叫ぶ。「また新しい奴隷なんかではなくてね。そのたぐいはもう十分なのよ」

「それでは、君は彼を愛しているわけだ、ヴァンダ！」と、私は叫び声をあげた。

「私は彼のことを、これまでだれも愛したことがないくらいに愛しているわ。私は彼を慕っているの」

「ヴァンダ！」——私は拳をにぎりしめた。しかし、私の眼には、はや涙がにじんできて、情念の陶酔が、甘美な狂気が、私をとらえにかかるのだった。「いいよ、それなら彼をえらぶがいい、彼を夫にするがいいさ。彼を君の夫にするとして、僕は、生命のつづくかぎり、君の奴隷にとどまることにしよう」

「あなたは私の奴隷にとどまるの、それでも？」と、彼女は、無気味な微笑をたたえていった。

「それはすてきね、だけど、彼がそれを許さないんじゃないかと、私はおそれているのよ」

「彼が、だって？」

「ええ、彼は、もうこれ以上、あなたを私の家においておきたくはないのよ」と、彼女は叫んだ。

「彼は、たったいま、私に要求したところよ、あなたをすぐさま抛りだすか、それとも彼に処置をまかせるか、と」

「君は彼にあかしたのか、僕の素性を？——」

「すべて彼にいいました」と、彼女は答えた。「私は彼に、私たちのことをそっくり話したの——そうしたら彼は——笑うかわりに——怒りだして、地団駄を踏んだわ」

「それで、君はどうするつもりだ？」

「あなたに出ていってもらうわ」

「はいはい」と、私は、嘲りをこめて辛辣な口調でいった。「君は、彼のことが怖いんだね、ヴァンダ！」——私は、彼女の足元に身を投げだして、興奮して彼女の膝を抱いた——「僕は、君に何ものぞまないよ、ただいつまでも君のそばにいることのほかにはね」

「いいわ」と、彼女は、軽くあくびをしながらいった。「それなら、彼にあなたを譲渡することにしましょう。そうすれば、あなたは彼の奴隷になるわね。そうでなくても、彼は、あなたを自分の支配下におきたがっているのよ」

「僕は、ただ君だけのものでいたい」と、私は懇願した。「僕は君の奴隷でいたい、君の犬で——」

「あなたが私にとって退屈だってことを、自分でわかってるの？」と、ヴァンダは、気のない調子でいった。

私は飛びあがった。私は、はらわたが煮えくりかえる思いだった。

「もう君は残酷でもない、君はただ卑しいだけだ！」と、私は、一語一語、鋭く辛辣に強調しながらいった。

「それはもう、あなたの手紙に書いてあったわね」と、ヴァンダは、いかにも高慢そうに肩をすくめながら、言葉をかえした。「精神に生きる男は、おなじ科白をくりかえしたりしないものよ」

「君は、僕にたいしてなんて扱いをしてることか！」と、私は喚きはじめた。「それはいったい、どういうことなんだ？」

「私は、あなたを躾けることもできるでしょう」と、彼女は、嘲るように言葉をかえした。「だけど今回は鞭打つかわりに、理由をあげてお答えすることにするわ。あなたには、私を非難する権利はないわ。いつだって私は、あなたにたいして正直じゃなかったかしら？　私は、あなたに一度ならず警告を発してはいなかったかしら？　私は、あなたを愛していなかったかしら、そうして、私に身をささげて、私のまえで身を屈するのが、危険であるということを、隠したりしたかしら？　だけどあなたは、すすんで私の玩具、私の奴隷であろうとしたのよ！　あなたは、驕り昂ぶった残酷な女の足を、鞭を、身にしみて感じることに、このうえない快楽をみいだした。それでいまとなって、何をのぞむというの？　あなたに、私を非難する権利はないのよ」

「そうだ、僕に責任がある」と、私はいった。「しかし、それで僕が苦しまなかったとでもいうのか？　もう十分だろう、残酷な遊戯はおしまいにしてくれ」

「私もそうしたいわ」と、彼女はいった。どこか奇妙な、ひとを欺くような眼差しをむけながら！

「ヴァンダ！」と、私は激して叫んだ。「僕を極端にはしらせないでくれ。僕がまた男らしい男になったことは、みればわかるだろう」

「つかのまの炎よね」と、彼女は答えた。「一瞬、じりじりと音をたてはするけど、もえあがったときとおなじように、すぐにまた消えてしまう。あなたは、私を威圧できると思っているけど、私からしてみれば、ただのお笑い草よ。あなたは、項《うなじ》を私の足で踏んでもらおうと、みずからのぞんでさしだした。あなたは私にとって、恰好の玩具だった、それ以上のものではないわ。それでいまは、もう飽きてしまったから、抛りなげてしまうというわけ」

「僕をもう一度、抛りなげてみてもらいたいものだ」と、私は嘲るようにいった。「危険な玩具だってあるよ」

「私を挑発しないで」と、彼女は叫んだ。その眼は火花を散らしはじめて、頰は紅潮してきた。

「もし僕が君を所有すべきでないというなら」と、私は、憤激のあまりに息がつまりそうになりながら、かろうじてつづけた。「ほかの男も、君を所有すべきではない」

「その科白は、いったいどの芝居の台本から引っぱってきたの？」と、彼女は嘲って、それから私の胸をつかんだ。その瞬間の彼女は、怒りのあまりに顔面蒼白になっていた。「私を挑発しないで」と、彼女はつづけた。「私はお人よしじゃない、支配欲が強くて、残酷だわ。私がどこまで突っ走ってしまうか、それでもまだ限界というものがあるのかどうか、自分でもわからないのよ」

「くりかえすが、君が彼を愛人にしたことほど、僕にとって苦々しいことはない」と、私は、ますますいきりたって答えた。

「それじゃ、私もくりかえすわ。私は、あなたを彼の奴隷にすることができる」と、彼女は、早口で言葉をかえした。「あなたは、私の手中にあるんじゃないの？　私が契約書をもっていないとでも？　だけどもちろんのこと、それはあなたにとって快楽でしかないわね、私が黒人女たちにあなたを縛るように命じて、それから彼にこういうとしたら、

『彼をあなたの好きにしてくださっていいわよ』と」

「このあま、気がちがったのか！」と、私は叫び声をあげた。

「私は正気よ」と、彼女はおちつきはらって答えた。「もうこれを最後に、警告しておくわ。いまになってもう私に抵抗しないこと。私がそこまでいってしまったいまとなっては、私は、たやすくその先まで突きすすむことができるわ。私は、あなたにたいして、一種の憎しみを感じているの。ほんとうに快楽をおぼえながら、彼があなたを死ぬほど鞭打つのを眺めていることができるでしょ

う。だけど、まだ私は、あなたを調教するの、まだ――」

もはやほとんど自分をおさえきれずに、私は、彼女の手首をつかむと、彼女を地面に引き倒した。それで、彼女が眼のまえでひざまずく恰好になった。

「ゼーヴェリーン！」と、彼女は叫んだ。その顔面には、憤怒と恐怖の表情がうかんでいた。

「君が彼の妻になるなら、君を殺してやる」と、私は脅した。それは、胸の奥から嗄れたくぐもった声音になって響いた。「君は僕のものだ。僕は君を離しはしない。僕は君を愛している」そういいながら、私は彼女を抱きかかえ、自分のほうに抱きよせた。そして、私の右手は、まだベルトにささっていた短剣のほうに、思わず知らずのびていた。

ヴァンダは、大きく眼をみひらいて、静かな、不可解な視線を私にむけた。

「そんなあなたが好きよ」と、彼女は、平静な口調を保ちながらいった。「いまのあなたは、それでこそ男よ。この瞬間に、私はわかったわ、自分があなたをまだ愛していると」

「ヴァンダ」――恍惚として、私の眼に涙があふれた。私は、彼女におおいかぶさるように身をかがめて、その魅惑的な顔全体に口づけした。そして、彼女は――やにわに大きな、いかにも驕慢な声で笑いだしながら――こう叫んだものだった、「もうあなたの理想はたくさんでしょ、私に満足した？」と。

「なんだって？」――私は口ごもった――「それは君の本心じゃないよね」

「本心よ」と、彼女は明るい声でつづけた。「私があなたを、あなた一人を、愛しているってことは。そして、あなた――あなたって、ほんとうにお馬鹿さんよね、すべてが戯れのお遊びだったってことに気づかなかったんだから――できることならあなたの頭をかかえて、何度でも激しく口づけしたいところで、しばしば鞭打ちするのは、私にとってどれほどつらいことだったことか。だけど、いまはもう十分だよね？　私は、あなたが期待していた以上に、残酷な役割をまっとうしたわ。おそらくあなたは、小柄な、善良な、賢明な、そして、すこしばかりかわいい妻をもつことになれば、いまはもう満足なのでしょう――ちがって？――私たちは、まずまず分別のある生活をおくりましょうよ。そして――」

「君が妻になってくれるって！」と、私は、あふれんばかりの幸福感につつまれて叫び声をあげた。

「ええ――あなたの妻に――あなた、愛する、大事なひと」と、ヴァンダはささやいた。

私は、彼女を胸に引きよせた。

「そう――あなたは、もう奴隷のグレーゴルではないわ」と、彼女はいった。「いまはまた私の愛するゼーヴェリーンよ――私の夫の」

「それで彼は？――君は彼を愛してるんじゃないのか？」と、私は、興奮して尋ねた。

「私があの人を愛してるなんて、どうしてあなたは、そんなことが信じられたのでしょう――だけど、あなたはほんとうに眼がみえなくなっていたものね――私もしばしば、あなたのことが心配だったのよ――」

「僕は君のことで、あやうくみずから命を絶つところだった」

「ほんとう？」と、彼女は叫んだ。「ああ！　あなたがアルノ川に身を沈めていたと、考えるだけで、私はもう体がふるえてくるわ」

「しかし、君は僕を救ってくれた」と、私は優しく答えた。「君の面影が水の上にただよってい て、ほほえみかけてくれた。そして、君の微笑みが、僕をこの世に引き戻してくれたんだ」

＊

いま彼女を腕のなかに抱きとめながら、私が感じているのは、なんともふしぎな感情だ。そして、彼女はだまって、私の胸にやすらって、私に口づけされるがままに、ほほえんでいる。私は、突然、熱病のような幻想からさめたような思いがする。それとも、いまにもわが身を呑みこもうとする大波と、数日、闘いつづけたあげくに、ようやくのこと、陸地に投げだされた難破船の水夫のよう、といえばいいだろうか。

＊

「あなたがそんなに不幸になった、このフィレンツェがきらいなの」と、彼女は、一緒に晩餐をとったあとでいった。「私はすぐに出発したいの、もう今日にでも。あなたは、私のために手紙を二、三通、書いてくれるかしら。そうしたら、あなたがそれにかかっているあいだに、私は街へでかけて、何人かにお別れの挨拶をしてくるわ。それでいいこと?」

「わかった。かわいい、ひとのいい、美しい奥さん」

彼女は、十五分のちに私の部屋のドアをノックして、口づけしてくれるようにもとめた。それから彼女は、馬車に乗りこんだ。彼女の愛嬌ある立居振舞は、ほんとうに魅力的だ。柔和なそぶりがこれほど彼女に似つかわしいとは、けっして思いもつかないところだった。

＊

もう四時間以上になるが、彼女は戻ってこない。私は、手紙をとうに書きあげて、歩廊にすわり、彼女の馬車を遠くからでもみつけられないものかと、通りにむけて視線を投げている。彼女のことがすこし心配になってくるものの、ありがたいことに、疑ったりおそれたりする原因など、私にはもはやありえないはずだ。しかし、何かしら胸騒ぎがして、私はそれを打ち消すことができない。おそらくは、私の心になお影を投げかけているのは、過ぎ去った日々の苦しみなのだ。

＊

そこに彼女が立っている、幸福に、満ち足りた様子に、さながら輝くように。

「さて、すべて思いどおりになったのかい？」と、私は、優しく彼女の手に口づけしながら尋ねた。

「ええ、大事なひと」と、彼女は答えた。「それでは今晩、出発しましょう。荷造りするのを手伝ってね」

＊

夕方近くなって、彼女は、私に郵便局へ行って、かわりに手紙を投函してきてくれるように頼む。私は、彼女の馬車に乗って、小一時間で戻ってくる。

「ご主人様が、あなたのことをお尋ねでしたよ」と、私がはばひろい大理石の階段をのぼっていくと、黒人女がほほえみながらいう。

「だれかきてたのか？」

「いえ、だれも」と、彼女は答えて、黒猫のように階段にうずくまる。

＊

私は、ゆっくりと客間をとおりぬけて、いま彼女の寝室のドアのまえに立っている。

どうして私の胸は高鳴るのか？　だって私は、こんなに幸福なのに。

私は、仕切りの帷をそっとひらいて、うしろへ跳ねあげる。ヴァンダは、オットマンに横になっている。私に気がつく様子もない。白い繻子のローブをまとった彼女は、なんと美しいことだろう。そのローブは、彼女の体形をいともあらわにかたどりながら、すばらしい胸と腕はむきだしのままにしている。髪は、白い繻子のリボンで編みあわされ、結いあげられている。暖炉には、炎々と火がもえて、釣りランプが赤い光を投げかけていて、まるで部屋全体が血の海のなかをただよっているかのようだ。

「ヴァンダ！」と、私はやっとのことで呼びかける。

「ああ、ゼーヴェリーン！」と、彼女はよろこんで叫ぶ。「あなたをいまかいまかと待っていたのよ」彼女は飛びあがって、私を腕に抱きしめる。それから彼女は、また豪奢なクッションにすわって、私を自分のほうに引きよせようとする。それでも私は、彼女の足元にそっと身をすべらせて、頭をその膝にうずめるのだ。

「私が今日は、ひどくあなたに惚れこんでいることがわかって？」と、彼女はささやいて、私の額から二、三本の乱れた髪をかきあげると、私の眼に口づけをする。

「あなたの眼は、なんてきれいなんでしょう。あなたのなかで、いつも眼がいちばん私のお気に入りだったのよ。だけど、今日はまた、私を文字どおりうっとりさせるわ。私は死んでしまいそう――」彼女は、そのみごとな肢体をのばすと、赤い睫毛をとおして、私にむかって優しく眼をしばたいてみせた。

「そして、あなた――あなたは冷たいわ――あなたは、まるで私を一本の木のようにささえているわね。ちょっと待って、あなたをもっと恋人らしくしてあげるからね！」と、彼女は叫んで、ふたたび媚びるように、愛撫するように、私の唇に唇をかさねた。

「私は、もうあなたのお気に入りじゃないようね。あなたには、また残酷でなくっちゃいけないわ。今日の私は、どうやらあまりにお人よしすぎているわね。いいこと、お馬鹿さん、すこしばかり鞭打ってみましょう――」

「だけど、君――」

「私はやりたいのよ」

「ヴァンダ！」

「いらっしゃい、あなたを縛らせて」と、彼女は言葉をついで、昂ぶったように部屋のなかを飛びはねた。「私は、あなたをほんとうに恋人らしくしたいのよ、わかる？　そこに縄があるわ」

彼女は、その縄で私の足を拘束しはじめた。それから後ろ手に縛ると、まるで犯罪人のように両腕を締めつけた。

「そう」と、彼女は、明るく熱のこもった口調でいった。「まだうごくことができる？」

「いいや」

「これでよしと――」

それから彼女は、太い綱を輪にすると、それを私の頭に投げかけて、腰のあたりまですべらせた。それからそれを固く引きしぼって、私を柱に結わえつけた。

この瞬間に、私はふしぎな戦慄におそわれた。

「まるで処刑されるような感じがする」と、私は小声でいった。

「あなたは、今日はひとつ、本格的に鞭打ってもらわなくちゃね！」と、ヴァンダは叫んだ。

「だけど、そのためには毛皮の上着を着てほしい」と、私はいった。「お願いだから」

「その楽しみは、あなたにすぐにでも叶えてあげることができるわ」と、彼女は答えて、オコジヨの縁飾りをほどこした赤いビロードのカツァバイカをもってくると、微笑をうかべながらそれを身にまとってみせた。それから彼女は、両腕を組んで、私のまえに立ちはだかると、私を半眼の眼差しでみつめた。

「あなたは、ディオニュシオス王[128]の牡牛をめぐる物語を知っているかしら？」と、彼女は尋ねた。

「おぼろげに思いだすだけだが、それがどうしたんだ？」

「このシラクサの暴君のために、ひとりのおべっか使いの廷臣が新しい拷問具を考えだしました。それは、鉄でこしらえた牡牛で、そのなかに死刑囚が閉じこめられて、強い火のなかに投じられるのでした。

そこで鉄の牡牛が真っ赤に焼けはじめて、なかにいる死刑囚が苦痛のあまりに叫び声をあげると、その悲鳴は牡牛の唸り声のように響くというものでした。

ディオニュシオス王は、それを考案した廷臣にむかって、いとも鷹揚にほほえみかけると、彼の作品をただちにその場でためしてみるために、その廷臣自身をまず鉄の牡牛のなかに閉じこめるように命じました、とさ。

この物語は、とても教訓的だわ。

私のなかの我欲を、驕りを、残酷さを、解き放ったのは、ほかならぬあなただった。そして、あなた自身が、その最初の生け贄になる破目になるわけよ。私はいまでこそ実際に、自分とおなじように考え、感じ、意志するひとりの人間を、自分よりも精神と身体が強固なひとりの男を、それもとりわけ、自分を愛している男を、私の支配下において、虐待することに、快感をおぼえているわ。

あなたは、私をまだ愛しているの？」

「気が狂いそうなほどに！」と、私は叫んだ。

「ますますけっこうよ」と、彼女は答えた。「私がこれからあなたにたいしてはじめることに、あなたは、ますます多くの快楽をおぼえることになるわ」

「何を考えてるんだ？」と、私は尋ねた。「君のいうことが理解できない。君の眼からは、官能的な残酷さの色がきらめいている。それでいて、君はそんなにもふしぎに美しい――まったく『毛皮のヴィーナス』だ」

ヴァンダは私に答えずに、両腕を私の首にまわして、私に口づけをした。この瞬間、ふたたび私の情念のファナティズムが、そっくり私をとらえたのだった。

「ところで、鞭はどこにあるんだ？」と、私は尋ねた。

ヴァンダは笑って、二歩、あとじさりした。

「それじゃ、あなたは徹底的に鞭打たれたいのよね？」と、彼女は叫んで、高慢ちきに頭を項《うなじ》にむけてそらしてみせた。

「そうだよ」

突然、ヴァンダの顔が、まるで怒りに歪んだかのように、すっかり一変した。彼女は、その刹那、醜くささえみえた。

「それじゃ、こいつを鞭打ってやってよ！」と、彼女は、大声で叫んだ。

この瞬間、美男子のギリシア人が、彼女の天蓋つきのベッドのカーテンのあいだから、その黒い巻き毛の頭をのぞかせた。最初、私は言葉を失って、身をこわばらせた。状況は、おそろしく滑稽だった。それが私にとって、かくも絶望的なまでに悲惨で、屈辱にみちていなかったなら、私自身、大声で笑いだしていたことだろう。

それは、私の想像力の埒をこえていた。恋敵が乗馬用の長靴と、細身の白いズボンと、きっちりのビロードの上着を身につけて、歩みでてきたときには、私は、背筋に冷たいものがはしった。そして、私の視線は、彼のアスリートのような四肢にそそがれた。

「あなたは、実際に残酷ですね」と、彼は、ヴァンダのほうにむきなおっていった。

「ただ快楽をもとめてるだけよ」と、彼女は、猛々しいユーモアをこめていった。「快楽だけが、現身《うつしみ》を価値あるものにしてくれるわ。快楽を享受する者は、この世の生から別れがたいものよ。苦しんだり、飢えたりする者なら、死を友のように迎えたりもするでしょう。だけど快楽を享受する者は、古代人の心で、生を晴れやかに受けとめるにちがいないわ。彼は、他人を犠牲にして贅をつくすこともいとわないし、けっして仏心《ほとけごころ》をだしたりはしないわよ。彼は、他の人たちを家畜のように、馬車に、鋤につながないではおかないの。自分とおなじように感じ、享楽したい人間を、奴隷にして、使役するために利用しつくすのよ、それもみずからの喜び、楽しみのために、何ひとつ悔いることなく。その際に彼らがどうなるのかとか、もしかして彼らが死んでしまうのではないか、なんて、そんなことをみずから問うたりはしない。彼らに与える苦痛を、彼らの死の不安を、ネロのように思う存分、楽しむことね。彼は、いつも認識していなければならないわ、いま自分が彼らにたいしてそうしているように、彼らが自分を手中におさめたとしたら、彼らは自分におなじことをするだろう、という事実を。そうなれば、自分は汗と血と心でもって、かつての快楽の代償を支払わなければならなくなるだろう、とね。古代の世界はそうだったのよ。快楽と残酷、自由と奴隷制が、もともと手をたずさえていたの。オリュンポスの神々のように生きたいと思う者は、養魚地に餌として抛りこんでもいいような、そんな奴隷をもたなければいけない、それから、剣闘士もね、贅沢な饗宴のさなかに死闘をくりひろげることを強いて、その際にすこしくらい血しぶきがとんでも、気にもとめないことよね」

彼女の言葉に、私はすっかりわれにかえった。

「縄を解いてくれ！」と、私は怒って叫んだ。

「あなたは私の奴隷で、私の所有物じゃないの？」と、ヴァンダは言葉をかえした。「証文をおみせしましょうか？」

「縄を解いてくれ！」と、私は威嚇するように大声をだした。「さもないと――」私は、縄を引き裂こうとした。

「彼は縄を解くことができるかな？」と、彼女は尋ねた。「だって、彼はたったいま、私を殺すといって脅したんだから」

「だいじょうぶですよ」と、ギリシア人は、私の縛めをためしてみたあとでいった。

「助けを呼ぶぞ」と、私は、また叫びはじめた。

「叫んでも、だれにも聞こえませんよ」と、ヴァンダはいいかえした。「私があなたのこのうえなく聖なる感情を悪用し、厚顔にも軽佻に、もてあそんだとしても、それを邪魔立てする人はだれもいないでしょうね」と、彼女は、悪魔的な嘲弄の色もあらわに、彼女に宛てた私の文言をくりかえしながらつづけた。

「あなたは、この期におよんでも、私のことをただ残酷だとか、無慈悲だとか、思ってるの？　それとも、私が卑俗な女になろうとしているとでも？　どうなのよ？　あなたは、まだ私を愛しているのか、それとも憎んでいるのか、そうして私をもう軽蔑してしまっているのか？　ここに鞭があるわ」——彼女は、すばやく私に近づいてきたギリシア人に、鞭を手渡した。

「そんなことはやめてくれ！」と、私は、怒りにふるえながら叫んだ。「おまえなんか、がまんできない——」

「あなたがそうお思いになるのは、私が毛皮を身につけていないからでしょう」と、ギリシア人は、どこかしらみだらな薄笑いをうかべて、言葉をかえすと、短いクロテンの毛皮の上着をベッドからとりあげた。

「それはすてきだわ！」と、ヴァンダは叫んで、彼に口づけすると、彼が毛皮を着るのを手助けした。

「それでは、ほんとうに彼を鞭打ってもいいのかな？」と、彼は尋ねた。「自分の奴隷のように、手加減しないで」

「もちろんよ」と、侯爵夫人はいった。「だいたい、どうして彼があなたの奴隷であっていけないわけがあるのよ。あなたは彼をご所望なの？」

「まだお尋ねになるんですか？」

「それじゃ、あなたにさしあげることにしましょう」と、彼女は答えた。「どうぞ彼を好きなようになさっていいわよ」

「けだものめ！」と、私は逆上して、吐き捨てるように怒鳴った。

ギリシア人は、冷たい虎の眼を私にさしむけると、鞭のしなり具合をためしてみた。彼が腕を引き、うしろにかまえて、さてこそ鞭を宙でひゅうと鳴らせると、彼の筋肉がもりあがった。そして、私はといえば、マルシュアース[129]のように繋がれ、アポロンが私の皮を剝ぎにかかるのを、なすすべもなく眺めていなければならなかった。

私の眼差しは、部屋のなかをあちらこちらとさまよって、ふと天井に釘づけになった。そこには、サムソンがデリダの足元で、ペリシテ人たちに眼をえぐられる[130]ところがえがかれていた。その絵は、私には、一瞬、恋情の、情欲の、女にたいする男の愛の、その象徴であり、永遠の譬喩であるように思われた。「われわれのひとりひとりが、畢竟、サムソンなのだ」と、私は考えた。「そして、最後には、よかれあしかれ、愛する女に裏切られるのさ。彼女には、布のコルセットを着せたいところだな。そうでなければ、クロテンの毛皮かな」

「さて、私が彼を調教するのを、とくと御覧《ごろう》じろ」と、ギリシア人は、歯を剝きだしにして叫んだ。その際に彼の顔は、はじめて会ったときに私を怯えさせた、あの血に飢えた表情をおびていた。

彼は、私の間近によると、私に平手打ちをくらわせた。

「すばらしいわ！　もう一発、お願い！」と、ヴァンダが叫んだ。

彼は、いま一度、私の顔面を打つと、それから私を鞭打ちはじめた——仮借もなく、したたかにったた。

打ちのめされたので、私は、一撃ごとに縮みあがり、苦痛のあまりに全身でふるえはじめて、頬には涙がしたたるほどだった。そうしているうちにもヴァンダは、毛皮の上着をまとって、オットマンに横になり、腕で体をささえたまま、残酷な好奇の眼《まなこ》で眺めやりながら、笑いころげているのだった。

愛する女の眼前で、幸福な恋敵に虐げられるという感情には、なんとも筆舌につくしがたいものがある。私は、恥辱と絶望のあまりに消えいりそうだった。

そして、もっとも屈辱的だったのは、アポロンの鞭に打たれるという惨憺たる状況のもとで、わがヴィーナスの残酷な哄笑にもかかわらず、私が当初、一種、幻想的な、官能的な刺激を感じたということだった。しかし、アポロンは、一撃また一撃と、私のなかから詩心を追いだすように、鞭打ちつづけた。そして、とうとう私は、無力な怒りに歯を食いしばりながら、おのが身を、おのが淫靡な幻想を、女を、愛を、そうしたすべてを呪ったのだった。

いまや私は、にわかにおそろしい明晰さをもって、ホロフェルネス[131]とアガメムノン[132]からこのかた、盲目の情念が、欲情が、ひとをどこへ導くのかを、それが袋小路へ、背信の女がはりめぐらす網の目のなかへ、悲惨へ、隷従へ、死へとつづいていることを認識した。

私にとって、それはあたかも夢からさめたようだった。

私は、恥辱のあまりに消えいりそうだった。そして同時に、処刑吏のふるう灼熱した鉄棒のように、私の肉にもえるように食いこんでくる、おそろしい打擲によって、私の剛毅さが次第に消えうせていくのを感じないではいられなかった。サムソンのように自分の縛めを引きずったがために、私を柱に繋いでいた縄は緩んできていた。そして、私は、とうとう苦痛に耐えきれずに、ほかならぬ自分を虐げている男のまえにくずおれたのだった。

「お情けを！」と、私は呻いた。「お情けを！」

ギリシア人は手をとめた。

「情けをかけてやることはないわよ」と、ヴァンダは叫んだ。「もう楽しくないというなら、こんどは私のためと思って、彼を鞭打って」

「なんですって、侯爵夫人、そんなふうにお考えになるんですか」と、彼は、勝ち誇ったような微笑をうかべながら答えた。「恋敵を奴隷として支配する、犬のように虐待する、やつが自分のまえでひざまずくのをこの眼でみる、お情けをもとめてむせび泣くのをこの耳で聞く、それが私にとって楽しくないとでも」

「それじゃ、もっと鞭打ってくださいな」と、彼女は、立ちあがり、みごとな両腕を幸福な愛人の首にまわしながら頼んだ。彼女が彼に媚びて、私に背をむけたまま、彼に口づけする際に、たまたま彼女は、そのゆたかな腰のまわりに、いかにも欲情をそそるようにふんわりとふくらんでいたオコジョの毛皮で、眼をかがやかせている私の顔をなでさすったのだった。私はびくっとした。

「それでおまえは？」と、ギリシア人は、嘲るように私のほうに向きなおった。「もっと快楽を与えてもらうために、虐待してくださいと、俺にお願いしたりはしないのか？」

「許して、許してください！」

「おまえは、もうそれほど調教されたってわけか？」と、彼は笑いながらいった。「ほら——俺の手にキスしろよ」

私はそのとおりにした。

「それから、こんどは足だ！」

私が彼の足に口づけしているあいだに、ヴァンダは、私に侮蔑の視線を投げかけながら、かたわらに立っていた。

「さて侯爵夫人、私の奴隷は、お気に召しますかな？」

「みたところ、もう訓練はいきとどいているようね」と、彼女は言葉をかえした。「そして、やつはあなたを慕うようになるでしょう。だけどあなたは、もっともっと虐待してやらなくっちゃね」

「私もそうしたいですよ」と、ギリシア人は、毛皮の上着を腰のあたりまでずらせながらいった。それから彼は、私の髪をひっつかんで、私を犬のように踏みつけると、あらためて私を鞭打ちはじめた。

「もっと！　もっと！」と、ヴァンダは、彼を励ますように叫んだ。「あなたに鞭打たれて、こいつがくたばるのをみることができるなら、なんだってするわよ」そして、またしても彼女のいかにも残酷そうな高笑いの声が響いた。

彼に鞭打たれて、すでに私の血が流れていた。私は、踏みにじられる虫のように、身をよじらせた。しかし、彼は、仮借なく鞭打ちつづけて、彼女は彼女で、情け容赦もあらばこそ、笑いつづけた。そうしながらも彼女は、荷造りしたトランクを閉めて、身づくろいをあらためると、旅行用の毛皮のコートに手をとおした。私が自分を虐げている男の足元で、もう半死半生の体《てい》で横たわり、その彼がサルタンもかくやの威厳をみせながら、「さて奴隷よ、汝に自由を与えるぞよ」と叫んで、蔑むように足蹴をくらわせて、私を突きのけたときも、彼女はただ笑っていた。彼と腕を組み、階段を下りて、馬車に乗りこむときにも、彼女はなおも笑っているのだった。

それから、一瞬、静かになった。

私は、息をのんで耳をすませた。

いま馬車の扉が閉まった。馬が車を引きはじめた――なおしばしのあいだ、車輪がごろごろと音をたてていた――それから、すべては過ぎ去った。

＊

一瞬、私は、復讐をして、彼を殺してやろうかと考えた。しかし、私は、あのあさましい契約書に拘束されていたのだし、約束をまもり、歯を食いしばっているほかに、私にはもはやなすすべもなかった。

＊

わが人生の無残な破局のあとで、最初に感じたものは、労苦への、危険への、欠乏への憧れだった。私は兵士になって、アジアかアルジェリアへ赴こうとした。しかし、老齢で病にたおれた父親が、私の助けをもとめたのだった。

それで私は、何もいわずに帰郷して、二年のあいだ、父を手助けして、その仕事を肩代わりし、農場経営にたずさわった。そして、これまで知らなかったこと、すなわち労働することと義務をはたすことを学んだが、それは、さわやかな飲み水のように、私の英気をやしなってくれた。それから父が亡くなって、自身が農場主になったが、それで何が変わるというわけでもなかった。私は、みずからスペイン長靴[133]をはくことにした。そして、さながら老父が私の背後に立って、その大きな賢い眼で肩越しに私を見守ってくれているかのように、私はまっとうに分別をもって生きてきた。

ある日、一通の手紙をそえた木箱が届いた。私は、そこに侯爵夫人の筆跡を認めた。

ふしぎに胸騒ぎがして、私は手紙をひらいて、読んでみた。

前略

フィレンツェのあの夜から、三年以上の月日が流れたいまになって、私はあなたを愛していたと、いま一度、告白してもよろしいかと存じます。しかし、あなたご自身が、あなたの空想的な熱意によって、気ちがいじみた激情によって、私の感情を窒息させておしまいになったのでした。あなたが私の夫たりえないと悟った、その瞬間から、私は、あなたを私の奴隷にすることを決意いたしました。私は、あなたの理想を実現して、そして、もしかしてあなたを――私自身がそれを存分に楽しんでいるあいだに――癒してさしあげることが、たいそう刺激的であると思ったのです。

私は、自分が必要としていた強い男性をみいだしました。そして、彼と一緒にすごすことが、ほんとうに幸せだったのです。この滑稽な粘土玉[134]のうえで可能であるかぎりは。

しかし、私の幸福は、人の世がおしなべてそうであるように、ただ短いあいだしかつづきませんでした。ほぼ一年前に、彼は決闘で斃れて、それ以来、私は、パリでアスパシア[135]のように暮らしております。

そして、あなたはいかがお過ごしでしょうか？――あなたの空想がその力を失って、当初、私をあれほど惹きつけたあの特性が、すなわち思考の明晰さ、心の善良さ、そして、何にもまして――倫理的な真剣さが、たちかえってきたとすれば、きっとあなたの人生に陽の光がささぬことはないでしょう。

あなたは、私の鞭のもとで健康になられたことと存じます。荒療治でしたが、根治療法でした。あの時代と、そして、あなたが情熱をこめて愛しもされた女の思い出のために、貧しいドイツ人の手になる肖像画を、ここにお送りさせていただきます。

毛皮のヴィーナスより

私は、思わず微笑しないではいられなかった。そして、思いに沈んでいると、突然、オコジョの毛皮で縁飾りをしたビロードの上着を身につけた美しい女が、鞭を手にして、私の眼前に立っていた。そして、私の微笑はなおもやむことがなかった。私が狂ったように愛した女のこと、かつて私をあれほど魅了した毛皮の上着のこと、鞭のことに。そして、私は、最後に自分の苦痛に微笑をなげかけて、われとわが身にこう語りかけたものだった。なるほど荒療治だったが、根治療法だった、そして、大事なのは、私が快癒したということだ、と。

＊

「それで、この物語の教訓は？」と、私は、原稿をテーブルのうえにおきながら、ゼーヴェリーンにむかっていった。

「私がとんまだったってことだよ」と、彼は、私のほうに向きなおるでもなく叫んだ。彼はそういいながら、いささか恥ずかしがっているようにみえた。「私が彼女を鞭打ってさえいれば！」

「そいつは奇抜な手だな」と、私は答えた。「そんなことは、君のところの農婦たちにするならともかく――」

「ああ！　連中はそんなことに慣れっこになっているよ」と、彼は、元気よく答えた。「だけど、考えてみてくれよ、われわれの故国《くに》の繊細な、神経質な、ヒステリー症のご婦人方に、それがどんな効果をおよぼすか――」

「だけど、それで教訓はどうなるんだ？」

「自然によって創られ、現に男が育成しつつある女というものは、実は男の敵であり、男の奴隷であるか、暴君であるか、そのいずれかであって、断じて同伴者ではない。女が男と同等の権利を得て、教育と仕事において対等になってこそ、女はようやく男の同伴者たりうるのだ。

いまのわれわれ男には、鉄槌であるか、金敷であるか、そのいずれかの選択しかありえない。そして、自分を女の奴隷にしようとしたのは、私がとんまだった証拠だ、ってことさ。わかってくれるかい？

だからこの物語の教訓は、こういうことさ、みずから鞭打たれるにまかせる者は、鞭打たれるだけのことはある、ってね。

みてのとおり、鞭による打擲は、私には非常によい効能があった。薔薇色の超官能的な霧の帷が消えたのさ。もはやだれも、ベナレスの聖なる猿[136]やプラトンの雄鶏[137]を、神の似姿だなどと称したりはしないだろう。

注

コロメアのドンジュアン

1　（訳注）以下はここにカラムジン作として引かれている詩のロシア語オリジナルだが、近代ロシア文学の祖とも言われ、作家・詩人で歴史家でもあったニコライ・ミハイロヴィチ・カラムジン（一七六六―一八二六）の作である可能性は低い。むしろ一八一九年にペテルブルグで刊行された『最新流行歌本』にほぼ同じ形で、この詩が収録されている。となると、この詩はカラムジンに仮託された歌謡（いわゆるロマンス）の歌詞と考えたほうがよさそうだ。この当時の流行歌がカラムジン作とされたのは、その代表作である『哀れなリーザ』（一七九六）が、貴族の若者が身分の低い娘を裏切って捨てる話で、テーマ的に近いと人びとが認識した結果かと思われる。

Я узнал, что не годится
Быть надолго влюблену,
Да опасно и решиться
Завсегда любить одну,
やっとわかった
だらだら人に惚れていたりするものではないと
ひとりの女を愛するだなんて
勝手に決めるのは危険すぎる

Будешь верен - так обманут,
Насмеются, изменят;
Изменишь - сердиться станут,
Упрекнут тем, укорят.
誠実でいたら騙される
それこそ笑われ、裏切られる
もしあなたが裏切れば
向こうは怒って咬みついてくるだろう

Так уж лучше не влюбляться,
Понемножку всех любить,
Всех обманывать, стараться,
Чтоб обманутым не быть.
だから惚れない方がいい

愛するのはいつも少しずつ
いつでも騙す側にまわること
騙されないためには

2（原注）東ガリツィアの郡名、かつ郡庁所在地。地名の興りはローマの植民都市であった時代まで遡り、コロニアが訛ったもの。

（訳注）ウクライナ語ではコロムィヤ（Коломия）だが、地名はテキスト内の表記に従った。リヴィウをドイツ名でレンベルクとしたのも同じ。マゾッホの地名表記は、主要都市名にはドイツ語を用い、その他ではおおむねポーランド語表記を採用している。

3（訳注）ポーランド語の語呂合わせピョンテク・ドブリ・ポチョンテク（Piątek dobry początek）。

4（原注）コロメアに近いドイツ人（シュヴァーベン人）コロニー。

（訳注）オーストリア領になって以降、ガリツィアにはドイツ系住民の入植（とくにルーマニア方面から）が多かったとされる。マリアヒルフ村のウクライナ語名は「マリヤニウカ」Мар'янівка、ポーランド語名は「マリウフカ」Marjówka。コロメアの北部に位置し、ドイツ人墓地もある。

5（原注）南方のルーシ人は自衛自治を尊ぶ太古以来の伝統を有し、他のヨーロッパ民族の誰よりも先んじており、この伝統は、ロシアでは共産主義的・社会主義的な色合いを持ち、ガリツィアにおいては民主主義的な「農村共同体（グロマーダ）」と「田園警備隊」が伝統を支えている。「農民自警団」は一種の民族軍であり、一八四六年にオーストリア政府の公式的な承認を受け、その年の有事に際して形法典でも帝国兼王国軍や地区警察隊と同じ武器使用権を認められた。ポーランド人の独立運動に対抗する側にまわった小ロシア人は、すべてのポーランド革命に際して華々しい成果をあげ、「農民自警団」は平地部における治安維持を全面的に委託されたのである。本小説の舞台となった一八六三年当時も同じだった。

（訳注）ルーシの発音では「フロマーダ」のはずだが、ここではポーランド語の読みをなぞっている。

6（訳注）シュヴァーベンはドイツ南西部の地方。現在の行政区分ではバーデン＝ヴュルテンベルク州とバイエルン州にまたがる。ガリツィアにはシュヴァーベンのドイツ人も入植していた。十九世紀初頭に現在のチェコ・ドイツ国境に近い「エーデルラント」からガリツィアへの入植が進み、彼らが「シュヴァーベン人」とひとくくりにされたようだ。

7 (原注) サン河以東の東ガリツィアにおいて、住民の大半はギリシア合同教会（ハプスブルク帝国の圧迫に屈してローマ教皇に忠誠を誓うことになった正教会）に属する小ロシア人で、信徒数は三百万を数える。これにロシア南部の同胞やコサックを加えると総人口は二千万人に及ぶ。身体的な美、高貴な容貌、精神的な素養、言語の響き、民謡の豊かさ、いずれをとってもスラヴ民族のなかできわだっている。

(訳注) ここで話者は、ウクライナの農民たちを「わがロシアの農民」meine russische Bauern と呼んでいるが、「わが」はかならずしも話者が「ロシア人」であることを意味しない。このあと話者はユダヤ人をもまた「わがユダヤ人」と呼ぶ。多民族国家ハプスブルク帝国ならではの「わが」である。ウクライナでは、現在のロシア人、ベラルーシ人、ウクライナ人にとって共通の起源を「キエフ・ルーシ」に見出し、みずからをその直系だとみなす傾向が強い。したがって、原文で russisch が単独で用いられている場合には「ルーシ」と訳することにする。ハプスブルク帝国にガリツィアのウクライナ人に与えられた「ルテニア人」の通称ももとはといえばこの「ルーシ」から来ている。さらにこの小説では、ロシア（＝大ロシア）やベラルーシ（＝白ロシア）とウクライナを区別する際にはつねに「小ロシア」Kleinrusse が用いられる。したがって、「ウクライナ」を地域名や民族名として訳文に用いることはしなかった。

8 (訳注) 黒と黄はハプスブルク君主国の旗の色。

9 (原注) ユダヤ人に対する愛称・蔑称 (Moschu)。

10 (原注) 先唱者 (дяк) はギリシア合同教会の従者であるが、教師もつとめる。つまり、礼拝では先唱者、共同体のなかでは賢者という二重の役割を果たしている。なお「ギリシア教会」とは、ポーランド・リトアニア連合の支配地域では、東方式の典礼形式を残したまま、ローマ教会に従属する折衷的なキリスト教の形態が広がり、これは「東方典礼カトリック教会」、「東方帰一教会」などと呼ぶ。カトリックでありながら聖職者の妻帯が認められるなど、特徴がある。ガリツィアではルーシ人の大半がこれに属したが、ロシア領のルーシ人居住地域（ウクライナ）ではその信者は異端視され、ウクライナ人ナショナリズムのなかでも、この宗派対立は長く尾を引いた。「ギリシア・カトリック」という呼称は、マリア・テレジアが「アルメニア・カトリック」と区別するために与えたものだとされる。

11 （訳注）ポーランドの大貴族チャルトリスキ一族が城のひとつを構えた城郭都市。コロメアの北東。

12 （原注）東スラヴの偉大なる武将。小ロシア人の貴族であったフミェルニツキは、ポーランド人の郡知事（スタロスタ）の管轄区を制圧して、妻と領地を略奪し、怒りをかった上で、ポーランド王国にみずからの権利を主張。これを拒否されると、コサックを対ポーランド戦争へと導いて連戦連勝。軍司令官としてコサック部隊をポーランドの中央部にまで進軍させて、ポーランドは徹底的な打撃をこうむった。

（訳注）ウクライナ語では、フメリニツキー。その名にちなんだ都市の名前も同じ（一九五四年まではプロスクロフの名で呼ばれていた）。

13 （訳注）以下の地名はいずれも古戦場だが、時系列で言えば、黄河（ジョウテ・ヴォディ）の戦いが一六四八年の四月末から五月にかけて、コルスン（コルスニ）の戦いが同五月末、ピラフツェ（ピリャヴァ）の戦いは同九月、そしてズバラシュでは一六四九年の夏に包囲戦があり、バトフ（バティウ）の戦いは一六五二年の四月はじめであった。

14 （原注）フミェルニツキと並ぶコサックによる対ポーランド戦争の隊長。

15 （原注）小ロシアやポーランドにおける挨拶。ポーランド語で「パダム・ド・ヌク」padam do nóg。

16 （原注）小ロシア人とポーランド人の敵対感情は、両者に伝わる諺に端的に表わされている。ポーランド語では「世界が世界であるかぎり、ポーランド人はルーシ人の兄弟ではなかったし、これからもそうなることはない」Jak długo świat, światem, polak nie był i nie będzie rusinowi bratem。一方、小ロシアでは「ポーランド人（リャフ）はみんな悪魔（ウラフ）」Що лях це враг。

17 （原注）すべてポーランド併合以前の小ロシア人が誇った諸侯ら。

18（原注）小ロシア人の封建領主を「ボヤーリン」**Бoярин**という。モルドヴァやワラキア（現在のルーマニア）へも勢力圏を広げ、長いあいだ支配的な位置にいた。

19（訳注）ハンガリー産の上質白葡萄酒。

20（訳注）『サムエル記上』第一七章に描かれたペリシテ人の武将。

21（訳注）「十二人〔の使徒〕の一人で、イスカリオテのユダという者が、祭司長たちのところへ行き、「あの男〔＝イエスのこと〕をあなたたちに引き渡せば、幾らくれますか」と言った。そこで、彼らは銀貨三十枚を支払うことにした。」（マタイ福音書二六章一四～一五節）

22（原注）小ロシアの民族的なダンスで、勇猛壮大。

23（訳注）十九世紀に、オーストリア＝ハンガリー帝国で考案され、主としてポーランドとロシアで使用された四輪馬車。長く、広い造りになっていて、旅行用にももちいられたという。

24（訳注）シラーの「鐘の歌」（一七九九）の一節で、「人生の最高に美しい炎が、人生の春を終わらせる」Ach! des Lebens schönste Feuer / Endigt auch den Lebensmai の後にくる二行である。一九三〇年の小栗孝則訳では「今までのあの美しい迷いも／その婚礼の調度と共に消えていく」とつづく。

25（原注）復活祭のとき、ガリツィアでは親類・友人・知己にお裾分けをする風習がどこの家にもある。大きなテーブルに皿を並べ、一部の郷土料理はあらかじめ教会で祝福されてある。

26（原注）ガリツィアの北東部。ロシアとの国境の町で自由交易都市。人口の大半はユダヤ人。

27（訳注）ヤン・ヘンリク・ドンブロフスキ（一七五五―一八一八）は、「第三次ポーランド分割」（一七九五）を目前にして、コシチュシュコらとともに戦った将軍のひとりで、一七九七年、ナポレオン・ボナパルトに未来を託して「ポーランド軍団」を結成し、そのモスクワ遠征にも参加して名誉の負傷を負ったものの、「ライプツィッヒの戦い」（一八一三）までナポレオンに対する忠誠心を失わなかった。一九一八年以降、国歌とされている「ポーランドいまだ滅びず」は、そもそも、一七九七年の結成時に作詞作曲された行進曲で、「ドンブロフスキのマズーレク」の名で知られる。

28（訳注）「ポーランド未だ滅びず」Jeszcze Polska

nie zginęła ではじまる「ドンブロフスキのマズーレク」は、その後、ポーランド国歌とされ、今日にいたっている。

29 （訳注）ポーランド愛国者の合言葉のひとつで、『パン・タデウシュ』（ミツキェーヴィチ）の「第一二書」のタイトルがずばり「いざ愛し合わん」Kochajmy się。工藤幸雄訳の全訳（講談社文芸文庫）がある。

30 （原注）大きな家ではかならず御用聞きのユダヤ人がいて、なにくれとなく世話をさせた。家庭の一員とされ、「ファクトール」Factor の名で呼ばれた。

31 （原注）ポーランド王国の代議員で、行政地区を管轄するものを「スタロスタ」starosta という。その名称はオーストリアの郡知事の職名にも受け継がれた。

32 （原注）婦人物のジャケット。カルパチア山系の女性が普段着として用いる、毛皮で裏打ち・縁取りされた上着。

33 （訳注）カフカス諸族のひとつで、かつてはマムルーク王朝を支えたこともある。十九世紀ロシアではプーシキンらがエキゾティズムを描くためにしばしば登場させた。現在は、トルコやシリアに少数派としても存在する。アレクサンドル・セルゲヴィチ・プーシキン（一七九九―一八三七）の『カフカスの捕虜』（一八二二）には、捕虜となって鎖をかけられ、「奴隷（ラーブ）」の身分に追いやられたロシア人の主人公に「チェルケスの短剣（キンジャル）」を手渡しながら、女が「逃げなさい」という場面などがある。

34 （訳注）ネストルはキエフのペチェルスキ修道院の修道士で、ロシア正教世界で最古の年代記作者。聖人伝なども残したが、なかでもそれまで書き継がれてきたものを整形した『原初年代記』（一一一三頃）が有名。その後も写本として伝えられたが、はじめての復刻は一八四六年。

35 （原注）ガリツィアの童歌。
（訳注）この歌は今でもポーランドなどで童謡として親しまれている。マゾッホは、ドイツ語で「垣根」Zaun と韻を踏ませるために擬声語の「ミヤウ」mauн を用いているが、たとえばポーランド語の場合には「(目を) ぱちくり（ムルーガ）」と「短い（ニェドウーガ）」とで脚韻が踏まれている（Wlazł kotek na płotek i mruga / Ładna

to piosenka niedługa.)

36（訳注）一八四六年のポーランド史でいう「ガリツィア蜂起」のこと。マゾッホはしばしば小説の中でこの蜂起を取り上げている。ガリツィアにおけるポーランド人独立運動が下火となる転機となった。また作家の父親は、当時、レンベルクの警察長官として、これらの独立運動を制止・鎮圧する立場にあった。

37（訳注）ドイツ語本文では、「ポーランド人」は「ポーレ」Pole と書かれているが、この一箇所だけ「ポラック」Polak となっている。この使い分けはウクライナ語の「ポリャク」поляк と「リャフ」лях の使い分けに対応し、後者がより蔑称に近い。注16を参照されたい。

38（原注）ルーシのイーゴリ公が東方のポロヴェツ族と戦ったさまを記録した英雄叙事詩。表現の力強さ、造形美によって知られる。
（訳注）成立は一一八七年ごろとされる。十六世紀のものと考えられる写本が一七九五年に発見され、十九世紀にはキエフ・ルーシを代表する古典として、ロシア語やウクライナ語に翻訳された。邦訳は『イーゴリ遠征物語』木村彰一訳、岩波文庫。

39（原注）ガリツィアでは都市や近在の町の領主貴族が一堂に集まって、仲買人（おもにユダヤ人）に買わせることを「コントラクテ」Contracte といった。たいていは先物取引だった。

40（訳注）現在は、ポーランド国境に近いウクライナの都市。

41（訳注）ギリシア語の「平和」εἰρήνη から来ている「イレナ」は、通常、女性名だが、マゾッホは、それを男の名前として用いている。ウクライナ語には「ア」音で終わる男性名がいくつかあり、「イェレマ」Єрéма（英語の「ジェレミー」に相当）の勘違いかもしれない。

42（原注）小ロシアの民謡のなかでも特徴的な歌。悲歌的な特徴を持ち、胸を掻きるような切ないメロディーをもつ。

43（原注）丈の長い体にフィットした婦人用コート。

44（訳注）ヘブライ語では「テフィリン」と呼ばれ、「聴け、イスラエルよ」で始まる聖句の入った小箱で、早朝の祈禱にあたって男性は額と左腕にくくりつけることになっている。「経札」と訳されることもある。

45（訳注）ガリツィアのルーシ人の多くは、「東方典礼カトリック教会」（注10を参照）に属し、大半が「ローマ・カトリック教会」に帰依していたポーランド貴族とは、信仰を異にしていた。しかし、そうしたなかで用心棒として雇われていた者は、「ロシア正教会」に属する「コサック」と自認、そして周囲からもそう認識された。

46（訳注）ワラキアは現在のルーマニア南部、一八二〇年代のロシアの南下まではオスマン帝国の支配下にあったが、ギリシア独立戦争の影響などもあってナショナリズムが高揚する。一八五九年に、北側のモルダヴィア（オーストリア領ブコヴィナと境界を接していた）とともに「ルーマニア公国」が建国されたが、モルダヴィアのルーマニア語を母語とする正教徒に比べて、よりオスマン帝国的（オリエンタル）な正教徒としてイメージされていた。

47（原注）農民が着る厚手の長コート。

48（原注）ウクライナのことわざ（Вода з водою зійдеться а чоловік з чоловіком.）。

再役兵

1（訳注）ドイツ語からの重訳。マゾッホは「一四〇番」と書いているが、正しくは「一一六番」。
英語原文：
Love is not love
Which alters when it alteration finds,
Or bends with the remover to remove.

2（訳注）オコジョはイタチ科の動物。冬のオコジョの毛は純白になり、とくに貴重な毛皮とされた。ここでは雪の比喩。

3（補注）現ウクライナ西部の村。オーストリア領ガリツィアの東端に位置する。

4（原注）自発的に二回または三回軍務に服した者で、オーストリアでは再役兵と呼ばれる。

5（原注）ポーランド人亡命者の使者。

6（補注）現ウクライナ西部の村。当事はオーストリア領ガリツィアに属していた。「ザヴァレ」はポーランド語の名称で、ウクライナ語では「ザヴァリヤ」。プルート河とチェレモシュ河の合流点にある。

7（補注）ロシア語で「闇」を意味するこの言葉は、狼男の名前としてよく用いられる。

8 （原注）我らが農夫が着用する、断裁されていない毛羽だった布でできた長い外套で、フードがついている。

9 （補注）ヨーロッパで「黄色」は「嫉妬」の色とみなされる。

10 （原注）腰帯。

11 （訳注）オスマン帝国の常備歩兵軍団。

12 （訳注）ユダヤ・キリスト教における死者の復活の教義を当てこすっている。

13 （訳注）アッバース朝のカリフ。七六八―八〇九年。『千夜一夜物語』の中にも登場する。

14 （訳注）ヤーコプ、一八二二―九三年。オランダの生理学者・栄養学者。

15 （訳注）聖セバスチャンはキリスト教の殉教者。三世紀のディオクレティアヌス帝の迫害で、矢で射られてハリネズミのようになったが、未亡人の聖イレーネに介抱されて生きかえった。その後ディオクレティアヌス帝に説法して、殴り殺された。

16 （訳注）ポリュカルポスは二世紀の殉教者。火あぶりの刑に処せられたが、それでは死なず、最後は刺し殺された。

17 （訳注）聖ヴィセンテはスペインの殉教者。三〇四年にディオクレティアヌス帝時代のキリスト教徒迫害で拷問され、陶器の破片の上に寝かされて死んだ。

18 （訳注）新約聖書の「主の祈り」に「悪より救い出したまえ」という一節がある。

19 （原注）ハンガリー冬期遠征でのシュリックの最初の行軍のこと。

（訳注）一八四八年の三月革命の時、フランツ・シュリック（一七八九―一八六二）はオーストリアの司令官としてガリツィアのドゥクラを出立し、現スロヴァキアのカシャウ（コシツェ）でハンガリー革命軍を破った。

20 （原注）盗賊。元来は反逆者の意。

（訳注）本『集成』Ⅱ『フォークロア』の巻に『ハイダマク』という作品が収録されている。

21 （訳注）『コロメアのドンジュアン』注2を参照。

22 （訳注）マゾッホはMesseというカトリック用語を使っているが、ルーシの教会は正教の東方キリスト教儀礼を行っていたので、本来ならば「聖体礼儀」göttliche Liturgieと書くべきであろう。他の作品でも、カトリックの家庭で育った彼は正教に詳しくないことがうかがわれる。

23（原注）字義通りには仕事の意。三月革命前のオーストリアではとくに賦役のこと。

24（原注）長いトルコ・キセル。

25（訳注）一月六日の幼子イエスへの東方の三博士の訪問を記念する祭り。

26（訳注）北西アフリカのイスラム教徒のことだが、ヨーロッパでは一般的に肌の黒い人を指す。

27（原注）小ロシアの夜盲症患者。
（補注）スラヴ語圏では「ニワトリの盲目」ということが多い。

28（原注）小ロシア・カルパチア地方の妖精。
（補注）川に住む人魚のような妖精。

29（原注）小ロシアの魔女。
（補注）箒に乗って飛んだりするいわゆる魔女。ウクライナ語では「ヴィジマ」відьма。

30（原注）小ロシア・カルパチア地方の最高峰。フツル地方にある。
（訳注）フツル地方は東カルパチア山脈南西部に位置するウクライナの山岳地域。マゾッホは他の作品では「チョルナホラ」という表記も使っている。正確には、「最高峰」も含む東カルパチア山脈の連山のこと。
（補注）ウクライナ語では「チョルノホラ」だが、ポーランド語では「チャルナホラ」、ロシア語では「チェルノゴラ」。

31（原注）フツル地方の小ロシア民謡。
（補注）マゾッホのローマ字表記をキリル文字に移すと、以下（A）のようになるが、標準ウクライナ語に比べると、訛り（その多くはポーランド訛り）が強い。ここでは「女性」が「愛しい男性」любко がめあてで教会に行く設定だから、「司祭」піп（対格＝目的格が попа）に目を向ける代わりに「愛しい男性」に目をやることになっているが、ウクライナに今も伝わる民謡では、（B）のように「男性」が「愛しい女性」любка に会いにいくパターンもあり、その場合は「司祭」の代わりではなく「宗教画（イコン）」образ（聖母マリア像）の代わりに彼女をみつめることになっている。

（A）
Не того йду до церковці, Богу се молити
Лис того йду до церковці, на лубка дивити.
Ой піду я до церковці, стану під образи
Подивлю ся раз на попа, на лубка три рази

（B）

Не того йду до церковці, Богу ся молити,
Лиш того йду до церковці, на любку дивити.
Ой піду я до церковці, стану під образи,
Подивю ся раз на образ, на любку три рази.

32 （補注）注28の「マイカ」とは違って女の河童。ヴォルジャークに『ルサルカ』というオペラ（初演一九〇一）がある。

33 （原注）皇帝ヨーゼフ二世の賦役勅令。領主の権利を確定したが、同時に多くの点で賦役を緩和し、その範囲を制限した。
（訳注）ヨーゼフ二世（一七四一―九〇）はオーストリアの啓蒙的君主。

34 （原注）貴族の農場経営と領主裁判の代理人。
（補注）マンダタールとは代官のこと。ちなみにこれはウクライナ語の мандатар。

35 （原注）老婆に対する軽蔑的な呼称。復活祭の菓子を指すこともある。

36 （原注）その当時、ガリツィアとハンガリーの間には税関があり、そのため密輸も盛んだった。
（訳注）シゲトはティサ川沿いの都市。当時はハンガリー領だが、現在はルーマニア領。

37 （訳注）マリア・テレジアのあとを継いだオーストリアの啓蒙的君主ヨーゼフ二世。注33を参照。

38 （原注）フランツ皇帝。
（訳注）フランツ二世（一七六八―一八三五）は神聖ローマ帝国最後の皇帝。ボヘミア国王としてはフランティシェク二世。マリア・テレジアは彼の妃。

39 （原注）郡長。

40 （原注）領主支配と領主裁判。

41 （原注）昔のポーランドでは比較的有力な貴族はみな兵隊を持っていた。通常はコサックで、今日でもなおすべての荘園で何人かの召使いはコサックの衣装を着ている。

42 （訳注）ポーランド人に対する蔑称。『コロメアのドンジュアン』の注37を参照のこと。

43 （訳注）オーストリア帝国の紋章は双頭の鷲。

44 （原注）ガリツィアの兵隊は故郷の自治統治と民衆裁判（リンチ裁判）の方式を連隊と中隊に持ち込んだ。

45 （補注）ウィーンの南東、グラーツを州都とする地方。現在もオーストリアの州のひとつだが、かつては現在はスロヴェニアのシュタイエルスカ地方を含んだ。

46 （原注）「Civilisation 文明」という言葉はガリツィアの農民にはよく知られていて、一八六一年の議会では農民代表によって大いに用いられた。「Humanität 人間性」という言葉も同様だった。

47 （訳注）一三四〇頃―九三年。カトリックの聖人。

48 （訳注）プラハのカレル橋。

49 （訳注）この伝説のために、ネポムク像の頭のまわりには五つの星が描かれている。

50 （原注）コロメアを募集地区にしていたパルマ歩兵連隊の制服。

（訳注）北イタリアのパルマはオーストリア帝国の一部だった。

51 （原注）この年にポーランド革命と、それに対するガリツィアの農民の反革命が起こった。

（訳注）ポーランド人は農奴制の廃止を訴えたが、ポーランド人貴族の搾取に苦しんでいたウクライナ人農民たちは、逆にポーランド人を虐殺する挙に出た。「ガリツィアの虐殺」と呼ばれる。マゾッホはこの事件を題材にして、『あるガリツィア物語　一八四六年』（一八五八年、のちに『ドンスキ伯爵』と改題）を書いた。他の作品でもこの出来事に時々言及している。

52 （原注）ポーランド全土で二月十八日はパリの国民政府からの離脱の日と定められた。

（訳注）パリのポーランド人亡命者グループは独立蜂起は時期尚早としていたが、ガリツィアではポーランド人貴族はその判断に従わなかった。

53 （訳注）ポーランド革命政権の宣言の表題。

（補注）Dyktator do wszystkich Polaków umiejacych czytać.

54 （訳注）ロシア、プロイセン、オーストリアによるポーランド分割。

（補注）Moskowiter（モスクワ側）といういい方は、モスクワ政権がみずからを「ロシア人」=「キエフ・ルーシの正統な継承者」を任じたことに抵抗するために、ウクライナ人が用いた呼称。

55 （原注）一八四八年のウィーン三月革命のあと大赦が行われた。

（訳注）パリの二月革命が波及して、オーストリアでも三月に自由主義的な革命運動が起こった。

56 （補注）カシャウはスロヴァキアのコシツェ、タルチャルはハンガリー北東部のトカイ近郊、カポルナはハンガリー中部、ブダペシュトとミシュコルツの中間あたり、イシャセグはブダペシュト近郊。なかでも一八四九年四月六日のイシャセグの勝利は有名。

57 (訳注) コシュート・ラヨシュ (一八〇二―九四) はハンガリー独立運動の指導者。

58 (原注) クラクフ人のこと。ポーランド人貴族の家では、馭者と馬丁は通常、クラクフの農民のしゃれた衣装を着ている。

月夜

1 (訳注) この小説は、当初、『文学、芸術、社会のためのサロン』誌の一八六八年第二巻に掲載された。

2 (訳注) フェルディナント・キュルンベルガー (一八二一―七九) は、オーストリアの作家。母国のオーストリアを蔑視し、ドイツへの同化をめざした。この評語は、彼がザッハー＝マゾッホの『コロメアのドンジュアン』によせた序文 (一八七〇) の末尾にみられる。

3 (訳注) エメリヒ・ジーモン・ダミアーン・ヨーゼフ・フォン・シュターディオン＝タンハウゼン伯爵 (一八三八―一九〇二) は、オーストリアの軍人、作家、劇作家で、作曲もよくした。一八六〇年代中葉にグラーツで、マゾッホと交流があった。

4 (訳注) 夢遊病が月光の作用によって生じるとする謬見は、古くから存在していた。十八世紀中葉にドイツで刊行されたツェードラーの百科事典には、この「月の病」について、つぎのような記述がみられる。「夢遊病者とは、月のさまざまな運行にしたがって、さまざまな異常な運動に支配されている、したがって、月の満ち欠けによって、多少の差はあれ、病まざるをえない、あるいはそれどころか、月明の夜には、正気を失った狂人のように徘徊し、種々、その場にふさわしからぬ、畢竟、尋常ならざる所業をしでかす、そうした人たちの謂いである。」ドイツ語圏で、夢遊病を「月の病」としてえがきだした作品に、グスタフ・マイリンクの『ゴーレム』(一九一五) があげられる。

5 (訳注) 本書所収『コロメアのドンジュアン』訳注5を参照。

6 (訳注) オーストリアでは、啓蒙君主ヨーゼフ二世が一七八一年に農奴解放令を発したが、最終的に農奴制が廃止されたのは、一八四八年の革命によってである。
7 （訳注）「べチャール」は、元来、ハンガリーの盗賊をさすが、ここでは犬の名前にもちいられている。
8 （訳注）旧約聖書の『出エジプト記』第三章二節以降。モーセが、燃える繁みのなかに、神エホバの声を聞いたという。
9 （原注）トファルドフスキのこと。サタンによって空中へと連れ去られて、彼は、クラクフ上空をただよいながら、アヴェ・マリアの鐘が打ち鳴らされるときには、かつて母から教えられた聖母頌歌をとなえはじめるのだった。悪魔は、このあと彼を放免してやった結果、彼は、天と地のはざまに宙吊りになって、今日でもなお、そこにただよっている。一匹の蜘蛛が、ときおり彼のもとに這いあがっていって、地上のことどもを告げ知らせるという。
10 （訳注）「ツァレヴィチ」、「ツァレヴナ」は、それぞれ「ツァーリ（皇帝）」の皇子、皇女の意。
11 （原註）小貴族。
（補注）原語はSchlachtschitsch。ポーランド語のszlachcicをドイツ語風に拾ったもの。
12 （訳注）生涯、独身の定めのローマ・カトリック教会の神父とは異なって、正教会の神父は、その位階によっては結婚することが認められていた。『コロメアのドンジュアン』の注10を参照。
13 （訳注）バッコスは、ローマ神話の酒神。ギリシア神話のディオニュソスにあたる。元来は陶酔と狂乱をともなう東方の宗教の主神で、とくに女性の信徒が多かったという。エウリピデスの悲劇に、『バッコスの信女たち』がある。ちなみに「バッコスの信女」は、ドイツ語の雅語で「酒に酔った女」の意。
14 （訳注）現モルドヴァ共和国。当時は帝政ロシア領だった。
15 （訳注）『コロメアのドンジュアン』の注23を参照。
16 （訳注）バルバラ・ラジヴィウヴナ（一五二〇—五一）は、リトアニア生まれで、ポーランド王ジグムント二世の妃になった。義母に毒殺されたという。『バルバラ・ラジヴィウヴナ』は、ポーランドのアロイズィ・フェリンスキ（一七七一—一八二〇）の有名な劇詩（刊行一八二〇年）で、フランス語やドイツ語にも訳された。
17 （訳注）旧約聖書の各所に語られる最高位の天使

の一人で、智天使と称される。

18 （訳注）主としてフランスでもちいられた、背もたれのない、丸い形をしたひじ掛けつきの長椅子。「オットマン」は、フランス語の「オスマン（トルコ）」を意味する語に由来する。

19 （訳注）「槊杖（「かるか」あるいは「さくじょう」）」とは、古式銃にもちいられる装塡用の棒の意。銃腔の清掃にも使用されたという。

20 （訳注）ウクライナ原産の馬。多くは栗毛だが、鹿毛や青毛もみられる。競技用によくもちいられた。作中の「ウクライナ」が出てくるのはここのみ。

21 （訳注）『再役兵』の補注6を参照。

22 （訳注）原語はGutsherr。古くは「荘園領主」、のちには単に「大地主」の意。かつてはポーランド人領主の支配下にあった「荘園」は、農奴解放以来、崩壊しつつあった。

23 （訳注）「オルギア」は、元来は古代のディオニュソスをめぐる密儀をさすが、ひいては、そこでくりひろげられたという、飲酒、乱舞、乱交をともなう集団的な陶酔状態を形容する語としてもちいられた。

24 （訳注）「ウェスタ」はローマ神話の竈の女神で、その女祭司とは、その神殿で祭壇の聖火を守る六人の処女をさす。古代ローマ社会で権勢をふるったといわれるが、この本文で語られているような事実については不詳。

25 （訳注）現ウクライナ領の西部にある小都市。ポーランド語で、「ズロチェフ」、ウクライナ語では「ゾーロチウ」。リヴィウ（当時のレンベルク）の東方約五十キロに位置する。

26 （訳注）「ルーシ人」は、ウクライナ人をさしている。『コロメアのドンジュアン』の注7を参照。

27 （訳注）フランツ・ヨーゼフ・ガル（一七五八―一八二八）は、ドイツの脳解剖学者で、骨相学の基礎を築いた。多くの蒐集標本を残したが、ほかに著書として『人間の病的状態ないし健康体における自然と技術に関する哲学的、医学的研究』（一七九一）がある。

28 （訳注）『コロメアのドンジュアン』の原注32を参照。

29 （訳注）「胸革」は、元来、馬具の一部である。ここではサスペンダーを想定すればいいかもしれない。

30（訳注）ここで著者は、ダーウィンの「自然選択説」ないし「自然淘汰説」を祖述しようとしている。ただしそれを異性間の関係にも応用するのは、あくまでマゾッホ特有の考え方である。

31（訳注）ティテュオスは、ギリシア神話に登場する巨人で、女神レートーにたいする狼藉の故をもって、冥府で二羽のハゲタカに肝臓を喰いちぎられるという罰を受けた。しかし、あとから肝臓が再生してくるので、この罰は永遠につづいたという。

32（訳注）マイナスは、ギリシア神話で酒神バッコスの信女で、陶酔のあまりに凶暴な振舞いにおよぶ女たちとしてえがかれる。

33（訳注）『再役兵』の補注3を参照。

34（訳注）キリスト生誕の情景を模した厩の模型。教会で、あるいは一般の民家で、クリスマスにもちいられる。「クリッペ」はドイツ語で、ウクライナ語では「ヴェルテプ」、ポーランド語では「ショプカ」など、さまざまな呼び名がある。

35（原注）コレンディとは、私たちの地方では、民衆によって、さらには放浪の歌手や楽士によって、クリスマスに披露される歌の調いである。

（補注）「コレンディ」は、ポーランド語の音を転写したもので、ウクライナ語では「コリャディ」という。

36（訳注）マゾッホは、ウクライナ人にたいして、「小ロシア人」あるいは「ルーシ人」の呼称をもちいるのをつねとしている。

37（訳注）ヨーハン・ヴォルフガング・フォン・ゲーテの『ファウスト』第一部から。市門の前で、老いた碩学のファウストが弟子のヴァーグナーに語る言葉。

38（原注）東ガリツィアのカルパチア山中に住むルーシ系の民族。

（訳注）フツル人は、かつては農耕を営むことなく、牧畜や林業で生計をたてていた。マゾッホは、本『集成』Ⅱ『フォークロア』所収の『ハイダマク』のなかで、フツル人の文化、習俗について詳述している。とくに117ページ以降を参照。

39（訳注）作者がここでドイツ語の単数形で表記している Der Schwarze Berg（「黒い山」）、すなわちウクライナ語で「チョルノホラ」は、東カルパチア山系のなかでもっとも高い連山をなしている。最高峰はホヴェルラ（二〇六一メートル）。

40 (訳注) グレートヒェンはゲーテの『ファウスト』の、クレールヒェンはおなじくゲーテの悲劇『エグモント』のなかで、ロメオにとってのジュリエットがそうであるように、主人公の恋人役である。

41 (訳注) ウィリアム・シェイクスピアの悲劇『ロメオとジュリエット』の第二幕第二場から。マゾッホは、アウグスト・ヴィルヘルム・シュレーゲルによるドイツ語訳(一七九七)を、それと注記しないでそのまま引用している。

42 (訳注) おなじくシェイクスピアのシュレーゲル訳『ロメオとジュリエット』の第二幕第五場から。

43 (訳注) 新約聖書『マルコ傳』第一四章七二節を暗示している。「ペテロ『にはとり二度なく前に、なんぢ三度われを否まん』とのイエスの言ひ給ひし御言を思ひいだし、思ひ反して泣きたり」

毛皮のヴィーナス［決定版］

1 (訳注)『カインの遺産』第一巻『愛』は、一八七〇年に初版、ひきつづいて同年に第二版が刊行されているが、その間、内容にまったく変化はみられない。今般、『ザッハー＝マゾッホ集成I』に収録した『コロメアのドンジュアン』、『再役兵』、『月夜』は、この第二版を底本にしている。その後、一八七八年に第三版が上梓されるが、上記の四編に関してはやはり変化はないものの、ただ『毛皮のヴィーナス』だけが大幅に加筆増補されている。本『集成』Iでも、『毛皮のヴィーナス』のみは、この第三版を底本にした。この版は、ドイツの大学図書館にも所蔵しているところはごくわずかで、ほとんど稀覯本に属するが、そこに収められた『毛皮のヴィーナス』のいわば決定稿ともいうべきヴァージョンにしても、ながらく知られぬまま、書庫の片隅で眠っていた。それがようやく人の目にふれることになったのは、二〇〇三年にいたって、ミヒャエル・ファリーンとリースベト・エクスナーの手によって、復刻版が刊行されてからである。

2 (訳注) 中世のタンホイザー伝説を示唆している。吟遊詩人タンホイザーが、ヴィーナス (ギリシア神話ではアフロディーテー、ローマ神話ではウェヌス) の色香に迷って、「ヴィーナスの山」へ引きこまれるが、のちに悔い改め、贖罪のためにローマにむけて旅立つ。教皇ウルバヌス四世に懺悔するものの、教皇は、枯れ木の杖が芽をふかないかぎり、赦されることはないという。この伝説をふまえながら、それを大理石のヴィーナス像に結びつけているヨーゼフ・フォン・アイヒェンドルフの小説『大理石像』（一八一九）は、マゾッホのこの作品にも影をおとしている。

3（訳注）ギリシア神話の登場人物。メネラーオスの妻でありながら、パリスに惹かれ、トロイア戦争の因になったという。

4（訳注）旧約聖書『士師記』第一三章から一六章にかけての逸話にもとづく。サムソンが敵の手におちて、両眼をえぐられる契機をなした女。

5（訳注）ロシアの女帝。夫であるピョートル三世を殺して、みずから即位した。在位は一七六二年から九六年。啓蒙専制君主を自称したが、反面、ポーランド分割に参加し、農奴制を強化するなどした。マゾッホの小説集『ロシア宮廷物語』（一八九一）には、『エカチェリーナ二世』が含まれている。

6（訳注）アイルランド生まれの遍歴の女芸人で、一時、バイエルン王国のルートヴィヒ一世の愛人になって、権勢をふるった。その後、ヨーロッパ各地の資産家のあいだを渡り歩いたが、晩年は病に侵され、アメリカで窮死した。

7（訳注）ショーペンハウアーの哲学を信奉していたマゾッホのことだから、おそらくヨーハン・ゴットリープ・ヘーゲルの『精神現象学』のなかで展開されている、有名な「主人と奴隷」の弁証法を揶揄しているものと思われる。

8（訳注）古代ギリシアの医学者。疾病を生理学的に把握することによって、近代医学の先駆けとなった。

9（訳注）クリストフ・ヴィルヘルム・フーフェラント（一七六二―一八三六）は、ドイツの医学者。人間に独自の生命力を認める生気論の立場をとった。

10（訳注）インマヌエル・カントについては、注51、注83を参照のこと。

11（訳注）アドルフ・クニッゲ（一七五二―九六）は、ドイツ啓蒙主義期の著作家。著書『人間交際術』（一七八八）は、人口に膾炙した。

12（訳注）チェスターフィールド伯爵家は、イギリスに代々つづく名家である。ここで言及されていると思われる第四代のフィリップ・ドーマー・スタンホープ（一六九四―一七七三）は、政治家、文人で、死後、公刊された『息子への手紙』によって知られる。

13 （訳注）本書『月夜』注18を参照。

14 （訳注）ティツィアーノ・ヴェツェッリオ（一四九〇頃―一五七六）は、ルネッサンス期のイタリアで、ヴェネツィア派を代表する画家。『鏡をみるヴィーナス』（一五五五）は、現在はワシントン・ナショナル・ギャラリーが所蔵している。

15 （訳注）ウァレリア・メッサリナは、ローマ皇帝クラウディウスの三番目の妃。冷酷、強欲、多情で知られ、夫を殺害することを企てたかどで処刑された。

16 （訳注）ローマ神話の愛の神。

17 （訳注）原語は「セフチュ」Sewtschu。スラヴ語系の語法による。

18 （原注）短い柄をそなえた長い鞭。

19 （訳注）オスマン帝国の高官の称号。

20 （訳注）作者は、この一八七八年刊の決定版では、おそらく誤って、ここに段落の切れ目をいれているが、一八七〇年刊の第二版に倣って、修正した。

21 （訳注）ニコライ・ヴァシーリエヴィチ・ゴーゴリ（一八〇九―五二）は、ロシアの作家だが、元来はウクライナ人である。諷刺的な作品をものした。

（補注）十九世紀のロシア文学で「涙と笑い」と言えば、ニコライ・ゴーゴリと相場が決まっているが、たとえば『死せる魂』には以下のような表現がある――「わたしは不思議な力に引きずられて、まだこれから先きも長いこと、この奇妙な主人公と手に手を取って進みながら、巨大な姿で移りゆく世相を、眼に見ゆる笑いと、眼に見えず世に知られぬ涙をとおして、残る隈なく観察すべき任務を負わされているのだ！」（平井肇訳）

22 （訳注）ドイツの民間伝承で、いたずら好きの家の精。

23 （訳注）翼をつけた男児の姿の愛の神。

24 （原注）レンベルク。

（訳注）現ウクライナ領のリヴィウ。ここでは、作者はポーランド語の呼称をもちいたうえで、ドイツ語の呼称を注記しているが、のちにはドイツ語の「レンベルク」を本文でも使用している。ドイツ系オーストリア人の警察長官を父にもつマゾッホの意識に、なんらかの動揺がみられるといっ

ていいだろう。
25 (訳注)「騎士トッゲンブルク」(一七九七)は、フリードリヒ・シラー(一七五九—一八〇五)のバラード。十字軍の騎士の報いられることのない愛を物語っている。
26 (訳注)アベ・プレヴォー(一六九七—一七六三)の小説『マノン・レスコー』(一七三一)に登場する騎士デ・グリュは、魔性の女マノンに魅せられて、破滅の運命を辿っていく。
27 (訳注)『ユディト記』は旧約聖書に含まれるが、プロテスタントでは外典と見做すいっぽうで、カトリックと正教会では正典としている。ユダヤ人女性のユディトが、敵将ホロフェルネスの首級をあげる物語。
28 (訳注)ルター訳の『ユディト記』第一六章七節。
29 (訳注)ギリシア神話のなかのある挿話にちなむ。キプロス王ピュグマリオンは、みずから創造した彫像に恋をしたが、女神アフロディーテー(ヴィーナス)の計らいで、その彫刻の女ガラテアは生命を得たという。
30 (訳注)ホメーロスの『オデュッセイア』第十二歌より。魔女キルケーは、秘薬をもちいて、人間を家畜に変身させた。
31 (訳注)ランブイエ侯爵夫人が一六一〇年ごろからひらいたサロンを示唆しているものと思われる。その活動は、文芸、文化の涵養をとおして、女性の地位の向上をめざす志向をももっていたが、その「才女ぶり」は、のちにモリエールの揶揄の的となった。
32 (訳注)ゲーテの『ローマ悲歌』(一七九五)の第三歌より。イーダは、現トルコ領北西部にある山で、「カズ山」と称される。ギリシア神話で、アンキーセスはアフロディーテー(ヴィーナス)の愛人の一人。
33 (訳注)いずれの引用も、おなじく『ローマ悲歌』の第三歌より。
34 (訳注)古代ギリシアの政治家ペリクレスの愛妾として知られた。その自宅は、ソクラテスなどがつどう知的なサロンになったという。妓楼を経営していて、みずからもヘタイラ(高等遊女)であったとする説もあり、マゾッホの言及は、おそらくそれをふまえている。
35 (訳注)古代ギリシアの有名なヘタイラ。神々にたいする不敬の故をもって、裁判にかけられたという。

36 （訳注）ハンス・ホルバイン（一四九七／九八―一五四三）は、ルネッサンス期のドイツの画家。ここで示唆されているのは、現在、バーゼル市立美術館に所蔵されている『ヴィーナスとアモール』（一五二四頃）か。

37 （訳注）パリスもアドニスも、いずれもギリシア神話に登場する。パリスは、上記のように、アフロディーテーにそそのかされて、ヘレネーを誘拐し、トロヤ戦争の因をなした。アドニスは、アフロディーテーに愛された美少年。

38 （訳注）世紀末から二〇世紀初頭にかけて、パリで刊行されていた文芸誌。ゾラやモーパッサンの作品が掲載された。

39 （訳注）フランス語でジャンヌ・ダルク（一四一二―三一）の異称のひとつ。

40 （訳注）フランスの作家シャルル・ペロー（一六二八―一七〇三）の童話にも登場する一寸法師。

41 （訳注）おなじくペローの童話にでてくる残忍な騎士。

42 （訳注）グリム童話のシンデレラをさす。

43 （訳注）ギリシア神話に登場する半人半獣のヘラクレス。

44 （訳注）ギリシア神話に登場する神官ラーオコーン。神々の怒りを買って、毒蛇に殺された。

45 （訳注）ギリシア神話の登場人物。「プシュケー」は、古代ギリシア語で、「心」、「魂」、「蝶」を意味するという。

46 （訳注）古代フェニキアで崇められた死と再生の女神。

47 （訳注）和名はギンバイカ。古代ギリシア・ローマでは、アフロディーテー（ヴィーナス）に奉献する花とされた。

48 （訳注）リュウゼツラン科の単子葉植物。リンネによって命名された「アガーヴェ」の名は、ギリシア神話で、息子を八つ裂きにして殺したとされるアガウェーに由来する。

49 （訳注）ヨーロッパで十八世紀末以降、郵便の輸送にもちいられた馬車だが、乗客も利用することができた。駅馬車とはちがって、途中の停車駅がすくなかったため、目的地に早く着くことができたという。

50 （訳注）後出注76を参照。

51 （訳注）「超官能的」と訳した原語は übersinnlich

で、通常は「超感性的」と訳される。カントによれば、それは、「感性的」な知覚にとどまらず、あらゆる経験的認識をも凌駕する様態を意味する。しかし、マゾッホは、それを換骨奪胎して、「官能」が極度に昂進したという語義にもちいている。

52（訳注）「ファーキール」の語は、元来はイスラム教のスーフィズムの帰依者をさすが、ヒンズー教の苦行僧にももちいられた。

53（訳注）一八七〇年の第二版では、ここで段落がいったんおわっているが、この決定版では、それにつづく過程を省略して接続したために、会話の流れがやや唐突になっている。

54（訳注）コルネリウス・タキトゥスは、古代ローマの歴史家。

55（訳注）タキトゥスの著書『ゲルマーニア』（紀元後九八年）は、ローマ帝国の外縁にあった地域の地誌、民族史で、帝国の退廃ぶりに対比して、「古代ゲルマン人の美徳」を称揚したことで、後年、ドイツ・ロマン派の文人やドイツ国粋主義者にもてはやされた。それは、巻頭の「私」の夢のなかで、ヴィーナスが「ゲルマンの婦徳とドイツの哲学」を揶揄する箇所と、ちょうど対をなしている。

56（訳注）前出注15参照。

57（原注）ガリツィアの婦人用上着。（訳注）本書『コロメアのドンジュアン』の注32を参照。

58（訳注）マルクス・ポルキウス・カトは、古代ローマの政治家、哲学者。祖父の「大カト」と区別して、「小カト」と呼ばれた。清廉潔白な言行で知られた。

59（原注）レンベルクのユダヤ人街。

（補注）現在のリヴィウでは「旧ユダヤ通り」**Вулиця Староєврейська** の名で呼ばれる繁華街の一画は中世後期から長く「セルヴァニツァ」と呼ばれていた。名の由来については、ラテン語の「セルヴス」servus（ドイツ語では、ご機嫌伺いの挨拶によく用いられる）から来たという説や、ポーランド語の「騒がしい（ザルヴァンスカ）通り」ulica zarwańska から来ているという説があるが、いずれにしてもそこはユダヤ商人が集まる場所だったのだろう。ただ「サルヴァニツァ」「ザルヴァニツァ」「セルバニツァ」など、定まった呼び名も文字表記もないまま、それに近い音で人口に膾炙していたと思われる。なお、この「旧ユダヤ通り」と直角に交わり、リヴィウの中心部を南北に走る「セルビア通り」Вулиця Сербська の七番地（「旧ユダヤ通り」との交差点のすぐ北）に、現在はマゾッホの像が建ち、さらにその名を冠した「カフェ&ホテル」もあって、いまや一種の聖地と化している。いうまでもなく、ウクライナがソ連邦から離脱してから後の話である。

60 （訳注）スコットランドの伝説上の詩人。その作品と称するものは、実は十八世紀の詩人ジェイムズ・マクファーソンが創作した虚構であることが、のちに明らかにされた。ゲーテの『若きヴェルテルの悩み』のなかで、主人公が朗読する場面が有名である。

61 （訳注）漁色家として知られた、十八世紀イタリア人のジャコモ・カサノヴァの自伝『わが生涯の物語』をさしている。

62 （訳注）ポンパドゥール侯爵夫人は、ルイ十五世の公妾。夫にかわって、政界に権勢をふるった。

63 （訳注）ルネッサンス期の貴族の女性。近親相姦や政敵の暗殺にもかかわったと噂された。

64 （訳注）王侯貴族を相手にする高等娼婦。

65 （訳注）リシュリュー枢機卿アルマン・ジャン・デュ・プレシー（一五八五―一六四二）は、フランスの聖職者にして政治家。ルイ十三世の宰相を務めた。

66 （訳注）プロスペル・ジョリヨ・ド・クレビヨン（一六七四―一七六二）は、フランスの劇作家。残虐な悲劇をものした。

67 （訳注）クリストフ・マルティン・ヴィーラント（一七三三―一八一三）は、ドイツ古典主義期の作家。その作品は、戯曲、小説、抒情詩など、広範囲におよぶ。

68 （訳注）ヨーハン・カール・ローゼンクランツ（一八〇五―一八七九）は、ドイツの哲学者で、ヘーゲルの弟子。ユニークな著書『醜の美学』（一八五三）があるが、マゾッホには、「醜」を「美と滑稽の中間」に位置づけるその論旨に依拠して題したと思われる、同名の中編小説（一八八〇）がある。

69 （訳注）前出注35参照。

70 （訳注）ローマ帝国の第五代皇帝。当初は名君として知られたが、晩年は暴君の名をほしいままにした。

71 （訳注）エジプト神話における豊穣の女神。魔術をあやつったという。

72 （訳注）中世高地ドイツ語による叙事詩『ニーベルンゲンの歌』の故事。イースラントの女王ブリュンヒルデは、ブルグントの国王グンテルに添い寝することを拒否して、彼を縛りあげ、天井から吊り下げたという。

73 （訳注）不詳。

74 （訳注）チェコの伝説に由来する。ボヘミアの支配をめぐって、女たちと男たちが争った「乙女戦争」の際に、アマゾネス族のシャールカは、敵軍の若い貴族ツティラドを奸計によっておびきよせ、睡眠薬いりの酒を飲ませて捕縛したという。この題材は、ベドゥルジフ・スメタナの交響詩『わが祖国』*Má Vlast*（一八八二）にも採られている。

75 （訳注）舞台上で俳優がポーズをとって、集団で絵のように静止した場面を構成するもの。

76 （訳注）「タロフ」の地名は、地図上で同定しがたい。マゾッホの小説集『社会の影絵――あるオーストリアの警察官僚の回想から』（一八七三）に収められた短編『カルパチア山中の殺人』では、タロフスキ伯爵の所有する「タロフ城」は、「ガリツィアのカルパチア山系」の「数百年を経た樅の原生林にかこまれた高峻な岩盤上に」あって、「いくつかの丸い塔のなかには鴉、鷹、梟が棲まっていた」という。

77 （訳注）上記注26を参照。

78 （訳注）「リリーの園」は、ゲーテの詩（一七七五）の表題で、動物園にとらわれた熊の述懐が語られている。詩人が婚約者のリリー・シェーネマンと一夏を過ごした、マイン河畔のオッフェンバッハにあるビュージング宮殿に隣接した公園を意味するが、上記の詩にちなんでそう名づけられたのは、ようやく一九三二年になってからのことである。

79 （訳注）王冠をかたどった貴金属製の髪飾り。

80 （訳注）ゼーヴェリーンは、ここでヴァンダにたいして、はじめて恋人にふさわしい親称の二人称をもちいているが、すぐにまた敬称の二人称に戻ったりする。ヴァンダも同様で、二人のあいだの関係の揺らぎがみてとれる。これ以後、それにつれて、二人称はたびたび変化していく。

81 （訳注）本書『月夜』注15を参照。

82（訳注）ギリシア神話で、小アジアに住むとされた剽悍な女族。

83（訳注）「超越論的」は、カントにおいては、「先験的」なものを「経験」に応用する可能性に関する認識をさす語である。注51を参照。

84（訳注）「性格」は、カントの『実践理性批判』によれば、「不変の格率にしたがう、実践的に首尾一貫した思考方式」の意である。それにしたがって、人間は、「道徳的」な「性格」をもちうるという。

85（訳注）「プガチェフ」とあるのは、エメリアン・イヴァーノヴィチ・プガチョフ（一七四〇頃―一七七五）。コサック農民叛乱（一七七三―七四）の首謀者。敗れて捕らえられたのち、鉄の檻にいれられてモスクワに移送されたと伝えられるが、エカチェリーナ二世にかかわる上記の挿話については不詳。

86（訳注）本書所収『月夜』注13参照。

87（訳注）相手の駒を飛びこえて取りあうゲーム。「西洋碁」ともいう。

88（訳注）二十八個の牌を組みあわせて競うゲーム。

89（訳注）「猫をかぶって」と訳した部分の原文は、unter einem Sturzglase。Sturzglas とは、現代のドイツ語で、通常、ジャムや塩などを保存するのにもちいる、幅広で平底のガラス容器をさすが、オーストリア方言では、「釣り鐘型のガラス覆い」の語義もある。

90（訳注）アレクセイ・フェオフィラクトヴィチ・ピセムスキ（一八二一―八一）は、ロシアの作家。

91（訳注）本書所収『再役兵』の原注50参照。

92（訳注）マズールは、現ポーランドの北東部の地域で、ポーランド語でマズリ。当時は、東プロイセンに属し、ドイツ帝国領だった。

93（訳注）イタリア語で農夫の意。

94（訳注）ドイツの詩人、劇作家エマヌエル・ガイベル（一八一五―八四）の三連から成る詩『楽音のために』の最初の二連。この詩に曲を付した例は数多いが、マゾッホがここでもちいているのは、第一連の二、三の異同からして、フリードリヒ・エルンスト・ツー・ザイン＝ヴィトゲンシュタイン＝ベルレーブルク伯爵（一八三七―一九一五）の作品九『三つの歌曲』に収録されたものだろうか。

95（訳注）一八六六年の普墺戦争の結果、ヴェネツィアはイタリア王国に編入されたが、それまではオーストリア領だった。

96（訳注）ヴェネツィアのドゥカーレ宮殿にある、鉛で葺いた屋根をもつ獄舎。

97（訳注）宗教改革期に、幼児洗礼を否定して、成人になってのちの信仰告白をもとにして、あらためて洗礼をほどこすことを主張した一派。カトリックとプロテスタントのいずれの側からも、異端と見做された。

98（訳注）「ドゥオーモ（大聖堂）」は、「サン・ジョヴァンニ洗礼堂」、「ジオットの鐘楼」とともに、「サンタ・マリア・デル・フィオーレ大聖堂」を構成する。

99（訳注）シニョリーア広場に面している宮殿。当初、フィレンツェ共和国の政庁舎として使われていた。

100（訳注）シニョリーア広場に面した廻廊。ミケランジェロが愛したといわれる。

101（訳注）フィレンツェの「ベルヴェデーレ」は、十六世紀末に由来する城砦だが、ここでいわれているのは、おそらくウィーンのベルヴェデーレ宮殿のことだろう。十八世紀に夏の離宮として造られた。373ページ参照。

102（訳注）ギリシア神話に登場するサテュロス（半人半獣の精霊）の一人で、木管楽器の名手。アポロンと音楽の技を競いあって敗れ、生きながら皮を剝がれたという。

103（訳注）ソクラテスの弟子で、アテナイの政治家、軍人。たぐいまれな美貌によって、ソクラテスをたびたび誘惑したが、応えられることはなかったという。

104（訳注）クレタ島最大の都市で、ギリシア語で「イラクリオン」。「カンディア」は、十三世紀初頭から十七世紀中葉までつづいたヴェネツィア共和国支配下での呼称。二十年以上におよぶ攻防戦ののち、一六六九年にオスマン帝国軍の手におちた。ここで示唆されているのは、トルコ支配にたいするギリシア人の蜂起（一八六六—六九）である。

105（訳注）ドゥオーモに近い劇場。十七世紀中葉から、メディチ家の庇護によって栄えた。

106（訳注）イタリアの舞台女優（一八四四—一九一八）。エレオノーラ・ドゥーゼやサラ・ベルナールにならぶ名女優と謳われた。

107（訳注）トマッソ・サルヴィーニ（一八二九—一九

一五）は、イタリアの舞台俳優。パリ、ポルトガル、スペイン、イギリス、南北アメリカなど、その足跡は欧米じゅうにひろがったが、一八六四年から六七年までは、フィレンツェで活動していた。

108（訳注）波形模様を浮きあがらせた織物。

109（訳注）カルロ・ゴルドーニ（一七〇七―九三）は、ヴェネツィア共和国の劇作家。『パメラ』（一七五〇）は、サミュエル・リチャードソンの書簡体小説をもとにして書かれた喜劇。

110（訳注）アルノ川右岸にあるルネッサンス様式の宮殿。主に絵画を収蔵しているピッティ美術館は、一八三三年に公開された。

111（訳注）ピッティ宮殿に隣接する庭園。

112（訳注）訳注4を参照。

113（訳注）とくに十八世紀にもちいられた、優雅な婦人用の部屋着。

114（訳注）イタリア語で葡萄棚を意味する。広義で、住宅に付設した、蔓を這わせた棚をさしている。

115（訳注）一八四一年にドレスデンで刊行されたロシアの観光案内書によれば、モスクワの北西二六〇キロに位置する都市トルジョーク（ドイツ語読みでトルショク）は、古来、工芸品、なかんずく「サフィアン革、モロッコ革、シャグリーン革」の生産で有名で、「ロシアで使用されるスリッパ、朝用の長靴、手袋、ベルトの半分」を生産していたという。ここでも言及する「サフィアン革」は「タンニンで鞣した山羊皮」、「モロッコ革」は「装幀などにもちいる上質の山羊皮」で、それにたいして、「シャグリーン革」は「馬、ロバ、ラクダの皮から製する粒起皮」である。

116（訳注）もともとは十四世紀に発する男性用の外套を意味したが、十九世紀以降は、裾広がりになった女性用のハーフコートをさすようになった。

117（訳注）トルコ語起源で、カフカスの羊毛製のフードをさす。

118（訳注）黒っぽいフェルト製の帽子で、つばが広く、頭頂が尖っているものが多い。

119（訳注）フィレンツェ近郊にあるウフィツィ美術館は、イタリア・ルネッサンスの作品を主とする、メディチ家歴代のコレクションを収蔵している。「トリブーナ」はその中心をなすギャラリーで、「メディチ家のヴィーナス」の名で知られる、紀元前一世紀ころの大理石の彫刻が展示されている。

120（訳注）丸屋根をそなえた、ちいさな円形の建築物、あるいは建物のなかの円形の部屋。

121 （訳注）ニコライ・カヴリーロヴィチ・チェルヌイシェフスキ（一八二八―一八八九）のこと。ロシアのナロードニキ運動の指導者の一人。美学の分野では、フォイエルバッハの影響をうけて、ヘーゲルを批判した。

122 （訳注）ここには、マゾッホが信奉していたアルトゥール・ショーペンハウアーの影響が看取される。その主著『意志と表象としての世界』（一八一九）では、生物の「死」が「絶対的な滅び」であるとする思考を否定し、その恐怖を錯覚であるとする一方で、「天才」の手になる「芸術」を称揚し、「イデアの観照としての芸術体験」を、苦しみからの解脱の方途としている。

123 （訳注）ラファエロ・サンティ（一四八三―一五二〇）は、ルネッサンス期のイタリアの画家。新プラトン主義の理想を具現したとされ、ショーペンハウアーの『意志と表象としての世界』では、とりわけ『聖セシリアの法悦』が芸術作品の範例と見做されている。

124 （訳注）シェイクスピアの『真夏の夜の夢』に登場する妖精の女王。妖精のパックが瞼に塗った媚薬のせいで、ティターニアは、頭をロバに変身させられた職人のボトムに惚れこんでしまう。

125 （訳注）訳注2を参照。

126 （訳注）作者は、他の箇所で使っているNeger[in]とちがって、ここではMohr[in]の語をもちいている。これは、北西アフリカのイスラム教徒をさす英語のMoor（「ムーア人」）に対応するが、ドイツ語では、もともと「肌の黒い人」を意味しており、現代ではNegerと同様に、差別語として排除されるのが普通である。

127 （訳注）旧約聖書『創世記』第三章一九節を参照。「汝は塵なれば塵に皈《かへ》るべきなり。」

128 （訳注）ディオニュシオス一世（紀元前四三二年ごろ―紀元前三六七年）は、シチリア島のシラクサを支配した僭主。残虐な暴君として知られていた。

129 （訳注）訳注102を参照。

130 （訳注）訳注4、112を参照。ペリシテ人は、古代イスラエルの主たる敵とされた民族。

131 （訳注）訳注27を参照。

132 （訳注）ギリシア神話に登場する英雄の一人。トロイア遠征軍の総帥。トロイアの王女カッサンドラを妾にして凱旋するが、妻のクリュタイムネーストラーとその愛人のアイギストスに殺された。

133 （訳注）「スペイン長靴」は、元来、棘を使って足を傷つける拷問具だが、ここでは農作業の苦労を暗示しているのだろう。

134 （訳注）粘土玉は、ガーデニングの際の肥料としてもちいられた。それが地球の比喩としてもちいられているとすれば、そこでは人間は、さしずめ蟻として表象されていることになるだろう。

135 （訳注）訳注34を参照。

136 （原注）アルトゥール・ショーペンハウアーが、女たちのことをそう呼んでいる。

137 （原注）ディオゲネスは、羽をむしった雄鶏をプラトンの学苑にもちこんで、こう叫んだという、「ほら君たち、ここにプラトンのいう人間がいるぞ」と。

解　説

西　成彦

ザッハー＝マゾッホのガリツィア小説とドイツ語

マゾッホの作品は、そのほとんどがドイツ語で書かれている。生れ育ったポーランド名ガリツィア（現在のウクライナ北西部で、ウクライナ語ではハルィチナー、ドイツ語ではガリーツィエン）は、一七七二年の「第一次ポーランド分割」まで、ポーランドの領主階級が政治的・文化的に強い影響力を行使していた上に、ユダヤ人の商人や手工業者、そしてアルメニア人の商人などが都市部では存在感を示し、近隣のルーマニアやハンガリーとの交流もさかんであった。しかし、住民の多くは今日のウクライナ語に相当する東スラヴ語のひとつ（マゾッホがrussischという言葉を用いるときは、「（大）ロシア」や「ベラルーシ」ではなく「小ロシア」の言葉や民を限定的に指す[1]）を「母語」とする農民（農奴）で、さらに領地の用心棒に雇われることの多かったコサックが、これまた特色あるアイデンティティや矜持をあたためながら、その多言語・多文化空間にさらなる彩りを添えていたのだった。

結果的に、ガリツィアの中心都市レンベルク（ポーランド語ではルヴフ、ウクライナ語ではリヴィウ）で少年時代を送った小説家は、近在の農家から雇われてきた乳母（＝「ハンジャ」Ганджа）の話す「ルーシの言葉」を「母語」（とは言わないまでも「乳母語」）として身につけ、それがとりわけ「ガリツィ

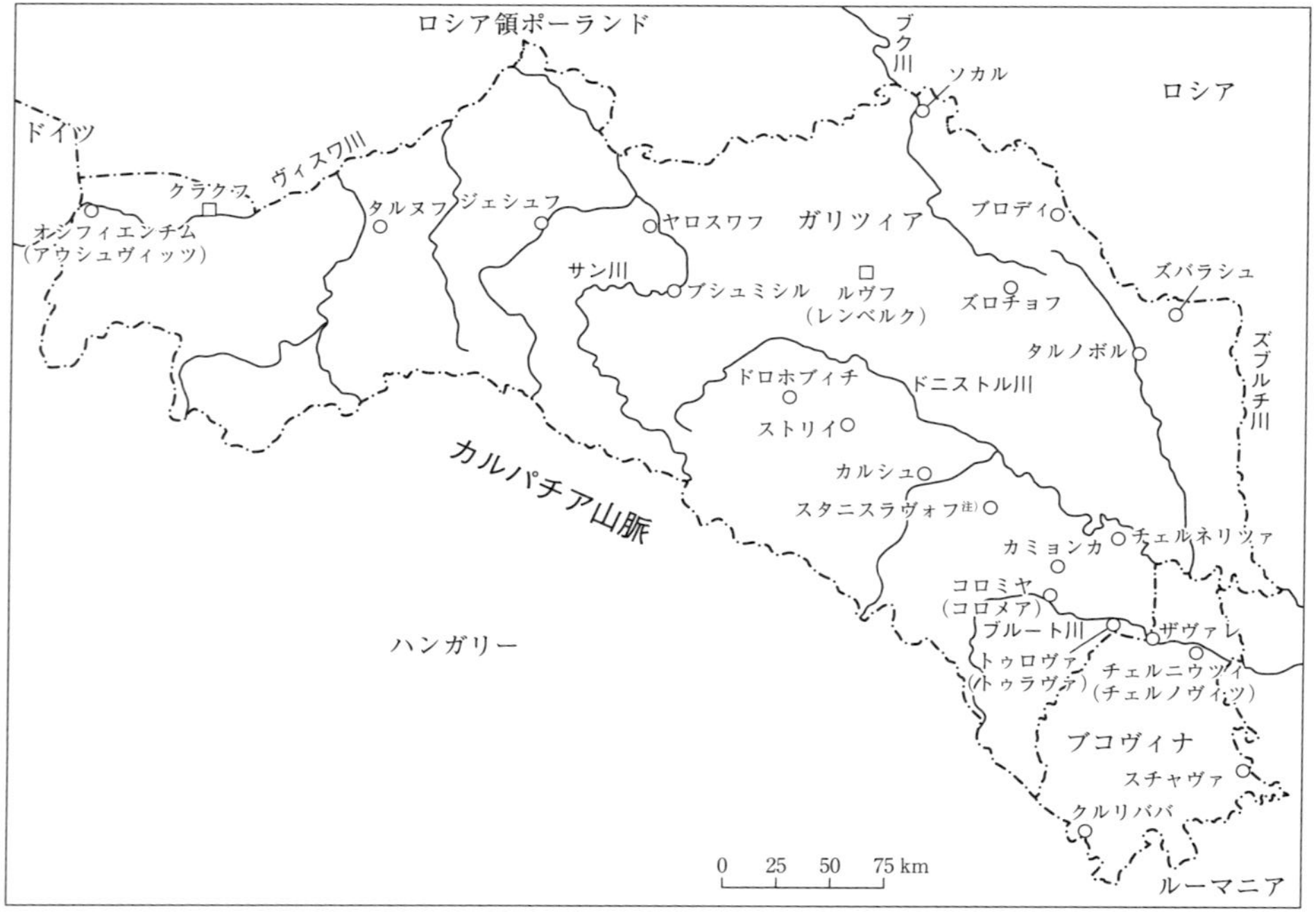

地図１　オーストリア領時代のガリツィア・ブコヴィナ地図
※地名は、西ガリツィアは標準的なポーランド語読み、東ガリツィアはポーランド語のłとóをlとoの音で読み、ウクライナ語読みを連想しやすくし、ブコヴィナは現在のウクライナ領の地名はウクライナ語読み、ルーマニア領の場合にはルーマニア語読みとする。また適宜、ドイツ語読みもカッコ書きして補った。
注）現在のイヴァノ＝フランキウシク

アもの」を書こうとするときの原動力になっただろうことは、『ザッヘル＝マゾッホの世界』（初出：桃源社、現在、平凡社ライブラリー）の種村季弘氏が強調された通りだろう。

そして、これに加えて忘れてならないのは、「ガリツィア」がオーストリア領となった結果、それまで支配言語であったポーランド語の上に、もうひとつ屋根を懸けるような形で「行政言語」としてのドイツ語がヘゲモニーを掌握し、それが少なくとも一九一八年一〇月の「西ウクライナ人民共和国」の建国（翌年二月にウクライナ人民共和国に編入後、同一一月からはポーランド共和国領となる）まで続いたことである。

また、そうしたハプスブルク帝国の支配のなかで、ドイツ人の官吏や商人や資本家の他に、ドイツ語系の言葉を第一言語とするシュヴァーベン人らの入植が進み、ガリツィアの言語地図のなかでドイツ語系言語が一定の地位を占めるに至った。なによりモーツアルトやベートーヴェン、あるいはゲーテやシラーの名声を享けて、ガリツィアの上流階級（識字層）のあいだにドイツ・ブームが拡がり、ドイツ語に堪能な相手がみつかれば、好んでドイツ語を口にする、というような地域エリートが増えていった。

もちろん、それはアベ・プレヴォーやバイロン卿、あるいはミツキェーヴィチやプーシキン、そしてゴーゴリに目もくれないというような事態を意味したわけではない。「ガリツィア」の知識人層は、ドイツ文化（そこにはドイツ哲学も含まれた）に精通することによって「ヨーロッパ」なるものへの文化的な帰属意識を強めたのだった。

皮肉なことに、『両世界評論』のようなフランスの論壇誌にマゾッホの仏訳が載ったとき、その作品がはじめドイツ語で書かれたかどうかにさほど関心が払われることがなく、それはミツキェーヴィチャやトゥルゲーネフに列なる「スラヴ系」の美文家のひとりとして受け取られさえしたほどだ[2]。

しかし、その「ガリツィアもの」の初期作である『コロメアのドンジュアン』や『毛皮のヴィーナス』を、全六巻からなるはずだった『カインの遺産』の「第一巻：愛」に収めるにあたって、マゾッホは、「恋愛」とは「両性間の和合」などではなく、「両性間の闘争」Krieg der Geschlechter だという独自の恋愛観を前面に押し出そうとした。それは、ロシアの「古儀式派」の一派である「逃亡派」Бегуны[3] の思想を想起させもするし、ヘーゲルの「主人と奴隷の弁証法」やマルクスの「階級闘争」の変形であったとも考えられる。ただ、そこで決して見逃すべきでないのは、それがドイツ語の日常的な使用者にとっては驚きでも何でもない一種の言葉遊びでもあったということである[4]。

フランス語の sexe（英語の sex）はラテン語の「切る」secare に由来するが、ドイツ語の「性（別）」Geschlecht は、「断つ」は「断つ」でも「斬る」「打つ」schlagen、あるいは「惨殺する」「屠畜する」schlachten と共鳴しあう名詞で、「戦闘」Kampf とも置き換え可能な「闘い」Schlacht は、あきらかにそこからきているのである[5]。

マゾッホがドイツ語作家になったのは、ドイツ語に対する愛着や忠誠心が、他の言語に対するそれより勝っていたからというよりは、ひょっとしたら、この言葉遊びを可能にしたドイツ語特有の「意味連関」にひきずられた結果ではなかったか。

少なくとも、彼が「恋愛」を「両性間の闘い」だとみなすとき、その「性」は「五臓六腑をえぐるような処置」をさえイメージさせる「闘い」とみなされる。『再役兵』では、失恋の苦しみが聖セバスチャンの殉教になぞらえられ、『聖なる母』では男性に下される体罰が「磔刑」を模倣する形で執行される。

しかし、だからといって、『毛皮のヴィーナス』に描かれる「嗜虐性」や「被虐性」までもが、宗教的な裏付けを求めているのかといえば、そういうことではない。マゾッホは「他人《ひと》への跪拝《カルト》」に傾斜する人間の心の動きに注目することはあっても、それはいつでも「性風俗」もまたそこに含まれる「風俗」の一部として回収してしまうのである。それは、ユダヤ教やキリスト教の各種典礼が、信者にとっては、日常的な衣食住や社交と同じ「風俗」の一部なのと同じことだ6。

ガリツィアの野生動物と恋愛の小道具としての鞭と毛皮

本集成の編訳者のひとりである平野嘉彦氏は、『獣たちの伝説——東欧のドイツ語文学地図』（みすず書房、二〇〇一）に収められたマゾッホ論のなかで、「本来的な無垢の自然と、その下位に分節化され、構造化される農耕的な自然、すなわち文化との、この二層性は、マゾッホにつねにあらわれる二義性でもある」（2ページ）との読みに先駆けて、『毛皮のヴィーナス』の次の箇所を引いている。

私は窓辺に横たわりながら、こうして絶望をかこっているこの小さな棲み家が、本来、いたって詩的な情趣にみちていることに思いいたる。なんという絶景だろう。山脈の青く高くそびえたつ岩壁が、金色にかがやく陽光の靄のなかに織りなされて、そのあわいを縫うように、岩走る水流が銀の帯さながらうねっているさまは。そして、雪をかぶった山頂がつらなり、峙《そばだ》っている天空は、なんと青く、澄み切っていることか。そしてまた、森林におおわれた山の斜面や小さな獣たちが草を食んでいる草地の、あの緑したたるみずみずしさ。そこから下のほうへと眼を移していくと、刈入れをする農夫たちが立ち、あるいはかがみ、また身をおこしている、穀物の黄色い海原がひろがっている。

私が住んでいる家は、一種の公園、あるいは森、あるいはまた、あえていえば原野のなかにあって、いたって寂漠としている。（本書286ページ）

人類の登場以前からそこにある「自然」と、その「自然」を享受するだけではなく、馴致することで、「経済」や「文化」、さらには「政治」や「軍事」といった文明的なものを構築した人間は、一方で、野生動物を狩り、ときには命がけで森の熊と格闘し、他方では、獲物の毛皮を高い価格で取引し、動物の皮革を用いて鞭をこしらえ、それを利潤追求や支配構造の維持に活用するばかりか、性愛の小道具として用いさえするいきものだ。

本書に収録されている『月夜』は、ベートーヴェンの「ピアノソナタ第十四番」（通称「月光のソナタ」Mondscheinsonate）を意識させるタイトルだが、仏訳者のテレーズ・ベンツォンは、「雌熊《バリーナ》のオルガ」La barina Olga（*Revue des deux mondes,* 15 août 1873）と意訳していて、この「バリーナ」は、『毛皮のヴィーナス』に出てくるドイツ語の「牝熊」Bärinをフランス語に移した造語である。

私は、彼女の肢体に両腕をからめた。彼女の唇は、私の唇に吸いついた。そうして、彼女が大きな重い毛皮を着て、私の胸のかたわらに横たわっていると、私は、何やら一匹の野獣が、一頭の牝熊が、私を抱きしめているかのような、奇妙な、重苦しい感情におそわれた。そして、いまや彼女の蹴爪が、私の肉に食いこんできてもおかしくないとさえ、思えるのだった。（379〜380ページ）

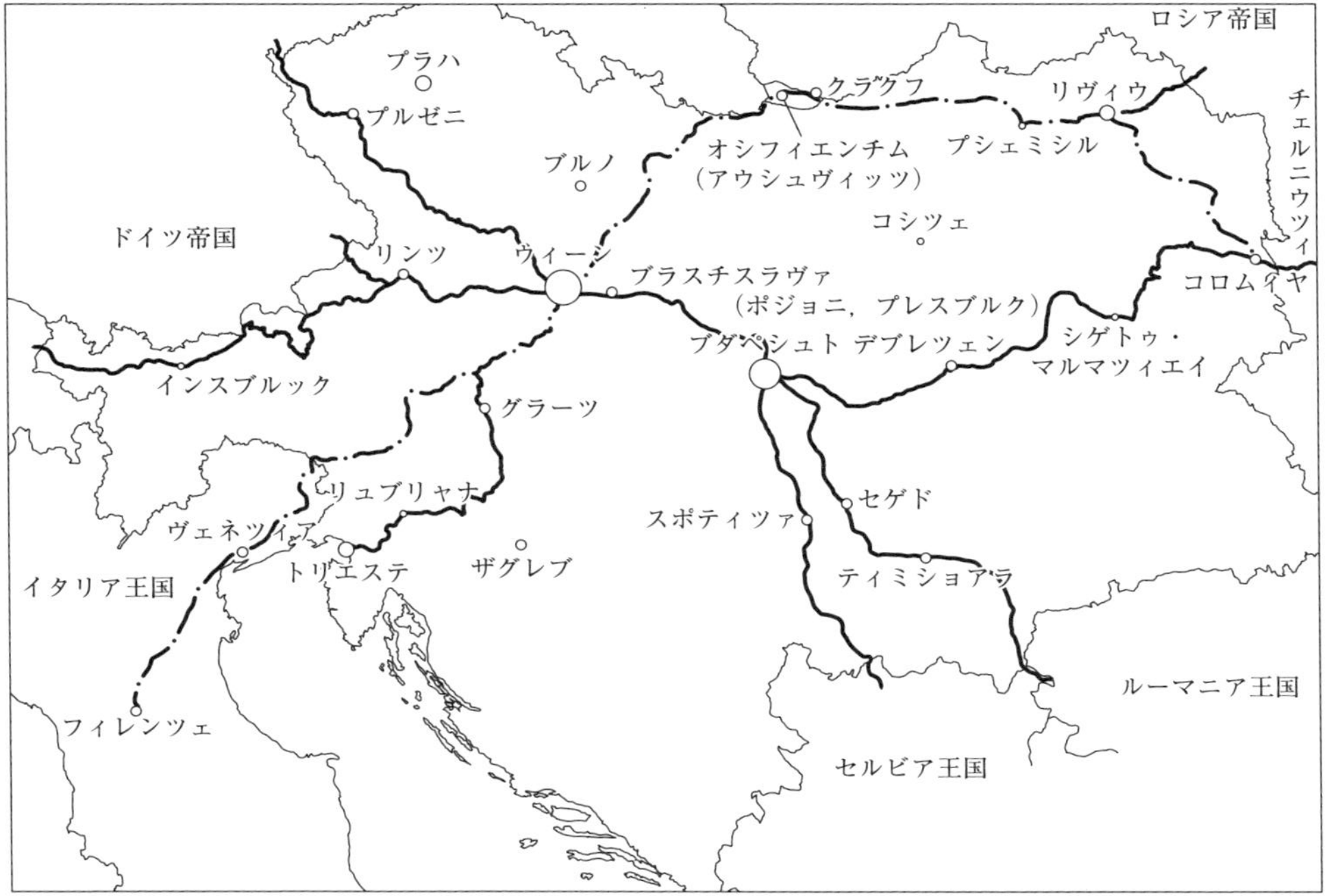

地図２　『毛皮のヴィーナス』の二人の鉄道の旅（破線）
※オーストリア＝ハンガリー帝国鉄道主要幹線（＋イタリア王国鉄道の一部）
　地名表記は、現在の所属国の国語による読みに準じる

男女の恋愛遊戯を人間と野生動物との「格闘」になぞらえる発想は、まさにカルパチア山系の裾野で生まれ育ったマゾッホならではである。

同じ『毛皮のヴィーナス』には、グレーゴルが「屠殺台《シュラハトバンク》へ引かれていく仔牛のように縛られ、湿った藁束のうえで、明りもなく、食べ物もなく、飲み物もなく、眠ることもできずに」（439ページ）という箇所もあり、二〇世紀のユダヤ歌謡として今も広く知られている「ドナドナ＝仔牛[7]」を私たちはここから連想しないではいられないのだが、『獣たちの伝説』の平野氏はこの一文を引きながら、マゾヒズムの小道具としての毛皮（女性の権威を象徴するにこそ装身具＝商品＝呪物）と鞭（女性のふるう暴力の道具）を前にして、むきだしの皮膚をさらす男性という構図に注目していた。マゾヒズムとは「死物であるはずの鞭をふるうのが、おなじ死物であるはずの毛皮をまとった擬似―野獣であるという〔中略〕かさねがさねの倒錯」（五八ページ）であるというわけだ。そして、その「鞭」に打たれるのは、この「仔牛」と同じく、いまだ「血の通う生きた身体」なのである。

恋愛の小道具としての消費文化

マゾッホの恋愛小説を「マゾヒスト小説」にみせている大きな特徴としては、男女が共同生活を営むにあたって、さまざまな先行文化を小道具に用いている点にもある。

「コロメアのドンジュアン」のなかで、新婚間もない男女がプーシキンの『カフカスの捕虜』を念頭に置きながら、捕虜となって鎖をかけられ、「奴隷」の身分に追いやられたロシア人の主人公に「チェルケスの短剣《キンジャル》」を手渡す役を「逃げなさい」と言いながら女が演じるシーンがある。

十九世紀の「風俗小説」には、男女間の恋愛遊戯がいかに陳腐なロールプレイにすぎないかを描いた『ボヴァリー夫人』のような例もあるが、他方では、配偶者とであれ、不倫相手とであれ、娼婦が相手であれ、文学作品が、一種の「台本」として用いられえたことは、だれもが認めるところである。そして、まさにマゾッホは、みずからもまたそうした恋愛遊戯の台本としての完成度を高めようとして『毛皮のヴィーナス』を書いたと言えるし、その後も、そうした「プレイ」の相手としてマゾッホに近づいてきた女性が彼を楽しませ、苦しませもしたのである[8]。

そして、恋愛の小道具としてきわめて有用であったのは、『毛皮のヴィーナス』が下敷きにした『ユディト記』などの文字文献であったが、旧約聖書、もしくはその周辺の「古典」を下敷きにした絵画類もまた大いに彼の想像力をかきたてた。

グラヴィア印刷の技術が精巧になる前段階にあった一八六〇年代であるから、本書に収めた作品に絵画作品が登場するのは、「ドレスデン美術館所蔵になるところのティツィアーノの『鏡をみるヴィーナス』のみごとな複写」（280ページ）のみであり、あとはフィレンツェ時代にヴァンダが別荘内にドイツ人画家を住まわせて、「〔裸身に〕オコジョの毛皮だけをまとって〔中略〕ビロードのクッションに身を横たえ〔中略〕彼女の足元に横になる〔中略〕私（＝グレーゴル）の体に足をおいた」自分を描かせる場面ぐらいのものだ（461〜462ページ）。

しかし、そもそも『毛皮のヴィーナス』は、題辞に『ユディト記』（旧約聖書の外典）の一節が引かれているように、ルネッサンス以降の西洋絵画がしばしば題材としてとりあげた、それこそ『新約聖書』に登場してバプテスマのヨハネの首を刎ねさせた王女（サロメ）の原型ともいえる女傑ユディトの幻の上に構築された一作だとも言えるのである。

西洋絵画における「男性中心主義」を根底から告発しようとした美術史家の若桑みどりは、大著

『象徴としての女性像』（筑摩書房、一九九九）のなかで、ルクレティアとユディトの二人に注目し、そこに「人類史的な問題」（253ページ）としての「強姦」があることを喝破した。

同書の「第三章：ルクレティア――ファロス〈男根〉の帝国」は、一九九五年に沖縄で発生した「少女レイプ事件」から語り出された執筆当時の日本の時局を強く意識した論考になっている。しかも、そのなかで、ボッティチェリの「ルクレティアの死」（そもそもは「嫁入り道具として制作されたカッソーネ（＝櫃）」に用いられた「板絵」だったというそれ）は、胸に剣を差して横たわるルクレティアを絵の中央に配するばかりか、ルクレティアが襲われる場面や、父と夫を迎え入れる場面を左右に描き、しかも「貞節な妻」の例としてのルクレティアの主題を補強するかのように、「左のルクレティアのレイプの事件が起こっている壁の上部には、ホロフェルネスを殺すユディトの話が彫られている」（265～266ページ）ことにも言及している。レイプされた後に自らを恥じて自刃をはかったルクレティアと、復讐を果たしてから「百五歳の高齢」（『ユディト記』一六章第二三節）をまっとうしたユディトの二人は、家父長制的な神話体系を疑おうともしなかった時代の西洋においては表裏一体をなす「女傑」だったのである。

そして、同書の「最終章」にあたる「第五章：女英雄ユーディットの変容」において、若桑氏は、「ユーディットという女性の両義性」（412ページ）という難問に正面から挑戦した。

そもそも『ユディト記』を含め、ユダヤ教の聖典には、家父長主義的な国家や社会を守るために、時として女性が「一肌脱ぐ」という物語が『エステル記』をはじめ、少なくない（『士師記』に出てくるヤエルもだ）。なかでも、すでに夫をも失い、男たちの力が尽きたところで、敵の王を殺める「ユダヤ版のジャンヌ・ダルク」ともいうべきユディトは、ユダヤ教内部だけでなく、キリスト教世界においても大きな存在感を示したのだった。「ユダヤ人は彼女を民族の英雄とし、教父たちは彼女を美徳の象徴、聖母の予型とした。また近世の市民たちは彼女を政治的勇気の象徴だと考えた」というわけだ（423ページ）。

男性中心社会が完全に克服されるまでは、「性暴力」からみずから（その生命であれ、名誉であれ、貞操であれ）を守るべく「強姦者」の首を掻き切ってしまう女性を「悪女」として語り継ぐのも、そうした女性の前にこそひざまずくことを性的な欲望充足の条件であるとみなしてしまうのも、所詮は男なのだ。

そして、この若桑氏が、『毛皮のヴィーナス』の次の箇所を引きながら、こうした「男性同盟」の終焉を見越していたひとりとしてマゾッホの名前を挙げている。

> 自然によって創られ、現に男が育成しつつある女というものは、実は男の敵であり、男の奴隷であるか、暴君であるか、そのいずれか、断じて同伴者ではない。女が男と同等の権利を得て、教育と仕事において対等になってこそ、女はようやく男の同伴者たりうるのだ[9]。（本書325ページ）
>
> （傍点引用者）

神の意志の代行者としてのユディトを礼賛する「男性同盟」の最後の信奉者としてマゾッホをとらえようとする若桑氏の思いを、あだやおろそかにすべきではないだろう。

恋愛の小道具としての風俗

「風俗作家」としてのマゾッホが、同時代を強く意識していた作家であったことは『コロメアのドンジュアン』や『再役兵』で一八四八年から六七年にかけて戦争が絶え間なかったハプスブルク帝国の歴史を着実にふまえていることからわかる。

また『月夜』に言及のある「ルーシの言葉を使った劇団」とは、一八六四年にレンベルクで立ち上げられた「ルーシ語劇場」Театр Руської Бесіди（一九一四年からは「ウクライナ語劇場」）のことだし、ヴァンダとグレーゴルがレンベルクからウィーンまで経由するクラクフ経由の鉄道が開通したのは一八六一年のことだった（コロメアを経由してブコヴィナのチェルノヴィッツ＝チェルニウツィまで延伸したのは一八六六年）。

しかし、マゾッホには同時代への注目とは別に、古い時代への時代錯誤的な回帰の欲望が付随する。それこそ「契約なしの奴隷労働」が資本蓄積の手段であった時代が、労働者に活発な消費行動を促す「有給」の「契約労働」の時代に移り変わろうとするなか、敢えて「奴隷契約」が文書と交わされるという『毛皮のヴィーナス』のユーモアは、搾取や拷問が「プレイとしてのＳＭ」へと移行する大きな転換点を示すものだったと言える。

しかも『毛皮のヴィーナス』には、黒人の女性奉公人が登場して、ヴァンダの命じるがまま、グレーゴルを玩《もてあそ》ぶばかりか、ヴァンダはグレーゴルが黒人女に色目を使っているのではないかと疑い深い眼で彼らを見たりする。奴隷制農園のなかで人種間の性行為が日常茶飯事であったことは混血児の急増や、そうした事態に対して『黒人法典《コード・ノワール》』の制定が必要になったというような史実からも明らかである。

しかもそれは「倒錯的な性行動」を含んでいなかったとは言えず、マゾッホが『毛皮のヴィーナス』に描いたのは、単なる対関係ではなく、複数の男性と複数の女性とがかけひきのなかで、それぞれの性のなかに没入していく関係なのである。

舞台がガリツィアに限定されている『コロメアのドンジュアン』や『月夜』と、一種のロードノベルである『毛皮のヴィーナス』とを結びつけているのは、同時代性だけではなく、時代錯誤的な偏執をもより合わせながら蛇行する性風俗を描くという大胆さであった。

そして、『毛皮のヴィーナス』に描かれた男女間の性愛が、どのような「未来」を予感させるのかを読者に思い描かせようという挑発精神こそが、その執筆動機の主要部分であったと考えられる。

それこそ「食用家畜」や「毛皮」が商品となり、とりわけ工業化の進む西ヨーロッパの食卓をにぎわせるために、東方ヨーロッパの食材が鉄道網を使って続々と輸送され始めた時代に、他方では、「食用」であってさえ、「殺生」を嫌うようなイデオロギーが、時には宗教セクトとして、また時としては新しい食餌文化《ダイエタリー》として、あちこちで影響力を示し始めていた。

『月夜』に登場するヴラジーミルは「動物が死の不安におびえているというのに、それをみて楽しんでいるような女は、人の情ってものがないにちがいない。もしかするとこっちのほうがありそうなことだけれど——ものを考えるってことがないんですよ」（本書210ページ）と言い、一切の「殺生」に否定的だが、この男に「毛皮」こそが男女の恋愛の小道具としても重要なひとつだと信じて疑わないオルガが、戯れるようにして喰ってかかる。

性行動がどこか狩猟や捕食の模倣をめざし、じっさいに狩猟や捕食行為自体が性的な快楽に飢えた男や女をかきたてる。

そういえば、『ザッヘル＝マゾッホ紹介』のドゥルーズは、次のように書いていた――「マゾッホの小説における儀式の三つの大きな類型は、狩猟の儀式と、農耕の儀式と、再生、第二の生誕の儀式である」（堀千晶訳、河出文庫、二〇一八、143ページ）。そしてドゥルーズは「毛皮」を「狩猟の戦利品」（同前）と呼んでもいた。

しかし、近代はそうしたさまざまな「儀式」を風俗から切り離し、「閨房」内部の秘密の営みや、畜殺工場のベルトコンベヤー式の食肉加工様式へと移行させて、徹底的な「不可視化」を図るようになるのだ。

恋愛の主たる「道具」としての身体

十九世紀のドイツ語世界は、ゲーテやシラーといった美文家の影響力を抜きにして語ることはできないが、思想界に目を移せば、ヘーゲルもショーペンハウアーも、そしてマルクスもニーチェも、それぞれはカントから学びつつ、それをどう乗り越えるかで競い合ったと言っても過言ではないだろう[11]。

そして、じつはマゾッホについても同じことが言えそうな気がする。

『道徳形而上学の基礎づけ』のなかで、「君は、みずからの人格と他のすべての人格のうちに存在する人間性を、いつでも、同時に目的として使用せねばならず、いかなる場合にもたんに手段として使用してはならない」（中山元訳、光文社古典文庫、二〇一二、136ページ）と「定言命法」に掲げたカントが最終的に夢見たのは「目的《ツヴェック》の国」（149ページ）の到来であったが、そのカントが「情欲的自瀆」を「人倫」に背くものだと結論づけるために用いた論法を見ておきたい。いったい、マゾッホはこのくだりをどう受け止めただろうか。

> 生命への愛が自然によって人格を保持するように定められているのと同様に、性への愛は、種族を保存するように自然によって定められている。すなわち、両者はそれぞれ自然目的である（『カント全集』、第一一巻、吉澤伝三郎訳、理想社、一九六九、332ページ）。

もしカントが言うように「性」が「（自然によって）分割＝性別」された複数の個体が「合一」unioに向かうことによって「種族を保存」に導くものでなければならないなら、「性的な充足」をみるために、相互の「人格」を「目的《ツヴェック》」とするだけでは事足りず、両者の「身体」を道具化し、それを彩る装飾品から諸文化まで、人間が人間らしく生きようとするときの諸事物を手当たり次第に「手段《ミッテル》」として活用することによって、「性」という「目的」に近づこうとしたマゾッホの「倒錯」は弁護する余地がないだろう。

現世的な時間のなかでくり広げられる「闘い＝傷つけ合い」として性愛をとらえようとするマゾッホは、カント流の「生殖至上主義」の立場の対極に位置する近代人である。「性」に「闘い」として側面があるなら、その「闘い」のなかで、身体は「武器」であると同時に、暴力の「受け皿＝サンドバック」として、全面的に「娯しみ」のために奉仕すべく運命づけられている。

マゾッホは、カント的な「目的の国」に安住することに逆らうための方法を、ガリツィアの住民たちの道徳観やロシアの思想家や詩人の宿命論からどれだけ多く学ぼうとしていたことか。

『カインの遺産』の第一巻の序論に置かれるはずであった『漂泊者』（本集成『カルト』収録）のな

かで、その漂泊者に「恋愛とは男と女の戦争だ」と語らせているマゾッホは、『コロメアのドンジュアン』のなかでも、ルーシ人の郷士が、友人の書付け（それは特定は難しいが何らかのスラヴ語で書かれていたはずだ）を読み上げる形で、こう語らせていた――「交尾相手をさがしているオオカミを見てみろ。林の中を漁り歩きながら、口からは涎が流れ出している。そんなとき、オオカミは吼えることもできず、くすんくすん鼻を鳴らすだけだ。こんな愛が娯しみごととは思えない。それこそ闘争、生存競争だ。項《うなじ》からだらだらと血が流れるんだ。」（本書48ページ）

十九世紀のなかば、「奴隷解放」、さらには「男女同権」が叫ばれ始めるなか、マゾッホは、恋愛相手（そして自分自身）を「目的」とみなすのではなく、それぞれの身体や感覚を「手段」とすることで「快楽」を追求し、それこそヘーゲルの裏をかくように、「奴隷」であることを介して「娯しみ」に達しようとするような「恋愛」をここではスケッチしているのだ。後に性的病理とさえみなされることになる「マゾヒズム」が、「恋愛」を「合一《ウニオ》」や「対等《エガリテ》」や「平和《パックス》」の実現とはみなさず、もっぱら「性の技法」としてここでは提示されている。

今日における「性」をめぐる議論が、カント的な「人格尊重」の姿勢に基礎を置くしかないだろうことは言うまでもないが、かといってマゾッホの実験精神をそこからみすみす排除していっていいものか。

いま「マゾヒズムとは何か」を問うにあたって、なおも重要な文献のひとつである、ジョン・K・ノイズの『マゾヒズムの発明』（一九九七、邦訳：岸田秀・加藤健司訳、青土社、二〇〇二）のなかで、ノイズはクラフト＝エービングが名付け親となった「マゾヒズム」が「罰のテクノロジーと快楽のテクノロジーとの境界がぼやけた」時代の産物であったことを指摘している（153ページ）。しかし、それはまさにマゾッホにこそあてはまることで、「快楽のテクノロジー」をもってして「罪のテクノロジー」をも呑みこんでしまう「マゾヒスト」はひとり一人が「発明家」なのであり、その「発明」の積み重ねを、小説というメディアを介して社会に告知し、読者の歓心を買おうとしたなかに、『ファニー・ヒル』のクレランドがいて、『毛皮のヴィーナス』のマゾッホもまた含まれていたのである。

そのときにマゾッホを際立たせていたのが、この「拡張された快楽のテクノロジー」をドイツ人がスラヴ人から学ぶという一種の「オリエンタリズム」の形式だったということだろう。

ケーニヒスベルクでスラヴ人やバルト系の諸民族との隣接関係を生きながら、「世界平和」に向けた普遍的倫理の構築にいそしんだのがカント[10]なら、東方世界の文明化をみずからの使命とみなしていた西欧人に向けて、東方世界がいかに反論を挑もうとしているかを描くなかで、性がいかに心地よいばかりではなく苦痛をもともなうものであるか、そして、その苦痛がかならずしもひとを性から遠ざけるものではないないことをねばり強く描きこんだのがマゾッホだった。

今日、新生ウクライナにおいて、マゾッホは「アイコン」のひとりになりつつある[11]。彼を西欧的な「退廃文化」の代表どころか、西欧的な価値観にオールタナティブなものをつきつけた「ルーシ」側のスポークスマンであったとみなす動きが、ウクライナではいままさに醸成されつつあるのである。

注

1　ウクライナ最西端のザカルパッチャ州や、セルビアからクロアチアにかけて、パンノニア平原の一部で話されているルーシン語などにも近い。なお、ハプスブルク帝国では、「ルテニア」ruthenisch を用いるのが一般的だった。

2 仏訳を介してマゾッホにふれ、それに魅了されたラフカディオ・ハーンについては、『耳の悦楽』（紀伊國屋書店、二〇〇四）所収の拙文「ザッヘル＝マゾッホ偏愛」を参照されたいが、友人チェンバレン宛ての手紙のなかで、ハーンはマゾッホのことを「スラヴ側世界の人」として紹介している。しかも「最高なのはスラヴ人」としつつも、マゾッホのことを「ユダヤ系」だと思いこんでいたふしがあり、その「ユダヤ小説」が当時、広く読まれたことを思うと、このハーンの憶測を一笑に付すことはできない。
3 本集成『カルト』所収の『漂泊者』を参照。
4 『道徳の系譜』のなかで、ニーチェが注目した「負債＝罪」Schuld にも似た側面がある。
5 ポーランド語の領主階級＝士族をあらわす「シュラフタ」szlachta の語源もおそらくそこにある。
6 本集成の編訳者のひとりである中澤英雄氏は『ユダヤ人の生活／マゾッホ短編小説集』（柏書房、一九九四）の「訳者解説」にあたる「ザッハー＝マゾッホの未知の顔」のなかで、「〔同短編集〕に描かれているのは、異常ではなく、日常であり、被虐ではなく、諧謔である」（261ページ）とユーモラスに書いているが、そこでもユダヤ教は物語のための小道具にすぎない。「毛皮のヴィーナス」が念頭に置いている『ユディト記』が古代のユダヤ女性の物語であるからと言って、その物語にユダヤ性を読み取ることは誤りだろう。
7 日本で広く「ドナドナ」として知られる歌は、そもそもは「ダナダナ」（別名「仔牛」）と題されたイディッシュ語の歌で、オペラの挿入歌として、一九三八年に米国で作られた。作詞はアーロン・ツェイトリン、作曲はショロム・セクンダ。これを劇中歌に用いた戯曲『エステルカ』は、一九四〇年から四一年にかけてニューヨークで上演された。
8 後にヴァンダ・フォン・ザッハー＝マゾッホの名で『毛皮の貴婦人』や『わが生涯の告白』、『マゾヒズムとマゾヒストたち』などを書き、レオポルトの死後のイメージ形成に大きなバイアスをかけることになったアウローラ・リューメリンに関しては、種村季弘氏の前掲『ザッヘル＝マゾッホの世界』が、第八章から第一三章までを割いて、詳しく紹介している。
9 同書のなかで、若桑氏は種村訳を引用している（前掲書484ページ）が、ここでは平野訳を用いた。

10 レンベルクに関しては種村氏の前掲書に詳しいが、ケーニヒスベルクとカントについては、沼野充義氏の「歴史と民族の交差する場所で――カントとリトアニア・ロシア文化」（『徹夜の塊③世界文学論』作品社、二〇二〇）がカントに関してロシア・東欧研究者ならではの視点を提供しており、そこにはロシアの作家・詩人、カラムジンとの友情などについても言及がある。

11 ソ連邦解体前、一九九一年の段階で、早くもリヴィウには「マゾッホ基金」なるものが設立され、さまざまな前衛芸術への支援が進められている。

訳者【　】は分担を指す

平野　嘉彦（ひらの　よしひこ）**【月夜／毛皮のヴィーナス［決定版］】**

1944年生まれ。京都大学文学部卒業、東京大学名誉教授。主な著訳書に、テーオドール・W・アドルノ『アルバン・ベルク――極微なる移行の巨匠』（法政大学出版局、1983）、『プラハの世紀末――カフカと言葉のアルチザンたち』（岩波書店、1993）、『マゾッホという思想』（青土社、2004）、『ボヘミアの〈儀式殺人〉――フロイト・クラウス・カフカ』（平凡社、2012）、『土地の名前、どこにもない場所としての――ツェラーンのアウシュヴィッツ、ベルリン、ウクライナ』（法政大学出版局、2015）、他。

中澤　英雄（なかざわ　ひでお）**【再役兵】**

1947年生まれ。2023年逝去。東京大学名誉教授。主な著訳書に、L.v. ザッハー＝マゾッホ『ユダヤ人の生活――マゾッホ短編小説集』（柏書房、1994）、ルイーゼ・リンザー『ダライ・ラマ平和を語る』（人文書院、2000）、『ルイーゼ・リンザーの宗教問答―カルトを越えて』（鳥影社、2023）、『カフカとキルケゴール』（オンブック、2005）、『カフカ・ブーバー・シオニズム』（オンブック、2010）、*Kafka und Kierkegaard: Meditation uber die letzten Dinge* （iudicium 2016）、『*Kafka und Buber: Beim Bau der chinesischen Mauer und seine Satellitenwerke*
（iudicium 2018）、ほか。

西　成彦（にし　まさひこ）**【コロメアのドンジュアン／解説】**

1955年生まれ。東京大学大学院人文科学研究科比較文学比較文化博士課程中退。立命館大学名誉教授。主な著訳書に、ショレム・アレイヘム『牛乳屋テヴィエ』（岩波文庫、2012）、『マゾヒズムと警察』（筑摩書房、1988）、『ラフカディオ・ハーンの耳』（岩波書店、1993）、『胸さわぎの鷗外』（人文書院、2013）、『バイリンガルな夢と憂鬱』（人文書院、2014）『外地巡礼――「越境的」日本語文学論』（みすず書房、2018）、『死者は生者のなかに――ホロコーストの考古学』（みすず書房、2022）他。

Printed in Japan
ISBN978-4-409-13042-1 C3097

ザッハー＝マゾッホ集成Ⅰ
エロス

二〇二四年 九月二〇日 初版第一刷印刷
二〇二四年 九月三〇日 初版第一刷発行

著者 ザッハー＝マゾッホ
訳者 平野嘉彦／中澤英雄／西成彦
発行者 渡辺博史
発行所 人文書院
〒六一二‐八四四七
京都市伏見区竹田西内畑町九
電話 〇七五（六〇三）一三四四
振替 〇一〇〇〇‐八‐一一〇三
印刷・製本 創栄図書印刷株式会社

ザッハー＝マゾッホ集成（全3巻）　各巻一一〇〇〇円

ストーリテリングの妙とその現代性、思想的可能性を含んだ、知られざる小説家マゾッホ。詳細な注を付す。

〜＊〜

Ⅱ　フォークロア

中澤英雄　訳・解説

ドイツ人、ポーランド人、ルーシ人、ユダヤ人が混在する土地。民族間の貧富の格差をめぐる対立。複数の言語、ガリツィアの雄大な自然描写、風土、民族、習俗、信仰を豊かに伝えるフォークロア的作品。「ハイダマク」ほか全4作品を収録。

民衆裁判／ハイダマク／ハサラ・ラバ　未来をのぞく夜／回想の記

Ⅲ　カルト

平野嘉彦　訳・解説

あるいは「草原のメシアニズム」、あるいは「農本共産主義」（ドゥルーズ）を具現する、ロシア正教の異端宗派、ユダヤ教の二つの宗派など、さまざまなカルトが蟠居する東欧のスラヴ世界。マゾッホの宗教観を如実に語る「漂泊者」ほか、五編の小説および二編の論考を収録。

漂泊者／サバタイ・ツェヴィ／聖なる母（抄）／魂を虜にする女（抄）／静かな村／ガリツィアにおけるユダヤ教の二つの宗派／ロシア正教系の異端宗派

2024年9月現在　価格は税込